衣香

15 端木景晨 / 著

上

重慶出版集團
重慶出版社

图书在版编目（CIP）数据

衣香 / 15端木景晨著. —— 重庆：重庆出版社,2015.1
ISBN 978-7-229-07827-0

Ⅰ.①衣… Ⅱ.①1… Ⅲ.①长篇小说 – 中国 – 当代 Ⅳ.①I247.5

中国版本图书馆CIP数据核字(2014)第076725号

衣 香
YIXIANG

15端木景晨 著

出 版 人：罗小卫
责任编辑：刘 嘉 李 梅
责任校对：唐云沄 刘 真
装帧设计：一亩幻想
封面插图：狐狸cdj 竹铃叮当

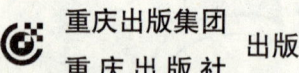

重庆出版集团
重庆出版社 出版

重庆长江二路205号 邮政编码：400016 http://www.cqph.com
自贡兴华印务有限公司印刷
重庆出版集团图书发行有限公司发行
E-MAIL:fxchu@cqph.com 邮购电话：023-68809452
重庆出版社天猫旗舰店
cqcbs.tmall.com

全国新华书店经销

开本：700mm×1000mm 1/16 印张：42.5 字数：940千
2015年1月第1版 2015年1月第1版第1次印刷
ISBN 978-7-229-07827-0
定价：58.00元

如有印装质量问题，请向本集团图书发行有限公司调换：023-68706683

版权所有 侵权必究

目录

第一章　风华初绽　1

第二章　娇蕊陨落　30

第三章　御赐孽缘　52

第四章　算计姻缘　86

第五章　寺庙幽会　106

第六章　预备出阁　129

第七章　良辰美景　137

第八章　盛家新妇　143

第九章　姨娘继子　157

第十章　教唆挑拨　165

第十一章　他的妒妇　175

第十二章　三朝回门　185

第十三章　贵人进宫　221

第十四章　再遇萧郎　257

第十五章　沧海遗珠　291

第一章　风华初绽

腊月的盛京，一场大雪，屋脊树梢皆是白雪皑皑，银装素裹，敛尽浮华。

拾翠馆的庭院，一株红梅傲雪盛绽。偶尔有红艳花瓣落在雪色地面，锦绣般绚丽，点缀了雪地的单调。

拾翠馆小巧精致，三间上房，带了四间小小耳房。天寒地冻，东次间垂了厚厚的防寒帘幕，两口青绿古铜暖炉将热气源源不断送入东次间的角落。

薛东瑗穿了件蜜合色绣玉簪花绫袄，坐在临窗的大炕上，斜靠着青缎弹墨引枕做针线。

外间传来女子低低笑语声，须臾帘子一挑，进来两个十六七岁的丫鬟。

"九小姐……"一个穿着葱绿色碎花绫袄的丫鬟屈膝给东瑗行礼，她叫宝巾，是东瑗祖母薛老夫人屋里的贴身丫鬟，"二舅奶奶带着两位表小姐回京过年，今儿过府看望老夫人。老夫人让问一声，您身上好些了没有，倘若好些了，去见见舅奶奶。"

东瑗起身下炕，叫了声宝巾姐姐，笑盈盈道："我不碍事，这就去。辛苦姐姐走一趟……"

然后吩咐自己的大丫鬟橘香给了宝巾一个八分的银锞子打赏。

宝巾很大方接了，说了句多谢九小姐，又跟着橘香出去。

东瑗每日都要去给老夫人问安。前几日下雪路不好走，却逢老夫人高兴留吃晚饭。回来时天黑了，琉璃宫灯光线太暗，橘香滑了一跤。东瑗眼疾手快去扶她，结果自己足下不稳，也跟着滑倒。

橘香没事，她却把脚崴了。这种事太丢脸，只好说染了风寒。

好在下雪天寒冷蚀骨，家里好些人染了，老夫人没有起疑，还打发丫鬟送了些汤药、吃食来。

橘香送宝巾出去，橘红就开始帮东瑗更衣。

穿了件丁香色折枝葡萄纹葛云绸褙子，玉色双喜临门暗地织金褶裙，素雅大方。瞧着橘红拿出了五彩缂丝石青银鼠披风，东瑗忙道："不要这件，穿那件石青色羽缎披风就好。"

这衣裳太出彩了。原本，一件五彩缂丝的披风，在薛侯府很平常，簪缨望族，谁家的女眷不是衣着华丽？可东瑗不行。

她衣橱里的衣裳大多是藕荷色、湖水色、月白色的素颜料子，只因她长相太过于打眼。

明年正月就满十五岁的薛东瑗，身量高挑，腰身曼妙。肌肤莹润白皙，眼睛斜长，眼梢上挑，眸子乌黑似墨色玛瑙，轻颦浅笑间风情灼烈，妖娆妩媚。

好几次听到家里的婆子、丫鬟甚至伯母、姐妹们在背后说她天生狐媚模样。

公卿之家的嫡小姐，将来会嫁入门当户对的簪缨望族。娶妻娶德，长成这样，家里的长辈总担心太过于轻佻。明白这个道理后，她的衣着总是素淡，虽不掩容貌艳丽，总算让老夫人觉得她行事低调谨慎，对她喜欢了几分。

橘红乖顺拿了石青色羽缎披风给她穿上，橘香送走宝巾，折身回屋来。

东瑗便吩咐她："你开箱笼，把我那对汝窑梅瓶、玻璃水晶梅瓶还有青花瓷的都寻出来，再带几个小丫鬟摘些红梅。青花瓷梅瓶装着送母亲，汝窑装着的送大伯母，玻璃水晶的，我自己带着，去老夫人那……"

橘香目露不舍："送出去了，就回不来……"她小声嘀咕，"咱们房里没几件好东西，青花瓷梅瓶另说，这汝窑和水晶的，却是咱们压箱底的。马上就过年了，摆不出来，夫人又该骂了……"

夫人，是指她的继母杨氏。

薛东瑗的父亲是薛老侯爷的第五子，永兴四十五年的状元郎，如今在翰林院任修撰。他早年娶工部尚书韩家的长女为妻，生女薛东瑗。韩氏难产而去，次年娶建衡伯杨家的第五女为继室，生有一女薛东琳，一子薛华逸。

听到橘香的嘀咕，薛东瑗笑起来："如今大了，越发难调动！快去，啰嗦什么？"

语气亲昵，可见她对这个活泼可爱的大丫鬟很喜欢。

橘香撇撇嘴去了。

把三对梅瓶找出来，摆在临窗的炕几上，华贵灼目，橘红瞧着也心疼。

"小姐，这水晶梅瓶是老夫人赏的，要是丢了……"她亦劝东瑗。可想起她们屋里只有这三对梅瓶，不能换成别的，后面的话又咽了下去。

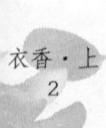

橘红不同于橘香，她性格温婉沉稳。

薛东瑗笑："这个家里，不管多好的东西，都不是咱们的……"

橘香正捧着一把浓郁馥郁的红梅进来，听到这话，不免看了她一眼。

薛东瑗接过，自己摆弄着水晶梅瓶，一边插梅，一边跟橘香与橘红道："这个家里的一草一木，甚至你我，都是老夫人、世子夫人的。这梅瓶送出去，老夫人、世子爷夫人高兴了，会有更好的东西赏回来。藏在箱底，她们不高兴，随便找个理由就能要了去。"

两个丫鬟连连点头。

东瑗索性说得更加明白："老夫人和世子夫人高兴了，将来我出阁时压箱底多给些，那才是咱们的！"

世子夫人，是指她的大伯母世子夫人。

橘红又点头，很赞同东瑗的话。

橘香却促狭一笑："小姐，您现在就算计着出阁时的压箱底？"

橘红瞪了橘香一眼。

东瑗却很大方地淡然笑了笑："嗯，要未雨绸缪嘛！"

橘香和橘红却没有笑。

五房的主母杨氏，对九小姐薛东瑷却少了几分真心实意。若不是九小姐五年前突然醒悟，总是在老夫人跟前行走，得了老夫人的欢喜，她们哪有今天的好日子？

先去嫡妻的女儿，在主母面前还不如庶女，能打压的时候，杨氏绝对不放过东瑷。不算计，能活得像今天这么体面？九小姐多么不容易，只有两个丫鬟知道。

五年前，九小姐才九岁，不谙世事的天真，不爱读书、不习针黹女红，只知道带着丫鬟四处玩闹。后来带着庶出的十小姐去后花园摘桑葚，不知哪个丫鬟撺掇，九小姐亲自爬树，结果摔下来。

她性子鲁莽，模样又太过于妖媚，家里的长辈都不太喜欢她，觉得她举止间轻佻，将来只会丢薛家的脸。一向不管媳妇房里事的老夫人好几次破例，对五夫人说东瑷太不懂事，让她对薛东瑷严加管教。五夫人很委屈，说这孩子天性如此，管不好。

老夫人就更加不喜东瑷。

从树上摔下来后，薛东瑷昏迷了三天，老夫人和世子夫人勉强来瞧了一回，便不再管她。三天后她醒了，在床上躺了两个月，整个人变得沉默内敛。而后，就慢慢好了起来，言行举止沉稳大方，好似换了个人。

老夫人喜欢佛经，九小姐就隔三差五抄佛经给老夫人，还陪着念经，一坐三个时辰不动，比老夫人还虔诚。

老夫人一开始很疑惑她怎么变化这么大。

所喜的，是越变越好，也打心眼里高兴。后见她行事内敛隐忍，没有幼时的轻浮粗莽，一派世家小姐的婉约文雅，便更加喜欢。

特别是东瑷耐得住性子念佛，最打动老夫人。

东瑷虽常帮着写佛经，字却不好，老夫人请了西宾，隔着屏风教了她两年；她女红不善，老夫人又从宫里的针线局请了最好的嬷嬷。

东瑷好学，而且领悟力极高，这些年总算不负老夫人，读书写字、针黹女红不说出彩，至少不拖后腿，能赶得上从小学习的诸位姐妹。

那时，老夫人发现东瑷的乳娘汤妈妈看人时眼珠子转来转去的，以前没有留心，发现之后就心中不喜。汤妈妈是五夫人的人，老夫人寻不到合适借口把人撵了，有些踌躇。

后来东瑷若有所指对老夫人道："我让汤妈妈教我女红，她却教我绣戏水鸳鸯……祖母，我绣不好……"话未说完，脸上一片艳红，羞惭不已。

教没出阁的小姐绣戏水鸳鸯！

老夫人大怒，把汤妈妈打了出去，换了自己身边最得力的罗妈妈给东瑷使。

东瑷原先的两个贴身丫鬟，一个叫木棉，一个叫杜梨，都是五夫人杨氏赏的，好几次在她写字时，撺掇她："小姐，您不想瞧瞧先生长什么样子？"

年纪小的姑娘总是充满好奇心。可她是千金大小姐，教书时还隔着屏风，怎能随意见先生？东瑷听完丫鬟的话，只是单纯眨着大眼睛，不回答。

转身却告诉了老夫人："家里的哥哥们能见……先生虽是授业恩师……可他总是外人……木棉和杜梨两位姐姐又是母亲跟前得力的，母亲恩赐给我使，定是不会犯错的……我有些迷惘，祖母……"

生怕说错了，结结巴巴的。

老夫人一瞬间变了脸，拿了木棉和杜梨，叫了外院管事来，当着五夫人的面，怒不可遏道："把这两个小娼妇打三十板子，然后卖到娼寮去！"

两个小丫鬟，居然敢教姑娘不守本分？老夫人冷哼，拿眼睛瞟五夫人。

五夫人一瞬间面若死灰。

次日，当着世子夫人、二夫人、三夫人、四夫人的面，老夫人对五夫人道："我知道你忙，不说你肚子里出来的琳姐儿、逸哥儿要亲自照顾，就连姨娘们生的婉姐儿、姝姐儿、妍姐儿和娴姐儿，哪一个不用操心？瑷姐儿年纪大些，你顾不过来也情有可原。罗妈妈是我最看好的，行事懂轻重；橘香、橘红本分老实，让她们去服侍瑷姐儿，你也省心……"

口气很明显，告诫杨氏不要再管东瑷的事，老夫人会亲自照顾她。

四夫人沈氏当即掩袖而笑。

杨氏太不厚道，让身边的人把前任留下来的女儿教成狐媚子。用这种法子害瑷姐儿，不过是仗着老夫人从来不管媳妇们房里的事罢了。哪里知道，这小姑娘突然明白过来，在老夫人面前把杨氏的手段抖了出来。更加没有想到，老夫人这样维护这个孙女！

一向宽容的老夫人把媳妇们都叫过来，当面说五夫人，虽没有一句责骂之词，可句句都在暗说杨氏失了品德，对瑷姐儿太过歹毒。

倘若不是真的气急，老夫人大可像从前一样，私下里跟杨氏说，给她留几分体面。

杨氏脸上似开了颜料铺，对东瑷亦不敢再使手段。东瑷对杨氏也越发恭敬忍让，行事又沉稳，杨氏对她虽不喜欢，却也抓不到她的错处，总算相安无事过了这些年。

想到这些，薛东瑷眼底便有了几分暖色。

梅花插好，让罗妈妈亲自给大伯母世子夫人送了汝窑梅瓶装的，橘香给五夫人杨氏送了青花瓷梅瓶装的，又叫了两个小丫鬟捧着水晶梅瓶，跟在橘红身后，随着她一起，往老夫人住的荣德阁去了。

好不容易晴朗半天，天色又暗沉下来，薛东瑷扶着丫鬟橘红，绣花鞋外套着厚重木屐，踩在凝结成冰的薄雪上，青石小径吱吱呀呀地响。

路难走，她们主仆数人缓慢而行，花了多于平常一倍的工夫才到老夫人的屋子。

门口的丫鬟喊了声九小姐来了，替薛东瑷撩起帘子。屋子里女子欢愉笑声就溢了出来。

她脱了木屐进屋，在厅堂外间伺候的大丫鬟宝绿就朝着东次间说了句："老夫人，九小姐来了……"亲手撩起东次间的银红毡帘，请薛东瑷进去。

东次间垂了防寒帘幕，东西墙角各有一只青绿古铜鼎，燃着银炭，源源不断的暖流徜徉，

暖如明妍春光。临窗大炕旁一盆水仙花亭亭婀娜。

屋里人听到丫鬟禀告的声音，目光都落在毡帘处，便见一袭青石衣衫的妙龄少女轻盈走进来。

临窗炕上，穿着孔雀蓝四合如意纹长袄的老夫人正拉着穿玫瑰紫二色翔凤云肩褙子的妇人说话，五夫人杨氏在一旁陪坐。挨炕三张雕花太师椅上，铺着墨绿色弹墨椅袱，坐着三个年幼的小姑娘。一个是薛东瑷的胞妹，五夫人的亲生女儿薛东琳。其他的，一个十四五岁，另一个十一二岁，薛东瑷都没有见过。

老夫人见东瑷进来，慈祥和蔼笑道："瑷姐儿，快来见过你二舅母……"

二舅母，并不是东瑷生母韩氏娘家的舅母，而是建衡伯杨氏的二夫人，继母杨氏的二嫂。

东瑷屈膝给杨二夫人行礼。

杨二夫人受了礼，给东瑷一支赤金栖凤红宝石簪做见面礼。

东瑷笑盈盈接了，又福了福，杨二夫人就忙搀扶她挨着自己坐在炕上。

"这才几年没见啊，瑷姐儿长这么大，出落得这样水灵！"杨二夫人对东瑷赞不绝口，"老夫人真会调教人。我瞧着您的孙女，一个个都是赛仙女儿般的漂亮。老夫人可得教教我，我也学学，回去打理我们家薇姐儿、彤姐儿……"

老夫人高兴地笑起来："舅奶奶过谦了。两位表小姐才是天生丽质的美人儿……"

东瑷抿唇笑，杨氏亦赔着笑。

杨二夫人又自谦了几句，拉着东瑷的手，把自己的两个女儿介绍给她："小时候见过，你怕是不记得了……"

她指了指粉色衣衫的姑娘，"这是小四薇姐儿……"然后指了豆青色褙子的小姑娘，"这是小六彤姐儿。她们都比你小……"

杨薇和杨彤就忙起身跟东瑷见礼。东瑷也福了福身子，喊了妹妹。

说着话，宝巾和宝绿把东瑷带来的两只梅瓶捧了进来，梅香馥郁，梅蕊娇艳，俏丽丫鬟素白皓腕捧着，格外清雅。

老夫人眼底的笑意更浓："这是瑷姐儿带过来的？"

她认得那是她曾经赏给东瑷的梅瓶。

东瑷恭敬道是，又笑道："院子里那株梅树开了花，想摘了几枝下来玩……想着祖母和母亲的院子都没有梅树，叫人给母亲和大伯母送了些，也给祖母带了几枝。就是怕太香了，不知祖母是否喜欢……"

"喜欢，祖母最喜欢梅香……"老夫人搂了她，满眸的笑意越发浓了，"好孩子，数你孝顺。"

让老夫人喜欢的，不仅仅是她的孝顺，还有她处事的练达。

给老夫人送了，也没忘自己的继母和世子夫人，办事周到妥帖，不给人说嘴的机会。

杨氏见老夫人高兴，附和着笑："我也有份？"

东瑷道是。

杨氏就冲她慈爱笑了笑，说了句："好孩子，难为你想着。"

然后就瞥了眼坐在一旁太师椅倚靠椅袱喝茶的薛东琳。

杨氏记得，她院子里也有两株红梅树，前几日去看她，还听到她跟丫鬟锦秋说摘了做梅花茶吃。现成的孝顺都不会，不及薛东瑷一半的精明！杨氏心中微气。

薛东琳见母亲看过来，便明白母亲的意思，不屑轻哼了一声，把头偏过去。她最看不得薛东瑷这样的，低眉顺目，见人就巴结，一副摇尾乞怜的奴才样儿，哪像高贵的侯府小姐？

老夫人明明把杨氏母女的神态瞧在眼里，却装作看不见，笑盈盈跟杨二夫人说话。

不一会儿，丫鬟问是否摆饭。老夫人就笑着起身，领着她们去厅堂吃饭。

每日吃了午饭，老夫人都要小憩一会儿，这是几十年的老习惯。五夫人明白，略坐了坐，见老夫人精神不济，就笑道："娘，二嫂刚刚回盛京，我们姑嫂好多年不见，说说体己话去……"

杨二夫人也笑道："才回来，家里一堆琐事，我也要回去了，改日再来叨扰老夫人。"

老夫人笑眯眯的，道："你们都忙，去吧，去吧。瑷姐儿在我跟前坐坐就好。"

五夫人和杨二夫人道是，领着孩子们，辞了老夫人，往五夫人的院子去。

老夫人有些累，就对东瑷道："祖母睡会儿，你在炕上练练字，晚上吃了饭再回去。前日贵妃娘娘赏了只乌鸡，听说是南边进贡的，最滋补。东西少，不分给她们了，咱们祖孙偷偷享口福。"

薛东瑷笑起来，打趣老夫人："那我跟祖母吃独食……"

老夫人大笑。

薛东瑷的大堂姐薛东婧早些年封太子良娣。三年前先皇薨逝，太子登基，改年号为元昌。太子妃封了皇后，两位诞下皇子的良娣封了贵妃。

薛东婧便是元昌帝的两位贵妃之一。

当年太子妃诞下皇长子，不足半月便夭折，薛东婧的儿子是二皇子，今年七岁，最得元昌帝喜欢。

后来皇后一直不孕。

东瑷有次听父亲跟杨氏说，再过两三年皇后还不能生出皇子，元昌帝大约会立薛东婧薛贵妃的儿子为东宫太子。薛家的富贵只怕更上一层。

杨氏听了很高兴，薛东瑷却蹙了蹙眉。月满则亏，泼天的富贵得到容易，守住难。

老夫人屋里的丫鬟宝巾、宝绿、绿浮、紫鸢纷纷进来服侍。

绿浮、紫鸢替老夫人宽衣，服侍她歇午觉；宝巾、宝绿就搬了小炕儿，拿了笔墨纸砚，替东瑷磨墨，伺候她在东次间临窗大炕上练字。

东瑷练字，宝巾一边帮她磨墨，一边小声跟她说话："……前日就得了赏，老夫人一直叫厨房好生留着，还叫人问九小姐什么时候好，就等着您过来吃……"

东瑗的手微顿。

宫里赏的乌鸡，她生病了，老夫人宁愿自己不吃，也要留着等她病好了……

这份疼爱，东瑗很动容。她垂眸，修长羽睫似小小羽扇，将她眼眸斜笼在阴影里。但是宝巾知道她眼中有泪，便借口有事吩咐小丫鬟，走了出去。

东瑗用帕子拭了拭眼角，眉梢微挑，练字时下笔越发轻盈。

那边，杨氏带着嫂子、侄女往自己的院子去。

刚刚出了老夫人的院子，生性活泼的杨家六小姐杨彤就笑道："刚刚那个九小姐，她长得真漂亮，就算是丹青圣手，亦难画她的风骨……"然后见姑母、母亲、姐姐和表姐都不说话，她有些讪，推表姐薛东琳："表姐，你说是不是？"

薛东琳脸色阴沉。

刚刚在老夫人屋里，祖母对薛东瑗那样亲昵，她就有些吃醋；后来薛东瑗的梅花送进去，母亲拿眼睛瞟她，她心中存了怒火；现在听表妹这样夸薛东瑗，心底翻腾的怒焰怎么都控制不住，她冷冷哼了声："漂亮有什么用？勾栏、戏园子的，都这样漂亮！"

"琳姐儿！"杨氏大声呵斥女儿，眼眸微沉。

把自己的嫡姐比成勾栏的，她又有什么体面？女儿这样不知轻重，让杨氏很愤然。

薛东琳不顾舅母和表姐表妹在场，怒视母亲，带着自己的丫鬟，快步回了自己的院子。

五夫人气得身子打战，扶着杨二夫人的手："看看，都是她父亲宠的！我每次要教训她，五爷就拦着，如今……如今养成这样刁钻的性格！她都十三岁了……"

杨二夫人心中好笑，薛东琳的性格，其实更多是像杨氏吧？当初她做小姑子的时候，也是这样刁钻泼辣的。

心中不屑，表面上还是要安慰她："你别气，琳姐儿年纪小，不懂事……"

"姑母，您别怪琳姐儿，都是彤姐儿不会说话，惹了表妹。"一旁的杨薇便帮着母亲劝五夫人，然后给杨彤使眼色。

杨彤不过十二岁，却是极其聪明的，领悟了姐姐的意思，便笑道："姑母，都是我不好……"

五夫人这才脸色微缓。

一行人继续往五夫人的院子走去，杨二夫人想起了什么，道："芷菱，怎么你们家老夫人如此喜欢瑗姐儿？当年娘不是教你如何对瑗姐儿吗？你这么聪明的人，怎么还是让瑗姐儿得了势？芷菱，咱们姑嫂不说假话，瑗姐儿这样受宠，对你和琳姐儿可没有好处。"

芷菱是杨氏的闺名。

想到这些，杨氏就恨得牙痒痒。

"还不是那些蠢货！"她压抑不住怒意，愤然道，"我千叮咛万嘱咐，让她们好好'照顾'瑗姐儿！可瑗姐儿刚刚在老夫人面前行走两个多月，得了老夫人几句夸赞，她们就沉不住气，一群没用的废物，枉费我从建衡伯府千挑万选把她们带出来！"

杨氏是建衡伯府第五女，亦是最小的嫡女，自小得母亲疼爱，娇生惯养。后嫁入薛家，丈夫薛子明性情温和，对她更是百般呵护。她嫁过来第三个月怀孕，生女薛东琳，一年后又生子薛华逸。

三年抱两，薛府虽人丁兴旺，老夫人也是格外看重的。她是老夫人幼子的媳妇，不需主持家中中馈，老夫人又是慈爱性子，对杨氏很宽容。她一辈子没有吃过苦，直到被九岁的薛东瑷算计。

薛东瑷生母姓韩，亦是盛京望族，她外公在先帝时官至工部尚书。

韩家在盛京颇有名气，除了他们家门风严谨清廉，便是韩家子嗣都很漂亮。

特别是到了薛东瑷母亲这一辈，几个女儿个个国色天香。

薛东瑷越来越大，眉眼间越来越像韩氏。个子高挑，肌肤雪白，鼻梁笔挺，樱唇微翘，最最出彩的，是她那双遗传自韩氏的眼睛。她斜长眸子微挑，自有风流媚态，勾人魂魄。

东瑷六岁的时候，杨氏有天去看她，她午睡初醒，云鬓蓬松，肌肤粉润，懵懂眸子流转着迷离的娇慵，杨氏瞧着就浑身发酥。

特别是她樱唇轻启，声音甜腻娇柔喊了声母亲，叫得人筋骨都软了。

杨氏回去后，满脑子都是她那媚态。

这还得了！

这么小的年纪，就如此美艳！她这模样，女人看了都心动，男人见了，还不对她百依百顺？

杨氏忧心忡忡回去告诉了自己的母亲："咱们这样的人家，来往都是皇亲贵胄，要是一个不慎，被外男瞧见了她的模样，要讨了这门亲事，可怎么办？普通人家还好，要是不幸被王爷皇孙瞧见，非要去，难道薛家敢不给？有个名分也罢，要是被兴平王那种荒淫无道的讨去，薛家既不敢得罪他，自然要给的。给了，伤的可是家族的体面。到时，老夫人不说她不本分，只说我没有教好女儿！"

大嫂、二嫂当时笑她太过于谨慎，杞人忧天了。

杨老夫人却脸色肃穆，道："你所思虑不无道理。那孩子我也见过几次，长成她那样，太过艳丽了，不得不防。要是她做出丑事，都是你这个继母的过错……还会连累琳姐儿。"

是啊，要是薛东瑷做了丑事，别人还以为杨氏教女无方，薛东琳的名声跟着受损！

杨老夫人想了想，道："你要服侍姑爷，又要照顾琳姐儿和逸哥儿，总是防着她，岂不是要三首六臂？与其这样，不如主动一些……让薛家上下都知道，她不仅仅长得狐媚，性子亦轻佻，不服管教，将来不管她出了何事，薛家算不到你头上。"

杨氏大喜。

回来之后，便跟身边得力的妈妈商议，最后把自己身边的两个二等丫鬟木棉和杜梨换给东瑷。东瑷的乳娘汤妈妈虽不是杨氏的陪房，亦不是韩氏的，很好收买。

就这样，三年下来，薛东瑷轻佻粗莽的性子名声在外，阖府上下都避着她，杨氏心情甚悦。

哪里想到,她九岁时从树上摔下来,昏迷了三天就突然醒来,看着杨氏的神情很奇怪。

她躺在床上,杨氏却感觉她的目光深敛,看不出一点情绪,不似少女的欢快与单纯,令人发怵。

她当时没有深想。半年后,就出事了。

先是杨氏努力培养的汤妈妈被撵了,老夫人还私下里言辞告诫她一番,说她疏忽了对东瑗的照顾,把汤妈妈那种毫无德行的放在嫡小姐身边。

没过几个月,木棉和杜梨被卖到娼寮。

老夫人一向宽容,把做错事的下人打个半死,还要卖到娼寮,是第一次。杨氏也是第一次知道老夫人手段如此果决强悍。

第二天薛老夫人当着家里的妯娌教训她,言语里,句句暗示杨氏迫害东瑗,这才是杨氏一生中受过最大的屈辱!

她从未这样失过体面!

这些话,杨氏自然不会跟自己的二嫂说。

她只是很气愤说汤妈妈、木棉和杜梨误会了她的意思,对东瑗出手,结果薛老夫人把账算在她头上,一副无辜模样。

杨二夫人听了心中直笑。当时婆婆给杨氏出主意,并没有避讳她和大嫂,难道杨氏没有听进去?见杨氏把过错都推给下人,杨二夫人明白她不想多谈这个话题,随着她的意思,把话题绕开。

东瑗坐在老夫人东次间临窗的炕上练字,一练一下午,既不烦躁,亦不喊累。

老夫人睡了两刻钟便起来,正好二夫人带着五小姐薛东蓉过来问安。

外面天色越来越沉,没过半盏茶的工夫就下起雪来。

"今年的雪可真大……"二夫人愁苦道。

五小姐薛东蓉却笑:"瑞雪兆丰年,明年定是风调雨顺……"

老夫人最喜欢听这种乐观的话,当即笑起来,问了冯氏和薛东蓉几句,就道:"外面下雪,天怪冷的,你们娘儿俩陪我摸牌,晚上留在这里吃饭。"

二房的二老爷病逝将近十年,二夫人冯氏有一子二女。儿子薛华轩在薛家兄弟中排行老三,前年外放四川知府,带着妻儿上任,不准备回京过年;一个女儿叫薛东婷,薛家姐妹里排行老四,四年前嫁到定远侯府,成了定远侯的第三儿媳妇。

另外一个女儿,便是五小姐薛东蓉。

薛东蓉今年十七岁,尚未出嫁,是薛家的老姑娘。她娴静和善,薛府上下都很喜欢她。

五年前她跟陈国公府的世子爷定了亲。陈国公府是四皇子的外家,先帝晚年体弱多病,四皇子起了弑父篡位的歪念,陈国公府帮衬着。计划落败后,陈国公府被抄家灭族。

薛家是太子的外家,自然划清界限,主动退亲。当时风头不好,薛家不敢给五小姐再议亲,拖了两年。然后就是国丧,一直耽误至今。如今二房,只有冯氏和五小姐薛东蓉,老夫人可怜她们母女孤寂，总是留她们母女在身边说笑。

一听要摸牌，薛东蓉附和笑："好啊。"然后看了眼在一旁安静练字的薛东瑷："九妹也来。"

薛东瑷抬头，盈盈照人的眸子漾动，微带羞赧道："我不会……"

老夫人也道："不要她。她不会摸牌，跟她摸牌累死了，总是要等着她……"

冯氏和薛东蓉都笑。

听说老夫人要摸牌，老夫人房里的管事妈妈詹妈妈就吩咐丫鬟在厅堂支起牌桌。

老夫人就喊詹妈妈："让宝巾她们伺候，你来凑个席。"

詹妈妈没有推辞，便跟着凑了数。

她们在厅堂摸牌，不时有老夫人的笑声传到东次间。东瑷依旧安静一笔一画写字。

两圈没有打完，听到丫鬟说老侯爷回来了。

老夫人笑："今天回来挺早的……"

然后外面窸窸窣窣裙摆移动的声音。

东瑷放下笔，起身下炕。在一旁伺候的橘红忙帮她穿鞋。

镇显侯是东瑷的祖父，三朝元勋。新帝登基后，感念薛老侯爷的功勋，封他为当朝太师，以示新帝对老臣的恩宠。虽是三公之首，却并无实权。

六十多岁的薛老侯爷身体健朗，紫红色御赐蟒袍玉带，格外精神。他脸颊黧黑中微带着健康的红润，看着儿媳妇和孙女等人，笑着让她们起身，道："摸牌呢？"

老夫人由詹妈妈扶着，道是。

"你们继续玩……"老侯爷声音洪亮有力，然后转身去了净房更衣。

丫鬟们忙去服侍。

老夫人便道："离吃饭还有一个时辰呢，侯爷要去书房的，不妨事，咱们继续……"

几个人又坐了回去。

东瑷也回东次间继续练字。

片刻，薛老侯爷从净房出来，看到乖巧的东瑷，便笑着坐到她对面的炕上。

东瑷忙起身行礼。

老侯爷让她坐下，然后拿起她的字看。

"进益了……"老侯爷点头，"字越写越好……"

这样的夸奖有些违心，东瑷的字真的不敢恭维。她讪然笑了笑，道："我一直在练，先生说锋锐有余，圆润不足，不像女子的字体，让改改……"

老侯爷又看了一眼，哈哈大笑："谁说女子的字就一定要娟秀？我瞧着瑷姐儿的字饱满苍劲，甚好！"

东瑷汗颜。因为是自己的孙女，老侯爷自然觉得好，外人可不会这样认为。字如其人，写了一手这么粗犷的字，旁人看了，只怕嫌弃她不够温婉贤良。

这个时代背景下，女子的品德之一，便是谦恭。如此霸气的字，与女子美德背道而驰，东瑗不得不努力改进。

老侯爷又问了她的学问，两人说了半天的话，他才去书房。

晚上吃了饭，东瑗辞了老夫人和老侯爷，带着丫鬟回了她住的拾翠馆。

东瑗等人告退后，原本笑呵呵的老侯爷脸色一瞬间阴沉下来。

老夫人瞧着，便知道他有事要说，遣了屋里服侍的，自己给老侯爷倒了杯热茶，复又坐在他的下首。

"今日下了早朝，皇上把我叫去御书房，说了三个时辰的话，还让御膳房赐了午膳……"老侯爷的语气很沉闷，甚至有些沉痛。

老夫人心中咯噔一下。

"皇上跟侯爷说什么了？"老夫人心中大震，却很快敛了情绪，声音平静慈祥。岁月沉淀，她早已练就处变不惊的淡然。

老侯爷瞧着，欣慰一笑，刚刚的阴沉减轻了三分。

"皇上让我讲解司马文正的资治通鉴……"老侯爷深深叹了口气，"我不知皇上何意，他一篇篇问，我就一篇篇说。刚刚坐下来不过两盏茶的工夫，萧国公就来了。"

萧国公，是指皇后的父亲萧衍飞，官拜三公之一的太傅。

先帝在世时最看中兵部尚书萧衍飞，把他的幼女封为太子妃。晚年时又怕诸位皇子篡位，太子应付不过来，就把萧衍飞提为当朝太傅，一来辅弼君主，二来辅助太子顺利践祚。

太子成为元昌帝，萧国公依旧是太傅，他的女儿成了皇后。

薛老夫人听着老侯爷话里话外暗含深意，略微思量，便道："皇上和侯爷在御书房说话，不过两盏茶的工夫，萧国公就赶去了……皇宫深院，皇上已经不能当家作主了……"

最后一句，她的声音压得很低。

薛老侯爷却很认真地颔首，并不责怪老夫人僭越。女子议论朝政，有失本分，可老侯爷早年就习惯了老夫人的睿智与精明，不管朝中任何大事，总是愿意与老夫人谈谈。

老夫人少时跟父亲在任上长大，充当男儿教养，史书比老侯爷还要熟悉，针砭时弊精辟准确。

"萧国公官拜太傅，手握军政大权，党羽遍天下，朝堂早已是他一手遮天，比三年前还要嚣张。如今，不仅仅是朝堂，就是皇家大院，御林军十有八九是萧国公的人……"薛老侯爷口吻里暗携几丝愤然。

老夫人静静替他续了杯热茶。

"皇上让我讲解史书，我就讲。我讲了三个时辰，萧国公在一旁坐了三个时辰。快要午膳的时候，皇上说皇后最近身体不好，让国公爷去瞧瞧。萧国公才离去。他一走，皇上就望着我说，'镇显侯爷，这御书房快要姓萧了，朕叫什么元昌帝，改叫汉献帝好了！'"薛老侯爷将手里茶盏重重搁在茶几上。

老夫人眼角直跳。

汉献帝，被曹操捏在手掌的那个傀儡皇帝？

"侯爷怎么说？"老夫人声音发紧。

薛老侯爷道："我能怎么说？我只得装傻问皇上，刘皇叔何在，孙仲谋何在……"

老夫人脸色有些苍白，嘴唇微微翕动。

朝廷争斗向来残酷，哪怕是百年世家，一朝不慎就抄家灭族。

老侯爷一生谨慎，临到晚年却要卷入这样的纷争里？

老夫人心惊肉跳。

"皇上倒也没有抓住不放，让我陪着用午膳，就闲谈家事，把我当成长辈诉苦。他说，皇后身子不好，多年未孕，又对后宫其他妃嫔手段狠辣，早失了母仪天下的德行。明年，皇上践祚满三年，五月里要广选佳丽充盈后宫。还说二皇子天资聪颖，秉性纯良，薛贵妃贤德宽厚，恭谦温和……"薛老侯爷看了看老夫人，眼梢的疲惫再也掩饰不住。

老夫人的脸色更加难看了。

皇上在贿赂薛老侯爷！先说皇后失德，又说薛贵妃品行优良，二皇子聪慧纯良，是想告诉薛老侯爷，如果他能辅助皇帝铲除萧国公，他就会废了萧皇后，立薛氏东婧为皇后，封薛贵妃之子二皇子为太子。

还说明年要广选后宫，是说薛家倘若还有女儿，可以送进宫做皇妃。这样泼天的恩情抛下来，任谁都会被打动吧？可狡兔死走狗烹，萧国公倘若被铲除，整个朝堂之上，还有谁权势大得过薛老侯爷？

功盖天下者身危！

"侯爷！"老夫人再也镇定不了，"您不能……"

"我明白，夫人放心。皇上说这些话的时候，我都在装傻充愣，没有答应任何事。"薛老侯爷拉过身后的引枕，斜斜依靠着，"我十五岁丧父，世袭了镇显侯，历经三朝，什么风浪没见过？到了这一把年纪，只盼儿孙福泰安康，家族兴旺，朝中之事早无兴致。若不是贵妃娘娘多次召见，说新帝登基，让我看在二皇子和她的分上，辅佐几年，我早就退隐田园了！含饴弄孙，颐养天年，才是我这把年纪应做之事啊！"

老夫人提在胸口的那口气，才缓慢放下。

"贵妃娘娘那里，要叮嘱几句：此前最要紧，就是隐忍！"薛老侯爷继续道，"只要她和二皇子能忍，愿意伏低做小，这场风浪过后，他们母子便是锦绣前程！"

薛老夫人道是："过几日腊八，我给贵妃娘娘递牌子，进去看看他们母子。"

说罢，她又微微蹙眉："可皇上不会轻易便放过侯爷的。萧国公不除，皇上寝食难安，他能倚仗的，也只有咱们这些外戚……"

她尚未说完，发觉薛老侯爷脸上的笑意有些狡黠。

"您想到了法子？"老夫人也笑。

"我临出宫的时候，看到皇上身边的御前行走盛修沐，问他今年几岁，成亲了没有。他说没有，我就跟皇上说，该给盛大人指门亲事，我们家好几位姑娘待字闺中……皇上和盛大人很吃惊，估计盛大人回去要跟盛侯爷商议，明日早朝再说吧。"

盛侯爷，是指盛昌侯盛文晖，兵部尚书。

元昌帝的后宫妃嫔中，皇后之下只封了两位贵妃，除了二皇子生母薛贵妃，就是三皇子生母盛贵妃，盛昌侯府的大小姐！

薛老侯爷口中的盛修沐盛大人，是盛昌侯第三子，御前四品带刀侍卫。

表面上，薛老侯爷的主意很不靠谱。可仔细思量，堪称一绝！

萧皇后倘若被废，后宫里能封后的，大约只有二皇子的生母薛贵妃和三皇子的生母盛贵妃。为了太子和后位，薛家和盛家必成仇！就算不废后，只要皇后无子，太子就会从二皇子和三皇子中二选其一。为了东宫之位，薛家和盛家必然是一番恶斗。

就算没有萧家，薛家和盛家为了各自的权益，永远不可能成为盟友！

现在萧国公架空了皇帝权势，还威胁到了皇家内院皇子和妃嫔们的安全，薛家担心薛贵妃和二皇子，盛家同样担心盛贵妃和三皇子。

有了共同的敌人，薛老侯爷提出和盛家结盟，他们很可能为了共同的利益走到一起。

等到萧国公被铲除那天，共同的敌人消失，薛家和盛家的结盟亦会自然瓦解，皇帝不需要担心新的党羽出现，架空皇权。

"侯爷，您太阴险！"薛老夫人忍不住哈哈大笑，"这样的主意，怕是皇上都不敢想！"

薛老侯爷也笑："如今的形势是如履薄冰，先把盛氏拉过来搀扶一把，等挨过这个艰难时期再斗不迟！盛昌侯是聪明人，他定会明白我的意思，这门亲事大约会成。等明日我得了准信，你再思量下，咱们家哪位姑娘嫁过去……"

然后话题就转到了家里尚未定亲的姑娘身上。

"大房、三房、四房的姑娘全部嫁了，适龄的，只有二房的小五蓉姐儿，五房的小九瑷姐儿，小十婉姐儿、十一姝姐儿、十二琳姐儿……"老太太仔细跟老侯爷说着家里的待嫁的孙女，"婉姐儿和姝姐儿是庶出，盛家怕是不同意，就只剩下蓉姐儿、瑷姐儿和琳姐儿……"

"瑷姐儿就不必考虑了。"薛老侯爷道，"你想想是蓉姐儿和琳姐儿哪个合适……"

薛老夫人微愣。

"怎么，你们定了瑷姐儿？"她的声音有些紧。

薛老侯爷望着老夫人，亦目露诧异："你以为呢？"

"当然是蓉姐儿！"老夫人骇然，"不是定小五蓉姐儿，当初为什么和陈家说亲？那时老大明知陈家可能谋反，还把蓉姐儿说给陈国府的世子，不就是想名正言顺把蓉姐儿留下来吗？"

薛老侯爷也有些诧异："可我听老大和小五的意思，他们是定了瑷姐儿的……你又把瑷姐儿养在身边。因为孩子年纪小，我就没有管这件事，还以为你也看中瑷姐儿……"

因为孩子小，因为事情还要再等几年，所以有些话从来没有放在明面上说，家里的长辈却很清楚，对家中嫡女用不同的方式培养成人。

可今晚这样的谈话，老夫人突然发觉，她和男人们的想法有些出入……大家好像彼此都误会了。

薛老侯爷盘算着把盛家绑在一起，盛昌侯府那边得了音，盛侯爷和世子盛修颐、三少爷盛修沐、夫人康氏亦在商议。

今早下朝后，皇上突然留镇显侯薛太师去御书房说话，盛昌侯是知道的。他当时心中隐隐不安，皇上今日找薛老侯爷，怕是要说萧太傅横行朝野之事。

明日也该轮到他了。

薛家想要二皇子得东宫之位，盛家同样指望三皇子荣登大典，两家都有所图，便能为皇上所用。可他没有想到，薛老侯爷居然先皇上一步，把盛家拉下水。

薛盛两家亦是被逼上梁山。

两位皇子年纪相当，不说萧太傅如此张狂，就是萧太傅安分守己，皇后三两年再无所出，太子定是从两位皇子中选出。

如今萧太傅功高盖主，就算皇后诞下嫡子，皇上怕也要顾忌三分。

最后，太子之位还是要落在二、三两位皇子头上。

如果二皇子选为储君，三皇子的处境堪忧。就算三皇子安分守己，二皇子是否放心他？落败的那位皇子，只怕是死路一条。那么薛家或者盛家可能被连累。

不管是薛家还是盛家，都只有一条路可走，便是助各自的外甥得荣登东宫之主。

薛家和盛家就永远不可能成为盟友。

可现在，有人想把皇帝换了，想把二皇子和三皇子一网打尽。两位皇子东宫之争的前提，是保障皇位还是皇家的。皇位保不住，太子又能如何？

此前萧太傅是薛家和盛家共同的仇敌。因为这个仇敌，薛家便能和盛家结盟，拧在一起。

"薛镇显历经朝堂五十年，靠的可不是运气。皇上现在被萧太傅逼得举步维艰，想要靠外戚辅助，必须默许外戚结党。可事成那日，结党外戚定会被忌讳，朝不保夕。薛镇显太精明，他肯和咱们家结盟，我们两家合力，胜算要大很多，也让皇上无后顾之忧。"盛昌侯感叹道，"薛镇显真是只老狐狸！"

"爹，您最近不是总担心这件事？"世子盛修颐道，"如今，总算有了个两全其美的法子！既能解皇家之围，又不置盛家于险境……"

十九岁的盛修沐听了，亦微微颔首："薛老侯爷转身才走，皇上面上的喜色就禁不住！"

"就是说，咱们家要娶薛氏女做媳妇了？"盛夫人康氏不似他们父子乐观，眼底有掩不住的忧色，"萧太傅被铲除后，后位、太子之位的争夺，咱们同薛家，是场血战！替沐哥儿娶薛氏女为妻，不管咱们家败了还是薛家败了，沐哥儿房里可就翻天了！"

说罢，她担忧看了眼年近十九岁却沉稳干练的小儿子盛修沐。

盛侯爷哈哈大笑："谁说沐哥儿会娶薛氏女？"

盛修颐、盛修沐、康氏都微愣。

须臾，世子盛修颐问："父亲，您是想，让我娶薛氏女？"

盛修沐和康氏还是不太明白，目光随着盛修颐的话，疑惑地转到他脸上。

盛侯爷眼底就露出满意之色，笑意更盛："不错，咱们要娶薛氏女做盛昌侯府的世子夫人！"

盛修沐恍然大悟："父亲，如果大哥娶了薛家小姐，倘若将来薛家落败，咱们家可以神不知鬼不觉把世子夫人给……"他做了一个杀的手势。

康氏心头一跳。

政治肮脏龌龊，且流血牺牲不亚于一场混战。

她亦明白了盛昌侯的谋划。

盛昌侯世子盛修颐今年二十八岁，因为盛贵妃的缘故，盛家怕盛极而衰，不敢让盛修颐建功立业，只准他韬光养晦。

元昌帝践祚九五，封了无功名无战绩的盛修颐刑部郎中，五品官。

盛家和薛家一样的百年望族，大风大浪里兢兢业业，才有今日的富贵荣华。越是这样的人家，越是沉得住气。

盛修颐五岁时跟徐家大小姐定了娃娃亲，他八岁时，徐家大小姐病逝。十六岁娶陈国府七小姐为正妻，生子盛乐郝。

五年前，陈国府暗中支持四皇子谋逆。为了辅佐太子，盛氏父子四处游走活动，跟薛家一样，只求太子平稳登基。

这件事让世子夫人陈氏知晓了。她居然潜入外书房，试图偷密报给陈国公。被盛修颐当场抓获后，关了起来。

四皇子败落，陈国府被抄家灭族。第二天盛修颐的夫人陈氏暴毙。

为了掩人耳目，盛家翻出当年跟盛修颐定了娃娃亲的徐大小姐说事，说盛修颐克妻！

三年前太子顺利登基，盛家二小姐盛修辰封了盛贵妃，那些眼皮浅的人家不顾盛修颐克妻的谣言，非要给他说亲。

盛老侯爷怕陈氏暴毙的事被御史弹劾，就让人四处散播谣言，把盛修颐克妻之事夸大其辞。一开始大家不太相信，毕竟世子夫人陈氏为何而死，稍微有点见识的都能明白。可谣言愈盛，盛修颐克妻就传遍了京华。

大家开始将信将疑，后来就深信不疑，再也没有人给盛修颐说亲了。

为此，盛夫人康氏每每长吁短叹。

现在听到老侯爷说把薛氏女说给盛修颐，盛修沐又做出"杀"的手势，康氏顿时明白过来：他们父子谋划着，一旦薛家身陷险境，身为世子夫人的薛氏就会被原本"克妻"的盛修颐克死。

倘若薛家没事,盛家可以对外说,盛修颐命格太硬,非福禄双全的女子不能匹配。薛家小姐命里富贵,才能配得上盛昌侯世子。

不管结果如何,胜方都是盛家!

可抛开这些政治算计,盛修颐几度丧妻,对他是何种打击!

"倘若薛氏再被克死,将来颐哥儿就真的要孤独到老了……"盛夫人心疼看了眼长子。

盛侯爷却笑起来:"夫人多虑了。若薛氏必须被克死,那就说明颐哥儿是未来太子爷的亲舅舅!单凭这点,京都望族的千金小姐会排着队儿往咱们府里送,夫人到时别挑花了眼……"

盛夫人不敢反驳盛昌侯的话,微微颔首。

就算是定下盛修颐娶薛家小姐了。

盛昌侯又问薛家适龄的小姐有哪几位。

"我同薛家不怎么走动,又从未想过娶他家女儿,不太清楚他家有哪些小姐未嫁。"盛夫人笑道,"侯爷派人去打听打听……"

盛昌侯当即叫了管家进来,让他去打听薛老侯爷的孙女。

没过一个时辰,管家就回来了。

"嫡出的五小姐、九小姐、十二小姐,庶出的十小姐、十一小姐……"管家说罢,还一一把这五位小姐的情况仔细告诉了盛昌侯。

遣了管家下去,盛昌侯、盛夫人及两位少爷又陷入沉思。

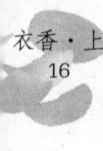

"五小姐,就是当初跟陈国府定亲的?"盛夫人问道。

"当年陈国府谋逆的前三个月,薛府才同陈家说亲。我当时还奇怪,薛老侯爷到底要做什么。后来才明白,他们家大约是想把这位五小姐留到新帝四年选秀……"盛昌侯见盛老夫人开口就问五小姐,便知道她大约看中了薛东蓉,当即泼冷水。

贵妃娘娘们都会老,圣恩总有耗尽那天。家族为了永久的圣恩,就会不停送年轻美貌的嫡女进宫固宠!不仅是薛家,盛家的三小姐盛修琪今年八月就满了十七岁,至今未说亲。外人一看就明白,盛家三小姐亦在等明年的选秀。凭借薛老侯爷和盛老侯爷的功勋,只要送了嫡女进去,皇上就会接纳的,不需要担心落选。

望族需要圣恩,皇帝亦需要望族贵胄的支持。

盛老夫人有些失望,沉思道:"就只剩下九小姐和十二小姐……她们俩是一个房头的,长幼有序,姐姐不说亲,不可能先给妹妹说亲的!那,咱们家不就只能娶九小姐?"

盛昌侯想了想,点头。

"可……"盛老夫人眉头深锁。

她想起去年文靖公主府唱堂会时见到的那位小姐。穿着月白色褙子,青豆色湘裙,头上戴着白色珍珠簪子,素雅大方。可她站在盛装浓抹的小姐们堆里,明明那么素净的衣衫,

盛老夫人还是一眼就看到了她。

那高髻下的眉眼，精致妩媚，雪色肌肤塞初雪，樱红唇瓣若桃蕊，眸子乌黑似泼墨，步履稳重却婀娜多姿，异样的妖娆妩媚。

太扎眼了！

她那模样，不是公卿之家的世子爷能消受得起！只有龙子皇孙，才能得到这样的佳人吧？

"侯爷，薛家真的不打算送九小姐进宫？"盛老夫人试探着问道，"您没有见过薛九小姐，不知道她多漂亮。她若是进宫，那就是泼天的恩宠……她若是进了咱们家，只怕咱们家这小庙安不了那么大的佛！我看，咱们还是定薛十二小姐吧……"

盛老侯爷若有所思："九小姐？"

然后又叫管家仔细去打听薛九小姐的事。

朝中大事，养在深闺的东瑗一概不知，她只是关心些家宅小事。

在祖母那里吃了乌鸡，次日薛老侯爷下朝后脸色不虞，听祖母屋里服侍的紫鸢说，老侯爷下朝回来，神色不善，遣了屋里服侍的大小丫鬟后，把一只青花瓷描金茶盏给砸了。

可东瑗去请安，老侯爷依旧笑眯眯的，很慈爱跟她说起练字，还说她的字体苍劲沉稳，小小年纪如此心胸，很是难得，又叫老夫人把内书房的一块砚台赏了她。

老夫人笑："侯爷舍得啊？当年老大要，您可是沉着脸不答应的……"

有东瑗在场，老夫人称镇显侯世子薛子侑为老大，而不是侑哥儿。

薛老侯爷莞尔："还能带到棺材里去？赏了瑗姐儿，把字练好……"

东瑗满头雾水接了。后来一打听才知道，那是曾祖父留给祖父的，祖父向来看重，有次丫鬟收拾书案时，不慎用镇尺撞了下，老侯爷当即骂那丫鬟笨手笨脚，遣了出去。

她顿时觉得这砚台炙手，拿回来也不敢用，叫橘香收在箱笼里。

又过了一天，东瑗早上去给老夫人请安，屋子里服侍的宝巾拦了她："九小姐，侯爷病了，在老夫人这里静养，吩咐了谁都不见……"

昨儿瞧着气色还不错，怎么今日就病了？

东瑗担忧问："请太医瞧了吗？是什么病，开了什么药？"

宝巾正要说，内室的毡帘一撩，穿着葱绿色绫袄的宝绿走出来，笑盈盈望着东瑗："九小姐，侯爷让您进去……"

宝巾便退到一旁。

东瑗脱了青石羽缎披风交给自己的丫鬟橘红，宝绿帮她褪了足上的木屐，小丫鬟撩起毡帘，两人进了老夫人的卧室。

墙角摆了一盆含苞盛绽的腊梅，修剪非常整齐。那花盆雪色瓷片，用朱砂描了血梅凛然，衬托着腊梅的虬枝，格外醒目。

老侯爷穿了件家常灰鼠皮袭袄，依偎着银红色弹墨引枕看书，老夫人坐在一旁，用银筷拨弄着铜手炉里的灰，看到她进来，老侯爷和老夫人都笑了笑。

东瑷微愣，不是生病了吗？

老夫人手腕上戴了串香檀木雕刻的成十八罗汉的佛珠，从宽大袖底露出来，靠近便有幽静的檀香。

"来，到祖母这里来……"老夫人总是用哄孩子般的语气跟东瑷说话。

东瑷便坐到了老夫人身边。

老夫人拉过她的手，有些心疼："手这样凉，来的时候也不知道捧个手炉？橘香定是偷懒，不知照顾你……"

东瑷笑："没有，橘香姐姐让我抱着手炉……就几步路，哪里就冻死我了？捧着麻烦，我没要……"

老夫人嗔怪着说了声这孩子，就让宝绿拿了个小巧铜手炉给她。

那手炉不过苹果大小，比家里平常用的小巧精致，四周雕刻着盘螭纹，手炉柄上还有一块雪色的暖玉，贵重华丽，东瑷眸光微亮。

老夫人见她喜欢，就笑道："好玩吧？"

东瑷连连颔首，注意力从老侯爷身上转移到了铜手炉上。

"这是西边的天罗国今年新进贡的。这铜和暖玉都是从雪山底下挖出来的，就算没有银炭，铜炉本身也暖和。总共五个，太后娘娘一个，皇后娘娘一个，咱们家贵妃娘娘和盛贵妃娘娘一个，大公主一个。贵妃娘娘嫌太小，今天侯爷进宫，特意召侯爷去内殿，让侯爷带回来给家里的姐妹玩……你拿着吧。"老夫人笑着解释。

东瑷心中微动，她忙推辞："太贵重了，我要是弄坏了，辜负了贵妃娘娘的厚爱……"

她语气里有些娇憨，有种不谙世事的天真，可背后微寒。

老侯爷明明身体健朗在家里看书休息，却称病不上朝；贵妃娘娘昨日召老侯爷进宫，赏了这么贵重的手炉给家里姐妹，老夫人还留给她……难道……

自从知道家里有个堂姐是太子的良娣，东瑷心中便隐隐不安。

后来新帝践祚，堂姐封了贵妃，她心中明白一件事：她们这群姐妹里，总有人要送进宫去，代替贵妃娘娘，为宗族固宠。

选秀是登基三年之后，第四年的五月，也就是明年五月。而东瑷，正好明年及笄。

薛东琳年纪太小，符合进宫条件的，只有她和五姐薛东蓉。

她心中猜测着，进宫的人，最大可能是五姐。五姐曾经定亲的人家被灭族，她的亲事就一直没有着落。

可仔细一想，就能明白是薛家在找借口把薛东蓉留到新帝选秀。

而薛东瑷也一直没有说亲……她亦不敢肯定排除自己进宫的可能性。

她容貌出众，比五姐妍丽，更加容易获得圣宠，为家族添荣耀。

东瑷捧着手炉，手指微紧。

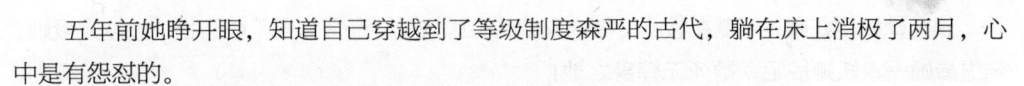

五年前她睁开眼，知道自己穿越到了等级制度森严的古代，躺在床上消极了两月，心中是有怨怼的。

后来，她身边的丫鬟杜梨去端热水，半天气哄哄回来，说小厨房封火了，只剩下半盆。

还对另外一个丫鬟木棉抱怨说："……倘若摔死了，咱们回五夫人屋里，不说锦衣玉食，至少不会这样受人白眼！平白无故，我们苦命受她牵连。"

最后，还把那半盆热水给泼了。小丫鬟们个个凝神屏息不敢出声。木棉劝她别生气。

东瑷一个骨碌从床上爬起来，吩咐木棉："伺候我洗脸吧！"

木棉诧异，她明明听到了杜梨的抱怨。杜梨也微讶。

见她们俩不动，东瑷又叫了旁边粗使丫鬟端水来。那丫鬟结结巴巴说没热水了……

天寒地冻，滴水成冰的季节，没有热水怎么洗脸？

东瑷重复了一遍："去端水来我洗脸！"

杜梨以为东瑷是挑衅，冷哼了一声，出去端了盆冰凉刺骨的冷水进来，斜睨了她："九小姐，您也忒不懂事！天这样寒，把我们不当人使，任着自己的性子来！"

东瑷好笑，伺候她洗脸就寝，不是杜梨作为贴身丫鬟应该做的吗？怎么还责怪东瑷故意刁难？

东瑷笑了笑，自己拿了帕子，沾着那寒水洗脸。

刺骨的寒意顺着脸颊，沁入心脾。她也瞬间醒悟过来，怨气不能给她带来任何好处，唯有改变，顺应这个时代的规则，才可以活下去！

连个丫鬟都敢欺负她！

洗完脸，她冷冷将帕子摔在脸盆，溅了杜梨一身的水。杜梨尖叫，要不是木棉拉着，大约会跟东瑷吵起来。东瑷则看也不看她，径自上了床。

霜重漏深的冬夜，她躺在床上睡不着，仔细谋划着如何把屋里这些吃里爬外的人解决。

这才有后来老夫人遣汤妈妈、卖木棉杜梨的事。

她一点点努力，不急躁沉住气，获得老夫人的认可、好感、喜爱，以至于今天的溺爱。

老夫人宠爱她，不代表观念跟她一样。

东瑷是新世纪的职场小白领，来到这个时空这些年，她早已逼迫自己认命，顺应这个时代的法则。可她对婚姻是有底线的，第一条就是不入宫门。

古代婚姻对女子是不公平的，三妻四妾的法度更是对女人身心的迫害。

而皇宫，把这种迫害夸大到了极致！

近百佳丽争宠……想想都骨头里发寒。

倘若她早生几年，能嫁给太子，将来母仪天下，或许她愿意忍受惨无人道的宫廷生活。可太子比她大十岁，早已娶妻，而今也封了皇后。

东瑷进皇宫，只是皇帝的妾。

她倘若端庄贤德，循于礼教，皇帝会厌烦。

倘若她妖娆妩媚,不遵礼教,又是这天成的狐媚模样,皇帝如果不能自控,过度宠爱她,御史参她一本妖姬佞妃,她死无葬身之地!

可老夫人是古人,她自小受的教育里,皇妃是人上人。就是老侯爷见了贵妃娘娘,都要三拜九叩。能进宫,是女人最顶端的前程。

进宫为妃就是莫大的荣誉,是极佳的机会。老夫人不会因为溺爱她,帮她争取这个机会吧?

想到这里,东瑷心底再也静不下来,似春燕轻掠过湖面,阵阵涟漪。她不禁望了老夫人一眼。

老夫人慈爱问她:"怎样,这手炉是不是轻巧又暖和?"

手炉是很轻,不过苹果大小,捧在手里毫不累赘,暖流沁入雪肤,在她掌心扩散,缓慢入心扉,心房亦跟着暖和。

不管老夫人如何安排,都是为她考虑……既然观念不同,那自己应该想想,如何让老夫人明白,进宫对于女人,就是判了死刑。

她相信人与人的交往,并不都是尔虞我诈,老夫人这些年对她的恩情,并不是处心积虑的谋划。

念头从心尖掠过,东瑷觉得老夫人的声音依旧慈爱轻柔,入心定神。她笑容甜腻纯净:"很轻巧,很暖和。祖母,五姐流萤馆比我的拾翠馆远,每次她来,捧着那么重的手炉也很累。我想送给五姐……"

老侯爷便望了她一眼,眉眼的笑意越发深浓。

姐妹之间和睦友爱,谦虚礼让,家族才会团结,宗族才能兴旺。

老夫人听了,顿时不悦:"你是嫌捧着麻烦!这个你拿着,祖母有东西赏你姐姐!"

东瑷只得笑嘻嘻往老夫人怀里钻:"您非要揭穿我!我想孔融让梨,博个贤名都没机会。"

老侯爷和老夫人听了,都哈哈大笑起来。

笑声未落,内室毡帘微晃,大丫鬟宝绿走了进来禀道:"二夫人带着五小姐过来请安。"

老夫人搂着东瑷,对宝绿摆摆手:"今日我这里清静一天,都拦着吧。"

宝绿恭声道是,退了出去。

片刻,外间有木屐踩踏之声,渐行渐远。

老侯爷问东瑷最近念什么书。

他好像对东瑷的学问很感兴趣。

四书五经她就算学了亦用不上,诗词歌赋对她的人生仅仅锦上添花,针黹女红才是她应做的本分。因为字不好,而将来出嫁,需要写字的地方不少,所以她在写字上很花功夫。这些门面上的,必须过得去才行。除此之外,就是跟着罗妈妈和橘红橘香做针线,绣花缝衣,哪里还念书?

老侯爷眸光里带着殷切，东瑷心中惭愧，羞赧起来："女四书还没有读完……"

然后偷偷打量祖父的神色，见他眉宇噙笑，听完她的话，没有不虞，就调皮着说笑："我太笨。夫子原本想着，等我把女四书都背熟，还教我几首前朝诗词。怎奈我太笨，十天半个月背不熟一篇，夫子先气馁了。诗词就不提了，只求我赶紧把女四书背熟，好交祖母的差。他还说，幸好我是女儿身，不用考功名、习八股时文，否则就是三倍的束脩，亦不到我们府上坐馆。"

老侯爷又笑起来。

相处时间越久，老侯爷越发喜欢这个孙女。有人在的时候，她温柔娴雅，说话曼声絮语，举止优雅娴静；单独一处的时候，她便调皮烂漫，常有妙语逗人捧腹。

老夫人就捏她的脸："侯爷您瞧瞧，她偷懒不用心念书，还找了这么一堆借口，也不知道像谁……小五的学问可是咱们家孩子最好的！"

小五，薛东瑷的父亲薛子明，永兴四十五的状元郎。

"像我！"老侯爷大笑，"我小时候就不爱念书，总是在父亲面前挑夫子的毛病！"

"哎哟，原来出处在这里！"老夫人夸张打趣老侯爷，惹得老侯爷又是一阵笑。

东瑷亦跟着笑，屋子里的沉闷一扫而尽，老侯爷的精神比东瑷刚刚来的时候还要好。

老夫人这才微微放心。

紫鸢端了茶进来，给他们续茶。

宝绿又匆匆撩帘而入，道："侯爷，老夫人，葛大总管说有急事见侯爷。"

葛大总管是薛府的大总管葛陶祥。

老侯爷眉梢便有了几缕烦躁，沉声道："让他进来说话。"

葛大总管今年四十来岁，从前是老侯爷身边的小厮，从小服侍老侯爷的。他穿了件天青色裰袄，先给老侯爷行礼，再给老夫人和东瑷行礼，才道："侯爷，乾清宫的娄公公来了，在外书房等着见侯爷。"

娄公公，是禁宫太监总管，皇上身边服侍的。

老夫人急忙起身，要喊宝巾、宝绿、紫鸢、绿浮几个大丫鬟进来替老侯爷更衣。

老侯爷拦住了她，对葛陶祥道："你去回了娄公公，说我病得神志不清，在内院养着，不能出去见客。"

葛大总管眸中有了丝为难，看着老侯爷。

老侯爷眼角微挑，眸子变得锋利。

葛陶祥忙行礼道是，转身疾步跑了出去。

"侯爷，您何必……"老夫人语气里有些担忧，看了眼旁边的薛东瑷，话咽了下去。

老侯爷一瞬间面笼寒霜，冷哼一声。

薛东瑷心中一跳，发生了什么大事？薛老侯爷向来不会恃宠而骄的，这次是怎么了？这样驳新帝的面子，会不会引来新帝的记恨？

她又看了眼老夫人。老夫人欲言又止。大约是自己在场，有些话不方便说。

"祖父，祖母，昨日罗妈妈说教我苏绣的盘针，我再不回去，该唠叨我偷懒了！"她笑着起身，给老夫人和老侯爷行礼，便要退出去。

老夫人没有挽留她，只是叫了橘红进来，嘱咐她好生服侍九小姐，又叮嘱东瑷回去的路上慢慢走。

这几天化雪，小径湿漉漉的，很容易摔跤。

东瑷应了是，跟着橘红出了内室。

下了几天雪，今天终于放晴，地面、树梢的积雪融化在金色光芒里，地面露出泥土的暗黄，树梢则悄然有绿意萌生。

璀璨金芒照在屋檐下，雀儿叽叽喳喳，风里带着料峭寒意，阴冷袭面而来。东瑷裹着雪狐坎肩，仍觉脖子面颊被风吹得生疼。手里的暖炉就显得更加温暖了。

她紧紧捧着，只差折断了修长玉指盖：朝廷到底发生了何事，老侯爷为何不去上朝？

回去的小径冰冻初解，泥泞湿滑，橘红和一个粗使小丫鬟左右搀扶着东瑷。

出了老夫人的荣德阁，是一片左右种满湘竹的青石小径。竹叶翠绿，若翡玉般光润在日照下流转。

竹林对面，是一条通往老夫人后厨房的青石宽径，几个粗使的丫鬟、婆子提着从外院拿进来的食材，快步往厨房去。

她们走路习惯了，这样的天气亦不会打滑，只闻木屐声声，清脆又繁忙。

东瑷驻足不前。她的心根本就安静不了。

朝廷到底怎么了？祖母是怎么想进宫这件事的？不是定了五姐薛东蓉吗？怎么她从老夫人的神态里，看到了一些不明的东西？

"小姐，这里风寒，咱们回去吧……"橘红在耳边轻轻劝着。

东瑷回神，轻轻"嗯"了一声。

她们刚要走，小径前方便有急促又沉重的脚步声传来，应该是数名男子。

东瑷有些吃惊，让橘红搀扶着她退到路旁。

却见一个穿着宫服的四旬太监，手里提着拂尘，匆匆往荣德阁赶去。他身后，跟着三名小太监，皆是一样的装扮，只有其中一个小太监步子稳重，后背笔挺，身材比几位公公都要高大挺拔，很扎眼。

他虽然走在后面，却显得气势汹汹。

葛大总管面带忧色跟在最后面。

遇到了薛东瑷，这群人同样一愣。

那个与众不同的太监眸光就惊艳地落在东瑷身上，再也不挪眼。

他身量高大，肌肤白皙，一双眸子深邃似泼墨般浓郁，眼眸深深落在东瑷脸上，好似一瞬间就掉了魂。

东瑷忙低头，心中既疑惑又恼怒。她憎恶这个小太监的目光，直勾勾地叫人难堪。

葛大总管脸色一瞬间惨白，他疾步上前，跟东瑷道："九小姐，这几位是乾清宫的公公，代陛下来看望老侯爷。"

领头的公公听到葛大总管叫这位艳丽少女为九小姐，便知道她是主子，冲她颔首。

东瑷心中大惊，什么急事要闯侯府的内宅啊！表面上却不动声色，恭恭敬敬给几位公公福了福身子。

那位高大的太监微愣，身边的另外一个太监拉他的袖子，他才回神。

"九小姐先请……"葛大总管脸色越来越难看。

几位太监便停在一旁，让薛东瑷先行。

东瑷心中亦震惊，却不敢停留，笑着便由丫鬟搀扶着，从几位太监身边走过。

她的余光，感觉那位鹤立鸡群的公公一直在瞧她。她隐约明白几分，脚步不由加快。可快走过几人身边时，左边搀扶着东瑷的丫鬟突然滑了一跤，摔得四脚朝天。

东瑷也足下一空，身子不由前倾，她大惊失色。

怎么越想快点走，越出事？

橘红"啊"的惊呼。

一双手紧紧攥住了她的胳膊，和橘红一起架住了她的身子，她才堪堪稳住，脑袋里空了一瞬。

抬眸望去，那似墨色玛瑙的眸子里能看清她自己的倒影。

那人快速放手，然后后退几步，依旧站在领头太监身后，规规矩矩的。可是他的眼神，叫人心头直跳。

葛大总管忙过来看怎么回事。

那个小丫鬟一身泥土，亦面若死灰爬起来，快要哭了："九小姐……"

"没事！"东瑷声音不禁有些厉，然后胡乱跟葛大总管点头，由橘红单独搀扶着，一步步慢慢走出了这条竹林小径。

她长长地透了口气，不敢回望。

几位公公亦错身往荣德阁去。

走在最后面的男子脚步放缓，回头看了一眼举步优雅的青石羽缎背影，唇角挑了一抹笑意。他掌心多了一块系着红色穗子的湖水绿岫岩玉佩，玉质温润。男子握紧了拳，将这玉佩收在袖子里。

到了拾翠馆门口，一向待人亲切的橘红就骂那个小丫鬟："你怎么这样没用？好好的走路，偏偏在外人面前就摔了！"

那丫鬟苍白脸色还没有缓过来，哽咽着道："我膝盖突然好酸，不知道怎么回事……现在还疼……"

"你还狡辩！"橘红脸色越发阴冷，"你害小姐出这么大的丑，回头告诉老夫人，把你卖出去！"

"好了好了！"东瑗劝橘红，然后对那个小丫鬟笑了笑："路不好走，你又不是故意的……去吧，叫罗妈妈来。"

那小丫鬟抹着眼泪去了。

橘红不安叫了声小姐。

东瑗回眸，脸色同样阴沉。

那个扶她的人，绝对不是太监！他手上很有力气，是个御前侍卫吗？

进了屋，橘香见东瑗和橘红脸色都不好，频频给橘红使眼色。橘红不理她，只顾替东瑗更衣。

脱了披风，正要换褙子时，橘红再也忍不住，大惊失色："玉佩呢，玉佩呢！"

罗妈妈刚刚进屋，就听到橘红声音微噎，带着哭腔问玉佩。

薛东瑗有块岫岩玉佩，是东晋时期的湖水绿岫岩玉雕刻成流云百福图，清云寺得道高僧亲自开光，不论是材质还是意义，都非比寻常。

当年韩氏怀东瑗时，做了个梦，说这孩子有场大劫，需一块长命百岁玉石才能镇住，保她一生安泰。

韩氏说给老夫人听，老夫人亲自托人花了黄金千两做成这块玉佩，东瑗生下来就戴着。原本是挂在脖子上，后来她嫌太重不愿意戴，老夫人叫人替她穿了流苏穗子，悬在外衣腰封上。

这可是保命的东西！要是丢了，这屋子里里外外的大小丫鬟仆妇都活不成！

罗妈妈心中微慌，见温顺的橘红乱了阵脚，她强自打起精神，道："你也别急，仔细想着，到底丢在哪里？九小姐，您也帮着想想……"

祖母很在乎这玉佩，有一次去请安忘了戴，她就骂橘香不懂事，不会照顾东瑗，扣了橘香半个月的月例。后来请安，橘香都不敢去，只让橘红陪着。

东瑗也不敢不戴。

今日祖母没有问玉佩，那么她在祖母内室的时候，定是挂在腰际的。

丢了？

东瑗依稀想起左边手肘有种力道牵扯不去。那扶着她的人，好似早有准备，速度快得惊人。

如果丢了，便是在那个瞬间……

她的心一下子就提到了嗓子眼。

那是她最珍贵的东西，倘若那人拿了去，再诬陷她与他有私情，东瑗百口莫辩。

缩在袖底的手攥得有些紧，东瑗平淡眸子里簇着凛冽怒意。

丫鬟们开始翻箱倒柜找玉佩，东瑗见这架势，当即喝道："玉佩我留在祖母那里了，你们慌什么？"

橘红大喜过望，泪珠花了妆容，眼泪簌簌拉着东瑗的手："九小姐，您吓死我了，您

怎么才说？"

东瑷捏了捏橘红的手，给罗妈妈使眼色。

罗妈妈明白，把屋子里的粗使丫鬟、婆子全部遣出去，只有罗妈妈、橘红和橘香。

橘红微缓的精神又绷起来。

东瑷沉声道："我进祖母屋子的时候，若东西不见了，祖母定会察觉，橘红是一顿好骂。祖母特别仔细这些佩戴！可我在祖母屋里，她什么都没说，足见是回来时才丢的……你们都不许声张！这东西是我保命的，要是被有心人捡去，做了巫术在上面，我是死是活？"

东西不在老夫人屋里？

橘香和罗妈妈连连点头，心中暗暗称赞，九小姐不管做什么事，都是这样深思远虑！

橘红脸色微白，嘴唇翕动望着东瑷。原来玉佩真的丢了？橘红眼泪似断了线的珠子，怎么都压抑不住。

"别哭……"东瑷叹气，现在生气与害怕都于事无补，只能想法子弥补，"咱们回来时滑了下，那玉佩定是那时松了。我昨晚做了腊梅酥饼，橘香和罗妈妈给老夫人送点去，一路上仔细找。从老夫人的荣德阁到咱们的拾翠馆，要路过三夫人的凝香阁、十小姐和十一小姐的桃慵馆，你们打听她们在我回来那个时辰谁出了门。"

然后看了眼橘红："你去打听打听，那些公公来坐了多久，说了些什么。打听不出来，也要知道当时老侯爷说了什么，一言半语都行……"

三个人屈膝应是，急匆匆出去了。

大约半个时辰后，橘红先回来。

她忧心忡忡："打听不出来！老夫人把屋子里的人全部遣了，她老人家亲自倒茶。大约坐了一炷香的工夫，那些公公才走，依旧是葛大总管陪着，侯爷没有出来。那些公公走后，侯爷就换了衣裳出去了……"

老夫人亲自倒茶？

东瑷依靠着银红弹墨引枕的后背一下子就紧绷起来。

她想起那双满含惊艳又放肆多情的眸子，那应该是个从小就不知道顾忌器张跋扈的男人！

好似有一块烙铁，将心口烧灼得生生的疼，东瑷的手指越发紧了，她有些透不过气来。

"怎么办啊小姐？"橘红急得又要掉眼泪。

"没事。"东瑷口不从心安慰着她，"橘香和罗妈妈还没有回来……"

又过了半个时辰，罗妈妈回来了，她一脸的晦气。

"三夫人没有出门，十小姐和十一小姐倒是去五夫人那里坐了坐。我……我什么也没敢问……"罗妈妈愧疚看了眼东瑷。

东西丢了，首先是不能声张。

罗妈妈只是仆妇,哪怕是庶出的十小姐和十一小姐,她都不敢去搜,更何况是三夫人?只能等橘香回来。

橘香到酉正一刻才回来。

看着她低垂的眼帘,东瑷最后的希望破灭了!

玉佩没有找到!

小丫鬟和粗使的婆子们在外间伺候着,东瑷主仆四人坐在东次间的炕上,彼此默不作声。

"小姐,告诉老夫人吧。"罗妈妈好半晌才道,"让老夫人帮着去搜,尽早找出来。拖得越久,对您越不利!"

东瑷没有出声,她紧紧攥住了引枕的一角,让自己看上去既平淡又沉稳,安住罗妈妈、橘红和橘香的心。她要是乱了,屋子里的下人就更加没有主张,事情就不可收拾。

她此刻只想知道,那个可能捡了她玉佩的外男,到底是谁!

不是太监,太监不会对女人有如此兴致;不是侍卫,宫里妃嫔众多,御前行走不敢如此大胆;那么,就是皇帝的宠臣,或者皇兄弟,甚至元昌帝本人!

到底是谁来看望,说服老侯爷重返朝堂,就必须知道朝堂上到底发生了什么事,把老侯爷气得称病!

把心底的烦躁情绪收敛,东瑷笑容自然而轻松:"不行啊。现在告诉老夫人,你们几个人月例肯定要被扣。明天就是腊八节,家里有赏赐的,你们出了事,可什么都没有!"

罗妈妈和橘红不说话,她们都不是薛家的家生子,指望月例过日子呢。特别是年关将近,总得送些东西回去,让家里人红火着过年。

橘香是家生子,她父母兄弟都在府里当差,府里生死荣耀才跟她息息相关。她急了:"小姐,那是您的命根子,这个时候管什么月例赏赐啊?"

"什么命根子!"东瑷不以为意,温婉微笑道,"不过是娘亲的一个梦而已。我九岁那年从树上摔下来,差点丢了命,就应了劫难的说法。劫难已经逃了,那玉佩还有什么用?不过是祖母相信这些,我本着孝顺才每日戴着……"

橘红、橘香和罗妈妈的心都微定。

"那咱们怎么办?"罗妈妈没什么主见。这件事可大可小,她不敢做主。

"镇显侯府,谁不知道九小姐是老夫人的心头肉?又谁不知那玉佩是九小姐保命的?就算小丫鬟捡了,也是不敢拿出去卖的,定会拿给老夫人去请赏。放心吧,明日大概就有人送来……只是想想,老夫人那里怎么说……"东瑷的语气轻松里带着自信与肯定。

橘红、橘香和罗妈妈终于被她感染,抿唇笑了笑,然后七嘴八舌替她出了好多主意。

屋里的事终于控制下来,东瑷躺在床上,却半夜不曾入眠。她辗转反侧,想着那块玉佩。早知道会这样轻易丢了,她应该听祖母的,做个项圈挂在胸前。

翻了个身,自鸣钟滴滴答答敲响,寅初一刻了!

次日便是腊八节,家里的仆妇们昨晚就熬了腊八粥。

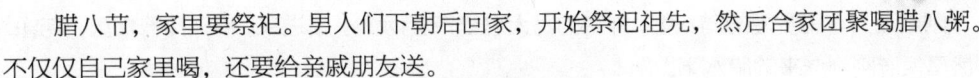

腊八节，家里要祭祀。男人们下朝后回家，开始祭祀祖先，然后合家团聚喝腊八粥。不仅仅自己家里喝，还要给亲戚朋友送。

巳初，宫里的腊八粥就会赏下来。世子夫人给家里一人留了一碗的量，便把剩下的分了几食盒，给通家之好的几户人家送去。每年都是如此。

东瑷虽一夜未睡好，黑眼圈却不重。她卯初就醒了，卯正一刻去给老夫人请安，比平常早了两刻钟。

老夫人屋里的詹妈妈见她这样早，问吃早饭没有。东瑷笑道："来祖母这里蹭顿好吃的。"

詹妈妈笑，吩咐小丫鬟给东瑷先上早饭。

老夫人往常这个时候也吃早饭的，今日却没有起来，东瑷有些担忧看了内室一眼，詹妈妈笑着解释："侯爷昨日回来得晚，老夫人一直等着，子初才睡。还没有醒呢。年纪大了，好不容易睡安稳，我没敢喊老夫人。"

东瑷颔首，坐在炕上喝小米粥。

卯正三刻，老夫人才起来。看到了薛东瑷，老夫人第一眼就发现她的岫岩玉佩不见了，拉下脸来问她，玉佩去了哪里。

东瑷只是笑："祖母，您放心，没有丢，有个惊喜给您，您现在别问了……"

老夫人一头雾水。

东瑷却笑而不答。

这就是九小姐的缓兵之计？橘红在旁边伺候的时候听到了，脑袋嗡的一声大了！九小姐自信满满地说，自己有法子应付，原来就是这么个馊主意？

橘红不免又看了老夫人。

老夫人居然眯起眼睛，骂她鬼精灵："回头只惊不喜，祖母可是要罚你的！"

这样就过关了？

橘红有种大难不死的幸运，悬着的心落了一半。老夫人真的很喜欢九小姐啊！

辰初，世子夫人带着大奶奶杭氏、孙女薛风瑞、孙子薛函嘉过来了；二夫人冯氏和五小姐薛东蓉也后脚进门；三夫人蒋氏和四夫人沈氏结伴而来；五夫人带着薛东琳、薛华逸、薛东婉、薛东姝最后才来。

世子夫人就笑话东瑷："我们九小姐来得最早，是不是馋腊八粥了？"

世子夫人打趣东瑷的话，逗得满屋人都笑起来。

东瑷亦淡淡抿唇笑，并不回答。只有单独在老夫人和老侯爷跟前，她才会俏皮几句，一大家子伯母姐妹在场，东瑷则是文静腼腆。

八面玲珑容易招人嫉恨的，特别是她这样受老夫人喜爱的提前下。

沉稳内敛些总不会错。

众人说着笑，腊八节的祭祀结束了，男人们亦纷纷到荣德阁，陪老侯爷、老夫人吃腊八粥，过腊八节。

刚刚端上宫里赏赐的腊八粥，外院的葛大总管带着两个小厮进来，手里拎着食盒，笑道："盛昌侯府刚刚送来的腊八粥。"

盛昌侯府，就是盛贵妃的娘家。

因为盛贵妃和薛贵妃地位相当，二人从进太子府就一直你争我斗，彼此仇恨。薛、盛两家更怕被皇帝顾忌，一向不来往的。

怎么他们家突然送了腊八粥？薛家女眷都有些疑惑。

葛大总管出去没多久，又进来："这是萧国府送来的……"

萧国府，是皇后的娘家，萧太傅的府邸。

这下，众人皆小声议论纷纷，花厅嘈嘈窃窃。

"先皇在时，一直对外戚有所顾忌，我们几家才相互不往来。如今新帝践祚，原本就是姻亲，理应更加亲热，这才走动。我们家的粥也给萧国府和盛昌侯府送去。"老侯爷见大家小声嘀咕，便笑着高声道。

葛大总管道是，屋子里便安静下来。

东瑷心念微转。跟薛家来往密切的人家，她都清楚。想要在这个社会立足，人际关系网十分重要，通家之好有哪些人家，他们是什么背景，有什么喜好和忌讳，东瑷早就暗暗打听出来，熟记心头。

萧国府和盛昌侯府，跟薛家交情不深，往年也没有收到过他们两家送来的腊八粥。今年是怎么了？

不仅仅是东瑷，女人们表情各异，都在心中暗暗揣度。

肯定跟朝廷有关。

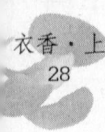

可朝廷最近发生了什么事？

朝中政事，女人打听便僭越了，所以薛府内宅的女人们都安分守己，不管不顾，东瑷无从打听。她更加不敢把势力伸到外院去，要是叫老夫人知道，怀疑她的动机，这些年培养的感情只怕会有罅隙。一旦有了罅隙，花百倍心思都不一定能弥补。

感情不仅仅需要付出，亦需要机遇。当年东瑷能够得老夫人喜欢，除了她的虔诚隐忍、守礼练达，还有老夫人最疼爱的孙女薛家四小姐薛东婷正好出嫁，她膝下空虚，而其他孙女难入她的眼，东瑷正好代替了薛东婷，成为祖母跟前最得宠的。

这样的机遇，需要天时地利，以后想要如此凑巧就难了。

而且感情是个奇怪的东西，倘若喜欢这个人，她的俏皮可爱，便是不谙世事的烂漫；倘若心中怀疑，便是处心积虑的做作。

东瑷不敢做出一点让自己后悔莫及的错事，兢兢业业维持现在的宠爱。

心口却似燃了火焰，烧灼着她，令她寝食难安。

她的玉佩，到底是丢在哪个角落，还是被昨日那位"太监"捡了去？

一家人团团圆圆吃了饭，便围在老夫人的西次间分主次坐下，闲话家常。

看着满堂儿孙，老侯爷眉眼舒展。

说了会儿话，外院的管事说世子爷有客，请世子爷出去；然后总管事葛陶祥又进来说，萧国公来拜访薛老侯爷了。

世子爷和薛老侯爷离开后，四老爷、五老爷及大爷、四爷、五爷等人纷纷借口外院有事，退了出去。

屋子里只剩下女人和孩子，气氛轻松欢愉起来。

老夫人又留他们吃饭。

吃了饭，大家知晓老夫人中午小憩的习惯，都不敢久留。

东瑷跟着五夫人和五房的十小姐薛东婉、十一小姐薛东姝、十二小姐薛东琳，及六爷薛华逸，去了五夫人的院子。

姨娘们等着给五夫人请安。

五夫人坐在东次间休息处的临窗大炕上，让薛东瑷和薛东琳坐在自己下首，十二岁的六爷薛华逸抱在怀里，薛东婉和薛东姝依次坐在挨炕的金丝楠木铺着弹墨椅袱的太师椅上，几位姨娘赐了锦杌，沿炕各自坐了。

说了几句话，五老爷从外面回来。

五夫人就吩咐东瑷她们各自散去，不给她们在五老爷面前说话的机会，却喊了十小姐薛东婉："婉姐儿略站站，我有几句话说……"

薛东婉的生母何姨娘眼眸中立刻有了狂喜。

和薛东婉同住在桃愫馆的十一小姐薛东姝却有丝不易察觉的不安。

五老爷又留了薛东琳和薛华逸，其他人这才退出去。

刚刚出了院门，五姨娘章氏就抿唇笑，低声对薛东瑷道："五爷真疼孩子，每次在夫人这里吃饭，总是让琳姐儿和逸哥儿陪着。自古严父出孝子，五爷倒也不顾忌……"

这是在暗示东瑷，她虽然是嫡女，可是在五老爷心里，和姨娘、庶女是一样的地位。

是挑拨离间吗？

东瑷装作不懂，柔婉轻笑："父亲朝中事务繁忙，难得在母亲这里吃饭，自然想儿女绕膝。"

章姨娘是前年翰林院掌院学士裴大人赏给薛子明的，今年才十九岁，明妍妩媚，五夫人总是防着她，她的待遇不及其他几位姨娘。

难道她想借着挑拨离间，把自己和她拉到一个阵营，对抗五夫人？

东瑷好笑。五夫人再厉害又能如何？拾翠馆的大丫鬟和管事妈妈，拿的是老夫人屋里的月例，不与五夫人相干。

章姨娘还想说什么，一旁的十一小姐薛东姝就拉了东瑷："九姐，我听说祖父书房那块宝砚赏了你，可是真的？"

东瑷颔首，也感激她把章姨娘的话打断。

"我正好没事,去九姐那里讨杯好茶,瞻仰瞻仰那块宝砚。"薛东姝娇笑,挽着东瑷的胳膊就往拾翠馆去。

东瑷的拾翠馆四周种满了翠竹,绕过两条回廊,便是一大片桃林,桃林的西南角有栋精致小楼,就是薛东婉和薛东姝住的桃慵馆。

"我做了梅花酥,十一妹帮我尝尝味道如何。"东瑷亦亲昵冲薛东姝笑,然后跟几位姨娘见礼,就回了拾翠馆。

回去的路上,薛东姝跟东瑷说着话,却总显得心不在焉的。

到了拾翠馆,薛东姝笑道:"我才想起来,前段日子答应帮三伯母做双鞋,应了腊八节后一天送过去,还有边口的纹饰没有绣好,改日再来叨扰九姐。"

原本就不熟,她说去拾翠馆坐坐,也是替东瑷打断章姨娘不着边际的闲话,东瑷自然不会强留她,笑着让她回去慢些,这几日还在化雪,路上湿滑。

薛东姝道是,由自己的大丫鬟芙蓉扶着,回了桃慵馆。

当天半夜,桃慵馆那边吵闹起来。

东瑷亦被惊醒,看了墙上的自鸣钟,才寅初三刻。她披着裘袄起身,让橘香掌灯,然后吩咐小丫鬟去桃慵馆看情况。

小丫鬟回来,吓得哆哆嗦嗦:"九小姐,十小姐没了。"

第二章 娇蕊陨落

十小姐没了?

东瑷耳边兜兜转转,半天都是这句话在回荡。

直到橘红声音微颤,问那小丫鬟:"十小姐……好好的,怎么没了?"

一向活泼的橘香则紧紧攥住自己的胸口,有些透不过气来。

东瑷缓慢回神,尽量让自己的语调不带颤音:"还打听出什么了?"

那小丫鬟摇头,不知是冷还是怕,身子哆嗦着,断断续续道:"世子夫人已经在桃慵馆了,荣妈妈和花忍、花烛两位姐姐守着,谁都不让进……我绕到后面厨房,塞给当值的小丫鬟两个八分的银锞子,才知道是十小姐没了……"

荣妈妈是世子夫人屋里的管事妈妈,花忍和花烛是世子夫人贴身大丫鬟。

东瑷想起下午在杨氏的屋里,她喊十小姐薛东婉略站站时,十一小姐薛东姝那眉梢瞬间流露出的忧色。

橘香遣了那小丫鬟下去。

罗妈妈披了件绒袄进来,疑惑问东瑷:"小姐,桃慵馆那边吵吵闹闹的,要不要派个人去打听打听?"

橘香眸中的震惊与哀痛尚未回转，定定望着罗妈妈："妈妈，十小姐没了……"

罗妈妈脸色大变，失措问橘香："这年关的，十小姐怎么就没了？怎么没的？好好的小姐，我昨日去找玉佩，她还笑着问我咱们小姐最近做什么针线，一点也看不出生病……"

不可能是生病。

荣妈妈和花忍、花烛是世子夫人跟前最得力的，出入就是行世子夫人的令，她们挡在门口，就是世子夫人挡在门口。

这样怕人知道？

东瑷顿时明白，薛东婉是自尽的。

似三月桃蕊娇艳的年华，为何要自尽？对于这个庶妹，东瑷是了解的，没什么心机，为人憨厚单纯，又有杨氏的人"照顾"她，行事除了乖巧温顺，无甚可取之处。

这样娇憨的姑娘，毫无预兆的情况下，就没了。

东瑷泪珠在眼眶里打转，身子发软，心口似被什么撞了下，闷闷的疼。她扶着炕沿坐下，唇色发白。

她来到这个世界，除了老夫人，跟谁都不太亲近，唯有十妹薛东婉因为跟这个身主的关系较好，常常不请自来。她是东瑷在这个世界唯一的同龄友人。

东瑷又想起十一妹的慌乱。

下午的时候，杨氏留下十妹，十一妹到底在害怕什么？或者说，她知道了什么？

镇显侯府的姐妹中，十妹是个毫不起眼的。性格尚可，处世幼稚，模样普通，才情疏漏，实在不能成为手中棋子。

杨氏到底做了什么，逼得十妹自尽？

东瑷扶着炕沿的手越收越紧，关节咯咯作响。

橘香见她这样，忙端了热茶给她。

她一饮而尽，脸色才缓过来，眼角早已湿濡。

罗妈妈心疼不已，拿着帕子替东瑷拭泪，柔声安慰她："没事，瑷姐儿别怕，可能是误传。当年四爷房里的吕姨娘上吊，也是半夜闹，说她没了，后来还不是救下了？还生了馨姐儿……"

东瑷接过帕子，自己抹了泪，对橘香和橘红道："吩咐下去，咱们院子灯火通明，让丫鬟们都起来……"

橘香和橘红微愣。

罗妈妈便道："小姐，世子夫人叫人拦着，怕是不想太多人知晓，咱们歇了吧，当做不知。"

"妈妈！"东瑷情绪松了几分，人也理智了些，"桃幨馆离咱们才几步路，吵得这样厉害，咱们怎么可能不知道？咱们躲着装作不知，是什么意思？那可是我的姐妹。再说，从母亲、二夫人屋里来，要路过咱们拾翠馆，咱们点了灯，免得她们手里的宫灯太小看不清楚道儿，失足滑了……"

装不知，也太过于刻意，好似她们知情似的。

倘若叫人怀疑她们知情，少不得有人打听消息，不堪其扰，还不如堂堂正正的。

罗妈妈微微思量，便重重颔首："小姐说的是。"

然后又吩咐橘香和橘红："我陪着小姐，你们俩去桃憬馆，看看可需要帮忙。要弄清楚，到底怎么回事。"

橘香和橘红道是，转身出去了。

罗妈妈劝东瑷到床上躺着，别冻坏了自己。

东瑷才惊觉自己袖底的手冻得有些僵硬。

她回房躺下，见罗妈妈依偎在床边的榻上，亦眉目紧锁，惆怅不已，不时侧耳倾听外面的脚步声，便知道她也心绪难宁。

大约两刻钟，五夫人赶去了桃憬馆，然后是二夫人。

半个时辰后，桃憬馆有呼天抢地的哭声，是五夫人那尖锐的嗓音，东瑷的心瞬间沉落，仿佛跌入万丈深渊。

她的眼泪簌簌滚落。

没有意外，十妹是真的没了。

橘红和橘香去桃憬馆打听情况，却到酉初二刻才回来。

不仅仅是她们，身后还跟着世子夫人身边的荣妈妈，她暗含几缕严厉，对东瑷道："九小姐，十小姐丢了只赤手栖凤璎珞手镯，屋里的丫鬟怕担事，一股脑儿嚷了起来，非要搜搜十一小姐房里的大小丫鬟，结果却在玉桂柜子里找出来，闹得不可开交，吵着您歇息了吧？"

玉桂，是十妹身边的丫鬟。搜旁人的柜子，最后贼却是自己人，这是个可以吵闹的绝好理由。

东瑷垂眸，掩饰眼底的哀痛与愤然。簪缨望族，未出阁的女儿自尽，伤家族的声誉和体面，薛东婉的死，需要瞒下来。那个可怜的女孩子，连命赴黄泉都不能光明正大入土为安。

东瑷藏在袖底的手攥得紧紧的，情绪好半天才平复，装出一副恍然大悟的表情："吵得那样厉害，我叫了一个小丫鬟去打听，说什么十姐没了，吓得我都乱了，还让橘香和橘红去看看能不能帮忙。原来是为了只手镯，十妹和十一妹太胡闹了。辛苦妈妈走一趟。"

荣妈妈微讶，目露几缕欣赏，还以为要认真劝说一番九小姐才能明白世子夫人的用意，谁知道三言两语，她就懂了。

这个九小姐，果然是绝顶聪明的。她说那番话的时候，眼眸都在打战，分明就是明白怎么回事，却能顾全大局。这样小的年纪，就是这般通透伶俐。

既然九小姐心中有数，那世子夫人交代的那些话，荣妈妈就没有必要再说了。

她恢复了以往在东瑷面前的恭谦："您这里灯光通明，一夜没睡好吧？您再歇会儿，老夫人那里，我们夫人马上要去回话，顺便也替您回一声，今早就不用去请安了。"

老夫人只怕有事要处理，不方便让东瑷去。

东瑷心中明白，便勉强扯了笑容："辛苦妈妈了，替我多谢大伯母。我一夜没怎么阖眼，脸苍白得像纸糊的，祖母瞧了又该担心。我晚些时候再去看祖母。"

　　荣妈妈道是，恭恭敬敬给东瑷行礼，才回了桃慵馆。

　　辰初三刻，晨曦薄雾里，一轮骄阳冉冉东升，洒下金色碎芒，桃慵馆终于恢复了安静，世子夫人和家里的长辈纷纷各自回房。

　　"……我们还没有进桃慵馆的大门，就被世子夫人跟前的海棠姐姐请到了桃慵馆的抱厦里，世子夫人屋里的大丫鬟海桐守在那里，眉目冷峻。不仅仅有我们，还有二夫人跟前的松霞、明霞，三夫人跟前的珍珠、紫珠，四夫人跟前的翠儿、喜儿。二夫人跟前的松霞小声嘀咕了一句，海桐立马就说，'姑娘们都安静些吧，仔细祸从口出'。大家心里都明白，谁也不敢说话，直到刚刚，世子夫人身边的花忍、花烛、海棠、荣妈妈都来了，分别送我们回屋。夫人们早就走了……"橘香坐在东瑷床前的锦杌上，小声跟她说着桃慵馆的情况。

　　不仅仅是她们屋里的，就连几位夫人屋里的大丫鬟都要瞒着，像世子夫人一贯的手法。

　　橘红手里捧着红漆描金托盘进来，橘香起身帮她摆饭，橘红服侍东瑷用早饭。

　　东瑷没有胃口，不想吃。可想到接下来肯定有一场风波，她需要健康的体魄和充足的精力，就着酱黄瓜和酱萝卜，努力咽了几口，然后让橘香橘红服侍她躺下，她要再睡一会儿。

　　薛东婉离去带给她的悲伤应该快些过去，她还有很多事要做。她的玉佩危机尚未解除；她屋子离桃慵馆近，哪怕瞒得再紧都有风声传来，肯定有丫鬟要被换掉，来震慑众人，令拾翠馆的丫鬟们缄默。

　　她要主动些，放谁留谁还是主动提出来，免得老夫人不知情况，胡乱把她屋里的建构打乱，她又要重新安排一番。

　　因为她派了人去看情况，又点灯照明，她自己不会是薛东婉死因的知情者，她是安全的。

　　罗妈妈在外面吃了饭进来，替她掖了掖被角，柔声安慰她："瑷姐儿别怕，妈妈和橘红橘香都在外间……"

　　然后替她放下绿纱床幔，绣百蝶穿花的幔帐阻隔了视线，床榻内一片昏暗。

　　东瑷朦朦胧胧中，耳边竟然有薛东婉清脆又纯净的声音喊她："九姐，九姐，您闻这栀子花香不香……"

　　一个激灵，她猛然惊醒。

　　后背有薄薄一层汗，屋子里青铜錾银鼎烧得太旺，被子又厚，她浮躁中虚热难耐。

　　东瑷喊了橘香和橘红进来，问什么时辰了。

　　却是罗妈妈和橘香进来，说巳正一刻了。

　　东瑷微微喘气，道："开半扇窗户，我闷得透不过气来。"

　　罗妈妈把罗帐用金钩挂起来，见东瑷一脑门子汗，心疼地喊了声瑷姐儿，然后吩咐橘香："叫厨房端些热水来，给小姐擦擦身子。"

　　然后起身从柜子里寻出一把绢绣团扇，替东瑷扇风，柔声劝她："外面天寒地冻，刚刚醒有些热，回头吹了寒风，铁打的人也经不住，妈妈替你扇扇……"

缕缕清风在团扇晃动下迎面袭来，有些许清凉，东瑗感觉自己呼吸顺畅了很多。

小丫鬟打了热水来，橘香端进内室，拧了帕子给东瑗擦拭身子。

"橘红呢？"换好了衣裳，东瑗才发觉橘红不在屋里，不免问道。

"前几日老夫人屋里的紫鸢姐姐问她借花样子，她没描好。今日好了，她送过去了……"橘香声音故意微低。

东瑗心中一凛，怫然作色："谁让她去的？快叫了回来！"

罗妈妈和橘香鲜少见东瑗发火，一时间面面相觑。

门外便传来女子低沉轻微的脚步声，橘红脸颊被寒风吹得通红，鬓角微乱，脸上却带着焦急。

一进来，发觉东瑗后背笔挺，脸色轻笼薄霜，她微怔，声音嗫嗫嚅嚅叫了声小姐。

"你做什么去了？"东瑗声音不见了以往的温和，冷锐低沉，眼眸亦轻笼霜色，把橘红吓住。

她不安朝罗妈妈和橘香望去，只见她二人亦被东瑗莫名的怒火震慑，表情既失措又茫然。

橘红垂眸，声音更加低了："我……我给紫鸢送花样子，她前段日子就问我讨了，一直没得空，昨日才画好……"

"你早不送晚不送，为何今天去送？"东瑗咄咄诘问，眸子不见了往常的平静。她有怒意，更有担忧。

橘红这下慌了。

罗妈妈抢在橘红前头开口："瑗姐儿，是我叫橘红去瞧瞧的。辰正二刻，几个粗使的婆子抬了顶翠幄青绸轿子，拎了好几个包袱走了，说送十小姐去靖远庵静养……辰末巳初，又叫了十一小姐去荣德阁。昨夜明明说十小姐没了，如今又说去静养；而且这年关将近，没有道理送姑娘出去的。十一小姐被老夫人叫去后，十一小姐的乳娘金妈妈就给桃慵馆落锁，这青天白日的，怎么关门的？我们都糊涂了……紫鸢跟橘红要好，我们合计，去探探口风，到底怎么回事……"

东瑗深吸一口气，轻垂纤浓羽睫，才把情绪敛去。

"你们说，为何世子夫人要挡在门口，封锁消息？"好半晌，东瑗才口吻平静问罗妈妈和橘红橘香，丝毫看不出她刚刚雷霆大怒的痕迹。

见东瑗忽而暴怒，忽而又若无其事，罗妈妈等人心中都打鼓。

橘香天真些，她道："不想别人知道桃慵馆发生了何事？"

东瑗听了，微微颔首，眉梢却没有半缕笑意："那为何十一小姐走后，金妈妈就锁了桃慵馆的门？"

橘香哑然，这太简单了，不想人进去桃慵馆啊。这么简单的问题东瑗还问，反而让橘香不敢答。

橘红则试探答道:"不想旁人去桃慵馆打听事情,又不想得罪人?"

倘若是夫人小姐们派人来,世子夫人不在,金妈妈等人可不敢傲气把人拒之门外,所以干脆锁了门。

"不错!"东瑷道,"昨晚拦着你们,是世子夫人不想事情被别人知道;十小姐送走,十一小姐去了老夫人那里,金妈妈敢白天锁门,是老夫人的意思。昨晚发生了什么事,老夫人不想任何人知道!"

罗妈妈后背一凉,她惊呼一声,抓住了东瑷的手:"既然不想旁人知道,那橘红去打听情况的事……"

她终于认识到了问题的严重性。

橘红和橘香听到罗妈妈的话,都微微一愣,而后,两人才各自变了颜色。

"老夫人那么厉害的人,又防得这样严,自然知道谁去了荣德阁打探消息。她一定以为,是小姐派人去打听的……"橘红脸色煞白,眼泪在眼眶里打转,"怎么办?"

东瑷也叹气,丫鬟们擅自做主,虽然是好心,却真的害死她了!

老夫人是多么精明的人,橘红都知道。很多事她总是睁只眼闭只眼,不计较。而这次却是大事,是东瑷不应该打听的,偏偏她的丫鬟就去了。

她不清楚自己这么多年的努力,是不是在老夫人心中大打折扣,甚至化为乌有?

她的玉佩尚未找到,倘若真的是被那个"小太监"捡了,老夫人误会她心思深沉,行为不检点,害得家族蒙羞,从此对她心灰意冷,不管不顾,她的未来一片昏暗。

这是最坏的结果了!

这么多年,东瑷虽感激老夫人对她的溺爱,却从未奢望这份溺爱会长久。她总担心有一日,这份喜爱在她最危急的时候轰然倒塌。

她处事谨慎小心,却忘了自己对身边的人太过于相信与宽容,她们又不知道轻重,擅自做主了!

东瑷微微阖眼,有些疲惫,橘红橘香甚至罗妈妈,再也由不得她舍不得了。

罗妈妈松开紧攥着东瑷的手,见她神色有些失落灰冷,顿时老泪纵横:"瑷姐儿,是妈妈害死你了!倘若老夫人怪罪,妈妈领去,瑷姐儿……"

东瑷听着这话,眼眸有些湿。

五年来,罗妈妈温柔和顺,恭敬用心照顾她,像敬主子一般敬重她,像爱女儿一样疼爱她,让她这个身处异世的孤魂有些许温暖;橘红似姐姐般体贴,她话不多,性子和软;橘香则大胆活泼,言辞泼辣生动,常常逗得众人捧腹。

她们也许不是很称心的下属,却是最衷心的陪伴,她舍不得。

橘香和橘红也跟着罗妈妈哭了。

东瑷强打起精神,笑道:"没事,没事……出了这么大的事,咱们去打听情况也是情理当中,老夫人那么疼我,只怕不会怪罪。妈妈别自责,你们都别哭了……"

"瑷姐儿，你又哄我们……"罗妈妈用帕子拭泪，却目光带着期盼望向东瑷。

老夫人是疼爱她，可此刻正在气头上，什么事情都可能发生……

罗妈妈和橘红橘香已经没了主见，她还能说什么？

她又笑着重复强调几遍没事了，罗妈妈和橘香橘红才止了哭。

"你走了趟荣德阁，惹了这么多事，可打听出什么？"东瑷说笑，捧起炕几上的青花瓷茶盏，轻轻撩拨浮叶，氤氲茶水蒸得她眼眸迷离，唯有旖旎笑意，不见雷霆震怒。

橘红亦顾不上自责，脸色微敛："不十分清楚，却听到十一小姐没说几句话就哭了。还听到她好几次说九姐姐……"

东瑷手里的茶杯微顿。

怎么还扯上了她？难道是杨氏用她来挑拨薛东婉自尽的？

橘香和罗妈妈同样担忧望着东瑷。

东瑷笑了笑："哭着还能听到说九姐姐？十有八九是丫鬟们听差了……"

罗妈妈等人并没有因为她这样的解释而脸色好转。

东瑷又转移话题，她想起自己先前的打算，便放下茶盏，清了清嗓子，开诚布公道："不管桃慵馆发生了何事，老夫人是不想任何人知道的……她老人家身子骨不好，早就不管家里的事，最后肯定是世子夫人善后。咱们拾翠馆离桃慵馆近，哪怕藏得再紧，都免不得被咱们的人听到风声，咱们院子自然要整治一番，才能震慑下面粗使的丫鬟婆子，不让他们乱嚼舌根……"

罗妈妈、橘红橘香微缓的脸色又紧绷起来。

"依着世子夫人办事的惯例，要震慑下面的，自然要动你们三个……"东瑷声音平静安详，"咱们合计合计，如何能如了世子夫人的意，又不至于乱了咱们的阵脚……"

橘红脸色灰白，早已僵在那里。

橘香不安地看着东瑷，又看了罗妈妈。

此刻，罗妈妈倒没有慌乱。

"瑷姐儿，我们都听您的安排！"罗妈妈镇定望着东瑷，语气肯定里带着相信与坚定。

橘红回过神，声音苍白里带着哀求："我也听小姐的……"

橘香亦重重点头。

东瑷微微舒了口气，让她们去遣了外间服侍的小丫鬟，放下内室的毡帘，几个人小声说话。

东瑷这边主仆四人小声谋算，住在锦禄阁的杨氏亦坐立不安，等五老爷薛子明下朝归来。

迟迟不见薛子明身影，她冒着寒风，在五阶丹墀不停来回踱步。

她站在门口里，一屋子丫鬟婆子皆不敢进屋，冻得瑟瑟发抖。

杨妈妈看不过眼，拿了件五彩缂丝灰鼠裘披风，一边替她披上，一边柔声劝道："夫人，您进屋等五爷吧！天寒地冻的，您冻坏了，五爷又该担心了。"

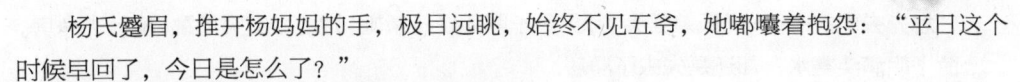

杨氏蹙眉，推开杨妈妈的手，极目远眺，始终不见五爷，她嘟囔着抱怨："平日这个时候早回了，今日是怎么了？"

　　她头上那支伽楠香嵌金丝镂空花卉蝙蝠簪在她步履中摇曳生辉，蝙蝠通体黄金闪耀，金光熠熠，衬托杨氏原本白皙丰腴的脸颊越发光彩夺目。

　　只是唇色冻得发乌，给她白皙凝脂的脸庞添了一抹刻薄。

　　杨妈妈见自己劝说不了，又给一旁的大丫鬟碧桃使眼色。

　　碧桃会意，上前接过杨妈妈手中的五彩缂丝披风，轻轻走到五夫人跟前："夫人，这么冷的天，您披风都不穿，要是让十二小姐和六少爷瞧见了，肯定有样学样……您要是冻着了，谁疼惜我们十二小姐和六少爷？再急也不能不顾身子啊！"

　　杨氏听了，不再推开碧桃，任由她帮自己系好披风。

　　见杨氏听得进去，碧桃就冲杨妈妈努努嘴，然后指了指杨氏的手。

　　杨妈妈心中明白，轻轻点头，转身进了屋子。

　　须臾，杨妈妈抱了只錾银点翠蝴蝶闹春纹饰手炉出来，交到碧桃手里。

　　碧桃轻轻把手炉靠近杨氏的手边，笑道："夫人，您暖暖手……"

　　暖流顺着衣襟外的肌肤传到杨氏心头，她才惊觉手冻得发僵，便顺势把手炉抱在怀里，回头问碧桃："派人去问了没有，五爷怎么还没有回来？老侯爷和世子爷呢，他们回来没有……"

　　正说着，院门外传来脚步声，粗使婆子忙开门。

　　薛家五老爷薛子明刚刚踏进锦禄阁，有些吃惊。一屋子大小丫鬟、婆子全部站在屋檐下，个个冻得身子微缩，脸颊紫红。

　　而最显眼的，还是他的夫人杨氏。

　　她穿了件翠玉色福寿如意交领长袄，披着五彩缂丝灰鼠袭披风，喜鹊登梅暗地织金湘裙，冬日稀薄日光里，衣衫璀璨闪耀，华美异常。

　　倘若没有记错，这些都是杨氏陪嫁的衣裳首饰。

　　怎么了？腊八节过了，她穿得这样贵重华丽，又把自己陪嫁压箱底的首饰拿了出来，这是要做什么？

　　五老爷微讶，脚步不由顿住。

　　杨氏却转眸瞧见了丈夫，飞奔而来，眼眸闪烁着晶莹泪珠："五爷，您可回来了……"

　　雨花石小径早已打扫干净，没有淤泥与残雪，可酷寒冬日露水重，小径被重霜覆盖，虽扫去，依旧湿滑，杨氏穿着葱绿色绣花鞋，差点滑了。

　　杨妈妈和碧桃碧柳眼疾手快，抢先一步扶住了她。

　　薛子明亦快步上前，蹙眉疑惑问道："好好的，全部站在外面做什么？"

　　杨氏回神，不再说什么，给五爷福身行礼，请了他进屋。

　　垂了防寒帘幕的东次间暖流阵阵，薛子明只觉身子倏然轻了不少。

"您先去更衣……"杨氏勉强笑着，见薛子明狐疑打量她，她心中突突地跳，推他去净房。

薛子明满头雾水，却还是先去了净房。

等他出来，换了家常的蓝墨色长袄，杨氏忙请他往炕上坐，亲手斟茶递到薛子明手边。

薛子明端起茶盏，轻轻抿了一口，龙井清冽香味徜徉唇齿间，他微微吸了口气，感觉周身都舒坦轻松。

杨氏已经遣了屋里服侍的众人，眼角一红，滚滚似米珠的眼泪便沿着白皙凝脂般脸颊滑落。

薛子明又是一诧，柔声问她："怎么哭了？"

"五爷，我要回娘家……"杨氏用帕子拭泪，声音哽咽不清，"您跟我一块去同娘说说，让我回娘家住些日子……"

薛子明蹙眉，腊月里就是年关了，这个时候回娘家做什么？这不合规矩的。可瞧着妻子哭得梨花带雨，又心口发软。

"好好好！"薛子明满口应承，"我帮你跟娘说去。"

"您不知道，您都不知道……"杨氏哭得越发伤心，"五爷，家里出事了……婉姐儿，婉姐儿她没了！"

薛子明听清了"婉姐儿没了"，只觉得脑袋似被什么击中，嗡嗡作响。昨夜他睡得迷糊，好像听到杨氏身边的碧桃喊杨氏起身，说什么十小姐和十一小姐拌嘴。

而后杨氏一直未归，他就去上朝了，心想着是小孩子之间的玩闹，拌嘴吵架太过于平常，又是内宅之事，不用他操心，不曾放在心上。

"你好好说话，婉姐儿怎么没的？"薛子明声音不由发紧，脸色瞬间紧绷着，眼眸簇火望着杨氏。

杨氏不敢再啼哭，抽抽噎噎把昨晚的事，一五一十告诉了薛子明。

说完，她忍不住伏在织金引枕上，呜呜哭起来。

薛子明脸色紫涨，半晌说不出一句话来。

"五爷，婉姐儿原本好好的，昨日我留她说话，她回去就把自己的金银首饰衣裳全部赏了丫鬟，半夜就……五爷，当时您也在屋里，妾身什么都没有说……可保不齐有心人满口胡诌。五爷，妾身带着琳姐儿和逸哥儿回建衡伯府住些日子。妾身什么闲话都不怕，可不能连累了琳姐儿和逸哥儿……"

薛子明回神，定定瞧着杨氏。

好半晌，他倏然站起身，脸色铁青望着杨氏："你什么都没有说？你说了萧国府的事，还说了萧国府那个嗜血成性的五少爷！我还纳闷，好好的，你怎么说起那个混账腌臜东西来！原来你……你说，你私下里是不是还跟婉姐儿说了什么！"

语气十分严峻，口吻带着雷霆暴怒。

杨氏的心却遽然间安定下来，她就等薛子明问这话了！

"五爷！"丈夫的暴怒并没有让杨氏软弱惧怕，她猛然拔高了音量，腮边挂泪，却眼眸锋利望着薛子明。

哭过的眼眸光芒更甚，薛子明的气焰突然就矮了一截。

他怒焰未灭，却不再如刚刚的汹涌，梗着脖子道："婉姐儿没病没灾，就这样没了，你叫我怎么不难过？"

他难过，说话自然就会很冲。

"您难过，妾身不难过？"杨氏见薛子明略微松懈几分，亦不再强悍，眼眸柔和凄婉，"那是妾身从小养大的孩子……"

说罢，又哽咽难成声。

薛子明怔怔望着杨氏，半晌才重重叹了口气，怒焰终于消了八成。他想起薛东婉那乖顺的模样，心中有抽搐般的疼。

"五爷，妾身嫁到镇显侯府，整整十四年。这十四年，妾身自认无德操，却不失为人子女、为人妻妾、为人父母的品行。对公婆叔伯妯娌小姑，妾身恭谦孝顺，和睦谦让；对五爷，妾身恪守妇道，教养子女，管治内宅，家里姑娘姨娘从未做过损五爷颜面之事；对孩子们，妾身呕心沥血，尽心抚养，一个个都养大成人，举止得体，温和娴静。妾身自问对得起薛家，对得起五爷！可五爷……"她说到最后，泣不成声，"五爷居然怀疑妾身谋害薛家子嗣！"

薛子明听着她的哭诉，最后几分怒焰亦消。

这些年，杨氏的确无大的过失。

他叹气，安慰杨氏："你别哭了，刚刚是我言辞不思量，惹你伤心。"

杨氏用帕子捂住脸，佯装哭泣，唇角露出几分松懈与得意。丈夫肯相信她，在婆婆面前帮她说话，婆婆又是要体面的，不会驳了儿子的话，更加不会管儿子房里的事，薛东婉的死又瞒了下来，这件事应该很快就会过去的。

想起薛东婉，杨氏眼眸瞬间阴鸷狠辣：真是个没用的，只不过吓唬她几句，居然寻死！

还一下子就真的死了！

多少人自杀未遂，偏偏她就死了，想想都晦气。

薛子明见杨氏依旧在哭，声音更加柔和："你不是要回娘家住些日子？我陪你去跟娘说，就说你伤心过度，在家里触景伤情，想去建衡伯府小住半个月。"

"那我们现在去和娘说……"杨氏抹了泪，对薛子明道。

薛子明颔首。

杨氏叫了碧桃、碧柳打水来服侍她净面，重新匀了水粉，把脸颊抹得粉白，显得很虚弱，才起身跟薛子明去老夫人的荣德阁。

前段日子一直下雪，最近几日都是难得的好天气。

荣德阁的内卧，墙角腊梅傲然盛绽，幽香浮动，满屋子浓郁梅香。

临窗炕上，老夫人斜倚着织金点翠万寿无疆引枕假寐，听詹妈妈说着话儿。

刚刚把惊慌失措的薛东姝安顿在自己的暖阁里,老夫人很疲惫,詹妈妈见她这样,说着话儿就顿住了。

老夫人微微睁眼:"怎么不说了?"

詹妈妈赔着笑脸:"您歇歇吧?"

"我没事,回头再歇,你说你的……"老夫人冲她摆手,声音很低沉,没什么力气。

詹妈妈知道老夫人的脾气,不敢忤逆她,依旧说着刚刚的话题:"四夫人身边的翠儿来见了宝巾,五小姐身边的银杏见了宝绿,九小姐身边的橘红见了紫鸢……"

老夫人睁眼,道:"你去打听打听,橘红来的时候,瑗姐儿在做什么。"

詹妈妈微愣,问道:"那四夫人和五小姐?"

"不用。"老夫人轻声道,"我要瞧瞧,瑗姐儿屋里是谁在当家!"

詹妈妈有些莫名其妙,却转身去吩咐绿浮去打听。

绿浮打听了回来,细声把打听的情况告诉了老夫人:"昨夜没睡,辰初吃了饭,九小姐一直睡到巳正一刻才醒……"

老夫人的眼眸便露出几丝欣慰,摆手让绿浮出去。

"我自己养大的孩子,我最知道!"老夫人神色有了几缕明朗,"瑗姐儿是极聪明的,又是在我屋里养大,了解我的脾气。昨夜闹起来,她住得那么近,自然明白。这种风口上,她断不会派人来打听消息,定是丫鬟婆子自作主张。"

詹妈妈连连颔首,顺着老夫人的意思。心中却想,倘若是别的孙女,老夫人只怕不会这样想,她真的是疼爱极了九小姐。

"她屋里的橘红、橘香都快十八了吧?该放过去配人了……"老夫人低声絮叨着,"罗妈妈的男人在田庄上,她有个丫头也在庄子上长大,不如让她出去,换了她的女儿进来……"

詹妈妈一一记下。

"上次那个顶了宝巾一天缺的小丫头,叫什么来着?模样好看,口齿伶俐,人也机灵。你再去叫来我瞧瞧。"老夫人想起来,就一刻也等不得。她是想找点事做,来压抑心口的疼痛。

婉姐儿……

只要闭上眼睛,就能想起婉姐儿那乖巧的模样,上次给她送了两双鞋,绣活精致,家里的姑娘都不及。

就这样没了。

詹妈妈知道老夫人说的是蔷薇,账房莫管事的女儿,生得伶俐机敏,在老夫人屋里做二等丫鬟。

上次宝巾生病,她顶了一天缺,老夫人对她印象很深刻,总说这孩子模样好。

那次,詹妈妈觉得蔷薇肯定要留给九小姐做陪嫁的。

那样精致的眉眼,最适合做通房丫鬟;可又生得口齿伶俐,机敏勤快,大约只有九小

姐那样聪慧的人能降服她。

詹妈妈领了蔷薇进来，才进东次间，宝巾就冲她摆手，指了指内卧："五爷和五夫人来了……"

詹妈妈领着蔷薇斜坐在东次间的炕上，低声问她老子、娘最近可好。

蔷薇的爹是账房的管事，姓莫，为人老实又细心，十几年兢兢业业，从小小账簿做到了账房的总管事；她娘在厨房做二等管事婆子，活络热情，她男人又体面，厨房上上下下都买她的账。

蔷薇见詹妈妈声音很轻，亦压低了嗓子，柔声说都好，劳妈妈挂念等语。

正说着话儿，外间的小丫鬟撩起帘子，低声喊了声"世子夫人来了"，詹妈妈忙下炕，亲自迎接。

来的不仅仅是世子夫人，还有九小姐薛东瑷。

詹妈妈屈膝给两人行礼，东瑷就扶起詹妈妈。见屋内静悄悄的，她的声音更加柔和婉约："父亲和母亲在祖母跟前说话？"

詹妈妈就轻微颔首，然后请世子夫人和东瑷炕上坐，亲自拉过板墙西边立着的墨绿色折枝海棠靠背给二人，宝绿吩咐小丫鬟上茶。

东瑷和世子夫人静静喝茶，都侧耳听内室的动静。

"……媳妇没有……媳妇只是想风风光光回娘家，不丢薛家的脸……"倏然，听到扑通一声膝盖清脆脆在内室地面上的声音，杨氏的哭声透过厚厚毡帘，传了出来。

宝巾、宝绿彼此对视一眼，忙招呼服侍的大小丫鬟全部退出去，只余世子夫人和东瑷在东次间，詹妈妈在旁边服侍。

"起来吧！"老夫人的声音遽然拔高，外面听得一清二楚，"我说了一句，你就又哭又磕头，倘若伤了，建衡伯夫人还以为我这个老太婆虐待儿媳！"

东瑷、世子夫人和詹妈妈都听得一头雾水。

而后又有杨氏抽噎的哭声。

"娘……"薛子明声音带着祈求。

他刚刚开口，叫了一声娘，老夫人立马盖住他的话头："小五，娘怀胎十月把你抚养成人，你偏袒屋里人，娘不怪你。可咱们母子总有些情分吧。你倒是说说，娘的孙女刚刚殁了，你媳妇作为嫡母，衣着华贵，娘说了句怎么穿得这样隆重，她就又哭又磕头。小五，今日你在场，你说说，娘这句话说重了没有，值得她这样小心害怕吗？"

这话听在耳里，十分悲凉，亦十分惊心。

提起薛东婉，老夫人都没有说五爷"你的女儿"，而是说"娘的孙女"，她很伤心吧？

老夫人字字严厉，是在指责五爷没有人伦。他的女儿刚刚去世，妻子衣着华美，好似庆祝般，他亦不计较，没有做父亲的仁爱；娘亲刚刚说了他媳妇一句，他立马开口维护，没有做儿子的孝顺。

不孝不仁的人，在这个时空是被人唾弃的。

五年来，家里也发生了些大大小小的事，可东瑷第一次听到老夫人说这么刻薄的话！

那么，薛东婉的死，十有八九跟杨氏有关。想到这些，东瑷的手便紧紧攥住了靠背的一角，紫色的浓郁流苏从她指缝间倾泻，越发显得青葱十指修长莹润，却单薄无力。

东瑷的心像被针扎般的疼痛，好不容易深埋起来的伤痛又忍不住浮起。她恨，恨杨氏贪心不足，薛东婉谨言慎行，丝毫不触犯她和薛东琳的利益，还是被她害死。

老夫人的话，薛子明自然亦听得明白，他脸色大变，立马跪下："娘……"

别的话再也不敢说了，只听见重重的磕头声。

突然，一声清脆瓷器崩裂，茶盏砸向了地面，老夫人的嗓音又拔高了一成："磕头做什么！娘又说了你什么，吓得你磕头！"

空气凝滞，屋里屋外的人全部凝神屏息，世子夫人、东瑷和詹妈妈都呼吸轻盈，不敢用力喘气。

"小五啊，你们兄弟五人，你的子嗣最多。少则贵重，多而贫贱，大约你是不在乎的吧？"好半晌，老夫人才说话，声音又锋利又凄凉。

世子夫人和詹妈妈听了，都眼睁微黯。

东瑷的泪珠就禁不住滚落下来，她银齿陷入樱红唇瓣里，压抑着哭声。

"娘！"薛子明声音带着哭腔，又是重重地磕头，"儿子错了！"

"娘，都是媳妇的错，都是媳妇的错！"杨氏亦高声啼哭，凄婉哀痛，"您不要怪五爷，是媳妇没有管好后宅，没有照顾好婉姐儿……娘，您别生气，也别怪五爷，都是媳妇的错！"

"起来吧，都起来吧！"老夫人没有丝毫的松懈，语气里带着不耐烦，"小五媳妇，你不是要回建衡伯府？宝巾……"

听到老夫人喊宝巾，詹妈妈立马撩帘入内。

"你差人去告诉葛总管，拿着老侯爷的帖子，让建衡伯府来接人！"老夫人见进来的是詹妈妈，亦不计较，吩咐她道。

詹妈妈愣住，微带诧异望着老夫人。

媳妇回娘家，最常见的有两种情况会通知娘家派人来接：第一个是新婚三朝回门；第二个则是犯了大错被休弃！

可五夫人这种情况，老夫人又没有说休弃她，却让建衡伯府来接，到底算怎么回事？

"你还不快去，愣着做什么！"老夫人望着詹妈妈，声音更加严厉低沉。

世子夫人见情况有些失控，立马进了室内，瞧着薛子明夫妻都跪在老夫人炕前，地上茶水四溅，五爷的衣襟被茶水染透，一片狼藉，她微微叹气。

"起来吧，你们都起来。"世子夫人搀扶杨氏，又给薛子明使眼色，然后冲詹妈妈努嘴，"还不快差人去找葛总管？"

詹妈妈回神，终于明白过来，给老夫人和世子夫人福了福身子，退了出来。

"娘，您昨晚没睡好，我帮着送送五弟妹，您歇会儿吧？"世子夫人笑盈盈的，把杨氏和薛子明都拉了起来，然后冲毡帘外面喊："宝巾、宝绿，进来服侍老夫人歇息。"

东瑷在外间听到，立马出去喊了宝巾和宝绿进来。

世子夫人拉着满身狼狈的杨氏和薛子明出来，正好被东瑷碰了照面。

杨氏看到东瑷，眼眸有狠戾闪过，薛子明却没有顾上瞧她。世子夫人给东瑷使眼色，让她进去一起服侍老夫人。

东瑷瞧着杨氏满身金光熠熠，便明白了老夫人为何发怒了。她给他们几个胡乱福了福身子，就随着宝巾宝绿进了内室。

世子夫人陪着杨氏和薛子明去了他们的锦禄阁。

杨氏就拉着世子夫人的手，呜呜地哭诉她的委屈。

世子夫人只是听着，用台面上的话安慰着她。

两炷香的工夫，薛子明身边的小厮福泉进来禀告："五爷，葛总管说马车备好了，让问夫人什么时候启程。"

薛子明微愣："不等建衡伯府来接吗？"

世子夫人佯怒瞪他："你啊，真是个书呆子！娘气头上的话，你们还当真？没事啊五弟妹，娘倘若真的生气，可是一句话都不说。她老人家既然发火了，这事就过去了。你别多想，回去住些日子。二十三之前，我一准派人去接你，你安心吧！"

腊月二十三开始祭灶神，便正式开始了新年。出了嫁的闺女不能留在娘家过年的，腊月二十三必须回婆家。

听到世子夫人的话，杨氏这才微微放心，她抽噎着说了句多谢大嫂，叫碧桃、碧柳拿了她的包袱，回了建衡伯府。

世子夫人送她到穿堂前，才折身回老夫人的荣德阁。

东瑷进了老夫人的内室，幽郁梅香缥缈袭人。墙角摆的还是上次那盆红梅，深棕色虬枝梢头，血梅盛绽，傲视酷寒。

宝巾带着两个小丫鬟打扫地上的碎瓷，青石砖地面被茶水洇开了一朵淡墨花，别样妩媚。

宝绿重新拿了只骨瓷描金的茶盏，给老夫人沏茶。

老夫人阖眼，脸色很苍白。

东瑷仔细瞧着，才发现老夫人的鬓角露出几缕雪丝，好似一夜间蹦出来的，更添老态龙钟。见祖母这样，又想起了薛东婉，东瑷眼睫湿濡。

宝绿沏好了茶，放在老夫人面前的炕几上，柔声道："老夫人，您喝茶……"

老夫人微微睁眼，就看见东瑷，眸光顿时柔和下来，笑容亲切："瑷姐儿来了？来，坐到祖母身边……"

东瑷依言，坐到老夫人身边。

"祖母，您是不是从昨夜就没睡？您瞧着没什么精神……"东瑷担忧问老夫人。

老夫人瞧着就心中喜欢,脸上笑容添了一分,淡然领首:"祖母年纪大了,难得才有个好觉。躺着也睡不踏实,还耽误了晚上的瞌睡,索性懒得睡……"然后又问东瑷中午吃了什么。

东瑷一一说了。

老夫人又问她怎么过来了,现在不是晨昏定省的时辰。

东瑷强撑起甜美可爱的笑容:"我去了大伯母的元丰阁。大伯母说来看看祖母,我就跟着一块儿来了。"

"去了元丰阁啊?"老夫人被她的笑感染,亦笑起来。

其实彼此心中都明白,婉姐儿去了,她们却要装作若无其事,笑着总比垮着脸强些。

东瑷"嗯"了一声,又笑道:"想着快过年了,大伯母事情多,明年开春更加忙碌,我屋里有些事,提前和她说说,免得临时给大伯母忙中添乱。"

老夫人表情比刚刚松弛了不少,笑容自然了几分,问她什么事。

"橘红和橘香两位姐姐的事……"东瑷道,"橘红姐姐都满十八了,橘香姐姐明年二月也满十八,咱们家的规矩,该放出去了。两位姐姐是祖母赏的,原应先问过祖母的,可我思忖着家里是大伯母当家,还是先禀了她,再来告诉您。大伯母也说,问问您的意思,我们就一起过来了……"

老夫人眼底的笑意越发浓郁,甚至有些意外惊喜。这孩子居然跟她想到了一块儿。

"是这个理儿……"老夫人笑道,"咱们家可没有把丫鬟们留成老姑娘的规矩,十八岁是可以放了的。你大伯母怎么说?"

东瑷正要回答,东次间伺候的宝巾便朝内室喊了声"世子夫人来了",说罢,亲自替世子夫人撩起毡帘。

世子夫人见老夫人不似刚刚的清冷严厉,恢复了往常的和蔼慈祥,笑容越发从容温柔,给老夫人福身行礼。

老夫人让她炕上坐,宝绿就给她上了茶。

"我和瑷姐儿正说你呢,你就来了……"老夫人已经看不出伤心。

可世子夫人知道,老夫人一生大风大浪,最能沉得住气。不管表面多么平静,婉姐儿的死,老夫人还是万分悲痛的,否则也不会那样对杨氏了。

她尽量说着开心的事,哄老夫人开怀些。

"您和瑷姐儿背后编排我什么来着?"世子夫人笑语嫣然,斜坐在老夫人对面。

老夫人笑起来,把东瑷告诉她的话,说给世子夫人听。

"是娘赏给瑷姐儿的,瑷姐儿跑去问我怎么放出去,我倒是为难了。娘屋里的人,我可不敢做主,就带着瑷姐儿讨娘示下……"世子夫人笑着说。

"这个家是你当的,怎么你不能做主?"老夫人呵呵笑,眉宇间少了方才的煞气。

世子夫人顺势道:"那娘就疼我一回,帮我拿个主意吧!"

东瑷抿唇笑。

老夫人也笑，她略微沉吟，却转眸望着东瑷："瑷姐儿，你可有好主意？"

若是平常，东瑷是绝对不会出头的。可这件事关乎橘红橘香的未来，她不能再放任不管。这两个丫鬟像姐姐一般忠心陪伴她这五年，东瑷对她们是有感情的。

"我开始想着两位姐姐要放出去，我跟罗妈妈也商量了下。两位姐姐从祖母屋里到我屋里，原是委屈的，尽心尽职服侍我这么多年，我也想她们有个好前程。罗妈妈说，她大伯家有两个双胞胎侄儿，在咱们家庄子上的，明年满十九，都没有说亲……"东瑷一边说，一边揣摩老夫人表情，见她没有蹙眉，就知道自己说的不差，胆子也大了些，越说越顺，"罗妈妈的男人也在庄子上，她说，要是两位姐姐能嫁到他们家，她也想出去，让她的女儿进府来见见世面……"

世子夫人在一旁听着东瑷的话，一开始有些疑惑：嫁到庄子里，算什么好前程？然后突然明白过来，将来可以从庄子上选陪房！

有了陪房的身份，自然就不同了。薛东瑷这般精明谨慎的人，除非是"浑不愣"的婆婆，否则都会满意她；又是天成的娇媚模样，丈夫对她不会太差，她的陪房，说不定将来真的是锦绣前程。

世子夫人心中不免又对这个侄女增了一点分量。

老夫人呵呵笑。

这笑声，是从心底发出来的满意，开怀又得意。

世子夫人便知道，瑷姐儿说的，正中老夫人的心思。她就抢先表态："娘，咱们瑷姐儿跟在您身边，行事说话学了几分娘的风骨。我听着这主意很不错，您觉得呢？"

"行啊，你也觉得不错，就照瑷姐儿说的办吧。"老夫人笑呵呵把东瑷搂在怀里，笑着对世子夫人道，"这孩子，是我肚子里的蛔虫，我想什么都知道！"

世子夫人虽不解，仍附和着笑。

"瑷姐儿大了，罗妈妈想出去，就让她出去吧。"老夫人又道，"等她出去，就让她闺女到瑷姐儿屋里服侍。"

然后想起什么似的，对世子夫人和东瑷道："我看了一个好孩子，准备给瑷姐儿使，等明年橘香橘红放出去了，她屋子里不至于乱套。"

然后喊詹妈妈，让她把蔷薇带进来。

詹妈妈见老夫人还能想起蔷薇，猜测五爷夫妻带来的风暴大约过去了，心中甚喜，忙叮嘱蔷薇几句，就领了她进内室。

东瑷和世子夫人的目光都落在蔷薇身上。

十四五岁的年纪，天成的白皙肌肤，小巧一张鹅蛋脸，眼波胜秋水，樱唇赛桃蕊，粉腮若烟霞，贝齿似银镶，薛家的小姐都无几人能及她的容貌。

她规规矩矩给老夫人、世子夫人和东瑷磕头，行了大礼。

詹妈妈拉起她，世子夫人就"哎哟"一声，啧啧称赞："这孩子，也只能给瑷姐儿使。模样如此标致，除了瑷姐儿，旁的主子都要被她比下去……"

东瑷抿唇笑，蔷薇的确长得漂亮，是很正统的美人，不似她，太过于妖娆。

可世子夫人这般说辞，也太抬举蔷薇了。

东瑷细细观察她的反应，是恃色而骄的懵懂还是谦和谨慎的内敛。

就见蔷薇眸露惶恐，世子夫人的话音一落，她又扑通跪下："夫人抬爱了，蔷薇愧不敢当！家里的主子们是千金贵体，皇天眷顾，十个蔷薇百个蔷薇都不及一分。"

她没有反驳世子夫人说她漂亮的话，只是说自己福薄，比不得小姐们。这个时代，女孩子的身份地位远远比容貌重要百倍。就算漂亮，天生的奴才命，又怎能和小姐比？

蔷薇有此见识，不妄自尊大目无主上，老夫人微微颔首。她呵呵笑起来，让詹妈妈搀扶起蔷薇。

世子夫人也笑："这丫头，也太小心了些……"

东瑷却眼眸微闪。

听到蔷薇一番话，她有点不想要这个丫鬟。

倘若她忠诚，就是百般玲珑剔透的得力干将；倘若她心存杂念，又这样漂亮，在薛家还好，将来带到夫家去，被丈夫看中了，东瑷肯定要费一番心力才能收拾她。

而她真的危机四伏，不想连身边的丫鬟都要斗。

她宁愿要橘红橘香那种或单纯可爱或木讷老实的丫鬟。

可瞧着老夫人的笑意，东瑷知道，这个丫鬟她必须收下，老夫人很喜欢蔷薇。

老夫人是这个年代的正统思维，她的认知东瑷亦能明白：这个年代的仆人有奴性的，轻易不会背叛主子。他们忠诚本分，只求主子荣华富贵，他们鸡犬升天。倘若主子真的失势，才可能会有欺主恶仆。

想着，东瑷忍不住又打量蔷薇。相由心生，这般清湛眼眸的女孩子，应该心无恶念吧？假如她忠心耿耿，自己亦多个帮手，往后的路更加顺畅，她亦轻松不少，不是很好吗？

如此自我安慰，东瑷唇角微翘，露出淡淡笑意。

"……到瑷姐儿身边，做个二等丫鬟吧。"老夫人最后道。

蔷薇道是，转身去了。

内室里，世子夫人跟老夫人道："您屋里要不要添几个人？我屋里好几个机灵的丫鬟，要不要先拨过来给您使？"

"不用，不用！"老夫人笑道，"你看看我这满屋子的人，不缺服侍的。"

老夫人屋里的定制丫鬟比世子夫人屋里多二十人，赏给孩子们几个，的确不短人手。

世子夫人就笑："那等明年三月，家里放出去一批，再买些孩子进来，挑几个机灵的给您。"

老夫人笑着道好。

外间的丫鬟说老侯爷回来了，然后撩起毡帘，老侯爷走了进来，东瑷和世子夫人忙起身，

给老侯爷行礼。

老侯爷让她们都坐，但眉梢噙着不虞。

东瑷和世子夫人借口屋里有事，都起身告辞。

老夫人看得出老侯爷不快，就没有留东瑷和世子夫人，让宝巾、宝绿送她们出门。

东瑷出了荣德阁，在竹林青石小径上同世子夫人行礼辞行，便带着橘红回了拾翠馆。

世子夫人却忍不住矗立远眺，望着那抹石青色背影愣神。

她身边贴身服侍的大丫鬟花忍笑道："夫人，您瞧什么呢？"

世子夫人回神，眼眸的光泽意味深长："五年了，老夫人赏了多少好东西给瑷姐儿？可是你瞧她，一件石青色灰鼠裘披风穿了五年；只要不出门，从来不施脂粉，头上总是那支金莲花开一点油簪子……"

花忍不明所以，只得笑道："九小姐长得漂亮，素淡装扮也好看……"

世子夫人感叹："是真的漂亮。从前觉得太妖冶了，如今瞧着，聪明又漂亮，她应该有个更好的前程。"

花忍便更加不明了，又不敢深问，只得搀扶着世子夫人，赔着笑。

没走几步，远远瞧见数名丫鬟婆子簇拥着两名华丽身影往荣德阁来。

穿着五彩缂丝缠枝石榴花披风的明妍少女，搀扶着穿宝蓝色如意云头褙袄的四旬妇人，脚步轻柔往老夫人这边来。

是二房守寡的冯氏和十七岁的五姑娘薛东蓉。

身后跟着她们各自的丫鬟、婆子。

看到世子夫人，二夫人冯氏和五小姐薛东蓉纷纷行礼，世子夫人忙还礼。

"刚刚在娘那里陪坐，屋里还有点事，就先回了。"世子夫人笑着跟她们寒暄几句，便错身而去。

二夫人冯氏和薛东蓉到了荣德阁，小丫鬟忙给她们撩起毡帘，给她们行礼，然后无声冲她们摆摆手，指了指里面。

二夫人和薛东蓉明白，轻手轻脚进了东次间。

宝巾、宝绿和詹妈妈都在东次间，内室一个服侍的人都没有。

三人屈膝给二夫人母女行礼后，詹妈妈笑着对冯氏道："二夫人，侯爷和老夫人说话，怕一时半会儿说不完。您要不先回去，迟了天暗下来，路结冻不好走。"

她的声音极轻，说话时不停冲内室使眼色。

二夫人和薛东蓉自然明白。

二夫人脸色微黯，正欲说什么，薛东蓉拉住了她的胳膊，抢先一步道："我们就先回去了，明早再来给祖母问安。"

詹妈妈恭声道是。

二夫人便不再多言，转身要出去。

詹妈妈亲自替她穿了木屐。宝绿、宝巾忙服侍薛东蓉穿了木屐,亲自送她们母女出门。

出了荣德阁,二夫人便让丫鬟们远远跟着,只由薛东蓉搀扶着她。

"蓉姐儿,你说,侯爷和老夫人到底是什么意思?"二夫人声音轻如蚊呐,"上次我们来,明明听到内室侯爷和瑷姐儿的笑声,詹妈妈挡着不让进,说侯爷病了;今日你大伯母和瑷姐儿刚走,又不让咱们进。这是专门针对咱们母女的吗?"

薛东蓉搀扶着母亲,笑容恬静:"娘,您想多了,凑巧而已。"

"你这孩子,心怎么如此大!"二夫人微嗔,"你父亲不在,咱们孤儿寡母,生死都在旁人手里。侯爷和老夫人在还好说,将来侯爷殁了,谁管咱们娘儿俩死活?"

"娘!"薛东蓉压低了嗓音,"祖父身体健朗,您别再说这种话,叫人听到,平添口舌。"

二夫人也后悔自己的失言,忙打住不提。

"娘,我知道您替女儿担心。"薛东蓉见二夫人脸色不好,笑着宽慰她,"祖母向来心中有数,哪怕……哪怕真的换瑷姐儿进宫,祖母亦会弥补耽误女儿这些年的光阴,替女儿寻门好姻亲……"

母女二人向来不隐瞒什么。

薛东蓉的婚事,她自己是清楚的。

她留下来这些年,二夫人跟老夫人和世子夫人提过数次,对方虽未明言,却言语间暗示二夫人,薛东蓉的前程不可限量。二夫人心中就隐约明白。可是没有准信,她不放心,好几次追问世子夫人,世子夫人总是不肯明说。

去年端午节的后几天,世子夫人陪老夫人进宫谢恩,回来跟二夫人话家常,二夫人又提起蓉姐儿的婚事,世子夫人禁不住她磨,就道:"前日我陪娘进宫,贵妃娘娘还说起,从前家里姐妹,大些的都出阁了,余下那些小的她都不太记得,唯独记得蓉姐儿,问蓉姐儿好不好。你啊,守着女儿过几年贴心日子吧,要是哪日荣华富贵了,再见面,三拜九叩,唯有君臣,哪有母女啊?"

二夫人听了,眼角直跳,心终于放了下来。

薛东蓉是要留到元昌四年选秀的。

明年五月,便是选秀的日子。

可最近老侯爷和老夫人不太正常,好似躲着她们母女;又有老夫人极度宠爱瑷姐儿在先,二夫人心中便不安。

昨夜桃愔馆出事,二夫人亦被丫鬟吵醒,跑来看了。可等她到的时候,人都散了,她一头雾水。

今早又听说把十姑娘送去了靖远庵休养,她就更加糊涂了。再三思量,二夫人没有告诉薛东蓉,就打发薛东蓉身边最机灵的银杏来老夫人屋里探听情况。

薛东蓉十岁那年一场大病,二夫人就把女儿接到自己的和宁阁照料。老夫人怜悯她守寡不易,让人扩建了和宁阁,在旁边多添了四间耳房、四间抱厦,让她们母女相依。

母女俩住在一起，丫鬟都是彼此共用的。薛东蓉身边的银杏比二夫人身边的丫鬟都机灵，有什么难办的事，二夫人就吩咐她去做。

后来薛东蓉知晓后，皱眉说这件事不应该，老夫人只怕不想旁人知道，二夫人就心有戚戚焉。

现在来请安，老侯爷和老夫人是不是因为今早的事恼了，还以为是薛东蓉派人来的？

要是因此耽误了她的婚事……

二夫人越想越怕，反手紧紧攥住了女儿的手："蓉姐儿，你可别糊涂，过了年你都十八了，门当户对的婚姻难寻了，极可能是给人做继室，娘舍不得，你可是侯门千金！再说，进宫了，有朝一日你做了皇贵妃，薛府上下都要给你叩首行礼，这才是你应得的前程！"

薛东蓉的手微颤，心口似万箭齐钻的疼。

所有人都觉得那是好去处，所有人都以为那是极其尊贵，可谁又想到一朝红颜未老恩先断的悲凉？

就算圣宠永存，可皇宫是血肉模糊的战场。为了活下来，没有姐妹情，没有母女情，没有夫妻情，只有争斗，只剩下无声的谋算，错一步便是万劫不复，连睡梦都不得安生。

经历过的人，才会懂得！

不，她不进宫！

可母亲盼的不是薛东蓉给她带来什么，而是盼薛东蓉能一生富贵，这份真心实意的母爱，她又怎么泼母亲的冷水？

"天快黑了……"她搀扶二夫人，脚步不由加快，"娘，您放心吧，祖母不会让瑷姐儿进宫的。只要瑷姐儿进宫，得了圣宠，那些文臣定要把当年韩家的事翻出来。参瑷姐儿一本佞妃祸水，她命不长久！祖母肯定想到了，她舍不得的……"

二夫人听了，不由大喜，拍着薛东蓉的手："我怎么忘了这茬？那个韩氏，倒是替咱们母女做了件益事呢……等你进宫成了皇妃，娘要烧些纸钱给她。"

薛东蓉听着母亲不着边际的话，有些啼笑皆非。可总算把母亲的不安安抚下来，她微微舒了口气。

这一世，她誓死不进宫！

薛东蓉的目光不由望向拾翠馆的方向，拳头微攥，长得那么美丽的薛东瑷，既然上天赐予她美貌，就让她去皇宫受圣恩，将来母仪天下吧！那些虚荣，她薛东蓉再也不要了！

韩家的事，皇族想掩饰都来不及，那些文臣看似个个直言不讳，铮铮铁骨，却最懂帝王心。谁敢提当年韩氏女的事，谁便是死罪，什么韩氏成为薛东瑷进宫的障碍，只是薛东蓉哄二夫人的。

"瑷姐儿，你要谢谢我，我再也不同你争那个机会了，再也不羡慕……不嫉妒你的一切了。"薛东蓉想着，脸上的笑容越发恬静淡雅，她搀扶着母亲，一步步轻盈回了和宁阁。

薛老侯爷在外院听世子薛子侑说了薛东婉的事，大发雷霆。

"给我查，查不出个缘由，五房谁都别活！"老侯爷跟老夫人确定了薛东婉是上吊自尽，顿时将茶盏拂在地上，一手扶着炕几一角，捏得手背青筋暴突。

老夫人沉默不语，她了解老侯爷的脾气，这个时候不管说什么都是火上添油，任由他把情绪宣泄出来，再劝不迟。

好半天，老侯爷扶住炕几的手不再打战，脸颊的雷霆怒意亦隐去四五成，他有些哀痛阖眼，试图平复自己的暴怒。

老夫人把自己手边的汝窑茶浮雕蝙蝠纹盏递给他。

清洌暖茶入口，唇齿间留着铁观音的浓香，那微甘似苦的茶水浸润五脏六腑，让人莫名地心田宁静，老侯爷才算真正平静了几分。

"我做主，这件事瞒下来，只有大房和五房知道。"老夫人声音似冬日梅树梢头雪，看似安静平和，实则暗噙蚀骨寒意，"先假称婉姐儿被厉鬼缠身，半夜袭扰姝姐儿。送去靖远庵，让葛总管帮着料理她的后事。等过半年，再说她病逝，我再替她开丧，请佛僧、道士为她超度，不枉她托身在薛府十四年……"

说到最后，她越说越慢，生怕自己声音带着哽咽，重新勾起老侯爷的愤怒与哀痛。

老侯爷听了老夫人的话，半晌不语。

"不查？"他倏然回眸，紧紧盯着老夫人。

迎上老侯爷锋利的眼睛，老夫人表情平静里带着坚持："不查！好好的姑娘家，无故寻死？总会牵扯出家里的一些人和事！咱们镇显侯府，除了二房的蓉姐儿，剩下待嫁的姑娘，都是五房的。只要查，就难免走漏风声。一旦有风声，人言可畏，对五房其他姑娘都不好。婉姐儿上有瑷姐儿，下有姝姐儿、琳姐儿、妍姐儿、娴姐儿……"

老侯爷却听出一些话音，他脸色复又阴沉，问老夫人："你知道婉姐儿的死因？"

老夫人定定望着他："侯爷，妾身替您管内宅将近四十五年，您见过妾身什么时候错杀一个，什么时候错放一位？侯爷放心，妾身都记在心里，婉姐儿不会枉殁的！"

老侯爷听着，长长叹了口气。

"要惩戒一番！"他严厉道，"咱们府里，再也不能发生婉姐儿这样的惨事！"

老夫人道是。

内宅的事，老夫人比老侯爷清楚，而且这么多年，老夫人是怎样的性格，老侯爷一清二楚，他很放心把内宅全权托付给她。

既然老夫人说她心中有数，老侯爷这才消了亲自追究之心。

可哀痛还是难以遏制，那是个活生生的生命，是他的孙女！他微微阖眼，眼角的皱纹凝聚，显得苍老。

家族的繁昌与凋零，衡量标准之一就是人口的众寡。尚未及笄便殒殁，是不幸的预兆。

老侯爷既心疼婉姐儿，亦担忧家族。

最近朝廷如此不安分，他有种惊涛骇浪里前行的恐惧与疲惫。

第二章 娇蕊陨落

第二日，老夫人递了名帖进宫，为腊八节的赏赐谢恩。

腊月十三，宫里有了回话，太后娘娘腊月十八辰初三刻召见镇显侯夫人一品诰命詹氏、镇显侯世子嫡妻三品淑人世子夫人。

又言薛皇贵妃娘娘恭谨仁厚，才德兼备，如今天下福瑞并臻，皇恩浩荡，特准薛府嫡出小姐进宫，圆皇贵妃姐妹情分。

这是几朝都没有的规矩！

老夫人接了懿旨，打发了传旨太监，让小厮去外院大门口等着老侯爷和世子爷下朝。

她则和世子夫人默默坐在东次间，各自手里捧着暖手炉，表情微带不安。

任何改变，总叫人摸不着头脑，心中惶恐。

虽然能猜到什么，可总是内宅妇人，不如男人们消息准确，只有见到老侯爷和世子爷，老夫人才会安心。

腊月十三这天的早上，东瑷并不知禁宫传下懿旨之事。她拾翠馆亦发生了一件事，便是橘香和罗妈妈今日出去。

离薛东婉自尽已经过去五天，薛府的谣言越发沸腾。

桃慵馆已经落锁，说闹鬼，十小姐被恶鬼缠身，送去了靖远庵。十一小姐被十小姐吓着了，如今老夫人养在身边，歇在老夫人的暖阁。十小姐的丫鬟、婆子全部送去了庄子上。

十一小姐身边的大丫鬟芙蓉留下来，管事金妈妈和另一个大丫鬟茜草、众位粗使丫鬟、婆子，也一并送到了田庄。

众人不能从桃慵馆打听到什么，亦不敢去老夫人的荣德阁打听情况，纷纷借口来东瑷的拾翠馆，她这里离桃慵馆最近。

东瑷原本打算腊月二十三让罗妈妈和橘香先出去。

橘红沉稳些，留到蔷薇熟悉了她屋里的情况，再从粗使丫鬟中提拔一个二等屋里服侍的，再送她走。

而后东瑷才知道，杨氏丢下满屋子的事，回了建衡伯府。

这下，谣言越发张狂，说什么五夫人穿着陪嫁的衣裳回娘家，是老夫人撵她走的。

十小姐到底怎么回事，就传得越来越扑朔迷离，倘若不震慑屋里的大小丫鬟、婆子，只怕从拾翠馆说出什么来，世子夫人怪责，连累了她辛苦替橘红、橘香和罗妈妈算计好的前程。

东瑷只得提前送橘香和罗妈妈走。

"小姐……"橘香拎着自己的包袱，泪如雨下般给东瑷磕头，她娘就领了她先回去。

罗妈妈则拉着东瑷的手，一个劲说瑷姐儿以后要照顾好自己，别叫人欺负了，说得橘红和东瑷都眼泪汪汪的。

东瑷赏了她一对银镀金点仙人乘风嵌珠翠碧玺簪，她推辞不肯要。

橘红劝道："妈妈拿着，要不然小姐心里怎么过得去？"

罗妈妈抽噎着抹泪，只得收下东瑷赏赐的一对簪子，起身给她行礼，也出了拾翠馆。

罗妈妈和橘香辞行的时候，蔷薇知道她们诀别之际，自有知心话说，她是新来的，在跟前不方便，就借口上次问老夫人屋里的丫鬟要鞋样子没拿，远远避开了。

罗妈妈和橘香一走，橘红又严厉叮嘱屋子里的丫鬟婆子，倘若胡乱嚼舌根，桃慵馆众人的下场便是她们的下场。

拾翠馆的丫鬟婆子们人人自危，再也不敢多言。

罗妈妈和橘香出去、老夫人赏了两个丫鬟给九小姐的事不胫而走，从此，也再无人上门打听桃慵馆的事。

晚上东瑷去给老夫人问安。世子夫人和二夫人冯氏、五小姐薛东蓉已经围着老夫人坐下，满屋子珠围翠绕，欢声笑语。

见东瑷进来，老夫人笑盈盈望着她："瑷姐儿总是最早来，今日倒是迟了……"很高兴的样子。

东瑷含笑给众人行了礼，说了今日橘香和罗妈妈出去，她给她们送行，屋子里的事又要重新安排一番等等，所以来晚了。

世子夫人先一步拉过东瑷，搂在怀里："怪不得眼眶红红的，还以为受了谁的欺负，没事就好。瑷姐儿，咱们腊月十八进宫……"

东瑷微怔，咱们？

哪个咱们？

这个咱们，也包括她？她可是未出阁的小姐，没有封号的，怎么能进宫？

她突然想起了自己的那块玉佩，背后有些凉意，眼眸不由自主望向老夫人。

第三章　御赐孽缘

老夫人见世子夫人揽过东瑷，正含笑望着她们，眼眸里没有探究与怀疑，唯有慈祥的溺爱和真心的喜悦。

二夫人也喜上眉梢。

薛东蓉一如既往笑容轻浅淡雅，似一朵傲世独立的雪莲。

东瑷微微松了口气，跟她的玉佩没有关系。而且瞧着老夫人、世子夫人和二夫人的表情，应该是好事。

她心中微定，笑着问世子夫人："大伯母，腊月十八要进宫吗，我也去？还有谁？"

斜长妖娆的眸子微闪，比墨色宝石还要闪耀，随着她的愉悦，笑意便在眼梢堆积，叠锦流云般的华丽绚烂，让世子夫人和二夫人瞧着都微愣。

老夫人笑意微深。

"贵妃娘娘嫁到太子府那年，蓉姐儿未满六岁，瑷姐儿不足三岁，琳姐儿尚在襁褓，

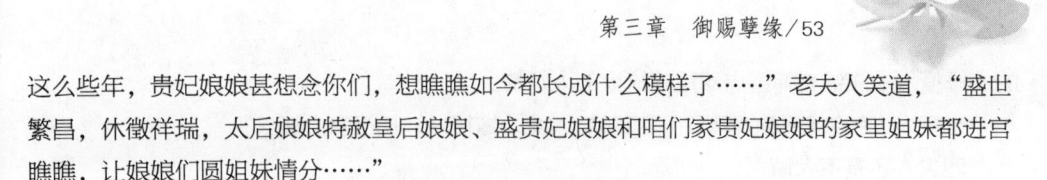

这么些年，贵妃娘娘甚想念你们，想瞧瞧如今都长成什么模样了……"老夫人笑道，"盛世繁昌，休徵祥瑞，太后娘娘特赦皇后娘娘、盛贵妃娘娘和咱们家贵妃娘娘的家里姐妹都进宫瞧瞧，让娘娘们圆姐妹情分……"

薛东婧今年二十六岁，她未满十四岁进太子府，如今都十几年了。

想见家里姐妹是假的，太后娘娘想看看萧家、盛家和薛家即将送进宫的嫡女是原因之一吧？

除此之外呢？还有什么原因，要违背祖宗的规矩，召她们没有封号的未出阁姑娘进宫？

东瑷想不出来，此刻亦没有工夫深想，她快速敛了情绪，做出恍然大悟的表情，笑盈盈道："总是听家里的妈妈们说贵妃娘娘是何等风姿，我却不太记得，如今终于能见到了……"

正说着，三夫人蒋氏也来给老夫人问安。

见屋子里笑语嫣然，便问老夫人和世子夫人在说什么，这样高兴。三夫人蒋氏性格直率，向来有什么就说什么，却也懂得分寸，老夫人最喜欢她的爽朗。

世子夫人又笑着把太后特赦薛家几位嫡小姐腊月十八陪老夫人和世子夫人进宫的事说了一遍。

"这可真是闻所未闻的恩宠！"三夫人高兴起来，便坐到老夫人身边，"咱们家贵妃娘娘在太后和皇上面前，真是极大的体面。"

这话说得老夫人和世子夫人都很高兴。

世子夫人犹自谦虚："不仅仅是咱们家，盛家和萧家的嫡小姐们也去……"

"说不定是为了咱们家应景！"三夫人笑道，"大嫂，您真是好福气，生了大小姐是皇贵妃，二小姐是单国公世子夫人，嫁过去才一年便生了单国公府的嫡长孙……"

世子夫人生了薛府的大小姐薛东婧和二小姐薛东喻，两个女儿都嫁得比其他房头的姐妹们好。想起这些，世子夫人脸上的笑意就更加浓了。

"都是托祖宗庇佑的福，也是托爹娘的福……"世子夫人笑道。

老夫人就笑三夫人："怎么，你女儿嫁得不好？"

三房的嫡女薛府六小姐薛东瑶嫁给世袭第二代二等辅国将军现任礼部尚书的鸿嘉伯甄家长子，今年六月成亲的，如今已有四个月身孕。甄家世子对薛东瑶温柔体贴，新婚燕尔，正是蜜里调油，薛东瑶每次回娘家，粉腮娇嫩，明眸溢彩，一副小女儿的幸福模样，蒋氏和老太太瞧着都放心与欢喜。

前几日蒋氏正为爱女得偿所愿喜怀麟儿去庙里还愿，见婆婆提起，她朗声大笑起来："也是托祖宗的保佑，托爹娘的福，嫁得好，嫁得好！"

东瑷等人亦被她的笑声感染，皆笑起来。

"谁嫁得好？"众人哄堂大笑时，没有听到丫鬟的通禀，四夫人沈氏便走了进来。她在帘外就听到三夫人说嫁得好……

众人起身跟她见礼，她一一回礼，再给老夫人请安行礼，才挨着二夫人，坐在临炕边的一排檀木朱漆铺着弹墨点翠重锦椅袱的太师椅上。

世子夫人就笑着跟她解释："三弟妹说女儿嫁得好,托祖宗洪福!"

四夫人还是不太懂。

世子夫人又把腊月十八进宫的事说了一遍,喜得四夫人连念了几声阿弥陀佛："真是祖宗保佑,皇天眷顾,咱们家姑娘都能去见见世面……"

东瑷心中好笑,这算什么见世面?她们还能像旅游一样,去御花园四处逛逛不成?

四老爷是庶出的,沈氏亦是庶出,她自己没有女儿,四房两个庶女已嫁,什么儿女婚事,跟她没有关系,她不过应景说几句客气话罢了。

说说笑笑,老夫人留了她们吃饭,才各自散去。

腊月十三宫里下的懿旨,准萧国公府国公夫人、皇后娘娘的生母一品诰命国公夫人,及皇后娘娘的嫡出姐妹腊月十六进宫谢恩;盛家是十七,薛家排到了十八。

这件事没过两天,便在京都簪缨望族间传开了。

住在建衡伯府的杨氏听了,顿时心花怒放,令丫鬟碧桃、碧柳收拾包袱,她要回镇显侯府,替琳姐儿打扮一番,叮嘱几句。

她自己则兴致冲冲去跟建衡伯夫人辞行。

"你哪里都不许去!"杨老夫人听到杨氏说回去,立马阴沉了脸,厉声呵斥道,"镇显侯府不派人来接,你就安心给我住着!"

"娘!"杨氏立马急起来,"这个时候还顾我什么体面?我不回去,那些懒货不知道怎么蹉跎我的琳姐儿。娘,这可是前所未有的大好机会!要是被太后娘娘看中了,咱们琳姐儿将来便是皇贵妃啊!"

"你给我老老实实住着,哪里都不许去!"杨老夫人的脸越发沉了,声音锋锐,"等着镇显侯府派人来接!"

杨氏听着,眼眸里就有了怨怼,怎么关键时刻,一向疼爱自己的娘亲,居然不替她和琳姐儿考虑?

杨氏眼里的怨恨,杨老夫人瞧得一清二楚,她的脸色越发阴沉。自己一生未叫人说半句不是,偏偏生出个愚笨的女儿。

人不怕愚笨,可怕愚笨却不自知。杨氏便是这种自作聪明的愚笨人。

腊月初九,杨氏带着两个丫鬟就跑回了娘家,一见到杨老夫人,就失声痛哭,哽咽着说了一大堆。

她声音带着哭腔,吐字混沌,杨老夫人没有听清,只得柔声安慰着幺女。

等她安静下来,杨老夫人遣了屋里服侍的,东次间只剩下她们母女,杨老夫人才开口问她,到底怎么回事。

杨氏被婆婆骂了一顿,满心的委屈发泄完了,人精神不少,亦愤然:"还不是那个老太婆……"

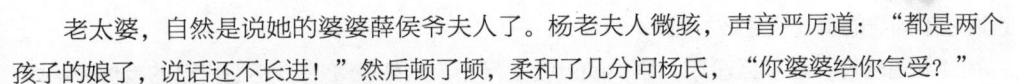

老太婆，自然是说她的婆婆薛侯爷夫人了。杨老夫人微骇，声音严厉道："都是两个孩子的娘了，说话还不长进！"然后顿了顿，柔和了几分问杨氏，"你婆婆给你气受？"

"可不是！"杨氏一想到薛老夫人那怒火滔天，一茶盏砸在地上，明着是要砸五爷，却差点砸中了她，她心中就委屈与恼怒。她在娘家可是父母含在嘴里怕化、捧在掌心怕丢的明珠，一辈子没挨过一根手指头，差点就被薛家那老太婆给打了……

要是那茶盏偏一点，真的砸到杨氏身上，她一辈子的体面可就没了！

杨氏竹筒倒豆子般，把老夫人故意拂茶盏想砸她，一股脑儿说给了杨老夫人听。

杨老夫人很清楚薛老夫人的秉性，无缘无故的，薛老夫人那张菩萨嘴脸是不会轻易撕破的，只怕是女儿犯了大错，才惹得薛老夫人起了打骂之心。

"你老实说个缘故！"杨老夫人沉声道，眼眸精明盯着女儿，"你婆婆可不是那种不着三四的女人，不会一时气不顺就用茶盏砸儿媳妇！"

杨氏被母亲一说，顿时气焰短了三分，又被母亲这精明的眸光一照，有些无处遁形，半响期期艾艾："就……就是何姨娘生的那个女儿，排行第十的，叫婉姐儿，她……她昨夜殁了！"

杨老夫人面皮微麻，她太了解自己的女儿了，又有薛老夫人用茶盏砸她在后，只怕这件事跟她脱不了干系。握住碧玺念珠的手微顿，杨老夫人气有些顺不过来："是不是跟你有关系？"

"跟我有什么关系？"一听这话，杨氏什么都顾不得，狠声叫嚷起来，"娘，旁人怎么说我，我不在乎，您可是我亲娘，您也怀疑女儿？"

说罢，伏在织金重锦引枕上，呜呜哭了起来。

杨老夫人不理她，独自阖眼，转动手里的碧玺佛珠，轻轻翕动唇角，念起佛来。

半响，杨氏不再啼哭，一边用帕子抹泪，一边用眼角瞟着母亲。

杨老夫人终于停止念经，微微睁开眼，微微浑浊的眸子却异常锋利："娘亲不怀疑自己的女儿，可娘亲了解自己的女儿和亲家夫人。倘若跟你无关，你婆婆不会想用茶盏砸你！说吧，娘还能帮你想想法子，挽回些体面……"

杨氏无法，知道母亲和婆婆一样的精明，根本就糊弄不了，只得把事情的经过说了一遍："……当年瑷姐儿可是帮老夫人抄一本佛经，从此就得了老夫人的喜欢。婉姐儿呢，居然起了这样的贼心思，她放着我和五爷的年鞋不做，先替老夫人和老侯爷做了两双鞋。她打量我不知道她的心思？她已经满了十四，该说亲了，怕我亏待她，想走老夫人的路子！"

"当初瑷姐儿我是没留心，让她得手了，婉姐儿可没那么容易！我听五爷说，萧国府想和我们家结亲。可萧国府的公子中，只有那位戮妻杀妾的五公子没了原配，侯爷想从家里的庶女里寻一个嫁过去做五奶奶。"

"我借着这件事，让碧桃去桃慵馆，暗示了婉姐儿和姝姐儿，就是让她们规矩些！昨日在老夫人屋里喝粥，老夫人冲婉姐儿笑了好几回，婉姐儿就得意起来。我把她留下来，故意说起萧国府的事,只是敲打她。

"哪里晓得,她那么没用,居然晚上就上吊了!她死就死吧,还把自己的首饰分给姝姐儿,跟姝姐儿叹气,感叹什么'要是我殁了多好啊!我反正是个无用的人,不能为家族增彩,你们都比我聪慧漂亮。要是我殁了,祖母有了警惕,就会像对九姐姐那样,疼爱你和庶妹们,让你和妍姐儿、娴姐儿都有个好前程,母亲就管不着你们,你们也不用担心嫁给什么瘟神厉鬼了!'

"娘,她的意思,分明就是说我害死了她,我逼死了她!可是娘,她的婚事,老侯爷没有点头,五爷没有点头,是我能做主的吗?我吓唬她罢了!

"姝姐儿那个小贱人,婉姐儿这些没有边际的话,她听听就算了,可是她居然当着大嫂把这话说了一遍,又当着婆婆说了一遍!大嫂转给我听,那眼神真叫人难堪。

"我在薛家已经无容身之处了!娘亲,女儿的命好苦!房里的人,自从瑗姐儿造反,就没一个安生的!妍姐儿和娴姐儿年纪小,姝姐儿那小贱人是个小滑头,最不好拿捏。

"好容易婉姐儿是个软柿子,我想着借她开头,敲打姝姐儿和众人一番,结果她……"

话音未落,杨氏面颊湿濡,越说越伤心,用帕子掩面哭起来。

当年母亲也是这样收拾屋子里的庶姐妹和众姨娘的,个个服服帖帖,从来不敢闹么蛾子,怎么到了她这儿,事情就样样不顺?

"娘,明日我要去庙里拜佛,求菩萨保佑我改改运!我嫁到薛家,就没有一天气顺的!"杨氏哽咽说道,用余光瞟母亲。

却发现疼爱她的母亲,脸上没有那种心疼的怜惜,而是阴沉着,隐藏了失望的怒意。

半天,杨老夫人一句话也没说,只是吩咐身边的大丫鬟和管事妈妈,替杨氏收拾好屋子,又道:"别多想。女儿似做官,媳妇似耕牛,既然是回了娘家,你就享几天清福,什么都别操心。"

杨氏见母亲对薛东婉的事什么都不说,心中微微不安,却也不敢问,跟着丫鬟婆子下去休息。

躺在锦被里,她越想婉姐儿殁的种种,越发觉得自己不曾做错一点。

偏偏却要受这等委屈,杨氏越想越恨!

可能是昨夜未睡,今日又哭了好几场,她有些乏了,很快便意识朦胧,进入睡梦中。

见杨氏睡熟了,身边服侍的都退了出去。

杨老夫人身边的管事婆子秦妈妈就把碧桃叫了去,说老夫人有事问她。

碧桃心口发紧,眼皮直跳,不安的预感在她四肢百骸里蔓延着。她虽然不是杨家的陪嫁丫鬟,可她听闻过杨老夫人的手段,对下人严厉苛刻,在她跟前说话行事一点都不能错。

当初可是碧桃奉命去桃幰馆挑事,把萧家五公子要娶薛家庶女做继室告诉了十小姐和十一小姐的。如今事情闹大了,杨老夫人不会迁怒她吧?

杨氏非说薛东婉的死,与她自己没有关系。可拿着萧五少爷吓唬那个一向没有见识的

十小姐,的确太狠了。

满京华谁人不知萧五公子?

就连内宅的丫鬟婆子,都听说过他的风流韵事。他原本是小妾生的,却比萧国公其他儿子都聪颖,萧国公最是喜欢他,所以他性格嚣张放肆。萧国公为了替他谋个前程,自己门生做监考官的时候,让他去参加乡试。

结果,萧五公子在千娇苑逗留了三天,错过了乡试。

千娇苑是京城排行第一名的妓院。

不仅仅如此,他还把千娇苑的当红花魁红袖姑娘弄到房里,三天没出来。红袖姑娘原本卖艺不卖身,老鸨觊觎萧五公子的白银数万两,又忌惮萧国公府的势力,就把红袖姑娘给了他。

红袖姑娘初经人事,又是花蕊般娇柔的身子,哪里经得起萧五公子这等风月老手的折磨。三天后,她居然死在萧五公子身下。

这千娇苑背后,靠的是兴平王的势力,是兴平王最疼爱偏妃的胞兄开的场子。

兴平王是大行皇帝的堂兄弟,却比胞兄弟还得大行皇帝的喜欢。新皇还是太子的时候,兴平王也多次帮衬他,出钱出力替他谋取皇位,他又不干涉朝政。这种王爷,当权者最喜欢,所以两代皇帝都偏护兴平王。

可比起萧五公子,这位兴平王更加荒淫跋扈。

弄死了千娇苑的花魁,千娇苑有兴平王撑腰,非要萧五公子黄金一万两。

萧国公气得把萧五公子大打一顿,听说三个月下不了床。

最后元昌帝本人出面,兴平王才算作罢,不要这笔黄金,却叫人把这件事传得沸沸扬扬。

那年,萧五公子刚满十五岁。

这件事,好几年都是京城茶余饭后的谈资。

前年的时候,萧国公夫人偶然的机会,看中了翰林院掌院学士费兴本的第三女,想为萧五公子聘了费三小姐。

庶子聘嫡女,任何人家都不愿意。况且那个庶子,是被京城望族、坊间笑话了好几年的萧五公子,费家更加不愿了。

无奈费兴本只是个五品学士,而萧国公是当朝一品大员,皇后娘娘的生父,当朝太傅,一手遮天的权势。

屈于萧国公的淫威,费三小姐嫁了萧五公子。

可是新婚之夜,萧五公子居然要费三小姐和五个歌姬同床侍寝。费三小姐原本就不愿出嫁,又是书香世家的门庭长大,最懂礼义廉耻。如此荒唐的要求,她羞愤难当,一头撞死在新房。

萧五公子的名声就越来越臭。

后来又有人说杀妾,却没有确凿证据。鉴于他之前的那些事,杀妾也不足为奇。

这样的男子，哪怕他是皇子龙孙，薛老侯爷都不可能把孙女嫁过去的。这可不是委屈不委屈的问题，而是关乎薛家的颜面！

要是薛家女嫁给了萧五公子，旁人会说薛老侯爷怕了萧国公，卖女求荣，薛老侯爷一世的英名何在？

满京城的人也要看薛府的笑话了。

倘若说这天朝谁敢跟萧国公对抗，只怕只有这位三朝元勋的镇显侯了。

说薛家的庶女会嫁给萧五公子，只有十小姐这等没有见识的内宅闺秀会信。当时碧桃去桃慵馆说的时候，十小姐目露惶恐，十一小姐则垂眸喝茶。

十一小姐最狡猾，她心中比谁都清楚，却什么都不说，活脱脱一个九小姐！

碧桃这样想着，惶惶不安跟着秦妈妈去了杨老夫人的院子。

杨老夫人坐在炕上，手里转动着一串碧玺佛珠，嘴唇翕动着，并不睁眼看碧桃。

秦妈妈等人退了出去，只留碧桃在东次间。

明明垂了防寒帘幕，烧了暖铜鼎，屋子里温暖如春，可穿着绫袄的碧桃只觉得面颊、手心、后背全是凉的，额头甚至有凉汗冒出。

杨老夫人一直不语，碧桃就这样站了半个时辰，一步都不敢动，脚心站得发疼。

杨老夫人手微顿，终于停止了念经，猛然睁开眼，盯着碧桃，吓得碧桃一个激灵，连退了两步。

"大胆的奴才，跪下！"杨老夫人的声音不高，却透出威严凛冽，碧桃膝盖一弯，扑通一声跪在她面前。

碧桃身子微颤，一个劲磕头："碧桃该死，碧桃该死……"

"为何该死？"杨老夫人不怒自威。

"碧桃……碧桃没有帮衬夫人照顾好十小姐，碧桃……"碧桃支支吾吾，半晌不知道拣那句话说好，眼泪并着冷汗，湿了脸颊，她越发觉得寒冷了。

"我问你，你们夫人今日的衣裳首饰，谁帮着挑的？"杨老夫人又是长长的沉默，半晌才突然问了这么一句。

碧桃的心一直提着，半分都不敢走神，听到这话，想都不想立马道："是夫人自己选的。她说，府里出了事，旁人自然要揣度。老夫人和世子夫人说瞒下去，她穿得又华贵回娘家小住，旁人一定以为，没有出事，十小姐真的只是送到了庙里静养……"

杨老夫人听了这话，又是一阵默然，让碧桃起来，说了几句，就叫了秦妈妈送碧桃出去。

等碧桃一走，杨老夫人才一掌拍在炕几上，震得茶盏叮当："她啊，迟早要被自己害死，总是这样自作聪明！"

杨老夫人让人去打听薛府的动静，没过几天，果然听到谣言说杨氏穿得那么华丽，是被老夫人撵走的。

杨老夫人没有告诉杨氏，怕她再次犯浑，越发做出不堪的事，自己却气得心口疼。

到了今日，听说薛侯府老夫人、世子夫人和嫡女们要进宫觐见太后，杨氏居然吵闹着要自己回去。

杨老夫人觉得再也不能任由她，顿时就冷笑："你要回去也成。以后在薛府受了什么委屈，都别往娘家跑！"

杨氏听着杨老夫人的话，心中堵了一口气，起身下了炕，双眸噙泪望着母亲："娘，女儿要是不回去，琳姐儿怎么办？她年纪最小，又有老夫人喜欢瑷姐儿，二嫂教导蓉姐儿，我的琳姐儿就是两眼一抹黑。娘疼我，我也疼琳姐儿。我回去了，娘就当嫁出去的女儿泼出去的水。"

杨老夫人听着这些话，克制了多年的火爆脾气都被杨氏勾了起来，额头青筋暴突，手里那串碧玺佛珠捏得咯咯作响。手边汝窑青花瓷茶盏盛着滚滚热茶，杨老夫人再也忍不住，随手就捧起茶盏，砸在杨氏身上。

茶盏砸在右边肋下，杨氏惊呼着，滚茶就落在手背，她痛得哎哟大叫。

屋里服侍的是秦妈妈，杨老夫人最得力的。她顿时用帕子撩去杨氏手背的茶叶，忙喊丫鬟拿药油来。

"不用！"杨氏带着哭腔大吼，"我回去，我再也不在你们杨家受气了！"

现在成"你们杨家"了！

秦妈妈了解老夫人的脾气，见她胸腔起伏，眼皮低沉，就知道那口气还没有顺过来，忙拦了杨氏，声音微低道："五娘，快给老夫人赔不是……母女俩还成仇吗？"

杨氏的闺名叫芷菱，家里姐妹中排行第五，儿时在家老夫人和伯爷唤她作"五娘"。秦妈妈又是杨老夫人的陪嫁丫鬟，从小服侍杨老夫人的，情分不同于旁人，她在杨氏面前，向来亲热，没人的时候亦唤杨氏为五娘。

此刻秦妈妈这样一叫，是希望她们母女都想起从前的母慈子孝，别针锋相对了。

杨氏的手背被滚滚热茶烫着，火辣辣的疼。她又想起在薛家的那些委屈，婆婆没有砸中的那盏茶，居然被自己的母亲砸中了。

她一辈子都没有受过最近这么多的气。

视她如珍宝的母亲，居然当着秦妈妈的面，用茶盏砸她！

这个年代，女儿对母亲是恭敬的，鲜有女儿会反驳母亲，更别提同母亲争吵了。

杨芷菱却敢！

她从小娇生惯养，是杨老夫人唯一的嫡女，又在族里姐妹中排行最小，为了在庶女、姨娘和仆妇们面前给她树威，哪怕她错了，杨老夫人都要替她撑着面子，为她遮掩，一来怕伯爷责骂她，让女儿伤心；二来怕庶女和姨娘、仆妇们看她的笑话。

她的五娘可是贵胄千金，怎能被这些下等人看扁？

杨老夫人只会事后私下里教育她一通，杨芷菱总是立马点头，很乖巧的模样。

可等她渐渐长大，杨老夫人发觉，她犯了错，却从来不知错。倘若说她，她认错特别干脆，可就是口头上的空话，下次依旧会犯。

建衡伯有五个姨娘，三个庶子、四个庶女，这些人个个都精明，杨老夫人为了平衡内宅，为了把这些人全部捏在掌心，分散了精力，忽视了杨芷菱的问题，也是存了一丝侥幸，认为她年纪大些，这些问题便不复存在。

等她意识到严重性，杨芷菱已经十三岁，再也改不过来了！

而后，杨老夫人也决心好好整治她的脾气，可她要说亲了。

她十五岁就嫁到薛家，杨老夫人想教育她，再也来不及。

杨老夫人听着她说"你们杨家"，手指捏得更加紧了，霍然站起身，指着杨氏的脸："好，好！我们杨家给了你气受！你现在就回去，回去瞧瞧，薛府会如何对你！"

杨芷菱气得眼泪簌簌，脑袋一片咆哮怒火，哪里还听得出杨老夫人的话外之意，挣扎着拉开秦妈妈的手要走。

秦妈妈抱着杨芷菱，又哀求杨老夫人："老夫人，五娘可是您身上掉下来的肉……她不懂事说错话，您都不体谅她，还有谁体谅她？老夫人，这个时候您别跟孩子计较！"

一句话，打中了七寸，杨老夫人的怒火好似被一盆冰水全部熄灭。

她的女儿，她都不能原谅她口无遮拦，别人就更加不会了！想着薛府那样说她的宝贝女儿，心又抽搐般疼起来。

她慢慢坐回了炕上，阖眼念佛。

秦妈妈见老夫人念经，便知道怒火已经压抑住了；她又抱紧了杨芷菱，柔声劝慰："五娘，普天之下，除了你娘亲还有谁真心疼惜你？你疼惜琳姐儿，你娘亲不爱护你么？老夫人不让你回去，自然有她的道理……你且安静些，听听老夫人的话吧，只当是你的孝顺！"

杨芷菱听着这话，亦想起母亲那些年的溺爱与包容，虽然手背还火烧火燎的，心中却退了几分怨恨，眼眸湿濡对秦妈妈道："疼得紧……"

秦妈妈知道她也劝下了，心中微松，喊了丫鬟拿药油来。

她亲自替杨芷菱抹了药油，还好茶水并不是真的沸腾着，手背只是有些发红，没有起水泡，亦没有肿。

秦妈妈又喊了丫鬟把碎瓷扫去，然后重新上了热茶，又叫人去吩咐碧桃、碧柳拿了件湖水色挑线裙子给杨芷菱换上，重新把她扶到炕上坐了，才轻轻退到一旁。

杨老夫人念了半晌佛，才停下来，把手里的碧玺念珠轻轻搁在炕几上，端起热茶，微微啜了一口，茶水的雾气缭绕中，杨老夫人的目光带着晦涩，对杨芷菱道："你可知薛府如今是怎样的光景？"

杨氏正埋头喝茶，听到母亲问话，才抬眸，有些茫然。

杨老夫人又是叹气，很失望的样子。家里出了这么大事，冒冒失失回了娘家，还不知道派个丫鬟回去打听消息，她这个女儿啊……

老夫人只得把薛府关于杨氏是被薛老夫人赶出府的谣言，一一告诉了杨芷菱。

杨氏听了，顿时又火冒三丈，咬牙切齿道："这些狗奴才，我回去打烂他们的嘴！"

杨老夫人亦不再计较她这些混账话，只是把自己的意思说了："你是五房的嫡母，没有你，五房怎么过年？安心等着薛府来接，让他们低声下气求你回去！你别忘了，你身后还有建衡伯府，咱们家的女儿，可不是他们薛家没有缘故就敢休弃的！"

杨氏一愣，瞬间又踌躇起来，她还是不放心琳姐儿。

杨老夫人瞧得分明，道："你放心，进宫关乎整个薛家的体面，你婆婆会好好教导琳姐儿的！"

杨氏明白过来，这才松了口气，有些怏怏地颔首，算是同意了杨老夫人的话，等薛府来接！

转瞬间便是腊月十八。早晨卯初一刻，橘红和蔷薇便叫醒东瑗，打水服侍她漱口洗脸更衣。

东瑗抹了青盐在牙齿上，初醒的懵懂令她动作缓慢而笨拙，缓缓漱了口；又接过蔷薇递过来的帕子洗脸，微热的巾帕贴上肌肤，暖流在面颊流动，似唤醒了她的瞌睡，东瑗精神不少。

橘红为她挑了衣衫，然后和蔷薇帮她更衣。

银红色绣折枝海棠百碟闹春的褙袄，湖水色如意云头八宝金织襕裙，衬托东瑗眸光潋滟，肌肤胜雪，斗室内光线顿时被她的光彩逼退得黯淡了三分。

蔷薇微愣，见她鸦鬟微散间便天成娇媚，忍不住惊呼："九小姐，您长得可真好看……"

一语说得东瑗神色微凛。

橘红忙给蔷薇使眼色。

蔷薇又是一愣，却明白东瑗和橘红的意思：九小姐不喜欢旁人说她漂亮。这让她有些不解，漂亮不好吗？多少女人穷尽一生，追求不过是姿容瑰丽，博取旁人眼球的艳羡。

既然东瑗不喜，蔷薇亦不再多言，转身去拿了她的五彩缂丝石青银鼠披风出来，又把上次老夫人赏的盘螭暖玉手炉寻出来，换了银炭。

橘红便喊了梳头的妈妈，替东瑗梳头。

梳头的万妈妈帮她梳了元宝髻，高髻上插了四朵金地点翠掐金丝嵌粉红米珠的珠花。元宝髻中间，则戴了一支蝶穿白玉兰花簪：顶花用白玉做成白玉兰花瓣，用大红宝石做成花蕊；四周数只金蝶嬉戏，蝶身点缀了各色宝石，蝶须镶嵌了白色米珠，左右两只金蝶口中各衔一排璎珞，垂珠两串，红蓝宝石做缀角，直抵额头。

缠枝莲纹浮雕蝙蝠玻璃镜中，东瑗望着稚嫩白皙却绝艳妩媚的脸，猛地将这支画龙点睛的蝶穿白玉兰花簪摘下来，有些不悦道："不要这个，戴着累！"

万妈妈却忙按住她的手，笑嘻嘻道："好小姐，您别着急摘！"

橘红亦忙道："小姐，这个是世子夫人昨日送来的，就是想着您今日戴。这个多好看啊，华贵大气，最衬您的容貌。您别拂了世子夫人的好意……"

蔷薇见橘红开口了，亦帮着劝。

东瑷的手便松开，任由万妈妈重新帮她戴好。

她能如何？

她为了让自己看上去憔悴些，故意饿了两天，可昨晚老夫人叫宝巾送了内造的胭脂水粉，还叮嘱橘红和蔷薇，今日的妆容要厚重，否则便是失礼；世子夫人叫人送了头面，她是躲不开了。

她本就年幼，又要涂脂抹粉，哪里还能因为饿了两天就憔悴失色？

烛火下的玻璃镜泛出昏黄光芒，她能瞧见自己这张倾城艳丽的脸。这上挑的眼角，更添了天然的妖娆风流，只要淡笑都似故意勾人魂魄。

她知道，很多老妇人不喜欢这等容貌，觉得太过于狐媚相，不安分。可东瑷不敢侥幸，万一太后喜欢呢？

毕竟她们是进宫为妃，非为后！

替皇帝选妃，就是替皇帝纳妾，美艳自然是最重要的。

况且后宫森严，她又是重臣之家的嫡女，非戏子乐工之流，又能不安分到哪里去？

她的背景和教育决定了她不会甘于下流。

可这些担心，有什么用？

她是不是要进宫，就好像她来到这个世界一般，都不是她能掌控的，而是轮回早已为她注定了。

重新戴上了这支蝶穿白玉兰花簪，东瑷表情变得安静平和。

万妈妈见她不闹了，便拿了对赤金嵌大颗南珠的耳坠为她戴上，人立刻又添几分华贵灼目。

橘红和蔷薇帮她描眉画鬓，直到卯初三刻才弄好，由橘红搀扶着她，去了老夫人的荣德阁。

天色尚未大亮，天际一轮冰魄出碧海，悬在树梢，拾翠馆的地面似银霜镀过，处处闪着月华反映的清冷薄光。

今日进宫，是薛府喜庆之日，寅正二刻家里的仆妇们便点亮了各处的大红灯笼。

出了拾翠馆，往西走过一条斜长小径，就能看到桃慵馆庭院里的桃树虬枝，紧闭的门户异常阴森。

东瑷不由站住了脚步，目光透过高高院墙，望向桃慵馆二楼的一角，半晌不挪脚。

橘红则后背发麻，拉了拉东瑷的袖子："小姐，咱还是快点走吧……"

东瑷回眸，没有坚持，跟着橘红继续往荣德阁去。

荣德阁虽然灯火通明，丫鬟婆子穿梭忙碌，却没有半点声响。东瑷便知道，她今日又是第一个，世子夫人等人都没有到。

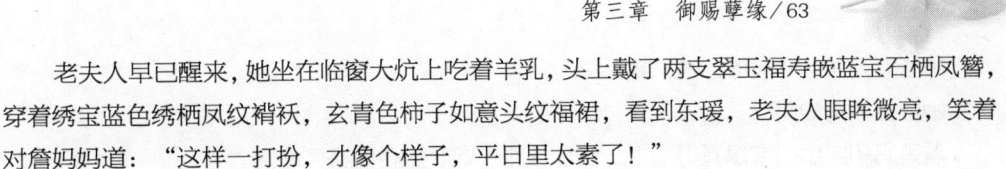

老夫人早已醒来，她坐在临窗大炕上吃着羊乳，头上戴了两支翠玉福寿嵌蓝宝石栖凤簪，穿着绣宝蓝色绣栖凤纹褙袄，玄青色柿子如意头纹福裙，看到东瑷，老夫人眼眸微亮，笑着对詹妈妈道："这样一打扮，才像个样子，平日里太素了！"

夸她今日的妆容、穿戴都很适宜。

东瑷便抿唇微笑。

她总是早来，也时常在老夫人这里吃饭。

詹妈妈问她用过早饭没有，东瑷道："还没有……厨房里又是那些东西，不想吃，祖母的小厨房做的糕点精致些……"

"馋嘴猫儿！"老夫人呵呵笑，叫詹妈妈去端了早饭给她。

东瑷吃了半碗小米粥，两个水晶饺子，便放了筷子。

丫鬟们撤了碗筷，扶她到老夫人的炕上坐下，重新上了热茶，二夫人和薛东蓉来了。

薛东蓉脱了披风，里面穿着绯色绣缠枝莲纹嵌蝙蝠纹绸面褙袄，天蓝色暗地织金福裙，梳了双刀髻，高髻戴了两朵珠花，鬓前戴着跟东瑷一模一样的蝶穿白玉兰花簪，明眸皓齿，气质淡雅幽静。

只是瞧着有些虚弱不堪。

东瑷望着她头上的花簪，一口气终于透了过来，原来世子夫人给每位进宫的姑娘都送了！

想起自己昨夜半宿难安，东瑷就觉得好笑，她还以为世子夫人和世子是看中了她……

而老夫人目光犀利敏锐，发觉了薛东蓉的不对劲，蹙眉问二夫人："蓉姐儿瞧着气色不对，怎么回事？"

二夫人眼眸噙了湿润："这孩子……她昨日白天就开始跑肚，挨着不好意思说。晚饭也没敢吃，哪里想到夜里起来五六次，早上脸都白了……内宅落锁，又是大半夜，她不敢说，怕我急了吵着找大夫，给爹娘添了累赘……您瞧瞧她……"

老夫人心疼拉过薛东蓉，手搁在她的额头，试了试，好似并不发热，就问她："怎么肚子不舒服？"

"祖母，我不知道……我这些年从未出过这等事……"她唇上抹了唇蜜，却依旧有苍白感，语气亦轻柔低缓。

东瑷心中一动：自己怎么这样傻，拉肚子明明是个好招，怎就没有想到，傻傻饿了两天，毫无效果。可是薛东蓉拉了一夜，就虚脱了……

这样想着，她不禁望向薛东蓉——她是真的跑肚，还是故意的？

五小姐薛东蓉腿发软，站着说话都摇摇欲坠。

二夫人眼泪都快要落下来，既心疼女儿，亦心疼失去了进宫的好机会。

老夫人瞧着，眼眸微敛，叫詹妈妈和宝巾扶着薛东蓉去她的榻上躺着。

半盏茶的工夫，薛东蓉立马坐起来，让她的丫鬟银杏搀扶她出了内室，捂住腹部对老夫人和二夫人道:"祖母,娘,我……"

她要去净房如厕。

詹妈妈和宝巾、宝绿看得明白,忙和银杏一起,服侍她去了净房。

老夫人的脸色比刚刚又沉了几分,二夫人的眼睛里透出了绝望。

薛东蓉这样不好,是不能去宫里的。

东瑷望着东次间旁的毡帘微晃,倏然有些异样的感觉:薛东蓉是真的运气如此不好?

或者说,如此好?

是运气还是她不想进宫而人为的?

这个年代的女子,不都是以进宫为荣吗?像薛东蓉这种,亲哥哥在四川任知府,姐姐出嫁,只有她守着寡母在薛家过日子。倘若老侯爷哪日驾鹤西去,世子爷成了新的镇显侯,她寡母的日子不会多好过吧?

若她能进宫,成了元昌帝的宠妃,再诞下皇子或者公主,薛家会厚待她母亲的。

她怎么可能不想进宫?

要么,她是真的如此背运;要么,她真的见识不凡;抑或者,她跟东瑷一样,十几岁的身体里,藏着一个更加成熟的灵魂!

她会是哪一种?

东瑷对这个清冷安静的堂姐,第一次有一种不同寻常的感觉,她比自己想象的还要复杂吧?

东瑷亦不想进宫,可她对宫廷的抵触,不足以她牺牲自己的身体来换取。这个年代的医疗条件十分落后,一个不慎,腹泻亦能死人。

东瑷这个外来者都清楚,薛五小姐东蓉定是知道的。

假如她是故意的,那么,她真是宁死不入宫门啊!

东瑷捧起手边的茶盏轻呷小口,微微叹气。假如五姐是故意的,那么东瑷便是进宫固宠的不二人选。这个堂姐连腹泻的招数都敢使,还怕没有后手?

但愿是自己想多了,东瑷这样安慰着自己。

世子夫人一袭华衣进来的时候,见老夫人和二夫人脸色阴晦,而东瑷坐在炕上小口喝茶不敢吭声,她微微吃惊,问二夫人:"蓉姐儿呢?"

毡帘微动,宝巾和银杏搀扶着捂住腹部、表情痛苦的薛东蓉出来。

她的脸色比刚刚又苍白了一些,那些脂粉涂在脸上,显得很突兀。明明娇艳可人的女子,此刻却虚弱得似久病不治的人。

世子夫人大骇:"蓉姐儿,你哪里不舒服?"

一旁的银杏就把薛东蓉跑肚的事又说了一遍。

世子夫人脸色骤变:"阿弥陀佛,这个关口,你怎就跑肚?这可如何是好?"

说得二夫人再也忍不住,小声啜泣。她辛苦盼女儿能入宫门,将来出人头地,光宗耀祖。

可哪里想到这飞来横祸？蓉姐儿定是得罪了哪路菩萨，才有这样的大难！

薛东蓉雪齿咬住了樱唇，痛苦地皱眉。

外面丫鬟说十二小姐来了，世子夫人朝门口望去，就看到了一袭桃红色绣折枝樱桃花纹褙袄的薛东琳走了进来。她梳了飞燕髻，低垂的鬟髻上插了四朵珠花，头上戴着东瑷和薛东蓉一样的蝶穿白玉兰花簪。

如此一打扮，原来就高挑的薛东琳成熟不少，青涩褪去，显得妩媚动人。

她不解看着满屋子的人，又望着炕上痛苦蹙眉的薛东蓉，轻声："五姐怎么了？"

世子夫人刚要回答她，薛东蓉猛然站起身，爬起来就往净房的方向跑去，鞋子都未穿。

银杏和宝巾忙提了鞋子追过去服侍。

二夫人无法抑制，呜呜放声哭起来："娘，蓉姐儿怕是去不成了……"

薛东蓉这样，的确是没法子去了。

当初懿旨上说着薛家嫡女觐见，又没说全部的嫡女必须去。

只要去的是嫡女即可。

薛家少一个嫡女去，太后娘娘少一个挑选的对象而已。

二夫人哭成这样，薛东蓉又半盏茶的工夫跑两次净房，世子夫人一时间不敢拿主意。薛五姑娘的情况，定是不能去的，可二夫人却是很想女儿去，倘若世子夫人这个时候表态，怕二夫人将来心中有积怨。

她求助般望着老夫人。

老夫人的目光快速从薛东瑷和薛东琳的脸上滑过，看到东瑷望着净房的方向愣神了瞬间，薛东琳则暗含欣喜遮掩不住，老夫人眸光深邃果断，对詹妈妈道："去把姝姐儿带来，我们进宫去，时辰不早了。"

世子夫人、二夫人、詹妈妈以及宝绿、紫鸢等人都面面相觑，好似不明白老夫人的意思，谁都没有动，你看着我，我看着你。

东瑷亦抬眸望着老夫人，不解其意。

世子夫人知道老夫人向来心思深远，她能有此安排，定是周密妥帖的。她看着难以置信的詹妈妈，出声提醒道："妈妈，快去替姝姐儿装扮，来不及了！"

詹妈妈回神，带着宝绿和紫鸢忙去了东边的暖阁，喊醒熟睡中的薛东姝。

二夫人脸上泪痕犹存，错愕问老夫人："娘，姝姐儿要进宫去吗？她可是婢生女！"

薛东琳不由自主颔首。

老夫人眼眸变得平和慈祥，叹道："我前日夜里梦到了韩氏，她对我说，阴司里孤寂，无儿供奉香火，又担心瑷姐儿孤立无依。缠了我半夜，非要我替瑷姐儿过继个弟弟供奉香火……"

这借口……虽知道荒唐，却无从求证。

"咱们家子嗣繁茂，小五也有了嫡子，要去过继孙儿，岂不是人笑话？"老夫人平静笑，

"我就答应韩氏,把姝姐儿寄养在她名下,给瑗姐儿做伴,她才肯罢手回去。"

就是说,薛东姝要过继到死去的韩氏名下,成为她的女儿,就是薛府的嫡女。

东瑗一直在想,老夫人会如何处理薛十姑娘东婉的死,才能让杨氏得到处罚。

如今看来,就是薛东姝了!

既然杨氏怕庶女们挡了薛东琳的路,老夫人偏要把她的庶女抬成嫡女,成为薛东琳的嫡姐!以后,薛东琳的一切,都要先让了薛东姝!

东瑗眼睛有些湿,十妹的亡灵看着这样的结果,会不会有丝欣慰?

屋子里没人吭声。

是过继嫡女非嫡子,不牵扯家族的祭祀,与世子爷的利益不冲突,世子夫人可以睁只眼闭只眼;二夫人敏感多心,她已经猜到薛十姑娘东婉是死了,而非送去庙里静养,而老夫人抬薛东姝就是为了替薛十姑娘东婉报仇,给杨氏难堪。她的女儿生病了,怨不到姝姐儿代替她进宫去,这件事跟二房亦没有利益冲突,二夫人垂首沉默。

东瑗和薛东琳都是晚辈,更加没有话语权。

老夫人见大家都不说话,便笑道:"这件事,我和侯爷已经商量好了,原本想着等过了今日再说。现在不巧,蓉姐儿病了,我就先带了姝姐儿去给太后娘娘瞧瞧,回头再祭祀祖先,姝姐儿正式养在韩氏名下。"

就是说,老夫人想替薛东姝讨了太后娘娘的赏赐,再替她正式过继。

这样的恩宠,自然亦是为了给杨氏下马威。

东瑗想起了薛十姑娘东婉。盈盈烛火里,东瑗纤浓羽睫已经湿濡了一片。老夫人虽说把这件事压下来,却也没有让婉姐儿枉死,老夫人会替她讨回公道的!东瑗想着,偷偷用帕子抹了泪,不敢让泪珠落下来花了妆容。

银杏搀扶着薛东蓉从净房出来,詹妈妈和宝绿也搀扶着锦衣华服的薛东姝进了东次间。

薛十一姑娘东姝穿了件樱桃色掐金丝宝瓶番莲纹褙袄,豆绿色八宝蝙蝠暗地织金襕裙,梳了东瑗一样的元宝髻,却没有戴珠花,戴了金地点翠双蝶戏花宝钿。用金盘丝制成两只嬉戏的金蝶,蝶翅镶嵌各色宝石,华贵辉耀,十分美丽。

她没有半点惊讶,福身给老夫人、世子夫人和二夫人行礼,又给东瑗、薛东蓉和薛东琳见礼。

东瑗和薛东琳还礼。

薛东蓉则有气无力搀扶着银杏,勉强福了福身子。她对薛东姝的出现,故意露出几分意外:见她衣饰华丽,明白她在此的目的,她要代替自己进宫了。

薛五姑娘东蓉唇角微挑,冲薛东姝露出一个浅淡的笑容。笑容虽然很淡,却是难得的绚丽。

老夫人没有留意到薛东蓉,只是叮嘱薛东姝跟着一块儿进宫,又说见了太后娘娘、皇后娘娘和贵妃娘娘应该行什么礼,说什么话,一一仔细告诉薛东姝。

薛十一认真听着，丝毫不露惊愕。

连老夫人都诧异，这孩子未免太沉稳了，快赶上瑷姐儿！

让薛东姝过继到韩氏名下的事，老夫人跟老侯爷提了提，也没有避开在屋里吃饭的薛东姝。当时她有些吃惊，却也没有细问。

她肯定不知道薛东蓉生病，亦不知道自己临时被替换进宫，却有这份内敛沉稳，可见心思不浅。

老夫人不免重新审视了她一回。

东瑷拉过薛东姝，笑道："你怎么也不戴两朵花？"说罢，就要把自己头上戴的四朵掐金丝嵌红米珠珠花摘下两朵，亲手替薛东姝戴上。

古时人爱戴花。

花与华谐音，象征富贵荣华，不管是望族富贵妇人，还是坊间贫寒女子，都爱在鬓角别上几朵各种各样的花儿，除了点缀着美丽，更多是借着"华"这个吉利字眼。

老夫人见东瑷对薛十一亲热，眼角的笑意微深。

薛十一姑娘东姝便福身跟东瑷道谢。

一旁的薛十二姑娘东琳则微微蹙眉，她很不满意，自己的庶姐，一下子就成了嫡姐！又想到了母亲，要是母亲在家，只怕这件事不会这样顺利！她应该趁早去告诉母亲一声，免得这些下等人都得了意，一个个爬到她们头上去！

薛东蓉虚软无力，搀扶着银杏，让她把自己鬓上的蝶穿白玉兰花簪摘下来，递给薛东姝："这是大伯母赏的，进宫时戴着喜庆，太后娘娘肯定喜欢。我去不成，这个给十一妹戴……"

这蝶穿白玉兰花簪十分华美炫目，很是名贵。

薛东姝扫了眼东瑷和十二妹薛东琳，见她们都有，又想起自己头上的宝钿是去年生辰老夫人赏的，虽不及这蝶穿白玉兰花簪，却也是名贵华丽，当即把自己的金地点翠双蝶戏花宝钿摘下。

接过薛东蓉的花簪，就把宝钿递上去："多谢五姐！我这个细钿五姐先戴着，等我回来再还给五姐。"

薛东蓉也没有力气同她客气，笑了笑。

世子夫人见人数凑齐，便把对牌给了身边的大丫鬟花忍："你和荣妈妈赶紧给蓉姐儿请孙太医瞧瞧，等我们从宫里回来，再来看蓉姐儿。"

花忍恭声道是。

二夫人连声道谢，却掩饰不住失望的苦涩。

她要送老夫人等人出门，老夫人便道："不必了，你留下来陪蓉姐儿吧！"

二夫人道是，目送老夫人等人出了荣德阁。

天色依旧未明，东方天际却有缕缕红霞，薛东蓉由丫鬟搀扶着，跟在二夫人身后，回和宁阁。

她望着天际的晨曦，露出一个会心的微笑。

回到和宁阁，二夫人遣了身边的丫鬟婆子，拉着薛东蓉的手，就再也压抑不住，呜呜哭起来："我苦命的孩子，为何你这样多灾多难？倘若是要遭报应，怎么不应在娘的身上，非要折磨我的孩子？"

见母亲哭，薛东蓉心头的喜悦被冲淡了几分，她柔声安慰着二夫人："娘，您别伤心……女儿命里或者没有进宫的福气，造化便是如此安排的。非要权越造化，是不祥之兆！"

二夫人哭得更加凶了："这个时候，你还要安慰娘？娘心疼你，可怜你七岁就没了父亲，娘含辛茹苦把你养大，只求你将来平安顺当，哪里知道，你如此多磨难？开始说亲，陈家就被抄了；好容易挨到进宫的机会，你又……"

她越发说不下去了。

薛东蓉听着这些话，勾起了往事历历在目。

当年，她是进宫了的。

她再活一世，改变了很多事。

前世时，薛十姑娘东婉没死，杨氏也没有回娘家，临到进宫的前一天，九姑娘薛东瑷突然病了，就是跑肚，拉得整个人虚脱。

那时，薛东蓉很高兴，十二妹薛东琳年纪小不说，容貌和才情、人事练达都不及她，只要除去薛东瑷这个美艳过人的对手，她就有把握稳胜。

她以为，薛东瑷是不幸的，有杨氏那个狠毒的继母。

如今，她重生了，很多事情的改变，改变了薛东瑷的性子，甚至她们姐妹几个的人生都发生了很多变故。

薛东蓉就想起了跑肚，当年薛东瑷就是这样避开进宫的。

她成功了。

跟前世不同的是，薛东姝成了嫡女，代替她进宫。薛东蓉知道自己的命运改变了，那么她重生了，是不是也连着改变了九姑娘东瑷和十一姑娘东姝的命运？

薛东蓉一开始以为，自己吃了泻药，就会和九姑娘薛东瑷互换命运。可现在十一姑娘薛东姝突然就变成了嫡女，这是前世没有的。

她们的命运，又会如何？原本笃定的薛东蓉有些不安起来。

她的喜悦里，藏了几缕担忧。

可这些话，她要是跟二夫人说了，二夫人只怕当她是鬼附身，要被气死。

二夫人哭得伤心，东蓉瞧着心疼，眼泪不禁落下来："娘，进宫真的很好吗？"

二夫人微愣，错愕望着薛东蓉："傻孩子，进宫当然好……"

"娘，哪里好？"东蓉盖住母亲的话，"娘若不舒服，派人去定远侯府说一声，四姐马上就回到您身边照拂。可贵妃娘娘呢？大伯母每次见到她，都要跪下磕头。母亲，女儿进

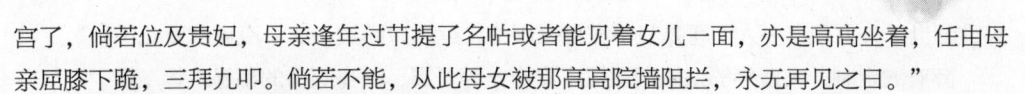

宫了，倘若位及贵妃，母亲逢年过节提了名帖或者能见着女儿一面，亦是高高坐着，任由母亲屈膝下跪，三拜九叩。倘若不能，从此母女被那高高院墙阻拦，永无再见之日。"

二夫人听了，头皮有些发麻，泪落得更狠了。

她亦知道送女儿进宫的苦。

"母亲再看，二姐、四姐、六妹，她们都不是嫁皇族，却个个幸福和美。母亲，坊间有句话：愿后身世世勿复生天王家。帝王之家，有多少恩义？除了君臣，哪有母子情谊、夫妻情谊？"薛东蓉说着，便想起前世的往事，胸口泣血般疼痛，忍不住失声痛呼，"女儿亦愿后身世世勿复入天王家！"

二夫人细细品着女儿的话，倏然感觉心里的失落轻了几分。

进宫真的那么好？倘若她的蓉姐儿进宫，以后她的孩子便是皇子、公主，自己不能抱、不能逗弄，甚至见了女儿不能亲近，女儿受了委屈不能求侯爷帮着撑腰，就是等于把女儿送入一个孤零零的院墙，生死都要她一个人挣扎。

有什么好处？

她女儿的孩子或者能位及人主，抑或者命丧黄泉；她女儿却只能为家族添彩，自己要时刻警惕身边人的算计。

不，不能！她的蓉姐儿吃了太多苦，不能再受那等委屈！

为何她如今才想明白？

想到这里，二夫人拉过薛东蓉："蓉姐儿不哭，不哭了，不进宫，咱不进宫！这是造化的旨意，这是旨意，你不应该进宫受苦的……"

银杏进来通禀："夫人，五小姐，荣妈妈带着孙太医来了……"

母女俩这才各自抹了眼泪，叫丫鬟打水洗脸。

东瑷跟着老夫人、世子夫人、十一妹薛东姝、十二妹薛东琳进了皇宫内院。她们辰初三刻进宫，巳正一刻出宫，依旧坐着马车，回了镇显侯府。

回到家里，先到老夫人屋里略微坐了坐，又去看了薛东蓉，才各自回各自的院子。

十二姑娘薛东琳跟东瑷要同路一段，可她被丫鬟锦秋搀扶着，很傲气走在前头，喜气洋洋的，并不搭理东瑷。

橘红搀扶着东瑷，小步缓行，跟薛十二姑娘故意拉开了距离。

走了好一段路，东瑷一直不语，静静想着自己的心事。

"小姐，您见到太后娘娘和贵妃娘娘了吗？"橘红有些担忧自家小姐的沉默。刚刚在老夫人屋里，小姐还有说有笑的。可出了荣德阁，和十二小姐的欢喜狂妄不同，九小姐仿佛心不在焉。

东瑷听到橘红问她，回神温婉一笑："见到了呢。太后娘娘、皇后娘娘还有贵妃娘娘，都见到了。"然后问橘红，"你还记得贵妃娘娘的模样吗？"

橘红摇头："我进府的时候九岁了，贵妃娘娘已出阁。那时在太子府里，还能时常回来瞧瞧世子夫人和老夫人。可是我不在屋里服侍，远远只瞧过一次，没见着面儿……"

薛府的定制，未及笄的姑娘们屋里不安排一等丫鬟，贴身服侍的都是二等丫鬟。

当时橘红、橘香跟现在的蔷薇一样，都是老夫人屋里的二等丫鬟。

可老夫人身边，贴身服侍的是一等丫鬟，二等丫鬟只是跟在一等丫鬟身后做事，很少在屋里活动。有时一等丫鬟病了或者告假，管事妈妈会挑了机灵勤快的二等丫鬟暂时代替。

橘红和橘香当年都替过一等丫鬟当差，被老夫人看中了，后来就给了东瑷。

东瑷见橘红没有见过薛贵妃，便一边缓行，一边跟她说起贵妃娘娘的模样："她问我话的时候，我瞧了一眼，很漂亮，跟大伯母的眼睛、鼻子、嘴巴一模一样……"

橘红瞧着她不是很抵触，亦愿意说起宫廷之事，又大胆问皇后娘娘和太后娘娘的容貌，待她们是不是客气之类的话。

东瑷回想了一瞬，才笑道："我一直低着头，不敢看太后娘娘和皇后娘娘，眼角扫了一下，就觉得衣着华贵，声音慈祥，别的都没有瞧见。"

橘红就忍不住笑："那您白白进宫了一回！"

东瑷也笑，心中却坠了重石般，提不上气。

她们姐妹三人进宫，薛老夫人把她们的排行告诉了太后娘娘，太后娘娘第一个就问："不是有个五姑娘？"

看来皇家亦打听了薛府的事，太后娘娘中意的是五姑娘薛东蓉。

薛老夫人就忙回禀，说了五姑娘跑肚的事，太后很是遗憾，而后却再也没有提起。

古时的医疗落后，身体不好意味着没有福禄之相，亦会子嗣艰难，薛东蓉进宫前生病，足见她体弱，太后娘娘不可能再让她进宫了！

一个多时辰的闲谈中，东瑷和十一妹薛东姝沉默谨慎，太后和皇后、贵妃娘娘问话，她们姐妹俩有些拘谨地回答了，中规中矩的，显得沉闷。

十二姑娘薛东琳却很活泼，不管太后娘娘和皇后娘娘说什么，她都能妙语逗趣，说上几句，惹得太后娘娘和皇后娘娘都笑了几回，还对老夫人说："镇显侯夫人，您这个孙女有趣得很。"

老夫人笑着回禀，说太后娘娘和皇后娘娘过誉了。

语气却带着一丝无可奈何。

十二妹薛东琳自以为天真烂漫，可薛老夫人的不快，足见她的轻浮惹了事，太后笑得开心，可是，一定不会选她进宫的！

镇显侯是三朝元勋，又是当朝太师，他的孙女进宫，不会是婕妤、嫔之类的。从堂姐正一品的皇贵妃地位来看，薛氏女进宫，一定是封正三品以上的妃子。

十二姑娘薛东琳太过于轻佻，连老夫人瞧着都不喜，何况是太后娘娘？

薛东琳过犹不及，东瑷心中明白，她也排除了！

剩下的，就是东瑷和十一妹薛东姝。

对东瑷和薛东姝,太后娘娘和皇后娘娘都很冷淡,问了几句客套话,并没有多言。

可当薛老夫人说了薛东姝的身份,并且提到她过继的时候,太后娘娘笑着说不错,然后问了薛东姝几句。薛东姝答得很小心,甚至有些局促不安,太后没有不悦,反而叫她抬起脸来让她仔细瞧瞧。

东瑷也一直垂首,太后却没有仔细瞧她的兴趣。

而后,太后娘娘对身边的皇后说:"你瞧这孩子,像不像和煦?"

和煦是太后娘娘第三女的封号,如今嫁给了秦尉侯,最得太后娘娘喜欢。

皇后娘娘忙说真的有点像,薛贵妃娘娘亦帮腔。

薛老夫人便谦虚道:"和煦公主龙章凤姿,姝姐儿哪里比得了?"

太后娘娘笑了笑,这个话题就过去了。

当时东瑷心中一喜,难道太后看中了十一妹?

后来,都是十二姑娘薛东琳在凑趣说话,太后娘娘再也没有单独问十一姑娘薛东姝什么,让东瑷心中不安。

若论身份,十一妹即将是东瑷母亲过继的女儿,是薛府五老爷薛子明原配的嫡女,比薛东琳尊贵。

论容貌,十一姑娘和东瑷有几分相像,却有一双规矩的杏眼,比起东瑷容貌里的妖娆,她是正统的美人,更加容易入太后娘娘的眼。

东瑷应该放心,十一姑娘薛东姝身份、行事沉稳上,把十二姑娘比下去了;容貌上又端庄美丽,把妖娆的东瑷比下去了,薛东姝进宫的可能性是比她大。

可东瑷就是局促不安。

上位者的想法太难预料了,倘若太后娘娘明着对东瑷冷淡,暗地里还是想让她进宫,她怎么办,还敢抗旨不遵吗?

毕竟她这个嫡女,比十一姑娘更加名正言顺。

想着,东瑷轻轻叹了口气,和橘红回了拾翠馆。

事情不是她能做主的,多想无益。

腊月二十二,世子夫人派人去了建衡伯府,接五夫人杨氏回镇显侯府。

早上派人去接,却到黄昏时分过了酉初三刻才回,中间发生了什么,世子夫人一句也不敢跟老夫人提,只说建衡伯夫人舍不得五夫人,才耽误了。

东瑷和十一姑娘薛东姝留在老夫人处吃晚饭,五夫人杨氏衣着锦簇来请安,老夫人语气淡淡说了句:"回来了?早些歇了吧,我这里不用服侍的。"就端了茶让她出去。

五夫人眼睛瞟了下东瑷和十一姑娘薛东姝,有些不快,给老夫人行礼告退了。

五夫人一走,老夫人唇角有抹冷笑。东瑷和薛东姝埋头吃饭,权当没有瞧见。

腊月二十三祭灶后,家里处处开始贴春帖、挂灯笼,喜气洋洋,新年的氛围越来越浓,东瑷的心情也逐渐好起来。

她喜欢喜庆的节日。

五夫人回府后，得知十一姑娘寄养在五爷原配韩氏的名下了，居然风平浪静的。

东瑷有些诧异，还以为她要大闹一场。

"你去打听打听，五夫人怎么说十一小姐的事。"东瑷对蔷薇说道。

这好似是东瑷第一次让她去打听事，蔷薇受宠若惊般去了。

橘红便蹙眉对东瑷道："小姐，您怎让她去？她才来，别没有打听出什么，反而叫夫人抓了把柄！"

东瑷笑道："她在老夫人屋里也是二等丫鬟。她是家生子，自小就在府里玩耍，哥哥姐姐以前都是少爷小姐身边得力的，论人脉亲疏，你不及她的。看看她回来怎么说。"

两盏茶的工夫，蔷薇便回来了，对东瑷道："小姐，五夫人想给十二小姐从外面请个教习嬷嬷，这几日都在筹划这事，就顾不上十一小姐了。"

从外面请教习嬷嬷？薛东琳身边有乳娘和丫鬟，还要请教习嬷嬷？

再说了，府里的妈妈什么教不了，非要外面的？

东瑷想起那日出宫后十二姑娘薛东琳的得意，忍不住扑哧一声笑出来。

橘红一头雾水，问蔷薇："十二小姐都十三岁了，请教习嬷嬷做什么？"

蔷薇有些不好明说，看了眼东瑷。这些事她心中清楚，但是不能从她嘴里说出来。

东瑷便对橘红笑道："大约是教十二小姐一些宫廷礼仪吧！"

"宫廷礼仪？"橘红愣了愣，倏然变色道，"小姐，太后娘娘看中了十二小姐吗？她要进宫做娘娘啊？"

"悄声些！"东瑷压低了声音，忍不住又笑，"十二小姐觉得太后娘娘看中了她，可我瞧着未必。你等着，有笑话看呢！"有些孩子气的促狭。

橘红被东瑷的语气逗得笑了起来。

蔷薇见东瑷在橘红面前说这些，就知道东瑷对橘红的情谊，并不是主仆，而似姐妹，眼眸微黯：什么时候，她也能得到小姐这样的信任啊？

可想想橘红在小姐身边都五年了，她又心存希望，微笑起来。

腊月二十四除尘过后，家里便忙着过年的诸事，世子夫人整日脚不沾地，回事的一拨一拨全部紧候着她一个人。

当五夫人杨氏亲自登门，说要请教习嬷嬷的时候，世子夫人微愣，瞬间就明白过来，心中有些不耐烦。倘若是平常，她还能委婉点拨五夫人几句，此刻她又忙又累，情绪不善，不冷不热说了句："五弟妹，等过了年再说不迟。正月里拜年的时候，不妨和建衡伯夫人商议，看看她老人家可有好人选。"

建衡伯夫人并不是愚笨之人，但愿她比五夫人母女清醒些。

五夫人没有听出世子夫人的推托之意，却也想应该跟母亲说说，顿时改了主意，笑道："那我不打搅大嫂了。"脚步轻盈回去了。

世子夫人又好气又好笑。

等回事的婆子们都去了，抱厦里只剩世子夫人和身边最得力的荣妈妈。荣妈妈给她递了杯参茶，让她养养精气，劝世子夫人："您何必跟五夫人兜圈子？不如明了说，省得她到时美梦不成，心中记恨您！"

荣妈妈听世子夫人说过那日进宫诸位姑娘的表现和老夫人的态度，知道肯定不会是十二姑娘进宫。

可五夫人洋洋自得来要教习嬷嬷，分明就是误会了。

世子夫人这样拖延着，等宫里下了旨，送旁的姑娘进宫时，五夫人大约会以为世子夫人早就知道，只等那日看笑话，从此就埋下了怨恨。

妯娌之间，抬头不见低头见，最忌讳这些，五夫人又是个不省事的。

"你没见我这忙得脑壳都疼么？"世子夫人喝了茶，微微叹气，"你也晓得她，不到黄河心不死。既然她动了这个念头，现在告诉她，她还不知道闹出什么事来！你忘了十姑娘……"

说罢，她微微一顿，把十姑娘的话遮掩过去，才继续道："快过年了，她要是闹起来，五房又不安生，一家子谁都别想痛快！任由她吧，该怨就怨恨，我难道要看她脸色过日子么？"

荣妈妈笑："也是！"

如今世子夫人是长嫂，主持家里中馈，等老侯爷驾鹤西去，世子爷承袭，世子夫人就是镇显侯夫人。

到那时，五房要分出去单过，五夫人如何闹腾，碍不了世子夫人的眼；倘若不分出去，就是在世子夫人手下讨生活，五夫人还敢如何？

蔷薇打听到杨氏去了世子夫人那里说教习嬷嬷的事，被世子夫人拒绝了，又惹得拾翠馆众人笑了一回。

转眼间，便是除夕夜。从早上开始，家里佣人、主子都忙碌不停，俱洒扫庭院，换门神，挂钟馗，钉桃符，祭祀祖宗。

镇显侯府热热闹闹的，几十口人坐了四桌，团团圆圆吃了年夜饭。

吃了饭，老侯爷领着家里爷们去了外院，招待前来辞岁的亲戚朋友，亦安排家里人出去辞岁。

老夫人则领着内眷们守岁玩闹。

薛府正西南角有个暗香堂，地势最高，可以观看城中烟火。因种了各色腊梅，冬日里暗香浮动，便得了此名。暗香堂围了厚厚的防寒幔帐，点了暖炉，摆了各色果品点心，早有丫鬟婆子备着。

荣妈妈准备妥当后，来跟世子夫人耳语。世子夫人颔首，转身跟老夫人说："不如领了众人去暗香堂看烟火。"

众人都七嘴八舌叽叽喳喳附和着，老夫人见大家兴致不错，便笑道："天寒地冻的，回头谁都不许说冷！"

"不冷，不冷！"世子夫人忙笑道，"早叫人烧了地炉，垂了厚厚的羊毛毡幔，又安了四个暖鼎。"

众人听了，都撺掇老夫人去暗香堂看烟火。

其中三夫人最积极。

五姑娘薛东蓉大病初愈，穿了件银红色遍地金褙袄，捧着暖手炉，声音发虚："祖母，我就不去了，留在这里吧。"

老夫人见她还是不太好，就对二夫人道："你们母女回和宁阁吧。深更夜长的，要是蓉姐儿再熬虚了身子，反而费事。"

二夫人感激老夫人的体贴，忙屈膝给老夫人行礼应是。

其余的人则跟着老夫人、世子夫人去了暗香堂看烟火。

外院的管事得了信，连忙把自家的烟火也搬了出去，找了个最临近暗香堂的地方放了。

漫天似银蛇飞舞，火树银花，黢黑天际被点染得或明或暗，似一幅幅绚丽锦图，在碧穹间缓慢展开。

东瑗望着烟火，暗暗阖眼祷告。

却被一旁的侄女薛风瑞看在眼里，她脆声问东瑗："九姑姑，你在求神吗？"

众人的目光便落在东瑗身上，弄她颇为尴尬。

世子夫人领头取笑："定是求菩萨替她寻个好婆家！"

东瑗一怔，羞赧低了头，心中却微动：她是啊，她就是在求老天爷替她寻门好亲事，别和宫廷牵扯关系，别嫁到不三不四的人家，只求现世安稳岁月静好，丈夫体贴，婆婆和蔼。

原本是最简单的要求，如今却成为了她的奢望。

她的婚事，她的未来，她不能做主，只能求老天爷。这是东瑗来到这个世界后最大的抱怨：不管家里当家作主的那位多么疼爱你，可世俗婚姻轮不到自己挑选！

众人哄然，都跟着世子夫人说笑。

老夫人见东瑗不说话，以为她恼了，把她叫到身边，搂在怀里，笑着骂众人："你们这些人精泼猴，顺杆子爬，就知道挑软柿子捏！"

说得众人又笑了起来，一时间除夕夜气氛热闹极了。

几个年纪小的要去放炮仗，怎么都拦不住，世子夫人只叫了婆子们紧紧跟着。

五房的六爷薛华逸也要去，五夫人不准，六爷就不高兴嘟嘴坐着不作声。

"让他去！"老夫人对五夫人道，"孩子大了，还拴在腰上？"

薛华逸已经十一岁了，按照薛府的规矩，应该十岁就搬到外院去住。可五夫人舍不得，闹了一场，薛子明跟着求情，老夫人才同意养到十二岁。

虽同意了，总是有些不快。

五夫人不敢忤逆婆婆，忙叫了自己身边的碧桃也跟着。

守岁直到过了子正才散去，东瑷回了拾翠馆，哈欠连连，赶紧梳洗一番就躺下了，一觉睡到初一的卯初二刻。

梳洗一番，去给老夫人和老侯爷拜年。

薛家各房头亦纷纷盛装，来到了荣德阁。

小辈纷纷跟长辈们拜年，拿了红包。

又是一场热闹喧阗，吃了早饭，尚未散席，外院的管事急匆匆跑了进来："侯爷，宫里下圣旨，让九小姐接旨！"

一语落在东瑷耳里，她仿佛被雷击中，脑袋里一片空白，四肢麻木得不能动弹，四周目光都投向了她，或震惊，或疑惑，或嫉妒，或高兴，或冷漠，她全部感觉不到。

直到身边的世子夫人推她，她方如梦初醒，唇色发白。

老夫人起身，牵了她的手，柔声道："不碍事！"

外院摆了香案，老侯爷、老夫人、世子爷薛子侑及世子夫人陪着东瑷，去外院接旨。

牵着老夫人，东瑷深一脚浅一脚，脸色早无颜色。

东瑷拉着老夫人的手，掌心有微微细汗。

一种前途未卜的恐怖在她四肢百骸里流窜，令她的呼吸有窒息感，额前有细细的薄汗。

人治的社会，当权者一言九鼎，人命如蝼蚁，无法反驳，无法抗争，只能把命运寄托在侥幸上，不管多么努力，最后可能全部一场空。

东瑷随着老夫人，一步步踏过穿堂，踏出垂花门，似踩在刀尖上。两旁树木虬枝悬挂厚霜，清晨日光下若镀银般绚烂，流转着灼目光泽。微风中簌簌发抖的，不知是虬枝，还是东瑷的心。

老夫人重重捏了捏她的手，令她吃痛，回过神来，抬眸间看到了祖母那双微微浑浊却锋利强悍的眼睛："瑷姐儿，别怕！"

东瑷突然有些泪意，她喃喃叫了声祖母，声音哽咽，压低着嗓子："祖母，太后娘娘和皇后娘娘、贵妃娘娘都不喜欢我……"

掌管六宫的女人都不喜东瑷，她要是进宫，前途可想而知。

老夫人眼底有了些许笑，亦低声道："太后娘娘不喜欢你，所以你不用怕！"

太后娘娘不喜欢她，所以不会让她进宫的！

一句话，仿佛拨开了云团见明月，东瑷霪雨霏霏的心路恍惚照进了些许明媚骄阳，心轻了七八分，还是不放心，却不敢再多言。

外院摆了香案，薛老侯爷领着众人跪下，东瑷跪在最后面。她穿着淡绿色绣蝴蝶闹春纹百褶如意湘裙，里面穿了膝裤，可是跪着，冰凉依旧浸透厚厚的衣裙，渗入肌肤，有刺骨的寒。手掌撑地，青葱般白皙纤长的手指伸出来，冻得指尖通红。

太监那阴柔的声音便在耳边响着："奉天承运，皇帝诏曰：兹闻镇显侯薛镇显之孙女薛氏东瑷，静容婉柔，恬嘉淑顺，风华幽静，性资敏慧，太后与朕躬闻之甚悦，故封柔嘉郡主，同亲王女，如朕姐妹。赐良田八百顷，黄金四百两。布告中外，咸使闻之。钦此。"

太监音落，院子里鸦雀消声。

东瑷终于不再发颤，恭敬起身，绕过薛老侯爷，上前垂首接旨，举过头顶，恭声道谢主圣恩，丝毫不见刚刚的胆怯害怕。

她的心终于安定下来。

不是进宫的诏书。

世子爷薛子侑和世子夫人面面相觑。老夫人神色微敛，薛老侯爷已经起身，跟那太监寒暄，令世子爷亲自打赏他五十两白银，送出大门。

那太监欢喜说镇显侯客气了，笑着同世子爷去了。

院落里剩下老侯爷、老夫人、世子夫人和东瑷。

四个人都不知道先开口说什么。

无缘无故，突然就封东瑷为郡主，令人莫名其妙。反常则妖，老夫人那经历世事沉稳镇定的眼眸有难得一见的不安，看了眼老侯爷。

老侯爷亦微微蹙眉。

见大家站着，老侯爷沉声道："进去说吧。"

跟刚刚来时不同，薛老侯爷和薛老夫人脚步有些急促，世子夫人不敢多言，小心翼翼看了眼东瑷，又看了薛老侯爷和薛老夫人，脸上微沉。

东瑷虽不知到底发生了何事，却明白一件：她是真的不可能进宫了！倘若她要进宫，就不会突然封郡主。封她做了郡主，好似跟皇帝结拜了兄妹。

可是为何会封郡主，她亦不知。

若太后娘娘不要她进宫，从此不提她这个人便罢了，跟老侯爷暗示几句，说喜欢十一姑娘薛东姝，东瑷肯定就被排除，没有理由封她为郡主，多此一举。

不合逻辑的背后，也许有更多的问题。不过至少她目前最大的担忧解决了。没有什么比入宫更加让她恐怖不安。

东瑷短暂的喜悦压抑不住，心路似繁花盛绽，碧树繁茂，花影摇曳，斜长的眼睛不禁弯了弯，有潋滟光芒浮动。

回了荣德阁，薛家众人皆在，纷纷询问何事。

世子夫人声音不见喜悦，平淡叙述："陛下封了瑷姐儿为柔嘉郡主。"

一时间，荣德阁亦同样静寂，众人都愣神，目光落在东瑷脸上，似要透过她这张妖媚的脸，看出事情的缘由。

东瑷静静承受着众人猜忌的目光，不喜不骄，似一泓水，透明见底却没有半分纹路。

薛老侯爷清了清嗓子："今日是大年初一，大家都拜年去吧，难得出门玩闹一天。"

众位婶母姐妹才回神，纷纷给东瑷恭贺，请安，恭敬叫她柔嘉郡主，然后各自散去。

世子夫人最后离开，见只有东瑷在屋里，便笑着说她去安排人来客往的事，先告退了。

东瑷没动，微带迷惘看着老夫人。

老夫人叫她到自己身边，笑盈盈望着她："瑷姐儿，你父亲只是从六品翰林院修撰，并无爵位。皇上这样封赏你，只怕众人不服，你往后切记要勤勉淑顺，不能叫人挑出错儿来！"

东瑷垂着眼帘道是。

老夫人很满意她的态度，声音又软和了三分："瑷姐儿，你祖父是当朝一品大员，三公之一的太师，世袭一等辅国将军的镇显侯！这么多年，先皇和陛下对薛家多有赏赐，你祖父怕月满则亏，俱推却了。一个没有封地的虚名柔嘉郡主，我们家当得起！"

东瑷遽然抬眸，望着老夫人，感激道："祖母，我记下了！"

老夫人眸子越发怜悯，从袖里掏了一个金底点翠如意纹荷包给她，笑道："祖母给你的红包，这是单单给你的！"

东瑷笑起来，眼波横流似明星般灼目炫耀，她跪下又给老夫人磕头，谢了赏，搀扶着橘红出了荣德阁。

橘红脸上难掩兴奋，刚刚出了荣德阁，她便迫不及待低声问东瑷："小姐，皇上封赏了您为柔嘉郡主？"

东瑷点头，脸上没有半分喜色，刚刚那点兴头过去后，她又开始担心后面的风波了。

橘红的兴奋就突然消弭了一半，惴惴问道："不好吗小姐，您不高兴吗？只有亲王的女儿才封郡主啊！"

"是啊，只有亲王的女儿才能封郡主！"东瑷叹气，她的父亲并不是亲王啊，为何突然就封了她郡主。可以不用进宫的欢喜已经渐渐被后怕消磨了，东瑷的心有些沉。

橘红好似明白了什么，却还是不太懂，不安地望着东瑷。

东瑷端正了心绪，笑道："皇上还赐了八百顷良田和四百两黄金呢！"

多少还是有些强颜欢笑。

橘红的喜悦也沉了下去，勉强挤出笑意，道："那小姐发财了。"

是啊，一个柔嘉郡主的名头，八百顷良田，四百两黄金，是一笔丰厚的嫁妆，她的确发财了。听到橘红打趣的话，东瑷扬眉微笑，媚眼如丝般纠结着淡淡喜悦。

橘红也笑了，静静搀扶着东瑷，主仆二人一路无话，回了拾翠馆。

东瑷封了郡主之事，薛家众人回过神来，都纷纷拿了礼物来恭贺她。

她只得打起精神一个个应付。

杨氏亦带了十二姑娘薛东琳来，说话虽不及平常刻薄，亦是不阴不阳的怪异，还嘱咐东瑷："以后应更加注意举止，温良恭顺，切莫辜负圣恩。"

东瑷淡淡笑了笑："我知晓了，多谢母亲提点。"

蔷薇在一旁蹙眉，五夫人是个没有封号的内宅妇人，九小姐如今是如同亲王女的郡主，如何还能这样训诫？

想到这里，蔷薇便去了外间，叫丫鬟端了杯茶来，递到东瑷手里，然后笑容浅浅对五夫人道："夫人，说了半日话，郡主有些累了。您若是无要紧事，改日再来吧。"

一句话，五夫人和十二姑娘薛东琳脸色骤然一变，蔷薇这话，是提醒她们，东瑗如今身份不同，不应该还是以前的礼节吗？

这才刚刚封了郡主，就踩到她们母女头上去啊？

见五夫人和十二妹变色，东瑗笑道："母亲和十二妹妹若还有事，我就不相留了。辛苦母亲来看望女儿，晚些女儿给母亲请安去！"

五夫人这才有了个台阶下，冷哼一声："郡主歇了吧，哪里敢劳动郡主请安！"语气十分刻薄。

出了拾翠馆，薛东琳猛地将足上的木屐踢了，脸色紫涨。

她的贴身丫鬟锦秋忙拭了木屐，劝慰道："十二小姐，路上滑，您的绣花鞋不好走，还是穿了木屐吧！"

说罢，蹲下身子替薛东琳穿木屐。

薛东琳一脚踢在她的胸口，高声道："不穿！大胆的奴才，平日里抬举你，你就不知天高地厚！我说不穿就是不穿，你竟敢当我的家做我的主！你是个什么东西！"

这话说得很响，站在门口送行的蔷薇和橘红都听在耳里，透过拾翠馆摇曳的竹影，看到了庭院外五夫人和薛东琳等人。

薛东琳的大丫鬟锦秋被踢中了左边肩膀，火辣辣的疼，又是在九小姐门口，被十二小姐又踢又骂，锦秋心凉了半截：她辛苦维持的这些体面，算是彻底毁了。

眼眸噙泪，她忙跪下磕头："奴婢错了！"

"滚开，假惺惺的奴才，谁要你认错！"见她跪下，薛东琳的气还是没有撒完，又踢了她一脚，踢中了右边肋下。

锦秋眼泪再也忍不住，簌簌落下，却掩唇不敢哭出声。

五夫人一直在旁边看着，亦不作声。

五夫人身边得意的碧桃有些看不过眼，上前两步笑道："十二小姐，您是尊贵的侯府千金，跟小人一般见识，跌了身份！"

这句话暗暗骂了东瑗是小人，才算如了薛东琳的意，她冷哼了一声，跟五夫人福了福身子，便由另外一个粗使小丫鬟搀扶着，回了她居住的香菇馆。

五夫人看了眼碧桃，对自己另外一个丫鬟道："你扶锦秋回去。"然后又板起脸孔对锦秋道，"姑娘大了，有自己的分寸，你尽心服侍就好。切莫给了你体面，就不知道自己是个什么东西，在姑娘面前做人！"

这些话，句句都是指桑骂槐，说给东瑗听的。

锦秋哪里还听不出来，只恨自己撞上了晦气，恭敬道是，眼泪却止不住。

只怕不过两个时辰，她挨打挨骂的事就要阖府皆知，以后在丫鬟婆子面前，她还有什么脸子？

五夫人和十二姑娘薛东琳的话，拾翠馆众丫鬟、婆子都听得一清二楚。

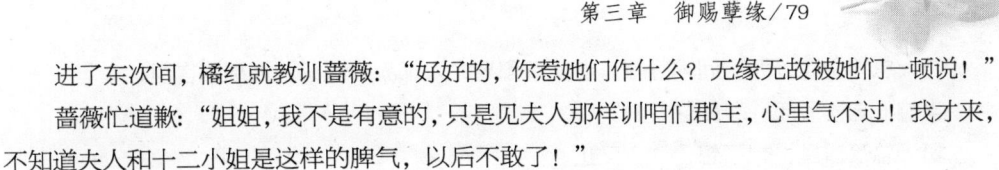

进了东次间，橘红就教训蔷薇："好好的，你惹她们作什么？无缘无故被她们一顿说！"

蔷薇忙道歉："姐姐，我不是有意的，只是见夫人那样训咱们郡主，心里气不过！我才来，不知道夫人和十二小姐是这样的脾气，以后不敢了！"

她道歉真诚，毫无勉强，橘红就叹了口气："你忠心护主，原是没错的。可夫人和十二小姐的性子，是不顾体面的！咱们小姐是要脸的人，跟她们闹起来，有什么好处？你以后切记，别跟夫人和十二小姐一般见识。"

就是说，对于五夫人和十二小姐那种"浑不愣"的，跟她们争长短，反而是东瑷没了肚量。

蔷薇说记下了，以后再也不敢犯了。

东瑷在一旁就笑道："蔷薇，你不用记在心上，她又没指名道姓骂我，任由她们去！以后，你们还是叫我小姐，什么郡主，如今还不知道是福是祸，不提也罢！"

蔷薇和橘红都恭声道是。

拾翠馆的喧阗终于静下来，东瑷有些疲乏，让橘红和蔷薇服侍她躺下睡会儿，申正叫她起来，去给老夫人请安。

老夫人的荣德阁却是静悄悄的。

西次间临窗炕上摆着大红色织金重锦引枕，老夫人靠着假寐，薛老侯爷则手指敲着炕几，暗暗思忖着什么。

申初一刻，詹妈妈说葛大总管来了。

老夫人让詹妈妈和宝绿、紫鸢、绿浮等人都去暖阁那边坐坐，又让宝巾守在西次间门口，不要让人进来。

西次间只剩老夫人、老侯爷和葛大总管。

"得到音了吗？"老侯爷让葛大总管坐在炕前的锦杌上回话。

"得到了！"葛大总管声音低沉，"贵妃娘娘说，太后娘娘和皇上腊月二十八的晚些吵了一架，只留太后身边的老嬷嬷在跟前服侍，不知吵些什么，太后娘娘还砸了一只汝窑茶盏；皇上从慈宁宫回去，在御书房坐到寅初二刻，娄公公亲自去劝，才歇了半个时辰……"

薛老侯爷微微颔首，腊月二十九早朝的时候，他的确感觉皇帝精力不济，脸上还带着哀痛。

可是这跟封赐瑷姐儿有什么关系？

"第二天太后娘娘知道皇上一夜未睡，就叫慈宁宫的人收拾箱笼，她要去皇陵陪先皇。皇后娘娘、贵妃娘娘还有盛贵妃娘娘都不知道何事，闻信纷纷去劝，太后什么话都不说，脸色气得铁青。皇上来了，她就把拐杖砸在地上，说'红颜祸水，吾儿要做纣王、怀王，为娘的怕百年后愧对列祖列宗，不如先去了皇陵，眼不见为净！'皇上跪下叩头，说一切听母后的，太后娘娘才好些。后来太后娘娘让皇后和贵妃娘娘都先回了，只留皇上在慈宁宫说话，初一大清早，就封了咱们九小姐为郡主，同亲王女，如皇上姐妹！"

葛大总管说完，西次间内静寂，老侯爷和老夫人都凝眸深思，谁都不言语。

半晌，老侯爷问："就这些？"

葛大总管道是，想了想，欲言又止。

"吞吞吐吐做什么，有什么直言无妨！"薛老侯爷正着急，见葛大总管这样子，就有些不快，说话间不禁声音锋利。

"侯爷，你还记得上次秦侍郎和周都督的事吗？"葛大总管道。

薛老侯爷当然记得。那是去岁腊月的事。

秦侍郎是兵部侍郎，周都督是右军都督，都是薛老侯爷的门生。去岁腊月，大雪连绵半月，大漠南止国的游牧部落受了雪灾，牛马羊冻死，生计无保障，便打劫边关小镇，屡次抢杀边关百姓。

秦侍郎和周都督上书皇帝，求调兵镇守，还击南止国的抢掠。

萧太傅不顾皇帝坐金銮殿，当即反驳，还怒斥秦侍郎和周都督不顾两国和平，执意挑起争端，又说游牧袭扰边关，并不是南止国国主之意，南止国国主会处理，切不可因为小事伤了两国和气，妄增战祸。

秦侍郎不服，跟萧太傅金銮殿争辩，周都督亦助阵。

见二人言谈嚣张据理，萧太傅大怒，挥手就打了秦侍郎一巴掌，不顾圣颜，咆哮金殿，让御前侍卫把秦侍郎和周都督下了大牢，顶戴官服都未除。

满殿文武不敢吭声，皇上一句话也没有说。

薛老侯爷冷笑着，为了圣颜，没有在金銮殿同萧太傅吵起来。

回了家中，薛老侯爷上书元昌帝，痛陈边关袭扰之害，两位三品大员并未革职就下大狱，有违国法，请皇上派兵西北，同时释放秦侍郎和周都督，安抚满朝文武之心。

结果，薛老侯爷的奏折，皇上留中不发。第三天，却下旨革除两位大臣的官职，交三法司会审。薛老侯爷气得两眼发黑，从此称病不朝。

他恨萧太傅的嚣张，亦恨皇帝的隐忍，拿他的门生开刀！

皇帝派了很多与薛老侯爷交好的大臣劝说老侯爷还朝，薛老侯爷俱不理睬，直到皇帝装作雍和殿的小太监，跟着娄公公亲自驾临薛府，薛老侯爷才重新上朝。

当时，老侯爷是很感动的。

按照本朝律令，皇帝只能在老臣临终前御驾探病，皇帝一去，臣子只能出缺。所以被皇帝探病的臣子，为了维护这等殊荣，不死也得死！

这是本朝律令上写明的！

皇帝知道老侯爷只是装病，纡尊降贵，装成小太监来看他，虽然有躲避萧太傅的嫌疑，却也令老侯爷心诚感动。

这等恩宠，老侯爷岂能忘记？

可是这个时候，葛总管提起此事做什么？

"瑷姐儿赐封郡主，跟秦侍郎的事有什么关系？"薛老侯爷蹙眉。

老夫人却脑海中灵光一闪，脸色微变。

葛总管垂首，态度更加恭谦："侯爷因为秦侍郎被贬不上朝，娄公公来探病，您亦不见。而后娄公公说圣主御驾，我不敢拦着，就领了他们进内宅。在门口，我们遇到了九小姐。"

薛老侯爷听着这话，再仔细思量皇上和太后争执的前因后果，豁然开朗。

"……当时，九小姐差点滑了一跤，皇上扶了她一把。"葛大总管脸色有些苍白，"我不敢言明，只是当时太巧……"

薛老侯爷和老夫人听着这话，一瞬间脸色皆阴沉不定。

"你去吧。上下打点一番，贵妃娘娘传出来的这些话，走漏一个字，你们都别活了！"沉默好半晌，薛老侯爷才对葛大总管道。

葛大总管起身，保证道："侯爷放心，一个字都不会走漏！"

老侯爷想了想，又道："这中间大约还有缘故，你在御书房的太监们身上下下功夫，看看是否还能打听出一些什么来。"

皇上遇到瑷姐儿，看中了她，跟太后娘娘提出让瑷姐儿进宫，太后有必要暴怒，把瑷姐儿比成妲己、郑袖之流吗？

瑷姐儿可是镇显侯府的嫡亲小姐，哪里就沦落到被太后如此毒骂？

这中间肯定还有缘故。

葛大总管道是，转身出了荣德阁。

葛大总管一走，老侯爷还是不太放心，起身道："我去外院瞧瞧，你不用担心。"

老夫人"嗯"了一声，起身送老侯爷出去。

老侯爷走后，老夫人沉思了半晌，叫了刚刚一直守在门口的宝巾进来。

"宝巾，这满屋子人，我最信你，你可知道为何？"老夫人依偎着银红色弹墨织金重锦大引枕，慢悠悠问站在临窗大炕前的宝巾。

宝巾心中一咯噔，这好似不是什么好话的开头。

她垂首恭敬道："宝巾只知道尽心服侍老夫人，不敢妄猜老夫人的心思，老夫人恕罪，宝巾不知……"

听到这话，老夫人不免唇角微挑，露出一个愉悦的笑意："你在我屋里四年了，从来没有一句话从你口中传出去，我一直都知晓，你最能守住话，所以我说什么从不避开你！"

宝巾心头一热，低声道："这是宝巾的本分！"

老夫人颔首："你很懂本分。以后也要牢记，别忘了本分。今日不管听到什么，依旧不要说半句！"

宝巾忙跪下："宝巾绝对不说半句！"

老夫人从未专门叮嘱过屋里服侍的不要嚼舌根，有人来打听消息，老夫人亦睁只眼闭只眼。

这还是她头一回亲口叮嘱要保密，就是给宝巾十个胆，她亦不敢胡说八道，何况她本身就是寡言谨慎的人！

"你起来吧！"老夫人笑了笑，"去九小姐院子里，叫了橘红来！九小姐若是问，只说我要叮嘱橘红仔细服侍郡主。"

宝巾起身，去了拾翠馆。

大约两盏茶的工夫，宝巾回来了。

跟她一起来的，并不是东瑷的丫鬟橘红，而是东瑷本人。

东瑷见到老夫人，便扑通一声跪下，声音微带哽咽："祖母，我是不是惹了大祸？"

老夫人微愣，笑道："快起来，谁说你闯了祸？今日是怎么了，平日也不是这样多心的！"说罢，示意屋里服侍的宝绿、宝巾搀扶东瑷起来。

东瑷顺势起身，坐到老夫人身边。

"留瑷姐儿在这里吃晚饭，你去厨房吩咐，做几个瑷姐儿爱吃的。"老夫人笑着对詹妈妈等人道。

詹妈妈明白老夫人是让她们都出去，要单独跟九小姐说话，便笑着应是，留下宝巾在门口伺候，带着众丫鬟婆子出去了。

"祖母，我有一事总瞒着您……"东瑷见老夫人打发人去请橘红，大约明白是出事了。大约是因为什么，她心中明白，那是她最近唯一担心的可能引来祸端的事。

她只好和盘托出，再不敢隐瞒，语气愧疚道："只怕您担心。如今想来，还是应先跟您说声。我恐橘红说不明白，就自己来了。"

说罢，就把那日从荣德阁回去，如何遇到一行太监、如何心里着急、如何快步走却滑了、如何丢了玉佩，又如何隐瞒，一一说给老夫人听。

"暗访了这些日子，那玉佩真的不见了。"东瑷望着老夫人，眼眸黯淡里噙着担忧与不安，"我猜想，定是那日的公公里有人捡了去，恐怕已经流到了外边。祖母，您替我做主。"

老夫人听着，眼波静籁，依旧含着慈祥的笑意，却看不清喜怒，叫人心里发慌。

"好了，祖母已经知晓，你先去你十一妹妹那里坐坐，祖母问问橘红和那个小丫鬟，你的玉佩定能找到的。"老夫人丝毫没有因为东瑷欺瞒她和丢了玉佩恼怒，而是和蔼叫她先出去。

有些暴风雨来临前的宁静，静谧得令人窒息。东瑷仿佛一下子回到了五年前，开始在老夫人跟前走动的日子，老夫人亦是这样笑着，却令她心里发慌得难受。

这样的笑容，有些不信任的冷漠。

她不敢多说什么，起身去了暖阁。

不仅仅十一姑娘薛东姝在，詹妈妈、宝绿、紫鸢和绿浮亦都在这里，说话声音虽然很轻，却也是笑语盈盈的热闹。

临窗大炕上，摆着填漆雕花乌木炕几，摊着些许花样子，詹妈妈和十一姑娘正在挑选。

板墙旁斜立着大红色牡丹呈祥纹引枕。

沿炕摆了四张铺着翠绿色弹墨镂空金点翠织椅袱的檀木太师椅，宝绿、紫鸢和绿浮分别坐了。

见东瑗进来，众人都起身，詹妈妈忙下炕让位置给她，笑道："九小姐，您炕上坐。"

十一姑娘薛东姝亦起身，清秀眉眼含笑清浅："九姐姐，你刚刚在祖母屋里说话？"

东瑗道是，携了薛东姝和詹妈妈的手，让她们都坐，她自己跟薛东姝挤在一边，看炕几上的花样子，问道："是做鞋吗？"

"是，明年三月里祖父的生辰，想早些准备，我针线做得不好。"薛东姝笑了笑。提起绣活，她就想起家里姑娘中绣活最出色的十姑娘薛东婉，眼神一黯。须臾，又连忙敛了情绪，对东瑗，"九姐姐，你看看哪个样子好？"

满桌的花样子，有海屋添筹、佛手灵芝、灵仙祝寿、麻姑献寿、事事如意、五福捧寿、万寿平安等等。

东瑗自己做的是海屋添筹。她明白，薛东姝只怕早有了主意，今日拿出来给詹妈妈挑，不过是借机跟詹妈妈亲热，就推脱笑道："我瞧着都好，十一妹想绣哪个？"

"我也选不好！"薛东婉柔婉笑道，"所以叫了詹妈妈和几位姐姐帮我选选。"

詹妈妈见两位姑娘都客气，谁都不愿意出主意，心中忍不住想起老夫人说十一姑娘有些九姑娘的秉性，果然如此的。她笑道："十一小姐，这幅灵仙祝寿好不好？"

灵仙祝寿的花样子，是灵芝、水仙、竹、寿桃分布组成，绚丽华美。

薛东姝接过詹妈妈挑出来的花样子，仔细端详着，很是喜欢，却问东瑗："九姐姐，你觉得好看吗？你也要给祖父做鞋吧，要不你绣这个？"

把最好的图让给了东瑗。

詹妈妈和宝绿等人听了，不免颔首，心中赞叹十一姑娘谦和知礼。

东瑗却明白，她想要这个花样子，又怕东瑗开口讨了，也是在借机问东瑗绣什么花样子。当着詹妈妈和宝绿等人的面，东瑗怎么好抢了詹妈妈替十一姑娘挑出来的？

她又不是薛东琳那般跋扈！

薛东姝也太过于精明了，不过是一双花样子而已，她也要这样子兜一圈。东瑗心中对她便有了几分顾忌，笑容却越发温婉："不用了十一妹，我已经开始绣了，绣了海屋添筹！"

然后又开玩笑般道："家里的姐妹，我的绣活最拿不出手，这灵仙祝寿只能十一妹的巧手才能绣得出彩！"

詹妈妈等人都附和着笑，没有人敢提起真正绣活出彩的十小姐。

十一姑娘薛东姝叫丫鬟收了花样子，笑道："那我就绣这幅吧。"

收了炕几上的东西，丫鬟们上了热茶，点心，几个人说笑着，大约过了一个时辰，到了用晚膳的时候。

老夫人那边已经说完话，宝巾打发小丫鬟来喊詹妈妈等人回去服侍，薛老侯爷回来了，该摆饭了。

东瑷和薛东姝皆下炕,丫鬟们伺候着穿了鞋,去了西次间。

老侯爷见她们姐妹进来,目光便在东瑷身上打了个圈儿,然后才慈祥笑了笑。

东瑷心中咯噔一下。

她和薛东姝给老侯爷请安,才坐在席位上,陪着老侯爷和老夫人默默吃了晚饭。

席间,老夫人笑容有些淡。

吃了饭,丫鬟们上了茶,老夫人就对薛东姝道:"姝姐儿,你先去歇了。"

薛东姝忙起身,恭敬道是。

等薛东姝一走,老夫人便望向东瑷,目光不似下午的冷漠疏离,而是多了份亲昵的怜悯,道:"瑷姐儿,以后不要提玉佩的事了,旁人问起,只说存放在我这里!"

东瑷见老夫人不再怀疑她,亦不似下午的惴惴不安,抬眸望着老夫人,问道:"祖母,您知道我玉佩的下落?"

老侯爷却接住了东瑷的话,道:"瑷姐儿,你不要多问。回去歇了吧!"

老夫人叹气,微微颔首道:"去吧瑷姐儿。"

东瑷心中微动,不再说什么,扶着橘红回了拾翠馆。

她心中明白:皇上为何突然封她郡主,跟她的玉佩有关,且老侯爷和老夫人知道了事情的始末,却不能对她讲。倘若没有猜错,她那日在荣德阁门口遇到的小太监,就是元昌帝!

皇帝看上了她,太后却不喜她,最后皇帝妥协,封了她为郡主,这些话的确不好对她一个未出阁的姑娘讲。

为何封郡主?这后面,定要牵扯出一件大事!

东瑷一走,老侯爷便对老夫人道:"你太疼瑷姐儿了!"

老夫人听着这话,心里就不舒服,斜睨了老侯爷:"瑷姐儿不是那等轻浮算计的!"

老侯爷见老夫人微恼,忍不住笑起来:"我是怕你恼了她。出了这样的事,旁人总是以为女人轻狂不端庄,才被人惦记。"

老夫人冷哼一声:"女人都是该死的么?莫说瑷姐儿向来磊落,就算她真的工于心计,陛下可是穿着太监的衣裳来的。瑷姐儿还有通天眼不成?她难道能认出陛下,勾引陛下?那个小丫鬟也说,是她走到陛下身边时膝盖发酸的。侯爷,陛下幼时受九门提督陈发山指点的武艺,暗器伤了小丫鬟,拿瑷姐儿的东西,他做不出来么?"

语气里对圣主有些大逆不道的不满。

倘若是普通人家,这样欺负她的瑷姐儿,老夫人定是要上门骂一番,讨回一个公道。

如今看在赐封了东瑷一个郡主的分上,又是天子,老夫人只得忍下这口气。

下午时,她的确有些气瑷姐儿,明明发生了那么大的事,居然瞒了她这么久!后来又是薛东婉的殁,又是进宫,等忙完了,就到了过年,老夫人亦习惯了她不戴玉佩,居然忘了这件事。

可转念思虑，一个无依无靠的未出阁姑娘家，最贴身的东西被人偷了，谁不在心里害怕？倒是老夫人苛责了东瑷。

心思兜兜转转一下午，老夫人终究想起东瑷降地就丧母，又被父亲记恨，后母算计，最后于心不忍，气也消了。

"瑷姐儿长得打眼，容易被人惦记。"薛老侯爷虽没有明着指责皇帝对东瑷轻薄，却也同意老夫人的话，确实皇帝欺负了东瑷。

他下午叫了人去打听，才知道皇帝在薛府内宅偶遇薛东瑷之后，居然拿到了她随身佩戴的玉佩。

不仅仅如此，他还画了东瑷的肖像，放在御书房，时常拿着肖像和玉佩枯坐到半夜三更，有些茶饭不思的恍惚。

宫里的内侍把皇帝好几日没有临幸娘娘们的事告诉了太后。太后等皇帝上朝后，把御书房的太监们都寻了去，仔细问皇帝最近反常的原因。那些太监们不敢隐瞒，就把东瑷的肖像和玉佩交了上去。太后娘娘见了大怒，叫宫中女官烧了那肖像，又把那湖水绿岫岩玉佩砸成两瓣。

第二天，太后娘娘就下了懿旨，让薛家和盛家、萧家的嫡女进宫。

如今想来，太后娘娘最想见的，大约是东瑷。同时让萧家和盛家的嫡女进宫，是为了掩人耳目吧？

东瑷的姿容，只怕比肖像上更加浓艳妩媚，太后娘娘就铁了心不准她进宫去。

只是见了一面，皇帝就茶饭不思，倘若这个女人进了宫，后宫只怕要尊卑失序了！

皇帝对她的恩宠，定是要无边无沿的。

封了郡主是第一步，寻个合适的人家把她指婚了，才算真正让皇帝死心吧！

"侯爷觉得，皇上最终会把瑷姐儿赐给谁？"老夫人听着老侯爷的分析，亦同意封郡主只是一个开始，后面肯定还有后招。

"皇上大约谁都不想赐！"老侯爷睿智的眸光微闪，"圣旨的意思，全都是太后的意思！咱们应该想想，太后会怎么办！知道皇帝痴迷一个女人，定不会让这个女人在皇帝眼皮底下，要么赐死，要么赐婚。"

老夫人颔首，这是合乎逻辑的想法。

"瑷姐儿是我的孙女。如今新帝才践祚三年，大权旁落在萧太傅手里，而萧太傅是个良臣谋将，却不是忠臣。我虽无实权，可门生遍布朝野，皇上和太后都不会得罪我，还指望我帮他们扳倒萧太傅呢。太后自然不敢处死瑷姐儿。"

"那么，只剩下赐婚。赐婚给谁？我前不久才向皇帝说要同盛贵妃的娘家结亲，咱们有个女儿要嫁到盛家。既然要赐婚，太后自然不会忘了这件事。"

老夫人又颔首："侯爷说得对，太后娘娘想要拦住瑷姐儿进宫，就需要尽快将她婚配。把瑷姐儿赐婚给盛家，既解了太后娘娘的心头大患，让皇帝死心；又能办成薛、盛两族联姻，解了皇帝一桩心病，一箭双雕。"

"不错。"老侯爷道，"原本一纸赐婚即可，为何还要封郡主？由此可见，太后娘娘是想把瑷姐儿指给盛家世子爷，而非御前行走盛家三公子！"

盛家世子爷是个鳏夫，丧妻多年，瑷姐儿嫁过去只能是继室，地位不及盛家世子爷已逝的原配；而且盛家世子爷已经有了一位嫡子，瑷姐儿的儿子将来亦要伏低做小。

还有，盛家世子爷克妻名声在外。

薛府这般显赫的门庭，薛老侯爷不会同意让嫡亲孙女去给一个克妻的男人做继室的！

大约是盛家的意思，他们只肯让世子爷跟薛家联姻。

为了平衡两家，太后想出了封东瑷为郡主的主意，其实只是为了弥补薛家。一个郡主嫁到盛家，非原配可及，东瑷的地位就得到了保障！

假如是指给盛家三爷，就完全没有必要封赐一个同亲王女的郡主。

"把瑷姐儿嫁到盛家，就是把她推入火坑，也消了太后娘娘的心头恨！"老夫人听着老侯爷的分析，脸色骤变，阴沉骇人，"太后娘娘好算盘！"

"抗旨不遵是不能的！"老侯爷叹气，"你应该想想，怎么帮瑷姐儿，到了盛家少吃些苦头。盛家和咱们家的姻亲不会长久的，到了盛家，没人会对瑷姐儿好。这孩子也不易，命中注定多磨难。真应了薄命红颜这句话！"

薛东瑷的美丽，已是世间极致，物极必反，她的美丽要成为累赘，她的一生注定不能平顺！

谁说美丽是福气？倘若瑷姐儿是个容貌普通的女孩子，皇帝岂会一见倾心？没有皇帝的倾心，太后又怎会管她的婚事？太后若是不管，老夫人自然会千挑万选，帮她寻门极好的人家。

想到这些，老侯爷就眼眸微黯，瑷姐儿是个可怜人。

第四章　算计姻缘

光阴暗转，转眼到了正月初九，是东瑷的及笄。

正月里办及笄礼，不好请外人。老夫人赏了一根足踏流云金蝶嬉戏掐丝樱桃花簪，东瑷的父亲薛子明、继母杨氏做主，正宾由世子夫人担任，有司是四夫人，赞者是世子夫人的好友建昭侯府袁夫人。

及笄礼成之后，老夫人就打发薛子明去外院，只留下娘们在跟前凑趣。

"老祖宗，咱们郡主及笄，您就这样打发了？可委屈我们郡主了！"袁夫人十分活络，拉过东瑷在身边说话，对老夫人笑道。

世子夫人笑道："咱们郡主不喜铺张。"

东瑷脸颊生霞，有些窘迫道："袁夫人，大伯母，你们不要再叫郡主了。我还是喜欢听袁夫人和大伯母叫我瑷姐儿。"

老夫人就哈哈大笑起来。

世子夫人就忙装作一本正经道："是，郡主吩咐了，以后只能叫瑷姐儿！"

东瑷就往老夫人怀里钻。

又惹得一屋子人笑起来。

老夫人搂着她，对世子夫人道："我们瑷姐儿及笄了，以后就是大姑娘了，不许你们取笑她！"

众人都笑着应是，满屋子欢声笑语。

"我们家姑娘多，每个姑娘及笄礼都这样简简单单的。娘怕礼节太重了，孩子承受不住那福气。"二夫人就在一旁跟袁夫人解释为何东瑷的及笄礼如此简单。

袁夫人连连颔首："还是老祖宗见识卓越。我们这些笨头笨脑的，只知道图个虚名，哪里想得到那么远啊？"

说得众人又笑。

正说笑着，外院的管事急匆匆进来，对老夫人道："宫里下了圣旨，请九小姐和十一小姐接旨，侯爷和世子爷已经预备香案，请老夫人和世子夫人带了两位小姐去。"

东瑷微怔，手指猛然一紧，差点折断了她修长的指甲盖。

封了郡主不过八天，后招来了！

她和十一姑娘薛东姝的圣旨一起来，那么进宫的那位自然是薛东姝，而她呢？

那位拿了她玉佩、封了她郡主的皇帝，会怎么对她？

东瑷呼吸有些慢。

满屋子都惊讶望着她二人，只有东瑷、薛东姝和老夫人瞧着很是平静。

老夫人下炕，拉过两位孙女，道："切不可让传旨的公公久等，我们去吧。你们都留在此地。"

众人忙道是，世子夫人就急忙跟上。

满屋子人，个个面面相觑。

十二姑娘薛东琳感觉有些不妙，为何突然叫薛东瑷和薛东姝接旨？难道是进宫的诏书？

不对啊，太后娘娘和皇后娘娘明明很喜欢她，对薛九和薛十一很冷淡的啊！

东瑷搀扶着老夫人，薛十二搀扶着世子夫人，四人去了外院接旨。

停了半日的雪，不知何时又下起，朔风碎散，摇曳翩跹碧穹间，缠绵若三月柳絮。

丫鬟在一旁替她们打伞，各自脚步缓慢，生怕地上积雪滑了足。

到了接旨的院子，檀香味混合着腊梅沁香，袅袅撩人。

跪在地上，丫鬟递了蒲团，可来不及扫去的雪，依旧湿了襕裙的边角，缓慢浸湿衣裾。

先下降的是薛东姝的圣旨："……朕惟赞襄内政、每慎简乎六宫。弼佐王风、务先崇夫四教。眷兹懿行。沛以新恩。兹闻薛镇显之孙女薛氏东姝，聪慧敏捷，端庄淑睿，敬慎含章娴诗礼之风、克播清芬于彤管。兹以册印、封薛氏东姝为淑妃，着壬戌年五月初一进宫。尔其徽音益懋、积余庆于家邦。钦此。"

淑妃，是正三品。

听到此处，世子夫人心头微动，却默不作声。

老夫人和东瑷皆有感触，纷纷将头深埋。

十一姑娘薛东姝从薛家深宅一个前途未卜的庶女变成了正三品的皇妃，起因为何？

若十妹不死，她就不会接到老夫人的住处，亦不会被寄养在韩氏名下，成为五房原配的嫡女。

若五姐不病，她不会被取代进宫。

这便是命运！

上苍把每个人的人生都划了轨道，不管如何努力、如何挣扎，最后会一个因素而改变，去走一条难以想象的路！

倘若时间倒回两个月前，薛东姝敢想象会有这般际遇吗？她那时，大概只求嫁个像样些的男人吧？

薛东姝已起身，上前接过圣旨，道句谢主圣恩，声音有些遏制不住的哽咽。

她如何不激动？

多少名门嫡女进宫，封的都是正六品才人，在宫廷熬了多少年，诞下皇子龙女，或圣恩浩荡，才能封得正三品的淑妃。

薛东姝的起步却比她们都高。

东瑷预感，十一妹有这样的赏赐，这不仅仅是因为十一妹是镇显侯爷的孙女，而是皇家在补偿薛家。

先补偿了东瑷，又补偿东姝，为何一而再再而三补偿薛家？皇家意欲何为？

接下来给东瑷的圣旨，只怕就是皇家不停补偿薛家的原因。

她一念未转，传旨太监声音又响起："……镇显侯薛镇显之孙女，御封柔嘉郡主薛氏东瑷，娴雅大方，知书达理，率礼不越，安贞叶吉。今盛昌侯盛文晖嫡长子盛修颐，官拜刑部郎中，人物磊落，风姿华俊，鳏居多年未谋姻缘，皇太后与朕久良缘与之婚配。值薛氏东瑷待字闺中，与盛修颐天造地设，为成人之美，特将汝婚配盛修颐，一切礼仪，交由镇显侯府和盛昌侯府共同操办，择良辰完婚。钦此。"

院内微静，雪飘落下来，打在东瑷裸露在外的手背，随着肌肤的温热缓慢融化，冷就趁机潜入肌肤深层。

她缓慢起身，接过圣旨，平静谢恩。

等家里下人搀扶起众人时，薛家一行人脸色皆不好看，包括接了封妃进宫圣旨的薛东姝。

传旨太监心中明了，亦不敢讨赏，就客气几句急忙要走。

薛老侯爷令世子爷送出去。

东瑷搀扶着老夫人，东姝搀扶世子夫人，跟在老侯爷身后，依旧回了荣德阁，老夫人眉宇冷峻，让荣德阁焦急等待结果的众人心头一紧，谁也不敢先开口问话。

老侯爷面沉如水，众人给他请安，他淡淡应了，就进了内室。

"都忙去吧！瑷姐儿，你过来……"老夫人沉声对一家子姑娘、媳妇道。

众人不敢停留，纷纷屈膝道是，一行人拥挤着出了荣德阁。

尚未出荣德阁的院门，五夫人迫不及待就问世子夫人："大嫂，圣旨上如何说？"她的语气有几分幸灾乐祸。从老夫人的脸色看得出，并不是好事！

世子夫人把五夫人的表情尽收眼底，早已猜透她的心思，心中冷讥，面上却表情平淡："封了姝姐儿正三品的淑妃，五月初一进宫！"

宛如平地一声雷，五夫人愣在当场。

众人皆吃惊，却很快回神，掩饰好错愕，纷纷面露喜色恭喜薛东姝。

薛东姝则回眸看了眼荣德阁，表情不见了以往的卑怯嗫嚅，她淡然大方笑着，口中说多谢大家，表情似一泓清泉般明净平和，不卑不亢。

五夫人杨氏第一次发觉，这位在她面前伏低做小，卑躬屈膝的庶女，居然有种难以言喻的贵气，似换了一个人般！

从前怎么没有发觉？

五夫人脸色一片灰白，她看了眼同样呆若木鸡的薛东琳，眼眸里簌出嫉妒愤怒的火焰。

琳姐儿不是说，太后娘娘对东瑷和东姝都很冷淡，唯独对她青眼吗？怎么最后进宫的，却成了这个婢生女薛东姝？

"那瑷姐儿，她也进宫吗？"五夫人紧紧攥住了世子夫人的手，声音有些锋利。

世子夫人蹙眉不悦，淡淡道："进宫不是好事吗？五弟妹平日里总说皇贵妃娘娘为家族增彩，亦说我生养的好女儿。怎么轮到了自己女儿，五弟妹好似不高兴？"

声音虽然柔婉，话里却带着几分凛冽。

众人的目光都落在五夫人身上。

五夫人心中大怒，表情又刻意的温和喜庆，瞧着十分怪异。

她尚不自觉，干笑着："自然是好事。"然后开玩笑道，"大嫂这嘴巴怎的这样刻薄，说这般的怪话，我哪里就好似不高兴？"

欲盖弥彰的话，让众人都瞧得分明，大家都附和着笑了笑。

世子夫人亦笑，却不再说什么，在岔路口同五夫人分手，各自散开。

远远的，世子夫人等人好似听得了薛东琳吵闹的哭声。

世子夫人暗自摇头。二夫人母女亦装作没有听到。

薛东姝垂眸，安静跟在世子夫人身后。

回了和宁阁，二夫人沉思不语。

薛东蓉便推她："娘，您还想什么？已经是十一妹进宫了，天命不可违，您多想，不过是徒添烦恼……"

二夫人回神，淡淡笑了笑："傻孩子，娘还能去让皇帝和太后改了主意？都是你命里无那富贵，才被姝姐儿取而代之。娘只是在想，怎么封了三品的淑妃，你祖父和祖母都不高兴。"

就算是老夫人想着让瑷姐儿进宫，最后却被姝姐儿取代，老夫人也不会明面上表现出来。

瑷姐儿是孙女，姝姐儿亦是。老夫人就算偏爱瑷姐儿，也不会给已经封了淑妃的姝姐儿难堪！

家族以后还要靠着薛淑妃娘娘呢！

那么，瑷姐儿的圣旨，是让老夫人冷脸的缘故！

薛东蓉已道："大约是亏待了瑷姐儿！娘，您可别再去派人打听。瑷姐儿的事，跟咱们母女吃饭穿衣挨不着，迟早会知道的，您可别惹恼了祖母。姝姐儿封妃，五房要热闹一阵子了，您别在这个时候给祖母添不快。"

想起五夫人的表情，和后来薛东琳的哭声，二夫人忍不住扑哧一声笑。

老夫人留下东瑷，说了半个时辰的话，东瑷复又扶着橘红的手，由小丫鬟替她们打伞，主仆二人踩在厚厚蓬松的积雪上，一路上浅浅脚印逶迤，回了拾翠馆。

蔷薇打着油布雨伞，焦急不安等在院门口。

瞧着东瑷和橘红来，她把手里雨伞交给旁边的小丫鬟，冒雪搀扶着东瑷，急急问道："小姐，皇上给您赐婚盛家嫡长子吗？"

这件事并不需要隐瞒，所以世子夫人并不是刻意不说。两份圣旨传下来，是薛府后宅的大事，众人自然纷纷打听。

不过半个时辰，已经传遍了。

蔷薇听到是情理之中。

东瑷没有太多喜悲，淡淡道："回屋说吧，这里风寒路滑的。"

蔷薇应是，和橘红左右搀扶东瑷，回了拾翠馆。

褪了木屐，换下绫袄，小丫鬟端了滚滚热茶来，东瑷坐在临窗大炕上喝茶。一杯热茶下肚，才感觉四肢百骸里流窜着暖意，她长长舒了口气。

"蔷薇，你能不能想法子，打听打听盛家的事？"东瑷不见消极，只是眉头微拧问蔷薇，"祖母说，盛家世子爷二十九岁，鳏居五年，有一个十一岁的嫡长子，一个十岁的庶女，一个五岁的庶子，三房妾室……"

橘红听着，脸色越来越难看，东瑷话音未落她就失声道："小姐，您可是侯府千金，怎么就得罪了皇上，把您赐给这样的人！这样的人家，任凭他是泼天显赫，也太委屈您了……"

说罢，她声音哽咽起来，眼角溢满了泪光，却不敢落下。

蔷薇却好似有些心理准备，比起橘红的失态，她镇定很多。

盛家的事刚刚她就打听了一二，小姐知道的这些，她也已经知晓。她忙给橘红递了帕子，柔声道："好姐姐，您别伤心，小姐也不自在呢，您别招惹小姐难受。"

橘红跟蔷薇一样，都是从老夫人屋里来到东瑷屋里的，俩人都是拿着老夫人屋里的月例。拾翠馆其他丫鬟婆子因为她们是从荣德阁出来的，都敬着她们。她二人之间却因为先来后到，橘红资历深，蔷薇处处捧着橘红。

这让东瑷对蔷薇越发满意。

橘红听了蔷薇的话，忙不迭抹了泪，再也不敢哭，勉强笑道："我就是心里替咱们小姐不值得。你才来，不知道，咱们小姐多不容易，好容易有今天，圣旨一赐婚，又什么都没有了！"

"谁说什么都没有？"东瑷接了橘红的话，笑道，"皇上不是御赐了郡主？"

橘红很难受，东瑷却没有太多的伤感。

当时皇上御赐了郡主，她最担心的结果是远嫁，扬华夏国威。

知道自己要嫁一个儿女齐全、丧妻多年、妾室三房的男人，她还有点侥幸。

人就是这样，什么都有的时候想着锦上添花，挑三拣四。可感觉未来一片黑暗时，旁人送一点微弱的炭火都会似暖春骄阳般欢喜。

东瑷便是这样。这些日子，她日夜思虑皇上封自己郡主的后招是什么，什么样的情景她都设想过。

比起远嫁或者和亲，嫁给一个一事无成、儿女成双的二十九岁男人，她感觉并不是太坏。至少她不用远离京都，去一个完全陌生的地方，重新适应那里的风俗，努力兢兢业业把日子过好。

盛京的人情世俗，她游刃有余。嫁到盛家，她并不灰心。

当初自己醒来，知道到了陌生的世界，陌生的镇显侯府，处心积虑的继母，毫无尊卑的丫鬟，冷漠疏离的祖母和姐妹，那时的慌乱与狼狈，才是她最危急的时刻。

不也是一步步熬过来了吗？

比起五年前，她如今有了老夫人和老侯爷的疼爱，有了对这个世界主流思想的认知，有了几个忠心贴心的丫鬟，还有一个郡主的虚名。

倘若她以后的处境还比五年前差，她也是白活了两世！

能留在盛京，她后背靠着镇显侯府，日子不会太难过。

这样安慰着自己，东瑷情绪没有太多失落。

每一次看似失意的遭遇，往往是上天给每个人的一场考验，消极于事无补。积极面对，才能赢得这场考验，最后发现，这其实并不是坏事，是老天爷设在光明大道上的一道坎，跨过去，才会找到真正的美好。

蔷薇和橘红见东瑷微愣了一瞬，斜长眸子微转，眼角便有云锦般的绚丽光泽淡淡流转。

她笑着："橘红，我们并不是什么都没有！塞翁失马焉知非福？也许这是一个更好未来的开始呢。"

然后对蔷薇道："刚刚我说的，是祖母告诉我的。你再去打听一些关于盛家世子的事。"

蔷薇道是。

橘红抹了泪，声音依旧有些湿漉漉的哽咽："蔷薇，你且小心些，别叫人瞧出破绽。"

蔷薇笑了，忙道："我记下了，橘红姐姐。"

东瑗没有再多叮嘱。从蔷薇几次打听消息来看，东瑗对她办事很放心。

正月初九的镇显侯府，注定是几家欢喜几家愁。

东瑗回去之后，荣德阁的老侯爷和老夫人开始商议何时嫁东瑗。

薛东姝五月初一进宫，作为嫡姐的薛东瑗，必须在五月初一之前出嫁。自古就没有姐姐给妹妹让道的道理，皇家让薛东姝拖到五月进宫，就是给他们时间解决五姑娘的大事和商议九姑娘东瑗的婚事。

"先把蓉姐儿的事定了……"薛老侯爷有些头疼。

虽早已猜到皇上和太后的心思，也有了心理准备，可是瞧着瑗姐儿那稚嫩似三月桃蕊般的脸颊带着几缕茫然，老侯爷又开始心疼。

家里的孙女，他没有特别偏爱谁，唯独薛东瑗在人前沉静，人后又俏皮可爱，让老侯爷很喜欢。

和老夫人一样，一家子孙女里，他们都偏爱东瑗几分，希望她嫁一个如意的人家。

可往往天不遂人愿，东瑗的婚事是他们最不看好的。

当初想着和盛家结亲，老侯爷是打算从旁枝里选一个嫡女，让老夫人想个法子，养在死去的韩氏名下，嫁到盛家的。

可哪里想到，他自己设的圈套，把他最心爱的孙女套了进去！

"袁夫人的娘家陈家如何？"老夫人沉吟须臾，对老侯爷道，"陈家发家虽草莽些，却是真正的富足。蓉姐儿既然不满意家族替她选的前程，我也不管她了。倘若她还不愿意陈家，就送她去庙里，先把瑗姐儿和姝姐儿的事办了，再接她回来。以后她要如何，让她和冯氏自己谋算去！"

说到最后，语气透出几分失望。

老侯爷却是一头雾水，问怎么回事。

老夫人叹气道："腊月十八进宫，她是自己服了药的，才腹泻不止。她以为能瞒得了我？"语气很失望，"我真心为她，她却以为我害她，连腹泻都试了，我真是寒了心！既这样，让她自己去闹腾吧。陈家的事她若是还不愿意，以后嫁谁我都不管，只要她愿意！"

老侯爷听了薛东蓉进宫那日生病的前因后果，眼眸微沉，道："该查查蓉姐儿身边，谁这样刁钻！蓉姐儿瞧着挺好的孩子，哪里想得出如此古怪的法子？进宫也不愿？"

很是不解的样子。

老夫人同样不解，却叹气道："侯爷，您越发慈悲了！从前内宅之事，您半句不问，如今倒要操心儿女们。不好查的，二房原本男人没有倚仗，平白查她们房头的事，叫家里的下人知晓，以为我猜忌二房，那些逢高踩低的，只怕从此刻薄她们母女，她们的日子就更加难过了！"

老夫人希望每一房都过得红火，家族才能鼎盛，所以从来不刻意打压哪一房。但是哪一房稍微弱势，她就抬举几分，让内宅各房头平衡。

当初把二房的薛东婷养在身边，便是这个缘故。

老侯爷微微颔首，很赞同老夫人的话，心里还是对薛东蓉的事惋惜不已。薛东蓉自幼有贤名，她过目不忘的本领，更是令人赞绝。

比起薛东蓉，十一姑娘薛东姝好似没什么长处，偏偏就是她进宫！

家族送女儿进宫，是为了家族固宠，维持家族的兴旺。

十一姑娘薛东姝长得美丽端庄，只是才情略疏，不知道圣恩能不能长久。

老侯爷有些担心。

老夫人安慰他："才情卓越能怎样？当初的班婕妤才情如何，不还是若秋后团扇？姝姐儿旁的不说，愿意低声下气，居于人下不急躁不自卑，就比蓉姐儿那份清傲强百倍。侯爷，咱们家的姑娘进宫是为妃，非为后，皇后、皇贵妃、贵妃都压在她们头上，傲气不是长久之计。我如今觉得，咱们家姑娘里，适合进宫的，并不是蓉姐儿，而是瑷姐儿和姝姐儿。姝姐儿心气不及瑷姐儿，却比蓉姐儿强！"

说着，老夫人就想起了东瑷和东姝的不同。

说起沉稳，五房这两位姑娘不相上下。

可当年东瑷提到房里人不规矩，一句话都没有牵扯杨氏；而东姝提起薛东婉的死，直接把杨氏拉下马。

她们不同的是，东瑷会尽量把自己的劣势降为最小，而十一姑娘东姝太急切，想要一斧头砍倒合抱的大树！

东瑷知道杨氏是五房嫡母，薛府和杨氏的娘家结亲是为了家族的联姻，不到逼不得已，杨氏五房主母地位不可能动摇。

明知撼不动她，东瑷就不去碰她，只是寻找更加高的枝栖息，她在老夫人面前走动，寻求更加强大的保护，却不去得罪杨氏。

那么小的年纪，就能把一件事做到如此的妥帖，老夫人很爱她这点。

而薛东姝呢，十姑娘死了，倘若她有薛东瑷的聪慧，十姑娘临终前那些话，她应该对老夫人一个人说，而不应该在世子夫人面前提半句。她跟世子夫人提，无非是想着把这件事闹大，换取最大的利益。可是她不明白，虽然世子夫人当家，却到底是妯娌，处置杨氏最终还要靠老夫人。

把这件事捅开，杨氏记恨薛东姝，对她这个尚未出阁的姑娘家有什么好处？

老夫人理解五房的姑娘们对杨氏的恨意，却只赞同东瑷的做法：避开她。杨氏是个泥瓷器，硬碰反而自己吃亏。

就这件事，足见东姝急功近利。

她太想扳倒杨氏，却不知道，单单薛东婉这个庶女没凭没证的投缳自缢，薛家是不会把杨氏如何的！

"可怜我的瑷姐儿，平白无故受这等委屈！"想着家里的姑娘们，老夫人就越发觉得薛东瑷的好，比当年的四姑娘薛东婷还要对老夫人的脾气。

偏偏她的事，老夫人做不得主！

想到这些，老夫人的心揪起来地疼，好多年没有这样憋屈、窝心！

太后娘娘凭什么就一口断定瑷姐儿是个佞妃妖姬，不准她进宫？因为皇帝总想着她？

过度恩宠的后果会如何，瑷姐儿那么聪慧的人最清楚，她是不会让太后担心的事发生的。

可太后连机会都不愿意给瑷姐儿。

"侯爷，您说，太后娘娘是不是还记着当年韩氏的那件事，所以那样恨瑷姐儿？"老夫人倏然又想起这桩子事，问老侯爷。

说到底，她依旧对赐婚盛家嫡长子不满意，心里缓不过气来。

封了她的瑷姐儿为郡主，的确不用给盛家嫡长子原配的灵位跪下磕头，皇家在竭力给薛家体面。可那个盛修颐年纪二十八九，没有任何功绩，靠着盛贵妃娘娘的恩宠，封了五品刑部郎中，算是最没有出息的！

京都这些年，亦没有听说过他有什么风流事迹。

高门望族的贵公子，既不建功立业，亦不风流恣意，平淡得谁都记不起他，算什么男子汉？瑷姐儿跟了他，委屈一辈子的！

老侯爷听到老夫人提当年的韩氏，咳了咳："当年的事，都过去这么久！再说，跟瑷姐儿有何关系？"

有些口是心非。

老夫人叹气，亦不再深入谈下去。

"当年韩氏"，这个话题太忌讳了。哪怕隔了十几年，还是不敢光明正大谈论。

没过几日，京都上下都知道薛家十一姑娘封了淑妃，五月初一进宫；薛家九姑娘封了郡主，嫁盛昌侯嫡长子盛修颐，择日完婚。

薛、盛两家结亲，在盛京平静的湖面投下巨石，激起千层浪，一时间盛京上下都议论纷纷。

薛家和盛家怎么能结亲？他们两族不应该是天成的仇敌吗？

流言纷纷，总抵挡不住光阴似箭。

正月十五，皇上封萧太傅的第七女萧舞倾为舞倾县主，赐婚盛家三子、御前行走盛修沐。

薛老夫人听了，忍不住笑起来："这下好了，盛家热闹极了。有了萧家七小姐，咱们家瑷姐儿日子只怕不会太难过。"

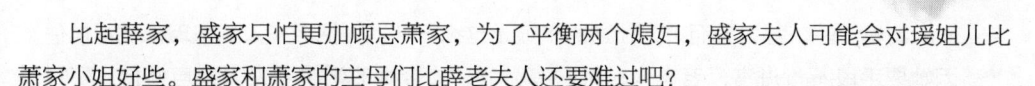

比起薛家，盛家只怕更加顾忌萧家，为了平衡两个媳妇，盛家夫人可能会对瑷姐儿比萧家小姐好些。盛家和萧家的主母们比薛老夫人还要难过吧？

看到旁人亦过得不好，老夫人心情才松了几分。

"这回，咱们三族才算真正牵扯不清了！"薛老侯爷对最后的结局，哭笑不得。

可是他不知道，他瞧着很可笑、很混乱的局面，只是一个开始，往后还有更加乱的牵扯！

而更乱的始端，起源于薛府五姑娘薛东蓉。

正月一过，盛家正式请了媒人同薛家提亲。

因圣旨在前，薛老侯爷十二分不愿，却也叮嘱家里人，打起精神应付盛家。毕竟将来瑷姐儿要到盛家过日子。倘若现在给盛家不快，迟迟早早要回报在瑷姐儿身上，孩子跟着受累。既然无法抗旨不遵，就放下怨气，和和气气把这段姻缘结好。

盛家亦没有托大，对薛府和薛东瑷给予了尊重与敬意，薛老侯爷心里才好受些。

东瑷的生活却没有太多变化。

她除了每日去老夫人处晨昏定省，就待在拾翠馆练字、做针线，偶尔去世子夫人的元丰阁走动，时常也碰到去元丰阁的十一妹薛东姝。

姐妹三人一处玩笑半日，又各自回了屋；偶尔也去五夫人的锦禄阁请安，五夫人比从前还要刻薄冷淡，并不顾忌她的郡主身份而对她礼遇三分。

有时碰到她的父亲薛子明。同往常一样，薛子明冷漠得叫东瑷寒心。

二月中旬，东瑷的亲事定了下来，确定了四月二十的好日子。

薛东蓉跟东瑷姐妹不是一个房头的，她的婚事虽然着急，却不用为了先出阁而抢在东瑷和东姝前头。

老夫人下定决心把她嫁到建昭侯夫人的娘家陈家。

二月十八，陈家的媒人正式提亲。

老夫人把这件事告诉了二夫人，亦把陈家公子的事说给二夫人听："……今年十五岁，比蓉姐儿虚岁小三岁。女大三抱金砖，陈家很满意。陈公子如今在国子监读书，很是聪颖，将来金榜题名不在话下。"

陈家是出了名的富足，陈公子又是青年才俊，二夫人也很满意，笑容满面说请爹娘为蓉姐儿做主。

这件喜事很快就在薛府内宅传开。

薛东蓉亦在陈家提亲的次日知晓此事。

二月十九那日，东瑷醒得早，依旧来老夫人的荣德阁吃早饭。

老侯爷上朝去了，东次间只有东瑷和老夫人默默吃饭。

外间的宝巾说五小姐来了。

毡帘撩起，只见薛东蓉穿戴簇新进来，并未跟二夫人和薛东姝一起，东瑷微微吃惊。

她进了东次间，扑通给老夫人跪下："祖母，我不嫁陈家！"

一大清早，薛东蓉只身而来，扑通跪下就是这么一句话，把老夫人和东瑷都搞得愣住。

因她耍手段不肯进宫，老夫人对她已有微词，如今她的婚事老夫人亲自操持，不过是念在二老爷去世多年，二夫人沈氏又是个老实本分的，不能主张薛东蓉的事。

偏偏这位不识好歹，一再反驳老夫人的好意。

老夫人真心为她，她却三番两次这般，叫老夫人心中不虞加重，顿时将镶金头的象牙箸搁在炕几上，沉声道："好好的，是怎么个缘故？你起来说话。"

立在一旁的詹妈妈忙扶薛东蓉，东瑷也下炕帮着搀扶起来。

见薛东蓉一脸倔犟，老夫人越发不快，语气不免生硬了几分："你娘呢？清早晨的，这是闹什么？"

"这全是我的主意，我娘还不知晓。"薛东蓉垂首顺目，声音却很坚定，"祖母，我不嫁陈家。陈家那般人家，垫着脚跟想往上爬，不管朝廷什么变故，总是想着巧中取胜，掺和一脚，迟早会被抄家灭族！"

好好的富裕人家，她一大清早说人家迟早要被抄家灭族，老夫人心中不由冒火。

见老夫人脸色沉了下去，东瑷就忙打岔："五姐，你吃早饭了吗？要不先吃点东西……"

说罢，就给詹妈妈使眼色，让帮着把薛东蓉拉出去。

詹妈妈会意，也劝薛东蓉先出去，有什么等会儿再说。

薛东蓉推开东瑷和詹妈妈的手，拂了她们的好意，复又跪下，抱住老夫人的腿："祖母，萧太傅一直想同我们家结亲，您把我嫁给萧家五少爷吧！"

老夫人原先还只是微沉的脸，一瞬间阴霾冷峻，猛地推开她，站起身来，厉声呵斥道："你这个混账东西，说的什么胡话！平日里总是由着你，只当家法是儿戏？未出阁的姑娘家，干涉长辈的议亲，这是哪家的规矩？学的女诫、纲常，都丢到了哪里？"

老夫人一推，薛东蓉就跌坐在地上。詹妈妈忙不迭过去要扶起她。

东瑷就凑到老夫人身边，搀扶着老夫人："祖母，您别气坏了身子，五姐怕是一时糊涂了。"然后给薛东蓉使眼色："五姐，快给祖母赔不是！"

听到薛东蓉的话，东瑷跟詹妈妈一样大骇。

一向清傲淡漠的五姑娘大早晨来说不嫁陈家，拒绝老夫人替她看中的人家，不遵从"初嫁从亲"的纲常，东瑷就很惊愕；等她说出要嫁萧五公子，东瑷和詹妈妈一样失色。

前段日子叫蔷薇去打听盛家世子爷，蔷薇不仅仅打听出盛家世子爷的一些事，也连带打听出萧太傅想同薛家结亲，被薛老侯爷推到盛家去了的事。因为这个，萧太傅才把第七女萧舞倾请旨嫁给盛家三少爷，同盛家结亲。

可萧太傅依旧不死心，仍想从薛家为他的第五子聘娶一女。

这样，薛、盛、萧三族就真的彼此牵连了。

所以萧五公子是何种人，东瑷也是听说的：荒淫乖张，风流成性，又是辱妻杀妾，还

是个庶子！

这样的人，薛家要是嫁女儿过去，伤的是薛家的颜面！

薛东蓉既然提出要嫁萧五公子，定是知道他的种种，竟然不顾宗族颜面和利益，想着让薛家和萧家结亲，将来置薛家于险境。

老夫人如何不气？如何能依她？

老夫人被薛东蓉气得打战。听到东瑷叫她赔不是，她却无动于衷，老夫人怒不可遏："等我这个老太婆死了，再由着你作！如今我还活着，你就给我老老实实的！宝巾，叫了粗使的老妈子来，把五小姐给我绑到柴房关三日，好好想想你说了些什么没边没沿的话！"

东瑷就连忙跪下，哀求道："祖母，五姐平日里不是这等忤逆不孝之人，定是有个缘故！杀头还要给个诉冤的机会，您听五姐说说缘由吧！"

然后回头望着薛东蓉："五姐，你快给祖母说你知道错了，再也不犯糊涂！自古婚姻是父母之命媒妁之言，五姐难道忘了？"

薛东蓉丢开詹妈妈的手，挨着东瑷跪在老夫人手边，却犹豫了半晌才道："祖母，他是个好人！等十年，他一定能替孙女挣个一品诰命！"

毫无悔过之心，非常坚持。

老夫人气得只差背过气去，身子微晃。

东瑷就急忙起身，和詹妈妈搀扶着老夫人往炕上坐了。

老夫人阖眼微顿，神色冷峻又失望，好半晌对詹妈妈道："绑到柴房去，关三日再说！"

东瑷还要开口，老夫人猛然睁开眼，目光如炬盯着她："你再说情，就跟着她一块儿去住柴房！"

东瑷顿时不敢忤逆，只是轻轻帮老夫人后背顺气。

詹妈妈和宝巾也不敢再说什么，叫了粗使的婆子进来，把薛东蓉架出去。

薛东蓉不挣扎不叫屈，表情平缓任由粗壮的老妈子们架出去。

瞧着她这样，老夫人又是一阵好气，好半晌都顺不过来。

东瑷只得小心翼翼陪着。

詹妈妈就叫小丫鬟轻手轻脚把摆着早饭的炕几撤下去，换了新的炕几，奉了新沏的热茶。

老夫人对东瑷道："你先回去吧，祖母怪累的，要略微歇歇。"

东瑷不敢违抗，下炕给老夫人行礼："祖母，我先回去了。"

老夫人微微颔首。

等东瑷退出去，屋里只剩下宝巾和詹妈妈，老夫人重重叹气："掏心挖肺给她吃，她还嫌腥膻呢！老二和冯氏都不是那不知好歹的，怎么就生出了蓉姐儿？"

提起二爷，老夫人眼眸微湿。

她确实被气得不轻。

半盏茶的工夫，世子夫人、二夫人和十一姑娘薛东姝、三夫人、四夫人、五夫人和十二姑娘薛东琳纷纷来请安。

老夫人让宝巾和詹妈妈拦着，只叫了世子夫人和二夫人进来。

下午，薛府阖府都知晓五小姐薛东蓉被老夫人关在柴房，却不知道是怎么回事，一时间流言纷纷。

在柴房的薛东蓉解下一条早就缠在腰际的白绫，牢牢系在房梁上。她缓缓地把纤长的脖子伸进去，有抹淡然又坚毅的笑："我再来活一生，谁都别想替我做主！"

薛东蓉投缳自缢，不过半盏茶的工夫就被看守的老妈子和小丫鬟发现。几个下人唬得脸色大变，急忙解下来，一边给她灌下姜汤，一边瞒着老夫人的人，去告诉了世子夫人。

世子夫人慌忙带着荣妈妈和花忍来瞧。

薛东蓉已经救下，只是鬓丝凌乱，一张脸雪白似纸，两目无神地坐在地上。

世子夫人就呵斥看守的婆子："把五小姐架起来，地上这样冰，冻着小姐，你们有几个脑袋？"

那些婆子忙道是，急急要架起薛东蓉。

只见薛东蓉猛地挣扎，复又坐在地上，依旧一言不发。

世子夫人见她这样，微微叹气，蹲下身子，轻手理了理她的鬓角，低声道："蓉姐儿，你有什么苦衷，就算不能对祖母说，也不能对你母亲说吗？祖母问你母亲你到底怎么回事，你母亲一语都答不上来，哭得泪人一般，你于心何忍？"

薛东蓉神色微动，眼眶不禁溢满了泪珠。

终于能听得进话，世子夫人松了口气，亲自搀扶她："来，听大伯母的话，起来！你是贵胄千金，娇柔的身子，坐在这冰凉的地上，回头命都要被冰掉了。傻孩子，你要是活不成，你母亲只怕要活活哭死了。"

薛东蓉缓慢转头，看了眼世子夫人，那毫无神采的眼眸终于动容三分。她攀着世子夫人的手要起来。

一旁的荣妈妈和花忍就忙上前，搀扶起世子夫人和薛东蓉。

世子夫人替薛东蓉轻轻拍了身上的灰，又替她整理了衣衫，对一旁看守的婆子们道："送五小姐回和宁阁。"

那领头的婆子微愣，有些胆怯道："夫人，老夫人那里……"

"老夫人那里有我！"世子夫人笑了笑，"你们都宽心，今日的事全在我身上，保管不连累你们。快送了五小姐回去，让银杏、银叶好好伺候着，再有什么长短，全是身边服侍人的不是，我不轻饶的！"

那领头的婆子屈膝道是。

世子夫人又叫身边的大丫鬟花忍帮着，一起送回和宁阁。

花忍道是，和一个身强体壮的婆子左右架着薛东蓉，往和宁阁去。

世子夫人就带着荣妈妈，去了荣德阁，把薛东蓉投缳自缢的事说给了老夫人听。

老夫人气得顿时把手里的茶盏顿在桌上,茶盏盖跳起来,从炕几上蹦落,摔得粉碎!

"娘,媳妇做主,让她回了和宁阁。"世子夫人不顾那杯盖,只是尽力赔着笑脸,"蓉姐儿倔犟,像极了二爷……"

提起二爷,不过是希望老夫人想起早逝的儿子,心中对薛东蓉更加宽容几分。

"……若还是关在柴房,不晓得要闹出什么事。咱们家去年把十姑娘送到庙里,再把五姑娘送去,旁人还不知会如何议论呢。您别跟小孩子计较,只当多疼爱蓉姐儿些吧。"世子夫人一边瞧着老夫人的神色,一边字斟句酌慢慢说道。

一席话,说得老夫人满心的愤怒被理智压了下去。

薛府已经殁了一位姑娘,不能再有姑娘殁。世上没有不通风的墙,倘若传了出去,薛府百年声誉怕是保不住,外面那些人不知道会如何诬陷薛府。

连累着他们家其他姑娘,也连累老侯爷。

"罢了,罢了!"老夫人深深吸了一口气,"我这把老骨头还能活几年?由着她们折腾去吧,还能折腾出花儿来?"

然后又道:"你跟袁夫人说,让陈家别拖拖延延的,快点把日子定了。只说咱们府里要在淑妃娘娘进宫之前,把淑妃娘娘的姐姐们都嫁出去,以免乱了长幼秩序。由不得她不愿,赶紧嫁了,也算咱们对得起她们孤儿寡母的!"

世子夫人连连道是。

"多给她一百亩良田做陪嫁。"老夫人想了想,又补充道。

世子夫人听着这话,忙面露笑容:"是,媳妇叫人去办,定会风风光光嫁蓉姐儿,不叫二房委屈着。娘,您歇会儿吧,媳妇去和宁阁瞧瞧。"

老夫人微微点头,世子夫人便退了出去。

世子夫人从荣德阁出来,就去了和宁阁。

大小丫鬟、婆子们都站在外间,内室里只有二夫人冯氏。五小姐薛东蓉换了干净衣裳,净面散发,裹着湖色绣骄阳东升纹的被褥,侧身对床里面躺着,不理人。

二夫人冯氏不停用帕子抹泪,小声啼哭。

世子夫人见薛东蓉没有再闹,就安慰了几句,叫了二夫人出来,去起居宴息的东次间说话。

她把老夫人的话,都转告了二夫人:"这些日子,你要看好了蓉姐儿,别由着她胡来!娘虽然生气,还是想着她的,否则也不会叫我添了一百亩良田给她做陪嫁!"

二夫人不由又哭了起来,呜呜点头,说她知道了,又哽咽着道:"我晚些再去给娘磕头。"

"你顾好蓉姐儿,娘就安心了。"世子夫人笑道,"磕头还是免了,等蓉姐儿彻底好了些,再带着她给娘赔罪去吧!"

二夫人道是。

世子夫人又叮嘱了几句,就起身告辞。二夫人亲自送她到门口。

回到内室又坐了坐，薛东蓉终于翻身，声音嘶哑对二夫人道："娘，您别伤心。女儿做这些事，好似被什么恶鬼缠了身，都不是自愿的，心里糊里糊涂的。"

她是说，她不是自愿去拒婚，而是被厉鬼缠上。

二夫人一听这话，脸色骤变，顿时放声哭起来："蓉姐儿，你现在好些了吗？我到底是得罪了哪路神仙，让你受了这样的磨难！"

"娘，您去请惠真师太来瞧瞧我吧……"薛东蓉两行泪落下，似梨花带雨般娇柔。

惠真师太，是惠泉庵的住持师太，去灾免难很灵验，老夫人很信她，时常叫她到府上坐坐，陪着念经诵佛，每年都要给上百两银子的香油钱。

二夫人急忙抹了泪，让冯妈妈去告诉世子夫人，让世子夫人派人去请。

薛东蓉又道："娘，您去歇歇，让银杏进来陪着我。"

二夫人早上起来到现在，滴水未进。

丫鬟们劝着二夫人下去歇息。二夫人哪里歇得了？只是挨不过她们，跟着丫鬟们出去了。

银杏便在薛东蓉床前伺候着。

见帘外没了脚步声，银杏悄声问薛东蓉："小姐，这样行不行？我心里怕得紧。"

"不用怕！"薛东蓉平静转过身子，眼眸深邃对银杏道，"咱们已经做了这么多戏，成败就在最后这一步，你千万要小心，别办砸了！咱们的将来，咱们自己做主。你快去，让人把消息传透。银子不够的话，我再拿些头面给你！"

"银子够了！"银杏低声道，"旺儿说二十两银子，能办得妥帖！那我先去了。您还要狠些心，夫人只怕还要哭几回……"

薛东蓉眼眸这才一黯，轻轻叹气，道："你叫银叶进来陪我，你快去办！"

银杏颔首，转身出了内室。

银杏出去后，片刻又回来，低声跟薛东蓉耳语。

薛东蓉听了，淡淡颔首，然后说困了，叫银叶放下帷帐，她要睡会儿。

银叶忙道是，替她放下牡丹呈祥纹幔帐，服侍她睡好。又怕她做傻事，依旧和银杏守在帐外。

幔帐里昏暗幽静，有股子淡淡茉莉花香，是被子里散发出来的。被熏香熏过的被子，气味淡雅，薛东蓉很喜欢。

她并无睡意，睁着一双清湛若秋水般的明眸，静静望着帐顶。打开了记忆的缺口，思绪便如潮水般，铺天盖地而来。

她是活了两世的人。

可是这辈子和前世，发生了很多的变化。

上辈子，封了正三品淑妃、五月初一进宫的那个人，是她薛氏东蓉，并不是薛东姝。

前世的时候，十姑娘薛东婉没有死，十一姑娘就是五房名不见经传的庶女。薛东蓉进宫后，再也没有听说过她，也不知她后来嫁给谁，更加不知她是怎样的结果。

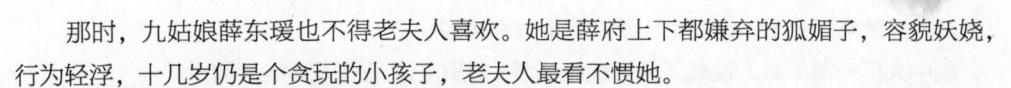

那时，九姑娘薛东瑷也不得老夫人喜欢。她是薛府上下都嫌弃的狐媚子，容貌妖娆，行为轻浮，十几岁仍是个贪玩的小孩子，老夫人最看不惯她。

今年三月十九，是薛老侯爷六十六岁大寿。

前世的时候，萧家亦来贺寿，派来的是萧五公子，那个名声极差的庶子。在薛家寿宴上，他吃了酒有些醉意，就下席到处闲逛，结果遇到了偷偷跑出垂花门玩闹的薛东瑷。

他迷恋她的容貌，要求娶她，还拿了薛东瑷从小戴在身上的一块玉佩。

萧五公子拿了薛东瑷的玉佩，薛家一千个一万个不想结这门亲事，也只得咬牙认下。

老夫人气薛东瑷不守礼教，偷偷跑出内院，又把随身玉佩丢失，就对她冷了心，由五老爷薛子明做主，将薛东瑷嫁给萧家五公子为继室。

阖府都替薛东瑷惋惜，她好好的嫡女，嫁给庶子不说，还是这么腌臜的东西！

薛东蓉也惋惜。

自从知道家族有个女儿要进宫固宠，薛东蓉就很觊觎这个机会。她放眼薛府上下，嫡女庶女渐渐嫁出去，最后快要去元昌四年的时候，待嫁姑娘中，只有嫡女九姑娘薛东瑷和十二姑娘薛东琳。

薛东琳亦是美的，可她年纪小，元昌四年才满十三岁。

而九姑娘薛东瑷不仅仅在元昌四年正月里满了十五岁，且容貌妩媚，身姿婀娜，天成的娇媚是薛东蓉这等杏眼圆脸的标准美人学不来的。薛东蓉一直把九姑娘视为竞争者。

可等她成功封了淑妃，而这个竞争者却要嫁给臭名远播的萧五公子，薛东蓉是替她遗憾的。

很凑巧，前世薛东瑷出阁的日子，也是元昌四年四月二十，跟今生她定下出阁的日子一样。只是那时不是嫁盛家世子，而是嫁萧五公子为继室。

三日后回门，薛东蓉终于见到了这位闻名已久的萧五公子。

他叫萧宣钦，眉目深邃，眼波似浓墨，青丝若墨绸；身量颀长结实，举止文雅谦和，翩翩风度，是个极佳的俊公子。

丝毫没有外界传说的那般不堪，亦没有薛东蓉想象中风流公子的颓靡与猥琐。

久居内宅的女眷们，第一次见到如此英俊的男子，将薛家少爷们统统比了下去，个个心中暗赞。他和薛东瑷站在一处，宛如上天下降的一对仙童仙女，相得益彰的华丽俊美，令人挪不开眼。

薛东蓉记得自己当时低下头，脸上一阵阵的火烧火燎。

她的心不由自主剧烈起伏。

老侯爷问他话，他回答恭敬，言辞爽利，连薛老侯爷都禁不住点头称赞，特意留了他们夫妻在荣德阁吃饭。

而后，萧太傅和萧皇后纷纷离世，萧家渐渐退出了朝堂，不为世人所知。

八年后，西南的南止国犯境，朝廷损失两员大将，无人可以挂帅。时任太傅的权臣向皇上推荐了萧家五公子，请皇上让萧宣钦出战南止国。

朝中大臣一律反对，说萧五公子纨绔不堪，让其领兵是滑天下之大稽！

太傅便让萧五公子上金銮殿，与众臣辩驳。

萧五公子模样英俊不凡，器宇轩昂，顿时就有一部分朝臣对他改观；而后他口若悬河，兵法熟稔，元昌帝大喜，封了他西南大将军，令其挂帅出征西南。

才三个月，就初战告捷，而后一路势如破竹，把南止国赶回了老巢。不过半年，便结束了这场浩战。

皇帝大喜，封了他西南侯，又任他为兵部尚书。

萧五公子知晓皇帝和朝臣仍对他父亲忌讳，怕他成为第二个萧太傅，于是推辞了兵部尚书的官职，交出兵权，只领了一个有名无权的西南侯。

皇上就更加喜欢他，封妻荫子，他的妻子封了一品诰命夫人。

薛氏东瑷得了一品诰命，便可以进宫谢恩。

薛东蓉时隔八年，才再次见到自己的九妹。

与薛东蓉的沉稳老练不同，九姑娘薛东瑷肌肤瓷白，笑容温和，一脸的甜蜜与幸福。她眉宇间洋溢着欢乐与娴雅，比起在娘家时还漂亮了三分，美艳不可方物。

而比她只大三岁的薛东蓉，却看上去比她苍老十岁。

姐妹俩一处说话，薛东瑷依旧有些孩子气，不太懂规矩，把已经贵为皇贵妃的薛东蓉当成年幼时的姐妹，跟她很亲热说体己话，羞赧道："五爷对我极好。五姐姐，我有三个孩子，一个女儿，两个儿子……"

说话一派直爽，跟薛东蓉拉家常。

言辞间的欢乐，眼眸里的神采，是一个家庭幸福美满女人才有的妩媚；举止间的单纯，一看就是被人保护得极好，不受尘世的渲染，简单天真。

薛东蓉深深震撼。那个令自己心动过的男人，的确是值得托付的，看着九妹这般幸福，薛东蓉才惊觉自己走错了路。

她从争进宫这个机会开始，就错失了幸福。

她重生再来，心中记挂的，依旧是那个英俊不凡、才华出众的萧五公子，哪怕舆论把他传得面目全非。

皇上把薛东瑷赐婚盛家世子爷，东蓉心中便坚定了这个念头：前世薛府为了薛东瑷嫁萧五公子忍受世人的耻笑，今生就为了她再忍受一次吧。

既然薛东瑷错过了，她要抓住这个机会！

什么荣华富贵，她再也不要，只求嫁给那个男人，一生岁月静好。

当年薛东瑷是因为腹泻避开进宫，今生她也是因为腹泻错失，她相信，她真的占了前世薛东瑷的路。

那么，她就要一路走下去，不管忍受多少的责骂，她都要坚持。

她要薛东瑷身上的那种幸福！

酉正一刻，世子夫人派人请了惠真师太来。

惠真师太看了薛东蓉，"哎哟"一声叹，说她被薛府西南角一株芙蓉花树的花神缠住了心，在薛东蓉的床前念了半天符咒，拿了些符给她，让她每日早晚用水服下。惠真师太回去念经做法，保管她三日妖魔尽除。

二夫人连念阿弥陀佛，许诺明日叫人送二十两香油钱去，千叮咛万嘱咐，让惠真师太一定要万分仔细帮薛东蓉送了花神。

惠真师太眼眸微转，连连道："贫尼定会尽心的，二夫人放心吧。"

送走惠真师太，二夫人要亲自服侍薛东蓉喝下符水，薛东蓉虚弱微笑："娘，您为了女儿伤心忧愁，再让您亲自服侍女儿，女儿哪里承受得起？再好的药，只怕都要折杀了！回头银杏服侍我就好……"

二夫人一愣，忙将手里的符放下，让银杏等会儿仔细服侍薛东蓉服下。她又是一回心酸，拉着薛东蓉的手道："你可要快些好起来，娘的心都揉碎了，万一你有个好歹，娘也活不成！"

说罢，泪珠又溢满了眼眶。

薛东蓉不禁眼眶微湿，低声喊着娘。

银杏、银叶劝慰着，二夫人才收起伤心。

"娘，女儿已经没事。您早些去歇了，明早起来，女儿就能起身给您请安了！"薛东蓉拭干了泪珠，冲二夫人笑道，神色恢复了几分明媚娇妩。

二夫人今日的确累了，见薛东蓉已经清醒，惠真师太又给了符，就放下心，由丫鬟松霞搀扶着去休息。

银杏烧了符，搁在海碗里化水给薛东蓉喝。

薛东蓉微微眨眼。

银杏了然，对一旁的银叶道："你去吩咐一声，让厨房做些精致好克化的粥来和小菜来，小姐一整日未进食了。"

银叶听到薛东蓉要吃东西，忙欢喜去了。

银杏就端起那符水，自己咕噜咕噜喝了下去。

薛东蓉惊愕："你……你倒了就是，怎么你喝了？"

银杏喝得有些急，被符水呛了呛，半晌才用袖口拭了唇瓣的水渍，笑道："不碍事的小姐，我瞧着冯妈妈有个头疼脑热，都是喝一剂符水，您看她身子骨多健朗，这个又不是毒药。倒了总归不好，不慎被二夫人知道，又是一场伤心。"

薛东蓉眼眸微润，感激道："银杏，我将来自不会亏待你。"

银杏把碗放下，笑着帮薛东蓉掖了掖被角，道："我难道图小姐报答？我跟二夫人的心一样，小姐万事顺意，我就算死了也值。"

薛东蓉伸出皓腕，紧紧握住银杏的手，眼中已经有泪，再也说不出旁的话。

自从惠真师太来过之后,薛东蓉第二天就好了起来。

只是伤了嗓子,说话时声音嘶哑,由二夫人陪同着,去给老夫人赔罪。

老夫人也乐得装糊涂,拉着薛东蓉的手,心疼道:"以后千万小心,黑了天就别去花园子里逛。春日万物复苏,总是容易撞上各路神仙……"

然后又对薛东瑷和薛东姝道:"你们姐妹也是,早晚走路切记小心。"

几人忙应是。

见她不再胡闹,众人都安心。

与陈家的亲事已经在加快脚步。听说已经放了小定,陈家递了陈公子的庚帖过书,只等薛府回帖,这门亲事就算彻底准了。

世子夫人又是一阵忙碌。既要帮薛东瑷准备嫁妆——薛东瑷的嫁妆,是老夫人亲自嘱咐媳妇们,交给世子夫人办,不要五夫人插手;又要给薛东蓉定亲——薛东蓉闹了一场,老夫人怕二夫人镇不住场面,让世子夫人亲自操办;又要准备薛老侯爷的六十六大寿。

原本很顺利,直到有一天老侯爷气势汹汹回来,朝服都没脱,就径直问老夫人:"蓉姐儿是不是投缳自缢了?"

老夫人错愕,都过去好几天了,怎么好好的回来就是这句话?

见老夫人惊讶,老侯爷知道所言不差,脸色更加冷峻:"我不仅知道蓉姐儿投缳,还知道她是要嫁萧家五公子才投缳的!"

"小孩子闹闹脾气,我已叫人看着她,早就没事了,现在也不闹了。哪个长舌的告诉了侯爷,惹得您这样气?"老夫人回神,笑容有些勉强。

"哪个长舌的?"薛老侯爷勃然大怒,"皇上告诉我的!"

一句皇上告诉的,让老夫人大惊,怎么皇上知道薛府内宅之事?

内宅的事连皇上都知晓,说明家里有叛徒,专门嚼舌根诋毁薛府,让老夫人极度气愤与不安。

她蹙眉望着老侯爷。

老侯爷愤愤然坐下,怒道:"整个盛京都知晓,薛府五小姐要嫁萧家五少爷。薛家老夫人不准,五小姐就投缳自缢,其心贞洁只为五少爷。萧太傅听闻了,就跟皇帝上了奏折,请皇上赐婚,说什么五小姐有情,萧家不能无义,居然请皇上做媒人,说合薛萧两府的亲事!"

老夫人又怒又气,情绪波动比老侯爷的还要大:"这……这事的缘由家里都无几人知晓,外面怎么就知道了?"

"你问我?"老侯爷更加恼怒,声音不自觉提高了几分,有些冲老夫人发火的味道,"你管着内宅,倒来问我?"

一句话问得老夫人脸色紫涨。

夫妻四十九年,老侯爷对她发火的次数屈指可数,如今为了这件事,居然冲她吼起来。

老夫人心里既气愤又难过,一时间脸色肃穆,忙下炕给老侯爷屈膝:"是妾身疏忽,请侯爷责罚。"

见老夫人跪下，老侯爷自悔言辞过重，声音轻柔了三分，道："起来吧，原不是你的过错！"

詹妈妈就连忙搀扶起老夫人。

老侯爷自知脾气过头了，可又忍不住。暴怒的情况下，多说多错，唯有沉默，把情绪压下去。

老夫人亦不言语。

内室里静得有些诡异。

"萧太傅一直想着和薛府结亲家。他扳不倒我，就想拉着我下水，盛文晖不也成了他的亲家？"好半天，薛老侯爷才道。情绪已经平复，声音恢复以往的宁静，"陈家的亲事咱们家还没有回帖，就说两个孩子八字不合，推了吧。咱们家不推，萧太傅也要搞出花样来，平白连累陈家作什么？也许明日圣旨就要下来……"

圣旨赐婚，薛老侯爷并不是自愿嫁孙女给萧太傅的庶子，是天命不可违。这样就避免了薛府被人耻笑，反而被人同情。可薛五姑娘这名声……

老夫人依旧沉默不言。

第二日，果然圣旨赐婚，将薛家五小姐薛氏东蓉赐婚萧宣钦。

东瑷在拾翠馆做鞋，老侯爷寿辰即将来临，她要送给老侯爷的寿鞋尚未做好，最近几日日夜赶工。

听到薛东蓉被赐婚萧宣钦，东瑷大吃一惊，问跟前服侍的蔷薇道："你去打听打听是怎么回事。"

蔷薇应声而去，大约半个时辰才回来。

"小姐，五小姐身边的银杏被打发到庄子里去了。"蔷薇跟东瑷道。

东瑷蹙眉，示意蔷薇说下去。

"咱们整日在家，不晓得外面的事，我听说满盛京都在传，说什么薛府五小姐钟情萧家五少爷，非君不嫁，老夫人不同意，五小姐就投缳自缢，其心贞洁。萧五公子就放出话，说薛府小姐对他有情，他就会对薛小姐有义，不会委屈她，于是请了圣旨赐婚……"蔷薇低声跟东瑷道。

东瑷惊愕不止，却暗赞萧五公子：听到这样的传闻，他没有大放厥词吹嘘自己的魅力，而是极力赞扬薛五小姐的深情，还请了圣旨赐婚，保存薛小姐的颜面。

一般遇到这种情况，女孩子会被说成不守妇道，可到了萧五公子口中，却成了情义烈女！

倘若这件事是萧五公子的意思，那么这个人，并不是那般不堪的。

东瑷的心这才好受一点。

可是她仍不明白。她来到这个世界快六年了，薛府跟萧国公府从未有过来往的，而五小姐终日大门不出二门不迈，她怎么知道萧五公子的？

这些念头在脑海里盘旋而过，她顿时明白前几日薛东蓉上吊的原因了。

原来薛东蓉并不是想死，而是想找个噱头把事情闹大！

东瑷不由捏了把汗，她真的好大胆！

倘若萧五公子没有把她说成情义烈女，而是把她传得轻薄不守规矩，不肯娶她，她就真的只有死路一条了。以后什么人家会要她啊？

"五姐是个怪人！"东瑷摇头道，又问蔷薇，"是银杏把这件事传出去的？"

自然是薛东蓉授意的，银杏去办的。

"不知道。"蔷薇道，"老夫人只是叫人把银杏送走，旁的什么没说。"然后想起什么，又道，"侯爷不愿意办五小姐的婚事，让萧家请礼部和钦天监共同操办，薛家不管了。"

东瑷听了，不免又是一番感叹。

她实在想不通这位堂姐到底要做什么。

不仅东瑷想不通，薛府上下都不明白五小姐意欲何为。

"老夫人还说，以后不准惠真师太到府上走动，也不准咱们家的夫人小姐们去惠泉庵。"蔷薇又道。

东瑷还是一头雾水。

而京都又是一番流言蜚语。

由于萧家很主动为这件事造舆论，京都贬低薛五小姐的言辞不多，大都是赞扬她的情义，明知萧五公子辱妻杀妾、身份庶出，还这样钟情于他，并不是个贪慕虚荣的女子，而是个铮铮铁骨的忠义之辈。

也有少数说薛五小姐不顾廉耻的。

说了大半个月，薛五小姐与萧宣钦的婚事终于定在元昌四年七月初一。

老侯爷和老夫人气得不轻，薛府也有些压抑。

第五章　寺庙幽会

光阴暗换，转眼间就是三月，原本应该是老侯爷的寿宴，世子夫人却通知众人，薛老侯爷的六十六岁大寿不准备操办了。

从去年腊月十姑娘薛东婉去世，到今年薛东瑷赐婚盛修颐，薛东蓉赐婚萧宣钦，薛府家宅一直不顺。薛老侯爷不想高调办寿宴了。

老夫人就对家里众女眷道："既然侯爷的寿宴不办了，三月十九那日，我们阖府去涌莲寺上香，为侯爷祈福吧！"

众人都恭敬肃穆道是。

出了荣德阁，一个个都掩饰不住地高兴。

盛京近郊有个涌莲郡，离京城大约五个时辰的路程，来回要一天，晚上需要在半道住宿一晚。涌莲郡有座山，奇峰险峻，修了山道，有座涌莲寺，香火极其旺盛，每年太后和皇后都要去祈福。

能进入涌莲寺的，非富即贵。

薛家女眷久居内宅，都想着出盛京看看。如今又是三月春暖时节，还是去著名的涌莲寺，谁不高兴？

连东瑷都禁不住开心。

三月初五，薛皇贵妃娘娘就叫内侍送了寿礼。

世子夫人进宫谢恩，把薛家不准备操办寿宴，只是去涌莲寺祈福的事情告诉了太后娘娘和薛皇贵妃。

正好那日下朝早，皇上也来太后的慈宁宫请安，听到了薛府要阖家去涌莲寺的事情。

三月初十，薛贵妃娘娘说做了个梦，甚是想念世子夫人，让世子夫人进宫去。

直到酉正，世子夫人才从宫里出来。

她从宫里回来后，就去跟老夫人请安。

正好东瑷在陪老夫人说笑，世子夫人的眼眸有些深邃在东瑷身上转了两转。

"贵妃娘娘没事吧？"老夫人笑着问世子夫人。

"没事。"世子夫人笑起来，"就是皇上一连在她宫里过了四天，太后娘娘有些不悦，当面暗示了她几句，她就吓住了。我陪着说说话儿，让她以后要多劝皇上雨露均沾，她的心就安定了。"然后又看了眼东瑷。

东瑷的心微提，世子夫人从未这样看她，她的眼神叫东瑷浑身不自在。

难道世子夫人进宫，贵妃娘娘说了她的事？

她还有四十天就出阁了，千万别再出变故！

三月十九那日，从寅时初开始，镇显侯府门口挂着大红灯笼，人影穿梭不绝。管事带着小厮们安排好出行的马车及用度。

世子爷亲自指挥着。

卯初时分，内宅的妇人们都华衣锦服，盛装过了穿堂，出了垂花门，过了三重仪门，才到大门口。

世子爷领着四老爷、五老爷、大爷薛华靖、二爷薛华浩、四爷薛华胜、五爷薛华瑞皆在门口送行。

穿着宝蓝色绣海屋添筹纹褙子、八宝奔月暗地织金纹福裙的老夫人，由九姑娘薛东瑷搀扶着出了仪门，世子爷就忙迎上来，从另一边搀扶着老夫人，笑道："娘，涌莲寺已经收拾好了厢房，这三天闭门三日，您带着她们尽可从容住上两日，今日靖哥儿和浩哥儿送你们，我和四弟、五弟后日去接您……"

老夫人听了，眉头微蹙道："佛门八方开，为了咱们家的祈福就关了山门，心再诚也不灵了！不用这样的。"

世子爷顿时目露踌躇，他们家去的可是女眷，不关山门怎么行？

老夫人又道："派两个得力的管事，在山门口跟来往香客说一声，咱们家女眷进香，男客不要进来。若非要进来的，让姑娘们先避避就好了……"

涌莲寺是皇家寺院，能出入的都是京都高门望族，达官显贵。同样的簪缨望大户，自然明白大户人家的男女大防。

派个人在山门口说一声，镇显侯府的女眷进香，那些男客谁不明白其中忌讳？谁会为了这点小事得罪镇显侯？

非要进去的，只怕也是薛府的通家之好人家的男子，让未出阁的姑娘们避开即可。

"我们明日一早就回。"老夫人又道。

世子爷不敢违逆，忙道是。

马车安排妥当，世子夫人亦来到老夫人跟前，要搀扶着老夫人上马车。

世子爷就趁机对她道："娘年纪大了，你和媳妇们要尽心服侍，别叫娘累着。"

世子夫人道是。

车轮子压过青石地面，八宝琉璃华盖马车垂着折羽流苏，在大爷薛华靖、二爷薛华浩的带领下，管事、小厮、护卫左右骑马簇拥着，十几辆马车浩浩荡荡出了薛府门前的西大街、出了勇关门，出了盛京。

东瑗、世子夫人、老夫人乘坐一辆马车。

马车宽敞，铺着狐裘毯子，柔软舒适；摆着精致的檀木小几，搁着美味茶点与香气馥郁的清茶。

东瑗素手白净纤柔，替老夫人和世子夫人斟茶。

老夫人就给东瑗和世子夫人说涌莲寺的来历："……有个山顶湖，湖水都是从山顶沁入，不染尘埃。竺可大师原本在那里游历，入夜在湖边打坐，湖中涌现金莲，佛祖给了大师四句箴言。竺可大师顿时参透尘事，能未卜先知，成了活佛。后来，就建了这座涌莲寺。香火日益鼎盛，当地人就把郡县改名涌莲郡，这座山也改名叫涌莲山。"

东瑗听得津津有味，笑道："原来是这么个缘故。我还以为是先有了涌莲郡，再有涌莲山，而后才有涌莲寺呢。"

老夫人笑起来。

世子夫人也笑："我跟瑗姐儿的见识一样。幸亏娘告诉，不然我的意思跟人一说，要被人笑话了！"

老夫人呵呵笑："不止是你们，很多人都是这样以为。前朝有个皇后一直无子，皇帝就请了法师替皇后求子。皇后吃了涌莲寺的一朵白莲，真的怀了龙种。后来人们就说，这座山是皇帝御赐的涌莲山。这样的传闻，真真辱没了好山好佛！"

"祖母，您是从哪本经书里看了，才知道真伪的？"东瑗笑着问。

老夫人就搂了她，笑道："我年少的时候最喜欢收集各种佛经故事，有本佛法孤本被我知晓了，央求我父亲花了黄金三百两买了来。这个来历就是那本孤本上的。如今这孤本，天下怕仅存一本了。"

世子夫人听了连连咂舌，花黄金三百两买一本书啊！

薛东瑗就嘻嘻笑："祖母，那您回头让我也瞧瞧，让我也长长见识。"

世子夫人就捏东瑗的脸："你要是弄坏了，就再也没有的！"

老夫人慷慨道："不过一本书，坏了就坏了。你若是喜欢，祖母让宝巾给你送去。"

东瑗连忙说多谢祖母，又笑道："您还有什么压箱底的好东西，一并给了我吧！"

惹得老夫人大笑，点她的额头："祖母压箱底的好东西，你搬到手软也搬不完！"

世子夫人也附和着笑："娘不能只偏袒瑗姐儿，也疼疼媳妇，也赏媳妇两件宝贝！"

老夫人又是笑又是无奈，车厢里一时间气氛欢愉，老夫人坐车也不觉得疲惫了。

惹得她老人家笑了一回，渐渐有些疲惫，就倚着引枕假寐。

到了涌莲山山脚，已经申初。

春日金色光线下，漫山葱绿树枝摇曳着绿波，细碎光芒把眼眸染得靡丽，薛家女眷下了马车，望着这险峻高山，巍峨挺拔，兴奋不已。

东瑗和世子夫人搀扶老夫人下了马车，管事们早已雇好脚夫，抬着藤架要抬夫人小姐们上山。

三夫人性子直爽，望着那藤架叫道："这个结实不结实啊？要是山上散了架，我岂不是要跌散了骨头。"

惹得众人一阵笑。

老夫人笑她："你怕散架，你走着上去。"

三夫人不依，搀着老夫人胳膊，嘻嘻笑道："娘都不怕，媳妇怕什么？再说，就算散架，也是四弟妹的先散。等四弟妹跌了，媳妇再走着上去。"

四夫人是薛家众女眷中最丰腴的。

众人哄然又笑。

四夫人佯装要打三夫人，又对老夫人撒娇般道："娘，您瞧瞧三嫂，哪里是做嫂子的！"

老夫人就一手挽着四夫人，一手拉着东瑗，笑道："不理她，这个人精泼猴，给了杆子就往上爬，咱们不理她，臊着她！"

众人又笑起来，三夫人更是乐不可支。

笑语盈盈，众位主子各自上了脚夫的藤架。早已铺了大红遍地金纹椅袱的藤架柔软舒适，脚夫稳稳当当，快步上了涌莲寺。

丫鬟、婆子们则跟在藤架一旁，护送着。

快到山门，一个小厮模样的人隐藏在大榕树下，看到薛府众人的身影，急忙折回了寺里。绕过寺院的重重院落，在西南角的一处小观前停下，敲开院门，另外有人给他开门。

他进了厢房，跪下磕头，低声道："主子，薛府的女眷们还有一刻钟就进山了。"

幽暗光线里，那人的表情模糊，声音平稳里透出威仪："去吧，告诉镇显侯世子夫人，朕在这里等着。一个时辰后朕要下山了，让她带了人快来。"

那个小厮模样的侍卫忙恭敬道是，转身又出了院门。

涌莲寺的主寺在涌莲山半山腰处。崎岖山路难行，大约走了半个时辰，才到了庙里。

寺门前有处宽大的青石敞地，供香客落轿。

脚夫稳稳停住了藤架，东瑷快步下来，走到老夫人身边，和宝巾一起搀扶着老夫人，速度比近在身边的世子夫人还要快。

九小姐东瑷向来在老夫人身上花功夫，旁人都习惯了，也不觉得她太过于谄媚。只是五夫人和薛东琳都忍不住撇撇嘴，很是厌恶。

东瑷抬头间，就把五夫人和薛东琳的神色看个正着，依旧笑容恬静，表情丝毫不变。

五夫人觉得她心思太深太歹毒，对她越发厌恶，却心存了几分戒备，不敢在她面前公开挑衅。

东瑷封了郡主，十一姑娘薛东姝封了淑妃，一起进宫的三名嫡女，只有她的亲生女儿薛东琳什么都没有捞到。五夫人如何不嫉妒，如何不恨薛东瑷与薛东姝姐妹俩？

无奈这对姐妹，五夫人现在一个都不敢动。

她心思百转千回间，就听到杨妈妈喊她："夫人，您小心足下。"

原来五夫人愣神的工夫，世子夫人和东瑷搀扶着老夫人，其他众人跟着，已经进了寺院大门。

杨妈妈扶着五夫人，快步跟了上去。

涌莲寺的山门口，站立一排穿着缁衣的僧侣。他们身后，是一座数尺高的门楼，朱红色大门映下的璀璨斜阳里，肃穆庄重，袅袅檀香混合着山涧树木的青葱气息扑面而来，令人心旷神怡。

为首的老僧是涌莲寺现任住持，法号莲池。

众僧侣双手合十给薛家女眷们行礼，老夫人就领着薛府女眷，进了涌莲寺。

院中一只偌大香炉，青铜表面上雕刻着九条盘螭，点燃着袅袅香烛，幽静香味不断弥漫着。

绕过香炉，才是正殿。

三进的金黄色大门，门口矗立着高大十八根色彩斑斓的柱子，走近细看，才知道并不是用颜料画成，而是用贝壳装点，做成栩栩如生的罗汉，惟妙惟肖的人物，令东瑷心中大赞。

做这个活计的工匠，真是妙手！

而正殿的大门上，浮雕刻画着八仙过海，色泽绚丽，人物生动，如活了一般，大家又在心中赞叹一番。

众僧侣早已准备了香烛，点好双手托给老夫人和薛氏众人。

大家都接了，挨个给菩萨进香，虔诚下拜。

一轮主殿进香完毕，莲池大师道："老夫人，已经备下斋饭厢房，老夫人和诸位夫人、小姐车马劳顿，莫如先歇息片刻？"

薛府众人的确是累了，老夫人也是硬撑着，就笑道："劳烦大师。"

莲池大师就吩咐小沙弥领着众人，去了后面的厢房歇息。

打水净面，各人自是一番忙碌。

等歇息好了之后，皆来老夫人的厢房，等着开斋饭。东瑗和世子夫人早已梳洗妥当，在一旁帮着老夫人重新梳头匀面，弄得詹妈妈和宝巾都插不上手。

等老夫人梳洗完毕，去了隔壁的大厢房吃饭。世子夫人让三夫人和四夫人伺候着，笑道："我去前头瞧瞧，东西都带上来没有。"

薛府的箱笼马车在后头，上山要慢些。

然后对一旁伺候老夫人吃饭的薛东瑗道："瑗姐儿，我缺个帮手，你帮帮我去！"

大奶奶杭氏就忙道："娘，我也去吧。"

世子夫人让她坐下，笑着道："平日里总是你帮忙。今日出来，你也受用一日。瑗姐儿快要嫁出去了，现在不指使她，以后再无机会。瑗姐儿，帮大伯母去前头照看下，你大嫂伺候你祖母，也让她尽尽孝道。"

一席话，说得众人都笑。

薛东瑗脸色微红。她心中明白，世子夫人的意思，是想教她如何管家。

平日里总是带着大奶奶，教大奶奶如何行事，今日要带着东瑗，无非是她快要出嫁了，怕她将来应付不来。虽然有些临时抱佛脚，东瑗亦是感激的。

老夫人听得明白，就笑呵呵道："你大伯母就是见不得你清闲。去吧去吧，快些回来吃饭。"

东瑗屈膝道是。

世子夫人亦不多言，笑呵呵拉着东瑗，出了厢房。

荣妈妈已经在厢房外。

世子夫人给荣妈妈使眼色。

荣妈妈会意，不再说什么。世子夫人拉着东瑗，快步绕过厢房前的回廊，往西南方位的一处假山后拐去。

世子夫人神色有些急，拉着东瑗走得很快。

东瑗有些迷惘："大伯母，咱们不是去前头看箱笼吗？"

世子夫人这才住了足。她看了眼左右，见四下里无人，才对东瑗道："好孩子，你信大伯母吗？"

东瑗便想起她那日从宫里回来时的眼神，心中满是异样，不觉暗生警惕，面上却一派懵懂地颔首："大伯母怎么好好的问这话？我自然是信大伯母的。"

世子夫人就拉着她的手，道："瑷姐儿，既然你信大伯母，荣妈妈带你去个地方。你们脚步快些，等会儿回来依旧在这里等我。倘若我先回来，也在这里等你，千万记得，遇到人就往假山后藏一藏。"

荣妈妈不等东瑷反应，就拉着东瑷的手："九小姐，您跟着奴婢来！"

东瑷的力气不及荣妈妈，被她拉得脚步踉跄，不由自主向前去。她满腹狐疑，不禁扭头去看世子夫人。

黄昏斜照下，世子夫人穿着淡绿色折枝海棠纹褙子，静静站在那里。金色夕阳把她眼底的碎芒镀亮，她的神情既安详又平静，不见了刚刚的焦急。见东瑷回头，她就冲东瑷摆手："瑷姐儿，你快去！"

荣妈妈走得很急，世子夫人又折身往前院去了，东瑷只得跟着荣妈妈，一路小跑般，径直往西南方向而去。

满腹狐疑，东瑷心中不禁打鼓。

可是她知道，世子夫人并不是要害她。

她是世子夫人亲自从老夫人跟前领出来的，她倘若有一点意外，老夫人不会放过世子夫人的。

世子夫人不会这样傻得要谋害她。

可是到底什么事，东瑷心中千万念头急骤闪过，她就想起上次世子夫人进宫的事。

难道？

她后背顿时一凉，头皮有些发麻。

大约两盏茶的工夫，面前出现一座精致小巧的庭院。黑漆大门紧闭，荣妈妈环顾左右，见无人，就轻轻叩门。

里面有男子低沉地问："是谁？"

东瑷的心一下子跌入谷底，倘若无意外，她已经能猜到是谁在里面了！

厢房那边，老夫人及众人正在吃饭，大爷薛华靖快步进来，给老夫人请安，道："祖母，我娘在前头分派箱笼，正好遇到了上山进香的盛昌侯夫人。盛家世子夫人护送，也是满满一行人，听说您在这里，想着给您请安，让进来问一声可方便。盛家世子爷和三爷是男眷，已经让人领去西南厢房歇下了，不妨碍小姐们。"

盛昌侯夫人，就是九小姐薛东瑷未来的婆婆。

老夫人眼眸微眯，须臾才笑呵呵道："快请来，快请来！"

薛家不办寿宴的事盛京望族皆知晓，可是来涌莲寺祈福，却是低调而行的，知道的人家不多。

盛家这个时候居然也来了，可谓之巧。

盛家世子爷和三爷也来了？东瑷刚刚去了前头帮世子夫人安排箱笼，是不是见到了？

老夫人心中又是一沉，表面上却不动声色。

第五章 寺庙幽会

荣妈妈带着东瑷，来到寺院最西南角的一处小庭院。

院外小径两旁种满青翠湘竹，微风中青叶若烟丝斜卷；院中则栽种百年古桃，三两虬枝攀墙而出，嫣红嫩蕊若锦霞纷披。

院门未开，东瑷就错愕回眸看了眼荣妈妈。

斜阳将晚，昏黄余晖中，薛东瑷那斜长妖媚的眸子似染了血色，妩媚撩人里似乎有股子煞气，叫荣妈妈心头一惊。

荣妈妈正想说话，院门已开，是个二十出头的年轻人。

他看到荣妈妈和东瑷，亦不多问，熟稔道："快进来吧，主子在里面等着。"

荣妈妈就拉着东瑷，进了这处的小院。

院子很小，却干净整洁，墙角一株桃树正吐蕊盛绽，落红满地，似锦缎如云霞，绚丽灼人，空气里有淡淡幽香弥漫。

有外男。

世子夫人叫人带着她这个未出阁的姑娘来这样的小院见外男，这个男人是谁，东瑷心中已经明了。

小院中只有一栋三间正房，不带耳房和抱厦，似专门为身份贵重的香客而建。

那个给她们开门的男人对荣妈妈拱拱手，道："请这位妈妈留在这里，小姐请！"

气势咄咄逼人，不容置疑。

东瑷复又看了眼荣妈妈，只见荣妈妈垂首，不敢抬头，很是害怕的样子，她心中更加有数。

随着那青年人的脚步，东瑷踏上了厢房前的丹墀，她的心一直在沉，沉得无边无沿，脚步不由虚晃，差点就被丹墀滑了一跤。

深吸一口气，她才能敛住情绪。

那青年人就用余光扫了她一眼，见她害怕，替她推开了雕花木门，低声道："小姐请，敝主等候多时了。"

东瑷藏在袖底的手在发颤，脚步亦不稳。可是当这扇门推开，里面昏暗一片，她知道她无路可退。不管有多么狼狈，多少恨意，都要把这关过了。

和上次相比，她有亲自参与这场考验的机会，不是把命运都交在旁人手里。她害怕，可是必须撑起她的侥幸与勇气，扭转她的局势。

她敛衽进了室内。

那青年人见她虽然害怕，却一语不发，不问、不逃、不喊、不嚷，好似心中有数，不觉对她暗生欣赏。随手，那青年人关了门。

室内没有点灯，日暮西山，屋内影影绰绰，看不清楚，一扇屏风挡住里面的临窗大炕，上面依稀有个端坐的身影。

东瑷停在那屏风前，扑通跪下，低声又恭敬磕头："柔嘉参见陛下，吾皇万岁万万岁。"

她不是民女，她是御赐的柔嘉郡主，是同亲王女、如皇帝姐妹的柔嘉郡主。虽是第一次称万岁，可她声音清晰、恭敬，带着臣子对皇帝的崇敬之情，婉转妙音透过屏风，传入元昌帝的耳里。

东瑷心中早已明了，这个主子，是万民之主，当今天下的圣主元昌帝。她的大伯母管着薛府内宅，最明白女子闺誉关乎女子性命。倘若不是这个人不能在此处久留，倘若不是这个人令世子夫人不敢违抗，世子夫人是不会在老夫人眼皮底下搞鬼的。

唯一的可能，这个人是皇帝，才敢让世子夫人冒天下之大不韪，把东瑷推入这间房。

端坐在屏风后临窗大炕上的身影顿了顿。

也许是惊讶她的聪慧，也许是震惊她的沉稳，抑或者是在猜测为何世子夫人要提前告诉她，好半晌，东瑷才听到他说："起身吧，过来说话。"那声音温和低醇，很好听，没有威仪天下的冷酷，而是似邻家兄长的亲切。

东瑷没有起身，而是重重将头磕在涌莲寺厢房的青石砖上。

三月春暖花妍，可黄昏的涌莲山，依旧有料峭寒意。阴暗的内室寒意更甚，东瑷穿着月白色挑线襕裙，跪在冰凉地板上，那寒意就沿着膝盖，缓慢浸透她的身子，伏在地上的手不知是冻的还是害怕，有些僵。

"陛下，柔嘉是未嫁之身。倘若朝堂，自当觐见。可斗室容龙躯，本就是柔嘉罪该万死，让陛下身陷此地。若再以孤身相见，冲了龙气，柔嘉万死难抵其罪！"东瑷的声音有些慢。

因为紧张，因为寒冷，她有些颤抖，不敢快声，怕泄露了自己的异态。

屏风后又是一阵短暂的沉默，须臾，元昌帝淡淡笑道："瑷姐儿，你好聪慧！朕恕你无罪，到朕身边来。难道你要朕亲自去扶你？"

东瑷字字句句称自己为柔嘉，就是希望他想起她是御赐的柔嘉郡主。

可元昌帝恍若不闻，一句"瑷姐儿"把东瑷一大半的希望浇灭！

他以万金之躯离京来到此处，又这样隐秘，定是偷偷出宫的。他怎么可能任由她口吐莲花、三言两语就放弃他原本的念头？

东瑷身子颤抖得更加厉害。

以为赐婚了，她就能躲开进宫。

可元昌帝此番前来，也许她的命运，就要这样注定了。

不！

她心中不停地反抗，她不要进宫，不要成为那禁墙之内一个孤寂的灵魂。她还有一个月就要出嫁了。只要她出嫁了，她就再也不用和宫闱有任何牵扯。

她不能功亏一篑。

东瑷依旧伏在地上，把额头贴着冰凉地面，声音越发沉稳坚毅："陛下，柔嘉不敢！"

屏风后的那人呼吸一滞。

东瑷的心似敲鼓般地乱跳，手不禁发颤，可额前涌出了细汗，她玉色绣卷草纹褙子贴在身上，才警觉后背汗湿了。

元昌帝沉默片刻，遽然站起来。

东瑷就听到了轻缓又急促的脚步声，绕过屏风，朝着她走来。

她不敢抬头，身子颤抖得越发厉害。明明想逃，可理智告诉她，逃走是下策。

那脚步声就在她身畔停下，窸窸窣窣的衣裳响动，元昌帝弯腰，一只坚毅温暖的手拉住了她的胳膊。

东瑷身子发虚，此时此刻，她再也不敢不从，只得随着他的手，站起身来。

她低垂眼帘，感觉到身边人微重的呼吸，却不敢抬头去看一眼。

那拉着她胳膊的手渐渐发紧，只要一个力道，她就会跌入他的怀抱。自古皇家寺庙多龌龊，失身于此的女子不在少数。倘若她今日失身此处，这辈子，她薛氏东瑷，就只能是元昌帝的女人，不管她是什么身份。

冷汗沿着脸颊，毫无征兆地滑落，东瑷原先想过的很多方法，此刻消弭无踪，她脑袋里一片空白，好似孤独行走在茫茫雪域，她有种看不到出路的寒冷与绝望。

原来，她这样渺小，若蝼蚁般任人践踏。

他掌心的温度，透过东瑷薄薄春衫，传到她的肌肤。

可能是她太冷，她能感受到他掌心的炙热。近在咫尺的人，她甚至能闻到他呼吸间的暖意。

只要跨过这一步，她的未来就一片昏暗。

东瑷仿佛瞬间回到了六年前自己刚刚睁开眼的那天，跟现在一样的惧怕与无奈。

她不能反抗这个男人。她的身后，是整个镇显侯府。倘若触怒天颜，祸及她的族人。没了镇显侯府，她在这个等级森严的社会寸步难行。

胳膊上的温暖，不能驱走她身上和心里的寒，反而似把她推入了冰渊。

那拉着她胳膊的手掌收紧，而后又缓慢松开，元昌帝轻微叹了口气，后退两步，离开了她的身畔。

压在东瑷头上的乌云好似瞬间被拨开，刹那的明媚。

她快要停滞的呼吸终于能吐出来，一口气顺过来。

绕过屏风，元昌帝往内走，东瑷不敢不跟着。

他坐在临窗大炕上，指了跟前的一个锦杌对东瑷道："坐下说话吧。朕不能久留，有些话跟你说，你莫要害怕。此处非朝堂，不需俗礼。"

东瑷屈膝行礼，道谢主隆恩，就半坐在锦杌上，似普通人家一样。她低垂了眼帘，浓密青丝梳了双宝髻，戴着一支赤金嵌红宝石细钿，昏暗光线里依旧能看到她肌肤水润白皙，眼波顾盼流转。

元昌帝的目光落在她身上，半晌不肯挪开，亦忘了言语。

东瑷更加不敢出声，她紧张坐着，掌心捏出了汗。

屋里静谧无声。

良久，元昌帝从袖中掏出一块玉佩，系着红色蝙蝠穗子，递到东瑷面前，声音温醇道："朕当时拿了你的玉佩，只是想留个念想，怕你们家不肯认，不承想害了你下嫁……朕……朕不能……"

半晌说不出不能什么，声音里却有了怨怼。

他说他怕薛家不认，是怕东瑷不能进宫的。

东瑷依旧不敢抬头，正襟危坐着。

元昌帝自己打住了话，深吸一口气，调整情绪，才道："这个不是你原先那块，是朕叫人重新雕刻的，你那块叫朕不慎跌碎了。你看看是否有什么不同……"

东瑷知道他要叫自己接东西，就忙起身，又跪下，高高举起双手捧着。

元昌帝见她这样，心里越发难过。

皓腕凝脂，素手纤柔，就这样举在自己面前，而他居然不能握住。他贵为天子，位处九五，众人皆曰普天之下都是他的。可是他连一个女人都得不到，他算什么天子？

他不算天子，他连男人都不算！

想到这些，元昌帝心中莫名就涌起愤怒。

他猛地抓住了东瑷的手，把那岫岩玉玉佩放在她手里，然后双手将她的手捧在掌心，紧紧攥住。

"薛氏东瑷，朕今日怎么把你送出去，他日怎么把你接回来，你记着这话！"他的声音充满了狠戾。

震惊、失措、意外，东瑷猛然抬头，望着他。

室内的光线暗淡，但也能看清一张年轻又英俊的脸庞，此刻肃穆威严，那似泼墨般浓郁的眸子既沉重又坚毅，纠缠着她。看到猛然她抬眼，他也是微愣，望着她眼里的恐惧与担忧，元昌帝的心被重重击了一下，闷闷的疼。

四目相对，元昌帝心口的涟漪再也平静不下去。

他用力拉起跪在自己足边的东瑷，将她娇软的身子搂在怀里。

削瘦、柔软，她似一段锦霞般绚丽，融进了元昌帝的心田。他不由激动，搂住她的手臂越来越紧，似想把她嵌入他高大坚毅的身躯里，只愿此生拥她在怀，不肯松手。

东瑷被他搂着，喘不过气来，她的脸色已是一片铁青晦暗。没有挣扎，她脑海里只有一个念头：盛家的世子爷，她嫁不成了。

今天，在这个厢房，她只怕要成为这个男人的女人了！

眼泪就这样夺眶而出，绝望中的她很想扇元昌帝一个耳光，痛痛快快骂他一番，然后一头撞死在柱子上，保全她的名声。

既然不能保护她，不能给她安全，为何这样纠缠她？就因为她长着一张令他心动难忘的脸？

他是天子，他想要的东西得不到，就越发觉得这个东西珍贵，越发想要。东瑷不明白太后到底为什么这样为难元昌帝，可是她知道，不管她进还是退，她都是死路一条。

只要元昌帝今日要了她，接下来，她就是个死！

她不甘心的。

这六年来，她努力小心，为的只是有平静、相对自由的生活。可她的努力，在六年后的今日全部白费，东瑷的心似万针齐扎般疼，眼泪越流越盛，蝼蚁尚且偷生，她不想死！

元昌帝的呼吸就在她耳边，东瑷听到他声音微哽道："瑷姐儿，朕日夜想着你……"

薛东瑷再也忍不住，趁着他动情处不防备，猛地推开他。

元昌帝被她推得一个踉跄，差点跌在炕上。他错愕看着她，刚刚还在发抖的女子，此刻如此大胆地拒绝他！

东瑷没有跑，她的掌心依旧握着元昌帝给她的玉佩。她跪下，重重将头磕在青石地面上："求陛下饶命！陛下，薛氏东瑷不想死，求陛下饶命！"

她不停地磕头，额前疼痛得麻木。

"不要磕了！"元昌帝厉声吼道，却没有再来扶她。

她不想死，一句惊醒了他。他的失态，他的心动，屋里的暧昧，都被她清脆磕头声打破，内室恢复了初春的阴寒。

已经失态了，再下去，真的要逼死她了。她是御赐的郡主，要嫁权臣盛文晖的嫡长子。这桩婚事是他御准的，他不能反悔。他不仅仅是个男人，他还是这个天下的主子。

他爱这个女人，他也要他的皇位。

而他的皇位，因为他父皇的用人不淑，所托非人，快要落入萧太傅的手里了。他需要薛家和盛家的支持。

鱼与熊掌，他不能兼得！

听到他的吼声，东瑷不再磕头，刘海遮住的额前依旧火辣辣的疼。没有磕破，可是红肿了。

"你去吧。"他的声音无力又失落，似失魂落魄的人。

东瑷却机敏爬起来，忙不迭向外窜逃。

元昌帝望着她曼妙身姿飞速而去，又是满心的疼痛。他猛地将炕几拂到地上，哐当一声巨响。

东瑷听到了，却不敢停足，快步走到门边，开门窜逃而出。

打开了内室的门，她好似从地狱里走了一趟，衣衫汗透，脚步不由发虚。

荣妈妈忙上前搀扶她。

"走，快回去！"东瑷的脸被泪水弄花，又身子发软，瞧着很狼狈。

荣妈妈却不安地看了眼那名年轻的侍卫。

那侍卫颔首，示意她们可以走了，荣妈妈才搀扶着东瑷，出了小院。

出了小院，暮野四合，涌莲山夜风习习，吹得竹叶簌簌，四周越发静籁。料峭寒风吹在身上，汗湿的衣襟贴着肌肤，东瑷连连寒战，不禁打了两个喷嚏，身子冷得厉害。

入夜的涌莲寺点了大红灯笼，处处见灯火明亮红艳，而此处的小院前却是一片昏暗。

借着稀薄的月色，东瑷搀扶着荣妈妈的手，踩着高低不平的石径，绕过一处半人高的山石，一处短小回廊，才能看见远处西厢房门口的灯笼散发出幽静又艳丽的光。

东瑷知道，此处的西南厢房是住男客，方才入住的时候那个小沙弥说的。因为提前封山，今日山上没有其他香客，住在西南厢房的，是护送薛府众人上山的两位堂兄和家里的管事、小厮、护院。

她莫名出现在这里，磕头时把鬓角碰松了，鬓丝凌乱，衣衫汗湿，狼狈不堪，要是被堂兄或者管事看见，没准说出什么样的闲话来！

她是天成的狐媚模样，要是有什么不利的流言，栽在她身上，往往比栽在一般人身上可信。她原本就被长辈顾忌，再有闲话，只怕婆家先入为主对她不喜，她的未来又是步步艰辛。

千万别遇到人，东瑷心中默默念着。

所喜西南厢房门口寂静，并无人迹往来，大约是堂兄带着管事、小厮们在前面吃饭，还没有过来歇息。

她要快点走。

荣妈妈见她走得急，生怕山路崎岖扭了她的脚，又不敢让她慢些。

荣妈妈也怕，万一有什么闪失，世子夫人在老夫人跟前失了颜面，荣妈妈就是替罪羔羊，她一辈子的老脸就保不住了。

快要走过西南厢房，拐角处有一棵三人合抱的大银杏树，枝丫繁茂，似一座小小茅棚般，有几百年的根基了，挡出了远处的光线，阴森骇然。

绕过这株银杏树，前面不远处有座凉亭。只要到了那个凉亭，她们的来处就能自圆其说。东瑷脚步更加快了，恨不能一下子就飞奔过去。

刚刚转角，就远远瞧见一大群人往西南厢房而来。为首的是两名男子，他们身后，跟着数名管事及粗使小厮、马车夫等人，拎着行囊，浩浩荡荡往这边来。

不是薛府的人。

而是另外的香客。

东瑷和荣妈妈就大惊，怎么这样晚了，还有香客上山？她两人一时间手足无措。

幸好她们所处的拐角没有灯，又被银杏树荫挡住了月光。敌明我暗，那行人没有看到东瑷和荣妈妈。

荣妈妈比东瑷还要着急，低声问："怎么办九小姐？咱们往回走，快点，不能叫人看见！"

现在知道不能叫人看见，刚刚和世子夫人串通把她从老夫人身边弄过来的时候，怎么没有想到？

责怪于事无补，东瑷反应机敏，她拉着荣妈妈，指了指身后不远处的那株大银杏树："往回走来不及了，躲在这里吧。"

荣妈妈急急颔首，主仆二人猫着腰，闪身躲在银杏树的后面。

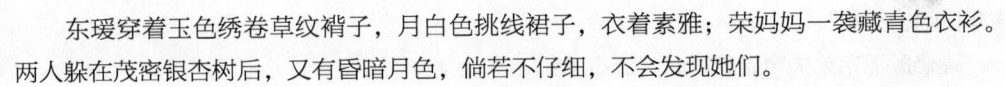

东瑷穿着玉色绣卷草纹褙子，月白色挑线裙子，衣着素雅；荣妈妈一袭藏青色衣衫。两人躲在茂密银杏树后，又有昏暗月色，倘若不仔细，不会发现她们。

　　那行人越走越近。

　　他们不怎么说话，只是静静走路。东瑷只能闻到脚步声，不见人语。

　　她方才在小院内室出了一身汗，又被山上阴寒的夜风一吹，着实难受，禁不住想要打喷嚏。

　　那行人刚刚走到银杏树前，东瑷鼻子里痒得难以忍受。她连忙双手使劲捂住鼻口，可喷嚏来了，她咬紧牙关还是阻止不了。

　　因为用手捂着，声音不大，却是连续两声。

　　荣妈妈的手捏得更加紧了，蹙眉瞥了眼东瑷，又不安侧耳听着动静。

　　东瑷又恨又怕，怕被哪个耳朵尖利的听到。原本她和荣妈妈可以大大方方走过去的，也许会引来一些莫名的猜测；可她们偏偏怕麻烦，想着躲过这群人，结果她喷嚏连连。

　　现在要是被发现，就真的百口莫辩了。

　　不做鬼，躲什么？

　　外面的脚步声轻了三分，一个年轻的男声诧异问："大哥，怎么了？"

　　东瑷就听到一个低沉的男声不紧不慢回道："无事，走吧！"

　　脚步声依旧响起，渐行渐远，东瑷和荣妈妈缓慢松了口气。两人回眸望着他们都进了西南厢房，直到院门关了，才敢猫着身子，从银杏树后面绕过去。

　　不慎处，东瑷的袖子被树干勾住，她差点摔倒。

　　荣妈妈忙扶了她："九小姐，您没事吧？"

　　东瑷摇头，什么都顾不得了，示意荣妈妈快走。

　　两个人的身影渐渐绕回了她们住的东北角。

　　等东瑷和荣妈妈两个人疾步远去，西南厢房的院墙上跳下两个身影，一般的高大修长，融在夜色里，面容年轻英俊，有五分相似。

　　"大哥，会是薛家的女眷吗？"更加年轻一些的是盛家三少爷盛修沐，御前四品带刀侍卫。他今日不用当值，就陪着母亲来了涌莲寺。

　　老成些的，是盛昌侯世子爷盛修颐。他看着那疾步奔走的婀娜身影，淡淡颔首："不会武艺，不是刺客。莲池大师说庙里只有薛府香客，定是薛府女眷无疑了。"

　　说罢，他的眼睛敏锐瞟见一处大红色穗子，挂在银杏树一处断裂的树杈处。盛修颐几步上前，把那穗子摘取下来，发现是一块湖绿色岫岩玉雕刻而成的玉佩，穿着大红色蝙蝠穗子，很是好看。

　　借着月色，能看清玉质上乘，刻着流云百福图。

　　这样的一个玉佩，价值黄金百两，刚刚那个年轻的女子，应该是位主子。

　　三少爷盛修沐凑上来，接过玉佩瞧了瞧，突然哎呀一声："湖水绿的岫岩玉……西汉末年的岫岩玉！"

盛修颐见弟弟失声，就问："怎么了？"

"前段日子，皇上叫项大人帮他寻一块西汉末年的岫岩玉。项大人寻了来，皇上画了样子叫内务府做玉佩，就是这流云百福图。"盛修沐声音不由发紧，顿了顿才道，"大哥，刚刚那个女子，是薛府九小姐！"

盛修颐微微蹙眉。

盛修沐继续道："皇上那时拿了块玉佩，被太后娘娘砸了，就是薛府九小姐的那块。后来皇上重新叫人做了，我虽没有见过玉佩，却见过皇上画样子，就是这个图案！"

说罢，他不安地看了大哥一眼。

盛修颐表情平缓，没有一丝起伏。他接过三弟手里的玉佩，径自收在怀里，好似是他掉出来的东西，声音平静道："回去休息吧，你明早还要赶着回京呢。"

说罢，自己先折身回了厢房，一语不提那玉佩。

盛修沐惴惴不安跟着。他看不出大哥的情绪。他的大哥自小沉稳，长大了就更加老成，向来表情清冷，喜怒不显于色，盛修沐不知道他的态度，什么话也不敢再多言。

快到门口时，世子爷盛修颐突然站住。他的目光望向西南方向的回廊，变成深邃莫测。

盛修沐吃惊，顺着大哥的目光望去，看到三个身影沿着小径，快步下山。盛修沐难掩错愕。

虽然月色昏暗，可是作为御前侍卫，这三人他太熟悉。一个是他的主子元昌帝，另外两个，分别是御前二品带刀侍卫。

盛修沐又看盛修颐。

而盛修颐的脸上波澜不惊，好似什么都没有瞧见，又折身回了厢房，丝毫不动声色。

东瑷和荣妈妈几乎一路小跑，回了刚刚与世子夫人分别的地方。

世子夫人早已等在那里，焦急张望，看到东瑷和荣妈妈来，面上一松。因为小跑着，东瑷和荣妈妈都是钗环斜横，鬓丝凌乱。

走到世子夫人跟前，东瑷又禁不住打了两个喷嚏。

没有意外的话，她受了风寒。

世子夫人见东瑷狼狈，隐约猜到了什么，眼中闪过一缕过意不去的心疼神色。愧疚不过瞬间一闪而过，又把心狠了下来。她亦不多问，忙低声对荣妈妈道："先扶九小姐回房。"

荣妈妈道是，跟着世子夫人，搀扶东瑷回了她住的厢房。

她今晚和世子夫人住在一处，这是世子夫人早就安排好的。此刻厢房里只有东瑷的丫鬟蔷薇和世子夫人的丫鬟花忍在收拾行李、铺床叠被。

看到世子夫人搀着东瑷进来，又见东瑷的异样，蔷薇心中一咯噔，什么都不敢深问，只是关切迎了上来："小姐，您怎么了？"

世子夫人笑了笑："快去打水来，伺候小姐梳洗。"然后对花忍道，"你服侍荣妈妈梳洗。"

花忍和蔷薇道是，忙出门去要了热水来。

等蔷薇端了一盆热水来,世子夫人褪了腕上的掐金丝翠玉福寿嵌蓝宝石手镯,亲自服侍东瑷洗脸。

蔷薇微骇,东瑷倒顾不上推辞。

她顺着世子夫人的手,接过热腾腾的帕子,敷在脸上。那热气顺着脸颊沁入心扉,她僵直的精神才活络起来,不免深深吸了几口气,才把心头的沸腾压下去几分。

居然推开了元昌帝,居然保存了她的处子之身,居然还能继续她的人生,真的好侥幸。现在想来,依旧后背微寒。在皇权至上的年代,那个男人是全天下的主子,被她以下犯上推开,他没有反扑过来,东瑷万分侥幸。

洗了脸,蔷薇服侍东瑷换了件藕荷色如意云纹褙子,湖水色五福临门纹百褶裙。

对镜匀面,东瑷的脸色终于恢复了几缕明艳。蔷薇拿过梳子替东瑷梳头,却不敢拿眼睛看世子夫人。她最是懂规矩,懂得应该做什么,不应该做什么。只是她不惯于服侍梳头,东瑷的头发又滑又软,她半晌弄不好。

荣妈妈已经洗了脸、梳了头,换了新的衣衫,见蔷薇梳头手法生疏,就干脆上前接过她手里的犀角梳,要帮东瑷绾成她平常喜欢的双宝髻。

东瑷连连又打了好几个喷嚏。

世子夫人道:"瑷姐儿,你怕是受了风寒……"

东瑷没有转头去看世子夫人,对着镜子颔首,面容苍白虚弱:"刚刚累了一身汗,又被夜风一吹,身上凉飕飕的,怕是有些风寒。"

她是出来帮世子夫人安排行李的,自然会累着。听到这句话,世子夫人不免看了她一眼,目光中露出几分松懈与感激。

蔷薇就急了:"我去叫厨房做些姜汤来。"

世子夫人就叫荣妈妈不要梳头了,又把梳好的青丝散下来,对东瑷道:"祖母那里,我去回一声就好。你好好躺着,喝些姜汤出身汗,再饱饱睡一觉,就无事了。"东瑷道是。

外面传来脚步声。

站在门口的花忍就高声笑道:"宝巾姐姐,您来了。"

宝巾恬静笑了笑:"老夫人问,世子夫人和九小姐怎么还不过去,忙好了不曾,吃饭了没有。盛夫人在老夫人身边陪着说笑了半日,老夫人让九小姐过去请个安……"

世子夫人看了眼荣妈妈,低声道:"你留下来照顾九小姐。"

说罢,自己撩起毡帘出了厢房,对宝巾笑道:"这就来,你先去回老夫人,我们都吃过了……"

宝巾屈膝应是,转身去了老夫人那边。

世子夫人又叮嘱花忍:"你也在这里伺候着。九小姐姜汤喝了要还是不管用,你就急急来报了我……"花忍道是。

世子夫人转身,去了老夫人的厢房。

尚未走到窗棂下，就听到屋子里三夫人呵呵的笑声："……太后娘娘说二皇子像皇上，天资聪颖……"

世子夫人就抿唇微笑。

只怕盛贵妃的喜讯，老夫人和薛府众人都从盛夫人口中得知了。盛贵妃娘娘的三皇子虽然健康活泼，却读书、骑射不及盛贵妃的二皇子。二皇子嘴巴甜，常常讨得太后娘娘欢心，太后娘娘就常说他像皇上。

其实单单从容貌上而言，盛贵妃娘娘生的三皇子更加像皇上。

三夫人一派直爽，只怕是盛昌侯夫人说了什么话叫众人不快，三夫人抬出二皇子压盛家。

外边服侍的众丫鬟见世子夫人来，就冲里面喊了句世子夫人过来了，然后帮着打起帘子。

世子夫人进了厢房，满屋子珠围翠绕，脂香粉融。

有个穿着紫罗色八团喜相逢云霞纹褙子的四旬妇人，跟老夫人一起坐在临窗大炕上，眉目慈善，笑容亲切，举止间透出几分温柔敦厚。世子夫人认识她，她就是盛昌侯夫人。

见世子夫人进来，盛昌侯夫人就要下炕，跟世子夫人以姐妹之礼叙之。世子夫人却抢先一步，先给她行了礼，毕竟盛昌侯夫人是一品诰命，而世子夫人是三品淑人。

盛昌侯夫人亦不拿大，忙不迭还了礼，牵着世子夫人的手，往炕上坐，见她一个人进来，就笑盈盈问她："怎不见九小姐？"

老夫人也笑望着世子夫人。

世子夫人笑容满面道："让她跟着我安排行李。她不惯于走路，出了身汗，说头沉沉的，我就叫丫鬟去煮姜汤，服侍她躺下了。"然后拉着盛昌侯夫人的手笑道，"您急什么，再过一个月，您就能天天见着她了。"

一屋子人都附和着笑，只当是东瑗害羞不敢来。

老夫人却把眼睛在世子夫人身上溜了一瞬，才笑着对盛昌侯夫人道："瑗姐儿生得腼腆……"补充解释说东瑗真的是害羞才不敢来。

盛昌侯夫人亦不见异色，笑呵呵道："现在的孩子都腼腆，我们家琪姐儿也怕在人前说话。"

坐在下首一个穿着粉红色绣烟雾桃蕊纹褙子的娇丽女子就温婉一笑。她是盛家三小姐盛修琪，今年十七岁，正月里封了四品婕妤，跟薛府的十一小姐薛东姝一样，等着五月初一进宫。

薛东姝正好坐在盛修琪对面，世子夫人就看到盛修琪的目光不时瞟过薛东姝，在打量这位即将跟她一样进宫服侍皇帝的十一姑娘。

而薛东姝垂眸娴静，装作瞧不见。

世子夫人笑了笑，目光转移到盛修琪旁边一位身着水红色折枝海棠纹褙子的女子身上，二十多岁的年纪，笑容纯净，右边脸颊有只小小梨涡，衬托她的笑容越发美丽。

她应该是盛家二少爷盛修海的嫡妻葛氏吧？

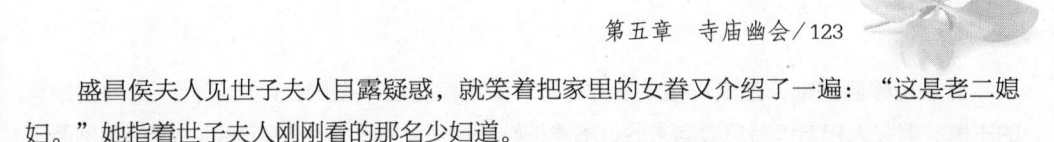

盛昌侯夫人见世子夫人目露疑惑，就笑着把家里的女眷又介绍了一遍："这是老二媳妇。"她指着世子夫人刚刚看的那名少妇道。

果然是盛家二奶奶葛氏。

再指了盛修琪："这是琪姐儿，五月要进宫的。"

又指了葛氏身边的穿着玉色绣盛绽玉簪花纹的少女笑道："这是芸姐儿，老大的长女，今年九岁。"

然后指了穿着豆绿色绣缠枝宝瓶纹的少女道："这是蕙姐儿，老二的长女，今年七岁。"

最后又指了一个银红色绣百蝶戏花纹褙子的明艳少女道："这是我的外甥女，奕姐儿。"

盛家的姑娘们就纷纷起身，给世子夫人行礼。

世子夫人忙褪了手上两枚红宝石戒指，赏了两位孙小姐；又摘了头上一支镀金点翠金镂空碧玺石钗，赏了这位表小姐；褪了腕上镀金点翠金镂空碧玺镯，赏了盛修琪。

说了些闲话，莲池大师派人来说素斋备好了，请盛昌侯夫人等人用膳。

盛夫人就起身，跟老夫人行礼辞行，领着盛家女眷，去了正东厢房不提。

送走盛夫人，老夫人就打了个哈欠。

众人知道老夫人累了，纷纷起身告辞，各自回屋歇下。

老夫人喊了世子夫人略微站站，有句话问她，世子夫人单独留下来。

"瑷姐儿怎样了？"老夫人担忧问。

世子夫人知道老夫人向来精明，薛东瑷不是那等忸怩之辈，岂会躲着不见人？定是真的有事。

"娘，山上夜风大，瑷姐儿没出过门，被风吹得喷嚏不止，怕是受了寒。"世子夫人道。

老夫人脸色微变，让詹妈妈服侍着要穿鞋去看薛东瑷。

世子夫人拦住："娘，外头起风，您别也跟着受了寒。我跟瑷姐儿住一间屋子，我照顾她，您放心吧。"

老夫人却很固执，非要去看："你做事我向来放心的。可是不瞧瞧，我一晚上不踏实。"

詹妈妈只得服侍她穿了鞋，由世子夫人搀扶着，去了东瑷住的厢房。

老夫人的厢房和世子夫人住的不过隔了一个院墙，几步路就到了。

世子夫人心中暗暗发紧，瞧着东瑷回来时的模样，额头都快磕破了，只怕是吃了大亏，她会不会在老夫人面前把这件事抖出来？

因为元昌帝，薛东瑷才封了郡主，下嫁盛家世子爷，老夫人心中一直不痛快。对元昌帝和太后，老夫人是敢怒不敢言的。

要是老夫人知道元昌帝居然冒着耽误朝事的风险，车马劳顿来见薛东瑷，只怕更加生气。

也会迁怒世子夫人的。

可想起薛东瑷一边收拾着自己的狼狈，一边跟丫鬟们说她是受了累才出汗，被夜风吹了寒，世子夫人的心又微定：瑷姐儿应该不会说出来。

薛东瑗嫁到盛家,是皇帝和太后的意思,非盛家愿意求娶的,她比任何人都需要娘家的支撑。老夫人和老侯爷总会老去的,不能护她一辈子;她的亲生父亲恨她,继母又刻薄不通世务。

她能仰仗的娘家人,大约就是世子爷,未来的镇显侯。

既然已经吃了亏,无法再弥补,依着这些年世子夫人对薛东瑗的了解,她不会傻得把这件事在老夫人面前点破,来得罪世子夫人,让自己的处境更加艰难的。

如此一想,世子夫人缓慢舒了口气,脚步亦轻盈起来。

老夫人进了内室,见蔷薇、花忍和荣妈妈都在一旁伺候着,给东瑗压了两床锦被,就微微颔首:喝下姜汤,就是应该多压几床被子发发汗。汗发出来,风寒也就好了。这些人照顾她的瑗姐儿很尽心。

蔷薇等人见了老夫人,忙屈膝行礼,都低声喊老夫人。

东瑗原本只是假寐着想心事,蔷薇、花忍和荣妈妈几人小声的问安,她听在耳里,就睁开双目。

见是老夫人亲自过来,她挣扎着要起身。

老夫人上前一步,按住了她的肩头:"快躺下,快躺下!"

东瑗只得乖乖躺下,任由老夫人坐在自己的床畔,低声喊了祖母。

老夫人摸着她的脸颊,不禁手就扫向她的额头,想试试是否发热。撩开额前的碎发,就瞧见紫青了一大块,老夫人顿时脸色微沉。

东瑗瞧得分明,心中焦急起来,忙要解释,老夫人已迅速敛了怒意,慈祥问她:"你大伯母说你受了点风寒。姜汤喝下去,还有哪里不舒服么?"

东瑗忙道:"就是打喷嚏,喝下姜汤,胃里暖和着,立马就好了。被子里也暖和,我已经没事了,祖母。"

她的这具身体从前很调皮,不似大家闺秀,像个泼猴般爬上爬下,练了一副好体质。东瑗来了之后,虽不做剧烈运动,却也注意平常养生,比起家里的姐妹们,她的体质算好的,一点风寒,用姜汤一驱,也就散了。

她瞧着没什么精神,不过是心中有事罢了。

老夫人一脸放心的表情,笑呵呵道:"没事就好,没事就好!"

然后又笑着对蔷薇、花忍和荣妈妈道:"你们几个去歇了吧,我看着瑗姐儿睡熟了再回去,留你们夫人在这里就好。"

蔷薇几人不敢忤逆老夫人,立马恭敬应是,退了出去。

老夫人又对詹妈妈道:"我就是怕山上天寒,她们姐妹们出门不知道保养,受了凉,特意带了一瓶鹿茸养生丸。你去取两粒来,等瑗姐儿睡前服下。"

鹿茸养生丸……能治风寒吗?世子夫人心中明白,老夫人有话要单独跟她和东瑗说。

詹妈妈自幼服侍老夫人,比世子夫人还要清楚,当即道是,也出了厢房。

老夫人那慈祥的脸瞬间沉了下去，定定望着世子夫人，沉声道："侑哥儿媳妇，你过来。"

世子夫人脚下不敢耽误，忙快步过来。

老夫人坐在东瑷的床畔上，目光却转向了世子夫人，带了三分凛冽："侑哥儿媳妇，瑷姐儿怎么受的风寒？"

世子夫人知道老夫人的脾气。她已经怀疑，刚刚那套说辞不能再用了，知错不改就是错上加错，只怕以后婆婆没有好脸子给她。虽然已经当家十几年，世子夫人仍是敬重、畏惧老夫人的，她不敢在老夫人跟前弄鬼。

"娘……"世子夫人垂了首，不知如何开口。

"那你先说说，这个是怎么来的？"老夫人声音越发阴沉，叫人听了心里发寒。她说毕，温热的手撩起东瑷额前的碎发，把那块紫青的瘀痕露出来给世子夫人瞧。

世子夫人瞧着那瘀痕，知道躲不过了。

东瑷却抢先道："祖母，我方才见到了陛下。"

世子夫人错愕望着东瑷。她很意外，她以为东瑷会帮她遮掩，而且她的想法既合乎东瑷的性格，亦合乎逻辑，所以她没有想到，东瑷一下子就抖了出来。

世子夫人本想慢慢铺垫一番，跟老夫人好好解释，东瑷突然这么一下子，她有些措手不及。

老夫人震惊回眸，看了眼东瑷，瞬间就明白是怎么回事，又转头看着世子夫人。比起刚刚的凛冽，老夫人的脸色添了五分阴霾。

"你不是带着瑷姐儿去整理行李吗，她怎么就遇上了皇帝？怎么就把额头都磕破了！"老夫人字字锋利，望着世子夫人，语气里噙着汹涌怒意。

她想到了最坏的结果。

世子夫人千言万语，被老夫人的怒意逼得一下子就乱了章程，反而不知道拣哪句话说起，嗫嗫嚅嚅半晌不知道怎么开口。

东瑷立马半坐起身，拉着老夫人手，道："祖母，您别怪大伯母。圣上想见我，大伯母不帮他安排，他也会找旁人安排。况且圣上是君，大伯母是臣，她如何敢违抗皇命？"

世子夫人听着这话，心里的杂乱减了一半，也理出了几条思路。她道："娘，盛贵妃娘娘又怀了龙种。我前不久才知晓，想着近来家里事情多，我一直不敢说给您听。今日遇到盛夫人，您也听说了，媳妇不敢再瞒您。二皇子得太后娘娘喜欢，三皇子得皇上喜欢，您也是知道的。倘若盛贵妃娘娘再诞下龙子龙女，就把咱们娘娘比下去了。娘，萧皇后无子失德，另立皇后是早晚之事，皇上喜欢三皇子，自然偏袒三皇子之母盛贵妃；盛贵妃娘娘子嗣众多，是福禄之相，朝臣也会偏向她，咱们家娘娘就真的后位无望了。"

东瑷听着这话，就明白元昌帝拿什么条件让世子夫人心甘情愿替他做这件事了，她心中的怨气减轻了一分。

原来她刚刚遇到的，是盛昌侯家的人。

盛贵妃娘娘又怀了龙子，所以盛昌侯夫人带着阖家老小上山，为盛贵妃娘娘祈福？

那么皇上此行的目的又是什么？

倘若只有薛家上山，东瑷相信元昌帝只是为了在她出嫁之前见她一面，把玉佩还给她。可盛家也上山了。

东瑷顿时对元昌帝的真正用意有了怀疑！他选择见东瑷的小院，正好临近盛家世子爷住的西南厢房。

是凑巧？

不，更加像是故意的安排！

元昌帝上山的目的，不仅仅是想见薛东瑷以慰相思之苦吧？他最主要的目的，是不是敲打东瑷未来的丈夫，盛家世子爷？

想到这些，东瑷心里的寒意骤盛。

她心念未转，听到世子夫人继续道："……皇上一直想着瑷姐儿，近来都消瘦了。还有一个月瑷姐儿就要出阁，他以后要单独见瑷姐儿，只怕不能够的。皇上答应咱们家贵妃娘娘，只要能见瑷姐儿一面，他就会让咱们家贵妃娘娘亦怀上龙种……"

老夫人听着世子夫人的话，脸色并未好转。她仍是觉得怒火中烧，冷冷哼道："能否怀上龙种，是老天爷的恩惠，也是自己肚子争气，皇上有什么法子？"

"去得多，机会就大些。"世子夫人见老夫人尚未松动，心中焦急起来，连忙道，"前几日皇上在贵妃娘娘那里歇了四日，夜夜恩宠。从前每个月只歇两晚，有时皇上乏了，就算了，耽误了这些年……"

三皇子的生母盛贵妃娘娘怀了龙种，对薛家、薛贵妃娘娘和二皇子都是个威胁。假如皇上有心让薛贵妃也怀上，薛家自然是愿意倾其所有来争取这个机会。

倘若是旁的孙女，老夫人睁只眼闭只眼也就认了。

作为家族的一员，应该以家族的大业为重。被皇上看中了，除非她死，迟早会是皇上的人，哪怕嫁了人，也不过是权宜之计，这就是被皇上看中、被太后不喜的后果。

命中注定这样的磨难，就必须承受，这是命。

若是旁的孙女，老夫人或许会这样想。

可是瑷姐儿，就不行！

她最疼爱的孙女，已经被皇家欺负到嫁给一个鳏夫做继室，如今还在瑷姐儿出嫁前夕来招惹瑷姐儿，实在可恶！

这样大逆不道的话，老夫人不敢讲，可是她心中的怒意越积越盛，甚至薛贵妃娘娘怀上龙种都无法消灭她的怨气。

她希望她的瑷姐儿能一生平顺和美。瑷姐儿这样努力，这样小心，又这样谨慎，而且天生的聪慧，在老夫人眼里，世间所有女子都不及她，老天爷应该给她一个美好的将来，这是瑷姐儿应得的。

谁都不能踩着她的瑷姐儿往上爬，哪怕是为家族固宠的薛贵妃娘娘！

"等贵妃娘娘怀了龙种，将来富贵显达，我们都要仰仗贵妃娘娘恩泽，一个堂妹是不足为惜的，你做得不错。"老夫人不敢说皇上，还是敢在世子夫人面前抱怨薛贵妃娘娘的。

口吻之酸，语气之重，令东瑷和世子夫人心中各自一跳。

东瑷眼睛有些酸。她从未想过，老夫人疼爱她，到了如此地步。因为怜惜她，老夫人连贵妃娘娘都要刻薄几句。为了这份爱，再多的委屈东瑷亦能忍受。可再过一个月，她就要出阁，未来又是一片迷茫，而这份爱，也要疏远了。

想着这些，她紧紧攥住老夫人的手，低声叫了祖母。

世子夫人则心中震撼，老夫人真的把瑷姐儿看得很重。为了瑷姐儿，老夫人心里对贵妃娘娘生了怨怼。有些话，世子夫人不能再藏着掖着了。她要替她的女儿——薛贵妃娘娘辩驳几句。

刚要开口，薛东瑷已道："祖母，皇上没有把我怎样。我还是处子之身……我真的只是受了风寒。"

听到老夫人对贵妃娘娘的那些怨言，加上自己这副模样，东瑷猜想老夫人误会了。

听到这话，老夫人眼眸迸出惊喜，反手紧紧握住东瑷的手："瑷姐儿，这是真的？"

"是真的！"东瑷连忙点头，把在小院里如何推开皇上，如何磕头求饶，一五一十告诉了老夫人，又道，"祖母，今日是祖父生辰，我们来替祖父祈福，我遇着皇上的事不应该告诉您，让您担心的。"

世子夫人就抬眸望着东瑷。

东瑷顿了顿，继续道："只是皇上说了句话，我心里害怕。既怕大伯母拿不定主意，也怕瞒着不说给薛家惹事，才冒昧把这件事告诉您的……"

原来是皇上说了什么，薛东瑷觉得世子夫人不能处理，只得告诉老夫人。

世子夫人这才释然。她就晓得自己没有看错，薛东瑷不是为了图一时痛快就得罪人的女子。东瑷明知老夫人会替她撑腰而怪罪世子夫人，还是把这件事说出来，原来是有更大的事。

世子夫人不由竖起耳朵听着。她也怕更大的事。老夫人已经恼了，要是还有更加为难的事，只怕老夫人心中对她和贵妃娘娘都会记恨上的。

老夫人年纪越大，早已不顾忌宠爱平等，她偏袒东瑷越来越没有避讳了。

"祖母，皇上说：他今日怎么把我送出去的，他日就怎样把我接回来！"东瑷缓慢说道。

老夫人和世子夫人不由变色。

这样的话，瑷姐儿出嫁还有什么意义？他日到底是哪一日？皇上还要不要瑷姐儿安生？

老夫人一掌拍在床畔上，怒喝道："欺人太甚，简直欺人太甚！"手上的青筋都突出来。

世子夫人望着老夫人怒气满脸，一向机敏的她此刻不知道应该说什么了。

皇上这个意思，只要稍微透露一点，身为御前侍卫的盛家三爷就会明白。盛家三爷明白了，盛家世子爷对薛东瑷，只怕要敬而远之。

弄了这么多周折，让薛东瑷嫁入盛家，只会让她陷入一个冰凉、疏离，没有真情的深宅。丈夫不会要她，婆婆不会喜欢她，小姑子和妯娌不会同她亲近。

皇上封她为郡主，是想着这等情况下，无人敢欺负薛东瑷。可是生在皇家的皇帝不明白，普通人不仅仅害怕有人欺负，更加害怕无人疼爱！

而无爱的折磨，比被欺负更加难挨。

"祖母，自来姻亲是合二姓之好，两族同声共气，互帮互助。我嫁入盛家，只怕不会带来盛、薛两族的和睦，只怕将来有一日，还要连累两族成仇。倘若薛家有事，盛家因恨我而落井下石，打击薛府以泄私愤……"薛东瑷理智又冷静，说给老夫人和世子夫人听，"祖母，您替我想个法子，我不想成为薛家的罪人！"

老夫人听着这话，万箭穿心般的疼，紧紧将薛东瑷搂在怀里，眼眸已湿了："日子就像蚌壳里的石子，合着血泪打磨，才能得到珍珠。瑷姐儿，年轻时把苦都受了，你将来会有好日子的！"

老夫人是告诉她，先苦后甜，只要努力，逆境里亦能步步生花。

东瑷扑在老夫人怀里，禁不住眼泪簌簌。

她并不是对未来有多么绝望。日子是一步步过出来的，她明白这个道理，绝境处总能逢生。她只是被老夫人这些话触动心弦而已。

世子夫人瞧着东瑷和老夫人，一时间既感触又愧疚，望着东瑷那绝艳的脸庞，世子夫人倏然觉得：上天给薛东瑷美貌，原来是对她的惩罚，并不是对她的厚爱。

第二日卯正一刻，盛昌侯府的盛夫人才起来。

却听到外面人声嘈杂，叫了贴身的康妈妈去瞧。康妈妈出去看了看，笑道："是薛府的人在准备下山。说师傅们说，薛老夫人领着薛家众人寅初就起来拜了菩萨，上了功德，现在已起身回程，快到寺门口。"

盛夫人微讶："怎么走得这样急？"

康妈妈就抿唇笑道："咱们家娘娘又怀了龙种，薛老夫人听了，心中不自在，庙里也住不踏实吧？"

盛夫人淡淡笑了笑，却眉头微蹙。薛老夫人可不是这等沉不住气的，定是发生了什么事，才这样急匆匆下山。

正想说，世子爷盛修颐过来请安，向盛夫人道："寅正三弟就下山去了，让我跟娘说声，他不来辞行，免得打扰娘。"

盛夫人没有怪罪，说了句差事要紧，又对盛修颐道："薛府的人正在下山，你去辞辞吧。"

"辞过了。"盛修颐平淡说道，"薛家说走得急，不敢打搅我们休息，只跟我们家管事说了声辞别。"

盛夫人就转头望着大儿子，让康妈妈先出去，她和世子爷有话说。

康妈妈领着大小姐盛乐芸给世子爷行了礼，就先去了饭厅的厢房吃饭，屋里只留下盛

夫人和盛修颐。

"你知道不知道，薛府的人为何走得如此匆忙？"盛夫人问盛修颐道，目光里带了三分探究。

盛修颐就想起昨晚故意在他面前下山的元昌帝，和丢在银杏树下的岫岩玉玉佩，心中隐约明白。可他房里的事，不想让母亲跟着操心，朝中之事，也不想母亲忧愁，就道："薛家的人原本就是定了今日下山的。听闻山里夜风大，他们家来的女眷多，好几个染了风寒，才提早几个时辰下山。"

盛修颐不由想起昨晚遇到的元昌帝等人。倘若不是故意，元昌帝身边的二品带刀侍卫早就告诉了元昌帝，盛修颐在此处，元昌帝大可以避开盛氏兄弟。可是他依旧当着盛修颐的面，从小径下山；还有薛东瑷的玉佩，倘若不是故意让盛家知晓，他不会让盛三爷看到他画的图，也不会让盛三爷看到那块珍稀的岫岩玉。急匆匆上山把玉佩还给薛东瑷，是想让她出嫁时带到盛家去吧？

弄出如此多的巧合，不就是想告诫盛家和盛修颐，薛东瑷虽是盛家的续弦继妻，却是天子惦记的女人吗？

盛修颐不由心中冷笑。

元昌帝的心思他明白。

只是他不知道，薛东瑷到底是无辜者还是帮凶。

盛修颐心中百转千回，脸上却不露分毫。

盛夫人哪里知道他此刻的心思早已从薛家众人下山的事上跳跃了这么远，依旧道："回头要嘱咐咱们家的姑娘们小心，山上的夜风最是厉害，一个不慎就风寒了。"

盛修颐闻言，淡淡笑了笑。

第六章　预备出阁

薛老夫人一行人下午申时回到了盛京，世子爷薛子侑领着四爷、五爷在宣阳门迎接。

回到薛府，老夫人神色不善，让众人都去歇息，只留下世子夫人和世子爷在跟前说话。

第二日，世子夫人身边的荣妈妈把蔷薇叫了去，东瑷的心没缘由地紧了下。怎么好好的叫蔷薇去说话？

蔷薇回来时，没有半分欢快神色，一脸的茫然不安。

东瑷瞧着，心里也是一突，问她："大伯母叫你做什么？"

蔷薇看了眼屋里服侍的红莲，没有答话。

东瑷会意，让红莲先出去。

蔷薇这才道："小姐，世子夫人说，三小姐出嫁后，郑姨娘膝下空虚，想认我做干女儿。"

说罢，她又迷惘望着东瑷，一副不解的样子。

成为薛府的小姐，蔷薇就可以脱了奴籍，这样的糖衣炮弹攻下来，蔷薇没有昏头，她反而不高兴，这一点让东瑷对她越发满意：这个小丫鬟见识不俗。

郑姨娘是世子爷房里的二姨娘，生了薛府三小姐薛东盈，为人怯懦胆小，在世子夫人面前毕恭毕敬，世子夫人一直很喜欢郑姨娘，用她来打压生了庶子、薛府二爷薛华浩的王姨娘。

突然让蔷薇给郑姨娘做干女儿？

东瑷也不太明白。

倘若没有旁的事发生，如今世子夫人和老夫人做的每件事，应该是保障东瑷嫁到盛家去之后的生活。

蔷薇见东瑷愣神，就喊她："小姐，您是蔷薇见过最聪明的人了。为何世子夫人要我做郑姨娘的干女儿啊？您定是知晓的。小姐，我不知是福是祸，就没有答应，说回来想想，明儿给世子夫人答复的。世子夫人也没有生气，只说让我好好思量。"

东瑷脑子里乱七八糟的，被蔷薇一问，一下子就更加乱了。她笑了笑："我也不明白为何，你让我想想，去帮我沏杯茶来吧。"

蔷薇无法，只得去了。

东瑷的思绪就又回到世子夫人的动机上来。

在涌莲山上，老夫人因东瑷的事怪罪世子夫人，回到薛府却只留世子夫人说话，是不是让她将功补过，帮着东瑷谋算一番，如此避免嫁入盛家后的险境？

皇上公开刻玉佩给东瑷，盛家三爷、盛贵妃娘娘自然知晓，那么盛家和盛昌侯世子爷也是知晓的吧？

知道皇上惦记薛东瑷，盛家为了长久的荣华兴旺，为了永恒的圣宠，应该不敢违拗圣意。那么盛家世子爷和盛夫人应该不会想东瑷生下一儿半女，以免将来薛东瑷被皇上接走后，对盛家有眷恋，无法安心服侍皇帝，得罪了圣驾，迁怒盛家。

倘若盛家世子爷性子软和谨慎些，他可能根本不会碰东瑷。

没有子嗣的媳妇，又是宗族长媳，会有很多把柄供婆婆和丈夫刁难，甚至还要受贵妾的气。薛府需要做的，就是让东瑷有一儿半女防身。哪怕她是郡主，都不能弥补她无子嗣的困境。

东瑷自己不能生，她的通房可以生啊，照样养在她的名下。

蔷薇若是跟着东瑷过去做了通房，她的儿女就是东瑷的儿女。蔷薇本就是东瑷的贴身丫鬟，她是要陪嫁到盛家的。不用让她做郑姨娘的干女儿，蔷薇也可以做通房的。

怎么就非要弄个干女儿出来？

东瑷向来心思转得快，这回却转来转去，进入了死胡同，怎么都解释不通的。

蔷薇给她端了茶来，一口清冽的铁观音，仍驱散不了心中的疑惑。

本想问问蔷薇，通房到底有哪些规矩是她不知道的。可这话问出口，就等于告诉蔷薇，她将来会是自己的通房。

也许蔷薇是愿意的，东瑷却不太愿意。

这个丫鬟很聪明，她想留着蔷薇在身边，嫁给盛家管事，然后做自己房里的管事妈妈，她能省心不少。

太精明的丫鬟做了通房，将来抬了妾，东瑷自己心中先是过不去。

罗妈妈又出去了，她真的无人可问。

想了想，东瑷让蔷薇帮她换了件湖水色褙子："我去祖母那里坐坐。"

此刻刚刚吃了午饭，老夫人应该正在歇息，东瑷是知道的，蔷薇从老夫人屋里出来的，她亦知道，所以不解望着东瑷。

东瑷没有解释，只是笑笑让蔷薇服侍她换衣裳。

到了荣德阁，老夫人果然歇午觉，宝巾在内室服侍，詹妈妈和宝绿、紫鸢、绿浮都在东次间。

见东瑷来，几个人忙不迭给东瑷行礼，请东瑷炕上坐。

"老夫人刚刚歇下……"詹妈妈笑着跟东瑷道。

东瑷笑容恬静："我知道。妈妈，我有几句话想问问您……"

宝绿等人给东瑷上了茶，听得东瑷说这话，都很自觉避了出去，蔷薇亦跟了出去。

"妈妈，我想问问您，通房有哪些规矩？"半晌，东瑷才低声问。

詹妈妈一愣，她仔细打量着东瑷，怎么好好问了这样一句？想着，詹妈妈的心思就转到了刚刚陪着东瑷一起过来的蔷薇身上。

难道九小姐以为蔷薇做郑姨娘的干女儿，是为了给她做通房？

詹妈妈忍不住扑哧一笑。

詹妈妈的这一笑，东瑷满头雾水，有些不解望着她。修长纤浓的羽睫扑扇着，迷惘的眸子有种懵懂的艳丽，水灵妩媚，别样妖娆，令詹妈妈惊艳一愣。

须臾回神，詹妈妈嚼着笑，径直问道："九小姐，您问通房的事，是不是因为蔷薇要给郑姨娘做干女儿？"

东瑷颔首。见詹妈妈这样直接，东瑷就知道老夫人并不想瞒着她。詹妈妈从小服侍薛老夫人，她对薛老夫人的一言一行揣摩至深。倘若老夫人不想东瑷知道蔷薇做干女儿的原因，詹妈妈大可以把话题绕开，只言片语不提蔷薇。

既然提了，就是说可以告诉东瑷的。

"我方才知道大伯母喊了蔷薇，要她做郑姨娘的干女儿。妈妈，这是怎么个缘故，郑姨娘有三姐的，怎么还要蔷薇做女儿呢？"詹妈妈直接，东瑷也不想再拐弯抹角了。

郑姨娘膝下空虚这些鬼话，连蔷薇都不信，何况东瑷？三姐出嫁六七年了，郑姨娘足下空虚也六七年，如今才想起要个女儿？

她跟老夫人说，她不想成为薛府的罪人，不想盛家恨她因而恨薛家，所以她想在盛家好好做儿媳妇。

老夫人应该会帮她的。

那么，蔷薇做干女儿这件事，应该就是为了她的出阁准备的。

可她还是不明白到底为什么。

闺阁之中的忌讳与规矩，她都是很清楚的；可出阁后，身为妇人的很多事情，她就不太懂了。

罗妈妈又出去了，要等她出阁，才会跟着去盛家。目前，跟她亲近些、不会害她、肯同她说真心话的，大约只有老夫人身边的詹妈妈。不能直接问老夫人的事，东瑗会想起詹妈妈来。

詹妈妈笑道："九小姐，您知道媵嫁么？"

东瑗心里一顿。

她知道媵嫁，前年靖安王的独女成宜郡主嫁到刑部尚书齐家，就从靖安王妃的娘家选了两名庶女媵嫁。因为成宜郡主自小身体不好，靖安王怕女儿不能生养，而通房的孩子身份又太低，就媵嫁两名表妹给成宜郡主。

媵嫁之人，一般都是出阁女子的亲戚，身份比婢女尊贵，嫁到夫家是贵妾，仅次于主母之下，妾室之上。

媵妾的儿女，不需要夫族的允许，只要主母认可，就可以直接养在主母名下。这样的孩子比通房孩子的身份要尊贵。

媵嫁是古老的婚姻制度，在本朝已经不怎么实行，只有公主、郡主出嫁才有资格媵嫁。没有封号的女子，陪嫁的只能是通房。

而东瑗，是御赐的柔嘉郡主，她可以选媵嫁之人。

薛老夫人怕盛家世子爷不肯让东瑗诞下孩子，也担心盛家世子爷不肯要东瑗的陪房，所以媵嫁一女给盛家世子爷做妾。让媵妾生下孩子，给薛东瑗养着。有了子嗣的主母，就可以在盛家宗族立足。

一来，媵妾身份尊贵，可以帮东瑗一起管束盛修颐房里的其他妾室；第二，盛家世子爷顾忌东瑗，也可能不想要通房，可贵妾他不能拒绝。或早或晚，贵妾会生下孩子。

盛家就无法否定东瑗在宗族的地位。

果然姜是老的辣！她的祖母，果真是个杀伐果决的人！

可她觉得心中闷闷地疼。

盛修颐从前有多少妾室，她不能避免；可是由她自己带着贵妾过去，姐妹两人服侍一夫，她心中很是难受。

既然是在这个年代，她从未奢望过她将来的丈夫无妾。可这个妾要她自己亲手挑选、亲自带过去，她心里无法接受。

这个妾，还是她最看好的蔷薇，更加让东瑗难以忍受了！

东瑷袖底的手指收紧,情绪掩藏在她的笑容之下,才道:"我知道媵嫁,前年成宜郡主就媵嫁了两个表妹。妈妈,那蔷薇……"

詹妈妈微笑颔首:"蔷薇是个很好的孩子,老夫人和世子夫人都觉得她漂亮、为人聪慧、做事妥帖,做媵妾最好。她举家都在薛府,几代的忠心耿耿,她是最合适的。您回去,可以把这个好消息告诉蔷薇,免得你们两人都不安心。"

算是确认了蔷薇认作世子爷的庶女,是为了媵嫁到盛家。

东瑷笑容有了几分勉强。她不想蔷薇媵嫁到盛家去。

说了会儿话,老夫人起身了,詹妈妈和东瑷都进内室服侍。

见到东瑷,老夫人就笑:"今日怎么来得这样早?"

詹妈妈服侍老夫人梳头,笑道:"为蔷薇的事。蔷薇那丫头也太谨慎,世子夫人没有跟她明言,她就不安心了,非要跟九小姐说。九小姐过来问问怎么回事,也替蔷薇着急呢。瞧瞧这小姐妹情深的。"

雕花鸾镜中,老夫人看到东瑷的笑容很淡,笑了笑没有接詹妈妈的话。

梳了头,宝巾端了水来漱口洗脸。

梳洗一番,东瑷亲自搀扶老夫人去了东次间。

老夫人叫詹妈妈等人都出去了,只留东瑷说话。

"本没有想瞒着你,准备晚些时候告诉你。"老夫人拉着东瑷的手,呵呵笑道,"怎么,你不想蔷薇跟过去?"

东瑷想带着蔷薇去盛家,但不是为妾。

可这话,她不能跟老夫人说。

老夫人疼爱东瑷,但老夫人是这个年代的女人。这个年代的女子,以夫为纲,不妒是妇德之一。替丈夫纳妾,为夫家添子嗣,是为妻的职责之一。倘若她说她不想带蔷薇去,老夫人定会觉得她小气、不识大体,要为她担心了。

这是此时空的主流观念和东瑷后世思想上的冲突,不是感情可以调和的。

"祖母,我很喜欢蔷薇,想让她跟着去盛家。她做事勤勉,为人小心,又聪明有见识。倘若她能一辈子替我管着房中事务,我要省心不少。"东瑷微微垂首,声音闷闷的,"她要是媵嫁过去,我身边真的没有这样能干的人了。橘红太敦厚,橘香孩子气,都不如蔷薇。"

就是说,她不想蔷薇做媵妾。

年轻的时候,任何女子都不希望自己和丈夫之间横着旁人。已有妾室是无可奈何。

东瑷嫁到盛家,有很长的一条路要走。蔷薇作为媵妾,可以管制盛修颐房中其他妾室,替东瑷做恶人,而东瑷落得贤惠名声;倘若蔷薇是东瑷房里的管事妈妈,蔷薇再厉害,账都要算在东瑷头上,她就要背上悍妇骂名。

老夫人微微叹气,对东瑷道:"瑷姐儿,祖母知道你心里的意思。你再回去想想,蔷薇媵嫁过去,对你有好无坏!她不管将来如何发达,老子娘都在我们府上,一辈子是我们府上的奴才。单单这一点，她一辈子受你的牵制，不能翻身。倘若旁人滕嫁过去，祖母怕人心不足，得意时妄图扳倒你，给你使绊子。"

这也是家里丫鬟抬庶女嫁过去的好处。

倘若是旁人，祖母说到这个程度，东瑷也许会妥协让步。

可她就是舍不得蔷薇。

做了贵妾，蔷薇就算再忠心耿耿，也要为了自己的孩子打算，也想争丈夫的宠爱。而她争的对手，就是东瑷。

她不想和这个丫鬟做对手。这个丫鬟聪明，见识不凡，有这样的对手，东瑷会很累。

滕嫁一女，是为了保障她的将来，保障她的盛家宗室的地位，是老夫人和世子夫人商量好的，东瑷已经无法拒绝。

抛开她前世对婚姻忠诚的信念，家族为她滕嫁一人，的确是为了她好。哪怕心中再别扭，她都要接受。可她要争取，她不想要蔷薇成为这个滕妾。

"祖母，我知道您都是替我打算……"东瑷抬眸，眼角已有了水光，"我舍不得蔷薇。她要是做了滕妾，对我真的会像现在一样忠心吗？您既然已经定了她，那……那就是她吧……"

很委屈可怜的模样。

老夫人瞧着，就有些心疼，目光不由得犹豫了几分。

东瑷那句"对我还会像现在一样忠心吗？"让老夫人心中一顿。老夫人又想起蔷薇的聪慧来。这样的女子，没有歪念还好，一旦有了歪念，对东瑷而言，就是个祸害！

回去的时候，蔷薇迫不及待问东瑷："小姐，您问清楚了吗？世子夫人让我做郑姨娘的干女儿，是为了什么？"

东瑷淡淡笑了笑："我刚刚开口要问，詹妈妈就打岔，大约是不能告诉我。你且耐心等等……"

等两三日，倘若老夫人心软了，大约就会换别人，东瑷就能找个借口，搪塞了蔷薇。她不想把实情告诉蔷薇，免得在她心中落下痕迹。若老夫人最终选定的还是蔷薇，她迟早会知道；若换了人，让她知道，不过是在她心中空留些涟漪。

对她们都无好处。

回到拾翠馆，东瑷就有些闷。

现在的她，真像个患者。那些令她烦躁的事，就像苦口良药，令她作呕，她不情愿接受，可她需要捏着鼻子吞下去，才能换来以后健康的体魄。已经病了，就要忍受她憎恶的药，才能祛病！

薛家会滕嫁一人，是东瑷无法更改的事。她唯一能做的，就是替自己争取，这个人不是蔷薇！

蔷薇不知道给大房的郑姨娘做干女儿是福是祸，第二天荣妈妈叫了她去，世子夫人又

问她是否愿意,她就委婉拖后了两天再答复。

自此后,东瑗情绪不太好。

蔷薇敏感觉得,世子夫人给她的,并不是好事。她没有九小姐那样对府里的事情通透,很多事她不知道,小姐却知道。看着小姐低落的情绪,蔷薇明白东瑗对这件事不是十分乐意。虽然不知道为什么,蔷薇心中已有了决定:她不能答应世子夫人。

再过一个月,她就要陪嫁到盛家,比起世子夫人,九小姐才是她永久的主子,她不能为了世子夫人得罪了九小姐。九小姐不跟她说,也许是这件事很隐晦、不能启齿。

蔷薇默默想好了,过了几日世子夫人再叫了她去,她就扑通给世子夫人跪下磕头:"夫人,蔷薇只是府里的奴才,命浅福薄,承受不起这样的恩惠。蔷薇只想尽心尽力服侍九小姐,不能给郑姨娘做女儿,求夫人收回成命!"

世子夫人微愣,须臾才呵呵笑起来:"快起来,快起来!"

荣妈妈和花忍就搀扶起蔷薇。

蔷薇以为世子夫人还要劝她,她都想好了说辞:她还有两个妹妹,算命的说她的四妹、五妹都比她有福,让世子夫人选她的妹妹给郑姨娘做女儿。

没想到,世子夫人笑眯眯道:"既你不情愿,也就算了。原本郑姨娘看着你好,有几分三小姐的模样,想留你在身边服侍的,又怕你从九小姐屋里到她屋里委屈,就想认你做干女儿。你心里只认九小姐,这是你和九小姐的缘分,以后要更加尽心尽力服侍九小姐!"

喜得蔷薇连连给世子夫人磕了三个响头。

她回到拾翠馆,就跟东瑗说了。

东瑗一听这话,就知道老夫人换了人选,把蔷薇留在她身边做管事丫鬟。东瑗忍不住弯起眼角笑:"蔷薇,你这个傻丫头,做了郑姨娘的女儿,就是薛府的小姐了,你倒是诚心推了,多不识好歹?"

言语里很高兴,并无刻薄之意。

蔷薇听得出来,就嘻嘻笑:"我福薄,没有做小姐的命。再说,我是个笨的,在老夫人屋里,只认得老夫人;在小姐屋里,只认得小姐,旁的东西再好,蔷薇也不眼馋。"

说得东瑗心中暖流阵阵。

还有二十多天便要出阁,东瑗很想知道,薛府到底会选谁给她做媵嫁。

不是蔷薇,总有别人。

欢愉又被这种无奈的情绪替代,东瑗有些闷。

蔷薇推辞了世子夫人的第二日,东瑗就听说老夫人认了屋里的宝巾做孙女,同家里的庶出小姐一样。

宝巾是老夫人最喜欢的婢女,她是个孤女,小时候爹娘都在薛府当差,后她爹身子骨不好,她三岁她爹就亡故了。她娘是个胆小怕事的,在府里做事小心谨慎,独自抚养着宝巾。宝巾七岁的那年冬季,她娘亲也病逝了。

后来她就一直在老夫人屋里，从粗使丫鬟做到一等丫鬟。

东瑷知道老夫人最喜欢宝巾。

比起老夫人屋里的其他一等丫鬟，宝巾沉稳、寡言，做事尽心，嘴巴很紧，瞧着有些木讷，谁讨好她她都不受，眼里真正只有老夫人。她行事虽然不知道变通，得罪了些人，可老夫人抬举她，倒也无人敢欺压她。

宝巾，大约就是东瑷媵嫁之人了。

听到这个消息，东瑷眼眸微黯。虽知道老夫人是为了她好，虽知道宝巾嫁过去是为了她诞下盛家子嗣，为她在盛家固宠。可是她的心，就是难受。

哪怕不是她自己做主的，妾室却是她自己带过去的，她自己把自己推入了一妻多妾的境地。

在老夫人面前说了几句话，就轻松把蔷薇换下来，她已经很知足了。

可蔷薇还是看得出东瑷听到宝巾做了老夫人孙女时的不开心。

蔷薇不明白东瑷为何不开心，但是她隐约猜到，宝巾做孙女，和她做干女儿，都是为了同一件事，一件让九小姐不开心的事。

到底是什么事？

蔷薇隐隐不安起来。

四月十五，离她出阁还有五日。吃过晚饭，老夫人专门留了她说话。

薛老侯爷也坐在炕几上，笑眯眯望着东瑷。

詹妈妈就拿了个精致的礼单给老夫人，老夫人看了看，又递给东瑷，笑道："瑷姐儿，这是祖母给你备的妆奁，过几日就要抬到盛家去，你先看看，还想要些什么，祖母再给你添置。"

东瑷脸微红，有些尴尬。

迎着老夫人慈爱目光，东瑷把单子拿过来瞧。

看了半晌，她抬眸望着老夫人，满眸惊讶，斜长眸子里就有了水光："祖母，这也太多了，家里还有好几个妹妹未出阁……"

不说首饰丝帛、箱笼家具，只说黄金白银、田产铺子、房舍陪房，就太奢侈了。

老夫人给了她良田六千亩、白银五千两、五间在京城最繁华的东大街铺子、八房陪房人家，十六个陪嫁丫鬟，衣裳首饰种类繁华，难计其数。

"瑷姐儿，有些东西不是公中的，是你祖母的陪嫁。"老侯爷笑道，"你祖母的陪嫁，不管是给你还是留给家里旁人，都是随你祖母的意思。你是郡主，八十八抬嫁妆，不算铺张。"

东瑷知道是已经商量好的，再推辞显得虚伪。

况且嫁到婆家，陪嫁越多，底气也足，祖母的良苦用心，她岂能不知？

东瑷起身给老夫人磕头。

老夫人忙拉起她，笑呵呵把她搂在怀里："祖母又不能带到棺材里去。不给你，也是要留给他们糟蹋了！"

然后敛了笑意，对东瑷道："瑷姐儿，还有一事，你陪嫁的媵妾，既然你不愿意，那就算了。"

东瑷应该高兴的，可是不知道为何，她突然心酸，眼泪簌簌落下来，道："祖母，多谢您把蔷薇留给我。"

老夫人揽了她，呵呵笑着，骂她傻孩子。

第七章　良辰美景

四月十七日，离东瑷出阁还有三天。按照薛家的习俗，新娘出阁前三日，相好的姐妹要过来聚会道别，诉说平日姐妹之情。薛家人口众人，平日也有些相好人家。

可东瑷一向疲于应付府中的人和事，没有精力结交外面的姐妹。

于是薛东蓉和薛东姝姐妹俩、五房的十二姑娘薛东琳、十三姑娘薛东妍、十四姑娘薛东娴这三天日日来给东瑷做伴。

直到四月十九，东瑷的嫁妆抬去了盛昌侯府。

明日就是东瑷出阁之日，今晚的镇显侯府，灯火彻夜不灭。

薛东蓉跟东瑷道："九妹，今晚我陪你睡，咱们姐妹说说话儿……"

十一姑娘薛东姝也道："我也陪九姐睡。"

应该是母亲陪女儿睡的，教女儿些闺房事宜。可杨氏下午起就说不舒服，大约是为了避开陪东瑷睡的尴尬。

东瑷也一直担心这晚怎么熬过去，杨氏跟她亲昵会尴尬，她同样也会。听说杨氏不舒服，东瑷松了口气。

既然杨氏不来，薛东蓉等伴嫁姐妹就可以留下来。

"好啊！"东瑷愉快答道，她真怕杨氏一会儿身子好了，又被人劝说来陪，她就不知道如何应付了。五姐和十一妹留下来陪她，最好不过。

四月中旬的夜晚，风暖蕊香。荼蘼正是盛绽时刻，恣意留恋着暮春的光阴。晚春月夜，落花如雪，烟月朦胧中，初开的牡丹慵懒娇羞，嫩叶萦绕花瓣，宛如霓裳翩跹。

拾翠馆的内室里，丫鬟们奉茶后，就悄然退出去，屋子里只有东瑷姐妹三人。

清茶入口，余香绵延。

"这是去年的茶？"五姑娘薛东蓉放了茶盏，轻声问东瑷。

薛东蓉自从为了嫁萧五公子大闹一场后，除了晨昏定省，很少去老夫人的荣德阁闲坐，东瑷跟她说话的机会亦少。这段日子以来，二夫人为薛东蓉的婚事闷闷不虞，薛东蓉也日渐消瘦。

见她问，东瑷笑："我喝不惯新茶，总要等过了一季才能饮下。"

薛东蓉也笑："我同你一样的脾胃，春日喝冬茶，冬日饮秋茶。咱们家的人都这样，新鲜的茶叶，都让十一妹先享用了。"

老夫人也不喜新茶，总要放上一季才喝。

每次南边庄子上送了当季的新茶来，从前是四小姐薛东婷喜欢，而后就是十一小姐薛东姝喜欢。旁人或是真心喜欢陈茶，或是随老夫人的喜好，都不爱新茶。每次的新茶，老夫人总是叫人送些给十一小姐，就放入库里。

薛东姝听到薛东蓉的话，抿唇笑："我口味轻些。"

这算一个话题，姐妹三人终于打破沉默，开始聊各地的好茶，如何泡茶更加入味，什么茶具精致，家里谁泡茶手艺出众，什么样的水沏茶最好等等，气氛渐渐轻松起来。

这一夜，东瑷和薛东蓉却都无睡意。姐妹三人，薛东姝和东瑷睡在浮雕牡丹花开拔步床上，薛东蓉歇在内室的炕上。东瑷躺着没有动，却听到薛东蓉偶尔翻身。

东瑷不知薛东蓉在想什么，她却想起了她曾经生活的那个世界。她擅长交际，朋友很多，却无知己一人，她的心总是藏得很深，不肯对任何人坦白；父母富足，却各种隐晦，同床异梦，对东瑷的关怀都很肤浅，经济上却给予豪爽；唯一真心疼爱她的祖母，早年去世。

她的工作很普通，她表现更加普通。

不是不能，而是不愿。她已经有了富裕的家境，不知工作目标是什么。长年累月，她一个人住在高高的大厦里，透过冰凉的落地玻璃鸟瞰整座城市。

跟此刻的薛府九小姐薛东瑷，是多么相似！

她初来这个世界，人人称赞她能耐得住寂寞。寂寞、孤独，东瑷其实早已熟悉。

她曾经也想找个人嫁了，最后直到她死都没有成功。男人很多，她喜欢的却太少，而她喜欢的、又值得托付终身的，就更加没有了。

如今想来，当初太挑剔了。

那时的自己，从未想过要嫁一个自己不满意的男人。现在，她要嫁一个未曾谋面的男子了。

他是个什么样的人？

笨拙，懦弱还是阴毒？

自从赐婚，她就时常叫蔷薇打听盛修颐的事。有三个儿女、三房姨娘、无才干、不荒唐，应该风流的年纪，他却似一潭孤寂的潭水，不见任何波纹。

这样的人，要么就是怯弱胆小、昏庸无用，要么就是胸有大志、隐忍蛰伏，而她未来的丈夫，是个什么样的人？

他长得如何、他性格如何，都打听不出。整个盛京，提起盛修颐，只说他命不好，注定克妻；只说他无能，仗着盛贵妃的势才做了刑部五品郎中；只说他怪异，一点风流韵事都无。

这样的男子，定是老气横秋。

也好！东瑷安慰自己，他越是老气横秋，越是中规中矩，重礼法，就不会做出任何有

违纲常之事。

　　宠妾灭妻这等事，盛修颐大概做不出来。有法可循，她的日子应该不会太差。

　　东瑷想着，不知不觉已是寅初。迷迷糊糊睡了半个时辰，蔷薇喊她们起床。

　　卯初一刻，东瑷由蔷薇搀扶着，去给五老爷薛子明和五夫人杨氏请安。

　　薛子明已经起身，和杨氏穿了崭新的衣裳，坐在炕上等着东瑷。

　　杨氏的丫鬟碧桃给东瑷递了蒲团，她跪下去，给薛子明和杨氏磕头。按照习俗，成亲早上先给长辈请安，再去宗祠跪拜，才要按新娘妆装扮，在家庙旁边的厢房里，等待新郎家的迎接。

　　这时磕头，薛子明和杨氏应该给她一个红包，说些吉祥的话。

　　先给薛子明磕头，杨妈妈搀扶起东瑷，塞给她一个红包。东瑷接了，规矩立在一旁，等待父亲的祝福。

　　"从今日起，你便是盛家妇。在夫家要敬重公婆、丈夫，不得有违妇道！"薛子明声音有些冷静，妇道二字咬得极重。

　　东瑷心中微寒，恭声道："多谢父亲教诲，女儿谨记于心。"眼睛却有些涩，这就是她的生父啊！

　　什么样的恨，让他这样对待自己的亲生女儿？

　　碧桃又递了蒲团，东瑷给杨氏磕头。杨氏给了红包，说了些什么万事和顺、夫妻和睦的吉祥话。

　　东瑷谢过父母，要去荣德阁给老夫人和老侯爷磕头，就由蔷薇搀扶着，出了杨氏的锦禄阁。

　　回眸间，她望着青砖红瓦的院墙，清湛眸子有些许雾气。

　　蔷薇忙问小姐怎么了。

　　"若我母亲还在，这里会不会热闹些？"东瑷语气有些闷。

　　蔷薇正要说话，东瑷已经淡笑起来，表情轻松道："走吧，祖父、祖母还等着呢。"

　　东瑷去了荣德阁，给老夫人和老侯爷磕头请安后，老侯爷和老夫人分别说了吉祥话，给了压箱红包，东瑷由蔷薇搀扶着，依旧回了拾翠馆，准备新娘大妆。

　　薛家选了福禄最厚的世子夫人替东瑷装扮，三夫人、四夫人在一旁帮衬。二夫人寡居，不能到新娘子的房里，五夫人是嫡母，亦要避嫌。

　　凤冠霞帔早已备好，世子夫人帮她绾了青丝，化了浓艳的新娘妆，两颊艳红，双唇点胭脂，菱花镜中的女子艳丽妩媚，丝毫不显妆容的突兀。

　　新娘妆要喜气浓郁，很多眉眼清淡的女子撑不起，虽然瞧着喜气洋洋，却没有太多美感，只是为了一种仪式。

　　而艳丽妆容落在东瑷脸上，却有相得益彰的华贵与娇媚，她肌肤越发白皙，双眸越发璀璨，连世子夫人等人都愣住。

没有凤冠霞帔的映衬，她照样惊艳万物。天成的美貌，不怪皇上魂牵梦萦。

三夫人性子直爽，连连惊呼："瑷姐儿如此装扮，真是好看，把天下美人都比了下去！"很夸张的口气，却惹得四夫人的连声附和。

世子夫人笑起来，帮东瑷戴了凤冠，穿了艳红色新娘礼服，朱红色流苏的云霞披肩，然后搀扶起东瑷，对着拾翠馆正西北方向跪拜三次，辞了闺阁，由陪嫁的蔷薇、红莲、绿篱陪着，去宗祠旁边的厢房，等待盛家的花轿。

东瑷头上戴的凤冠，以黑丝线的骨架上施金地点翠为底，面饰金凤。风头饰两颗大东珠，凤尾饰中号东珠；金凤翅膀各饰珍珠、红蓝宝石、猫睛石。金凤嘴里各衔一排垂珠璎珞，垂珠低饰红蓝宝石缀角。

整个凤冠流光溢彩，衬托她面如明珠般灼目，似盛开的牡丹，芬香馥郁，颜色浓艳，娇丽、婀娜，静静释放傲视万紫千红的艳丽。

蔷薇服侍东瑷穿了"多福"，就是绣了各种福字的套鞋。出了闺房门，到进了洞房之前，新娘子脚不能沾灰。从前是铺满地的福字毡毯，而后觉得太过于奢侈，到了本朝，渐渐发展到了做一双"多福"套鞋，代替毡毯。

尚未出阁，就不需要红盖头，家里的宾客纷纷在拾翠馆门口等待。

见丫鬟婆子簇拥着，世子夫人和三夫人搀扶着东瑷，众人纷纷上前，说些吉祥话，也有连连吸气，夸赞新娘子似天仙般美丽的。

东瑷不开口，只是羞赧含笑。世子夫人和三夫人替她应答。亲戚朋友跟着，去了薛府正西北角的宗祠，离老夫人的荣德阁很近。

自古就是以西北为尊，皇帝御座坐北朝南，背靠西北，象征权力至高无上。薛府的西北角，只有老夫人的荣德阁。绕过荣德阁，是一处池塘，水中有一方小亭。两条长长的抄手游廊，绕过假山，才是宗祠。

亲戚女眷们在宗祠旁的厢房里坐了片刻，已是午初。

前头丫鬟来禀开席了，众人都纷纷起身，去了前头坐席，吵闹的厢房里只剩下东瑷和四个丫鬟。

东瑷一直沉默不语，此刻才轻轻舒了口气。

詹妈妈捧着紫檀木浮雕金莲食盒进来，笑盈盈问东瑷："九小姐，累着了吧？"

东瑷顶着至少十斤的凤冠，脖子酸得厉害，又被亲戚朋友的女眷们目光如炬地打量、评价，累得不轻。她却不敢抱怨，笑容不免羞赧，违心道："还好，不是很累。妈妈，您叫个小丫鬟送食盒来就是，怎么亲自走一趟？"

詹妈妈笑："老夫人怕您不舒服，又不敢同旁人开口，就叫我亲自来瞧瞧。您都好，老夫人才放心呢。"

东瑷心中一阵暖暖的涟漪。

詹妈妈把食盒摆在东瑷面前，四碟素淡的菜，一碗粳米饭，又拿出镶银头的象牙箸给东瑷："您每样吃些，别饿着了。"

东瑷知道，老夫人怕婚礼闹到很晚，她不能吃到东西，饿得慌，就特意叫了詹妈妈做了她平日爱吃的送来。

接过筷子，东瑷说了句多谢妈妈，细嚼慢咽，吃了整整一大碗米饭，比她平日里吃得都要多。

詹妈妈看着很高兴。

东瑷吃了饭，蔷薇和红莲收拾好食盒，送詹妈妈出了厢房。

东瑷就顶着重重的凤冠，在屋子里来回踱步。绿篱不明所以，小声道："小姐，您要做什么，奴婢帮您做。您……"

东瑷回神，笑道："我就是消消食。"

见小丫鬟一脸错愕，估计是穿着新娘妆消食很怪异，就坐回炕上。

吃了饭，世子夫人先过来，带了镜奁。见东瑷脸颊的胭脂有些淡了，唇瓣的胭脂被吃饭全部弄掉了，重新帮她抹了。

隔得老远，东瑷依稀能听到鞭炮阵阵。

世子夫人笑道："盛家迎亲的人来了。"

东瑷莫名的心口发紧，她攥住了手中一方锦帕，呼吸微顿。莫名的紧张感将她包围：真的要上花轿，要出嫁了。

申初三刻是吉时，现在应该末初了。还有一个多时辰，她便要离开她生活了六年的薛府，去一个未知的地方。

那个地方，将要度过她的一生。

不管多么镇定，此刻对未知的恐惧引发的紧张，令她不安。

世子夫人看得出东瑷的不同寻常，就坐在她身边，轻轻拉着她的手道："瑷姐儿，你不用害怕，盛夫人不是刁钻之人，盛家世子爷仪表堂堂，你安心服侍盛家世子爷和公婆，日子会好的。"

是在安慰着她。

可此刻，这些安慰的话杯水车薪，东瑷不顾世子夫人在场，深深吸了口气，又吐出来，才强自镇定些，笑道："我记住了，大伯母。"

世子夫人微微颔首。

大约末正，两名喜娘进来，给东瑷道了万福。

世子夫人打发了她们一个红包，就把东瑷身边的位置让给了喜娘。喜娘替东瑷盖了茜红色轻罗绣着戏水鸳鸯的红喜帕，说了祝福儿孙满堂、夫妻和美的话。

东瑷眼前顿时影影绰绰，天地间皆是朦胧的淡红色。

大门那边喧闹被薛府亭台楼阁阻断，东瑷完全不知发生了何事。

直到申初一刻，她的大堂兄薛华靖来，说恭喜九妹大喜，给了她红包。

东瑷接在手里,她知道,等会儿背着她出去上轿的,就是她的大堂兄。盖上了喜帕,东瑷不能言语。

须臾,鼓乐越来越近,人呼迎新娘,薛华靖道声"九妹",就蹲在东瑷面前。在喜娘和丫鬟等人的帮衬下,东瑷伏在薛华靖的背上,由薛华靖背着,出了厢房。

外面日光温暖明亮,虽盖着红喜帕,东瑷也能看清前前后后的大致景观。出了宗祠,绕过抄手回廊,大约两盏茶的工夫,就快到了垂花门前的穿堂。地上掼着大红鞭炮屑,空气里都是炮仗气息。

出了垂花门,又过了两重仪门,出了镇显侯府的大门。

薛华靖把东瑷放在门口厚厚的红毡毯上,由喜娘搀扶着,上了垂着五彩折羽流苏的花轿。喧闹声、鞭炮声,震耳欲聋。

起轿的唢呐声响起,花轿一阵轻微摇晃,缓步而去。

渐渐地,人声消弭,鞭炮不闻,只有锣鼓唢呐奏响着她的路。

盛家为了敬重柔嘉郡主,东瑷出嫁的仪式,并不是按照继室,而是照原配的。她的花轿,绕着整个京城走了一圈,极力奢侈,直到天色将晚的戌初,才进了盛昌侯府的大门。

花轿稳稳停下,有三支箭射在轿门,才有一双手撩起帘布,把绾着双同心结的红绿牵巾塞到她手里,牵着她下轿。

接过牵巾的瞬间,东瑷触碰到那双手,很温暖。

她下了花轿,踩着盛昌侯府铺着的大红毡毯,进了盛府的大门。从今日起,她就是盛家的人了,这个瞬间,她的手不由自主有些抖。

又是鞭炮声,人声,喧闹不止。

天色已黑,盖着红喜帕的东瑷什么都看不清,喜娘搀扶着她,在她耳边轻轻低语提醒着她。

进了正堂,便是拜天地。

一拜天地,富贵荣华,天长地久;二拜高堂,安康祖寿,福泽绵长;夫妻交拜,多子多福,白首偕老。

在司仪洪亮的祝福声中,东瑷完成了拜天地的仪式。

恭喜声不绝于耳。

喧阗声中,她被送进了新房。

喜娘把缠着红绸的秤杆交到新郎官手里,笑呵呵大声道:"新郎官挑起盖头,夫妻和美百年。"

一阵嬉笑声中,东瑷看到有人影走到她面前,挑起了喜帕。

喜帕一掀,她眼前的光线骤亮,令她眼睛微眨,片刻才适应新房里明亮的光。

她也感觉到,盖头挑起的瞬间,新房里原本的喧闹,有短暂的停歇,好似被她的容颜惊艳,不知言语。

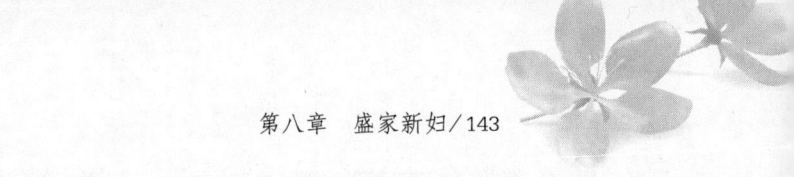

喜娘的笑声打破了沉默。

接下来，应该是沃盥。

而盛修颐，东瑷不敢抬眸去瞧。她垂眸时瞥了瞥，只感觉盛修颐双腿修长，应该是身材颀长的男子。

第八章 盛家新妇

沃盥之后，喜娘端上合卺酒，给东瑷和盛修颐喝了。

盛家侍女端上肴馔，东瑷和盛修颐各自象征性吃了一口。

最后，按照习俗，新郎的侍女要帮新娘脱下霞帔，摘下凤冠；新娘的陪嫁要帮新郎褪下吉服，换上喜气衣裳，这称为"脱服"。

在喜娘的指导下，东瑷头上的凤冠被侍女摘下后，她的脖子似卸了千金般的轻松，终于能自由扭头、抬头。她不敢幅度太大，还是微微动了下脖子，换了个舒服的姿势垂首。

婚礼便算完成了。

新郎官被拉去外间陪客、饮酒，款待来宾，剩下亲戚女眷便围着东瑷打量，笑嘻嘻评头论足。这亦是新婚闹洞房的一种形式。

她们说话声音虽然很轻，东瑷亦听得到最多的、不停重复的一句话：新娘子像天仙一样美丽。

皮肤白皙，额头饱满，是福禄之相，新娘子有福气。

甚至听得有人说，盛家世子爷看到新娘子脸红了，还是头一回见盛家世子爷脸红。

这些话，不知真伪，东瑷都垂首听着，心里没有任何涟漪。她是新娘子，按照习俗，她需要"坐床"，不能笑，不能开口，任由众人闹腾着她。

她不敢抬眸，只得低垂了眼帘任人打量着。

约两刻钟，有小丫鬟清脆声音道："开席了，二奶奶请众人夫人、太太、小姐们前头坐席。"

东瑷听到呵呵的笑声，鱼贯而出的脚步声，新房里渐渐安静，只有两个喜娘、盛修颐身边的两个美婢陪着她。

夜色渐深，东瑷对两个喜娘道："夜色将深，铺好床被，你们也去歇息吧。"

两位喜娘见东瑷一路上羞赧安静，并无世家小姐的傲气或者大方，比起小家女子还要羞赧沉默，以为她是个怯弱无主见的，正要提醒她该铺床了，没想到东瑷自己先开了口。

两位喜娘对视了一眼，开始帮着铺床，将床上的枣子、花生、桂圆、莲子等等吉祥物都收起来，又把房间里的肴馔撤下去。

静摄院的新房里，东瑷独坐了半晌。墙上的自鸣钟敲响，已经亥初了。昨夜未睡，白日又劳累，东瑷此刻却无睡意。她仍是紧绷着心。虽说婚礼已成，可没有落红，她就不算是盛家的媳妇。

哪怕对外人隐瞒，东瑷心中仍会不安。

她一直在紧张，等会儿进了新房的盛修颐，会不会完成夫妻最后的仪式，让她的心彻底安定下来？

她不想进宫。不管盛修颐是什么样的人，不管婆婆如何看待她，不管这场婚姻如何委屈，只要能摆脱进宫的命运，她就愿意努力，做好盛家的媳妇。

可是她很担心，盛家世子爷给不给她这个机会。

他大约知晓了皇帝对东瑷的感情，也许他不会碰她。可东瑷依旧怀着三分期盼。期盼他像个男人一样，既然娶了她，就把她当成妻子，而不是讨好皇帝、攀附权贵的工具。

越想，东瑷的心越来越乱，越来越紧张。

见两个丫鬟拱手立着，东瑷为了舒缓紧绷的情绪，就跟她们说话："你们叫什么名字？"

两人忙屈膝给东瑷行礼，其中一个圆脸的婢女道："回大奶奶的话，奴婢叫蘼芜，这是杜若，我们都是夫人遣来服侍世子爷的……"盛修颐在家中排行老大，盛夫人早就嘱咐过静摄院的人，喊新进门的薛氏为大奶奶，蘼芜就恭恭敬敬喊了。

"你知道我的妈妈和丫鬟们现在何处吗？"东瑷没有多想，又问。

蘼芜又道："都安排在耳房里住下了，大奶奶要唤人来吗？"

东瑷笑了笑，道："你把我的丫鬟和妈妈都叫进来吧。"她想要洗漱更衣，总不能指使盛修颐的美婢。

她甚至不知道这两个容貌清丽的丫鬟到底是做什么的。是临时在新房服侍，还是常年服侍盛修颐的？

蘼芜没有犹豫，忙去叫了东瑷的丫鬟们进来。

须臾，毡帘撩起，蔷薇领头，红莲、绿篱都进来服侍。她们身后，还跟着罗妈妈和已嫁为妇人的橘红、橘香。清冷的新房，顿时满满一屋子人。看着这些熟悉的脸孔，东瑷的情绪松懈了不少。

特别是看到眼眶噙泪的罗妈妈、橘红和橘香，她眼睛不由自主有些湿润。

蘼芜和杜若告诉蔷薇，哪里是净房，如何调度，蔷薇连说多谢姐姐，就和罗妈妈一起，服侍东瑷更衣洗漱。

"你们都去歇了吧，蔷薇在这里就好。"东瑷笑着对她们说道。

众人都屈膝给东瑷行礼，退了下去。

"小姐，您没事吧？"蔷薇问东瑷，"您脸色不太好……"

东瑷对着雕花菱镜瞧了瞧，卸了厚重的胭脂，脸色有些苍白，她真的太紧张了。

"可能是累了吧。"东瑷敷衍道。

正说着，外间服侍的蘼芜、杜若喊道："世子爷回来了。"

蔷薇忙扶了东瑷下炕。

毡帘撩起，一阵酒香迎面而来，东瑷垂首恭敬站立，男子天青色茧绸直裰的衣袂出现在她低垂的视线里。她随着蔷薇的手，屈膝给他行礼，自称妾身薛氏，道了万福。

"不需多礼的，起身吧。"盛修颐的声音平静里带着几分磁性，低沉好听。

他说罢，转身去了净房。

东瑷瞟了眼他的背影，穿着天青色茧绸直裰的男子，高大修长，步履稳健，毫无颓靡猥琐之相，她淡淡松了口气。

未来的丈夫，东瑷虽不奢望他是个顶天立地的英雄男子，却也害怕是个五短矮小的猥琐者。惊鸿一瞥，东瑷看到盛修颐步履沉稳，身材颀长，应该是个气质不错的人。单单外貌这一点，他在东瑷心中已经过关。

等盛修颐从净室出来，新房里红烛垂泪，光线明亮，只有新娘独坐床畔，服侍的丫鬟早已退到了外间。

盛修颐便将服侍他梳洗的蘼芜、杜若也遣了下去，又当着东瑷的面对蘼芜和杜若道："你们还回夫人那里服侍。我这里有大奶奶的人，不需要你们在这边，都去吧。"

东瑷微微一愣，这两个美丽的婢女，是盛夫人的丫鬟吗？东瑷还以为是服侍盛修颐的。

刚刚她们说，是夫人遣来服侍世子爷的，东瑷还以为是盛夫人从小安排在盛修颐身边的。原来是才送过来的啊？想起这两位婢女的美艳，东瑷心中微涩。她刚刚进门，她婆婆就开始防着她了。

蘼芜和杜若表情微滞，却不敢违逆盛修颐的话，声音失落掩饰不住，纷纷道是。

从始至终，东瑷就不敢抬眼去正面瞧盛修颐。

她不知道自己在害怕什么，可就是紧张。

特别是他说话间满室的酒香，东瑷能随时感觉他的存在，心跳得很厉害。斗室里烛火心蕊偶尔一声轻响，除此之外，静谧得能听到自己的心跳和呼吸，这样静谧，越发令人紧张。

盛修颐把丫鬟遣下去后，亲自吹新房里的蜡烛，东瑷面前的光线一点点暗淡下去。她轻轻咬了咬唇，起身想帮着吹蜡烛。

盛修颐留了两盏明烛在临窗大炕的炕几上，折身回来，正好与东瑷视线碰个正着。

虽然光线淡了下去，东瑷却终于看清了盛修颐的模样。

穿着天青色茧绸直裰的男子，鬓丝浓密，眼眸乌黑深邃，鼻梁高挺，嘴唇微薄，五官在他脸上组合得很完美，轮廓深邃，下巴曲线柔和里不失刚毅，是难得一见的美男子。

又不是那等文弱不禁风的男子。他虽然很白，气势却似将军般英武。

盛修颐也是第一次正面打量东瑷。

从挑起喜帕到刚刚他进内室时，她的垂首请安，盛修颐只是看到她似青绸般的顺滑青丝与光洁的额头。她垂首时，盛修颐不好低头仔细看，只觉得她年纪小，肌肤细致白皙。

此刻，他眼眸里闪过一丝惊艳。

外界人人都说薛家九小姐容貌艳冠京华，盛修颐不信。

他思忖着，不过是因为韩氏女的传闻，薛东瑷是韩氏女的后代，所以外人夸耀她的美丽，一传十十传百地传开了。高门大户的小姐，真正有几个人见过？

如今瞧着她，穿着银红色喜字并蒂莲褙子，斜长眸子似明星般璀璨，青黛柳眉如新月般清隽，鹅蛋脸，唇瓣微翘，眼角上挑，风流妩媚堆砌眉梢。

只需一个浅颦轻笑，便有俘获人心的柔媚。

盛修颐终于明白为何一向孝顺的元昌帝为了她，敢忤逆太后；亦明白精明的元昌帝为何为了一个女人，耗费如此心力。为了这样的女人，元昌帝眼光不错的。

无奈太后不喜此女，贵为天子的元昌帝终究失意，将佳人许给了盛修颐。

想到这些，盛修颐微微扬唇，露出一个浅淡微笑。

他的笑落在东瑷眼里，有些意味深长。东瑷猜想他有可能是想起了元昌帝，却不知道他此刻是什么样的心思。

东瑷的心反而沉了下去，有些闷闷的疼。

他只怕，不会要她了。

她是御赐的柔嘉郡主，是太后和皇上赐婚给盛修颐的，在太后娘娘在世时，盛家不敢休弃她，不管新婚之夜是否落红，她都是盛家的媳妇。

可东瑷想要安心过日子的念头，却要被迫取消。

不能做盛家的媳妇，东瑷不知道以后应该怎么办，亦不知道以后如何努力，她好似又回到了前世那个没有追求、空虚寂寞的生活里。

想着，盛修颐已经坐在床沿，脱了鞋上床，对站在那里微愣的薛东瑷道："早些歇息吧。"

临窗炕几上的红烛是不能吹灭的，新房里三日不可断了烛火，否则不吉利。

东瑷回了心思，垂眸道是，折身上床。

浮雕并蒂金莲纹拔步床垂着金钩，悬挂大红色轻罗绣盘螭栖凤纹幔帐。

东瑷上了床，便亲手放下幔帐，床内的光线顿时黯淡下来，影影绰绰的。

盛修颐半坐在床上，正看着她。东瑷回身，就看到了他的目光。被他这样瞧着，她很不安。

她不知下一步如何是好。他坐着，她就不敢先睡下。

盛修颐倒也自觉，躺了下去，东瑷才与他并头合枕而眠。她能闻到他身上的酒香，甚至能感觉到他身上的温暖。

接下来呢？

好半响，盛修颐一动不动，呼吸甚至都感觉不到。不像是睡熟了，好似在想什么。

就这样，沉默培养睡眠，一直到天亮？

东瑷藏在被子里的手攥得有些紧。

她哪怕再想做盛家的媳妇，哪怕再自负有容貌，也没有脸去开口，让男人碰她。这样的话说出来，她的清誉只怕难保。

她不能主动，只有等待。

可是等待令人心焦，甚至害怕。

"你在家中排行九？"昏暗中，盛修颐突然问她。

东瑷惊喜不已，忙道是。这是个很好的开端，他愿意和她说闲话，说明他不讨厌她。只要他不厌恶她，东瑷就觉得有可能争取，她顿时打起精神来应付。她不能错失这个机会。

"你的闺名是哪两个字？"盛修颐又问，声音平静，却似春日骄阳，让东瑷的心际明媚起来。

她笑了笑，声音恬静镇定："东瑷。"然后又仔细告诉他，是哪两个字，"东方的东，召人以瑷的瑷。"

盛修颐听到她出口就是古语，微微侧身，对着她，问道："你读过书的？"口吻像大人见到有趣可爱的小孩子一样。

他对着她，东瑷能闻到他说话时口中飘出的酒香，脸上不禁发热。幸而光线昏暗的幔帐中，什么都看不清，她强自微笑道："读过几本。小时候字写得不好，祖母请了西宾，教了两年。"

盛修颐有些吃惊，专门请西宾教女孩子读书的，一般是人口稀少、无男丁的人家，希望女子成器，将来招婿继承父业；或者读书人家，独生宝贝女儿，父母溺爱，请了西宾教诗词歌赋。

薛家可是人口众多的，老夫人专门替她请了西宾教书授业，足见薛老夫人多么疼爱她！

"读书明理，这很好。"他的声音低沉了下来，手却顺着东瑷的锦被，伸了过来。

东瑷心中一动，莫名的惊喜涌上来：他愿意要她？明知元昌帝虎视眈眈，他还愿意要她，愿意让她真正成为盛家的媳妇，成为他的妻子吗？愿意和她承担未来的风险？

她的手攥得更紧，心紧紧揪着，生怕自己误会了盛修颐的意思。

一个力道，她身上的锦被被掀开，盛修颐手臂微微用力，就很自然把她拉到了自己的被子里，将她娇柔的身躯搂在怀里。

东瑷的心落地了。可接下来呢，她应该做什么？她手足无措。

毫无经验，令她很无奈，她很想抓住机会，又怕过而不及，更怕盛修颐只是一时冲动，后悔起来。

盛修颐带着酒香与燥热的唇瓣，落在她的鬓角，低声道："我名修颐，字天和，你猜得到出处么？"

他看得出她的紧张，像这样问着她，不过是转移她的注意力。

她吐气若兰，脸颊贴着盛修颐，道："是修闲静摄，颐养天和的意思吗？"

盛修颐微愣，继而发出淡淡轻笑，声音又柔和几分，道："是啊。咱们这个院子，也叫静摄院，亦是这个意思。"

如此年轻，就要颐养天和？

东瑷突然对他有了不同的感觉：这个男人，其实骨子里有种霸气的吧？

他明知元昌帝惦记东瑷，娶了她却并不是为了完成赐婚的使命，而是真实要这段婚姻。

东瑷不知这是自己自作多情，还是对他真实心理的揣摩。她不敢求证，只是紧紧搂住了他的脖子，像要把自己全部交给他，寻求他的庇护。

没有任何的凭证，他敢要她，她就选择相信，他能保护她！

盛修颐心中一动，他一开始在想，薛氏东瑷是个什么样的女子，会不会恃宠而骄？美貌又受宠的女子脾气不好，好高骛远，就像盛修颐的三堂妹一般。她得知元昌帝对她的感情，会不会亦盼望过上锦衣华服的宫廷生活？

新婚之夜，她会不会拒绝他的求好？

倘若她拒绝，盛修颐就打算照父亲的意思，把她供养起来；倘若她不情愿却也不拒绝，盛修颐也会完成丈夫的仪式。他并不是个霸道的人，可是他的妻子，旁人就别想染指，哪怕那个男人是皇帝。

这点男子的血性，他还是有的。

就算薛氏东瑷不情愿，盛修颐亦不会在心中厌恶她。美貌女子追求更好的机遇，是她应得的荣华，是人性使然。虽然这样的女子不讨人喜欢，却也不该去指责。

谁不是在兢兢业业往高处爬？凭什么女子就不行？

可薛氏东瑷的反应，远远出乎盛修颐的预计。他不承想到，这个美貌倾城的女子，却有这等不凡的见识：她并不贪羡宫廷生活，不贪羡做皇妃的富贵。她箍住自己的脖子，在疼得快要昏厥时，亦要他完成夫妻最后的仪式。

她想做盛家的媳妇、盛修颐的妻子，她的决心没有半分勉强！

薛东瑷的坚持，似一道暖流，滑过盛修颐的心田，引起阵阵涟漪。

盛修颐的唇落在薛东瑷的额头，他原本今天很累，只想早点把这件事做完休息。

此刻的他却没有半分烦躁，好似真的是件神圣的事，他要用全部的激情把它完成。

薛东瑷的坚持，感染了他，亦打动了他。

在元昌帝介入的婚姻情况下，她的坚持，盛修颐觉得难能可贵，所以惊喜不已。

他的唇瓣离开她时，她禁不住连连吸气，盛修颐就轻笑起来。

今晚的夜色真好，他好似不停地发笑，已经笑了好几回。

"你祖母平日里叫你什么？"盛修颐在东瑷耳边问道，暖暖气流在她耳畔萦绕，令她的心莫名悸动。

他知道她生母早亡，继母对她不真心吧？所以只问祖母平日叫她什么。

"瑷姐儿。"东瑷声音有些哑。

瑷姐儿，盛家亦是这样称呼孩子们的。

他想了想，说道："阿瑷……"

东瑷微愣，抬眸望着他。

"我以后叫你阿瑷，可好？"他问道。

叫什么无所谓，东瑷心中这样想着。她望着他，看不清表情，却重重颔首："好。"回答得很干脆。

等盛修颐结束的时候，东瑷全身都汗湿了。她明明是接受者，却比盛修颐还要累。

盛修颐没有喊丫鬟进来，而是拥起虚弱不堪的东瑷，替她穿了亵衣，抱着她去了净房。

四月下旬的夜，寒意不重，却也凉。

净房里早就备了热水，一直用热炉煨着，等他们夫妻圆房后用的。

盛修颐要帮东瑷洗澡，东瑷微骇。

她虚弱道："不用的世子爷，我自己来。您先出去吧。"刚刚那么主动亲昵，不过是怕明早的元帕不能交代，亦怕盛家不肯要她做媳妇。等事情成功了，她才想起这个男人和她今天第一次见面呢，这样是不是太自来熟了？

这个时空的婚姻，如果用东瑷的婚姻观来衡量，是荒唐的。心里的一块大石头落地后，她就觉得不舒服。

挨过了最担心的落红，她不习惯和旁人太亲昵的心思，又浮动起来。

盛修颐见她双腿打战，却努力扶着浴盆站着，知她心底有些倔犟。他没有出去，而是上前一步帮她解开了亵衣，将不着寸缕的东瑷放入浴盆里。

这个男人就在这里，东瑷毫无心思洗澡，胡乱将身上的汗渍洗干净，找了亵衣穿上。

东瑷回到新房，借着幽暗的光线，亦能瞧见元帕上的樱红。她悬着的心放下来，亲自把元帕收好，和衣躺下，出嫁前最大的担忧，居然在这样一场折磨中解决了。

而盛修颐在净房里半天不出来。

等他出来的时候，东瑷已经沉沉睡去，嘟起的嘴巴像个小孩子。盛修颐上床，挨着她躺下，手不禁抚上了她纤柔腰肢，把她搂在怀里。东瑷只是动了下，居然没有醒。

丫鬟喊她起床的时候，已是次日的卯初。

她身子有些沉，睁开眼却对上一张睡容宁静的脸。微微愣了愣，她才想起了，她已经出嫁了，这里是盛家静摄院，不是她在薛府的拾翠馆。

这个搂着她熟睡的男子，是她的新婚丈夫。

盛修颐亦醒过来，四目相对，过了昨晚激情退却后的两人有些尴尬。

丫鬟们进来服侍更衣洗漱，打破了这种尴尬。盛修颐先去了净房。

罗妈妈便低声问东瑷："大奶奶，东西呢？"

是问元帕。

东瑷脸上一阵热浪涌上来，她垂了眼帘，指了指自己的枕头下面。罗妈妈眼眸微喜，忙笑着过去帮蔷薇铺床，顺手把枕头下的元帕取出来，装在早已备好的紫檀木小匣子里。

橘红和橘香服侍东瑷换了新的银红色如意云头缠枝海棠纹褙子，又帮她梳了妇人的飞燕髻,点缀一支双蝶花镂空簪,插了两把玳瑁梳篦,坠着雪色米珠耳坠儿。

服侍她净面后,又替她抹了淡淡胭脂,比起昨晚的浓艳,今日的她素淡中不失大方得体,似迎风的玉兰般,妩媚里透出端庄。

盛修颐从净房出来,看到她的装扮,目光顿了顿,旋即平静颔首,坐下喝茶。

"世子爷、大奶奶起身了吗?"外面传来中年妇人温和的笑声。

丫鬟说起身了,替她撩起了毡帘。

东瑗就看见一个穿着藏青色万福纹褙子的四旬妇人,白净富态,笑容温柔。她看到东瑗,目露惊讶,瞬间又敛了情绪,给东瑗请安。

盛修颐就道:"这是娘身边的康妈妈。"

盛夫人姓康,这位妈妈大约是从娘家带来的,最得意的妈妈吧?东瑗忙扶起康妈妈,请炕上坐,又叫蔷薇拿了个荷包赏她。

康妈妈笑呵呵接了:"让大奶奶破费了。夫人让奴婢来瞧瞧,世子爷和大奶奶起身没有。"

"我们正要过去给娘请安。"东瑗笑道。

康妈妈就眯起眼睛笑起来:"那奴婢就先去回话了。"然后看了眼静摄院现在的管事妈妈、薛东瑗的陪嫁罗妈妈。

罗妈妈明白,将搁在箱笼上的紫檀木小匣子捧了,跟着康妈妈一起出了内室。

接过罗妈妈手中的匣子,康妈妈的笑容就有了几分勉强。她不敢露出半分,忙捧着,回了盛夫人的元阳阁。

卯正,东瑗盛装仅次于新婚当日,同盛修颐一起,去盛家正堂完成成妇礼。她的丫鬟蔷薇和红莲抱着她给盛家众人准备的礼物,随着一同去大堂。

四月下旬的清晨,卯正时分,东方已有红日破云而出。晨曦熹微中,东瑗闻到了夜里盛绽的荼蘼花香,混杂着墙角的一株牡丹,浓烈馥郁,虽然身子不适,她的心情却是大好。

把元帕交出去,她的后半生就要在盛家这座庭院度过了,再也不用提心吊胆进入禁宫受非人折磨。虽然新婚之夜婆婆派了两个美婢来服侍盛修颐,让东瑗预感盛夫人对她不喜,却也不能影响她的愉悦。

日子是一步步过出来的。那种早已铺了红毯,一路花开锦簇、不需力气的就能得到炫目美好的,是舞台,而不是生活。

她的丈夫,至少愿意护她,把她当成他的人,这是一个稳健的根基。有了这个基础,只要她恪守妇道,孝顺公婆,恭敬丈夫,以后的生活能有多难?跟她过一生的人,是她的丈夫。其他人总会先他们一步,离开他们的生活的。

想到这里,东瑗唇角不禁挑了淡笑。望着穿绛紫色茧绸直裰走在前面的盛修颐,她的心稳稳落在原处,脚步轻盈起来。

她是乐观的。

现在的生活,难道比她刚刚来到这个世界时,四周皆是敌人,却两眼一抹黑什么都不

知道还要艰难吗？

他们从静摄院出来，绕过一条长长雕花回廊，便是一处翠竹掩映的小楼。小楼的院门跟东瑗的拾翠馆很相似，她不免多看了一眼。门楣上两个白玉雕刻而成的大字，书着：桢园。

高高院墙磨砖对缝，看不清墙内的精致。沿着墙角种了一排排翠竹，掩映中青砖粉墙，跟拾翠馆的外观有七八成相似，她脚步微顿，望着那些翠竹，心中涌起些许异样。

盛修颐没有听到她的脚步声，以为自己走得太快把她落下了。正好回眸要等她，就瞧见她望着桢园驻足微愣。

"这是贵妃娘娘从前住的院子，现在一直空着。"他解释给东瑗听。

丈夫愿意示好，东瑗亦不敢拿乔。她笑了笑，道："这些翠竹好。我在娘家住的院子，叫作拾翠馆，四周也是种满了翠竹，和这里很像。"

盛修颐表情平淡，没有昨晚昏暗中的笑意，似一泓平静的水波。他看着东瑗明艳的笑脸，眼波微动，道："你也喜爱竹子？桢园后面有个荷花亭，种了满池白荷。等荷花开的时候，可以在二楼看。"

东瑗不忍拂了他的好意，笑道："可以来看吗？"

盛修颐已经举步前行，他平静道："我跟娘说，这里交给你打理。"

东瑗微骇，忙追上前去。她还以为这里可以随便来玩，原来还要禀过盛夫人啊？她是新妇，要是盛修颐为了她跟盛夫人开口要求什么，只怕盛夫人心中不喜，

刚刚进门就惹得男人为她说话，她狐狸精魅惑的名声就坐实了。

她追上去跟盛修颐同行，急急道："不用的，世子爷。倘若我想看荷花，绕过桢园去荷花亭瞧，也是一样的。"

盛修颐知她误会了，道："这里的钥匙原在三妹手上。她五月初一要进宫，钥匙交给了娘。娘前几日还在说，等你进门把钥匙给你。这里离静摄院近，谁想要来玩，去静摄院说一声，取了钥匙来也便宜。"

倘若盛修颐这话是真的，那么盛夫人原本就打算把这里交给她管着？虽然只是一个小小院落，东瑗却露出一个淡淡笑意。

走了大约两刻钟，才绕到前头的正堂。

成妇礼不仅要拜公婆，还要拜客。盛家各房的长辈、兄弟姐妹、妯娌，侄儿侄女，甚至她的继子、继女，满满一屋子人。

东瑗和盛修颐过来，康妈妈就上前几步，搀扶着东瑗。等会儿她要在一旁，告诉东瑗长幼秩序。

康妈妈搀扶着她，丫鬟拿了蒲团，先给她的公公盛昌侯爷磕头。一旁的丫鬟又递过来香茗，东瑗捧着，高高举过头顶，递给盛昌侯。

盛昌侯接过去喝了，笑了笑，让她起身。

东瑗起身抬眸，看到一个跟她大伯薛子侑年纪相仿的男子，五十岁上下，身体健朗，

满面红光，正方脸，眼睛深邃，额头肌肤黧黑，左边眼角有条疤痕，很醒目，却不影响他笑容慈祥。

盛昌侯盛文晖现在是兵部尚书，武将出身，他脸上的伤疤，大约是南征北战时留下的痕迹吧？

东瑗从蔷薇手中接过两双鞋袜，递给盛昌侯。

两双鞋子都是她亲自做的，绣工精美，天青色的鞋面端庄大方，一看她的针黹就不会太差。盛昌侯接了，让一旁的丫鬟拿了个紫檀木小匣子给东瑗，作为回礼。

东瑗又跪下，说多谢爹爹。

"好孩子，起来。"盛昌侯呵呵笑，好似很喜欢这个儿媳妇。

他是政客，他脸上的笑容不能作为他喜欢自己的凭证，东瑗很清楚。这个公公心思深，一脸慈祥的背后，真的是对自己的满意吗？

有元昌帝的事情在先，倘若公公比较冷漠，东瑗反而安心。此刻，她惴惴不安起来。

不容她多想，康妈妈搀扶着她，给她的婆婆盛夫人康氏磕头敬茶。

盛夫人则穿着墨绿色如意云头褙子，笑容温柔，接过茶，轻轻呷了口，东瑗又递上给婆婆做的两双鞋袜，也是天青色的，绣了墨色的万福花纹。

一旁有人扑哧一声笑："新娘子怎么晓得大哥大嫂都喜欢这种颜色？果真是缘分。"

是说东瑗未过门就打听盛昌侯和盛夫人的喜好？

循声望去，东瑗瞧着一个三旬妇人，穿着大红遍地金绣缠枝牡丹的褙子，暗绿色百褶福裙，戴着翠玉福寿嵌蓝宝石头面，华贵雍容。她化着精致的妆容，若不是笑起来眼睛有些纹路，真看不出年纪，姿容过人。

东瑗微愣。

她不知道这个女人是谁。

这个女人叫盛昌侯和盛夫人为大哥大嫂，应该是盛修颐的婶婶或者姑姑吧？

果然，康妈妈低声跟东瑗道："这是五姑奶奶，文靖长公主的大儿媳妇。"

文靖长公主是先皇的胞姐，当今皇帝的亲姑姑，连太后娘娘都对她礼遇三分。薛府跟文靖长公主亦有些交情，东瑗的大伯母世子夫人生辰，文靖长公主还亲自叫人送了大礼。

只有薛老夫人好似不喜文靖长公主，东瑗也只是在文靖长公主五十岁寿诞那日过去一次。那天她一直跟同龄的女孩子们在玩，好似见过文靖长公主的大儿媳妇，却没有明显的印象。

原来她是盛家的女儿，嫁到公主府做儿媳妇的。

盛夫人的礼还没有完成，东瑗未曾起身给五姑奶奶行礼，只是笑了笑，接过她的话，声音柔婉道："媳妇听闻天青色，色相如天，斗胆给爹娘做了这样的鞋面。"

色相如天！

天青色的确是苍穹的颜色，象征着富贵与威严，送给公婆，既寓意公婆福禄多寿，又寓意东瑗把公婆敬为上天般。

盛昌侯那慈祥的笑意不由加深，带了欣慰点点头。

盛夫人则非常满意，温柔笑起来，让康妈妈搀扶着东瑗，也给了她一个匣子作为回礼。

这五姑奶奶总是欺负盛夫人敦厚，又仗着有文靖长公主的疼爱，说话时常带了几分刻薄，又叫人不好还嘴。

刚刚她话一出口，盛夫人心中就恼怒：这五姑奶奶也是盛家出去的，却总是刁难嫂子、侄儿媳妇，盛家的女眷都被她明讽暗刺过。今日新媳妇进门，她见新媳妇容貌美艳在她之上，心中不虞，连新侄儿媳妇也要刺一刺。

不承想，新媳妇温柔沉静就把五姑奶奶的话给堵住了。

既不失女子柔婉体面，又言出有礼，替盛夫人扳回了一局。盛夫人哪里还顾及盛昌侯先前的叮嘱，连忙亲自拉过儿媳妇，亲热给了她还礼，还把头上一支织金点翠碧玺凤钿摘下来，加在回礼中，给东瑗十足的体面。

盛修颐立在一旁，见薛氏如此机敏，唇角微微挑了挑。

二奶奶葛氏注意到公公婆婆对新进门的世子媳妇抬举有加，便知道自己独宠的日子即将远去，笑容不免勉强生硬。

而五姑奶奶盛文柔则眼眸阴沉下去，不顾众人在场，很嚣张地冷哼了一声。

给公婆敬茶磕头后，便要给家中的叔伯婶婶们敬茶。

盛昌侯有两房兄弟，二叔叔跟盛昌侯模样相似，英武刚毅；三叔叔文弱；二婶丰腴温柔，三婶笑容亲切。盛家跟薛家一样，瞧上去非常和睦。

东瑗一一给了鞋袜，两位叔父和婶婶也还了礼。

然后是盛修颐的兄弟、她的小叔子们。

二爷盛修海接过东瑗的礼，笑着给了她回礼，东瑗就趁机看了他一眼。跟盛修颐差不多的年纪，容貌却跟盛修颐不同。盛修颐和三爷盛修沐长得像盛夫人康氏，二爷则像盛昌侯。

他见东瑗看他，眼眸微敛，那眼睛里就有三分阴郁，叫人害怕。

听说他是通房生的儿子，一直养在盛夫人名下。虽然也是称嫡少爷，到底不如盛修颐和三爷盛修沐的待遇吧？

东瑗忙垂首，转而给二奶奶葛氏鞋袜，绕开了二爷。

绕过二奶奶葛氏，轮到三爷盛修沐时，他看了眼东瑗，就垂下眼睑，接过了东瑗的礼，说了句多谢大嫂。

刚刚东瑗进门，盛修沐就瞧过她的模样，心中惊叹造物者的神奇。

康妈妈把三个孩子领过来，他们给东瑗请安，口称母亲。

东瑗打量着他们，皆是崭新的衣裳，个个态度恭敬。穿着青蓝色杭绸直裰的是盛修颐的长子盛乐郝，今年十岁。可是他生得瘦小单薄，内向怯弱，像七八岁的孩子，垂首不敢看东瑗。

穿着粉红色玉簪花纹褶子的，是盛修颐的庶出女儿盛乐芸，今年虚岁九岁。她肌肤白皙，脸颊有个浅浅梨涡，笑起来的模样很甜美。眼睛水灵，比起嫡子盛乐郝，她沉静里有三分灵巧,有些小孩子的朝气。

她身量比十岁的盛乐郝还要高些。

穿着宝蓝色茧绸直裰、戴着金项圈的,是盛修颐的庶子盛乐钰,今年五岁。他没有嫡兄盛乐郝的怯弱,活泼可爱,一双秋水般清澈透明的眸子望着东瑷,很讨人喜欢。

东瑷给了他一个荷包作为见面礼,他笑嘻嘻接在手里,奶声奶气给东瑷作揖:"多谢母亲。"

动作很不规范,惹得众人哈哈大笑。

他见众人笑,就羞赧地一头扎在盛夫人怀里。盛夫人笑呵呵抱起他,很怜惜地把他抱在怀里。

一旁的嫡长子盛乐郝看到这一幕,眼眸微黯,低垂了脑袋闷不作声。

东瑷的余光瞥到了他,这个才满十岁的男孩子,跟当初的自己是多么相似。她也听说过陈氏的事情。陈家被抄家灭族后,陈氏暴毙。没有母亲、没有外家仰仗的嫡子,处境是多么尴尬,东瑷太清楚。

她的外祖家虽没有被抄家,却在外祖父致仕后,阖家迁往安徽重镇安庆府,远离了京都。当年她在薛家,亦是这样举步维艰的。

东瑷虽然才来,却看得出盛家众人对盛乐郝这个嫡长子,还不如盛乐钰这个庶子疼爱。

大约他是被当年外祖家的事牵连了吧?

康妈妈见东瑷愣神,又引着她见了叔父家的小叔子和妯娌们。直到辰正,成妇礼才算完成。

盛修颐和盛修沐兄弟随着盛昌侯去了外院的书房,二爷盛修海则陪盛夫人回了内院。盛夫人吩咐康妈妈,亲自送大奶奶回静摄院。

东瑷不敢违逆,随着康妈妈回去。

回到院子,蔷薇把今日收到的礼物都给东瑷过目。全部是些名贵的首饰。虽然名贵华丽,却不罕见,东瑷陪嫁里这些东西举不胜数。不说她,就是蔷薇都没啥感觉,过了目就放在首饰箱笼里收起来。

须臾,罗妈妈走了进来,身后跟着一个未留头的小丫鬟。

罗妈妈笑着对东瑷道:"大奶奶,这是我姑娘秋纹。"然后对那小丫鬟道,"快给大奶奶磕头。"

秋纹忙跪下去,给东瑷磕了三个响头。

去年腊月因为十小姐薛东婉的死,罗妈妈出去,今年开春时就把秋纹送进薛府。秋纹年纪小,一直在世子夫人的院子里,跟着荣妈妈学规矩,东瑷没有见过她。

直到世子夫人替东瑷选十六个陪嫁丫鬟,才把秋纹送过来。

她不到十岁,身量较小,并不适合在屋里服侍。

东瑷看着罗妈妈,笑道:"让秋纹做二等丫鬟吧。"

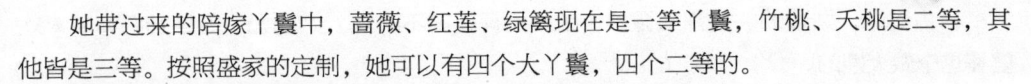

她带过来的陪嫁丫鬟中，蔷薇、红莲、绿篱现在是一等丫鬟，竹桃、夭桃是二等，其他皆是三等。按照盛家的定制，她可以有四个大丫鬟，四个二等的。

现在还缺两个二等丫鬟。

除了她自己定下的这几个一等二等丫鬟是从拾翠馆里带出来的，她比较熟悉，其余都是世子夫人选的，她不太清楚，想先看看品行如何，再提拔两个二等的。

罗妈妈从东瑷九岁时就在东瑷身边，事事处处替东瑷打算，比亲生母亲还要尽心尽力照拂她，从未有半点私心。如今她的女儿也在这里做事，东瑷自然要抬举她们母女。

罗妈妈性情温柔敦厚，并不是恃宠而骄的人，她值得抬举。

听到说让秋纹做二等丫鬟，罗妈妈微骇，忙笑道："大奶奶，她年纪太小，先跟着做些粗活，学几年规矩，等年纪大了些，再到大奶奶屋里服侍吧。"

秋纹睁着一双水灵单纯的眼睛，不知所措。

东瑷道："妈妈，我虽不是吃你的奶长大，却一直当你是乳娘。秋纹就是我的乳娘妹子，原本就比其他人亲近些。她年纪小，跟着蔷薇学几年规矩吧，不要做粗活了。将来她大了，屋里的什么规矩都懂，我是要重用她的。"

罗妈妈听着，不禁感激湿了眼眶，拉着秋纹，母女一起给东瑷跪下，说谢大奶奶。

正说着，橘红和橘香也进来。

听说秋纹现在是二等丫鬟，橘香就笑她："你可做得来？"

"我跟姐姐们学，大嫂也教我。"秋纹憋了半天，羞红着脸，终于回了这样一句。

惹得东瑷等人都笑起来。

橘香和橘红都嫁给了罗妈妈大伯家的双胞胎侄儿，橘香的男人是老大，橘红的男人是老二。秋纹在堂兄弟姐妹中年纪最小，橘香又是开朗脾气，时常逗逗这个小堂妹。

"大奶奶，香蕪姐姐来了。"外间有丫鬟禀道。

东瑷有些迷惘，她不知谁是香蕪。

罗妈妈就忙提醒她："是夫人身边的贴身丫鬟。"

东瑷恍然大悟，忙下炕迎接。只见一个身量高挑的、穿着鹅黄色短衫、青葱色长裙的女子走了进来，二八芳华，模样清秀，进屋就给东瑷行礼，恭声喊大奶奶万福。

东瑷亲自扶了她，请她炕上坐。

香蕪不敢，再三推辞，蔷薇忙端了锦杌给她坐下。

香蕪笑着对东瑷道："大奶奶，夫人怕您这里的人不晓得咱们府里的事儿，让我过来跟蔷薇和罗妈妈说说话儿。"

就是让香蕪来教教蔷薇和罗妈妈盛府的规矩。

东瑷心中感激，她正在愁什么都不知道，应该去问谁，婆婆就派了指导的丫鬟来了。是不是刚刚在大堂，东瑷堵文靖长公主的儿媳妇——五姑奶奶的话，正中了婆婆的心思，所以婆婆对她另眼相看？

自古婆媳、姑嫂的关系都很微妙，东瑷觉得婆婆不喜欢五姑奶奶，五姑奶奶亦不喜欢婆婆这个做大嫂的。

心念回转，她忙笑道："有劳香薷姐姐。"

香薷笑着说大奶奶客气，就看了眼蔷薇和罗妈妈："那我们下去说话吧，别扰了大奶奶歇息。"

蔷薇和罗妈妈给东瑷行礼，就带着香薷去了蔷薇的住处，静摄院旁边的耳房。

新婚头三天，她不能拿针线，所以枯坐很无聊。

正好橘红和橘香在跟前，很久不曾跟她们闲话，东瑷把东次间的红莲、绿篱都遣了下去，只留橘红和橘香在跟前。

橘香开朗，喋喋不休说庄子里好玩的事："……您看过踩藕吗？那么冷的天儿，他们撸起裤管就下去了，在烂泥里捣腾，踩上来的藕又脆又甜，冬藕最好吃了。都是大中午池塘里的冰化了再去。有个城里住惯的管事不知道，大早上就去了，冰渣子割得大腿都是血。"

橘红就咳了咳。

橘香很委屈，撇撇嘴道："这个是真的！"

东瑷忍不住笑起来："你在庄子上疯野了。"

橘香是薛家的家生子，她老子娘都在薛府做事，她亦是从小在府里，对庄子上的事特别好奇。性格又开朗，嫁到庄子上去就更加野了。

橘红是从外面买进来的，她从小就在农庄上长大。橘香觉得有趣的农活，做久了很累人，并无乐趣，所以橘红不能体会到橘香的快乐。她只是觉得橘香说"大腿都是血"会吓到东瑷，所以出声阻止。

见东瑷两眼发亮，橘红知道她喜欢听这些，就不再多言了。

橘香又道："小姐……呃，大奶奶，我还下塘捉鱼呢！"

东瑷瞠目："你才嫁过去，也不怕婆婆笑话你！"

橘香笑容里带了几分羞赧："大庄带我去的。庄子上的人都赶集去了，我瞧着捉鱼有趣，正好大庄要去放水，我缠着他，他就答应了。"

大庄是她男人的名字，看得出他们小夫妻感情很好。

东瑷就回眸问一直沉默的橘红："二庄没有带你去？"

橘红脸一下子就通红，嗔怒看了眼橘香，对东瑷抱怨道："大奶奶，您也跟着橘香这蹄子打趣我！"

"二庄不会！"橘香就咯咯笑起来，"二庄像个木头人，橘红也闷，他们夫妻俩像两个闷葫芦。"

"那你们夫妻俩像什么？"东瑷问着橘香，忍不住哈哈笑，又扭头问橘红："你怎么还橘香橘香的，不是应该叫大嫂吗？"

说得两个丫鬟满面通红，橘香就更加把她当成小时候的孩子，要挠她的痒："我才走了小半年，您就刻薄了，定是蔷薇那小蹄子教唆的！"

东瑷最怕痒，使劲求饶，主仆三人在炕上笑作一团。橘香嗓门又大，连小丫鬟在门口说世子爷回来了东瑷都没有听到。

直到盛修颐目露惊讶望着和丫鬟闹成一团的东瑷，东瑷三人才忙下炕，纷纷屈膝给他行礼。

第九章　姨娘继子

被盛修颐一看，东瑷心口微紧。

嫁入盛家，避免了给皇帝做妾，避免了进入深宫禁苑，又顺利圆房；在成妇礼上，公公婆婆都给了她体面。她所担心的事都没有出现，心情自然是大好的。橘香、橘红是从小跟她顽皮惯的，在她们面前，就像单独在薛老侯爷和薛老夫人面前一样，东瑷有些小孩子的稚气与开朗。

放松了警惕，心情又愉悦，自然有年轻女子的活泼，这是掩饰不了的。

可是她忘了作为主母的仪态，而且被新婚丈夫看见了，他会不会觉得她不够端庄？

东瑷实在太患得患失，所以惴惴地又看了眼盛修颐。

却意外发现，他眼角有淡淡笑纹。

她松了口气，他并没有板起脸来。

橘红和橘香退了下去，盛修颐坐在东瑷对面的炕上。红莲沏茶来，东瑷亲自捧给他，态度恭敬温顺。

盛修颐瞧着她不免又柔和了几分。

他品了口茶，就放下茶盏，问她："刚刚说什么趣事？"说罢，还拉过身后银红色织金重锦引枕靠着，一副与她闲谈的悠闲模样。

东瑷想起他只是刑部小小五品郎中，又是新婚第一日，的确无什么公务。闲谈可以增进两个人的了解，东瑷顿时笑了笑，把橘香说踩藕、捕鱼的话，都告诉了盛修颐。

盛修颐瞧着她说话时眉梢飞扬的神采，不禁失神片刻。没等东瑷发现，他已敛了情绪。

从前他以为自己并不是肤浅的人，不会被女子的容貌魅惑。所以时常有人为了讨好他的父亲，给他送美婢。他瞧着，心半分都未动过。

可从昨晚到现在，不足十二个时辰，他频频被新婚妻子的轻馨浅笑引得失了心魂，心口一阵阵悸动。不是他不受魅惑，只是他未曾遇到真正的美人。

盛修颐又想起了父亲的话："今日瞧来，薛氏有美貌，又机敏过人，是个不错的，你且要小心。她若是留在你身边，迟早要成为你的祸害。你仔细想，当初我们跟贵妃娘娘提过，要娶薛家十二姑娘的，贵妃娘娘也说给皇上听了；太后娘娘给了皇上那么多人选，让他赐婚薛氏东瑷,皇上最后却选了你。只因你克妻,将来他要薛氏,只要传出薛氏像陈氏一样'暴毙',就可以把薛氏接走。薛氏美艳,男人都爱她,你切莫忘了,咱们的荣辱生死,远远比一个女人重要,不能因她得罪了皇上。大丈夫何患无妻?"

大丈夫何患无妻?

因为皇上看中了他的妻子,他就要拱手相送,这就是他父亲的处事原则吗?盛修颐唇角就有了冷笑。

这么多年了,盛家早已在京都立稳了根基,可是父亲的处理方式,一点也没有变,依旧像刚刚来京都立足时那样。

如果皇上要是想要什么就有什么,当初就不会把薛氏赐婚给他!践祚九五,是天下之主,若想学尧舜,做个万世称颂的明君,皇上的约束往往比普通人还要多。只要能找到制衡点,就能保住家族,亦保住妻子。

当今圣上,是励精图治,想成就千万伟业的。他念着薛氏,却不肯为了薛氏放弃江山的。

东瑷正在跟盛修颐说橘香的话,抬眸就瞧见他唇角一闪而过的冷笑,心口一滞。她是不是说错了什么?

再看时,盛修颐又恢复了平静神色,好似刚刚的冷笑,只是东瑷的错觉。

若不是东瑷运气好,刚刚那个瞬间抬眸,否则根本就看不到他那瞬间即逝的表情变化。

这个男人,很会控制自己的情绪。

东瑷一瞬间不能确定,他是不是喜欢自己。

丈夫、公公、婆婆,好似只有婆婆比较和蔼,喜怒现于形色;丈夫和公公的欢喜与厌恶,不能从他们的表情来判断。

她嫁过来之前,祖母念着她是闺中姑娘,盛家很多隐晦没有跟她提起。关于盛修颐,祖母对他的评价是:一事无成,庸才!这样善于隐藏情绪的男人,怎么会一事无成?

"……你没有见过捉鱼、踩藕吧?"盛修颐见她说得兴致勃勃,却是一知半解的囫囵吞枣,就问她。

东瑷颔首,又笑道:"您见过吗?"

"嗯,我们小时候也踩藕。"盛修颐道。

"去庄子上玩,跟着管事去的?"东瑷好奇。她想象不出,盛修颐小时候也是个调皮的。如今瞧着他这份沉稳内敛,还以为他自小就老成,跟东瑷的三堂兄一样。

盛修颐扬眉:"不是,在老家。老宅不远处就有荷塘,家里的长工时常打鱼、采莲,二叔三叔带着我,也常去河里玩。"

老家?东瑷还以为他是在盛京长大的。

盛家以前不是在京都吗?怎么祖母从来没提过盛家这些往事?

"那里很多河吗?"东瑷试探着问。她是想知道盛家的老宅在哪里,又怕触了忌讳,不敢直接问。

盛修颐看了她一眼，眼眸深邃，才道："很多河，徽州是鱼米之乡。"

安徽境内的徽州？盛家竟然是徽州人？

盛修颐愿意说，那么盛家的往事应该不隐晦。提起徽州，他语气里有几缕掩藏不住的轻快。那里应该是他的荣耀，应该给过他很美好的童年，所以他愿意提起自己是徽州人，语气很骄傲般。

东瑷顺势问道："世子爷小时候在徽州长大？"

盛修颐点头："我八岁那年才到京都来。"

东瑷笑："我知道徽州。"

盛修颐见她口气很大，不免动容，眼睛有淡笑，问她："你知道？"

东瑷很肯定地点头："我知道徽商啊！"

盛修颐忍俊不禁，却听到她声音柔婉，继续道："徽商性情坚毅，他们远走千万里，带来经济的繁茂。可我觉得，徽州女子才最可敬。"

盛修颐敛了笑容。

"男人行商，女子独守家园。打理家业，教育子女，孝顺公婆，她们身上承担着很多男人应该承担的责任。世子爷，娘是徽州女子吗？"她眼眸清澈，望着他。

这些话在平日里听来，就是普通的夸赞之词，毫无新意。

可她最后一句，娘是不是徽州女子，让盛修颐心中一动。他想起父亲外出打仗的那些年，母亲守着老宅的日子。

现在瞧着他的母亲温和敦厚，殊不知她刚刚嫁到盛家时，性情怯懦，胆小怕事。可家里无丈夫主事，公婆年老昏聩，一个不敢大声说话的女子，逼着自己同恶奴争吵，同邻里相争，只为盛家不受人欺凌。这些辛苦，只有身为长子的盛修颐清楚。

"娘是徽州女子！"盛修颐坚毅道。

东瑷笑起来："我母亲也是安徽人，我外祖家桑梓之地在安庆府，离你们徽州府是不是很近？"

盛修颐又点头："我有个姨母嫁到安庆府。离徽州不远。"

东瑷就缠着他说徽州和徽商的事。她对徽商的了解，很多是从后世的影视和书籍里看来的，跳出了现在的认知，见识很深刻。盛修颐说起徽商和徽州，她总能接上一两句，且说得很精辟深邃，让盛修颐既感叹又惊喜。

徽州是盛修颐的桑梓之地，他对那里有很美好的记忆。他很愿意谈这个话题，而东瑷又能接上话，让话题有了互动，两人越说越起劲，不知不觉就到了午饭时辰。

盛修颐留在这里吃了午饭。

吃过饭，盛修颐起身，去了静摄院的小书房。

静摄院四间正房，左右八间耳房，四间抱厦。盛修颐的书房就在西边第一间正房里，紧挨着内室。

东瑗有些犯困,她又不敢像在家一样在屋里来回踱步消食、消困。正好去学规矩的蔷薇和罗妈妈回来了。

知道盛修颐在书房里,几个人说话都轻声悄语。

东瑗问蔷薇和罗妈妈："吃饭了吗？"

蔷薇和罗妈妈都说吃过了。

"大奶奶,咱们院里有个小厨房。"蔷薇跟东瑗说道,"跟世子夫人的小厨房差不多,有两个妈妈、两个小丫鬟、一个厨娘。"

东瑗笑了笑,她不用猜都知道。盛家虽不及薛府在京都根基深,却是权臣人家,这些用度规矩一样不少的。

可是这个小厨房,东瑗大约不会用。

薛府的世子夫人也有个小厨房,除了热水,还能拨些食材单独开小灶,跟薛府老夫人的小厨房一样的定制。可世子夫人当家十几年,都是公中吃饭,从未明面上用过小厨房做饭吃。

没有成为内宅的最高当权者,就不要做令下嫉妒、令上猜忌的事。

见蔷薇有些高兴,东瑗正想泼她冷水,就听到蔷薇继续道："小厨房管事的崔妈妈,她娘家不是盛府的。她娘家侄女嫁给了咱们薛府后院管花园子的秦妈妈的侄儿……"

不仅仅是东瑗,就连罗妈妈就忍不住笑起来。

"这样犄角旮旯的关系,你都能寻出来！"东瑗笑得不行,又不敢大声,怕被盛修颐听到。

蔷薇被她们笑得脸微红："崔妈妈爱说话,又是拿您屋里的月例,我就趁机想跟她亲近,不曾想,关系攀一攀,还真的攀上了！"

就是说,蔷薇想打听些盛府的事。因为崔妈妈是东瑗屋里的,自然不敢把蔷薇向她打听情况到处去说,蔷薇才安心去攀关系、套话。

东瑗微敛了笑："崔妈妈跟你说了些什么？"

蔷薇看了眼书房的方向,垂着眼帘没有说话。

关于盛修颐的？东瑗心头一跳,没有再问,想着等盛修颐走了再细说。

外边的丫鬟进来道："大奶奶,姨娘们和少爷小姐给大奶奶请安。"

听到外面说姨娘和少爷小姐们来给大奶奶请安,东瑗端坐在炕上,面带淡淡微笑,让蔷薇去撩起毡帘,请他们进来。

盛修颐的嫡长子盛乐郝走在最前面。他低眉顺目,身量瘦小,天生的怯懦模样,穿着绛紫色茧绸直裰。他身后,跟着他的庶妹盛乐芸,盛乐芸手里牵着五岁活泼可爱的盛乐钰。

和红润健康的庶妹盛乐芸一比,盛乐郝的瘦小让东瑗不由自主想起了曾经的自己。

她心头闪过些许不舍与不安。

虽然盛乐郝的外祖家谋逆被诛,他母亲又莫名暴毙,让东瑗明白,盛家未来的宗族继承权,不可能交给这个被外祖和母亲玷污了身份的嫡长子。可到底是盛家的子嗣,怎么能把他养成这样？

东瑗想起婆婆那温和的眸子，又想起公公不动声色的含笑，心底一惊。在这个家里，只怕婆婆什么都听公公的，包括内宅的事。从盛乐郝身上，东瑗能猜到她公公是个什么样的人。

盛昌侯府中，她千万不能得罪的，是她的公公！

盛乐郝兄妹三人身后，跟着三个女子。

为首的是一个穿着杏黄色缠枝宝瓶纹褙子的三旬妇人。她渐露丰腴，模样娴静，应该是从小服侍盛修颐、后来抬了姨娘的那位名叫紫檀的邵姨娘，盛乐芸的生母。

跟在邵姨娘身边的，是个穿着玉色绣海棠花纹褙子的女子。她模样柔媚，身量高挑婀娜，青丝浓密，雪肌透亮。笑容在她脸上，显得优雅妩媚。倘若人如其貌，她应该就是二奶奶葛氏的姨表妹陶氏，盛修颐庶子盛乐钰的生母。

听说她读书明理，琴棋书画皆通一二，又性情温和大度，很有风采，盛夫人很喜欢她。

站在最后面穿着宫绿色绣大红牡丹的女子，正在打量着东瑗。见东瑗看她，她才低垂了眼帘。她比陶姨娘和邵姨娘都年轻，应该是盛修颐上司送给他的那位姨娘范氏。

范姨娘今年不满十九岁，在盛修颐身边两年，一直无子嗣，听闻盛夫人对她很不满意。

可瞧着她性情并不阴郁，反而是最活泼大胆的。

几个人纷纷给东瑗行礼，一个个自报了家门：东瑗全部猜对了！

东瑗说免礼，让蔷薇端锦杌给她们坐，又对孩子们道："你们到炕上坐。"

盛乐郝看了眼庶妹盛乐芸；而九岁的盛乐芸有些犹豫，不知道应不应去坐。五岁的盛乐钰一派天真，平日里又得宠，东瑗话音一落，他不顾哥哥姐姐，像对盛夫人那样，一头扎在东瑗怀里，甜甜喊："母亲！"

非常自来熟。

东瑗头一次跟这么大的小孩子亲近，她有些不自然，却很快敛去情绪，笑呵呵把盛乐钰搂在怀里，然后指了自己身边的炕："郝哥儿，你坐这里。"

盛乐郝见东瑗发话，不敢不从，正襟危坐在东瑗身边。东瑗见他行事居然看庶妹，既心疼又难受。

盛乐芸见哥哥和弟弟都坐下了，就在炕几对面轻轻坐下，又说了遍多谢母亲。

几位姨娘也依次坐下。

盛乐钰就大声问："母亲，您是九天玄女吗？"

东瑗微愣。

陶姨娘脸色微变，不知道这孩子要说出什么话来。要是初次见面就冲犯了主母，以后他们娘儿俩可没有好日子过。可此时此刻，陶姨娘又不敢贸然接话。

主母和少爷说话，哪里轮得到她长嘴长舌？

其他人也都不解望着他们。

盛乐钰又道："祖母说，九天玄女是最好看的。母亲，您长得真好看，比我姨娘还要好看！"

陶姨娘大骇，忙扑通跪下："大奶奶，二少爷童言无忌，您不要见怪。妾身份低微，不敢同大奶奶比，妾该死！"

这个人，好会来事啊！不过小心谨慎，记得自己的身份，总归没错。

东瑷心中想着，脸上却堆满了笑意，让蔷薇赶紧扶起陶姨娘，笑盈盈道："姨娘多虑了。你也说二少爷童言无忌，我怎会见怪。咱们二少爷夸我好看，我高兴着呢。"

说罢，让蔷薇拿东西赏盛乐钰。

蔷薇似乎比陶姨娘还会来事。她不仅仅拿了一个坠着碧玺石的项圈给盛乐钰，还拿了个翡翠镶青金石玉佩，一对掐金丝镂空嵌大号东珠卷草纹镯子，一同放在匣子里。

东瑷打开匣子，就明白蔷薇的用意，笑意更深。

她亲自替盛乐钰戴上，盛乐钰又是一番欢喜，连连说好看，比他脖子上还要好看，多谢母亲。

东瑷又把玉佩和手镯分别给盛乐郝和盛乐芸："你们也有份……"

这两个孩子明显没有想到，都微微吃惊看着东瑷。

见东瑷眼眸都是笑，很诚心给他们，俩人都收了，又说了感谢的话。

书房里的盛修颐听到这边的动静，举步过来。

他进了东次间，众人纷纷起身给他行礼。

他坐在炕上，东瑷坐在他的对面，蔷薇给孩子们重新添了锦杌。东瑷望着这满满一屋子人，有种啼笑皆非的异样：他们居然是一家人，却丝毫没有家人的温暖。

东瑷知道，这些孩子们都大了，不管她多么掏心掏肺，他们都不会同她亲近，甚至还会提防她去祸害他们。京都有句谚语说："黑天的云，晚娘的心。"说晚娘的心都死黑的，最是恶毒。

所以她跟这些孩子们，永远只会各自守着本职，尽表面上的情分。哪怕她心疼盛乐郝，亦不敢主动去亲近他。

这要是落在有心人眼里，还以为她居心叵测，要谋害嫡长子呢。

而姨娘们呢，她们不会傻傻指望东瑷同她们姐妹深情，东瑷亦不会想着和她们亲密无间。人不犯我我不犯人，这还是善良一点的念头。要是有了歪念，只怕是你死我活。

这样的婚姻，让东瑷有些心烦。

可想起这桩婚姻挽救了她，让她避免入宫，她的心又好受了些。

至少现在，她能和她的丈夫并肩而坐。

倘若她入宫，她不仅仅要跪拜她的"丈夫"皇帝，还要跪拜他的"正妻"皇后，甚至还要跪拜一品二品三品的贵妃娘娘们。她可能连此刻坐在最后面的范氏都不如。

人应该知足，该要什么，能要什么，只能两害相权取其轻。宁为鸡头不为凤尾，大约就是她的心态吧。

如此想着，东瑗表情越发柔和。

盛修颐问了长子盛乐郝的功课。比起刚刚的怯弱，此刻盛乐郝倒是抬头挺胸，回答很流利干练，盛修颐忍不住颔首。

"要好好念书。"他淡笑对盛乐郝道。

盛乐郝道是。

盛修颐又问了几句盛乐钰，就说有些累了，让他们都下去。众人纷纷起身，出了静摄院。

盛修颐对东瑗道："他们说起话来，就没完没了。你也累了一天，歇会儿吧。等会儿还要去给娘请安。"

原来是来帮她挡驾的。

蔷薇在一旁抿唇笑，罗妈妈也忍不住笑。

东瑗就尴尬起来，恭声道是。

盛修颐倒好像神色如常，起身道："我要去外院，晚饭在外院吃。娘若是没有留你吃饭，你回来自己吃，不用等我。"

东瑗又道是。

等他一走，罗妈妈就呵呵笑："咱们世子爷挺会疼人的！"

蔷薇也高兴，道："可不是！"

盛修颐大约是见她中午未歇息，怕她精力不好，等会儿在盛夫人面前露出疲态，惹得婆婆不悦吧？第一次昏定，若是惹了婆婆不高兴，第一印象不佳，以后花十倍的功夫都修补不回来。

盛修颐还是很细心的。

只是被罗妈妈和蔷薇说破，怪难为情的。

她转移话题，问蔷薇小厨房的崔妈妈跟她说了什么秘密。

蔷薇看了眼东次间帘外，只有红莲当值，就微微压低了嗓子："是大少爷的事……"

东瑗一开始还以为要说盛修颐什么秘密。现在一想，应该是大少爷盛乐郝的才对。

在静摄院服侍，说世子爷的闲话，崔妈妈不要命了？

可是新来的主母，肯定高兴听到前妻嫡子的闲话，所以说些无关痛痒的，既能讨好到东瑗，又不得罪世子爷。这个崔妈妈，也是个聪明的。

只怕崔妈妈告诉蔷薇的，是盛家人人都知道的，只有他们新来的不知道而已。崔妈妈提前说，不过是占了先机。

"说大少爷什么？"东瑗突然没有了兴致。

蔷薇道："我见夫人好像很喜欢二少爷，而不是大少爷，就问了崔妈妈是何缘故。崔妈妈说，夫人原先很喜欢大少爷的，可有段日子元阳阁经常丢东西，后来查出来是大少爷拿了。侯爷很生气，大少爷不满九岁就搬去了外院，不准他常到夫人跟前。夫人又喜欢孩子，二少爷可爱活泼，日子久了，对大少爷那份喜欢，才转移到了二少爷身上。"

盛昌侯……

东瑷的心不由一紧。

"大少爷偷东西被赶到外院去的事情，府里都知道吗？"东瑷声音微紧，问蔷薇。

蔷薇见她很紧张的模样，心中微诧，不确定颔首道："咱们初来乍到，崔妈妈又是府里的老人了，应该知晓什么话能说，什么话不能说吧？连她这个管小厨房的都知晓了，其他人怎会不知？大约都知晓……"

东瑷见蔷薇都能想到这点，心不由又沉了下去：她的侥幸破灭了。

盛乐郝是盛修颐的嫡长子，倘若好好培养，将来就是家族的继承者。

可他外祖家陈家曾经是新皇的死对头，谋逆被诛灭。他身子里流着一半陈家的血脉，虽说罪不及出嫁女，可皇族如何会倚重逆臣的后代？

盛家想要在朝堂获得更多的权势和机会，就不可能让盛乐郝继承家业。

这样的道理谁都明白。

可这个孩子是家族的嫡长子，不让他继承家业，只怕会被人耻笑。况且东瑷记得刚刚盛修颐问盛乐郝功课，那孩子回答得很流利，应该不是那种愚笨不成器的。

盛乐郝不算庸才，想要剥夺他的继承权，只能想别的法子。

东瑷听闻盛家子嗣单薄，所以盛乐郝没有"暴毙"。若无辜夭折孩子，更减福寿，盛昌侯和盛夫人也怕遭天谴，怕以后想要孙儿更加难吧？

于是盛昌侯就想出诬陷、刻薄盛乐郝的法子？

这件事的主谋就算不是盛昌侯，亦是盛昌侯首肯的。

没有盛家家主的同意，嫡长子偷东西的谣言谁敢四处说？一旦有苗头，也会被强行遏制的。

"你给崔妈妈些钱财，让她别把这次你问她大少爷这事说出去。再看看她平日里跟府里什么样的人来往，倘若她来往的都是些不靠谱的，以后切莫问她什么。她能跟咱们说旁人的不是，亦能把咱们的事抖出去，到时再防她。若是她来往都是些正儿八经的人，以后好好对她。她至少比咱们知道多些……"东瑷低声跟蔷薇说道。

罗妈妈见东瑷表情变化，却不明白她在想什么，又听到她叮嘱蔷薇的一番话，罗妈妈还在绕，不明所以，蔷薇已经颔首，转身去箱笼里找出银钱匣子，拿戥子称了二两银子出去。

罗妈妈瞧着，心中微微叹了口气，什么都没说。

东瑷在炕上斜倚着打盹，直到申正一刻，罗妈妈喊她起身。她申正三刻应该去给婆婆请安。

东瑷迷糊睁开眼，任由罗妈妈帮她梳头。

第十章　教唆挑拨

陶姨娘等一行人从静摄院辞了东瑗和盛修颐出去，在岔道口跟盛乐郝、盛乐芸和盛乐钰分手。

陶姨娘就喊盛乐钰："二少爷，您等等。"

牵着盛乐芸，跟在奶娘身后的盛乐钰停住了脚步。

盛乐郝见他们说话，知道不关自己的事，就冲陶姨娘微微笑了笑，带着小厮先走了。

"姨娘，您喊我做什么？"盛乐钰还在摸着脖子上的项圈，很欢喜，想着和芸姐儿快点去元阳阁，给盛夫人也瞧瞧。见陶姨娘喊他，他有些不耐烦。

那边，芸姐儿的生母邵姨娘也赶了过来。

范姨娘不由好奇停住脚步，看看陶姨娘要跟二少爷说什么。

陶姨娘笑盈盈地蹲下身子，替他整了整衣襟，又整了整他的项圈，问他："二少爷，您喜欢大奶奶给您的项圈吗？"

盛乐钰眨巴着墨色宝石似的眼睛，很真诚地颔首："喜欢啊。姨娘，母亲身上香香的，人长得也好看，我很喜欢她。她跟姐姐和姨娘一样好。"

陶姨娘的笑意更深，又道："二少爷喜欢姨娘，姨娘也喜欢二少爷。二少爷，姨娘求您一件事。"

芸姐儿也不解望着陶姨娘。

盛乐钰却拍了拍胸膛，道："我一定帮姨娘的忙，我长大了！"

惹得赶来的邵姨娘和芸姐儿也掩唇笑。

陶姨娘更加喜欢，笑道："下次在大奶奶跟前，您叫我陶姨娘，不要说'我姨娘'，好吗？"

芸姐儿微愣。

盛乐钰不太懂，嘟起嘴巴做沉思状，半天才道："说'我姨娘'，母亲会不高兴吗？"

"不是，不是！"陶姨娘忙呵呵笑道，"只是我喜欢听二少爷叫我陶姨娘。二少爷，您以后改口，不管在谁面前，都叫我陶姨娘，我再给你做好看的衣裳、鞋袜。"

盛乐钰年纪小，却最爱臭美，很喜欢陶姨娘做的漂亮衣裳、佩饰还有鞋袜，一听这话，当即就笑弯了眼睛，甜甜道："陶姨娘！"

陶姨娘听在耳里，心口似被什么撞了一下，笑容却一点也不敢变，笑盈盈应了。

芸姐儿年纪大些，懂得些人情世故，知道陶姨娘一生谨慎，怕得罪了新进门的嫡母。

她眼眸暗了暗，牵着盛乐钰的手，道："陶姨娘，邵姨娘，我们先回去了……"

叫邵姨娘的时候，她语气有些不自然。从小她就是亲热叫邵姨娘为姨娘的，这还是第一次带着姓叫她。

邵姨娘也是脸色不自然，干干地应了一声："大小姐慢些走，小心地滑。"

盛乐芸和盛乐钰姐弟俩住在紧挨着盛夫人院子的两处小庭院里，平日里总是一处玩耍，一同出门一同回去。

看着一大一小牵着和睦的背影，邵姨娘心中有些难受，对陶姨娘道："你何必呢？我瞧着大奶奶是个慈善人。"

陶姨娘终于收起强忍的欢喜，眼底有了几缕哀色，半晌才叹气道："我也知道大奶奶是慈善人。可小心驶得万年船，咱们房里总算有了主母，若还跟从前一样，岂不叫人笑话？"

见陶姨娘如此明事理，邵姨娘微微叹了口气："你总是这样苦自己。"

说得陶姨娘眼眸中不禁有泪。

远处听得一清二楚的范姨娘，心底好笑。她上前几步，高声笑道："姐姐，你不必这般的。大奶奶人长得漂亮，又和善，岂会因为二少爷叫一声'我姨娘'就恼了？"

陶姨娘掏帕子拭了泪，转身依旧是笑容堆满了眼角，道："妹妹说的是，大奶奶是宽宏之人，是我小人之心了。"

范姨娘笑容灿烂，道："大奶奶不仅仅是宽宏之人，还是天仙一般的容貌呢。咱们大奶奶出身名门，镇显侯府薛家比咱们盛家还要显赫。大奶奶是镇显侯府原配的嫡小姐，御赐的郡主，还是圣旨赐婚的，昨日花轿是沿着京都绕了一大圈才进府，当年的大奶奶都没有这个排场和福气吧？不仅仅有名，还有钱，姐姐们看到她打赏大少爷、二少爷和大小姐的首饰没有？都是咱们平日里想不来的……"

陶姨娘和邵姨娘明白她的意思。

又要挖苦陶姨娘呢。

从前世子爷屋里的私事，不关宗族的，盛夫人都交给陶姨娘打理。虽然陶姨娘恪守妾室的本分，从来不欺负其他妾室，亦不自己拿大，可这位范姨娘总不时找话刺一刺陶姨娘。

她进府两年，世子爷在屋里过夜次数很少，最近半年就没怎么去过。盛修颐做事一丝不苟，从来不放纵自己。平日里每个月三日歇在陶姨娘处，三日歇在邵姨娘处，剩下的日子就在静摄院独居。虽然不是陶姨娘联合邵姨娘压制范姨娘，可范姨娘总是把账算在陶姨娘头上。

前不久还有人传出夫人要抬陶姨娘做继室的闲话，范姨娘听了，更是当着陶姨娘的面，冷嘲热讽说了好几次。

范姨娘大约是不怕盛昌侯府任何人的。

她是兴平王家里的歌姬，送给盛修颐做妾的。只要皇家不倒，只要兴平王不倒，哪怕盛修颐再不待见她，她都是盛家的妾室，不会因为她无子就被送出去的。

仗着这个，范姨娘才不怕陶姨娘将来做了继室找自己算账。

她的处境已经尴尬无比了，还能更差么？既然已经这样了，索性破罐子破摔，气死这个一脸假惺惺的陶姨娘，也要出出心口的恶气。既然被人不屑，她可不想自己憋屈死。

哪怕她范氏再憋屈，世子爷和夫人都不会多看她一眼，那她装贤良做什么？

就像刚刚，陶姨娘明着是关心大小姐和二少爷，怕他们被大奶奶责怪，可她瞒不过范

姨娘的眼睛。

这陶氏不过是瞧着大小姐和二少爷都被大奶奶的东西收买了，挑拨离间来了。陶姨娘这样一番话，二少爷年纪小，可能不懂，大小姐心里怕是要留下疙瘩的。

这根本就不是大奶奶的意思。听到二少爷叫"我姨娘"，大奶奶脸色都未变一下。

分明就是陶姨娘在捣鬼。

可愚昧的邵姨娘还一脸感激的样子，范姨娘就是看不过眼。

哼，想做继室？也不瞧瞧自己什么身价？看到新大奶奶的身价，她陶氏拿什么比？

"是啊，大奶奶是极尊贵的。"陶姨娘笑容不改，一脸平静回了范姨娘的话，带着自己的丫鬟，快步回小院。

邵姨娘看了眼范姨娘的嚣张，忍着气不敢说话，跟着陶姨娘回去了。

邵姨娘是个忠厚人，不会吵架，她可不敢同泼辣的范氏闹起来。

"陶姐姐好气量。"范姨娘阴阳怪调在身后又道，"我真该学学姐姐。"

陶姨娘听到这话，微微顿了顿身子站住，回眸望着范姨娘，依旧是一脸优雅柔婉的笑："妹妹这话，我不懂了。我是个愚笨的，有什么值得妹妹学？"

"姐姐怎么不懂？"范姨娘慢条斯理走过来，在她身边轻声道，"世子爷瞧着大奶奶，眼睛都是亮的，姐姐一点也不吃醋，莫不是好气量？我就不行了，我瞧着世子爷看大奶奶似看个宝贝一样的眼神，心里就酸溜溜的。"

说罢，不等陶姨娘回答，脚步轻盈先回了小院。

邵姨娘听着范氏这些不着边际的话，心中大骇，宽慰陶姨娘："她说这些古怪的话！咱们是妾，大奶奶是妻，怎么拈酸吃醋的话都说得出来？"

她的意思，妾室连吃正妻的醋的资格都没有。这个邵姨娘真不会说话！

倘若说范氏的话是在陶姨娘胸口刺了一刀，邵氏这话，就是撒了把盐。

陶氏听了邵姨娘的话，只是笑容清浅，说了句："她就是这样调皮，像个孩子似的，夫人都不怪她，咱们不理她。"就挽着邵姨娘的胳膊，姐妹俩人回了院子。

小院西南厢房里，回来衣裳都未换的范姨娘一头倒在炕上，懒散伸着腰，嘴里哼着小曲儿，断断续续歌调皆无，却很动听。她原本就是很出众的歌姬，否则兴平王也不会看中她，把她送给盛修颐。

到盛昌侯府之前，她也想过好好服侍丈夫，温存体贴。谁知她的夫君初次见面就对她不喜，言辞冷漠，后来都不到她房里来。可是对陶姨娘和邵姨娘，每个月定制的日子，盛修颐再不高兴，也会按时来。

想起这些，范姨娘就觉得心里恨得紧。

论姿容，她不如那个年纪比盛修颐还大一岁的邵氏吗？

论妩媚风情，她不如那个惺惺作态的陶氏吗？

怎么就看不上她！

从前看不上她，以后她就更加没有机会了。新进门的薛氏，模样惊艳，连范姨娘都觉得她的美蚀骨动魄，笑起来妩媚娇柔。身份上，人家是公卿望族的嫡小姐；论容貌，满京华都寻不出能与之媲美的。

薛氏过门还不足一日，盛修颐那暮气沉沉的脸上，就有了几分神采，比平常英俊温和。

范姨娘今日真的彻底断了对盛修颐的念头了。

她在说陶姨娘的同时，也是说给自己听：拿什么跟薛氏比？

一个继室，居然来了这么一尊大佛，真是稀奇！

她微微叹了口气。

丫鬟芸香给她递茶，要扶起她："姨娘，换了衣裳再躺着。好好的衣裳糟蹋了。"

"哎哟，你让我躺着，糟蹋就糟蹋了！"范姨娘像个小孩子一样耍赖，不肯动身，"好好的衣裳糟蹋了有什么可惜的？又没人看。"

芸香不知道该接什么了。

屋子里一下子就静了下来。

范姨娘自己叹了口气，还是起身换了件家常的衣裳，任由芸香服侍她。

换好衣裳，坐在炕上喝茶，芸香就柔声劝她："姨娘，您也太直了些！陶姨娘平日里也是规规矩矩的，您何苦跟她过不去？她们跟咱们一样，也不容易……"

范姨娘冷哼："她不容易？她可是盛家用轿子抬进门的，不似你姨娘，出身欢场！她尊贵着呢，生了少爷，又得夫人喜欢，哪里不容易？你看她，好好的挑拨大小姐和二少爷跟新进门的大奶奶不和。她不容易！"又是冷哼一声。

俗话说劝和不劝分。明知范姨娘不喜欢陶姨娘，芸香肯定不会帮着说陶姨娘的不是，只是帮着说些好话，免得两位姨娘的仇怨越结越大，便笑道："姨娘，我也听到了陶姨娘的话，她不过是担心大奶奶心里不快……"

"是是是，我小人之心！"范姨娘不想和芸香争，笑道，"我知道你的好心，你不用劝，我跟她水火不容，这辈子注定犯天煞！你且等着，等世子爷一天天被大奶奶拴住了心，我看她那伪善的脸还能不能挂住！"

说罢，自己想象着将来盛修颐独宠薛氏时，陶姨娘那张脸，就不禁笑起来。

平日里夫人喜欢陶姨娘，众人都捧着她。她明明只是二奶奶葛氏姨母的庶女，一个小吏的庶女，小家闺秀的清雅是有的。

可她偏偏会些什么风雅之事，众人又捧她，说她像簪缨望族的大家闺秀，跟盛家的姑娘小姐一样的模样品性。

这些话，不知道夫人听到过没有？反正范姨娘听了就作呕。

大家闺秀？大奶奶薛氏，才是正经的大家闺秀！

东瑗并不知道静摄院不远处的岔路口几位姨娘们发生的争执。她睡了会儿就起身，准备申初三刻去给她婆婆请安。

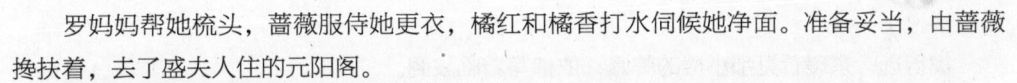

罗妈妈帮她梳头，蔷薇服侍她更衣，橘红和橘香打水伺候她净面。准备妥当，由蔷薇搀扶着，去了盛夫人住的元阳阁。

罗妈妈在门口送她们，望着东瑗和蔷薇由小丫鬟带路往元阳阁去，脚步渐行渐远，她又是轻轻叹了口气。

橘红瞧着疑惑。

橘香就笑起来："妈妈，您看什么呐？"

罗妈妈回神，笑了笑："瑗姐儿一向聪慧，从前咱们总要她交代好几遍才懂她说的话。可她跟蔷薇说话，我还没有听懂一句，她们都说三句了。瑗姐儿身边，总算有个得力的，比咱们都能干，妈妈高兴呢。"

当着橘红橘香的面，罗妈妈不由自主叫起东瑗的名字。口中说着高兴，心情却是很复杂的。

既替东瑗高兴，又感觉自己对东瑗现在的人生无什么帮助，只能做些微不足道的小事，不能像从前那样替她挡挡风雨。好似母亲对长大孩子的感情一般：孩子出息了，离父母越来越远，既真心欢喜，又心疼不舍。

橘红和橘香都看得出罗妈妈的心情，一左一右拥着她，宽慰着她。

橘香更是笑道："妈妈，蔷薇能干，咱们正好偷着闲儿耍，不好吗？您老是劳碌命，非要大奶奶把您使唤得脚不沾地才好？"

罗妈妈气笑着要打她，橘香就呵呵笑着躲。

这样闹一闹，罗妈妈心口的郁结轻了不少。

橘红对蔷薇的印象很好，帮她说话，笑道："蔷薇确实能干，她打听消息比咱们几个人合起来都厉害。妈妈和橘香出去后，拾翠馆里不管何事，她都敬着我，做事干脆又利落，懂分寸，还很聪明。"

橘香忙接过话，笑道："有个能干的最好了，去夫人、侯爷跟前说话的苦差事，挨不着咱们！"

她性格大大咧咧、不爱受拘束，从前陪东瑗去薛老夫人的荣德阁请安，被老夫人骂过几次，从此就害怕在老夫人跟前说话了。蔷薇能取代她们，陪着东瑗跟夫人打交道，橘香巴不得。

她并不是小气又善妒的人。

罗妈妈听到橘香和橘红的话，隐藏在心头的一点担心也消弭了。从前东瑗最疼爱橘红和橘香，现在新宠着蔷薇，罗妈妈怕她们两个瞧着心里不痛快。如今看来，橘香还是那万事不过心的性格，橘红对蔷薇又喜欢，她的担心很多余。

东瑗嫁到这府里，原本是委屈的，身边的人再为小事争风吃醋，怕她就更难了，罗妈妈很怕这样。见大家和睦，她才算放心。

东瑗住的静摄院和盛夫人住的元阳阁，都是在盛昌侯府的东边。静摄院靠东北角，元阳阁靠东南角。绕过盛贵妃娘娘在家时住的桢园，便是一处池塘。占地颇大，水中央有幢小小阁楼。

离得远，东瑗看见那小楼的牌匾，依稀写着临波阁。

"府里好多池子……"蔷薇有些不解向东瑗道，"大奶奶，这里有一处，桢园后面还有一处更大的，正堂南边亦有一处，比这个小些。"

东瑗想起盛修颐说盛家的祖籍是徽州，而徽州多水，不知是不是有什么忌讳，笑了笑："咱们镇显侯府池子不多。只当是新鲜好玩的。"

蔷薇撇撇嘴，没有再说什么。

她是觉得盛府很奢侈。盛京寸土寸金，又是这等地段，普通人家求得一方土地做房子都不能，盛昌侯府却用来做观赏的池塘。

薛府亦很大，可人口众多，房屋密集，不似盛府，处处景观别致，都是些精巧的亭阁，不是居住的院子。

太奢靡了！

东瑗似乎也意识到了这点。她公公是两朝权臣，家私奢侈些不足为奇。只是骄奢淫逸非长久之道。像镇显侯爷历经朝堂四十年不倒，不仅仅是他的机智，更多是他安分守己。

她淡淡舒了口气，这些事不是她能管的，她担心也是白瞎。

走了大约两刻钟，到了元阳阁。小丫鬟忙进去通禀，亲自替东瑗撩起帘子。

东瑗听到东次间笑语盈盈，盛夫人温和笑声更加欢喜。东瑗进了屋子，先给盛夫人屈膝请安。

盛夫人让康妈妈扶起她。

她打量着东次间，珠围翠绕，人语轻盈。

盛夫人坐在临窗大炕上，斜倚着银红色弹墨大引枕，穿着宝蓝色五福捧寿纹褙子，湖水色八宝奔兔福裙，额间带着镀金点翠嵌米珠喜字遮眉勒，头戴翠玉碧玺簪，笑容温和慈祥。

她怀里，坐着粉妆玉琢的盛乐钰，一个穿着粉色褙子的小女娃娃，是二房的嫡女盛乐蕙。盛乐芸坐在炕的另一边。

临炕一排铺着墨绿色椅袱的太师椅上，坐着五个人。

除了她的二弟妹葛氏，她都不认识。

康妈妈就介绍给东瑗："这是琪姐儿。"

一个穿着藕荷色绣折枝海棠纹褙子的妙龄少女起身，给东瑗行礼，柔声道："大嫂。"

她就是盛家三小姐盛修琪，过几日就要进宫的那位吧？

东瑗还了礼。

康妈妈又指了穿着草青色绣红梅傲雪纹褙子的少女道："这是表小姐，姓秦，闺名一个奕字。"

东瑗打量这少女，跟她差不多年纪，身姿曼妙婀娜，瓜子脸，柳眉凝烟，秋波盈盈，比起她院里的陶姨娘还有风情。

东瑷跟她见礼，秦奕也打量她。

惊艳过后，就露出几缕黯淡神色，似自惭形秽般。

年轻的女子都喜欢和旁人对比，不如人总会失落。东瑷没有深想，康妈妈就指着坐在二奶奶葛氏后面的两个女子道："这是大姨娘和二姨娘，她们都姓林，是对双生姐妹。"

两个三十左右、依旧风韵迷人的女子上前，给东瑷行礼。

东瑷知道是公公的妾室，忙还礼。

这两位姨娘模样有七八分相似，细长眼睛很妩媚。只是神态端庄，笑容亲切，都穿着月白色褙子，做派端庄无妖媚之气。

姐妹俩给盛昌侯做妾？

她们都是三十岁左右的年纪，倘若有子嗣的话，应该是十三四岁。今早的成妇礼上，好似没有见到。难道都是庶女，已经出阁了？

一一见过礼，盛夫人含笑道："颐哥儿媳妇，到娘这里坐。"她对东瑷很亲热。

盛乐芸就带着盛乐钰和盛乐蕙下炕，给东瑷行礼。

东瑷让他们起身，自己坐到盛夫人对面的炕上。

小丫鬟端了锦杌给盛乐芸和盛乐蕙姐妹俩坐，盛乐钰很开心爬到东瑷怀里，甜甜道："母亲母亲，祖母、二婶婶、姨太太、三姑、表姑还有二姐姐，都说我的项圈好看！"

他一口气念这么多人的称呼，让东瑷觉得这孩子聪颖过人，怪不得盛夫人喜欢他。

他话音一落，东瑷和其他人都不约而同轻笑起来。

"钰哥儿长得好看，戴什么项圈都好看。"东瑷觉得这孩子很爱臭美。

果然，盛乐钰听到东瑷夸他好看，眼睛就笑弯起来，追问道："钰哥儿长大了，有母亲好看吗？"

大家都忍不住笑。盛夫人也笑得不行。

东瑷笑道："钰哥儿是男孩子，长大了会像你父亲，是个顶天立地的男子汉。"

盛乐钰微微愣了愣，然后转头问盛夫人："我像父亲，也要去外院练武吗？"

东瑷听了心中一动：盛修颐一直习武吗？

可盛乐钰的语气，分明就是很不想习武。

盛夫人故意逗他："好啊，等我们钰哥儿长大了，跟父亲和三叔一样，去外院习武。"

盛乐钰就从东瑷怀里挣开，扑到盛夫人怀里，摇晃着她的胳膊，哀求道："祖母，钰哥儿不要习武。钰哥儿要念书，考秀才，做状元郎！"

盛夫人就指了东瑷，笑呵呵对盛乐钰道："钰哥儿以后好好听你母亲的话。你母亲的爹爹就是状元郎，你乖乖听话，你母亲教你将来如何做状元郎！"

盛乐钰很肯定地颔首。

一屋子都被他逗得笑起来。

才五岁的孩子，一派天真可爱，盛夫人很喜欢。

东瑷嫁到盛家才一天，只见到盛家四个孙儿辈的孩子。

二奶奶葛氏房里没有庶出的孩子吗？怎么不带过来玩？

略微坐了坐，盛夫人怕新媳妇在婆婆面前不自在，没有留东瑷吃饭，让她早早回去歇息，很通情达理。

辞了老夫人，回去的时候夕阳满天，艳色彩霓将门口一株西府海棠染透，碧树繁花掩映的幽径显得静谧安详，整个盛府都笼罩在安宁的斜照中。

东瑷想起前几日这个时辰，她会从薛府的荣德阁回拾翠馆，不禁心口发闷。可她的注意力很快又被盛家的事转移过去。

"蔷薇，你去打听打听，那侯爷的两位林姨娘，还有二爷房里，到底有孩子没有。"东瑷道。

盛家的子嗣真的很单薄。是真的子嗣艰难，还是……

她又想起了那个瘦弱怯懦的嫡长子盛乐郝，隐隐有什么笼罩在她心头。

蔷薇忙道是。

东瑷和蔷薇回了静摄院，蔷薇就拿了些碎银子和一对金手镯出门去了。东瑷瞧在眼里，没有作声。她知道蔷薇向来消息灵通，除了她的巧舌，还有她的大方。钱财动人心，这才是她善于打听消息的根本吧？

想着，她就从银钱匣子里，寻出两块五两的银子，又从自己陪嫁首饰匣子里寻出四对织金点翠红绿玛瑙金鬓花簪，一起放在枕边。

到了晚膳的时辰，罗妈妈和橘红、橘香、红莲等人都在摆饭。

东瑷斜倚在炕上愣神。她心里在想盛家子嗣的事。

想着，帘外的丫鬟禀道："世子爷回来了。"

东瑷微愣，在外院这么快就吃了饭回来？

她忙下炕，给撩帘而入的盛修颐行礼。

盛修颐让她起身。抬眸间，东瑷瞧见他额头有细细的汗，鬓丝微乱，像是剧烈运动过的人。

方才在盛夫人那里，盛乐钰说盛修颐在外院习武，看他的模样，像是刚刚习武归来的。

"世子爷，您用过晚膳不曾？"东瑷笑盈盈问他，"我还未曾用过，正摆饭呢，您要不要再添些？"

"给我添副碗筷吧。"盛修颐道，表情很平淡，转身去了净房梳洗。

他真的还没有吃饭啊。

外院出了什么事吗？他怎么不吃饭就跑了回来？

东瑷心中猜测着，让红莲和绿篱去服侍他梳洗。静摄院除了粗使丫鬟是盛家的，其余都是东瑷的人。不知是在东瑷大婚之前送走了，还是根本就没有。

盛修颐洗漱一番，换了青灰色葛云绸直裰，浓密鬓丝上携了几点水珠，白皙脸庞有些红潮，坚毅下巴微扬，雍容倜傥。

东瑷让服侍的丫鬟们都下去，亲手替他盛饭。

"世子爷，咱们院里原先没有服侍您的丫鬟吗？"东瑷试探着问他，笑容满面，"我身边有几个得力的，拨两个给您使唤吧？"

这个话题比较中性，不会犯忌讳。打开了话题，再问外院发生了何事。

对盛家什么都不知道，两眼一抹黑的感觉很糟糕。与盛修颐聊了一上午徽州，东瑷觉得只要话题对路，还是能从他口里问出点什么来。他虽然不怎么爱说话，瞧着冷漠疏淡，其实外冷内热，话题投机，他亦会滔滔不绝。

盛修颐听到东瑷问丫鬟，手里的筷子微顿，略微沉吟，道："从前有两个服侍的，年纪大了，上个月才放出去。娘送的那两个，你昨日也见了，我使不习惯。你的丫鬟里有忠厚本分的，拨两个给我，下次府里添丫鬟，再补上你的。"

他是在告诉东瑷，盛夫人送过来的两个丫鬟，蘼芜、杜若，行事不规矩？

可盛夫人的本意，就是给盛修颐做通房丫鬟的吧？

好像他不想要。他只想院里规矩分明，丫鬟就是丫鬟，妻妾就是妻妾，所以把挑选丫鬟的任务交给了东瑷？

东瑷忙道是，盘算着把红莲和绿篱先派给他用，回头禀明了婆婆，等到添置丫鬟的时候，再添两个一等丫鬟在自己院里。

说着话，东瑷起身给他舀了碗汤，自己却小口慢慢吃着。

盛修颐见她吃得很勉强，以为她没有胃口，就道："你喜欢吃什么，拟个单子给娘，让厨房添上。忍让一次，以后就处处委屈，日子还怎么过？你不用害怕，爹娘都是通透的人。"

东瑷倏然抬眸望着他。他已经低下头去吃饭了。

不管是真心还是假意，这句话都让东瑷心湖一动，涟漪阵阵。他的意思再明显不过，他不想东瑷受委屈。

她敛了情绪，笑道："我没有什么忌口的东西，只是一边想着事儿，吃饭慢些罢了。我刚刚在想，世子爷下午说在外院吃饭的，怎么回来了？可是有事？"

盛修颐正在夹菜，动作微顿，半晌没有答话。

东瑷不由忐忑，抬眸瞧他。感觉他耳根处有暗红涌上，又仿佛是她的错觉。他习武回来，肌肤泛红很正常。

他没有回答东瑷的话。半晌，他放下筷子，起身道："你多吃些，我去书房看会儿书……"

脸比刚刚进屋时还要红，似落荒而逃。

东瑷先是微诧，望着他远去的背影愣神，而后倏然醒悟过来：他是不是特意回来陪她的？

一开始她没有往这方面想。

一旦想到了，又想起自己问他为何回来时，他的窘迫，好像真的是这么回事。

她的脸不禁也热了起来。

她居然问出这么笨拙尴尬的话！没有经历过感情，对这种事不能迅速判断，直到事后左思右想才明白。可惜晚了。

东瑗很懊恼，不知道盛修颐会不会恼羞成怒？他们在新婚中，丈夫回来陪妻子吃饭，怕她人生地不熟不自在，她居然巴巴去问他。

怪不得他尴尬说不出话来。

东瑗想到自己处处仔细，偏偏犯了这么大的错，闷闷吃了两口饭，就放下筷子。

大约半炷香的工夫，蔷薇从外面回来了。

她一边服侍东瑗梳洗，一边低声跟她私语："两位林姨娘进府快十二年，一直无子嗣；二爷有两个姨娘，也无子，二奶奶这些年只有二小姐，后来也不见动静。世子爷房里的范姨娘过府两年，也无子。"

然后，她的声音更加低了："大奶奶，二房、三房一共四个少爷，都成亲，妻妾好几个，都是女儿，一个男孙都没有！"

二房、三房，是说盛修颐的二叔、三叔。他们一共四个少爷，居然没有儿子？就是说，盛修颐四个堂兄弟及他的亲兄弟盛修海，都无儿子。

东瑗听到这话，面上一肃。

是天意还是人为？

就说她们这一房，二奶奶房里的姨娘没有子嗣，可以猜测是二奶奶捣鬼。正妻自己没有生下儿子之前，不想让妾室诞下庶长子是可能的。

那么两位林姨娘是怎么回事？

东瑗突然觉得人好难看透，她从前对世界的把握与通透好像一下子就失去了作用。她看着婆婆，直觉她是个敦厚善良的人，她眉宇间的温良不是装出来的。

可公公的姨娘没有子嗣，难道真的跟婆婆没有关系？

二爷的生母是婆婆的通房，那个女人好像没有抬妾就殁了，也跟婆婆没有关系吗？

"大奶奶，只要您有了男孙……"蔷薇低声补充道。后面的话，她没有说出来。

东瑗却明白。

在盛家男孙急缺的情况下，只要她生下男丁，她在盛家宗族的地位就彻底保住了！

"想诞下男孙？"东瑗微微苦笑，"那要看咱们的道行了。"

倘若盛家子嗣艰难是人为而不是天意，那么想要诞下嫡子，就需要步步算计、层层防范。到底是天意还是人为？越想，越觉得心里乱糟糟的。

她和衣躺下，直到亥初盛修颐才从小书房回来。

他简单地洗漱后，躺下背对着东瑗，没有了昨晚的温存体贴。

东瑗则是累了一整日，见他回来，又不肯同她说话，她一时间亦没有话题，说了句"我先睡下了"就放心沉沉睡去。

亥初三刻，东瑗已经进入梦乡。而远在东南角的元阳阁依旧亮着灯火。盛夫人还没有睡，在等盛昌侯。

盛昌侯今日比往常回房都要晚。康妈妈便在一旁服侍，跟盛夫人聊天解困。话题兜兜转转，就转到了新媳妇薛氏东瑷的身上。

"长成那样，简直是造物者的恩赐。"盛夫人笑道，"颐哥儿好福气。你瞧见没有，薛氏行事大方，说话得体，教养得规规矩矩。侯爷说要防她，让我把蘼芜和杜若给颐哥儿，可是我心里思量，薛老夫人是什么人？那是个敢告御状巾帼不让须眉的女人！镇显侯府几次灾难，甚至镇显侯被判即问斩，她都能把丈夫救下来。她溺爱的孙女，品行能差吗？我瞧着薛氏，就样样好，有薛老夫人的遗风……"

康妈妈在一旁赔着笑："大奶奶是个贤良模样的。"

"是啊。"盛夫人笑道，而后又叹气，"就是不知道和颐哥儿有缘分没有，这夫妻不知能不能到头啊……"

这个话题，康妈妈就不敢接了。

盛夫人正要兀自把话题绕开，盛昌侯气哄哄疾步进了内室，连丫鬟都来不及通报盛夫人。见他脸色铁青，康妈妈当即退了出去。

盛夫人忙起身，给他倒了杯热茶，递到手边道："侯爷，您这是跟谁置气呢！"

盛昌侯一掌拍在炕几上，震得茶盏颤抖，清香茶水溢了出来，盛昌侯暴怒："没出息的东西，被个女人缠了足！那个薛氏，就是个狐媚子，颐哥儿的前程，迟迟早早送在她手里！"

一进门气得青筋暴突，居然是骂刚刚进门的儿媳妇。

盛夫人心里不快，却不敢表露，惴惴坐在炕沿上，柔声劝慰："侯爷，您身子骨不好，别为了孩子的事气坏了自己。颐哥儿做错了什么，您要打骂便打骂，何必生闷气？"

第十一章　他的妒妇

"做错了什么？"盛昌侯冷哼，"我就是有心看看，他今日能习武到几时。结果，还未到酉正，就急匆匆回了内院。有什么等着他？才娶进门，就这样离不得，以后还不是任由薛氏拿捏？没出息的东西，我还指望他子承父业，他哪里像个男人？"

盛夫人却是心中暗喜。

男人的政治她一知半解，却也知道盛昌侯为何对薛氏不满。

可儿子媳妇和睦，就能早点诞下孙儿，盛夫人一想到此处，就溢满了蜜般的愉悦。

长子盛修颐一向对女子冷漠，家里姨娘们不咸不淡搁置着，以至于这么些年，三个姨娘总共才有盛乐钰和盛乐芸姐弟俩。盛乐郝又被侯爷赶去了外院，盛夫人特别羡慕旁人儿孙绕膝。

如今对新媳妇恋恋不舍，可不是开窍了？盛夫人只差心中念阿弥陀佛。

但愿薛氏真是个有福的，能早早替她诞下几个小孙儿孙女，也免得盛昌侯总是怪她对庶孙太宠爱。

盛夫人就是喜欢孩子，亦盼着多几个孙儿。盛昌侯把嫡孙八岁就送去外院，不顾盛夫人的不舍，还不准她宠爱庶孙，是何道理？

盛夫人对这件事很坚持，所以盛昌侯几次说她不应该对盛乐钰如此疼爱，她置若不闻。

说得多了，盛夫人就泪如雨下，哭起盛乐郝来："……您非要把他送去外院！要是多在我身边几年，我也不至于这样宠着钰哥儿。您做大事，叫我一个女人跟着掺和什么。都是颐哥儿的骨肉，什么庶出嫡出的。咱们家孩子算来算去，就这四个，又不是十个八个的，分得这样清楚……"

盛昌侯见夫人一把年纪，说得又这样心酸，而后就睁只眼闭只眼。

盛夫人想，钰哥儿年纪大了，年底就要满六岁。依着盛昌侯的脾气，再过两年肯定要把他送去外院。

到时，盛夫人膝下又无孙儿了！

颐哥儿与薛氏要好，早点诞下孩子，等钰哥儿、蕙姐儿、芸姐儿长得大了，去外院的去外院、出嫁的出嫁，盛夫人正好有薛氏的孩子可以逗弄，多好的事！

她不能理解盛昌侯的愤怒，却也明白不能把自己的这番心思透露出来。他已经气得不轻，自己再这般一说，只怕真的气出个好歹来。

盛夫人只得赔着笑脸，宽慰他："新婚燕尔，颐哥儿身边又好些年没有容貌出众的女子，瞧着喜欢也是人之常情。过了新鲜劲，就好了。这么多年，颐哥儿最懂节制，他都多大人了，侯爷也让孩子松懈几日。"

她的这番话，一下子击中了盛昌侯的软肋。

盛修颐自幼聪颖，十八岁就中举，当年是那科安徽的解元。他经史、八股熟读，又运用巧妙，文章锦绣又深刻，那届的主考官极力推荐他。可盛昌侯正好打了胜仗，官运亨通，是皇上面前的红人。他的二女儿又被选为太子良娣。倘若盛修颐再高中进士，甚至状元，眼红嫉妒的朝臣怕要参他，以为盛文晖拉拢主考官，他才让盛修颐文章入选。

盛家富贵，可根基太浅，盛昌侯不能授人以柄。哪怕是无妄的猜测，他都怕触怒圣上。

他就让盛修颐称病，错过了会试。

盛昌侯盛文晖的父亲曾经做过徽州知府，而后被人诬陷革职。到底存下些家私，盛家在徽州府也算富户。盛文晖念书不行，就想着走武官的路子。他父亲请了教头，专门教他武艺。

而后父亲的好友举荐，盛文晖投身在陕西大营里。

他离家后，盛文晖的两个兄弟不善于习武，也不爱舞枪弄棒。家里的武教头闲来无事，就教不足四岁的盛修颐拳脚功夫，发现这孩子天赋极高。

盛父更是高兴，就让教头从小教他。

盛修颐比起半路习武的盛文晖，算是文武全才。他年轻，亦想学成文武艺，卖给帝王家。可盛文晖一日日受器重，他的二女儿亦诞下了皇孙，盛家如日中天。先帝晚年，特别宠爱盛文晖，他成为宠臣之一。

比起萧太傅，盛文晖可是隐忍低调。

他不准盛修颐参与朝政，怕父子都受器重，被先皇顾忌、被其他大臣嫉妒。

而后，太子登基，盛家二小姐成了皇贵妃，盛家的恩宠一日重似一日。

盛修颐倘若进学，不是鲜花着锦，而是烈火烹油。

就这样，他的前程一天天耽误下来，盛修颐亦一天天沉默寡言。他全部的功夫，都花在钻研经史、兵书、奇门遁甲，又每日习武，学了一肚子好学问，练了一身好武艺，却始终无报国之门。

除非盛昌侯从朝廷退下来，否则盛修颐永远无机会。

只要盛修颐被皇帝重用，盛贵妃娘娘生的三皇子被封为太子的机会就小。哪个皇帝不怕将来外戚权重把持朝政？

为了盛家、为了贵妃娘娘，他就这样默默无闻过了将近三十年。明年，他便要满二十九岁，真正的虚岁三十，到了而立之年！

盛文晖想想自己，而立之年在任正三品的西门提督！

他也够委屈的，让他松懈几日，的确不应该指责。

如此想着，盛昌侯的气也消了大半。

"唉！"他重重叹气。

盛夫人知道他的气已经消了，笑道："侯爷饿不饿？晚上做了乳牛羹，用些再睡吧。"

盛昌侯才感觉胃里空空的，的确有些饥饿了，他微微颔首。

盛夫人就吩咐外面伺候的香橼去端了羹汤来。

盛昌侯一边吃着，倏然问盛夫人："颐哥儿把蘼芜和杜若送了回来？"

盛夫人笑："是啊。见了新媳妇，蘼芜和杜若怕是入不了他的眼了。"

盛昌侯赞同这话。他以为蘼芜和杜若颇有姿色，比盛修颐院里的陶姨娘还要出彩，应该能同薛氏一较高下。盛京盛传韩氏女的后代如此容貌倾城，盛昌侯也是不信的。

跟蘼芜差不多，也算惊艳了。

可哪里想到，薛氏名不负盛传，姿容靡丽难描难画，蘼芜和杜若跟她一比，顿时失色。

盛修颐见了薛氏女，只怕再美的姬妾也瞧不上眼。

"我以为，世人盛传韩氏女及其后代美艳倾城，是恭维之词。如今瞧着薛氏的容貌，倘若当年韩氏女也是这等姿容，不怪文雅、和庆两位公主死在韩氏女手里。"盛昌侯叹气道。

当年那些往事，盛夫人亦是听闻过的。

她想了想，低声道："和庆公主的事远隔千里，不好评说。文雅公主的死，我倒是觉得跟韩氏无关。太后娘娘不喜万淑妃娘娘，怎么会对万淑妃娘娘生的文雅公主真心？说不定……"

盛昌侯咳了咳，看了盛夫人一眼。

盛夫人忙敛声不语。

静摄院的夜已经深了，月上银装，倚栏不语，清辉洒满了院落，夜蚕在藤架下低吟，缱绻哀婉。

东瑗朦胧中，感觉身子腾空，她猛然惊醒。

自己撞上了结实宽厚的胸膛。盛修颐趁着她睡熟，把她抱到了自己怀里。

新房里点了烛火，幔帐内却影影绰绰看不清楚。

东瑗呼吸微急，问他："什么时辰了？"

盛修颐抬眸望着她，对她苏醒毫不意外，道："子时了。"

她都睡了一个时辰，他是睡醒了还是一直没睡？

还要像昨晚那样吗？

她心中有些急，他轻茧掌心一路下滑，引来她肌肤的阵阵战栗。

"阿瑗……"他翻身将她压在身下，呢喃着她的名字，细细描绘着她的唇线。温柔的触碰，他显得笨拙又简单。

东瑗自己也无实战经验，只得顺着他回应。

衣衫在不知不觉中被他褪尽，肌肤裸露在暮春的夜里，有些寒，东瑗往他怀里缩，又被紧紧搂住。

他的肌肤是温热的，而且肌理分明，很结实。他看上去修长纤瘦，其实身子很强壮，昨夜东瑗没有注意。此刻触摸到他的肌肉，她莫名慌乱起来。

"搂着我……"他低声说。

东瑗伸手，搂住了他。

他双手箍住了她的后背，东瑗逃脱不开，几乎要哭出来。

"世子爷……"她慌乱中只顾推他，才觉得她越是推他，他箍得越紧。

"我冷。"她只得求饶般低声道。

盛修颐终于停住了，抬头吻住了她的唇，柔声道："阿瑗……"终于将她放在被子里。

他也紧跟着欺身而上，她只觉得疼，连连吸气。

他停下来，手不禁拂过她脸颊，低声问："很难受吗？"

自然是很难受，不然她这个样子做什么？她心中有些怨气，她都睡熟了，还要被迫醒来做这等辛苦事。

她轻轻嗯了一声。

让他停止是不能的，否则他也不会半夜把她弄醒。可继续下去……她微微阖眼，只得咬牙忍着。

她跟这个男人不熟，不知道他的脾性，不知道怎样拒绝才不会惹恼他。等以后了解了，才好想出对策来应付他。

此刻，还是不要贸然行事。

忍一下就过去了，她安慰着自己，微微阖眼。

却感觉身子微轻，盛修颐放开了她，转而将她搂在怀里。幽暗中，他轻轻叹了口气，好似对东瑗的艰难很无奈。轻声道："你是不是很为难？"

当然为难。

见他主动问，东瑗有些尴尬，半晌不知道应该接什么话才好。

"今日有个人来拜访爹爹。"他倏然道。

东瑗见话题换了，忙轻笑道："您也见了吗？"

此情此景说这样的话题，虽然很突兀，却总算没有冷场，让两人都有话说。

盛修颐颔首："今年秋闱，吏部开始选学差了。那人想选安徽主考官，托爹的关系。爹不在，他就问我，安徽可有想提携的门生。又说当年我参加乡试，主考官亦是他的恩师。"

东瑗知道吏部选学差这件事，三年一次。

三年前选学差，吏部尚书就这一桩，受贿三万两。那人是萧太傅的门生，事情败露后，萧太傅一句话就遮掩过去。

东瑗的祖父知晓后，气得半死。无奈新皇不敢违拗太傅，只得顺了太傅的意思，吏部尚书调任陕西巡抚，就把这件事解决了。

薛老侯爷那日回家，也不避讳东瑗在场，就跟老夫人说这件事，恨不能手刃那吏部尚书，说他阻挠国家选才，是万恶之首。

老夫人当时只说了句："放得好！这是罪证，将来萧太傅服罪，这些铁证如山，他万劫不复。"当即说得薛老侯爷转怒为喜，连连说夫人远见。

可东瑗的公公盛昌侯是兵部尚书，吏部选学差，怎么跟兵部扯上关系？那人托公公，是不是所托非人？

"您也参加过乡试吗？"东瑗含笑问他。

可能他也是个举人。倘若他乡试未中，只怕不愿意提出来说。

"是啊。那年安徽的主考官，是爹爹的好友。所以我中了解元，一直成了笑柄。"盛修颐声音有些冷。

东瑗微诧，他居然是安徽乡试第一名吗？这个年代科举考试，可比后世的高考还要艰难，千军万马过独木桥。他能在安徽夺冠，足见文章出类拔萃。可外界一直猜测他的解元是假的？

"您后来没有参加会试？"东瑗见他只是声音微冷，并没有愤然，就大胆问道。

盛修颐轻轻摇头："那年……我生病了。而后也一直没有再考。琴瑟丝弦既已断，难觅焦桐续清音。"

他说着，语气里便有了几分怅然。

东瑗好似明白了几分。

她的大伯是薛贵妃娘娘的生父，在朝二十几年，一直都是个无爵位的正三品户部侍郎。

有见识的外戚，都会刻意避开锋芒。像薛府，镇显侯爷只是个有名无实的三公之一的太师。

外戚显贵，必遭忌惮！

盛修颐那年"生病"，而后也再没有建功立业，是不是也因为这个？

所以三爷盛修沐都是个四品御前行走，他却只是个五品刑部郎中？

"琴瑟丝弦已断"，是说盛修颐的仕途受阻，难以继续吧？

"世子爷，焦桐难寻，可凤尾飒飒满庭院，何愁清音调不成？"东瑗抬眸望着他，淡淡笑道。

她是说，只要有才，总会有用武之地。没有焦桐，凤尾照样做琴弦，来日方长。

盛修颐听懂了她的话，遽然将她搂紧，低喃道："是，只要能成调，为何拘泥于焦桐还是凤尾？阿瑗，你的话甚慰我心。"

东瑗忍不住轻笑。他是有傲骨的，他自负是琴弦良才，只是没有机会。

今日从外院回来那么早，果真是遇到了事情。怪不得自己问他为何回来，他脸发红。

并不完全是尴尬，亦有被人质疑，他却逃避的羞愧吧？

听到东瑗的笑声，他复又将她压在身下，细细品味着她唇线的美好。

"阿瑗，嫁给我你莫要委屈，他日我定会为你挣个诰命回来！"动情处，他没有控制住自己的感情，在她耳边喁喁承诺。似刚刚堕入情网的毛头小子般，恨不能把自己所有的一切都捧在心爱女子的面前。

他一句莫要委屈，让东瑗心酸不已。

他既发出难觅焦桐的感慨，就说明他心中对现在的屈才很不甘心，他为了家族，在承受难以言喻的委屈。可他仍然想到，她以侯府嫡女、同亲王女的柔嘉郡主身份嫁他这个五品郎中的男人做继室，应该是委屈的。

单单这一点，东瑗觉得他是个很体贴的男人。

功名利禄真的重要吗？享受荣华的同时，要承受更多的提心吊胆。

"我且等着。"她声音有些破碎凌乱。

次日起身，东瑗身子酸痛难耐。

蔷薇服侍她穿衣时，看到她肩头的草莓痕，脸刷的红了一片。

见她这样，东瑗想起昨夜是她在外间值夜。盛修颐闹到半夜，后来的动静很大，东瑗自己都知道。

蔷薇肯定听到了。

思及此，东瑗的脸不禁红了起来。她尴尬垂首，任由蔷薇服侍她。

盛修颐则气色很好，心情也不错，眉眼间有淡淡笑意。丫鬟们端了早饭，他还问东瑗是否吃得习惯，一副很怕她饮食不适的样子。

东瑗忙道："在家里也是吃这些……"却没有抬眸去望他。

两人吃了饭,去给盛夫人请安。

二奶奶葛氏、三小姐盛修琪、表小姐秦奕,盛乐钰、盛乐芸和盛乐蕙等人比他们先来,已经围着盛夫人坐下说话。

见他们夫妻来,众人纷纷起身,彼此行礼。

盛夫人见康妈妈端了锦杌给他们夫妻坐,又笑道:"二十八是文靖长公主驸马爷的五十大寿。文靖长公主下了帖子,我们正在商量去拜寿的事呢。"又问盛修颐:"那日你可去?"

盛修颐道:"我去的。爹没空,我要代爹给驸马爷拜寿。"

"颐哥儿媳妇,你也去。"盛夫人慈祥笑道,"你们家跟文靖长公主府也有交情的吧?我记得三年前文靖长公主府的堂会,还见过你的。"

东瑷有些吃惊,笑道:"那时的确去过。不过我一直在后头,也不知道娘也在……"

"那时候大嫂还是喊娘叫盛昌侯夫人。"二奶奶就呵呵笑,"去的人又多,大嫂自然不记得的。"

是说东瑷自恃是薛府小姐,身份比盛昌侯的夫人还要尊贵,不屑记得盛夫人么?

东瑷心里微顿,忙笑道:"是我胆小不知事,不敢抬头看人。"

盛夫人见东瑷有些窘迫的模样,就笑起来:"那天人多,我就是远远瞧见过,你都没有到我跟前请安,自然是不记得的。"

二奶奶就不再说话了。

"三年前她才十一二岁,小小年纪请过安也不一定记得娘。"盛修颐不咸不淡突然道。

二奶奶脸色一下子就不好看了。

盛修颐的话,分明就是说二奶奶没事找事挑拨离间。

东瑷微骇。她万万没有想到,当着娘亲的面,他居然敢公开维护她。婆婆一般不喜欢儿子太宠溺媳妇的。他这样,不是害她吗?

东瑷抬眸去看盛夫人,余光却瞥见表小姐秦奕也在看盛夫人的神色。

出乎意料的是,婆婆居然笑意加深,又怕二儿媳妇尴尬,强忍了下去,表情依旧带着淡淡笑意。

有种险险过关的庆幸,东瑷心中长舒一口气。

哪怕不熟,回头她也一定要告诉盛修颐,婆媳妯娌的关系她能搞定,千万别胡乱插手,让她更加被动。

她婆婆今日可能是心情好,不怪罪,他日碰上心情不好呢?婆婆不会怪儿子,只会骂媳妇是狐媚子的!

从元阳阁回去,东瑷在路上就直接跟盛修颐说了:"世子爷,您下次别在娘跟前帮我说话。"

见盛修颐神色如常,还是怕他不高兴,补充笑道:"我在家的时候,见叔伯们都不会帮婶婶们在祖母面前说话。"

盛修颐站住了脚步，回眸望着她。

盛修颐回头，清晨骄阳中，他的眼波似瑶华映阙，直直照在东瑗心头。

东瑗微愣，以为自己的话令他不快，正想再解释一句，就听到盛修颐道："好，我知晓了。"

然后又道："你初来，谁都别怕。倘若有人无故欺负你，不要忍着。忍了一回，还有下次。次次忍着，就是一辈子。除了长辈，平辈中你是长媳，又是御封的柔嘉郡主，谁给的委屈都不用受。"

东瑗看了眼他，低垂了羽睫道"知晓了"，心却似波光粼粼的湖面，涟漪阵阵不歇。

蔷薇偷偷瞥了眼东瑗，心中想着：明日就是三朝回门，一定要告诉老夫人，姑爷很疼爱九小姐，让老夫人放心。把九小姐嫁到盛家，老夫人和老侯爷都忐忑不忍。

这回，应该安心了。只要以后不生变，这位姑爷定会护九小姐周全。

蔷薇又想起他们夫妻昨晚的热闹，虽然觉得尴尬，却也高兴。说不定再过几月，九小姐就有喜讯了。

在盛家如今子嗣单薄的形势下，九小姐生个千金，盛夫人也会喜欢；要是佛祖保佑，诞下小少爷，他们就真的在盛家站稳了脚跟。

东瑗和蔷薇各有心事，在岔路口跟去外院的盛修颐分手后，回了静摄院。

东瑗把昨日寻出来的十两银子和四对织金点翠红绿玛瑙金鬓花簪拿给蔷薇，笑道："这个你拿着。你在盛家没有根基，求人问话都要用钱。倘若不够，再来问我要。"

蔷薇忙推辞，笑道："大奶奶，我不短这些。"

东瑗笑道："咱们还要这般么？你知道，我屋里机敏聪慧的，独数你。难道让你去问个事，还要花你的积蓄？好丫头，你收着。咱们初来乍到，处处要打点。没有钱，旁人总会轻看你几分。"

蔷薇还欲推辞，东瑗就笑："担心我把你添箱底的东西都拿出来了？你放心，你将来嫁出去，我另有嫁妆给你。"

蔷薇脸微红，只得接下。

橘红、橘香和罗妈妈等人都进来服侍，蔷薇去给东瑗端茶。

"大奶奶，我和橘红是什么差事？"橘香性子急，问东瑗，"您屋里的事，有蔷薇，还有红莲、绿篱，我们都插不上手，总是白闲着。"

她们是媳妇，东瑗院里的管事妈妈是四个定制的，除了罗妈妈，就是橘香和橘红，还缺一个，等她三朝回门过后，盛夫人肯定会帮她安排妥当。

东瑗笑："你也太急。这才两三天，歇不住么？"

"她是骨头痒，不做事就生厌。"罗妈妈笑话橘香。

说得众人都笑。

橘香就恨起来说她们都取笑她，不是好人。

见橘香有些急了,东瑷不再逗她,笑道:"咱们暂时还有人没有添齐,我本打算过些日子再细细安排。既你问了,屋里的吃食你管着。"然后对橘红道,"橘红,你还是管我出门的事宜。"

橘香不擅长跟人打交道,她在东瑷面前大大咧咧,见了生人就说不出话来。橘红沉稳些,从前在家又总是跟着东瑷,她管出门的事最合适。

"蔷薇管着账目和钱财,她爹原本就是账房上的,她自小就打算盘。"东瑷道。

蔷薇忙道是。

屋里的总管事妈妈就是罗妈妈,这个不需要交代。红莲和绿篱拨给了盛修颐,她还缺一个妈妈,两个一等丫鬟。

东瑷道:"以后添了人,一个管茶水,一个管衣裳首饰。如今短了这两个人,差事妈妈先劳累些,橘香帮衬管茶水。"

暂时就这样把屋里几个陪嫁的人都安排妥帖了。

橘香犹豫了片刻,还是问道:"那大庄二庄他们,做什么差事?"

罗妈妈忍不住笑:"你事事忘不了大庄!"然后敛了笑,帮东瑷回答,"他要是不去大奶奶陪嫁的铺子或者庄子上,就要在盛家外院当值。他们愿意去铺子里,等大奶奶回门过后,再安排;要是在盛家当差,也要等回门后,世子爷才会安排。急什么呢?"

说得橘香满面通红,嘟囔道:"没事做,心里不安嘛!"

她没事做就急,差点忘了,要三朝回门后,东瑷这才是真正的盛家媳妇,这是俗规。虽说望族不会像小门小户那样因未落红就三朝退亲,可总要过了三朝回门,薛东瑷才算正式的盛家媳妇。

橘香的嘟囔,说得众人又笑。

玩笑了一场,东瑷说困了,想睡会儿。

罗妈妈正想劝别多睡,睡多了身子也乏,不如说说话。

蔷薇却抢先道:"我服侍大奶奶歇会儿,妈妈,你们也闲会儿吧。"只有她知道昨夜世子爷和大奶奶闹到什么时辰,大奶奶今早又早起去请安,自然是累极的。

东瑷很感激蔷薇救场。

眯了半个时辰,东瑷精神大好。蔷薇服侍她起身,又叫了罗妈妈和橘香、橘红进来说话。

吃了午饭,东瑷让橘红、橘香在东次间外面守着,她则在屋内走来走去,消食。

罗妈妈见她这样,都习惯了。蔷薇从前还问她脚酸不酸,现在亦见怪不怪。

未正三刻,几个姨娘和少爷小姐们来给东瑷请安。

盛乐钰依旧坐在东瑷怀里,还记着昨日盛夫人的话,扬起粉嘟嘟的小脸问她:"母亲,祖母说您的父亲是状元郎,是真的吗?"

他身上有甜甜的乳香,东瑷适应了他的亲近,捏了捏他的小脸,道:"是啊。"

"母亲,您什么时候回娘家,我跟您一起去。钰哥儿还没有见过状元郎。"盛乐钰一脸兴奋。

东瑷想起父亲薛子明的冷漠，心中有些凉。她笑道："这个要祖母做主的。钰哥儿问祖母了吗？"

盛乐钰摇头："我先问母亲。"一副卖乖讨好的语气。

东瑷笑："你先问过祖母。祖母答应了，母亲再考虑。"

盛乐钰眯起眼睛笑，说等会儿就告诉祖母去。

东瑷又问盛乐郝在外院平日做些什么。

盛乐郝立马起身，道："孩儿念书！"

"郝哥儿现在会做时文吗？"东瑷笑着问道。

盛乐郝脸微红，半晌才道："还……还没做。父亲说，先打基础，把经史子集读通，再习八股。"

东瑷点头，笑道："我爹爹十一岁的时候还在启蒙呢，后来也金銮殿钦点了状元郎。郝哥儿已经很努力了，要好好念书，将来考个状元郎，替你娘亲挣个诰命。"

盛乐郝猛然抬头看了眼东瑷，又快速垂首，道是。

不知道为何，他觉得眼睛发涩。

这五年来，第一次有人在他面前说他的娘亲。

而且不是用厌恶的语气。

"那我也考状元郎，替母亲挣个诰命！"盛乐钰连忙大声讨好东瑷。

惹得众人都附和着笑。

"好啊，咱们一门两个状元郎！"东瑷笑得很真诚灿烂，没有取笑和敷衍的意思。

盛乐郝头更加低垂下去。

陶姨娘看着东瑷和盛乐钰，唇角的笑意就有了些许苦涩。

她辛苦怀胎十月生下的儿子，长得粉嘟嘟的，又活泼又聪颖。可他将来不管多么出息，都跟她和陶家没有关系。他挣回来的诰命，也是给他的主母薛氏，而不是她这个生母陶氏。

苦涩就滑入了心底。

而盛乐芸，昨日还能自在和东瑷说话，今日却对她充满了戒备。

东瑷问她针线做得如何，她回答恭敬而疏离，丝毫没有昨日的平和。

东瑷暗暗纳闷，自己哪里令她不快了？

到底是小孩子，东瑷也没有把她的情绪放在心上。

次日，薛家世子爷的长子薛华靖给东瑷送了暖食，接他们夫妻回门。

东瑷早起打扮妥当，吃了早饭，先跟盛修颐去给盛夫人请安，再跟着盛修颐，出了盛家的垂花门。

盛修颐跟东瑷的大堂兄薛华靖同年。薛华靖是都察院都事，官职比盛修颐还要小。两人也时常碰到，不算挚友，也是认识的。所以薛华靖叫盛修颐妹夫，叫得很亲热。

东瑷乘坐薛府华盖折羽流苏马车，盛修颐和薛华靖骑马，一行人浩浩荡荡回了薛府。

远远的，就听到薛府门口鞭炮震耳欲聋。

马车停下，盛修颐撩起车帘，亲自扶她下了马车。

东瑷的二堂兄薛华浩、四堂兄薛华胜、五堂兄薛华瑞还有六弟薛华逸都在大门口迎接。鞭炮声中，她听到管家的声音："九姑爷、九姑奶奶回门了。"

她，从九姑娘变成了九姑奶奶，这里，再也不是她的家了。

第十二章　三朝回门

为了东瑷回门，薛府门口挂着大红彩绸，垂着镀金门环的大门上贴着大大的喜字。

四处披红挂彩，或贴着喜字，或贴着喜鹊登枝的吉祥剪纸。

进了薛府的大门，绕过三重仪门，走到垂花门前，东瑷的大嫂陪着世子夫人、二夫人、三夫人、四夫人和五夫人，后面簇拥着姑娘、丫鬟、婆子们，珠围翠绕站满了人。

"九姑爷、九姑奶奶回门了！"世子夫人身边的荣妈妈高声喊道。

早就守在不远处的小厮连忙点了炮仗，噼里啪啦中，世子夫人上前几步，挽住了东瑷的胳膊。

一行人前后拥着他们夫妻，去了老夫人的荣德阁。

走到门口的小径时，在门口张望的詹妈妈大喜，亦喊九姑爷、九姑奶奶回门，又是一阵鞭炮声欢迎。

踏进熟悉的门槛，东瑷突然眼眸微湿。才走了三天，怎么感觉好长时间未回来？

荣德阁的厅堂里摆了桌椅，老夫人和老侯爷坐在首席，世子夫人、四老爷、五老爷分坐两旁。

见东瑷夫妻进门，世子夫人和五夫人也忙各自坐回了自己丈夫身边。

老夫人望着明艳动人的东瑷，微微颔首，眼睛里不禁有了水光。

东瑷和盛修颐先给老侯爷和老夫人磕头，又给世子爷和世子夫人磕头，再给五老爷和五夫人磕头，然后就是二夫人、三夫人、四老爷和四夫人，又给家里的兄弟姐妹见礼。

一整套礼仪下来，盛修颐早已把薛家各人的相貌和身份记在心中，亦感叹薛家人口之众多。

光生养东瑷的五房，就快赶上盛昌侯那一支的人数。何况镇显侯还有其他四个儿子，还有很多女儿已出嫁。

今日是东瑷回门，大房的二小姐薛东喻、三小姐薛东盈、二房的四小姐薛东婷、四房的七小姐薛东悦、八小姐薛东馨，除了三房嫁出去的快要临盆的六姑娘薛东瑶没有来，其余都带了丈夫、子女过来恭贺。

盛修颐要记住这么多初次见面的人，他的精力需要高度集中，生怕等会儿弄错出丑。

而早些年嫁出去的二姐、三姐、四姐，东瑷自己都不太熟。至于她们的丈夫和孩子，她就更加混淆了。

行了礼，众人各自坐下。

老侯爷见盛修颐一表人才，身量高大，模样英俊，丝毫没有腐朽暮气。瞧着他明亮深邃的眸子，亦不像个愚笨庸碌的人。老侯爷见多识广，眸光锋利，一看盛修颐便知他涵养不错，且常年习武。

这样的人，居然埋没十几年，快三十岁依旧是籍籍无名。

"祖父，孙婿字天和。"盛修颐跟老侯爷介绍自己。

镇显侯爷微笑，叫他天和，突然问他："会下围棋吗？"

众人皆微愣，这话问得好突兀。

可又没人敢质疑什么。

盛修颐则忙道："京都皆知镇显侯爷是围棋国手，孙婿不敢言会，略知皮毛。"

虽然很谦虚，口吻却很自信，惹得老侯爷越发想试试他。

他其实想试试盛修颐是否知道用兵。棋道虽小，实于兵合。高手对垒，三十六般阴谋算计。围棋高手，必定熟读兵书。镇显侯又不好在孙女婿回门的时候问人家用兵之道。兵者凶危，大喜的日子谈兵事，不吉利。

可老侯爷看得出盛修颐习武。

既习武，又不是行走江湖的，自然会些兵道。老侯爷年轻时带过兵，他可以从旁人的三言两句中，看得出一个人对兵道的领悟。而他又精通围棋，更知棋道即兵道。

他有心考一考盛修颐，想看看他是纸上谈兵，还是胸有丘壑。

"国手当不起，平日里喜好罢了。天和，今日就算了，他日咱们祖孙切磋切磋。你既会些皮毛，我来问你，棋道何以求胜？"镇显侯淡然说着，望着盛修颐。

众人看得出老侯爷要考盛修颐。

只是拿围棋做考题，真够刁钻的。

围棋复杂诡变，盛修颐又是庸名在外，真是故意刁难。

薛家世子爷薛子侑很怕盛修颐当着薛家众人的面被老侯爷问得哑口无言。正好世子爷亦会些棋道，所以暗暗警惕，帮着盛修颐想好答案，再不时提点几句。

老夫人可是最疼爱九姑娘东瑷的。

要是她的夫婿在回门时落丑，老夫人肯定不悦。

大喜的日子，何必惹得老人不高兴？

老侯爷的题目一出，薛府世子爷薛子侑心中微骇：老侯爷也太狠了，出手就是狠招。这样的题目，最是难解。

何以求胜？

这题目广而泛，只怕半天也说不清楚。世子爷薛子侑也很无奈。

题目他解不了。

外行看热闹，内行看门道。懂棋道的都一瞬间目露惊诧，把目光投向薛老侯爷，心想怎么开口就为难新姑爷；不懂棋道的，则把目光投向盛修颐，想看看他会如何回答。

东瑗看了眼老侯爷，又看了眼盛修颐。

只见他沉吟须臾，才抬眸，声音坚毅洪亮，道："祖父，孙婿以为，棋道不在于求胜，而在于变通。躁而求胜者多败，廉而持重多胜。变则通，通则久，方是常胜之道。此孙婿拙见。"

东瑗和不懂棋道的人一样，等盛修颐答完，立马转眸看老侯爷的反应。

只见薛老侯爷目光骤然而亮，脸上就有了笑意，不懂棋道的人才明白盛修颐回答不错，各自对他刮目相看。

而懂得棋道的，只感觉心灵一震。如此简练的话，居然概括大成，把棋道的精髓包含其中，这个盛修颐不简单。他对围棋的修为，不能称国手，至少也能称高手吧？

薛老侯爷更是欢喜，盛修颐没有让他失望。

他又问："你说的也对。古人云，围棋若兵道，人定胜天，计谋深便赢，算计浅便输。天和以为此言如何？"

盛修颐这次只是略微沉吟，便恭敬答道："此言不错，只是不算高明。"

听到他这话，薛府世子爷薛子侑就吸了一口气：竖子好大口气！看他如何往下接。

就听到盛修颐侃侃而谈："棋道亦合天道。棋子三百六十，乃周天之数目，一黑一白，似阴阳之极化；棋枰若地，方而静，岿然不动；棋子如天，圆而滚，瞬息万变。人定胜天，乃是小势所得；顺应天情，才是大势所趋。"

"好！"世子爷薛子侑不等老侯爷反应，情不自禁大笑起来，"答得好。贤婿所言，字字珠玑，振聋发聩。我等是小见识，贤婿才是大抱负！"

东瑗则望向老侯爷。

老侯爷也忍不住眼角堆满了笑。他缓缓起身，喊了管家来问："前头宴席准备妥当了吗？"

管家忙道已经准备好，只等众人开席。

老侯爷朗声道："去，把后院埋的那两坛梨花香搬出去。今日是九姑爷回门，乃第一大喜事，要好酒待佳婿。"

管家和知情的人都微微一愣。那两坛梨花香是太上皇赏给老侯爷的，在后院埋了三十多年。哪怕是薛子明中了状元郎，老侯爷都不曾提起此酒。今日却要开来款待盛修颐。

老夫人不禁心中松了口气。

且不说此人对瑗姐儿如何，至少不是外界传说的庸才。他说的棋道，老夫人也懂，言辞精炼，句句都是金玉之言。且他胸有大计，心怀苍生，不以个人私利而求胜。

所以老侯爷才这样高兴。

盛修颐没有年轻人的狂妄与求胜心切。他冷静自持，稳重内敛，却又是满腹才华。

年纪轻轻有如此才华，已经够令人惊艳；又有如此心地和见识，才令人佩服。

盛昌侯盛文晖挡了盛修颐的路，这是老夫人此刻得出的结论。

回过神来，管家忙道是，去了后院拿酒。

老侯爷起身，让盛修颐跟在他身边，世子爷薛子侑陪同，去了前面厅堂坐席；东瑷则被薛家女眷围在老夫人身边，也去了前边坐席。

隔着屏风，亦能听到那边男人桌上老侯爷不时的笑声。

世子夫人就故意高声道："咱们九姑奶奶嫁了个好女婿，看侯爷高兴的。今日姑奶奶也要多吃几杯。"

众人就轮流着给东瑷敬酒。

只是坐在二夫人身边的五姑娘薛东蓉脸色微白。她似乎受了很大的刺激，呆呆望着东瑷。东瑷亦注意到她的反常，回望过去的时候，两人目光一撞。

薛东蓉的脸更加苍白。她倏然一笑，笑容诡异又绝望，令东瑷心中一惊。

四姐薛东婷也发觉妹妹不正常，忙借口笑盈盈起身，低声说了句什么，就拉着薛东蓉离席。

薛东蓉走到门口，还回头看了眼东瑷。她再次别过头去时，东瑷清晰看到她两行清泪滑下。

东瑷一头雾水，自己回门，可是什么话都没有跟五姐说过的，她的表情与反应让东瑷很费解。

尚未回神，就听到临近桌上二姐姐薛东喻的呵呵笑声："九妹夫长得真是英俊，跟九妹站在一起，似天作之合的一对璧人，真是羡煞旁人。"

众人就起哄着笑，说九姑奶奶好福气。

屏风那边似乎听到了这里的夸耀，不知是谁亦高声附和道："我们家九妹的天姿国色，也只有九妹夫能配得上。"

东瑷脸上阵阵发热，不知是饮酒还是羞赧，听到家里人的闹腾，又想起盛修颐的体贴，心里似有什么在汩汩流淌，怎么都静不下来。

她低垂了羽睫不说话，而耳根却是通红一片，惹得众人又是笑。

老夫人帮她解围，笑骂道："你们这一个个，拿新娘子取笑，坏了良心的！都眼馋九姑爷好看呐？你们的姑爷哪个长得是歪瓜裂枣么？"

众人又哄笑，都闹着说老夫人偏心，惹得老夫人也笑个不停。

薛家似乎很久没有这样热闹过。

老夫人心中也赞：上次在涌莲寺见过盛修颐，低沉着脸不怎么说话，模样是周正的，却暮气沉沉的，叫人不喜。今日再见他，似金榜题名后扬眉吐气般，说话时飞扬的自信，为他添了神采，越发觉得英俊不凡。

比起十八九的小伙子，多了份沉稳；比起同龄的男子，他又多了份俊朗，东瑷的确好运气。

老夫人看了眼羞红了脸的东瑷，一副新婚女儿娇憨神态，心里很高兴。可又想起当初薛、盛两家结亲的初衷，不由又叹气。

旁人不知道，老夫人却是清楚的。这样的恩爱日子，他们能过几时啊？

女眷这边散了席，而屏风那边老侯爷等人还在兴头上，杯盏、笑声络绎不绝。

家里搭了戏台，世子夫人便安排女眷们去听戏。

唱的是《鹊桥会》，喜庆热闹。

老夫人略微坐了坐，就说乏得很，要回屋歇会儿。世子夫人欲起身服侍，老夫人笑道："不用，不用！瑷姐儿，你陪着祖母吧。"

东瑷忙起身道是。

一旁伺候的蔷薇也跟在詹妈妈身后，一同回了老夫人的荣德阁。

老夫人脱了宝蓝色缠枝宝瓶纹褙子，换了件家常的天蓝色如意云纹褙子。宝巾、宝绿忙给东瑷和老夫人上了热茶。

老夫人看了眼东瑷，又看立在一旁的蔷薇，就问蔷薇道："盛家的侯爷、夫人和世子爷，对你们奶奶好吗？"

蔷薇见东瑷的脸又红了，她忙上前，给老夫人屈膝行礼，才恭声道："老夫人放心，我们奶奶在府里很好。夫人很喜欢奶奶，成妇礼上临时给奶奶添了头面；世子爷也心疼奶奶，昨日在夫人面前，还替奶奶说话。"

在婆婆面前替媳妇说话？

老夫人挑眉看了眼东瑷。

东瑷强忍了羞意，道："就是二弟妹说了句玩笑话，世子爷当真了，顶她一句。娘没有怪罪……"

老夫人一听盛修颐帮东瑷说话，就担心她婆婆多心，以为东瑷是狐媚子，挑拨丈夫和婆婆不和。见东瑷说娘没有怪责，老夫人的心才放了下来。

"好孩子，在盛家不比往昔，你要尽心服侍你们奶奶。"老夫人叮嘱蔷薇，就摆手让她出去。

蔷薇屈膝应是，转身出了内室。

内室里只剩东瑷和老夫人，老夫人拉着她的手，上下打量着她，笑道："你婆婆对你如何？"

东瑷公正道："娘很和善。世子爷帮我说话，我真害怕娘不高兴。娘一点也没有怪罪，还挺喜欢的……"

老夫人颔首，满意道："上次在涌莲寺见到你婆婆，就瞧着她是个性子温柔敦厚的。

不过日久才能见人心,但愿她表里如一。瑷姐儿,从前你未嫁,很多事祖母不能跟你说,如今告诉你,你要记在心上。"

东瑷忙点头。

"天和是个不错的,将来他会有番作为,你莫要念着他现在不如意就对他不敬。"老夫人语重心长道。

东瑷道是:"丈夫为天,祖母,我懂得本分。"

老夫人知道东瑷懂得,话题就避开了这些边边角角,把薛府和盛府当初结亲的初衷告诉了东瑷,又道:"……你公公是栋梁之臣,却是个看中名利荣华的。只要有一线生机,他就不会放弃替盛贵妃娘娘的三皇子争取。咱们家亦需要皇族的庇护。将来若是两族相争,瑷姐儿,我和你祖父在世,就会保你安全无虞;如果我们不在,你切莫听了薛家人的话,把自己卷进去。你要牢记,出了薛府门,你就是盛家媳妇。不管你对薛家有多大的恩惠,百年后,薛家不会给你立牌位,不会让你入祖坟。盛府,才是你的家。"

老夫人是说,嫁出去的女儿泼出去的水,帮着娘家对付婆家,会两头不落好。

倘若薛府有难,自然是要帮衬的。

若薛府和盛家作对,东瑷不应该帮着薛家,哪怕薛家是生养她的地方。她嫁了出去,她的荣辱生死就与薛家无关。薛家再发达,也没有她这个出嫁女的一杯羹。

只有盛府富足繁荣,东瑷才能有好的前程。

嫁出去的女儿,自然是希望带来两族的和睦。可一旦不能实现,还是让女儿明哲保身,保住自己要紧。

老夫人是怕她良心上过不去,走了当年陈氏的老路吗?

眼睛有些涩,东瑷低声道:"祖母,朝廷之势瞬息万变,也许将来两族并不是仇敌。无非是太子之位和后位的争夺。倘若贵妃娘娘和二皇子入选,盛家应该会安分做臣子的吧?难道他们会走陈家的老路吗?"

陈家是当年五皇子的外家。明知太子登基是不可更改的,陈家还帮着五皇子铤而走险,最后害了五皇子的命,也断送了满满一族人的命。

这样的风险太大。

东瑷知道祖父和大伯的性格。倘若盛贵妃娘娘和三皇子入选了皇后和太子,薛家是不会再为了二皇子轻举妄动的。

可是盛家呢?

想起公公盛昌侯,东瑷就没有把握了。

"看造化吧。"老夫人叹气道,"你公公不是轻易认输的人。"

果然,老侯爷和老夫人也是担心盛昌侯。

"现在说这些,还太早了。"老夫人叹气道,"还不知道皇上的皇位是否安稳……"

老夫人又把萧太傅咆哮朝堂、把持朝政、手握兵权、藐视皇权的种种,告诉了东瑷。

"萧太傅如此，皇家不可能再让皇后诞下皇子。废后已是定数。倘若萧家孤注一掷，只怕薛、盛两族也保不住皇上。"老夫人眼眸微凛，"此前我们两族是和睦的。可一旦萧太傅被除、萧皇后被废，新后和太子未定，怕是咱们两族斗得最狠的时候。那时，你不要做让你公公和丈夫所有怀疑之事，切记谨慎。"

　　东瑷重重颔首。

　　老夫人见她聪颖，朝中大事一听便懂，满心欣慰，又道："瑷姐儿，你是个聪慧的孩子。在盛家好好过日子，将来自有儿孙满堂。忠臣不事二主，好女不嫁二夫，不管将来发生什么，不要因薛府而对盛家三心二意。"

　　东瑷应诺："祖母，我会尽全力不让两族成仇。倘若非我能力所及，我至少不会劝盛家来害薛府。"

　　老夫人笑起来。

　　祖孙二人说了半天话，前面戏陆续散场，世子夫人等人又来老夫人跟前说话凑趣。

　　不知不觉亦是申正二刻，东瑷该回盛昌侯府了。

　　前头老侯爷他们的酒席也散场了。

　　盛修颐跟着老侯爷回了荣德阁，世子爷薛子侑、五老爷薛子明却都没有跟来。

　　老侯爷哈哈大笑："天和好酒量，千杯不醉。老大、老五喝酒都不行，早烂醉如泥。"

　　老夫人就看了眼脸色微微酡红的盛修颐，颔首微笑。

　　东瑷和盛修颐辞了老侯爷、老夫人，又辞了薛家众人，酉初坐马车回盛昌侯府。

　　盛修颐喝了酒，虽不露步履踉跄，还是有些醉意。他没有骑马，和东瑷坐在折羽华盖马车里。

　　"阿瑷，你们家人真多。"可能是喝了酒，他不见了前几日的清冷肃穆，笑容暖融融的。他身上的酒气很浓，熏得东瑷有些难受，她微微笑了笑，没有接盛修颐的话。

　　"阿瑷，祖父不愧是三朝重臣，他见识非常人所及。"他靠近东瑷，又在她耳边笑道。

　　东瑷想挪挪身子，却被他擒住了手腕。

　　"祖父有此见识，才能把你养得这样不俗。"盛修颐情绪很高昂，他将东瑷搂在怀里，柔声道，"祖父说，让我好好待他的瑷姐儿。"

　　东瑷实在忍不住，推他："您喝多了！"

　　盛修颐却哈哈大笑："才多少酒？"

　　分明就是醉了，还不承认。

　　从他怀里挣脱，东瑷忙拢了拢鬓角，生怕弄乱了叫外人看了笑话她不够端庄。

　　盛修颐也意识到她的担心，没有再闹她。

　　回到盛家，门口已悬挂了大红灯笼，管家亲自在门口迎接。

　　下了马车，进了盛府的垂花门，东瑷和盛修颐各自乘了顶青帏小轿，去了盛夫人的元阳阁。

盛昌侯也在。

盛修颐不见了在薛府时的轻快欢乐，他瞬间就脚步稳重，笑容深敛，恭恭敬敬给侯爷和夫人请安。

他又是那个清冷严肃的盛家世子爷了。东瑗瞧在眼里，心中生出了几分不舍。

盛昌侯见他满身酒气，就蹙眉道："不胜酒力就不要逞强。倘若醉了，丢脸丢到外家去。"

盛修颐道是。

盛夫人就忙道："孩子回门，薛家又是大族，难不成敬酒他敢不吃？好了好了，你们两口子也累了一整日，回去歇息吧。"一副替他们解围的模样。

当着她这个新媳妇的面，盛昌侯真是不给盛修颐一点面子啊！

东瑗和盛修颐就给盛昌侯和盛夫人请安，两人就从元阳阁出来。

盛修颐在薛府时的好心情荡然无存。

原本开开心心回门，盛修颐跟祖父言谈投机，很是高兴。却因为盛昌侯一句话，他情绪一落千丈，回静摄院的时候，脚步很快，东瑗和蔷薇小跑着才能跟上他。

回到静摄院，他去净房洗漱，东瑗安排红莲今晚当值。

等他梳洗妥当，东瑗自己才去梳洗。

从净房出来，只见盛修颐斜倚在床头看书，东瑗坐在妆奁前，红莲帮着她散发。散好之后，红莲退了出去。

东瑗径直上床，放下帷帐，在外边躺下。盛修颐在内侧放了盏羊角明灯，借着昏黄的灯光看书。

东瑗依旧能闻到他身上未散去的酒香。

他见东瑗睡下，才放下书，把床内的小灯熄灭。幔帐内瞬间暗下来。

"单国公夫人，就是薛贵妃娘娘的胞妹么？"盛修颐问东瑗，似寻个话题跟她亲近，"我在禁宫给太后娘娘请安，见过一次薛贵妃娘娘，她们很相像……"

单国公夫人，是说大伯的二女、东瑗的二堂姐薛东喻。

"是胞妹。"东瑗笑道，"去年六月老单国公殁，二姐夫才承爵。家里人从前说二姐，只说单国公世子爷夫人。您突然说单国公夫人，我还想了想才转过弯来。"

她似乎有意多说些乱七八糟的话，来舒缓他的郁结。

两人说着话，盛修颐就很自然将她搂在怀里，手沿着衣襟伸入她的后背，轻轻摩挲着。

这样，让亲热自然了很多。

他喝了酒，唇齿间有令人沉醉的酒香，掌心灸热烫人。

"你们五房，你是长女？"盛修颐声音轻柔里带着些许暧昧，"淑妃娘娘的容貌和你也有几分相似，只是她眼睛长得平常，不似你的动人……"

淑妃娘娘，说的是她的十一妹薛东姝？

他说她的眼睛好看。

东瑷愣了愣，才道："您取笑我。旁人说像狐狸的眼睛，太媚，容易流于轻佻。"

盛修颐就忍不住笑出来，道："胡说八道！阿瑷不会流于轻佻。"

他转身将她压下。

用过水躺下后，东瑷觉得身子酸痛得厉害。她望着已经睡下的盛修颐，忍不住想，以后一直要这样吗？

她每次都痛极了。

很快，东瑷就发觉她的担心太过于多余。

第二天早上请安过后，婆婆单独留下她说话。

"颐哥儿媳妇，如今你过门了，世子爷房里的事都应该掌起来。否则没个章程，不成体统的。"盛夫人声音柔婉跟东瑷说道。

房里的事？不就是妾室的事？

新婚第二天的成妇礼上，东瑷一句话堵了五姑奶奶，婆婆就很高兴。东瑷猜测她的婆婆自己很温柔敦厚，时常落入下风，就希望媳妇机敏些，别叫人欺负了。

东瑷笑道："娘，媳妇在家只是常在祖母跟前。母亲和大伯母如何管家，媳妇不甚通透。屋里的姨娘们如何安排，请娘帮媳妇拿个主意。"

陈氏没了三四年，盛修颐的姨娘们如何安排，难不成是陶姨娘做主？

看陶姨娘那谨慎的性子，应该不是。

那自然是婆婆帮着安排的。

盛夫人见东瑷脑子转得快，她提点一下，东瑷就明白，让她省了很多言语与精力，盛夫人脸上不由浮现满意的笑容："世子爷房里的事，原本是你这个嫡母做主。可你初来，娘也不为难你，替你做个安排，你瞧瞧如何。"

东瑷忙洗耳恭听，道有劳娘安排。

"陶姨娘是求娶的贵妾，不比邵姨娘和范姨娘；范姨娘么，是当初兴平王硬塞给世子爷的，他不太喜欢，可是嫡母进门了，总得一碗水端平。这样，每个月陶姨娘三日，邵姨娘和范姨娘各两日，你看怎样？"盛夫人温和笑着。

婆婆问她怎样看。

东瑷心底涌现莫名的伤感。她想起那个在外人面前故作冷漠、在她面前却体贴温柔的盛修颐，他虽然年纪比东瑷大很多，却像个大男孩般。

可自己嫁过来之前，便知道他有妾室，现在才觉得不乐意，是不是太惺惺作态？

况且他在她面前温柔体贴，岂知在姨娘们面前不是？

哀色瞬间即逝，东瑷笑道："那媳妇回去后，叫蔷薇去问过几位姨娘的小日子，再安排具体的日期，回头再禀了娘。"

盛夫人笑容越发温柔，心中想着，薛氏的确值得薛老夫人喜欢，真是个冰雪聪慧的，她要是有这样的孙女，亦会很喜欢。盛夫人说一句，薛东瑷就能想到三句，令盛夫人对这个儿媳妇稀罕不已。

"你自己的小日子先错开。倘若跟姨娘们的冲突了，让她们委屈些，不值什么。你是主母，早早诞下麟儿，才是宗族大事。"盛夫人叮嘱道。

单单这一句，让东瑷心头发暖。哪怕盛夫人的动机是想要嫡孙，东瑷仍从这份维护里看到了婆婆对她这个外来者的接受。

她长相妖媚，丈夫帮她说话时，婆婆没有拉脸骂她是狐媚子，东瑷已是感激不已；如今再听到这番话，她刚刚心口的那点哀婉，早已消失不见。

这个年代，婚姻跟爱情无关。婚姻是父母之命媒妁之言，或是为了宗族利益，或是为了政治前途。她的婚姻，就是一场无可奈何的政治联姻。

其中的利害冲突，婆婆自然是知晓的。

对她冷脸，端起婆婆的架子教训她，东瑷又能如何？

进门之前，她也想过用心用力来讨好婆婆的。她甚至想过一整套的方案，如何获得婆婆的好感。

殊不知，她的婆婆是个宅心仁厚的。她的手段尚未施展，婆婆已经对她亲热和善。

也许，当年婆婆进门，受过太婆婆的刁难，所以知道其中的心酸，才特意对东瑷礼遇有加的吧？

不想辜负婆婆的喜欢，回到静摄院，东瑷让蔷薇去问各位姨娘的信期。

很凑巧，几位姨娘都是每个月的上中旬，而东瑷的月信也是每个月的上旬。倘若她把姨娘们的日子排在上中旬，只怕后宅怨声载道。比起她们，她一个月的日子多，索性就跟蔷薇商议，姨娘们的日子连着来。

晚上把这件事告诉了盛修颐，还仔细把各位姨娘的日子说给他听，又道："我也会叮嘱红莲和绿篱，到了日子提醒世子爷。我自己亦帮着记下。"

盛修颐听了，脸色微微落下来。

他坐在炕上，沉默了半晌才道："暂时不要排了，等你有了身子再说吧。"

东瑷大骇，急忙道："不行的！"

盛修颐便抬眸看着她，目光里透出不虞与难舍。

见东瑷脸色微变，盛修颐便知道，这是母亲叫她安排的。东瑷已经安排好了，自然是禀过母亲的。

现在自己反悔，母亲肯定以为是东瑷当面一套、背后一套，撺掇丈夫冷落妾室、疏远娘亲，加上前几日他替东瑷在母亲面前说话的事，只怕母亲从此就要对这个表里不一的儿媳妇冷心了。

婆婆不喜欢，日子会很艰难。

盛修颐见东瑷一脸惶恐，要开口跟他解释，他只得道："那就照你说的办吧。"

盛修颐的反复，令东瑷和一旁伺候的蔷薇都微愣。

可最终还是答应了。

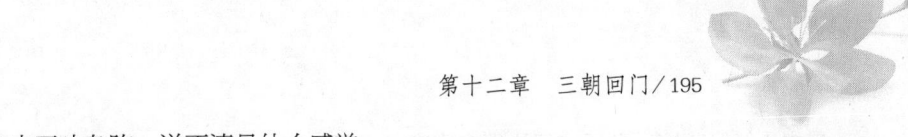

东瑷心中五味杂陈，说不清是什么感觉。

蔷薇看得出东瑷情绪的变化，什么都不敢说。

日子平静过了几日，到了四月二十八这天，是文靖长公主驸马爷的五十大寿。盛家和文靖长公主是姻亲，早早就备了寿礼，盛夫人携阖家女眷去贺寿。

除了后天就要进宫的三姑娘盛修琪，表小姐秦奕都去。

东瑷昨夜听得婆婆说，文靖长公主最喜欢紫色，穿戴千万别撞了长公主的。

是怕东瑷容貌太过于艳丽，把主人家比下去，引来文靖长公主对东瑷的不快。东瑷感激婆婆的提点，早起就换了鹅黄色绣海屋添筹纹褙子，月色五福临门挑线裙子，衣着素淡清雅，似早春的迎春花，婀娜多姿又生机勃勃。既不失她的美丽，又显得庄重低调。

盛夫人喜欢媳妇机敏，却不喜媳妇爱出风头。东瑷的容貌原本就易遭人嫉妒，倘若她爱表现，只怕惹来不必要的麻烦。见东瑷穿得素净，很是满意。

二奶奶葛氏却啊呀一声：“大嫂，你还在新婚，怎么穿得这样素淡？是不吉利的……”

说罢，看了盛夫人一眼。

盛夫人就有些犹豫看了眼东瑷。

东瑷见二奶奶葛氏一再如此，总是让着她，怕她没完没了，便笑道："二弟妹，鹅黄色不算素淡吧？颜色再深些，要犯忌讳的。"

二奶奶听到这话，瞠目结舌。她不是说薛东瑷身上鹅黄色在黄色色系里太浅，而是相较于其他颜色而言，鹅黄色是素雅清淡的。

可东瑷这样扭曲了她的意思。

东瑷的话，就成了二奶奶葛氏教唆她穿更加深黄色的衣衫。这不仅仅是素雅与否的问题，而是成了触犯禁忌的问题了。

盛夫人再也忍不住，对二奶奶葛氏道："你大嫂是去拜寿。海屋添筹的花纹寓意长寿。这种花纹，鹅黄色的料子做底才能撑得起来。"然后声音越发严肃，"你大嫂做事心里有分寸，你莫要总替她担心，照顾好我的蕙姐儿才是正事。你大嫂有我的。"

盛夫人从来不口出恶言，她这种语气替东瑷狡辩，又说让葛氏注意本分，莫要僭越管起嫂子的事，就等于恶语警告二奶奶葛氏了。

当着众人的面，这样抬举东瑷，令东瑷心中感激婆婆的维护。二奶奶已经两次这般，婆婆倘若不出面，只怕她没完没了，最后演变成东瑷亲自跟她斗。

媳妇之间失和，婆婆大约是不想看的。

她警告了二奶奶一次，二奶奶倘若不识时务，还要如此，只怕从此在婆婆跟前失去了宠信。

二奶奶唇色微白，讪然道："娘，我也是好心，才多嘴多舌的。大嫂勿怪我！"

东瑷道："二弟妹，我又不是那傻的笨的，你是好意还是歹意，我自然知晓的。我怎么会怪罪呢？"

盛夫人微微吃惊，薛氏这话说得有水准。

二奶奶脸色更加难看了。

大小姐和二小姐听不懂大人们在说什么，却见祖母和二奶奶都变了脸，一时间敛声垂首，恭恭敬敬立在一旁。

表姑娘秦奕目光从东瑗身上快速掠过。

原本高高兴兴去赴宴，却因为二奶奶葛氏的小题大做，盛夫人心情一落千丈。

出了盛府的垂花门，乘坐着青帏小轿，盛夫人带着东瑗、二奶奶葛氏、大小姐盛乐芸、二小姐盛乐蕙，去了盛府的大门口。

管家早已备好了三辆青缎折羽流苏华盖马车。

盛修颐等在一旁。

他今日穿着天青色茧绸直裰，英俊倜傥，脸上却没什么笑意，上前给盛夫人请安。

东瑗等人也给他请安。

各自行礼后，盛夫人脸色已经平和温柔，看不出刚刚的不悦。她笑着道："颐哥儿媳妇跟我坐，蕙姐儿和芸姐儿坐，奕姐儿和海哥儿媳妇坐。"

盛修颐是骑马的，不跟她们坐车。

众人道是，各自上了马车。

车厢里只有东瑗和盛夫人，盛夫人就安慰她，说起二奶奶来："……葛家书香传家，我和侯爷看她是书香门第的小姐，以为是个性情温良的，就替你二弟求娶了她。她旁的都还好，就是爱挑尖拔萃，样样要强，心底却是个善的。你不要真的怪了她。"

这样替二奶奶描补，是怕她们妯娌失和，家宅不宁吧？

"娘，家和万事兴，媳妇懂得的。二弟妹瞧着就心地纯良，我岂会为了点小事不依不饶？"东瑗笑呵呵说道。

盛夫人就拉着她的手，连连说了三声好孩子，很感激她的通情达理。

马车走了大约半个时辰，才到了文靖长公主府。

门口贴了大大的寿字，悬挂了寿字大灯笼。

盛修颐上前，扶盛夫人下马车。

众人都下来后，文靖长公主府的管事叫小厮领着，把马车牵到偏门。

管家就安排小轿，先送盛昌侯夫人和世子爷夫人去文靖长公主府的垂花门，又安排小厮带着盛修颐去外院的客房。

盛修颐嘱咐东瑗："要尽心服侍娘。"

东瑗低声道是。

片刻后，到了文靖长公主府的垂花门。落轿后，东瑗先一步下来，过来搀扶着盛夫人。

就听到身后呵呵的笑声："盛夫人？"

东瑗等人都停住了脚步，就见几个年轻女子衣着华贵，簇拥着一个珠光宝气的五旬妇人。

那妇人穿着宝蓝色宝瓶花纹褙子，笑容明朗。

盛夫人定睛一瞧，忙笑起来："姚夫人？"

东瑗一听是姓姚，就想起她四堂姐薛东婷的婆家定远侯府是姓姚。看盛夫人和姚夫人彼此亲热，应该是门第相对的，说不定这妇人就是定远侯夫人。东瑗向姚夫人身后的年轻女子中瞧去，果然看到了她的四堂姐薛东婷。

薛东婷今日穿着杏色五福捧寿纹褙子，头上戴着两把金地点翠梅花梳篦，明艳大方，跟在姚夫人身后。她是定远侯三少爷的嫡妻，身边的，应该都是她的妯娌小姑。

定远侯夫人一行人走近后，盛夫人就笑着给东瑗妯娌介绍姚夫人。

姚夫人和姚家众人的目光只是在二奶奶和表小姐等人身上转了转，就全部落在东瑗身上。东瑗屈膝给她们行礼后，落落大方站在婆婆身边，任人打量。

盛夫人见众人都在看东瑗，就笑道："这是老大媳妇。"

姚夫人笑道："是我们家东婷的九妹妹？果然是名不虚传的美人，盛夫人，您真是好福气，有这么标致的儿媳妇。"

"您过奖了，您的媳妇儿也都是美人。"盛夫人笑容灿烂。

众人笑着，薛东婷就上前几步，东瑗屈膝又给她行礼，喊了声四姐。

"来前我还在想，今日是不是能遇到家里的姐妹们。还没有进门就遇着。姐妹多就是好，瑗姐儿，等会儿咱们一处。"薛东婷呵呵笑道。

姚夫人就拉她，指着她对盛夫人道："你瞧瞧她，显摆她娘家姐妹多来了！"然后佯装要呸薛东婷："人家要伺候婆婆的，哪像你们，有了好玩的，就把我这个老太婆丢在一边的。"

语气夸张，十分亲热。看得出姚夫人很喜欢四姐。

姚家的大奶奶就笑道："娘，媳妇伺候您，让弟妹去玩儿。"

"娘都这样说了，媳妇哪里还敢去玩？"薛东婷撒娇般笑道，然后又叹气，"本指望出门好好耍一天的，婆婆却要立规矩，媳妇真难做。"

姚夫人就真的作势要打她，脸上却堆满了笑："瞧瞧，瞧瞧，她编派起婆婆来了，这个人精泼猴！"

定远侯府姚家的女眷和盛昌侯府盛家的女眷进了垂花门，便有穿着银红色绣缠枝牡丹纹褙子的年轻妇人笑呵呵迎了上来："亲家夫人，大嫂，你们可算来了，长公主念了好几回呢。"

说罢，款款给两位夫人行礼。

她是文靖长公主的二儿媳妇，定远侯府的四小姐姚氏。

盛夫人搀扶起她，称呼她为二奶奶。

东瑗的娘家从前跟盛昌侯府没有往来，可跟定远侯府却是姻亲，东瑗自然知道四堂姐婆家有个姑奶奶嫁到了文靖长公主府。

文靖长公主的驸马爷姓夏，那位姚家姑奶奶应该称夏二奶奶。

夏二奶奶笑着打量盛家的女眷，盛夫人一一介绍她们认识。

"我一眼就瞧见，定是镇显侯府那位九姑娘，新嫁到您府上的。"夏二奶奶笑声爽朗，笑着向盛夫人称赞东瑗，"听闻薛家九姑娘有倾城之貌，一点也不假的，果然是天仙一样的人。"

东瑗就笑着给她行礼："二奶奶过誉了，薛氏当不起。"她盈盈轻笑，举止坦然大方，谦和温顺。

夏二奶奶含笑点头，好似对东瑗第一印象很好。她三十岁上下，爱说爱笑，开朗热情。应酬了盛家的女眷，又跟她娘家的嫂子、侄儿媳妇、侄女寒暄。

说说笑笑，引着盛、姚两府的女眷去了内院正堂的船厅。

早有丫鬟禀了文靖长公主，说盛昌侯府和定远侯的夫人奶奶们都到了。

文靖长公主起身，亲自迎接两位侯爷夫人。

"可巧你们碰到一处了。"文靖长公主年纪比盛、姚两位夫人年纪都大，笑起来眼睛眯成一条线，和蔼可亲。

东瑗三年前见过文靖长公主一次。那时的文靖长公主就很丰腴。她个子不高，丰腴让她看上去很慈祥温和。

比起三年前，她好似更加富态了。

定远侯姚家的女眷文靖长公主都认识，盛家的大奶奶东瑗、表小姐秦奕她却是不太熟悉的。

盛夫人把东瑗和秦奕引荐给文靖长公主。

长公主的大儿媳妇、盛家的五姑奶奶也上前给盛夫人请安。

文靖长公主拉着东瑗的手，笑呵呵道："前几年见过一次，模样越发好了。"然后又拉了表小姐秦奕，"这也是难得一见的美人。"

秦奕就柔声说："长公主过奖了。"

"我瞧着这模样、性情都是好的。"夏大奶奶盛氏凑在一旁，笑盈盈看着表小姐秦奕，不理睬东瑗，对自己的长嫂盛夫人笑道，"大嫂，您这位外甥女的容貌、气度，像咱们盛家的人。"然后又对文靖长公主笑道："娘，您说这表小姐跟我那大侄儿是不是有天作之相？"

大侄儿，说的就是东瑗的新婚丈夫盛修颐。这五姑奶奶，当着东瑗的面，说盛修颐的姨表妹跟盛修颐有夫妻相。

秦奕大惊，抬眸却避开了夏大奶奶盛氏，惶恐望着长公主，眼波微颤，好似寻求长公主的庇护。

盛夫人的脸色一瞬间不自然起来。

而文靖长公主却望向薛东瑗。

东瑗扫过众人表情，笑容清浅，恭敬规矩站在盛夫人身边不言语。

在场的都是长辈，她既是盛家的新媳妇，又是长公主府的客人，这等场合轮不到她插嘴。定远侯姚家的人也在一旁看着热闹。

船厅里坐着的女眷不明白她们堵在门口做什么，纷纷张望。

东瑷的四堂姐薛东婷见堂妹被夏大奶奶刁难，而东瑷的婆婆盛夫人似乎忌惮夏大奶奶，又是个性格和软的，不愿意替东瑷出头，心里顿时不忿。

她的堂妹是盛家的续弦之妻不错，却也是薛府的嫡出小姐，御赐的柔嘉郡主。东瑷新嫁过去，自然要装贤良，不肯恶语相对。可自己不能任由旁人欺负薛家的人，否则祖母该心疼了。姐妹们出嫁了，可骨子里还是流着薛家的血脉，永远是一家子。一家人不帮一家人，旁人会笑话的。

薛东婷上前两步，插到文靖长公主和表小姐秦奕之间，笑容灿烂道："大奶奶说表小姐跟我九妹夫有天作之相，我瞧瞧。"她眼眸含笑打量着秦奕，愣是看得秦奕后背生寒。

秦奕刚要说什么，薛东婷就呵呵笑起来，放开秦奕，故意装作跟夏大奶奶盛氏亲热，挽着她的胳膊抿唇笑道："大奶奶太挟制人！表小姐容貌婉约，天庭饱满，明明是有福的，大奶奶却非说她是做姨娘的！"

说罢，呵呵笑起来。

盛修颐刚刚大婚了，东瑷才是她的正妻。表小姐跟他再有天作之相，也是个姨娘的命。

说得秦奕脸上红一阵白一阵，眼眸不禁噙泪，一副楚楚可怜的模样。

文靖长公主突然也扑哧一声笑，点夏大奶奶盛氏的额头："这么大的人，还是这样顽皮。"用玩笑话把夏大奶奶的话遮掩过去。

文靖长公主正心里怪大儿媳妇鲁莽，说这样不着边际的话，她正不知道该怎么接口。倘若说有天作之相，得罪的就是薛府九小姐、御封的柔嘉郡主。倘若说没有，又打了自家儿媳妇的嘴巴。

文靖长公主一向护短、好面子，当着外人，她不可能说自己儿媳妇的不是。

薛东婷一番说笑，给了文靖长公主一个台阶下，夏大奶奶盛氏有意为难东瑷的话，就变成了逗表小姐秦奕取笑的话。

虽然秦奕委屈了些，总算保住了自己儿媳妇和柔嘉郡主的面子，文靖长公主对薛东婷的搅局很满意。

"我们家这个泼猴，哪里都搁不住她！"姚夫人见薛东婷把场子救了下来，亦笑着上前，笑骂薛东婷，"快回来，没规没矩的，我这个做婆婆的脸都让你丢光了。你瞧瞧你的九妹妹，那才是温顺的好媳妇。一个家里出来的，你们说说，怎么就差这么多？还是我没有盛夫人的好福气？"

一番又骂又笑，不仅仅是长公主，就是盛夫人的脸色也好转不少。刚刚的剑拔弩张瞬间被化解。

长公主就招呼薛东婷，让她在自己身边，又对姚夫人道："你不稀罕啊？我却是喜欢得紧。"又拍着薛东婷的手，"好孩子，在我这里多住些日子。"

夏大奶奶见已经失了先机，不好再为难东瑷，只得也笑起来，从另外一边拥着长公主："娘，姚三奶奶多住些日子，有她在您身边，那我们伺候谁去？"

"我们正好偷懒。"夏二奶奶就大方拉着夏大奶奶的胳膊，"大嫂，姚三奶奶服侍娘呢，您和我去前头迎客吧。"

就这样把夏大奶奶盛氏拉了出去。

盛夫人的脸色才彻底转晴。

文靖长公主身边的大丫鬟们就分别引着盛夫人、姚夫人落座。

已经到场的还有几位夫人，却不及盛、姚两家显赫，纷纷过来跟两位夫人问安。

丫鬟们捧了茶，东瑷等人喝茶，听文靖长公主和盛夫人、姚夫人闲话。

盛家二奶奶葛氏见东瑷的堂姐薛东婷既能言善道，又得婆婆宠爱，长公主都抬举她，就知道薛东婷是个不能招惹的。倘若葛氏敢再给东瑷不快，下场大约是跟一旁噙泪的秦奕一样。

她暗暗吸气，规规矩矩坐在一旁不敢多言。

而秦奕，羞得满面通红。她没有得罪谁，却成为了夏大奶奶盛氏和东瑷、盛夫人斗气的牺牲品。夏大奶奶不敢公开说侄儿媳妇和大嫂的不是，就拿她这个寄人篱下的孤女开刀。

秦奕的手紧紧攥住。

薛东婷活泼善言，陶家的妯娌又很团结，长公主被她们家人围着，时常大笑。相较之下，盛家的人显得安静多了。

正说着话，夏二奶奶慌慌张张跑进来，绕过人群，径直看了眼东瑷，才俯身对文靖长公主耳语数句。

她这莫名其妙的一眼，让东瑷心底微颤。

姚夫人、盛夫人挨着文靖长公主坐，没有听到夏二奶奶说什么，却看到文靖长公主神色大变，慌忙站起身来。

她掩饰般敛了震惊神色，对姚夫人和盛夫人说失陪了，便跟着夏二奶奶，出了厅。

"出了什么事吗？"姚夫人不安地看了眼盛夫人。

自然是出事了，还是出了大事。

盛夫人却摇摇头："不会吧，大喜的日子……"

正疑惑中，却见夏大奶奶盛氏挽着个三十岁上下的高挑纤瘦妇人进来。那妇人身穿银红色栖凤吉祥褙子，头上戴着红蓝宝石点缀的凤钿，眼睛细长，颧骨高突，很刻薄的模样。

盛夫人和陶夫人纷纷站起身子，等那妇人上前，给她行礼，喊她为和煦大公主。

长公主是元昌帝的姑姑，大公主就是元昌帝的姐姐了。

和煦公主……

东瑷想起那次腊八节后进宫给太后娘娘请安，太后娘娘说薛家十一姑娘东姝有几分和

煦公主的模样。

东瑷看不出薛东姝哪里像和煦公主，却知道这位公主很受太后娘娘喜欢。

她正要请安，就听到和煦公主声音里带着蚀骨的讥讽："这就是韩氏生的？怎么，韩家还没有死绝吗？"

和煦大公主开口便问韩家的人是不是死绝了，东瑷感受得到她的恨意。

太后恨东瑷，皇上惦记她，她跟皇家早已无友善之交，此刻和煦大公主借着文靖长公主家的寿宴，当众给东瑷这样一巴掌，侮辱的不仅仅是她，亦是她生母的韩家、她的婆家盛昌侯府和她娘家镇显侯府。

她原本准备行礼微屈的膝盖直起来，在四周或同情、或幸灾乐祸、或单纯看热闹的目光中，仰面敛了笑，声音肃穆："回大公主的话，韩家世代忠良，韩老尚书乃是年迈致仕，归乡时先皇御驾送至南午门，韩家未曾被诛族，自然没有死绝！"

厅里倏然静下来。

东瑷扬眉，微挑的眼角自有一股子凛冽。

盛夫人望着她，心里说不出的喜欢。她自己一生不会说话，亦不敢张扬，时时受人语言欺辱却不会反击。二儿媳妇是个好强的，可没什么本事，说不出台面上的话。

她很怕东瑷也是个无用之人。

如今见她一派肃然，用先皇来还击大公主，盛夫人心中暗暗叫好。和煦大公主原本只是想骂韩家的女眷，却被东瑷戴上了辱骂前朝功臣的帽子。

要是被御史知晓，弹劾和煦大公主侮辱功臣，她必然要受惩戒。往小了说，自然是要圣旨告诫一番；往大了说，甚至要被削去大公主封号。

和煦大公主的脸一瞬间紫涨，削薄的嘴唇微微发抖，屋子里静得落针可闻。

众人的目光都落在东瑷脸上，各自惊诧。

刚刚被夏二奶奶叫出去的文靖长公主便在此刻回来了。

她和夏二奶奶进了厅，被厅中诡异的沉默吓了一跳。又见东瑷粉腮微扬，桃面含怒，与和煦大公主相视而立。

而和煦大公主脸色铁青。

"好，韩尚书是有功之臣，韩家子孙繁茂，你们且好好活着。"和煦大公主半天才挤出这么几句咬牙切齿的话。

东瑷却好似听到了什么赞美之词，她的笑瞬间挥洒粲然，款款屈膝给和煦大公主行礼："柔嘉替韩家多谢和煦大公主的祝福。柔嘉也祝愿大公主身体健康，万事顺意。"

薛东瑷是御赐的柔嘉郡主，她也是有封号的。不是普通妇人，可以任由和煦大公主欺凌。

文靖长公主知道韩氏女跟皇家的纠葛。和煦大公主对韩氏的恨意，她也是知晓的。

见东瑷已经给和煦行礼低头了，文靖长公主便出声笑道："和煦，你来了？刚刚还念叨你，今日可是来晚了。"

和煦大公主敛起面上的狰狞恨意，笑容浅淡道："皇姑，和煦给您请安了。"

文靖长公主忙请她免礼。

今日是文靖长公主驸马爷的五十大寿，长公主请的几位贵客差不多都到齐了，丫鬟进来说梨香榭搭了戏台，请公主和诸位夫人移步梨香榭听戏。

文靖长公主知道大儿媳妇跟她娘家的大嫂不和，和煦又不喜盛修颐的新妻子薛氏，便亲自陪着和煦大公主，让夏大奶奶盛氏陪定远侯府姚家的人，让夏二奶奶姚氏陪着盛昌侯府盛家的。

文靖长公主和和煦大公主走在最前头，定远侯府姚家紧跟其后，盛家就落在后面。

夏二奶奶趁机对东瑗道："文雅公主是和煦大公主的一母同胞亲姐姐，和庆公主是她的姨母表姐。两位公主去后，和煦大公主伤心不已，她才当着郡主的面，说那么难听的话……"

文雅公主，和庆公主？东瑗从来没有听说过这两位公主。

她目露不解望着夏二奶奶。

夏二奶奶看着她的茫然，心中一咯噔：柔嘉郡主不知道那些往事，她多嘴了。她忙补救般笑起来："郡主喜欢哪曲戏？"

东瑗微微蹙眉。和煦大公主对韩家有恨意，关文雅和和庆两位公主什么事？

可夏二奶奶已经把话题岔开，转而兴致勃勃跟东瑗和盛夫人谈起戏曲来。

文靖长公主府的梨香榭搭了戏台，鼓响锣鸣，锦旗漫卷，生旦净末丑，粉墨描着精致的容颜。铿铿锵锵中，好戏开场，戏服长袖轻飘，赢得满堂喝彩。

东瑗坐在盛夫人身边，盛夫人就悄悄捏了捏她的手，低声含笑对她道："阿瑗，娘也不喜欢和煦大公主，她那个人刻薄得厉害。你今日做得很好，倘若让了她，只怕她还有下次，也叫旁人看轻了盛家的媳妇。"

婆婆叫她阿瑗……

东瑗愣了半晌，还是不知道应该回应什么，亦握住婆婆的手，轻轻叫了声娘。

那边，文靖长公主跟和煦大公主说了句什么，就起身离席。

戏文唱得热闹，有人注意到文靖长公主的离开，却没有多想，心思立马被台上的热闹吸引。

夏二奶奶却瞧得分明，她看到婆婆临走前那个暗示的眼神，又瞧了瞧低头跟盛夫人耳语的薛东瑗，缓慢将一杯茶撞在自己身上。

她哎哟惊叫。

坐在她身边的盛家表小姐秦奕忙掏出帕子替她擦。

众人都纷纷问，烫着没有。

夏二奶奶已经起身，尴尬笑道："还好茶水不烫。今日忙昏了头，瞧我笨手笨脚的。"然后抢先一步，对东瑗道："郡主，您陪我去换条裙子吧。"

东瑗记得方才在船厅的时候，夏二奶奶慌张进门，先没有看文靖长公主，却是瞟了东瑷一眼；而后和煦大公主是由夏大奶奶迎进来的。文靖长公主和夏二奶奶婆媳慌忙出去，不知道做了什么，等东瑷和和煦大公主的架吵完了才回来。

现在，她放下满席的人不说，偏偏叫东瑷这个在婆婆身边服侍的人陪她去换裙子。

这中间有曲折。

东瑷想起当初在涌莲寺，她的大伯母把她从老夫人身边调开，推着她去西南小院，差点让她失身于元昌帝，用的手段跟此刻的夏二奶奶和先一步离席的文靖长公主如出一辙。

东瑷心中咚咚直跳，她出嫁还不足十天啊，难道元昌帝……

心中微紧，东瑷试探着，笑道："二奶奶，让秦小姐陪您去吧，我不太懂配衣裳。"

盛夫人根本就没有往深处想，见东瑷推辞夏二奶奶，还以为她心里生和煦大公主的气，不太想搭理人，就帮着东瑷，也对秦奕道："奕姐儿，你陪二奶奶去吧。"然后又对夏二奶奶道，"快去换了衣裳，可别被水冰着。"

秦奕道是，正要起身，夏二奶奶笑呵呵按住了她的肩膀，然后过来拉东瑷："郡主好大的体面，都请不动的。"又对盛夫人道，"您离不得郡主，也借我一会儿，马上就还给您。"

她拉着东瑷胳膊的手，有些用力。

到了这个份上，再推辞已经毫无意义。

倘若真的是元昌帝来了，文靖长公主不敢拒绝，东瑷亦不敢。挣扎没有意思，还会叫旁人看出端倪。

她只得笑着，陪夏二奶奶出了梨香榭。

夏二奶奶有些紧张，走得很快。

出了梨香榭，便有两辆青帏缎羽盖小车停在那里。

夏二奶奶推东瑷上车，笑道："咱们坐车去。"自己转身上了另外一辆小车。

东瑷坐在车上，感觉马车里颠簸得厉害，似乎跑得很快。她猛地拔下头上的掐丝玳瑁金簪，锋利的簪子藏在袖子里，心跳得乱了节奏，贝齿陷入唇里：那个该死的男人，他到底要做什么？

难道真的像大伯母说的，除了死，她定是元昌帝的女人？

东瑷深深吸气，压抑心口的愤然与慌乱。

人治的社会，元昌帝是天下的主子。他们看似显赫的家族，实则是他的奴仆。虽然君臣若舟与水，可此刻的东瑷，却不能逃脱元昌帝。

嫁到盛家都不能安分。

也许，真的只有死亡可以解脱。要么东瑷死，要么元昌帝死。

小车停下来时，东瑷藏在袖底的金簪紧紧攥在手里。

夏二奶奶帮她撩起车帘，扶她下车，笑盈盈道："郡主，咱们到了。"

东瑷扶着她的手，轻盈下了马车。是一处精致的小院，四周树木繁茂，碧树繁花摇曳，满地落英。

四周树荫遮住了视线，似一处隐藏神秘的小院。

果然，她猜对了。

东瑗回眸，望着夏二奶奶，似笑非笑道："您这院子住得幽静，二爷不喜欢热闹吧？"

夏二奶奶明明听得出东瑗话里有话，却还要一副毫无知情的口吻，笑道："我和二爷都怕吵。"

"我也爱清静。"东瑗笑道，"只是祖母不准我住得偏僻，说年轻的女孩儿爱静，非福禄之相。富贵人家，安静可是不祥之兆，二奶奶也该劝劝二爷，换个地方住住。"

夏二奶奶这回听得明白，东瑗生气了。她是在暗示夏二奶奶，将来她会报复吗？

难道她心中有数？

夏二奶奶忍不住看着那个年轻又美艳的女子，倏然有种心底不安的感觉涌上来。

小院的门已经开了。

夏二奶奶看着东瑗的身影没入小院，才坐着马车，拐过角门，穿过斜长的甬道，来到一处小院前。

她上前敲门，文靖长公主的贴身妈妈给她开了门。

院子很小巧别致，三间正房带两间小耳房，却早已出了文靖长公主府，是在公主府外院的西边。这处小院是曾经驸马爷的亲戚投奔时，长公主专门叫人开出来的。小院内侧有个小门，可以直通公主府的外院；又是独门独院，进出方便。

文靖长公主正焦急等在东次间。

夏二奶奶进门，茶也来不及喝，就向长公主禀道："人已经送进去了，并无人怀疑……"

她心跳得厉害，说话有些喘。

文靖长公主那丰腴脸上的焦虑便转为平静，她舒了口气，悠闲端起茶盏，小口小口抿茶。

夏二奶奶坐在她对面的炕上。

服侍的妈妈端了茶来，夏二奶奶端起来，放在唇边吹了吹，还是觉得烫。她放下杯盏时，茶托上的青花瓷杯子颤了几颤，夏二奶奶眼角直跳，她心神不宁压低声音问文靖长公主："娘，这事要是被盛家知晓了……"

文靖长公主狠狠瞥了眼夏二奶奶。

二奶奶忙敛声。

半晌，长公主才收敛了责备神色，温和对夏二奶奶道："这算什么事，也值得你吓成这样？盛家知道又如何？盛文晖父子只怕巴不得呢……"

夏二奶奶犹自不安，提醒长公主："倘若镇显侯爷知晓了，那怎么办？薛家那个老夫人不是被人戏称是镇显侯爷的小张良？她可是足智多谋又大胆善辩的，薛九姑娘是老夫人最喜欢的，倘若有了什么变故，那个老太婆怕是跟咱们没完！"

长公主冷哼一声："你平日很机灵的一个人，怎么今日就沉不住气？这种事，发生在谁家里，都巴不得遮掩，谁敲锣打鼓四处去说？再说，嫁出去的女儿泼出去的水，薛九姑娘再如何，也轮不到镇显侯府来做主。"

平日里是很机灵，今日到底是怎么了？夏二奶奶也扪心自问。她好似被薛东瑷在院子前那番话给吓住了。

倘若她真的进宫做了娘娘，怕是不会放过文靖长公主。这些话，夏二奶奶不敢跟文靖长公主说。

跟长公主说，长公主肯定又骂她没用。

"娘，媳妇头次见到陛下……"夏二奶奶笑着解释。

文靖长公主也轻轻放了茶盏，让服侍的贴身妈妈出去，才压低声音跟夏二奶奶道："你不用害怕。皇家内院，稀奇古怪的事儿多不胜数，你不知道罢了。先皇的陈贵妃娘娘，你可知道她的出身？"

夏二奶奶记得陈贵妃娘娘是俞阳王的生母，二品皇贵妃娘娘。她到了四十多岁的时候，先皇还要每个月翻两次她的牌子，圣宠一生不断。

"陈贵妃娘娘不是湖广太守的义女吗？"夏二奶奶不解问道。

文靖长公主冷笑："对外自然是如此说。她是当年刑部尚书耿敬泉的儿媳妇。"

夏二奶奶目露茫然。她记事起，刑部就没有姓耿的尚书，更加不知他儿媳妇是怎么回事了。

"耿夫人带着她进宫给耿淑妃娘娘请安，回去出禁宫西大门时撞上了先皇，被先皇看中了。没过两个月，耿大奶奶就'病逝'了。耿尚书半年后也致仕，回了老家。"文靖长公主淡淡道，"从此没有了耿大奶奶，只有了陈贵妃。抢来的媳妇最尊贵了，先皇对她可是百依百顺，恩宠不断。直到她死，先皇都不曾亏待她。"

夏二奶奶惊愕，半晌不知道说什么好。

"那薛氏……"她想起刚刚被文靖长公主送去元昌帝那里的盛家世子爷的新婚妻子薛氏。

将来，她也是这样的命运吗？

可是她是京城望族的嫡女，应该很多人见过她的吧，皇上要怎么来遮掩？

况且当年先皇和陈贵妃的事梗在太后心里，只要太后还在世，薛氏进宫怕是活不了几日的。随便一个欲加之罪，太后娘娘就能赐她三尺白绫。

夏二奶奶想想就觉得后背微寒。她是有贼心无贼胆的，此刻就害怕起来。

"娘，太后娘娘倘若知晓咱们顺着皇上的意思，把薛氏弄过来，会不会责怪？"夏二奶奶有些紧张。

"怕她做什么？"文靖长公主很有把握，"她还能活几年？娘又能活几年？你们以后仰仗的是皇上。"

婆媳说着，听到外面妈妈低声道："长公主，二爷来了。"

夏二奶奶忙起身，亲自去替二爷撩起了帘子。

二爷给文靖长公主请安，又问："娘，办妥了吗？"

夏二奶奶替长公主回答："都办妥了，薛氏已经送进去了。二爷，爹不知道吧？"

夏二爷看了眼文靖长公主，摇头道："皇上吩咐只让我和娘知晓，我不敢告诉爹爹。娘，差不多了吧？再耽误下去，怕盛夫人那里不好遮掩啊！"

文靖长公主拿出随身的钟表看了看，道："才一刻钟，再等等吧……"要是把事办了，一刻钟太少。

夏二爷却焦急起来。

文靖长公主见他们两口子都是副没经历过事情的心虚模样，心中就气："都给我坐下，娘在这里，什么错都不会出的！"

夏二爷只得坐下。

就在文靖长公主和夏二爷两口子商议的小院子外，拐角处两个身影偷偷张望。

穿着青色绸布短衫的，是个小厮模样的。他身后跟着个修长英俊的公子哥，一袭皂色葛云绸直裰，青丝浓密，面如傅粉。只是眼角携着风流，一看便知是个走马章台的纨绔公子。

"世子爷，夏二进了那个小院子。"那小厮悄声对主子说。

那被称作世子爷的男子微微思量，道："夏二这厮撇开小爷，说什么回房换件衣裳，却径直来了外院，定是藏了美娇娘，平日里不敢沾身，今日趁乱求好。"

那世子爷头头是道地分析，那小厮连连颔首答应着。

"咱们去拿他！"小厮撺掇道。

"等会儿，等会儿，等他们入了巷，咱们再去，捉个现成的！"那世子爷笑容就堆满了脸。看得出他和夏二爷关系不错，平日里时常开开玩笑。此刻他来跟踪夏二爷，也是酒席上太无聊，见夏二爷开溜，才玩性大发来找乐子的。

他们正伸头伸脑向外张望，却见西南角门处，有个鹅黄色窈窕身影窜了出来。

"爷，那里还有门！"小厮压低声音对世子爷道，"出来个女人！"

那世子爷就敲他的额头，让他闭嘴："爷自己看得见，悄声点。"

那女人远远瞧着，模样十分周正，她脚步踉跄往这边跑，不时回头看看可有人追她。路过夏二爷进去的那个外院小门，她并没有停下来，而是径直往拐角这里跑来。

那世子爷就和小厮往后缩，躲在墙角后面。

终于听到了越来越近的脚步声，那世子爷带着小厮倏然蹦出来，拦住了那女子的去路。

看清了她的容貌，那世子爷和小厮就愣在那里，望着她出神。

肌肤莹润赛雪，双目清湛照人，五官在她脸上，精致展现着女子完美无瑕的容颜，那上挑的斜长眼睛，为她的美丽添了魅惑人心的魅力。她跑得很急，粉腮携着红潮，额头有微微细汗，越发妩媚。

看到面前两个十六七岁的男子，似主仆二人，她错愕吸气，却将手里的一根金簪举起来，对着那世子爷和小厮。

日光照耀下，那金簪上的鲜血染红了她的手，亦刺痛了那世子爷和小厮的眼睛。

"走开！"她低声道，却透出狠戾。

那小厮就后退了一步。

反而是那个世子爷，上前一步对着她："好哇，青天白日你敢行凶！小魏子，把她拿下！"

那个叫小魏子的小厮却有些犹豫。

他们身后，又有脚步声传来。

一袭青衣的男子步履轻快，落足无声般站在他们身后。

他的胳膊上，被血浸透了一块。

那世子爷望着此女子手上的金簪，又瞧瞧来男子的胳膊，再瞧瞧来者目光里透出的蚀骨寒意，扑通一声跪下："陛下！"

那女子见有空隙，还想跑，却被皇上拉住了胳膊，将她抵在院墙上，不让她动弹，皇上狠戾威严的声音带着愤怒："弑君，你有几条命？"

文靖长公主和夏二奶奶、夏二爷闻到动静赶出来的时候，被眼前的景象惊呆：元昌帝挟制着薛氏，身后跪着兴平王世子爷和他的小厮。

特别是夏二爷，只觉眼前发黑，怎么兴平王世子爷搅和进来？刚刚他在前头坐席，兴平王世子爷问他府上可有好玩的，夏二爷就看得出兴平王世子爷有些无聊。

可是今日他记挂着微服出来的元昌帝，就心不在焉敷衍着兴平王世子，便往后头来了。他走得匆忙，根本没有留意到顽劣的兴平王世子爷会偷偷跟着他。

这已经令他头疼欲裂，可元昌帝胳膊上的伤和薛氏手上的血迹又是怎么回事？

夏二爷很想此刻昏死过去。

夏二奶奶脸色煞白，就连刚刚还运筹帷幄得意满满的文靖长公主也身子晃了晃，几乎昏厥。

而薛东瑷，顺势腿一软，装昏死过去。

夏二奶奶领她出来，她就决定了破釜沉舟，跟元昌帝好好说道，最好让他又羞又愤，暂时没脸再轻举妄动。她在盛家日子过得那么艰难是为了什么，还不是为了避开元昌帝？

可他居然敢在文靖长公主府里私会她。

他在涌莲寺如此过，如今又这样，不下狠手，他还会有下次。

世上哪有不透风的墙？一而再再而三，东瑷还有什么颜面活着？

可真的到了弑君的地步，她也是不敢的。下手与逃走不过是权宜之计。文靖长公主出来了，就有人替她善后，有人比她还要着急，装昏死过去，是她最好的法子。

那支金簪，她却紧紧攥在手里。

倘若落入有心人手中，这是凶器，将来秋后算账，足够她死罪的。

她身子倒下去，元昌帝焦急接住了她，东瑷听到了元昌帝焦虑喊她瑷姐儿和夏二奶奶惊慌失措的呼声。

"陛下，您先走吧，这里有我。"东瑗接着听到了文靖长公主强自镇定的声音，"您的胳膊……"

夏二爷回神，也在一旁劝元昌帝："陛下，您的御前侍卫都在外院等着，小臣陪您出去，先把伤口包扎一番，陛下。"

他跪下给元昌帝磕头。

今日的事情倘若败露，皇上受伤倘若让太后知晓，第一个难逃其罪的便是文靖长公主府。他们比东瑗还要害怕。

"照顾好她。"元昌帝把装昏的东瑗交给了文靖长公主，然后又看了眼跪着的兴平王世子，道："你也起身，跟朕过来。"

兴平王世子爷忙不迭爬起来，跟着皇帝和夏二爷去了。听到脚步渐远，有马车滚动声，东瑗才缓慢睁开眼，望着丰腴敦矮的文靖长公主。

文靖长公主丝毫不觉得尴尬，好似什么事都没有，平静问东瑗："郡主，您好些了吗？"

可是她的手，一直在颤抖。

东瑗缓慢坐起身子，道："长公主，我能换身衣裳吗？"

文靖长公主望着她的眸子，想看出她的想法，却被东瑗逼视而回。她震惊东瑗的大胆，居然敢行刺皇帝。

在这个年代的人心中，皇帝便是至高无上的神化君主，侵犯皇帝会触怒天颜，是逆天而行，会遭到天谴的。而东瑗学了很多这个年代的思想，偏偏没有学会对君权的奴性。

文靖长公主撇开眼，和夏二奶奶搀扶东瑗，进了刚刚她们出来的那个院子。院子里面有个小角门，一把锁锈迹斑斑，长公主身边的贴身妈妈开了半天，才把那锁打开。

从这里进去，就是长公主府的外院与内院交接处。

绕过一道长长影壁，进了两重仪门，便到了长公主府的垂花门旁边的偏门。长公主和夏二奶奶带着东瑗从偏门进了内院，直接去了长公主歇息的院子。

她的衣裳沾了血迹，长公主和夏二奶奶翻箱倒柜，才寻出一件跟东瑗身上差不多料子和花纹的衣裳。东瑗试穿在身上，大了很多，长公主又寻出一条玉带给她系上，勉强能见人。

丫鬟端了水来，东瑗洗尽了手上的血迹。她簪子上的血并不全部是元昌帝的，她划伤元昌帝时，自己手上划了一条深深的口子，此刻都血流不止。

夏二奶奶失声低呼起来。

文靖长公主见她伤得重，也面露惊容，却很快敛了去，叫二奶奶拿药粉来给东瑗敷上。

可是怎么系着伤口，又成了头疼的事。

东瑗却熟练用一条干净的帕子把手裹了，让夏二奶奶帮着系上。

"这样行吗郡主？"夏二奶奶问她。

东瑗面无表情地说："不行能如何？"

一口气把夏二奶奶和文靖长公主都堵得哑口无言。

她们原本就心虚,东瑗又是一副冷峻模样,顿时不敢再多言。

收拾好后,见夏二奶奶来收东瑗换下的褙子,东瑗上前一步,把衣裳捏在手里,仔细叠着,一脸表情肃然对夏二奶奶道:"这是我陪嫁的衣裳,平日里很是喜欢,不留给二奶奶了。明日再叫人把这衣裳还给长公主。"

这褙子上有血迹,东瑗不想落下一点实物证据给长公主。倘若皇帝遇刺被太后知晓,可能会怪罪下来。依着文靖长公主的性格,会毫不犹豫把东瑗推出去。

现在,长公主就算想把东瑗推出去,也要思量后果。

没有铁证如山,就凭各人的牙口狡辩。而皇帝会帮东瑗的,他还没有得到东瑗,自然不会想毁了她。

只要不留下明显的证据,文靖长公主就不能挟制东瑗。

不仅仅东瑗想到了,文靖长公主也想到了,她见东瑗很宝贝这件褙子,就笑道:"总不好拿着去前头听戏吧?先放在我这里,回头再叫丫鬟来取。"

回头来取,就会有各种稀奇古怪的借口说褙子不见了。

东瑗已经把褙子整齐折叠起来,脸上没有半分笑意,定定望着文靖长公主:"长公主,恕我冒昧,就说您府里的蜜饯做得好,我喜欢得紧,用食盒装一食盒给我吧。衣裳就放在食盒下面。"

自从装昏醒来后,东瑗的表情就一直很严肃,文靖长公主见她又机敏,似乎软硬不吃,怕再说下去,越发激怒她,就忙叫人去拿了食盒来。

东瑗把衣裳放在食盒里,上面放了蜜饯,居然自己提着,不让文靖长公主沾手。

等文靖长公主和东瑗、夏二奶奶赶到前头的时候,刚刚开锣的戏快要散场了。

盛夫人急得不行,见东瑗来了就大松一口气:"你们跑去哪里了?这半天,我左盼右盼的。"

夏二奶奶撑起灿烂的笑容,跟盛夫人解释道:"我跟郡主言谈投机,不知不觉说了半天话,都忘了时辰……"

盛夫人将信将疑,望向东瑗,又看到她右手用手帕裹着,左手提着个食盒,眉头蹙了蹙。

东瑗就笑道:"在二奶奶院子里荡千秋玩,绳索把手割了下,划破了皮,怕您怪罪,拖延到现在。"

盛夫人就脸色微落下来。

夏二奶奶见东瑗如此说,她的机敏劲儿终于回来了,忙一副愧疚的模样,低声对盛夫人道:"都是我的不是,郡主是娴静性子,不爱玩那些。是我显摆自己新架的秋千,非要郡主去瞧瞧。结果,那绳索没有打磨干净,划破了郡主的手。回头我便叫人把管那工事的管事遣了出去。"

盛夫人性格一向和软,就算生气,她亦不善于发泄出来。只是静了半晌不语,过了会儿才语气清冷道："她也是小孩子脾气，太不小心了些。"又问东瑷，"还疼不疼？"

东瑷忙摇头，笑道："划破了点皮，二奶奶和长公主还非要找个太医来瞧瞧。已经没事了。只是耽误到现在，让娘担心了。长公主还赏了我些蜜饯呢，娘爱不爱吃蜜饯？"

如此一解释，就说得过去了。

盛夫人听说已经请了太医瞧，便知道无大碍，脸上有了些笑："娘不爱吃，长公主赏你的，你留着吃吧。"

东瑷道是，就把食盒交给了同来服侍的康妈妈。

而后的宴席中，文靖长公主和夏二奶奶心不在焉，只有东瑷安静，看不出什么不同来。

从长公主府回去，文靖长公主亲自送盛夫人和东瑷等人到垂花门前，还再三对东瑷说改日去拜访郡主，今日真是对不住。

盛夫人的怒意才消了些。

回到盛昌侯府，东瑷下了马车，让康妈妈把食盒给来接的蔷薇，跟着众人先去了盛夫人的元阳阁。

盛夫人又道："手还疼不疼？"

盛修颐的目光从她下马车开始就在她手上转了数次，见盛夫人问，也插嘴问道："手怎么了？"

东瑷只得又把打秋千的借口说了一遍。

二奶奶葛氏就道："绳索没有打磨干净，是容易划伤了手。"有些讨好东瑷的意思。

盛夫人见她如此，心里也不好再给她难堪，就接了句："谁说不是？你们下次玩秋千都要小心些。"

二奶奶见婆婆跟她说话了，就松了口气。

略微坐了坐，辞别了盛夫人，东瑷和盛修颐回了静摄院。

盛修颐进门就道："手给我瞧瞧。"

东瑷却把手背到后面，低声道："天和，我有话和你说。"

盛修颐微微一愣。

她一直喊他世子爷的，现在却叫他天和。天和二字，从她唇齿间逶迤而出，落入盛修颐的耳朵里，令他的心跳乱了，呼吸滞了半瞬。

盛修颐绷着的表情松懈下来，微微颔首。

东瑷就把屋里服侍的全部遣了出去。

盛修颐坐在临窗的大炕上，东瑷想了想，搬了锦杌半坐在他膝边，拉过他放在炕沿的手。

盛修颐身子微微僵了一瞬，就听到东瑷声音有些湿意："天和，今日在文靖长公主府，娘叫我阿瑷……"

不是颐哥儿媳妇，而是阿瑷，像亲人一样的称呼，东瑷说着，眼睛有些涩。

盛修颐就趁势反握住她的手，声音柔和道："娘很喜欢你。"

东瑷颔首，抬眸望着盛修颐，缓声道："天和，我才嫁过来八天，可是我感受得到你们对我的友好。天和，自古忠臣不事二主，烈女不嫁二夫，我薛氏东瑷自从踏入盛家的门，就从未有过反悔之心。我……我想好好做盛家的媳妇……"

不知道为何，她觉得眼睛涩得厉害，视线里盛修颐的表情有些朦胧的惊愕。

"我害怕很多的东西，我也害怕进宫。宫廷太冷漠，太孤寂，没有人间烟火的滋味……我想着就害怕。天和，嫁入盛家，我没有半分怨意，我很诚心做盛家的媳妇，我也很努力的……"她垂了头，声音低了下去，掩饰她控制不住的哽咽。

盛修颐捧起她的脸，见她眼中有泪。

她今日在文靖长公主府一定遇到了什么，才让她说出这番话。

他担心她的遭遇，理应心情很沉重才是。可听着她一番语无伦次的话，他心路仿佛照进了久违的骄阳，似繁花点缀，触目绚丽，他的心不由跳跃难以遏制。

好半晌，盛修颐才道："阿瑷，我知晓你的诚意，我们盛家也没有把你当成外人。"然后顿了顿，问道，"在长公主府遇到了不好的事？"

东瑷眼泪就落下来："是件很可怕的事。"

盛修颐见她哭，就起身将她抱起，轻轻拍着她的后背："阿瑷，已经回家了，不用怕，不用怕……"

屋里的光线渐渐黯淡，两人彼此眼里的对方已经一片模糊。东瑷和盛修颐坐在炕上，她依偎在他怀里，无声的哭泣早已停止。她只觉得疲惫，想着依靠他结实的肩膀，做短暂的停留。

"掌灯吧？"东瑷轻声问盛修颐。她情绪宣泄已经过去了，后面的话反而不知道应该怎么说。

有个在禁宫做御前侍卫的兄弟，皇帝又有意向盛家透露他对东瑷的念头，也许明天下午，盛修颐就能隐约猜到东瑷在文靖长公主府到底发生了何事。信她还是不信，都不是她能强求来的。

她的话也只能说到这里了。

盛修颐轻轻"嗯"了一声。

东瑷从他怀里起来，喊丫鬟进来掌灯。

蔷薇就见东瑷眼睛红红的，知道她哭过了，心中忐忑不安起来。

吃了晚饭，小厮来安找盛修颐，说侯爷在外书房，喊世子爷说话。盛修颐吩咐东瑷不用等他，便换了鞋子去了外院。

东瑷把罗妈妈和橘香、橘红使唤在外间，屋里没人了，才把那件带血的衣裳拿出来，嘱咐蔷薇道："你叫丫鬟打水来，在我净房里把这件衣裳洗了，仔细晾在后面。"

蔷薇知道事情不简单，看到衣裳上的血迹，又见东瑷掌心裹着帕子，心里突突不安，试探着问："奶奶，要不要给您换药？"

长公主府的药不会比盛家的差，暂时可以不换，东瑗就对蔷薇摆手，又道："暂时不用，你快去把衣裳洗了。"

蔷薇应诺而去。

等她回来的时候，发现东瑗在房里翻箱倒柜寻东西，罗妈妈和橘香、橘红站在一旁，也不帮忙。

蔷薇就好奇问："奶奶，您找什么？"

罗妈妈松了口气，笑道："奶奶不让我们插手，说只有你知晓，你快帮着奶奶找找。"

东瑗直起腰，看着蔷薇。

蔷薇给了她一个暗示的眼神，让她放心。

"你们都去歇了吧，今夜蔷薇当值。"东瑗对罗妈妈等人道。

几个人纷纷给东瑗行礼，就退了出去。

东瑗悄声问蔷薇："上次去涌莲寺进香，我穿的那件玉色卷草纹褙子，脱下来不是交给了你？"

蔷薇想了想，很肯定地点头。

东瑗就舒了口气："当时我搁在袖袋里的玉佩呢？你快寻出来给我。"她把首饰盒都翻了一遍，没有看到那块玉佩。

从涌莲寺回来后，那块给东瑗带来如此不祥的玉佩，她看都不愿意再多看一眼，每次看到都会心里添堵。想着又是连着衣裳交给了蔷薇，蔷薇向来细心，不会弄丢她的东西，东瑗就没有多问。

而后就是准备出阁，她一直忙碌着做针线，直到今天才再次想起那块玉佩。她想寻出来，后天正好是五月初一，她十一妹进宫的日子，她借口回去相送，把今日在文靖长公主府发生的事告诉老侯爷，顺便把那块玉佩交给老夫人。

她不想因为它，再给自己带来不必要的误会。

盛修颐也许愿意护她，可是他的官职太小，还受制于盛昌侯，他没有镇显侯的能力。

东瑗已经把自己的心迹向盛修颐表明，她能做的只有这些了。后面的事，她还是想让祖父帮她处理。

"什么……什么玉佩？"蔷薇脸色大敛，"奶奶，您给我那件衣裳的时候，除了腰封，没有任何的配饰。"

"没有配饰？"东瑗错愕。

蔷薇见她脸色亦不好看，很肯定地点头："没有！"

那就是丢了！

东瑗有些颓废地坐在炕上，半晌说不出话来。一种无力的感觉瞬间将她包围，那块玉佩，难道真的不能给她带来半点好运吗？

当时在涌莲山上，她实在是吓得不轻，脑袋里混沌一片，只想和衣躺着，把自己同外

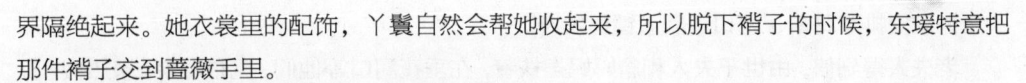

界隔绝起来。她衣裳里的配饰，丫鬟自然会帮她收起来，所以脱下褙子的时候，东瑗特意把那件褙子交到蔷薇手里。

以蔷薇的谨慎，自然会替她好好保管。

哪里知道……

那是在涌莲寺，进山的香客每日络绎不绝，全是京都的贵胄。倘若不是被和尚捡去，而是被旁的外人……

东瑗望着蔷薇。她的眼神有种怪异的空洞。

蔷薇吓了一跳，忙给她跪下："奶奶，我……我真的很小心看管您的衣裳、配饰，若是从我手里丢了，您打死我也不怨。奶奶，我真的没有看见。"

东瑗忙起身扶她："起来，我没有怪你。蔷薇，那个东西丢了，好似在我骨头里埋了一根针，让我寝食难安，我……我不知道应该如何了。"

蔷薇也不知如何安慰她。

主仆两人彼此视线中的对方，脸色都有些苍白。

"奶奶，那玉佩……"蔷薇低声问。

"没事，丢了而已，不过是件小玩意。"东瑗已经平静下来，言辞中透出几缕决然。

等盛修颐从外院回来的时候，东瑗独自依偎在床头，看他前几日看的那本《六韬》，手上依旧裹着纱布。

见他回来，东瑗起身，吩咐红莲和绿篱服侍他洗漱。

从净房出来，盛修颐问她："看得懂吗？"

她摇头笑了笑："不太懂。"然后道，"世子爷，我有话跟您说。"

盛修颐微愣，上床后轻轻搂着她，低声问："方才不是叫我天和吗？"

"天和……"东瑗顿了顿，才道，"五月初一琪姐儿进宫，我十一妹也进宫。我能不能早起辞了琪姐儿，回趟镇显侯府？"

盛修颐想也没想，道："自然是可以的。她是养在你母亲名下，你理应去送送。"

东瑗跟他道谢。

次日早上跟婆婆请安，盛夫人问她的手好点没有。

"已经没事了。"东瑗笑道，又道，"娘，明日就是五月初一……"

盛夫人猜到东瑗要说什么，笑道："你妹妹也要进宫的吧？你母亲不在，你是她的亲姐姐，不如今晚去陪着她？"

东瑗大喜，见盛夫人语气真诚，她没有推辞，笑道："那我明日早早回来，再送琪姐儿。"

盛夫人说好。

盛修颐成亲，跟刑部告了三个月的假，他在家也无事，盛夫人就道："颐哥儿，你陪阿瑗回去，明早陪她回来。"一副怕东瑗路上不安全的口吻。

盛修颐道是。

外院安排了马车，两口子回了镇显侯府。

老夫人得到信，由世子夫人和詹妈妈搀扶着，在垂花门口等他们。见东瑗来，亲热喊"我的儿"。

眼睛瞟到了她手上的纱布，老夫人眼角微沉，却瞬间即逝，拉着东瑗："是回来送姝姐儿的吧？"

东瑗道是："原打算明早送了三妹妹的，再回来送姝姐儿。娘说，我母亲不在，姝姐儿是寄养在我母亲名下的，让我回来陪她过夜。"

老夫人就露出欣慰的笑意。

东瑗和盛修颐先去了老夫人的荣德阁。

略微坐了坐，世子夫人还有家务事要处理，就先回去。老夫人吩咐小丫鬟带盛修颐去外院书房，看看老侯爷和世子爷、大少爷回来了不曾。

等屋里只剩下东瑗和老夫人祖孙两人，老夫人开门见山问她："手怎么了？"很心疼的语气，好似怕盛家亏待了她。

"祖母，我昨日在文靖长公主府，刺伤了皇上。"东瑗亦没有拐弯抹角，直接告诉了老夫人。

老夫人猛然抬眸望着她，神色惊疑不定。

那明亮的眸光，似乎要把东瑗看穿般。老夫人的唇色有些白，声音低了下去："瑗姐儿，你在说什么？这样的胡话，是要灭九族的！"

是啊，这样大逆不道，是要灭九族的。

东瑗把掌心的纱布解开，一条狰狞的伤口翻滚着红肉给老夫人瞧，她的声音轻若羽毛，怕隔墙有耳："我没有留下证物。有几个目击者，但是他们比我更加害怕事情泄露。"

老夫人听着她的话，表情越发凝重，问她："你昨日去了长公主府拜寿，是不是他也去了？"

东瑗颔首，就把昨日夏二奶奶如何把她从梨香榭拉出去，她又是如何打算的，都告诉老夫人："……当初在涌莲寺如此，如今居然在长公主府，倘若他一再这样下去，我和薛家、盛家都没有颜面了。我知道二奶奶的打算，就决心跟他明言，大不了死谏。他说，从我出阁那日起，他就夜夜有噩梦。他心急如焚，只想瞧瞧我最近如何。我跟他说了现在朝中的局势，亦让他记得当初为何要盛、薛两族联姻，又告诉他盛家即将也是萧家的姻亲，倘若想要江山安稳，就需割舍。等大权落实那日，自有佳人红袖添香。"

老夫人听了，直直颔首："然后怎么起了冲突？"

"他根本听不进……他只问我，可否愿意称病，去天龙寺小住半年，他会时常来瞧我。只要我愿意，他会亲自安排，不让盛家吃亏。"东瑗声音里就有了恨意，"我说，'陛下是想要薛氏做杨贵妃吗？倘若江山祸起，陛下要薛氏自挂在陛下面前，然后把过失推在薛氏身上，一句红颜祸水来掩盖陛下治理江山的无能吗？'"

老夫人倒吸一口凉气。这种话东瑷都敢说！

好半晌，老夫人才道："你真是……你当着他的面，说这般大逆不道的话，你不怕他要你的命吗？瑷姐儿，你怎可如此鲁莽？倘若你有事，忍心叫祖母白发人送黑发人？"

老夫人不由后怕，一向沉稳的手有些抖，看着东瑷面容严肃，她想起了年轻时的自己。初生牛犊不怕虎，敢言敢行，如今老了，反而畏手畏脚。薛东瑷的性格，像极了老夫人年轻的时候。

"你当时不怕吗？"老夫人拉着她的手，望着她，不由抚过她的脸颊，"你这孩子……"

"我当时很怕。"东瑷眼睛有些湿，"可他听完，暴怒起来，我就不怎么怕了。他压住我的时候，我就把袖子里的金簪刺在他胳膊上。那簪子锋利，我拔出来的时候，自己的手就割破了。我只要逃出去，只要没有人瞧见我，等他冷静下来，总要顾些颜面。我推开他的时候，跑出去顺势把门闩上了。哪里知道，竟然在外面拐角处，遇到了一个带着小厮的男孩子。我被那个男孩子拦住，他随后撬开门也追了出来，也惊动了文靖长公主。"

老夫人的眼眸就沉了下去。

"……他要防着太后，遮掩都来不及。文靖长公主更加不会把事情宣扬出去。那支金簪、带血的衣衫，我都拿了回来，已经洗干净了。只是那个带着小厮的男子……"东瑷求助般望着老夫人，"祖母，您把这件事告诉祖父吧。"

老夫人握住东瑷的手，低声道："好，瑷姐儿，你做得很好！文靖长公主那里没有落下把柄，她也不敢声张。你祖父会进宫去面见圣上，把这件事向圣上透露几分，他就算恨你，此前也不敢动手。"然后道，"他也该醒醒了。"

东瑷垂首，颇有感触。倘若他再不清醒，一再如此任性胡闹，他就真的是个扶不起的阿斗，想做个明君也是黄粱梦。

"太后进宫七年，才诞下太子。那时先帝已有六位公主，初得嫡长子，欢喜不已，也对他多有溺爱。只是先帝晚年，对权臣依赖得紧，反而给太子立起规矩，他才有了些约束。后来他践祚九五，萧太傅又处处挟制他。瑷姐儿，他除了在萧太傅这里，一生没有碰过钉子，你和他的梁子是结下了。哪怕你人老珠黄，他都要得到你出这口气，他就是这种性格。"老夫人叹气。

东瑷后背就阵阵寒意，却咬牙道："祖母，难道这不是命吗？倘若那日没有在荣德阁门口遇着，兴许我如今的日子平静无波。既是命，上苍总有他的安排。我不做亏心事，尽孝尽忠，宽和待人，上苍总会垂怜我几分吧？有了这件事，萧太傅未除之前，他应该不会再来找我的，总算有了些安静……"

老夫人听着东瑷的话，又是不忍，又是欣慰，动容对东瑷道："想当年，祖母嫁到薛家时，你祖父才十六岁，空有爵位，家底空虚，又无亲兄弟帮衬。可如今呢，咱们家儿孙满堂，你祖父也是三朝元老。瑷姐儿，今日不能说明日的话，你在盛家要踏实过日子，不要怕。"

东瑷点头。

说了半天话，老侯爷和盛修颐也回了内院。东瑷和盛修颐又去锦禄阁给五老爷薛子明和五夫人请安。

东瑷和盛修颐从锦禄阁回去，一路安静走着，便到了东瑷的拾翠馆。

微风徐徐，翠竹摇曳满地绿荫，婆娑曼妙。

触目的翠绿，为心际添了明艳与清凉，感觉也舒服很多。

东瑷指给盛修颐瞧："这是我从前住的拾翠馆……"

她才嫁出去，拾翠馆并没有动，落锁的院子静谧安详，高高院墙看不见里面的景致，唯有翠竹逶迤而出，掩映着磨砖对缝的院墙。在微风中，翠竹缱绻依偎，别样情深。

透过墙头，也能看见二层小楼的雕花栏杆。

盛修颐笑道："跟咱们家的桢园的确很像。"

再往前走，却看到了桃慵馆的院门开着，里面有人走动和说话的声音，还挺热闹。桃枝被翠叶遮掩，虬枝不见，枝头垂着水嫩的蜜桃。

东瑷不由脚步放缓。

怎么桃慵馆有人住？出了那样的事，她还以为桃慵馆会被拆掉，重新盖院落呢。

正好有个穿着桃红色短衫的丫鬟出来。看到东瑷，她微微愣了愣，才笑着给东瑷行礼："九姑爷、九姑奶奶万福。"

是十一姑娘薛东姝身边的茜草。

东瑷笑着问她："十一小姐搬回来了？"

茜草忙道是："昨日才叫人重新打扫，十一小姐今日搬回来，想从这里进宫。九姑奶奶，您进去坐坐吗？"

盛修颐在身边，东瑷摇头道："祖父留了我们吃饭，都快过了时辰。我吃了饭再来看十一小姐，你先替我问候十一小姐。"

茜草道是，又给他们请安。

东瑷往前走，还是忍不住回头，看了眼桃慵馆。

盛修颐问她："怎么了？"

东瑷回神，笑道："没事。走吧，祖父还等着我们……"

回眸之间，透过桃慵馆的绿树翠枝，东瑷想起了薛东婉那可爱单纯的脸。一场小小的风波，她便被湮没，从此与东瑷姐妹阴阳两相隔。

人间的欢聚、离别，也许都是定数吧？

荣德阁里，老侯爷在等着他们回来。一见到盛修颐，薛老侯爷脸上就堆满了笑，亲切喊他天和。

只是看到东瑷手上的伤，薛老侯爷神色瞬间有些犀利。老夫人大约把元昌帝又欺负东瑷的事，告诉了老侯爷。

可是盛修颐在场，老侯爷什么也不好说。

盛修颐也注意到老侯爷看东瑗手时神色的变化，他把东瑗解释给他和盛家人听的言辞，又跟老侯爷说了一遍："……在长公主府打秋千，绳子没有打磨干净，划伤了手。"

　　可心中仍觉得有些异样。东瑗不肯告诉他实情。

　　老侯爷就肃穆对东瑗："下次不可如此大意。"

　　东瑗道是。

　　吃了饭，老侯爷让盛修颐跟他去荣德阁的小书房，两人切磋棋艺。

　　东瑗就跟老夫人说："我去看看十一妹。祖母，她搬回了桃愫馆？"

　　"是啊，她说想最后在桃愫馆住一夜，只当陪陪婉姐儿。"老夫人语气很伤感，"等七月你五姐嫁了，我想替婉姐儿做七天水陆道场，也不枉她投身在我们家一遭。"

　　东瑗就想起了那个有些傻气、无什么心机，却总是跟她亲近的十妹。

　　"祖母，何姨娘是我母亲通房丫鬟，十妹自小跟我亲近。可我总想着，我和她都身不由己，不如疏远些，等到嫁出去了，再彼此亲近。哪里想到……"东瑗说着，眼圈就红了。

　　她大约是第一次在老夫人面前说她身不由己。

　　若说这一世她的遗憾，最大的莫过于薛东婉，那个不顾她的冷漠、照样跟她亲近的十妹。

　　若不是杨氏……老夫人眼里就有了些狠戾。

　　"去吧，今夜你也住在桃愫馆，只当陪陪婉姐儿和姝姐儿。咱们家，婉姐儿她是最老实的孩子。"老夫人忍着泪意，对东瑗道。

　　东瑗应诺，去了桃愫馆。

　　却在门口遇到了五姐薛东蓉。她穿着绯色折枝海棠嵌如意云头纹褶子，月白色软银轻罗福裙。和前几日相比，她消瘦了很多。

　　东瑗喊了五姐，屈膝给她行礼，心中却想起自己回门时她的怪异。

　　薛东蓉也给东瑗见礼，姐妹俩才进了桃愫馆。

　　薛东姝正在二楼薛东婉的房间里。她坐在临窗大炕上，面前各色珠宝首饰摆满了炕几，她正在一一拭擦清理，重新放回妆奁。

　　见东瑗和薛东蓉进来，她起身给她们见礼，才彼此坐下。

　　"九姐，我以为你明日才来。"薛东姝笑道。

　　"明日要回去送我小姑子，才今日赶回来陪你。在做什么？"东瑗好奇捡起炕几上的一支掐金丝嵌翡翠金簪问。

　　薛东姝目露几分哀婉，道："都是十姐的东西，平日里祖母、母亲和伯母们赏的。她平常不爱戴，却总是隔三差五拭擦干净……"

　　说罢，声音就微微哽咽。

　　五姐薛东蓉道："十一妹，我帮你一起吧……"

　　东瑗也忙说要帮忙。

　　薛东姝被她们一打岔，眼泪就忍了回去，让丫鬟拿了丝帕来，给东瑗和薛东蓉，让她们帮着擦拭。

东瑗抬手时，薛东姝和薛东蓉都看到了她手上的纱布，问她："怎么伤了手？"

东瑗又把那套说辞讲了一遍，听得薛东姝和薛东蓉唏嘘，都说下次小心些，东瑗颔首应了。

说起薛东婉就会伤感，姐妹三人都避开她不谈。

薛东姝就问东瑗："九姐夫回门那日，才惊四座，祖父连连夸了他好几日。九姐姐，他是个怎样的人？对你可好？"

这个问题令东瑗有些尴尬。

她含混道："他很温和。"

惹得薛东姝禁不住笑起来

五姐薛东蓉却神色低迷，她唇角的笑勉强又生硬。

"五姐，你比上次我回门时瘦了。"东瑗问她。

薛东蓉回神，淡淡笑道："最近睡得不好，总是在想很多事……"

东瑗和薛东姝都问她想什么，又道："失眠倘若严重，让太医开几服药吃。倘若拖下去，身子都垮了。"

"无碍的，最近几日想通了……"薛东蓉的目光落在东瑗身上，笑容清浅，"我在想九妹夫回门那日对的棋道：人定胜天是小势所得，顺应天意才是大势所趋。我从前也见过这样的句子，却一直嗤之以鼻。现在想来，偷窥天机会遭报应的。"

她说得语无伦次，薛东姝一头雾水，东瑗却仿佛听明白了什么。

倘若薛东蓉是重生再来，她自然是知晓后事，知晓旁人的命运的。假如她以此为手段获益，就是偷窥天机。

她，遭了什么报应吗？

东瑗抬眸望向薛东蓉，却见她正看着自己。东瑗正要开口，薛东蓉抢先一步道："九妹妹，你是个有福气的人，老天爷会保佑你的。"

东瑗心中一动。

她的未来，薛东蓉知道吗？

她现在被元昌帝逼得前路艰难，以后她的路会如何？她可不可以问问薛东蓉？

转念又想起刚刚薛东蓉说偷窥天机会遭报应，东瑗顿时打消了念头。

"多谢你五姐。咱们姐妹从未做过亏心事，将来都会有好前程的。"东瑗鼓励着她们，笑容里充满了乐观。

可薛东蓉和薛东姝的脸色一瞬间有些难看。

东瑗不是个傻的，薛东蓉和薛东姝的表情让她明白，她们各自都暗中做过亏心事。而自己的话说出口，她们还以为自己窥视了她们的往事，故意说给她们听的。

东瑗乐观的笑就变得有些勉强，不再说什么，垂首认真拭擦起首饰来。

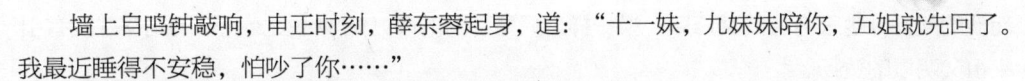

墙上自鸣钟敲响，申正时刻，薛东蓉起身，道："十一妹，九妹妹陪你，五姐就先回了。我最近睡得不安稳，怕吵了你……"

薛东姝道没事，亲自送薛东蓉出了桃慵馆。

薛东蓉带着自己的丫鬟银叶，两人沉默着，回了二夫人的和宁阁。

比起刚刚在桃慵馆，薛东蓉的脸色越发不好。

二夫人正在跟冯妈妈和松霞、明霞商议重新摆放屋子，给屋里添几件盆景，葱郁的盆景映衬，人的心情也好些。见薛东蓉回来，苍白着脸，二夫人紧张问她："蓉姐儿，你又是哪里不好了？"

自从上次九姑爷回门，薛东蓉情绪就变得莫名其妙。

"女儿没事。"薛东蓉虚软微笑，安慰二夫人，"昨夜又做了个噩梦，一宿未睡好。方才和九妹妹、十一妹妹说话，困得紧，瞧着就没什么精神。"

二夫人不相信。

薛东蓉自小就是清傲的性格，不愿意说的话，旁人再逼迫，她都不会多言。二夫人清楚，此刻问不出什么，就忙吩咐身边的松霞、明霞："服侍五小姐歇了。"

"等会儿还要去给祖母请安，我略微靠靠。"薛东蓉笑道，就上了二夫人坐的炕上，拉过大引枕枕着头，阖眼假寐。

天气虽然温暖，二夫人还是怕她冻着，叫松霞拿了件薄衾给她盖上。看着她眼底的阴影，二夫人柔软的手拂过她的面颊，心疼不已。

"娘……"阖着眼的薛东蓉突然轻声道。

二夫人忙应着，问她可有不舒服。

"娘，女儿在想，萧家五少爷会是个什么样的人？"薛东蓉缓缓睁开眼，望着二夫人。

二夫人听到这话，心底的痛被搅动，眼里有泪："总不会是个好人，否则哪有那么些古怪的事传出来！你铁了心跟祖母闹，赔着薛家的颜面替你结了这门亲事，如今怎么还问他是个怎样的人？你不知道他为人如何？"

说罢，眼泪就落下来。

二夫人心中既怨恨薛东蓉不懂事，又担心女儿的未来，百味交杂，她自己也说不清到底是何种情绪。

薛东蓉起身，递了帕子给她拭泪，柔声安慰着她："娘，您别伤心，是女儿不孝顺。"

二夫人趁机握住她的手，目带恳求道："蓉姐儿，你跟娘说句实在话，你到底是因为什么，非要闹着和萧家结亲。你是镇显侯府的嫡出小姐，嫁给那么个声名狼藉的庶子，你到底是为何？娘想着，心就揪起来的疼……"

因为什么？薛东蓉现在想起了，心亦是揪起来的疼。

前世记在心上的人，她怎么会忘得掉他的容貌？

那是前世薛东瑷回门的日子，祖父问了他几个问题，跟今生的盛修颐问题一模一样。

而他的回答，也跟今生的盛修颐一模一样。只是那时的薛九姑娘不受宠，他的回答并没有引来祖父明显的赞扬。

祖父和大伯虽然不像今生对待盛修颐那般隆重，却将原本绷着的脸松懈下来，对萧宣钦露出了笑意，还留了薛东璎夫妻在荣德阁吃饭。

自然也没有今生盛修颐回门时的大宴席款待。

倘若只有这些，薛东蓉亦不会觉得难受。

虽然盛修颐的五官容貌和萧宣钦不相似，可是他说话时的神采，走路时的风度，甚至身量，简直一模一样，从背后看着，就是萧宣钦。

和前世一样，薛东蓉站在九妹夫的身后，他的背影，就是记在薛东蓉心里的那个人，虽然他的五官和身份已经改变了样子。

隔了一世，九妹薛东璎的命运没有改变，她仍是嫁给那个疼爱她的男人。

而自己呢？

薛东蓉就想起前世那个对自己冷漠的皇上。

她进宫的第一天开始，他对她就仅仅是对薛家的回报般，没有半分温情。她的一生，都得不到夫君的疼爱与怜惜，皇上仅仅是履行着对薛老侯爷的承诺而恩宠她。

薛东蓉一生都过着清冷孤寂的日子。她不爱攀附受宠的妃子，亦看不上那些失宠的想拉拢她，一起翻身。她认命，清傲过着她应得的生活。那种日子，想起来就是噬心的痛。

所以今生，她为了避开进宫，拿自己的命做赌注，吃下那可怕的药。宁死不进宫，她再也不要承受那等孤寂的生活。

薛东蓉的性子是天生的孤傲，她放不下尊严去祈求君主的疼爱。皇上一个冷漠的眼神，一句冷淡的话，薛东蓉就不想再往他跟前凑。她做不到奴颜媚骨，做不到摇尾乞怜。

她不适合入宫的。

可是重生再来，她仍是个傲气的人。对于未来，从小关在深宅，而后关在深宫的薛东蓉，生活的能力并没有因为重生而增强多少。她从前不会的，此生仍然不会。

她依旧改不了性格里的傲气。

她以为嫁给萧宣钦，那个对她妹妹一心宠爱的男人，她就能获得她梦寐以求的生活和感情。

虽然盛修颐的五官不像萧宣钦，可是他的背影，像极了他。

又是同样的问题，同样的回答，同样的背影，薛东蓉相信，她努力去泄露天机争取幸福，最后得到的是一个茫然的未来。

她对未来有些杯弓蛇影。萧宣钦名声不好，他是个怎样的人，一开始自信满满的薛东蓉崩溃了，她很害怕重复曾经的生活。

可现在看来，她有五成的可能要重复曾经的生活。

萧宣钦是什么样的人，他会怎样对待他的妻子，他会不会像元昌帝那样，对她视如不见？

老天爷会怎样对待她这个逆天而行的人？会不会惩罚她？

毕竟她妄图逆天改命，给整个薛家带来了不必要的闲话，给她母亲带来了深深的痛苦。这些报应，是不是都要回报在她的婚姻上？

盛修颐回答薛老侯爷的问题，薛东蓉看着她熟悉得不能再熟悉的背影，听着他的声音，她的精神就崩溃了，忍不住眼泪簌簌：她什么都没有做，不过是想有个男人疼爱她，过上女人应该有的幸福生活，怎么就这样难？

她薛东蓉并没有做什么孽。

她扑在二夫人怀里，哭得越来越伤心。她自己一个人忍了这么久，此刻才释放自己的情绪。

"娘，我该怎么办？他到底是个什么样的人？"薛东蓉哭得哽咽。

二夫人却是又气又心疼，半晌不知道说什么。

敢情她什么都不知道，就这样胡闹，成了这门亲事啊？

二夫人很想骂她，可见她哭得伤心，又想起她们母女相依为命，这孩子自幼就没什么福气，终究不忍心责备出口，只是轻轻搂着她叹气。

第十三章　贵人进宫

酉初三刻，老夫人身边的宝巾陪着盛修颐过来桃慵馆寻东瑗，去锦禄阁用晚膳。

吃完了饭，东瑗和盛修颐从锦禄阁出来，在岔道口分手后，东瑗带着蔷薇去了桃慵馆，盛修颐跟着小厮去了外院。

刚刚踏进桃慵馆，在门口遇到了老夫人的丫鬟绿浮，东瑗便知道老夫人有东西送给薛东姝。

果然，她进了内室，就见薛东姝和她的丫鬟茜草在看一个紫金小匣子。

东瑗进来，薛东姝起身迎了她。

"祖母刚刚叫绿浮姐姐送给我的，说让我拿着玩。"薛东姝很感动的样子，脸上洋溢着甜甜的笑，说给东瑗听。

她倒也不怕东瑗嫉妒。

东瑗出阁的时候，八十八抬嫁妆，田产、铺子不说，满箱的绫罗绸缎，手都插不进去，珠宝首饰华丽而繁多，除了公中出的一千两，剩下的都是老夫人的私产。有了这些，东瑗若再嫉妒这一小盒子首饰，那她也太贪婪了。

薛东姝知道东瑗不是那种人，所以不在她面前遮掩。

东瑗笑容恬柔，道："瞧瞧有些什么。"她果然是神色都未变一下。

姐妹俩就把匣子打开。

只有一支凤钿，黑丝线骨架上装饰金点翠的托儿，做成凤面，通体缀满了各种宝石、珍珠、琥珀、玛瑙、绿松石，炫目华美，在烛光下熠熠生辉。

茜草在一旁低呼："真好看……"

的确好看，却不实用。薛东姝是要进宫的，她会戴宫中定制的品级首饰，不会戴这等普通命妇用的东西，拿去赏人又太贵重，而且只有一个。依着东瑷对老夫人的了解，倘若她真心想给薛东姝些东西，应该是些精致贵重的小首饰才对，让她进宫了好赏人。

薛东姝却感激不已。她脸上带着笑，眼睛却湿濡了，轻轻捧起那凤钿，在烛光中大放异彩，衬托得她掌心柔肤胜雪。

"真的很好看！"薛东姝感叹着，目光却瞟见了下面底部有厚厚一叠子纸。

她疑惑着，把凤钿搁在炕几上，拿起匣子，取出那些纸。

是厚厚一沓银票。

薛东姝惊愕望着东瑷。

东瑷会心一笑。这才像她祖母的做派。

"祖母给你的。看看有多少？"东瑷笑着，语气真诚，没有半分嫉妒的不悦，撺掇她数数。

薛东姝才放心，捏着厚厚一沓，觉得不会低于三十张。打开来瞧，都是一百两一张的银票，仔细数着，竟然足足五十张，就是五千两的银子。

祖母给了她五千两的私房钱。

东瑷伸头看了看，指着票号对薛东姝道："祖母好细心。这些银票都是万汇钱庄的。万汇钱庄的总号铺子在皇宫西南边，从西南侧门出去，半炷香的工夫就能走到，宫里的贵人们都喜欢把钱存在那里。"

老夫人给东瑷的银票是离盛家最近的那个钱庄，正好也是万汇钱庄，东瑷就叫人查了，得知万汇钱庄是京城里最大的老字号，他们的总店在皇宫附近。

还有传言说万汇钱庄的东家实则是禁宫的贵人。

哪位贵人，自然不敢胡说。

薛东姝听着东瑷的话，眼泪就禁不住。

她垂首抹泪，道："也太多了，家里还有那么多姐妹没有出阁。"

东瑷帮她把银票都收好，关了小匣子，笑道："祖母说她还有很多宝贝，不怕咱们搬尽。"又笑道，"你进宫了，受了委屈家里也不能为你做主，留些钱傍身，什么都便宜。祖母的一片心，你快收好。"

薛东姝眼泪落得更甚，一边点头，一边收好匣子，泪珠却似断了线的珠子，簌簌打湿了衣襟。

东瑷轻轻揽着她的肩头，替她拭泪，笑道："快别哭。明早就要进宫了，眼睛肿了可怎么好？"

"九姐姐！"薛东姝就靠在东瑷怀里，放声哭了起来。

她哭着，就口齿不清语无伦次说着什么。东瑷只听到她说了好几句十姐。

"她说她是个没用的人，不如去了，替我们剩下的姐妹谋个好前程。她说她去了，祖母就不会不管我们……九姐姐，十姐都猜对了，她都猜对了。她若是还活着，我现在是个什么东西？不管我活在哪里，我都忘不掉，是十姐用她的命让我得到了前程……"薛东姝哭得断断续续的，东瑷还是听清了她的这段话。

东瑷心中一怔，想起了那个单纯至极的薛东姝，她的眼泪再也忍不住。

原来薛东婉是这样想的。

她如果还活着，老夫人的确不会注意到五房的这些庶女们，她们的婚姻定是由五老爷薛子明做主。而五老爷万事都听五夫人的。五夫人可不会替庶女们打算，甚至会无端给她们下绊子，她们的前程堪忧。

可薛东婉投缳自缢了，老夫人不管是为了家族的体面还是心疼庶孙女们，都不会再让五夫人插手她们的事。

她一个人换了姐妹们的光明前程。

薛东婉一直那么善良、单纯。

东瑷想着薛东婉从前总是跟着她，哪怕她冷脸，薛东婉照样跟她亲近，东瑷的心就似万针齐扎般的疼。

薛东姝又哭得厉害，她也禁不住失声哭起来。

茜草和蔷薇见她们姐妹俩抱头痛哭，连忙上前劝。

而东瑷和薛东姝怎么都止不住，惹得茜草和蔷薇也跟着落泪。直到薛东姝的乳娘金妈妈进来说："九姑奶奶，十一小姐，快别伤心。明日十一小姐要进宫的……"

明日进宫，眼睛是不能肿的，否则不美，圣上不悦。

东瑷忍了泪，也劝薛东姝不要再哭了。

姐妹俩抹泪不哭，金妈妈吩咐小丫鬟拿凉水替她们敷眼睛。

两人一起哭过后，好似一瞬间亲近起来，薛东姝让东瑷跟她睡在一起，两人挨着头说话，直到子初才睡去。

辰正是进宫的吉时，她还要赶回盛家，送她的小姑子盛修琪。

卯初时刻，茜草进来喊她们起床，东瑷就洗了脸，梳头更衣，辞了薛东姝，去老夫人的荣德阁。

内院的门还没有开，盛修颐没来。

东瑷就把昨夜和薛东姝哭了一场的话告诉了老夫人，又道："十一妹看到那些银票，感动不已，当即就哭了出来。"

老夫人听了就唏嘘："你们姐妹几个，从小就没个真心的人疼……"

言语中是在抱怨五夫人对五房其他子嗣的刻薄。

东瑷没有接口。

老夫人就转移了话题："前日在长公主府，遇见的那个男子，是兴平王世子爷。兴平王荒淫无道，却最善察言观色，他们家不会走漏半点风声。"然后目带担忧看了眼东瑷，"你公公知道了皇上受伤之事，怕是能猜到，天和迟早也会知晓。瑷姐儿，你向来聪慧，自己斟酌，三思而行。"

东瑷道是。

吃了早饭，内院开了门，老夫人身边的宝巾送她出了垂花门，一辆青帏小油车守在那里。盛修颐和东瑷的大哥薛华靖立在一旁。

东瑷屈膝给他们行礼。

薛华靖拱手还礼，对盛修颐道："天和，管事送你到门口，我就不远送了。"

盛修颐知晓今日他很忙，跟他告辞，跟东瑷上了青帏小油车，蔷薇跟在一旁。

出了三重仪门，到了薛府大门口，换了折羽垂五彩流苏华盖马车，一路飞驰回了盛昌侯府。

坐在马车上，东瑷又想起了薛东姝。

薛东婉跟她说那番话的时候，她是不是想到了薛东婉要做什么？东瑷可以肯定，薛东姝没有去阻拦，她甚至心动了。薛东姝一己之力，无法对抗杨氏的压迫，倘若十姑娘没了，对薛东姝是个契机。

薛东姝当初的一念之差，十姑娘就真的死了。薛东姝现在怕是后悔了吧？倘若她没有悔意，她是不会再回桃憹馆的。

她回到桃憹馆，是不是希望薛东婉的魂魄可以寻她，让她有机会恕罪？

可是有什么用？那条命还是没了。

东瑷想着，就有些无力依靠着盛修颐。

盛修颐问她怎么了，她连说没事，一副不愿多谈的模样。

盛修颐只得搂着她，轻轻握住了她的手。

他们回到盛昌侯府时，盛昌侯府也刚刚开门，盛修琪进宫的一切都准备妥当了。

辰初，盛修颐背着盛修琪，出了盛昌侯的垂花门，又出了三重仪门，直到大门口，宫廷的八抬大轿早已备好。

一家子男女老幼都在大门口送行。

盛修琪的轿子抬起的那个瞬间，盛夫人用丝帕捂住口，失声痛哭。东瑷在一旁搀扶着盛夫人，见她哭，东瑷的眼泪就簌簌落下来。盛家的女眷无不掩面而泣。

盛修琪现在是正四品的婕妤，她至少要到正一品的贵妃，才能见外命妇。也许是五年，也许是十年，盛夫人都不能见到女儿，她的伤心可想而知。

东瑷这一整日都陪着她，说些话哄她开心。

傍晚盛修颐兄弟三人来给盛夫人请安，盛夫人的心情才算彻底好转。

快到晚膳的时候，盛夫人就让他们都各自回去吃饭。

日子平静过了几日。

盛修颐夜夜歇在静摄院，夫妻琴瑟和鸣，夜夜欢好。

直到五月初十，东瑗才想起什么。

她仔细回想着，仍觉得不对劲，既惊喜又不敢确定，让蔷薇去喊了罗妈妈来。

蔷薇也不知道何事，忙去把罗妈妈叫来。

东瑗问罗妈妈："我的小日子，可是每个月的初六或者初七？"

罗妈妈想了想，很肯定道："这一年多，奶奶的小日子总是初六，有时推迟到初七，就是这两日，从未差过。"

东瑗很注意保养，自从来了月信，她就在月信期间不沾生凉食物、不让自己碰冷水，所以小日子一直对得上，从来不差的。她知道子嗣对这个年代女人的重要性，更加知道月信准确怀子嗣就轻松些，她一直很用心。

"今日初十了……"东瑗对罗妈妈道。

罗妈妈从东瑗问小日子就隐约明白她想说什么，此刻不由惊喜不已，愉悦笑道："奶奶，您派个人告诉夫人，让夫人请个太医来瞧瞧吧。"

东瑗却没有罗妈妈的开心，她愣了愣，好似在思考什么。

蔷薇却想起东瑗让她打听盛家子嗣的事，她看着罗妈妈高兴，又见东瑗眸光深邃，似乎在想什么，她就低声道："奶奶，现在脉象不明，不如等等再说？倘若不是，夫人要怪咱们奶奶轻狂了。"

东瑗回神，笑道："妈妈，你不要说出去，连橘红和橘香也不要告诉，先等等再说。若过几天小日子来了，不是空欢喜一场？还叫人笑话。"

罗妈妈觉得东瑗说得有理，就笑道："奶奶思量得周全。"

"您千万别告诉橘香，她的嘴巴存不住话。"东瑗不放心又叮嘱一遍。

罗妈妈笑着保证不告诉任何人，等确定了再说。

东瑗笑了笑，让罗妈妈忙去。

等屋子里只剩下蔷薇和东瑗时，蔷薇低声跟东瑗道："奶奶，我先回去告诉老夫人吧，让老夫人给您请个太医瞧瞧。您再寻个借口回镇显侯府一趟。等您身上稳了，再告诉夫人和世子爷，如何？"

怀孕三个月身上才会稳。

东瑗瞬时明白了她的担忧。

自从上次打听盛家子嗣的事，东瑗和蔷薇都在怀疑盛家子嗣单薄的原因，是不是人为。倘若是人为，东瑗孩子不稳的时候，最容易遭人毒手。况且她们在明，那人在暗，防不胜防。

而东瑗需要子嗣在宗族立足。她若是进门就怀了身子，自然是个多子多福之人，婆婆如今有些喜欢她，倘若知晓她的喜讯，以后怕是更加满意她。她只要谨守妇道，婆婆对她满意，丈夫对她尊重，又有了孩子，她就成功在盛家站稳了脚。

在盛家站稳了脚，是她避免进宫的第一步。她必须万分小心保住她的孩子。

东瑷不由面容肃穆。她沉思良久，道："才推后了几日，先不急。再说，现在脉象也不显，万一看错了，老夫人也空欢喜，等个十来天再说吧。"

蔷薇应诺。

接下来的日子，东瑷一直惴惴不安。

盛修颐察觉到了她的异样。每次欢好时，她都会红着脸低声道："天和……我怕疼，你轻一点。"他稍微重了些，她立马就很惊慌的样子。

这是夜里的异样。盛修颐只当前几日太剧烈，她身子疼得不利落，又不好意思请太医，最近几日就只是拥着她入睡，没有碰她。

白天时，她时常一个人愣神。盛修颐跟她说话，她虽然全力应答，却难掩某个瞬间的失神，显得心事重重的。

盛修颐想到了父亲跟他说，文靖长公主的驸马爷大寿那日，薛东瑷手上的伤来得蹊跷，又说了元昌帝胳膊上被人用簪子刺伤，让太医不要声张。

那太医是盛昌侯的党羽，偷偷告诉了盛昌侯。

"……她在你屋里也这些日子了，你也尝了鲜，差不多就够了。只怕她和皇上早已暗度陈仓。为何起了争执我无从得知，可那个女人恃宠而无忌，连皇上都敢伤。倘若她不是皇上的女人，她凭什么那么大胆？你仔细想想，收收心吧。"这是前几日盛昌侯告诉盛修颐的话，盛修颐听到这话，什么都没有说，心里却是气的。

父亲只当东瑷是个玩物，也只当盛修颐对她的疼爱是男人对美人的好奇。

可是盛修颐知道，东瑷没有跟皇上做出有违伦常之事。

她说，她不想进宫，她想做盛家的媳妇。她那双美丽的眼睛望着盛修颐，噙泪说这番话时，盛修颐知道她不是惺惺作态。

她就是怕流言四起时，盛修颐不信任她。

现在，盛修颐信了。她若是想做元昌帝的女人，就不会拔簪伤元昌帝。

为了不让盛修颐受屈，她连诛九族的事都敢做，盛修颐还有什么资格去怀疑她？

可是她最近这样不安，是不是听了什么谣言？

五月十五这日，晚上夫妻俩放下床幔躺下后，盛修颐搂着她，低声道："阿瑷，你最近总走神。你在害怕什么吗？不是说要努力做盛家的媳妇吗？"

东瑷微愣，片刻后才明白他要说什么。

他说她在害怕。那么她刺伤皇上的事盛昌侯知晓了，还告诉了盛修颐。

东瑷不由身子微僵，她屏息等待盛修颐的下文。

盛修颐吻了吻她的额头，声音更加柔和："倘若你担心什么流言蜚语，大可不必，我知道你很努力做盛家的媳妇。我相信你，阿瑷！"

东瑷倏然觉得心际有道暖流涌了进来。她的眼睛毫无预兆地发涩。

"我相信你,阿瑷。只要你说,你还愿意做盛家的媳妇,我便相信你!"他声音更加温柔,唇瓣轻轻落在她的鼻端、她的脸颊、她的唇瓣。

东瑷抬起纤柔手臂,搂住了盛修颐的脖子,主动吻了他的唇。

虽然盛修颐对她的不安产生了误解,可是他的话让东瑷心里的另外一块大石头落了下来。盛昌侯果真跟盛修颐说了。

而他,选择了相信她,虽然她只说了只言片语。

次日醒来,东瑷跟蔷薇道:"你回趟镇显侯府吧。最好悄悄地见见祖母,别叫人知道。"

她原本应该初六、初七来的小日子,已经十六了还不见动静。东瑷从前没有怀孕过,却也知道这个年代怀了身子大约要两个月才能诊断出来。她不是想让老夫人帮她请太医,只是想问问老夫人。

东瑷很怕。

这是一个很好的开端。进门就有了身子,不管在什么样的家族,这都是福禄之兆,这是她的好运气。

在盛家子嗣单薄的情况下,她的婆婆会更加高兴。

可是推迟十天到底算不算正常?她还要等多久才能知道确切的消息?

这些她都不懂。

如果盛昌侯就是盛家子嗣的祸害者,她应该怎么避开。

这一切,她不能问盛修颐,不能求助于她的婆婆,她只能去听听老夫人的意见。

倘若第一次有了身孕,这个孩子没了,以后只怕想保住孩子就难。听说第一胎落了,会酿成习惯性滑胎。不管从哪方面而言,东瑷都必须保证安全。

蔷薇道是,早上吃过早饭,就寻个事由,悄悄打点溜回了薛府。

蔷薇清早出门后,东瑷去给盛夫人请安过后,东瑷回了静摄院,蔷薇也回来了。

东瑷让其他人都避出去,不要让人进来,才问蔷薇怎么样了。

"我从后门进去,径直去了老夫人的荣德阁,把您的事说给老夫人听。老夫人让您不要害怕,她晚些想想法子,让詹妈妈亲自来一趟,再和您说。"蔷薇低声道。

东瑷点点头,让她下去歇了。

吃了午饭,詹妈妈果然来了,还带着两个粗使的婆子,抬了一筐草莓来。

"南边安徽庄子上新熟的草莓,快马从淮南府运来的。"詹妈妈笑道,"才三筐。老夫人让送一筐给九姑奶奶和盛家夫人、奶奶、小姐、少爷们尝尝鲜。"

这个时空,没有大棚种植,淮南的草莓是出了名的早熟且美味多汁,一直受人追捧。现在才五月底,正常的情况下,草莓要六月初才成熟,快马运到京师,也要六月中下旬。

的确是稀罕物。

东瑷请詹妈妈坐了,让蔷薇拿了两块五钱银子赏抬筐的粗使婆子,自己又拿了一对赤金空心镯子赏詹妈妈。

詹妈妈推辞不要。

东瑷给得很诚心，再三坚持，她才收了。

"老夫人让奴婢告诉九姑奶奶，跟平日一样，莫要害怕。既然心中有顾忌，暂时什么都别说。老夫人还说，姑奶奶过门刚刚一个月，就算上身了，也诊断不真切，让九姑奶奶安心等着，再过二十来天，老夫人会寻个事由请您回去，再请大夫。"等屋里没人的时候，詹妈妈低声对东瑷道。东瑷听着，微微颔首。

詹妈妈又道："九姑奶奶往后服侍姑爷，也要小心……"

老夫人看得出东瑷的害怕还有一方面是房事上。

她真的怕自己不懂，行房时伤了孩子。

可是从旁人口中说出来，东瑷脸上顿时不自在。

她尴尬支吾了过去。

詹妈妈就笑起来。

东瑷没有留她，带着她去给盛夫人请了安。

又叫蔷薇寻了个青花瓷碟子，装了一碟子新鲜艳丽的草莓，给盛夫人送去。

盛夫人见詹妈妈来，又见蔷薇手里捧着的草莓，便知道是替薛老夫人给东瑷送新鲜的果子，忙笑着让人搬了锦杌来给詹妈妈坐。

詹妈妈给盛夫人行礼后，含着笑半坐在锦杌上。

"如今就有了草莓？"盛夫人笑着问。

詹妈妈恭敬回道："是淮南庄子上新熟的，送了来给夫人和九姑奶奶尝鲜。"

盛夫人听了，微微颔首，又问老夫人的身体，詹妈妈一一答了。

看着天色不早，盛夫人就道："吃了饭再回去吧。回去替我请老祖宗的安。"让东瑷留詹妈妈吃饭。

詹妈妈推辞，笑道："老夫人来前再三叮嘱，早去早回……"吃了饭再回去，就赶上宵禁了，只怕城里不能通行的。她是个仆妇，哪有资格在外人家留宿的？詹妈妈也知道盛夫人只是客气话。

东瑷在一旁帮腔："詹妈妈是我祖母身边的老人，她老人家一刻都离不得詹妈妈。"

盛夫人就笑，让香蕣打赏了詹妈妈一个荷包，里面装了几个八分的银锞子。

詹妈妈道谢收下，东瑷亲自送她到垂花门口，才折身回了静摄院。

回来后，东瑷把那筐草莓留了一青花碟子给盛修颐。另外的分别装了碟，叫丫鬟们用食盒盛着，给二爷房里送一份，三爷盛修沐、大少爷盛乐郝各送了一份。

又用小碟子，给盛乐芸和盛乐钰送了一份。

一筐草莓，还剩下一碟子。东瑷让蔷薇去洗了，喊罗妈妈和橘红、橘香都来尝尝。

东瑷送给盛夫人的草莓，盛夫人并未动，一并留着等盛昌侯回来，才叫丫鬟去洗了来吃。

"咱们家在淮南也有庄子吧？"盛夫人笑着问盛昌侯。

盛昌侯道:"有。明日我写信,让他们也送些来。"

盛夫人就笑:"侯爷,我不是这个意思。这是薛家淮南庄子上运来的,我随口问问罢了。"

盛昌侯道:"无妨的。"说罢,又有些生气,"现在淮南的田产是谁在打理?越发没规矩了,新鲜的果子也不知道提早送些来。"

说罢,让丫鬟去把外院的管事叫来问。

盛夫人忙拦着:"都入夜了,为了点果子值什么?算了,侯爷。"

盛昌侯只得作罢,不想让盛夫人觉得晦气。吃了些果子,盛昌侯就让丫鬟服侍他洗漱歇息:"明日早朝又要议西北的事……"对西北的事很头疼的样子。

盛夫人对政事不懂,也没有兴趣,见盛昌侯喊丫鬟进来服侍,就笑道:"您今日该去林二姨娘那里了……"

盛昌侯只有两位姨娘,是一对双胞胎姐妹。都是姓林,盛夫人就分别给她们排了林大姨娘、二姨娘。

盛昌侯每个月在两位姨娘那里各两天。

上个月到了两位姨娘的日子,盛夫人身子不太好,盛昌侯就留在元阳阁。

这个月再不去,该有怨怼了。

盛昌侯却好似没有听到,径直去了净房洗漱,歇在元阳阁不提。

次日下朝后,在外院吃了饭,晚上又歇在元阳阁。盛夫人又提醒他一次。盛昌侯只说:"这里地势高,夜风透气,歇着舒服些。"

而后几天,统统歇在盛夫人处,把两位姨娘的这个月各自两天都占了。

已经两个月不去两位姨娘处落脚,盛夫人有些奇怪。

盛昌侯对自己和家里的下人们要求都很严格。

他定了每个月在两位姨娘处各两夜,十几年从来不多一夜,也不少一夜。像这样自己违了自己的规矩,还是头一次,盛夫人不禁想到底出了何事,让盛昌侯反常起来。

康妈妈却进来,低声对盛夫人道:"昨夜世子爷歇在范姨娘处……"

盛夫人才想起,今日是五月二十,盛修颐房里的几位姨娘从十九号就开始排日子。

昨晚正好是范姨娘。

盛夫人笑了笑,没说什么。盛修颐一直不喜欢范姨娘,她进府快两年,盛修颐一开始还去,后来就不怎么登门了。

康妈妈的声音却更加低了:"……昨夜范姨娘房里要了两次水。"

盛夫人微讶,而后又失笑道:"从前不怎么喜欢范姨娘的,如今倒变了。"

康妈妈提醒盛夫人:"世子爷歇在大奶奶屋里,每晚都只要一次水的,而且最近几日都不曾要。只怕大奶奶的人也探听到了……"

丈夫在她房里只有一次,去了小妾房里却两次,任何女人听了都不会开心吧?

康妈妈是担心东瑗年轻承受不住，要拈酸吃醋吧？

盛夫人蹙了蹙眉："颐哥儿再喜欢范氏，也不好这样。阿瑗脸上和心里只怕都过不去的。"

康妈妈叹气："只怕是。大奶奶是新媳妇，再不快也要强忍着的。"

两人正说着，外头丫鬟说二奶奶葛氏请安来了。

葛氏一进门，见只有盛夫人，就笑道："大嫂今日倒比往常来得晚。"

盛夫人才注意到，东瑗的确比平常晚些。

正说着，丫鬟说大奶奶来了。毡帘撩起，东瑗脸上跟平常一样，带着温和的笑意，给盛夫人请安。

"大嫂今日来晚了。"二奶奶葛氏就抿唇笑。

东瑗的笑更深了些，对盛夫人道："娘，您瞧瞧二弟妹！来早了也说，来晚了也说，将来谁做她的媳妇，难为死了！"

说得盛夫人和满屋服侍的都笑。

二奶奶赔着笑，却掩饰不住脸上的尴尬与心底的气愤。东瑗那番话听在二奶奶耳里，明明是在笑话她没有儿子，还说她为人刻薄！

二奶奶虽笑着，脸色却不好看。

请了安，盛夫人怕东瑗回去一个人多想，就留了她打牌。

东瑗神色无虞，笑着说好，看不出她有什么不开心。

二奶奶葛氏被东瑗奚落了一顿，脸上一直不好，便要先回去了。

盛夫人也没有留她，让屋里的香蓐和康妈妈凑数，四个人摸牌。

摸了一上午牌，快到午饭的时候，盛夫人让大家歇了，笑道："阿瑗牌打得真差。"

东瑗就抿唇笑："我在家不怎么玩这个……"

正说着，就见一个穿着银红色杭绸玉簪花纹褙子的年轻美妇疾步走了进来。她不等丫鬟通禀，径直闯进了盛夫人的东次间，脸上挂着晶莹的泪珠，扑通给盛夫人跪下："夫人，您救救我，求夫人饶命，夫人饶命！"

是盛昌侯的大姨娘林氏。

盛夫人一头雾水。

林大姨娘跪在盛夫人脚边，一边哭一边给盛夫人磕头，求夫人饶命。不仅仅是盛夫人，就是东瑗和满屋子服侍的丫鬟、婆子都愣住了。

半晌，盛夫人回神，对康妈妈道："快扶了大姨娘起来。"又对林大姨娘道："有什么话好好说，这是怎么了？"

林大姨娘却避开了康妈妈等人，依旧跪在地上，哭诉道："夫人，侯爷要赶我走。夫人，我不想走，求夫人救命！"

包括东瑗在内的众人都大吃一惊。

东瑷嫁过来一个多月，侯爷的这两位姨娘虽年轻貌美，却很规矩，在盛夫人面前也乖巧温顺。好好的为何要赶她们走？

盛夫人却好似明白了什么。

她给东瑷和康妈妈使眼色。

东瑷和康妈妈预备领着众多服侍的丫鬟下去的时候，外间的小丫鬟慌张道："侯爷……侯爷回来了……"

小丫鬟话音未落，毡帘猛地一撩，穿着蟒袍玉带的盛昌侯阔步走了进来。

他扫视了一眼屋里的人，眼神狠戾阴霾。

东瑷等人都忙低了头，给他请安，顺势退出了东次间。

尚未走远，就听到了盛昌侯厉声对林大姨娘道："……你说你身子不爽，不和夫人说，直接让丫鬟去外院禀了我，已是僭越，我宽容你一次，让人给你请了太医来瞧。你不吃太医的药，打了药碗又要见我，我再给你换了太医。如今你还派人去外院寻我，难道我能治病不成？你大约是府里住得不痛快了。既如此，去庄子上住个一年半载，权当散心，我不是为了你好？可是你如此不知好歹，闹到夫人这里！"

说罢，他的声音凶狠残暴："当初进门的时候，本侯怎么交代你们姐妹的？"

林大姨娘吓得连哭声都敛了。

东瑷和康妈妈等人站在外间都不敢挪脚，生怕发出响动触怒了盛昌侯。

他言语间的汹涌怒意，恨不能手刃了林大姨娘。

估计林大姨娘已经吓软了。

"你不记得？好，本侯再告诉你一遍：敢胡乱来打搅夫人，唯有一死！"盛昌侯的声音里夹杂了冷漠。

随即，东瑷听到脚步声，而后，听到剑拔出鞘的冷峭声音。

东瑷和康妈妈一瞬间脸色都微白。

林大姨娘仿佛回神，厉声尖叫，抱着盛夫人的腿："夫人，我再也不敢了，我再也不敢。夫人救我，夫人救我。我去庄子里，我去庄子里，夫人救我，侯爷饶命，侯爷饶命……"

她的哭声带着绝望的凄厉。

"好了！"盛夫人大声吼道。

她好似从未这般大声说过话，嗓音发颤，盖过了林大姨娘的哭声。

"若不想有人打搅我，当初就不该娶进门来。"盛夫人的声音带着哽咽的颤抖，"我原是个不中用的人，平生被人欺负惯了。若真的为了我，就该记得早年对我说过的话。现在要撵她、杀她？平添这些冤孽做什么？"说着，她泪如雨下，早已泣不成声。

盛昌侯满含怒气的脸瞬间泄了气般，望着盛夫人用帕子捂住嘴哭，眼泪溢满了脸庞，他的神色就带了深深的愧疚。

东次间不见了盛昌侯暴怒的吼声，只有两个女人凄婉的哭声。

东瑗不敢再留,她放缓了脚步,静静走了出去。

带着蔷薇,主仆两人默默无声。蔷薇小心翼翼跟着东瑗。

两人回了静摄院,东瑗坐在炕沿上,罗妈妈等人进来服侍,吩咐丫鬟给东瑗端了茶。

"奶奶还没有用午饭呢。"蔷薇对罗妈妈道。

罗妈妈哎哟一声:"都这个点了,在夫人那里没有吃吗?"

蔷薇就沉默不语了。

"没有。"东瑗笑容清浅,"妈妈,您去厨房看看还有什么吃的没有。"

罗妈妈道:"都过了饭点快半个时辰,有的也是些残羹冷炙。奶奶,叫小厨房的崔妈妈给您做几样菜吧。"

东瑗道:"不用。"她不想开先例,用家里的小厨房。不管什么原因,这样打头,总会被人诟病。

她那个二弟妹没事还要寻她三分不是呢,要是有把柄,肯定要被她说上一阵子。

"我去做些桂花糕?"罗妈妈试探问道。

东瑗就笑笑:"行啊,我爱吃您做的桂花糕。"

她其实不怎么饿。昨夜盛修颐在她屋里待到很晚,直到东瑗催了他两遍,让他去范姨娘的屋子,他才起身去了。当晚摸着床的另一边冰凉,东瑗的心也不好受。

可是最难受的,还是清早蔷薇偷偷告诉她昨晚范姨娘房里要了两次水。东瑗深吸了好几口气,不停告诉自己不要露出异样。

盛修颐对她很温柔,不代表他对旁的女人冷漠。也许他就是个温柔的人,对所有的女人都一样,并不是单独对她薛东瑗如此。

感情上好不容易挨了过去,身子上却有了反应:她对食物没什么胃口。

怕自己真的有了身孕,不吃东西对胎儿不好,早上她硬撑着吃了两块水晶糕,又喝了半碗小米粥。结果去盛夫人那里请安,比平日晚了些,还被二奶奶葛氏当众点出来。

到了中午,她依旧感觉不到饿。

可是要吃饭。

她前世的奶奶告诉她,不管遇到什么事,一定要吃饭。吃得饱饱的,才有力气撑下去。

东瑗想着,眼睛就发涩。

那时觉得多么简单的一句话,如今想来,包含了多少生活的沉淀啊。

罗妈妈让橘红帮忙,去了小厨房做桂花糕。

很快,热腾腾的糕点端上来,东瑗就着温水,吃了两块就饱了。可想着吃得太少了,又硬撑着吃了半块。

就听到外间服侍的丫鬟给盛修颐请安的声音。

东瑗脸上带着清淡的笑容,下炕给盛修颐行礼。

今日的盛修颐穿着深蓝色杭绸直裰,头上戴了支白玉簪,脸颊的曲线坚毅又深邃,目光清澈。

他让东瑗免礼，就坐到炕上。

屋里服侍的丫鬟给盛修颐端了茶，就全部退了出去。

看到炕几上的糕点，盛修颐问东瑗："才吃了饭就用这些？"一副怕她积食的模样。

东瑗笑道："没吃饭……"

盛修颐目露不解："怎么不吃饭？"

东瑗就把在盛夫人的元阳阁发生的事告诉了盛修颐，又细细看他的神色，见并没有一瞬间就冷若冰霜，只是笑容消弭，她就大着胆子继续道："世子爷，您可要去看看娘？"

盛修颐沉吟片刻，才道："不用了，爹爹会留在那里的。晚些你去请安，我再跟你一块儿去。"

东瑗点头。

"叫小厨房给你做些吃的，不吃饭光吃糕点怎么成？"盛修颐道。

他要喊丫鬟进来吩咐。

东瑗忙拦了他，笑道："我已经饱了。罗妈妈做的这个糕点最好，小时候我就爱吃。那时家里我做不得主，祖母总是拦着不让多吃。如今好容易能做主了，我就多吃了几块。"

笑容里有些小孩子的促狭。

盛修颐不禁微笑。

"您可要尝尝？"东瑗问他。

不过是客气之句，盛修颐却道："好啊。"

东瑗正要起身喊丫鬟拿副筷子来，盛修颐已经举起了东瑗用过的筷子，把东瑗吃剩的那块挑下些，放在嘴里。

东瑗只好又坐回了炕上。

盛修颐慢慢品着，吃尽了才道："味道真不错。"

东瑗只是笑。

内室里就安静下来。

盛修颐问她："你下午做什么？"

东瑗每日都要睡一会儿，可他问这话，分明就是不走的，东瑗只好改口道："明日才能动针线，今日我准备练字。然后姨娘和孩子们要来请安，等他们请过安，我也要去给娘请安。"

盛修颐颔首，拉过立在板墙边的银红色缠枝牡丹纹弹墨大引枕靠着。他神色有些疲惫，道："你在这里练字吧，我歇会儿。"

昨晚太累了吗？

这个念头一起，东瑗恨不能抽自己两嘴巴，她居然想到了这个。

她收了心绪，问他："世子爷，您要不要去内室躺躺？"

盛修颐猛然睁开眼，直勾勾看着她。

东瑗吓一跳，又很不解，她哪里说错了什么不曾？

半晌，盛修颐撤开眸子，又淡淡阖眼，道："不用了，我在这里躺躺就好。"

东瑗只得起身，亲自替他拿了件薄衾，盖在他身上。

等盛修颐醒来时，已经是申初一刻，姨娘和孩子们都来给东瑗请安。看到盛修颐，大家都吃了一惊。

那个从前大胆又直爽的范姨娘脸一红，很小女儿姿态坐在最后面。寻常话问了一遍，东瑗就让他们都回去。

等姨娘和孩子们走后，屋里又只剩下东瑗和盛修颐，丫鬟给他们换了一遍茶。

喝了茶，差不多到了给盛夫人请安的时辰，东瑗就起身笑道："世子爷，咱们给娘请安去吧！"

盛修颐目光就深邃明亮地落在东瑗身上，似乎想把她看透般。

他两次这般看东瑗，让东瑗很惊讶，不知道自己到底哪里引出这般深沉的眼神来。

她心中尚未想清楚，盛修颐已道："走吧，给娘请安去。"

他们到了元阳阁门口，便被盛夫人的管事妈妈康妈妈拦住，低声对他们夫妻道："侯爷在里面，今日请安免了。"

东瑗道："妈妈替我们请安。"

康妈妈道是。

出了元阳阁，盛修颐问东瑗："你在的时候，爹和娘还说了什么？"

东瑗想了想，把在帘外听到的话告诉了盛修颐："……爹说姨娘们打搅了娘说死罪。娘说，倘若怕她受委屈，当初就应该记住对她说过的话……"

她其实很想知道，当初盛昌侯是不是跟盛夫人承诺过不纳妾，才特意把她听到的这话告诉盛修颐。

果然，盛修颐顿了顿，回头看了眼跟着他们的蔷薇。

蔷薇很识趣地落后几步。

盛修颐才问东瑗道："娘还说了什么？"

东瑗摇头："大姨娘抱着娘的腿哭，娘也哭得厉害……世子爷，当年爹是不是跟娘说过不纳妾？"

盛修颐猛然又看了她一眼，那眼神不复刚刚的深邃，此刻有些寒。

他道："回去吧。"然后快步往前走，走到岔路口的时候，去了外院，都没有跟东瑗打声招呼。

他方才明明想说些内情给东瑗听的，此刻却……

东瑗仔细回想自己的话，到底哪一句说错了。倘若是不该问盛昌侯和盛夫人的往事，那么方才在静摄院的两次又是为什么？

望着他的背影渐渐消失在亭台楼阁之间，东瑗半晌没有挪脚。

蔷薇上前，低声喊奶奶，她才回神，轻轻叹了口气。

折腾了一天，晚上回到静摄院，东瑷看着香喷喷的粳米饭，居然一口气吃了两碗。吃饱了就犯困，盛修颐从昨晚开始到这个月的三十日之前，都歇在三位姨娘处，她不需要等他，早早睡了。

次日寅正时刻，东瑷醒了，喊值夜的蔷薇服侍她穿衣梳洗。

蔷薇一边替她梳头，一边低声道："奶奶……"

东瑷听着她这语气，就知道她要说什么，顿时头皮发麻，笑道："倘若是范姨娘房里的事，你不必说给我听。以后哪位姨娘房里的事，我都不想知晓。"然后对着镜子吐了吐舌头，"你昨儿告诉我那些话，我一整日不自在。"

知道了不开心，还要强装着没事，还不如不知道。

姨娘房里的事，东瑷能知道得一清二楚，反推东瑷房里的事，盛夫人定是知道得一清二楚。

太可怕了。

虽说这个年代行房是以子嗣为任，可是一晚上几次都要被别人知晓得清清楚楚，真恐怖。从前东瑷不觉得，因为没有人告诉她旁人的事，现在……

她估计以后在盛夫人那里都有阴影了。

蔷薇好似被东瑷最后调皮的动作感染，不由也笑起来。

吃了早饭，去给盛夫人请安。

盛夫人眼睛还是有些肿，见东瑷来，就勉强撑起笑容同东瑷说话。可见她昨日哭得厉害。

"娘，您没事吧？"东瑷拉着她的手问道，"您身子原本就弱，如今瞧着脸色不太好……"

盛夫人叹了口气，收起了伪装，真诚跟东瑷道："林氏太不懂事，昨日闹成那样，叫你瞧见了，娘一整夜不安。"

东瑷笑了笑："娘，咱们一家人，媳妇不会到处去说的。"

盛夫人也笑："娘知道……"

然后喊了康妈妈和屋里服侍的香蕊："你们去外面候着，二奶奶和少爷小姐们来请安，都拦着吧，我和阿瑷说说话儿。"

康妈妈和香蕊道是，把屋里服侍的大小丫鬟都领了下去。

见屋里没人了，盛夫人才对东瑷道："林大姨娘还是被侯爷送到庄子上去了。何苦来着，她们进府整整十年了，阿瑷，无一儿半女防身，说送走就送走。我不喜欢她们，你房里也有那么些人，自然明白娘。咱们女人不说虚假话，两个林氏好不好另说，半途娶进来的，我心里就是不喜欢。可看着林大姨娘这样的下场，我心里也烦得很。"一副想跟东瑷倾诉的模样。

听公公和婆婆的往事……东瑷宁愿从盛修颐口中听到。

婆婆亲自告诉她，她倏然压力好大。可又不能表露半分。

东瑷安慰盛夫人："娘，昨日爹爹的话，我和康妈妈在外间也听了几句。林大姨娘不安分，在爹爹面前弄鬼,送到庄子里住些日子,让她反省反省也好,您不须不忍,又不是您害了她。"

盛夫人叹气:"我何尝不知?"顿了顿,又道,"当年你爹爹是答应过我不纳妾的。后来我也劝过他几回,替他选了几个容貌出众、品行端方的,他都不要。十年前他出任陕西按察使,就带了这对双生姐妹回来……"

说着,盛夫人神色暗了暗,后面的话她不好说出来。

东瑗却是明白的。

十年前,盛夫人也三十六七岁了,人老色衰,再也不能像娇妻一样给盛昌侯带来快乐。原本信誓旦旦说不纳妾,最后还是带回来两个十四五岁的美艳双生子。

那段日子,盛夫人很难挨吧?

东瑗一下子想到了自己。年轻夫妻恩爱自不必说,可是等到女人三十来岁,男人却正是鼎盛的四十年华,外界又不停地有美妾送上门,他如何去抵制?

她到了三十多岁,盛修颐就快五十了吧?

东瑗的父亲四十多岁,他的上司照样送美妾给他。

在没有法律保障婚姻专一的情况下,守住自己的心,才能守住这个年代的主流婚姻。

东瑗笑了笑,拉着盛夫人的手,沉默听她说。

盛夫人吸了口气,才道:"侯爷跟我说,林氏姐妹是镇西王送给他的,他不能推辞。他说,他不会让她们姐妹有孩子的……"

盛昌侯如果不喜欢,推辞的方法有很多种,特别是回到盛京以后,办法就更加多了。

他的逼不得已,是多么掩耳盗铃啊。他还是想要这对双生姐妹的。

不让她们有孩子,就算是对盛夫人那个承诺的一种补偿?

这种补偿,只是盛昌侯想要的,而不是盛夫人想要的吧?

还好,盛夫人告诉东瑗的,只是这些东瑗迟早会知道的话,没有什么隐晦的秘密,东瑗就松了口气。

她不是一个很喜欢知道旁人秘密的人。帮人保密也是件辛苦事。

"阿瑗,你看,当时我就心软了。"盛夫人笑了笑,"现在想来,我不容易,她们又容易么?不管如何,我总有几个孩子傍身,而她们却什么都没有,只能战战兢兢活在盛家。"

东瑗只是含笑听着。

林氏两位姨娘没有子嗣,是盛昌侯做的。

其他人呢,二爷盛修海房里没有子嗣,又是谁?

"人老了,从前的事就看得不那么重。"盛夫人道,"昨日林大姨娘一哭,惹我想了很多往事,跟着她哭了一场。"

东瑗就插科打诨:"您哪里老?还是那么精神。"

盛夫人就笑起来。

婆媳两个在东次间说了半晌的话。盛夫人心里难受得很,跟东瑗说说,也就减轻了不少。

东瑷觉得缘分很奇怪。人人都说婆媳关系很难，可她和盛夫人，好似短暂相处就亲密起来。

至少方才那番话，盛夫人是真心告诉她的。

说着说着，话题就从两位姨娘身上，转到了东瑷屋里丫鬟的身上。

"你的两个陪嫁丫鬟给了颐哥儿使，过几日娘这里添几个丫鬟，到时买四个小丫鬟给你使。"盛夫人笑道，"你从二等丫鬟里提两个一等的，再从粗使丫鬟里提两个二等的。新买的丫鬟就做粗使的。"

东瑷道是。

婆媳俩说了大半个上午的话，盛夫人有些累了，东瑷才回了静摄院。

可是她总是在想，盛昌侯当年说不纳妾的缘由是什么。

瞧着盛昌侯的性子，应该不是那种会跟盛夫人你侬我侬的人。他说不纳妾，应该是发生了什么事吧？

"你去打听打听，侯爷以前有过姨娘没有……"东瑷对蔷薇道。

蔷薇转身去了。

她逛了大约一个时辰才回来，对东瑷道："奶奶，打听不出来。盛家现在的下人都是来到京都时买的。从前在徽州老家的下人，除了夫人身边的康妈妈，其余的都没有带来。"

东瑷顿了顿，诧异问："一个都没有？"

盛修颐说他八岁到京城来的，他说他们家在徽州也是富户，那么自然有几个使唤习惯了的丫鬟、婆子。除了盛夫人的陪嫁康妈妈，其他都不带上来。

盛家应该在徽州发生了些什么。应该是些不想让外人知道的事。

东瑷没敢再问了。

日子又过去了一日。

第二天自鸣钟响起，主仆纷纷起床。

东瑷吃了早饭，去给盛夫人请安，发现盛昌侯也在。

他今日居然没有去上朝。

见东瑷吃惊，盛夫人就笑道："侯爷今日不太舒服。"

东瑷就知道，朝中发生了大事，盛昌侯也称病不朝了。

她忙低声问："请太医了么？爹爹现在好些了吗？"

盛昌侯脸色不太好，不见了以往在人前的温和，声音严厉对东瑷道："我无妨。你坐下，我有话问你。"

东瑷吓一跳，心猛地提起来。

"世子爷在外书房一连歇了两夜，你可知晓？"盛昌侯声音更加严厉了。

东瑷惊愕，抬眸去看盛昌侯。见他神色如覆严霜，忙道："媳妇不知……前日夜里是范姨娘屋里的日子，昨日夜里是陶姨娘，媳妇以为……"

"混账！"盛昌侯一掌击在炕几上，震得茶盏乱响，"你是世子爷明媒正娶的妻子，是咱们盛家的长媳，将来偌大的后宅是要交到你手里的！子嗣繁茂何等重要？世子爷不肯歇在姨娘处，你应该劝着，你却居然装作不知情？哪有大房长媳的度量与品德！"

东瑗活了两世，第一次被人这样声色俱厉地骂着，她的脸刷的通红。

她忙起身，给盛昌侯跪下，声音沉稳道："爹爹，是儿媳妇的疏忽！以后定会劝着世子爷，以子嗣大任为重！"

她没有慌乱，没有再狡辩，态度端正给盛昌侯认错。

盛昌侯不分青红皂白劈头盖脸骂她，是他做公公的权力。这个年代，是君权、父权的年代，父亲是一家之主，打骂甚至打杀盛修颐那个做儿子的，都是在他的一念之间的权力，何况东瑗这个依附着盛修颐的儿媳妇？

东瑗没有资格去反驳他。哪怕公公说得不对，她都必须认下。

只是心里发涩，疼得紧。

一大清早承受这样的委屈。

盛夫人见盛昌侯发火，她也不敢多言。而后见东瑗跪下认错，她才敢出声："侯爷，原是妾身的不是。阿瑗新进门，有些规矩不知晓，我也忘了提点她。前夜颐哥儿歇在外书房，我就应该告诉阿瑗去劝着。我思量是不喜欢范姨娘才去外书房的，就忍着没说。哪里想到……"

盛昌侯看了盛夫人一眼，示意她不准再多说。盛夫人的声音就戛然而止。

"薛氏，你过门也一个多月，该有的规矩都要立起来。上事宗庙，下继后世，是你身为宗族长媳的重任。丈夫跟前恭顺体贴，妾室跟前公正威严，方是你应行之道。"盛昌侯声音敛了些许严厉，告诫东瑗道。

是叫她不能违逆丈夫，不能跟妾室争风吃醋吗？

东瑗直着后背，给盛昌侯磕头："儿媳妇谨记爹爹教诲。"

盛昌侯见她这样，顿了顿，才道："起身吧。"

屋里服侍盛夫人的康妈妈就忙扶起东瑗。

"先回去歇了吧。"盛夫人柔声道。

东瑗道是，又给盛夫人和盛昌侯行了礼，才退了出去。

刚刚步出元阳阁，忍着在眼眶里打转的泪珠就禁不住纷纷滑落。上次回去，祖母告诉她盛家和薛家的政治关系，她就应该想到迟早有一日要在盛家受委屈。虽然有过心理准备，可是没有想到来得这么快，这么突然。

一大清早被盛昌侯这样骂。

滚落下来的泪珠，东瑗忙掏了帕子拭去，眼眶却是红的。

尚未走过元阳阁东边的抄手游廊，就听到抄手游廊尽头有脚步声。东瑗抬眸望去，穿着天蓝色茧绸直裰的盛修沐和天青色奈良绸直裰的盛修颐兄弟二人并肩走来。

东瑷眼中的泪尚未敛去，她忙垂首，给盛修颐和盛修沐行礼。

盛修沐给她还礼，喊了声大嫂。

东瑷应了。

盛修颐声音似一潭不见起伏的碧水，问她："给娘请安了？"眼睛却看着她。虽然瞧不见她脸上的表情，方才却把她眼泪婆娑的模样看得一清二楚，心猛然沉了沉。

东瑷低声道是。

彼此行礼后，错身而过。

待东瑷主仆走远，盛修沐低声对盛修颐道："方才大嫂哭着呢……"

盛修颐扭头看了他，目光特别阴寒。

盛修沐闭了嘴，不敢再说什么。两人进了盛夫人的元阳阁。

康妈妈正在门口拦着，让前来请安的二奶奶葛氏先回去，看到盛修颐兄弟，就默不作声。

二奶奶葛氏见盛修颐和盛修沐，喊了大伯和三叔，分别给他们行礼。

盛修颐和盛修沐兄弟还了礼，进了内室。

二奶奶就有些恨意看着康妈妈。

而康妈妈一脸温和的笑，只当瞧不见，送二奶奶出去。

"爹爹不是身子不好，怎么大伯和三叔能去尽孝，不让我进去？"二奶奶犹不甘心。

康妈妈笑道："侯爷身子不好，才叫世子爷和三爷过来服侍的，哪里敢劳烦二奶奶？倘若二爷能下床，也要过来的……"

二奶奶就气得脸色微变，转身走了。

盛修颐和盛修沐兄弟进了元阳阁，见盛昌侯一脸的霜色，而盛夫人不停给盛修颐使眼色，两人隐约明白了什么。

兄弟二人给盛昌侯请安，盛昌侯半晌不答。

盛夫人看着盛昌侯的神色，须臾才敢道："你们都坐吧。"

盛昌侯没有反对。盛修颐和盛修沐才敢坐下。

"我今早称病不朝，是皇上的意思。"好半晌，盛昌侯平复了自己的情绪，对盛修颐和盛修沐兄弟道，"应该说，是薛老侯爷的意思。西北的兵权都在萧宣孝手里。可萧宣孝这些年在西北称王称霸，早夺了陕西、甘肃两位刺史的实权。这次派往西北的按察使，主要能拿住萧宣孝。"

然后补充道："不仅仅要拿着萧宣孝，还要师出有名。我和薛老侯爷都想让天和去。"

萧宣孝是萧太傅的长子，早年就跟着萧太傅东征西讨，是本朝赫赫有名的猛将。只是为人倨傲，生性残暴，统领着西北的兵权，无人敢得罪他。

听着盛昌侯的话，屋里的人都吃了一惊。

盛夫人吃惊的是，盛昌侯居然不提盛修颐宿在外书房的事，而直接开始说政事了。倘若是从前，盛昌侯定然要骂儿子一顿的。

三爷盛修沐吃惊的是：这么重要的事，父亲放着那么多忠心耿耿、能力出众的门生不用，让从未经历过大事的大哥去办。

三爷自然知晓巡察西北二省，夺了萧太傅儿子的兵权，是诛杀萧太傅最关键、也是最艰难的一步。倘若没有办好，盛家、薛家甚至皇上都要栽在萧太傅手里。

他难以置信父亲居然把这么重要的事交给大哥。

世子爷盛修颐也吃惊这个。

可是他更加吃惊的是，父亲叫他"天和"。

他的字，从小到大父亲从未喊过，只是薛老侯爷和薛家的人这样叫他。

屋子里微微静了静，没人接盛昌侯的话。

盛昌侯把两个儿子的表情收在眼底，转头对盛修颐道："薛老侯爷极力举荐你，皇上也同意。天和，爹爹从前不给你机会，因为好钢要用在刀刃上！"

盛修颐就突然眼睛有些涩。

如何扳倒萧太傅，盛家也谋划已久，盛修颐自然知道出任西北按察使的重要性。

他没有想到，一下子就给了他这么重要的任务。盛昌侯犹可，命运和盛家连在一起的镇显侯居然也举荐他，盛修颐吃惊不小，亦感激不已。

"孩儿不会让爹爹失望！"盛修颐没有推辞和担忧，他声音里充满了自信，抬眸说话的样子神采飞扬，仿佛蒙尘的美玉洗尽了尘埃般。

盛昌侯微微愣了愣，才露出一丝笑意。

盛夫人又在一旁吃惊，盛昌侯居然笑了。

刚刚还暴怒，此刻却笑了。

盛夫人在心底舒了口气。

男人们说政事，她一句也不敢插嘴，坐在一旁静静听着。

"秦侍郎是薛老侯爷的门生，他心思缜密，刚正不阿，薛老侯爷昨日已经当朝举荐了他，萧太傅不同意，还问我的意思。我说不舒服，没有表态。今日早朝又要议此事，我和薛老侯爷都称病不往，晾了晾萧太傅。

"明日上朝再议，薛老侯爷自然还是要力推秦侍郎，萧太傅肯定还是不会同意。

"皇上一定要再问我的意思，我就把你推出去，这是我和薛老侯爷想的法子。

"一来你原本就没有因贵妃娘娘而高官厚禄。现在贵妃娘娘又有了身孕，自然到了为你加官晋爵的时候，萧太傅只当我是寻个借口为你谋个体面。

"二来你向来隐忍，萧家只当你无德无能，放心去前往西北。天和，这是你的机会。我和薛老侯爷就把此任交付于你了。"盛昌侯语重心长道。

盛修颐起身，恭恭敬敬给盛昌侯作揖："孩儿绝不辱命！"

盛昌侯父子三人说了半天的话，吃了早饭才各自散去。

巡察西北的计划只有盛家和薛家知晓，盛昌侯不准备找幕僚商议，才把盛修颐兄弟二

人叫到盛夫人的元阳阁，说这件事。

等盛修颐兄弟走后，盛昌侯心情好了不少。

盛夫人却担心起来。

她又不敢问，因为盛昌侯最不喜女人问政事。

盛昌侯却察觉到了盛夫人神色不安，便知她心中想什么，道："你放心，颐哥儿平日里寡言少语，心中明白着呢。他又是一身武艺，自保不成问题。你勿用担心他的西北之行。"

盛夫人叹了口气，道："做父母的，哪有不担心的理儿？"

盛昌侯捧起茶盏，不再答话。

盛夫人又叹了口气。

见盛昌侯神色还好，是难得的好心情，盛夫人就大着胆子道："……新媳妇才过门，侯爷也太严厉了些。阿瑷委屈得跟什么似的。"

盛昌侯捧着茶盏的手微微顿了顿。

他很想说："倘若你这个做主母的不心慈手软，不用小家子的规矩管束现在的侯爷府，我又何必事事操心？我若是把侯府全部交给你，如今只怕被京都的望族笑话咱们顶着侯府的名声，行着乡绅家的规矩，过着暴发户一样的日子。"

可看着盛夫人眼角的慈悲，终究什么话也没有说。

这个女人善良了一辈子，也和顺了一辈子，何必硬让她改了？她原本就是徽州乡绅人家出身，虽然这些年在京都学了些侯门夫人的做派，却依旧保持着她的温良，改不了。

若硬要她把性情都改了。改得面目全非，有什么好？

现在他能管束得了，就管束几年。等将来他不行了，寻个能干的长媳，把内宅撑起来。

想着，盛昌侯的心思就转到了薛东瑷身上。

他大骂薛氏的时候，薛氏没有哭，没有发颤。她跪着给盛昌侯磕头，回答的声音很沉稳，亦很谦虚，让盛昌侯很吃惊。

这一点，盛昌侯很满意，薛氏像大家族里出来的女子。父权在家里，同君权在朝堂一般，不容任何质疑。

东瑷带着蔷薇回到静摄院后，忙叫丫鬟打了水来净面，重新涂了些脂粉，让自己看上去精神些。

蔷薇战战兢兢立在一旁，什么话都不敢轻易说。她看到东瑷从元阳阁出来的瞬间，眼泪似断了线的珠子般簌簌落下来。

尚未抹干净泪，就遇到了世子爷和三爷。

现在又装作什么都没有发生，净面抹粉地遮掩。

在元阳阁，东瑷一定是遇到了伤心的事。

她正犹豫着要不要安慰东瑷几句，就听到东瑷问她："蔷薇，前日你告诉我范姨娘的事，我很不自在。昨日你早上想说，我拦住了。你是不是想告诉我，世子爷歇在外书房？"

蔷薇忙点头，恍然大悟道："是啊。奶奶，侯爷和夫人因这事怪您了吗？"

东瑷苦笑："昨晚世子爷又去了外书房，侯爷生气了。"

这个消息蔷薇早上就知晓了。

可是昨日东瑷不让她说，今日她就自觉没敢说。

所以她一点也不惊讶。

东瑷独自喝了杯茶，平复了情绪，依旧叫罗妈妈、橘红和橘香来帮着裁衣，做盛修颐的夏季中衣。

做了大约半个时辰，外间服侍的丫鬟突然道："世子爷回来了……"

猩红色的毡帘一撩，盛修颐举步走了进来。他依旧穿着那件天青色奈良绸直裰，表情不见波纹。

东瑷忙吩咐罗妈妈等人把东西收起来。

"这里乱糟糟的……"东瑷笑道，"世子爷，您到内室里坐坐。"

盛修颐知道是帮他做中衣，东瑷告诉过他的，便没有多问，举步去了内室。

东瑷转身吩咐丫鬟端茶，自己也进来了。

丫鬟上了茶，罗妈妈等人也收拾好了，纷纷从东次间避到了外间。

盛修颐呷了半口清冽的茶，沉默了片刻，好似在思量怎么开口。

东瑷亦端起茶啜了两口。

"……爹爹行伍出身，说话行事做派硬朗些。倘若说了什么，你别往心里去。"盛修颐半晌才道。

果然是因为看到她哭，回来安慰她的。

东瑷忙笑道："世子爷说的是，我多心了。"然后把盛昌侯告诉她的话，说给盛修颐听，又道，"姨娘们不好，您担待些。倘若十分不好，回静摄院也是一样的。"

盛修颐微微一静，半晌，他捧着的茶盏，重重搁在炕几上。

这个反应……

东瑷的心一下子就灰了。

不会这样倒霉吧？早上被盛昌侯骂，现在又要被盛修颐骂？

"阿瑷，自从你进盛家门，自从你说愿意做盛家的媳妇，我何曾对你多疑么？"盛修颐的声音冷冽，"你到底在气什么？倘若是因为我宿在姨娘那里。我已经去了外书房，你还气什么？"

她哪里生气了？

"世子爷，我没有气什么。"东瑷道。她前几日因为担心房事伤了孩子，虽然时刻提醒他小心，却也是尽力完成妻子的义务。

怎么他还是觉得她在生气？

自己不正和颜悦色跟他说话吗？

若说有什么不正常，就是前几日行房的时候她畏手畏脚，还不告诉他原因。

东瑷也想把可能怀孕的事告诉盛修颐。

可是没有确切的消息，她也不敢保证。她这段日子时常跟罗妈妈打听月信的事，听说行过房的女人推迟十天、二十天也是有的。倘若她告诉了盛修颐，而后又只是月信推迟，不是怀孕，会很尴尬的。

一来让人空欢喜；二来显得她多么急切想怀孕，好似要邀功一样！

她谨慎惯了，没有确切的消息，是不可能开口去说的。

东瑷还想解释，盛修颐已道："往常没人在跟前，你可是叫我世子爷？"

东瑷心中似什么滑下来，重重击了下，她什么话都再也说不出来。

原来是有些情绪的抵触，没有藏好。

"你是叫我天和。"盛修颐声音里透出清冷，站起身来，走到她面前，"阿瑷，你还是个孩子，掩藏不住心底的念头。既然你不高兴，亦做不来这些虚假的贤良，就告诉我！"

东瑷抬眸去看他，发觉他似墨色玛瑙般深邃的眸子里涟漪阵阵，倒映着她苍白的一张脸。

被他说到这个份上，狡辩是多么无力。

她只得低了头，声音虚弱道："我做得不好，天和。我会努力的……"

不知道为什么，盛修颐这番话，比盛昌侯骂她还令她想哭，眼睛里就溢满了水光。

感觉眼前的光线一黯，盛修颐扶住她坐的太师椅的椅托，把她圈在小小的椅子中，俯身压过来。他的头快要抵住了东瑷的头，东瑷能闻到他身上的清香。

"阿瑷……"他唤着东瑷的名字，声音低沉充满了诱惑，"抬起头来……"

东瑷依言，抬起脸来。

他的唇就毫无预兆凑上去，撷取着她的唇瓣。

被盛修颐圈箍在方寸之间，他的身子斜倚，将东瑷压在太师椅上。椅背垫着墨绿色弹墨椅袱，东瑷感觉不到硌人，身子却好似踩在云端般地飘忽起来，心田阵阵涟漪，怎么都静不下来。

唯一能感觉到的，是盛修颐灼热的唇瓣。

她好似行走在雾烟缭绕的丛林，完全辨不了方向，只能随着盛修颐而前行。

直到身子凌空，他抱起她往拔步床上去。被轻轻放在柔软的锦被上，东瑷才猛然醒了般，侧身往旁边滚去。

反而被欺身而来的他逼到了床的内侧。

她抵住盛修颐，低声道："一屋子人……传出去，又有闲话了。"

盛修颐想起父亲今早在屋里，她出来的瞬间禁不住落泪，就明白了她的担忧。在他们家，规矩比什么都重要。

盛修颐放开了她，轻轻躺在一侧的大枕上。

东瑷舒了口气，半坐着整了整鬓角。

盛修颐却并不打算下床，他阖着眼，低声对东瑗说："咱们躺着说说话儿吧。"

东瑗道好，也不顾衣衫弄皱，轻轻躺下来，和他枕着一个枕头。

"我要去西北了。"盛修颐对东瑗道，"可能过十天半月便要启程。"然后把去西北做什么讲给东瑗听。

清代的学者说，山西居天下之势。遏制了山西，就能经略东方，经略华夏。

东瑗知道西北兵权的重要性。那么把守西北的人，应该是个很厉害的角色。

又是萧太傅的嫡亲儿子。

萧太傅想要把持朝政，自然在兵权上做足了功夫。此次西行，只怕是凶多吉少。

盛昌侯却把这个重任交给了盛修颐。

倘若他不能成功，以后也别指望什么建功立业，扬名天下，安心做个依赖家族生存的平庸之辈吧。

倘若能成功，便可以震慑朝臣。他曾经的功名，他以后的富贵，都不会有人再质疑。

要想堵住悠悠之口，需啃下一块硬骨头。

盛昌侯一直在给盛修颐寻一个这样的机会，让他光明正大走上仕途吧？

而且，他也是相信盛修颐的能力的吗？

"阿瑗，爹爹说，祖父举荐了我。"盛修颐侧过身子，对着东瑗，轻声说道。

东瑗微微顿了顿，笑道："我的祖父有伯乐慧眼的……"

盛修颐听着这话，微微笑起来，很开心的样子。

他手指就轻轻滑过了她的脸颊，猛然扑向了她，将她压在身下，脸上却带着笑容。

仔细想来，第一夜见到的盛修颐，有些清冷；人前的盛修颐，鲜少露出笑容。他总是似一潭幽碧无波的深水，只有在东瑗面前，只有上次跟着东瑗回镇显侯府，他才露出或自信满满或开怀温和的笑。

在元昌帝搅入他们婚姻，在两家如履薄冰的姻亲关系下，在两人年纪相差如此之大的情况下，盛修颐能这样对她，东瑗倏然觉得她忽视了什么。

盛修颐对她很温和，她以为是种幸运。可反思前后种种因果，她应该觉得感激。

她选择性地忽视了盛修颐对她的这种好，是需要多么大的勇气。

他给她的不仅仅是儿女情长，而是一种稳定和信任。

她被盛修颐压得有些喘不过气，这次就没有惊叫着推他，只是低声道："天和，我的小日子……这个月没有来。你……你轻点……"羽睫轻扇，她的眼眸有些湿。

盛修颐却愣了下，而后慌乱从她身上下来，忙把她抱在怀里，紧张问她："可压疼了么？"

东瑗摇头，忍不住笑："没有，没有！天和，听罗妈妈说，小日子推迟十几天，或是有了身子，或不是的。所以我担心你弄伤了我，又不好直言。怕倘若不是，你失望，还以为我太心急。我应该早些说给你听。"

盛修颐舒了口气，笑意里充满了温和："不疼就好。"然后声音低了下去，"你该早些告诉我。你和我，难道还怕我笑话你不成？"

东瑗心底快速滑过些许不忍，很想坦言说给他听。可冲动的动力不足，瞬间就消弭了。她终究还是把心里的话压下，笑道："只是怕你知道了，有了希冀，到头来空欢喜。"

盛修颐拥着她，听到她这话，眼眸微微黯了黯。

还是不肯做出任何的承诺。

这个小女人。

两人在内室说了半晌的话，盛修颐留在静摄院吃了午饭，下午才去外院。暂时还没有确定他一定会去巡察西北，所以盛修颐有些话想请教镇显侯薛老侯爷，却也不敢今日贸然登门。

他依旧去看书、习武。

新婚时，他向衙门告了三个月的假，可有空的时候，他还是去衙门点个卯，现在却懒得再去了。

而东瑗吃了饭，小憩了一会儿，继续替盛修颐缝衣。

范姨娘在院子作画。

她的大丫鬟把盛修颐的事情偷偷说给她听："……在外书房歇了两夜，又回大奶奶那边去了。"

范姨娘挑挑眉，甚至有点高兴。

芸香劝："姨娘，您何苦总是闹？那日夜里，世子爷明明来了，虽没有宠爱您，您也不该一晚上要两次水擦身，让世子爷不快，给奶奶添堵。倘若您没有如此，世子爷哪里至于气得第二夜不来了。倘若第二夜来了，有一次的恩典，您或者就能有个一儿半女傍身……"芸香说着，想起她和范姨娘的将来，眼眶就微红。

范姨娘进府开始，世子爷就不喜她。一开始还来，而后不怎么登门，最近半年都不来了。好容易新奶奶进门，重新安排的日子，世子爷给奶奶体面，也依言来了。

终究是不喜欢，世子爷早早就躺下，没有行鱼水之欢。

可是范姨娘一晚上折腾了两次，非说热了一身汗，要水擦拭。

在姨娘们房里歇，要水意味着什么，世子爷清楚得很。范姨娘第一次，世子爷忍着没说什么；第二次要水的时候，当时世子爷就冷脸说："你既要如此闹，以后叫奶奶免了你的日子可好？"

范姨娘还假装听不懂世子爷说什么，委屈说她真的热了一身汗。

世子爷气得无语，倒头去睡。

到底气着了，一夜未睡着，次日内院门一开就走了。

第二夜也不来了，干脆去了外书房。

这些，不都是范姨娘自己惹的吗？

"姨娘，您到底……"说着，芸香懒得去磨墨了，问着范姨娘。

范姨娘伏案画着，只是笑："你不懂。"

"姨娘又要说，您过的不好，旁人也别想好？"芸香气道。

范姨娘一愣，继而哈哈大笑："这个也有。还有……"说罢，她语气里有了几缕怅然，"芸香，你不想知道当年春柳是怎么被送出去的吗？"

春柳是当年兴平王府送范姨娘过来时给的一个陪嫁丫鬟，跟范姨娘一起学唱歌的歌姬。范姨娘虽然不喜欢她，两人却也相依为命。

后来，世子爷无缘无故把春柳撵了出去，把静摄院的粗使丫鬟芸香调过来服侍范姨娘。

芸香后背微凉，问："怎么被送出去的？我不晓得。"

范姨娘搁了笔，叹气道："我也不知道……"

芸香失笑："您又吓唬我，惊了我一身冷汗。"

范姨娘也笑："你怕什么？你是盛家买的丫头，不比春柳是个风尘里滚过的。你再不好，大不了去做些粗活，断没有随便撵出去的道理。"

芸香低了头，仔细磨墨，不再说什么。

范姨娘又是叹气："也不知春柳现在沦落何方了。芸香，我从前在兴平王府，有个服侍的丫鬟，虽不及你事事贴心，也是个真心对我好的。王爷把我给了盛家世子爷，还说赏个陪嫁丫鬟，我以为定是那孩子。谁知道最后赏了春柳……"

她说着，兀自撇撇嘴笑起来。

芸香问："春柳从前也是学唱的吗？我也见过她几次，说话的声音好听。"

她知道范姨娘丝毫不忌讳自己是歌姬出身，说起歌姬、学唱这些词，从不避讳，芸香也就大着胆子问。

范姨娘笑："她可不就是个学唱的？跟我们一样的低贱，却偏偏爱些诗词曲赋，时常编个新巧曲儿唱给王爷听。她曾经是个小姐呢，后家里犯了事，他们全家被放到云南去了，她才八岁，卖到了王爷府里。"

芸香哎哟一声："……真可怜。"

范姨娘就冷哼："可怜什么？端着念过几天书，高贵着呢。王爷和教曲的师傅总说她气度好。王爷几次想收在房里，只是碍于王妃防家里的歌姬和戏子防得紧，王爷下手不成。后要赏陪嫁丫鬟，大约是王妃的主意，把春柳给了我。芸香，你瞧瞧，她都走了一年多，我想起她，还是想不起她半点好来。"

芸香被范姨娘说得莫名其妙。

既不是个贴心的，总想起她做什么？

"姨娘总这样，行事没有章程！"芸香笑起来，见范姨娘手里的茶喝干了，她还捧着茶盏不撒手，就接了她的茶盏，拉她起身，"姨娘快抄书，早早抄完了，也能早早歇了。"

范姨娘放了茶盏，被芸香拉着又回到书案前，把笔蘸得浓墨饱酣，一边工整落笔，一边道："我哪里行事没有章程？春柳再不好，也是我的丫鬟。把我的丫鬟赶走，我只要在府里活一天，跟他不痛快一天。"

芸香吃惊，方才不是说不知道春柳怎么走的吗？

现在怎么又来了个"她"，还是"他"？

芸香后背有点凉。

"姨娘……"她低声劝道，"您反正不喜欢春柳，她去了也就算了，何必为了她闹这些事？"

"好好过日子？"范姨娘唇角就有了几缕讥诮，"没有子嗣的姨娘，将来会有什么好下场？等你年纪大了配出去，我也寻条白绫挂了。好好过什么日子？早死晚死，都上不了宗祠，一样的……"

说得芸香大骇起来，不免提了声音："姨娘，您又犯糊涂了！"

唬得范姨娘手一抖，错了一笔，整张纸也弄脏了。

她微怒，提起笔就往芸香脸上抹："作死的小蹄子，喊什么？"一笔把芸香抹成了大花脸。

范姨娘瞧着芸香满脸的浓墨，却睁大了眼睛慌乱的样子，十分滑稽，她忍不住哈哈大笑。

芸香睁着眼，用手去抹脸，一手的墨汁，只差哭起来："姨娘，您……"心里气不平，举手往范姨娘脸上抹去。

范姨娘哪里让她抹？绕着书案就跑了。

屋子里又是笑又是尖叫。

转眼六月初八，是盛修颐临行前一天。

早起东瑗和盛修颐吃过早饭，就去盛夫人的元阳阁请安。

盛昌侯早朝去了，盛夫人对盛修颐和东瑗道："颐哥儿明日就要启程，咱们去天龙寺求个平安符吧。"

东瑗想起了当初在文靖长公主府里，元昌帝对她说：你可愿意称病去天龙寺小住？

而后的日子，东瑗听到天龙寺就觉得惊心。

盛夫人的提议，她没有表态，看了眼盛修颐。

盛修颐道："娘，不用的。我明日就要启程，还有些事没有交代妥帖。"

盛夫人蹙眉："没让你跟着，娘和阿瑗去，让林久福派几个人跟着。"

林久福是盛家的大总管。

盛修颐道："外头乱得很，我和老三不跟着，家里人都不放心。娘，孩儿快要远行，在您跟前说说话不好吗？"

提到这句，盛夫人的眼眸就毫无预兆地微湿。

她叹了口气，拿帕子抹泪："也是呢。"

就放弃了去天龙寺的念头，东瑗缓缓松了口气。

盛修颐说了会儿话，就去了外院。怕盛夫人不舍，临走时对盛夫人道："娘，我晌午回来陪您吃饭。"

盛夫人高兴起来，连声说好。

东瑷起身送盛修颐。

盛修颐走后，盛夫人留东瑷摸牌。中午的时候，盛修颐准时回来，陪着盛夫人吃了午饭，又说了一下午的话。

未时左右，盛昌侯和三爷也回来了，盛夫人让人去请了二奶奶葛氏、表小姐秦奕，大少爷盛乐郝、二少爷盛乐钰、大小姐盛乐芸、二小姐盛乐蕙全部请过来，一家子在一起说笑。

晚上都留在元阳阁吃饭。

盛修颐的长子盛乐郝很不自在。

次子盛乐钰也收敛不少，两个孙女更加沉默不语。

二奶奶葛氏收了以往的活泼劲，温顺恭俭坐着。

表小姐秦奕一如既往的安静。

说着欢聚，根本没有欢乐的气氛，都是因为盛昌侯在场。

盛昌侯好似也注意到了这点，他起身道："我还有事和雍宁伯商议，晚上不回来吃饭，你们不用等我。"

说罢，便举步走了。

雍宁伯是太后娘娘的堂兄弟，盛昌侯跟他很亲近。

他一走，屋里的众人纷纷暗中透了口气。

盛昌侯给大家的压力很大。

盛乐钰似笼子里飞出的鸟儿，一下子就扑到盛夫人怀里，奶声奶气喊着祖母。盛夫人就哎哟笑起来。

然后见盛乐郝垂首坐在一旁，怕他心里不痛快，盛夫人就指了指东瑷，让盛乐钰去东瑷怀里。

盛乐钰看得明白，又起身扎向东瑷。

东瑷看到他冲过来，下意识后挪，手不由自主挡在腹部。

盛修颐心里一惊，快步上前，把盛乐钰拎起来。

他把盛乐钰抓住，声音温和对他道："你年纪大了，不可像小孩子一样，往祖母和母亲怀里去。你要学学哥哥的样子。"

和盛昌侯动不动就发怒相比，盛修颐是个很温和慈祥的父亲。

盛乐钰也不怕盛修颐，听到他的话，只是略微沉思，看了眼端坐的盛乐郝，重重点头："孩儿知道了。"

盛修颐就笑着摸了摸盛乐钰的头，放开了他，让丫鬟端了锦杌给他坐。盛乐钰让丫鬟把锦杌放在盛乐郝身边，乖乖挨着哥哥坐下。

盛乐郝看着盛乐钰装大人，模样很好玩，他紧绷的脸就松弛下来，带了几分笑意。

在盛乐钰如此受宠，而盛乐郝显得被冷落的情况下，盛乐郝没有表现出丝毫的怨恨。

看到弟弟的可爱表现，他露出喜爱的表情，东瑷就不禁微笑。

盛乐钰很可爱，一派不经世事的天真。

而盛乐郝很宽容。

嫉妒是人的本性之一，能控制自己不去嫉妒，除了本性的善良，更多的是后天培养出来的宽容。

早早被送去外院、背上偷窃罪名、明明是嫡子却被外祖家牵连而处境尴尬的盛乐郝，能有宽容这种品格，东瑷感觉特别难得！

盛修颐看着他们兄弟坐在一处，也忍不住微笑。

他问盛乐郝的功课情况，盛乐郝一一回答了，态度恭敬，言语爽利，盛修颐连连颔首，说了些鼓励的话。

盛乐郝脸上终于有了几分小孩子的活泼。

盛夫人也含笑问他："郝哥儿，紫藤和紫苑服侍你可尽心？"

紫藤和紫苑是盛乐郝身边的大丫鬟，盛夫人替他挑选的。

盛乐郝顿时不自在起来，他看了眼盛修颐，才恭敬道："两位姐姐对孙儿很好，服侍孙儿很用心。"

语气里有掩藏不住的疏离和拘谨。

盛夫人眼神里有了几缕不舍和哀痛。她微微颔首笑道："尽心就好，尽心就好……"虽然是笑着，表情到底有些怅然。

盛乐郝其实并不是个畏手畏脚的男孩子。

他在盛修颐面前还是放得开的。

只是，他不喜欢盛夫人，害怕盛昌侯。

那次见东瑷时，他的拘谨不过是因为他对东瑷不了解，潜意识里对嫡母有抵触和害怕。

盛乐郝与盛夫人和盛昌侯的心结，是早早就结下的，东瑷也不会异想天开贸然去解开。

她笑着把话题岔开过去。

接下来，盛夫人还是会刻意找话题问盛乐郝，甚至有些讨好般的亲热。而盛乐郝从始至终都保持着他对盛夫人的疏远。

盛夫人的失落不由加重。

吃了饭，盛夫人就没什么兴趣，让大家纷纷散去。

盛乐郝跟着东瑷夫妻出了元阳阁，盛修颐喊住他，让他跟他们一起走。

蔷薇远远跟着。

"郝哥儿，爹爹明日就要去西北。"盛修颐声音里有笑意，"你在家好好念书，要孝顺祖父、祖母，孝顺你母亲，和睦弟妹。"

盛乐郝道是。

他想了想，又道："爹爹，您从西北回来，给孩儿带块台砚，好吗？"

东瑷在一旁轻轻微笑。

问父亲要礼物，也是一种隐晦的撒娇吧？

盛修颐道："爹爹给你带。"

盛乐郝就笑着说多谢爹爹。

元昌五年六月初九，宜出行、祭祀、除尘、沐浴，忌嫁娶、安葬。清晨天色尚未大亮，盛昌侯府的大门前悬挂大红色灯笼，将门口照得艳光一片。小厮们团围而立，一辆青帏马车静静停置。

盛修颐今早入朝，去面见圣上，然后从皇宫出行，出任西北巡察使。

东瑷和盛夫人等女眷、盛修颐的两个儿子在家门口送他。

盛修颐给盛夫人行礼后，在盛家三爷盛修沐的陪同下，上了马车。

盛夫人泪眼婆娑，东瑷不好不噙泪，只得也湿了眼眶。

看着车子渐渐远离了盛昌侯府，晨曦熹微中变成了微小的黑影，盛夫人才抹着泪，在东瑷和二奶奶葛氏的搀扶下回了内院。

盛修颐离家后，东瑷除了每晚独自入睡，日子没什么变化。每日去盛夫人处晨昏定省，回到静摄院见见几位姨娘和孩子们，剩下的时间做做针线和丫鬟们闲话家常打发光阴。

听盛夫人说，盛修颐大约要走一个多月才能到西北大营。

盛修颐走后，进入六月的京都一天天热起来。静摄院搁了冰，除了早晚请安，东瑷都不出房门。

年华暗转，从六月初到六月底，转瞬之间就过完了。东瑷六月的月信依旧不至，她已经能断定自己是怀了身子。

蔷薇是知晓的，罗妈妈也感觉到了，几次问东瑷。

没有得到太医的确诊，东瑷不好说什么，罗妈妈问她，她总是含笑不答。

转眼间到了七月。七月的盛京似个大火炉，炎热难耐，七月初一这日酷热更甚往日。

清早东瑷换了薄薄的夏衫，从静摄院去元阳阁请安，然后跟着盛夫人去镇显侯府。

今日是东瑷的五堂姐薛东蓉出阁的日子，薛家请盛家的女眷去吃喜酒。

短短几步路，东瑷后背早已汗湿，粉润面颊水光盈盈，她不停掏出帕子拭汗。进了元阳阁的内室，才感觉丝丝凉意。

盛夫人正在喝粥，见东瑷走了一脑门汗，笑道："这几日天太热。"

"可不是，一大清早一丝风都没有。"东瑷笑道，"娘，您身子撑得住吗？要不我和二弟妹去，您留在家里。"

盛夫人摇头："亲家府里办喜事，我不去，像什么话？你过门三个月多，我也该去给老夫人请个安。"

薛老夫人在盛夫人眼里是长辈。

东瑷不再说什么，帮着康妈妈一起服侍盛夫人。

等盛夫人吃了早饭，二奶奶葛氏也来了，

她穿了件粉色洋绸褙子，粉纱轻薄，似道烟霞绕身，衬托二奶奶柳腰婀娜，桃腮含粉。只是隐约可以瞧见她白玉似的手臂肌肤。

盛夫人脸色微落，问二奶奶："这衣裳哪里来的？"

二奶奶见盛夫人脸色不好，笑容就凝住，低声道："二爷年前从外头带进了的料子，是海货……"

盛夫人语气微重，道："去换了吧。咱们这样的人家，穿什么海货？"

这衣裳美则美矣，实则太轻佻。

二奶奶露出几分不情愿。她早上换了衣裳照镜子，一屋子丫鬟婆子皆说好看极了，躺在榻上"养病"的二爷都微微颔首。

薛氏东瑗是天成的绝美模样，二奶奶不在衣饰上投机取巧，就要被薛氏比到尘埃里，她不想回去换衣裳。

想了想，她道："娘，天儿热，这衣裳轻薄透气。我身子骨一直不太好。要是……"

"那你在家照顾二爷和蕙姐儿，娘和你大嫂去镇显侯府也是一样的。天儿怪热的，你身子又单薄，热出好歹来，怎么行？"盛夫人不等二奶奶说完，笑了笑，就打断了她的话。

二奶奶的脸刷地紫涨。

她忙道："娘和大嫂都不怕热，我怎么敢偷懒。我这就去换了来。"说罢，给盛夫人行礼，转身出了元阳阁。

镇显侯府嫁女儿，来的客人都是高门望族，二奶奶很想去，认识几个夫人奶奶也好。

盛昌侯府虽然显赫，可盛夫人非土生土长的京都人士，性格又糯软了些，不擅长交际。那些跟盛昌侯关系很好的人家，因为盛夫人的疏淡，女眷也不爱到盛家来。

请盛夫人做客，盛夫人也不爱去。

一来二往，盛夫人认识的贵夫人不多，同盛家女眷来往密切的人家更少了。

二奶奶葛氏想认识些达官贵胄人家的夫人们，却碍于婆婆不肯交际，她又不能越过婆婆。就算婆婆不爱去，还有世子爷的奶奶挡在前头，怎么也轮不到二奶奶葛氏出门应酬。

像今日这样的机会，的确不多，二奶奶不想错过。

二爷虽然养在盛夫人名下，到底是通房生的儿子，将来这偌大的家业，二爷能分得多少？

不仅二奶奶知道，京都望族人家都知道。所以她的蕙姐儿是嫡女，至今问亲的都是些不着调的人家。那些高门大户，宁愿聘娶盛修颐的女儿盛乐芸，哪怕盛乐芸是个姨娘生的。

因为将来盛修颐会是盛昌侯，而二爷盛修海什么都不是，这就是云泥之判。

二奶奶不活络些，她的蕙姐儿处处要输给盛修颐的姨娘生的盛乐芸。这让二奶奶不能忍受。

看着自己这身粉色洋绸褙子，她忍不住叹气。

婆婆也真是的，非要让媳妇跟她一样，穿得一板一眼的，一点花哨都不能弄。

看看文靖长公主府的夏二奶奶，时常弄些新巧的穿戴，京都人家都夸耀她会穿衣打扮。

夏二奶奶可以，盛二奶奶葛氏却不行。

二奶奶葛氏忍不住想，新进门的薛氏倒是合盛夫人的脾气，穿着一本正经，毫不花哨，翻来覆去总是那么几件衣裳，那么几样首饰。薛氏嫁过来的时候，绫罗衣裳十几箱，手都插不进去，可她就爱穿些沉黯颜色的褙子，将那么多名贵鲜艳的衣料都沉积在箱底。

二奶奶只是在薛氏刚刚过门前三天见她戴着炫目的凤钿。后来的日子，她头上总是一支一点油金簪，或两把缠枝梅花梳篦，或一支嵌琥珀凤钿。

薛氏陪嫁的那些夺目珍贵首饰，她都不戴。

而盛夫人越发觉得薛氏这样好，拿她做表率，也不准二奶奶葛氏翻新样子。

二奶奶想着，心里就窝火：她要是有薛氏的容貌，她会穿戴得比薛氏还要素净。

可是她没有。

婆婆让她比照薛氏的穿戴打扮自己，不是让她被薛氏比得一无是处吗？

二奶奶才不会那么傻。

她回屋，重新换了件银红色缂丝蝙蝠闹春夏季褙子，淡绿色五福临门暗地织金襕裙，戴了折羽流苏凤钿，整个人更加明艳了几分，重新带着丫鬟，去了盛夫人的元阳阁。

盛夫人就微微颔首。

她并不是想让二奶奶穿着素净，而是想她穿得端庄。现在虽珠光宝气的，却也不突兀，反而有种贵妇的雍容，盛夫人就不再说什么。

婆媳三人，身后簇拥着丫鬟婆子，出了垂花门，上了青帏小车，到了盛府的大门口。

早有华盖垂羽流苏的马车等在那里，后面跟着几辆青绸华盖马车。

丫鬟们先扶盛夫人上了车，又扶东瑷和二奶奶葛氏，然后也各自坐在后面的车子里。

赶到镇显侯府时，早有管事派小厮去通知内院的迎客者。东瑷的大嫂杭氏迎了出来，客客气气给盛夫人行礼，问盛夫人的安。

然后又跟东瑷和二奶奶葛氏见礼。

彼此还了礼，大奶奶领着她们往世子爷夫人世子夫人的元丰阁去。

东瑷笑着低声问大奶奶："大嫂，如今不在祖母那里待客？"

大奶奶笑了笑，道："这几日天热，老祖宗前日午后用了些冰镇绿豆汤。老人家肠胃不好，前日夜里起来三次，昨日有些发热……"

东瑷脚步就微顿。

大奶奶笑，挽了她的胳膊："请了太医用药，已经无碍。老祖宗还盼咐我们说，九姑奶奶回来好好款待着，让九姑奶奶宽心，老祖宗不碍事的。"

盛夫人听了，也道："要不，咱们先瞧瞧老祖宗去？"

大奶奶道："不用的亲家夫人，太医说静养，不好见客。等吃了饭，我领了九姑奶奶去瞧，亲家夫人和二奶奶安心随着我来。"

盛夫人只得对东瑷道："你回头替娘给老祖宗请安。"

东瑷道是，心里却隐隐猜测着。

祖母身子一向很好，夏季用些冰镇的东西并不碍事。

她称病，是真的身体变差了还是为了东瑷？

前段日子东瑷可是让蔷薇回来告诉老夫人她可能怀了身子的。老夫人也承诺找个机会请太医替东瑷把脉的。

想着，东瑷就变得心不在焉。

大奶奶杭氏先领着她们去了世子夫人的元丰阁说话，而后移步薛家内院的正堂坐席。

天气太热，正堂里用了冰，世子夫人还叫了丫鬟们在一旁打扇，大家仍是不停擦汗，胃口也不太好。

有几个体态丰腴的夫人和奶奶还中途去换了衣衫。

借着空隙，东瑷跟盛夫人请示想去看看薛老夫人，盛夫人微微颔首，东瑷就带着丫鬟蔷薇去了老夫人的荣德阁。

听到小丫鬟禀九姑奶奶来了，老夫人忙从内室迎了出来，笑容满面，步履稳重，并无病态，东瑷就松了口气。

看来祖母称病，真的是为了东瑷。

"祖母，大嫂说您受了凉。"东瑷上前给老夫人请安，就搀扶着她进了内室，"您已经大好了吧？"

薛老夫人笑起来，对东瑷道："祖母没事……"

然后在她手上重捏了下，示意她不要多言。

东瑷会意，笑道："那我放心了。听闻祖母受了些凉，我正着急呢，宴席未散就离席了。我婆婆知道祖母不见客，让我代她向您请安。"

说着又给老夫人福了福身子。

老夫人就呵呵笑，拉起了她。

丫鬟端了茶点，詹妈妈让众多服侍的丫鬟都退了出去，只留东瑷和老夫人在内室里说话。

老夫人就问她："上次你让蔷薇回来说的事，如今怎样？"

东瑷就把六月也没有月信的事告诉了老夫人："祖母，我嫁过去两个多月了，小日子都没来……"

老夫人不由面露喜色，笑道："瑷姐儿，定是有了。你真是好福气，进门就怀了孩子，以后在盛家，祖母也少替你担忧些。"

东瑷抿唇笑了笑。少些担忧？这话是多么美好的希冀啊。

东瑷的心有些凉。

盛家子嗣单薄凋零，盛修颐又去了西北，倘若有什么事，东瑷简直无招架之力。

她是个御赐的柔嘉郡主，皇家只赏赐了她八百顷良田，四百两黄金，同亲王女的名声，却无封地和府邸。

她只是同亲王女,并不是亲王女。

什么柔嘉郡主,吓唬平常老百姓或许可以,在盛昌侯盛文晖面前,毫无用处。

这个年代,女人似物品般,就算被丈夫打杀,寻个乱七八糟的名头,栽赃个不贞洁,娘家都不能替她申冤。

东瑷穿越到这个年代,比这个年代的女人更加小心谨慎。她站在后世的角度看这个年代人权的不平等,有种超脱现世的忧患。她不是那不知无畏者,所以她格外小心遵从这个年代的规则。

要想自保,她只能靠熬。熬到盛府她的丈夫能做主,熬到内宅她能当家,否则任何的轻举妄动都会给她带来灭顶之灾。

孝道至上,倘若她和盛昌侯起了争执,盛修颐不可能顾东瑷而忤逆父亲。不孝之人会被世人嘲笑,甚至官途上被御史弹劾,前途渺茫。一个人连父亲都不能孝顺,怎么会忠心于君主?

父权至上。盛昌侯掌控了盛府的一切。

怀了身孕就会平顺些?那要先弄清楚盛家子嗣单薄的原因才行。

这些话,在薛老夫人面前是不能再提的。

老夫人很高兴,跟东瑷说了好些怀孕初期如何保养身子的话。大约到了午初,詹妈妈进来说,胡太医来了。

老夫人就让东瑷到她的床上去,放了幔帐,才请了胡太医进来。

隔着幔帐,东瑷听到一个苍老男人的声音,给薛老夫人请安。

老夫人呵呵笑,客气了几句,就让丫鬟端了锦杌来床前,给床上的人诊治。

东瑷伸出手,詹妈妈就在她的手腕上搭了一块丝帕,将肌肤遮掩起来,才让胡太医坐过来医治。

等了少许,胡太医说有劳,就松开了手,东瑷将手腕收回了帐内。

老夫人就让丫鬟端了茶上来,又叫詹妈妈把屋里的丫鬟们遣出去,才问胡太医床上的人得了什么病。

胡太医常年在权贵人家行走,虽不知床上人的身份,谨慎道:"左寸滑而圆,主思虑沉喜,气血旺足;左关流而利,主体力充盈,饮食善而佳。从脉象上看,这位奶奶是喜脉。且奶奶身子骨健康,胎气稳健,恭喜老夫人。"

说罢,看薛老夫人的脸色。

只见薛老夫人长舒一口气,露出欢愉的笑意,胡太医也松了口气。

他在老夫人屋里、而非哪位爷屋里诊出喜脉,真怕是家里的姑娘或者丫鬟做了丑事。

老夫人一生气,迁怒太医,砸了他的车马,从此断了他在薛府的行走,甚至断了他在这一行的营生。这样的事也是有的。

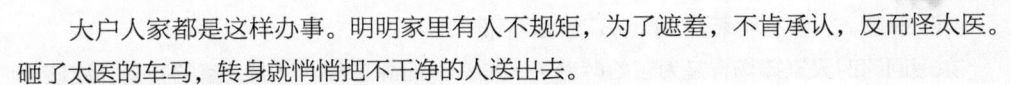

大户人家都是这样办事。明明家里有人不规矩，为了遮羞，不肯承认，反而怪太医。砸了太医的车马，转身就悄悄把不干净的人送出去。

　　太医遇到这种情况，最倒霉了。

　　因为薛老夫人一向宽和体恤，胡太医不敢不说实话。若糊弄薛老夫人，以后镇显侯府也没有他行走之地了。

　　镇显侯府每年送的年礼比平常人家多好几倍呢。

　　见薛老夫人露出喜色，胡太医忐忑的心才算定下来。他心念未转，就听到薛老夫人高兴对屋里服侍的妈妈道："酷热天气，有劳胡太医走一趟，封二十两的消暑银子给胡太医。"

　　胡太医大喜，忙给老夫人作揖。

　　薛府每年都会给太医院封年礼，平常看病是不收费的。但是薛老夫人大方，每次都会给几两银子的车马钱。

　　可一下子二十两还是头一次。

　　胡太医喜不自禁。

　　"应该的！"老夫人呵呵笑，

　　詹妈妈转身出门，拿了一封整齐的二十两雪花纹银给胡太医，送他出了荣德阁。

　　丫鬟们进来替东瑷打起了幔帐。

　　东瑷眼角也露出几分欣喜。

　　太医的话她听得一清二楚，说她和孩子都很健康。

　　东瑷坐起身子，老夫人就问她："想吃什么，祖母叫人给你做。"

　　东瑷说什么都不想。

　　下午未正三刻是吉时，五姐的花轿出门，东瑷想着她回门还是能见到，就没有起身去看。

　　花轿出门，宴席也散。

　　天气太热，众人也没有逗留的心思，纷纷告辞。

　　东瑷也从荣德阁出来，寻了盛夫人，一起回了盛家。

　　晚上，东瑷把自己怀孕的事跟蔷薇说了，还让她先保密，不要告诉橘红和橘香、罗妈妈等人。蔷薇很高兴，连连颔首。

　　三日后薛东蓉回门。因前一天夜里一场暴雨，清早的空气里带着泥土的清香气息，气温也降了不少，风吹在颊上暖暖的。

　　东瑷早起给盛夫人问安后，带着蔷薇回了薛家。

　　路上蔷薇就问东瑷："奶奶，不晓得五姑爷长什么样子。"

　　比起盛修颐的平庸，萧宣钦可是京都有名的纨绔荒唐公子。

　　东瑷却想起萧家在对待薛东蓉寻死求嫁这件事上的态度，对萧宣钦有了几分保留，笑道："等会儿不就能见到？"

　　蔷薇笑了笑。

到了薛家，东瑷发现家里的亲戚不比她回门时少。

东瑷回门时大家捧场，是为了给薛老夫人助兴；而薛东蓉回门时大家的齐聚，应该都是为了看看萧宣钦是个怎样的人吧？

他是臭名昭著的。

大家的心思，大约是想看看五姑娘不顾家族的声誉，不顾自己的前程，寻死要嫁的萧五公子，是怎样的纨绔吧？都带着幸灾乐祸的心态呢。

东瑷进了正堂，给家里的长辈们一一请安。

五老爷薛子明和五夫人杨氏看到东瑷，甚至没有对侄女的那份亲热，轻轻颔首，就把目光投向旁处。

老夫人和老侯爷则慈祥冲她点头。

一一行礼后，满屋子的兄弟姐妹，少不得纷纷见礼。

一圈下来，东瑷居然有些疲惫感。

盛修颐说得对，她们家的兄弟姐妹真的很多。

正堂给众人都排了位置，东瑷坐在四姐薛东婷的身边。

五姐薛东蓉是四姐薛东婷的亲妹妹，薛东婷的神态里有几分忐忑。她也知晓萧宣钦的名声，很害怕等会儿萧宣钦让二房丢尽了颜面吧？她不时望向门口，神态里的不安遮掩不住。

东瑷落座后，薛东婷笑着跟东瑷寒暄几句，始终心不在焉。

人群里，东瑷也看到了十二姑娘薛东琳。

她原本要禁足三个月的，因为天气酷热病了一场，五夫人和五老爷在老夫人跟前替她求情，世子夫人也帮着说情，就提前放了她出来。

看到东瑷，薛东琳的表情挑衅里带着怨恨。

东瑷笑笑就撇过头去。

薛东琳要敢在今日这样的场合闹事，薛老夫人就会再禁她的足，东瑷猜想她不会跳出来寻事，对她不甚在意。

正想着，听到远处大门口的鞭炮声络绎不绝地响起，又有管事急匆匆跑进来禀告："五姑奶奶和五姑爷回门了。"

鞭炮声一阵阵响起，一阵比一阵听得清晰：过了三重仪门，过了垂花门，渐渐到了正堂不远处。

东瑷的几个堂兄、堂嫂迎了出去。须臾，就把穿着红色衣衫的两人迎了进来。

东瑷和正堂众人的目光一齐投向门口。

对于萧宣钦，大家都是闻名已久。

东瑷先看到了薛东蓉。

她梳着妇人的高髻，戴着五彩碧玺凤钿，脸上涂抹脂粉，将她的五官衬托得更加明媚动人。只是神态里没有新婚妇人的娇羞，跟在娘家时一样的清冷，唇角含着淡淡的笑，把此刻的热闹排除在外。好似她也是个看客般。

而萧宣钦，众人尚未看清他的模样，就闻到他身上浓浓的酒气。

薛老侯爷的眉头紧紧蹙起来。

待他进了正堂，众人都在打量他。

穿着紫红色茧绸直裰，粉底皂靴，身量高大颀长，一头乌黑的青丝，戴了玉冠。脸庞的轮廓很好看，只是眼睛里有着未睡醒般的浑浊。

脸颊带着醉酒后的酡红，眼底的黑影似彻夜寻欢的淤积。

不仅仅是老侯爷，薛家众人的脸色一瞬间都不好看。

看着萧宣钦的模样，应该是刚刚被人从春楼里寻回来的。

二夫人看着薛东蓉，泪水就溢满了眼眶。

薛老夫人的眼波顿时沉了下去。

东瑷看在眼里，叹了口气。

第十四章　再遇萧郎

萧宣钦和薛东蓉给薛家众人行礼。

他两人，萧宣钦宿醉未醒，脚步微跟；薛东蓉冷淡漠然，置身事外。与东瑷回门时的喧闹不同，气氛诡异冰冷。

婆子拿了蒲团，让萧宣钦和薛东蓉跪下给老侯爷和老夫人磕头。

老侯爷却猛然站起身，冷哼一声出了大堂。

冰冷的气氛顿时凝滞起来。

老夫人亦颤颤巍巍站起身，扶着丫鬟宝巾的手走了出去。

二夫人禁不住掩面而泣，四姑娘薛东婷忙起身去安慰母亲。一个穿着天蓝色宝绸直裰的男子亦上前劝二夫人。

他是东瑷的三堂兄薛华轩，二夫人的亲生儿子。因为胞妹薛东蓉成亲，他特意从边远的四川赶了回来。

看到这等场景，他的脸铁青。

世子爷叹了口气，也跟着老侯爷出去。

世子夫人只得跟上前去服侍老夫人。

正堂内嘈嘈窃窃，有人叹气，有人嗤笑，有人同情劝二夫人，有人扶起跪着的薛东蓉。

在乱杂中，萧宣钦缓缓伏身，对着刚才薛老侯爷和老夫人坐的正席磕了三个头，次次落地有声。

东瑷的目光就投向了他。

从背后看去，他的背影有种相似感。时常跟盛修颐去给盛夫人请安，东瑗总是走在盛修颐背后，有时会不经意间看到他的背影。

萧宣钦的背影和盛修颐有几分相似。

老侯爷和老夫人都走了，薛东蓉也起身了，他还是对着薛老侯爷和老夫人的位置磕了头。

看一个人的操守，主要视其所为与所不为。

明知三日回门，倘若心里明白些，都会藏拙。哪怕再荒唐，都不会在昨夜彻夜寻欢。

明明老侯爷和老夫人已经走了，将他冷落，他依旧做出了孙女婿对长辈的敬重。

看到萧宣钦磕头，薛家有人白眼，有人嗤笑，东瑗心里却有丝异样。

这个五姐夫，是故意的吧？他做出这副荒唐的姿态，是为了什么？

给薛老侯爷看吗？

东瑗的三堂兄薛华轩若有所思。

薛东蓉回门这顿饭，吃得很压抑。

晌午的天气又酷热起来。

吃了饭，大家也懒得看戏。这次的客人，都是薛家嫁出去的女儿，天气炎热难耐，大家都回了各自母亲房里乘凉。

东瑗想着老夫人和老侯爷在生气，想去陪老夫人说笑，宽慰宽慰老人家。她先去给五老爷和五夫人请安后，才带着蔷薇去了老夫人的荣德阁。

青帏小油车在荣德阁门口停下，婆子端了小杌子，蔷薇先下来，然后扶了东瑗下车。

小丫鬟裛报说九姑奶奶瞧老夫人来了，詹妈妈就迎了出来，念叨："这么热的天儿，九姑奶奶又是双身子的人，怎么四处跑？前头不坐席吗？"

东瑗笑了笑："前头的席撒了，听戏的芳榭又热，大家就散了。"

詹妈妈淡笑，请东瑗进东次间坐，让小丫鬟给东瑗上茶，然后指了指内室，让东瑗说话的声音轻些。

东瑗知道老夫人和老侯爷在内室说话，就微微颔首。

荣德阁的东次间搁了冰，比外面凉快多了。可东瑗和蔷薇是刚刚进门的，还是不停拭汗。

詹妈妈拿着雪色团扇替东瑗打风。

蔷薇上前，低声道："妈妈，让奴婢来。"

詹妈妈没有同蔷薇争，把扇子给了她。

蔷薇安静帮东瑗打扇，片刻，丫鬟撩起毡帘，老侯爷从内室走了出来，脸上已是一片淡然，没有了在正堂时的盛怒。

蔷薇挽扶东瑗下炕，给他行礼。

老侯爷看到她，笑了笑："前头散席了？"

东瑗道是。

"陪你祖母坐坐，天凉了些再回去。"老侯爷叮嘱道，转身出了荣德阁。

东瑷和詹妈妈进了内室。老夫人冲东瑷招手。东瑷就坐到她身边。

"这样热的天儿，不该过来的，动了胎气怎么好？"老夫人摩挲着她，笑容慈祥。

"不碍事的，坐车过来，走了几步路而已。"东瑷笑。

老夫人就问她最近几日可有不适等等，又道："早些告诉你婆婆，让她派个懂生产的妈妈在你身边。"

"罗妈妈生养了两个儿子，一个闺女，她就比管生产的妈妈还要懂。"东瑷笑道。

老夫人哦了声，说了句甚好。

东瑷在老夫人处坐了一下午。

落日西沉，透过院里高大树木投下斑斑树影，深绿浓翠掩映着荣德阁。墙上自鸣钟响起，已经申正。

老夫人知道东瑷也要在婆婆跟前立规矩，不能回去晚了，就叫詹妈妈送东瑷和蔷薇出去。

临走的时候，老夫人赏了蔷薇一支掐金丝镂空金簪，叮嘱她好好服侍东瑷。

蔷薇接了，谢过老夫人后，跟着东瑷出了荣德阁，回了盛家。

回到盛昌侯府，已是黄昏，金灿灿的斜照似锦缎洒满了元阳阁门前的青石小径。东瑷和蔷薇回来，盛夫人问她吃过晚饭没有。

东瑷笑："还没有，不怎么饿，没什么胃口。"

盛夫人笑道："天热，我也没什么胃口，叫厨房做了莲米粥，你就在我这里吃些再回去。"

东瑷忙道谢，在盛夫人的院子里吃了晚饭才回了静摄院。

洗了澡，换了干净轻薄的中衣，东瑷斜倚在临窗的大炕上看盛修颐留下来的那本《六韬》。

罗妈妈进来，东瑷放下书，让丫鬟们都下去，只留罗妈妈，笑道："您今夜陪着我。"

罗妈妈摸了摸她散开的青丝，像小时候一样怜惜望着她："好好，妈妈陪瑷姐儿睡。"

丫鬟们不在跟前，罗妈妈就叫她瑷姐儿，跟在娘家时一样。

罗妈妈又问东瑷今日五姑奶奶回门，可有趣事。

东瑷把萧宣钦的事说了一遍。

罗妈妈神色微黯："五小姐当初真是魔怔了。寻死觅活嫁这么个人。瑷姐儿，你说是不是报应？人在做，天在看，做一点儿违心事，老天爷都记账呢。"

东瑷笑了笑。

罗妈妈替薛东蓉感叹了一回。

东瑷转移了话题，道："妈妈，我可能有了身子……"

罗妈妈大喜道："真的？"说着，往东瑷身上瞧。

东瑷颔首，把薛府请的那位太医的诊断告诉了罗妈妈。

罗妈妈双手合十，连连念阿弥陀佛："祖宗保佑，菩萨保佑。"然后又问，"你和夫人说了吗？"

东瑷摇头。

罗妈妈脸上的喜色就轻了几分："……瑷姐儿，你这些日子总是和蔷薇悄悄说话，妈妈也没问。怎么不和夫人说你有了身子的事？这不是大喜事？"

倘若把盛家子嗣诡异的单薄告诉罗妈妈，不过是多一个人替她担心罢了。罗妈妈虽在盛家生活，可能根本就没有注意到盛家为何子嗣稀少。

而且罗妈妈善良糯软，帮不上什么忙，东瑷决定不说，就道："三日前才诊断出来……我想再过一个月，胎位稳了才告诉夫人。免得早早说了，夫人以为我讨赏呢。"

罗妈妈眉头就蹙了蹙。

她大约是觉得东瑷太谨慎，却也没有再反驳她。

酷热的夏季似流火般，也挨不住秋风肃杀，转眼就到了秋高蟹肥桂花黄的八月底。

盛修颐走了五十来天，才到了西北大营。

而东瑷去给盛夫人早上请安的时候吐了出来，被盛夫人和康妈妈看出了破绽，知晓她已经有了身孕。

东瑷也不再隐瞒，把自己怀了身子的事告诉了盛夫人，心里却忐忑难安。

她想知道盛昌侯是什么态度。

后来有一天昏定时碰到了盛昌侯。

他没有东瑷想象中的冷脸，难得温和对她道："倘若不适，隔三日来请安一次就好。好好诞下孙儿，就是对我们极大的孝顺。"

他的语气和表情没有丝毫的做作，像是很高兴。

东瑷进门就有了身子，这不仅仅是她的福气，也是整个盛家子嗣旺盛的标志。盛昌侯的欢喜不像是假的。

那么盛家子嗣单薄的原因……不会真的就是天然的吧？

这个念头一起，东瑷就觉得不靠谱。盛家那么多人，怎么就那么倒霉，除了盛修颐的孩子，就只有二奶奶葛氏有个七岁的女儿。

其他人怎么会天生不能生育？

东瑷想着，就下定决心要查查此事。她一开始以为是盛昌侯，而现在……她对自己的判断有了几分不确定。

盛昌侯的林大姨娘闹了一场送去田庄，没过两个月就病死了。盛夫人告诉东瑷的时候，语气里有几分怅然："她们两个，比你二弟妹还要小一岁，长得又好看，总没有孩子，心里不踏实的。侯爷一日日老了，她们总怕颐哥儿将来会怠慢她们，最近开始寻事了。把林大姨娘送走，也是想二姨娘能安分些……谁知道，侯爷还是怕她们不安分……大姨娘不像二姨娘聪明，心地却是好的……"

盛夫人的意思，虽然很隐晦，东瑷听得出是说盛昌侯弄死了林大姨娘，只是为了震慑林二姨娘。要么没有子嗣活在盛家；倘若起了要子嗣的歪念，就是个死。

东瑷没说什么，忍不住想她公公到底是个怎样的人。

她嫁过来这段日子看得出，盛夫人虽是和软性子，盛昌侯对她却是尊敬的，有着平常人家少年夫妻老来伴的相亲相敬。

　　这一点，让东瑷对盛昌侯有些改观。他不是个宠妾的人，对盛夫人也不错。

　　也许自己一开始第一印象不好，就整个否定了盛昌侯，觉得他没有可取之处。

　　盛昌侯房里的两位林姨娘没有子嗣，东瑷已经能从盛昌侯杀林大姨娘中确定是他做的。

　　可是二爷盛修海、两位叔伯家里的兄弟也没有子嗣，真的跟盛昌侯有直接关系吗？

　　想着，东瑷就拿出三百两银票，让蔷薇偷偷去兑了现银。

　　她想用钱买通盛家的人，弄清楚各房没有子嗣的原因。

　　再也不能耽误下去。

　　八月中秋宫里给皇亲国戚家里赏了吃食。盛夫人进宫谢恩的时候，把东瑷进门就怀了身子告诉了盛贵妃娘娘。

　　盛贵妃就把这件事告诉了元昌帝。

　　从盛贵妃娘娘的宫里出来，元昌帝回到御书房，就把书案上一块水晶镇纸狠狠砸在地上。

　　总管太监娄友德和御书房服侍的一群大小太监见皇帝发火，全都扑通跪下，瑟瑟发抖，生怕触了霉头。

　　"他居然敢，他居然敢！"娄友德听到书案上的砚台又被砸到地上，元昌帝的声音愤怒如雷，反复恨声说"他居然敢"。

　　太监们都将头磕在地上，不敢吭声。

　　谁居然敢？

　　"……朕都做得那么明显，他居然装傻，他竟敢……"元昌帝愤怒踩躏着书案上的笔墨纸砚、书籍、奏折。

　　等他安静下来，御书房满屋狼藉。

　　娄友德并十几个小太监依旧跪着，没人敢开口求皇上息怒。

　　元昌帝坐在椅上，手捏住椅子扶手，铁青的脸色好半响都无法回转。

　　娄友德不知旁的小太监感觉如何，他的腿都跪麻了。墙上的自鸣钟响起，娄友德知道元昌帝沉默已经半个时辰了。

　　他只得壮着胆子低声问："陛下……"

　　"娄友德，文靖长公主的驸马是哪一日做寿的？"元昌帝问答，声音里有了几分迫切。

　　娄友德忙道："今年的四月二十八，陛下。"

　　"四月二十……四月二十八……"元昌帝倏然站起身子，声音里有难掩的笑意，反复踱步，倏然道，"……刺得好。"

　　娄友德一头雾水，可是他听到元昌帝说"刺得好"，就想起那日元昌帝从文靖长公主府回来，胳膊上被什么东西刺得鲜血淋漓。

　　四月二十八是文靖长公主驸马的寿诞。

那么四月二十，是什么日子？

他努力想了想，还是想不起来，四月二十到底是什么日子。

"才八天，谁说得清？"娄友德听到元昌帝带着笑意的声音，便抬头看去，只看到年轻皇上脸上有种异样的神采。

好似得到了一件稀世珍宝般。

倏然回来就暴怒，又突然欣喜。能让元昌帝情绪变化如此异常的，除了萧太傅，娄友德想不出别的事。

可是元昌帝方才说"他居然敢"，又说"四月二十"，到底是怎么回事？

"起来吧。"元昌帝沉声道，"把这里收拾干净了。今日的事，要是太后听得半点风声，你们全部死罪。"

盛修颐走后的第四个月，东瑗的肚子渐渐显露。

她一开始晨吐得很厉害，不过几日就消停了。

盛夫人夸她肚子里的孩子听话，还跟东瑗说她曾经怀孕的辛苦："……我当年怀贵妃娘娘的时候，吐了整整七个月，贵妃娘娘诞下后，我整个人瘦得不成形。后来怀颐哥儿的时候也吐了好几个月，怀沐哥儿的时候也不好受。真没有一次像你怀相这样好的……"

然后又对东瑗道："颐哥儿不在身边，你不用怕。当年娘怀三个孩子的时候，侯爷都在外出征……"

东瑗却注意到，盛夫人说她怀三个孩子，没有提盛家今年五月进宫的嫡女盛修琪。

三小姐盛修琪难道不是盛夫人生的？

"有娘呢，我不怕。"东瑗心念转过，不敢多问，忙笑着搭讪。

康妈妈用青花描金瓷碟端了瓣成瓣的甜香橘进来，请盛夫人和东瑗吃橘子。

东瑗不爱其味，勉强吃了一块，就不再吃了。

盛夫人也不太爱，吃了一块，让康妈妈端下去赏屋里服侍的丫鬟们吃。

康妈妈就笑着起身，把碟子又端了下去。

东瑗和盛夫人在东次间聊天，盛夫人的丫鬟香蕣在一旁服侍。

康妈妈端了橘子下去后，半晌不见回来。须臾，东瑗就听到院子里有丫鬟的声音。

康妈妈再进来的时候，脸色不太好。

她立在一旁，给盛夫人使了个眼色。

盛夫人看在眼里，知道康妈妈有事，就对东瑗道："你先回屋去吧……"

东瑗道是，起身下炕。

香蕣上前跪下给她穿鞋，康妈妈又喊了蔷薇进来。

出元阳阁的时候，东瑗瞧见了一个穿着紫色短衫的丫鬟站在屋檐下，跟盛夫人的大丫鬟香橼说着什么。

东瑗好似从未见过那丫鬟，不免又看了她一眼。

那丫鬟就乖顺屈膝给东瑷行礼。

东瑷笑了笑，带着蔷薇转身就走了。

元阳阁的内室里，康妈妈低声跟盛夫人耳语着什么。

盛夫人脸色瞬间大变，不由自主攥紧了康妈妈的手："……他来做什么？侯爷说过，不准他踏入盛京的……"

"程氏不行了……"康妈妈低声道，"咽不下气，断粮好几日，反复念着海哥儿和琪姐儿，死不得，也活不得。"

盛夫人神态里有分悲悯："她一生都这么可怜……"

"是啊，辰哥儿见他娘这样，看不下去。只得亲自上京来求侯爷，让他带胞弟胞妹回去见他娘最后一面。"康妈妈低声道，"人现在门房那里呢。夫人，您拿个主意，总不能把人搁在门房吧？"

"我能有什么主意？"盛夫人听到程氏不行了，眼里不由有泪，叹气道，"当年说好的，海哥儿和琪姐儿养作我的孩子，程氏亲口同意的。侯爷不可能让海哥儿再回徽州去；琪姐儿还进宫了，也去不成。我要是做主让辰哥儿进来，侯爷又该骂我……"

这倒是实情。

盛昌侯是不可能让盛修海和盛修琪再回徽州的。

况且盛修琪进宫了，不可能再回去。

"……那怎么办？不能总让辰哥儿等在门房吧？他长得像咱们家的人，要是那些刁钻的奴才看出什么，嚼出什么舌根子……"康妈妈越想越怕，声音更加低了下去。

"领到沐哥儿院里去。"好半晌，盛夫人左思右想，决定道，"派个人去宫门口等着，等换了班，快寻沐哥儿回来，让他先见见辰哥儿。他们兄弟有话好说。要是侯爷发怒要打杀辰哥儿，沐哥儿还能拦一拦……我是拦不住侯爷的……"

康妈妈应了声，见盛夫人脸色苍白，眼里有泪，就让香橼进来伺候。

她快步去了外院。

东瑷和蔷薇回了静摄院，罗妈妈带着橘红、橘香正在晒被。

见东瑷进来，罗妈妈就笑："今日是个吉日，把屋里的衣裳被子都拿出来晾晾。奶奶先屋里坐……"

东瑷没有进屋，而是转身坐在院里的藤椅上，看着她们晒被，还笑嘻嘻道："我也晒晒日头……"

静摄院的墙角有两株虬枝繁茂的桂花树，此刻正是满园浓郁馥郁。东瑷很喜欢，瞧着微风下簌簌飘落的软香碎蕊，心情很舒畅。

蔷薇没有阻拦东瑷，只是转身进屋，拿了软垫和薄裘给她盖着，生怕她受了凉。

见东瑷瞧着桂花飘落出神，蔷薇就笑着问她："奶奶，咱们要不要做些桂花糕尝尝？今年的桂花开得好……"

"好哇。"东瑗回眸,高兴道。

橘香听到了,就放着被子不晾,挤到东瑗跟前,讨好看着东瑗:"奶奶,我上树去摘桂花吧?"

东瑗扑哧笑起来。

罗妈妈也笑,摇头道:"多大人了,跟孩子似的,摔下来怎么好?想做桂花糕,让个手脚灵活的小丫头去摘,你老老实实的吧。"

橘香忙站起来,活了活手腕:"妈妈,我就是那手脚灵活的。"

说得满院子丫鬟婆子哈哈大笑。

东瑗也笑得不行。

最后,还是橘香领着小丫鬟摘了满满两提篮桂花。

罗妈妈做的糕点最好,她去净手揉面,橘红和橘香便在一旁帮忙。

一个时辰左右,桂花糕做好了。

东瑗尝了一口,甜香又不腻,好克化。

"给夫人和二奶奶、表小姐、三爷都送些吧。"东瑗笑着吩咐蔷薇,"寻了食盒来装。"

蔷薇道是。

等蔷薇寻了四个食盒过来,罗妈妈帮着分了。

蔷薇拿着给盛夫人送去,夭桃给二奶奶送去,寻芳给表小姐秦奕送去,碧秋给外院的三爷盛修沐送。

片刻,蔷薇、夭桃、寻芳都回来了。

盛夫人很高兴,赏了蔷薇一对手镯。

表小姐秦奕赏了寻芳一个八分的银锞子。

二奶奶也打赏了寻芳几个钱。

只有给三爷送桂花糕的碧秋一直没有回来。

"碧秋去了这半天。可不得了,失足落水了不成?"橘香笑道。

盛家处处都是池塘。

碧秋和寻芳从前都在盛夫人的元阳阁当差。听到橘香问,寻芳就笑着解释:"碧秋和三爷院里的画琴从来总是一处儿玩。后来三爷从西北大营回来,在外院住下,夫人就把画琴、画扇都遣去服侍三爷。大约是画琴绊住说话呢。奶奶,我寻寻她去。"

东瑗摇头,笑道:"咱们这儿又没事,她难得出去一趟,逛逛不碍事的。"

寻芳应是。

话音刚落,碧秋就回来了,手里拎着同样的食盒。

她笑着把食盒打开,是一碟子芙蓉酥饼。

她跟东瑗说道:"……我刚去的时候,三爷不在,有个陌生的男子坐在屋里,夫人身边的康妈妈居然陪着。我不认得是谁,准备放下东西就走,正好三爷回来了。问我何事,我照直说了，三爷就让我略等等，然后进屋陪那男子说话呢。我等了半晌，画琴才端了这个出来，说是三爷昨日买的，味道还好，让送给夫人和奶奶们尝尝。正好我去了，就让我带回来，三爷不派人送过来了……"然后又从袖底掏了两个银锞子给东瑷，"三爷赏的……"

东瑷的心思却不在这酥饼上，只是好奇康妈妈陪个陌生男子坐在三爷屋里，到底是怎么回事。

见碧秋掏出银锞子，东瑷笑道："三爷赏你的，你收着就是。"

碧秋屈膝道是。

东瑷留下酥饼，还剩下些桂花糕，罗妈妈让橘香拿下去分给丫鬟婆子们都尝尝鲜。

日头偏西，罗妈妈让丫鬟们帮着收被子、衣裳。

东瑷坐在临窗的大炕上，只觉得身子乏得紧，蔷薇拿着美人棰轻轻帮她敲腿。

"蔷薇，你说，是不是世子爷从西北派人回来了？"东瑷一直在想到底是谁在三爷屋里，盛夫人身边最得力的康妈妈还陪着，很怪异。

难道是盛修颐出了事，特意避开东瑷？她想着，后背就僵直起来。

蔷薇被她吓一跳，忙扶下她躺着，笑道："奶奶多心了。倘若是世子爷有了消息回来，夫人定会叫了您去的。"

东瑷知道这是安慰的话，一直惴惴不安等着。

下午姨娘们和孩子们给东瑷请安。

"母亲，祖父回来了，在屋里骂人。"盛乐钰趴在东瑷的耳边，跟她低语。

东瑷又想起盛修沐屋里的那个男子，心猛然一跳。

盛乐钰虽是跟东瑷耳语，声音却不小，屋子里的人都听到了他的话。

几个姨娘们都侧耳倾听。

盛乐芸就忙要上前抱盛乐钰，低声对东瑷道："母亲，钰哥儿不懂事……"

东瑷笑了笑，对盛乐芸道："没事，没事。"顺势把盛乐钰搂住。

蔷薇在一旁瞧着心惊，生怕盛乐钰不小心打到了东瑷的肚子。

东瑷笑道对姨娘们道："我有些乏了，你们都忙去吧，孩子们陪陪我就好。"

没有听到盛昌侯发火的后文，好似话说了一半咽下去，几个姨娘心里又不太舒服，可又不敢违逆东瑷，起身告辞了。

等姨娘们一走，东瑷让盛乐郝、盛乐芸也坐到她身边，然后问盛乐钰："钰哥儿想要考状元郎，做博学国士，可是？"

盛乐钰忙点头。

东瑷就笑摸了摸他的头，然后抬眸问盛乐郝："郝哥儿跟着先生念书，你告诉母亲和弟弟，如何能成为国家栋梁？"

盛乐郝有些惊讶。

他看到东瑷眼里的温柔，语气很真诚，想了想，才轻声道："先生说，修身养性，克己复礼。

国士当有风骨，居有所亲，富有所与，达有所举，穷有所不为，贫有所不取。先修身，而后才是立言、立德、立功。"

东瑗眼眸的潋滟笑意越发浓郁，道："对，国士当有风骨，而君子何以克己？"

盛乐郝听到这里，才恍然大悟嫡母想说什么，声音越发从容，道："非礼勿视，非礼勿听，非礼勿言，非礼勿动。"

盛乐钰和盛乐芸见哥哥出口成章，都微带羡慕看着他。

盛乐郝说完，看了眼盛乐钰。

盛乐钰就扬起粉嘟嘟的小脸问："大哥，钰哥儿也要去念书……"

东瑗笑道："钰哥儿明年就要去外院念书了，到时跟大哥一样的好学问。你可知道方才大哥说的话是什么意思？"

盛乐钰很老实地摇摇头，缠着东瑗的胳膊，往她身上攀，甜甜笑着问："母亲，钰哥儿没有念书，听不懂……"

东瑗笑，把非礼勿视等句子用白话粗略解释了一遍。

然后问盛乐钰："钰哥儿说说，是什么意思？"

盛乐钰还是一头雾水。

一旁的盛乐芸试探着道："钰哥儿，你方才偷听祖父发火，非君子所为。那样不好……"

盛乐钰猛然睁大了眼睛，求证般望着东瑗。

东瑗就轻轻颔首，夸盛乐芸说得对。

盛乐芸有些别扭的表情就舒了舒，垂首淡笑。

"那……"盛乐钰慌乱起来，"那我是不是不能做状元郎了？"说着，快要哭出来。

东瑗忍不住笑起来。

盛乐郝和盛乐芸也被盛乐钰的表情逗乐了，兄妹二人抿唇。

东瑗将他搂住，笑着道："钰哥儿只是听了一次，下次改了就好。这次没关系……"

盛乐钰忙问："那我以后不再偷听旁人说话，我是不是还能做状元郎？"语气很急迫。

东瑗很肯定地颔首："是啊。"

盛乐钰却好似不怎么相信，扭头去看盛乐郝。

盛乐郝忍着笑："钰哥儿以后听母亲的话，孝顺母亲，不偷听旁人说话，长大了就是状元郎。"

盛乐钰这才放心，点头如捣蒜："我不再听旁人说话，我孝顺母亲。"

一旁的蔷薇见盛乐钰攀在东瑗身上，一直提心吊胆，此刻才敢上前抱盛乐钰，笑道："二少爷，奶奶累了，奴婢抱您下来，好吗？"

盛乐钰忙说好，就着蔷薇手下来。

东瑗眼底有了些倦意，就让他们三人各自回屋。

兄妹三人从静摄院出来，跟着盛乐郝的小厮烟雨就迎了上来。

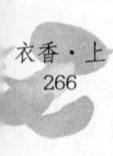

盛乐芸和盛乐钰住在内院，各自有奶娘跟着。

同盛乐钰和盛乐芸告别，盛乐郝带着小厮烟雨往外院去。

盛乐钰在背后喊他大哥。

"大哥，我去你院子里玩儿。"盛乐钰甩开盛乐芸的手，迈着小步跑向盛乐郝。

他不等盛乐郝答应，就牵了盛乐郝的手拉他走。

跟着盛乐钰的乳娘苏妈妈忙上前，半蹲下身子对盛乐钰道："二少爷，您要去外院玩，也应该先禀了夫人。要不然，夫人该担心了。"

盛乐芸也劝："钰哥儿，大哥要念书，我们改日再去。"

盛乐钰却不依，缠着盛乐郝的胳膊，将头往盛乐郝身上蹭："我要去大哥的院子，我要跟大哥念书……"

他年纪尚小，不知念书的辛苦，只是见盛乐郝出口成章，艳羡不已。

盛乐郝哭笑不得。

苏妈妈、盛乐芸和盛乐芸的乳娘戴妈妈都在旁边劝，盛乐钰就是不依不饶。

盛乐郝只得道："……我领了他去给祖母问安，再问问祖母吧。"

盛乐芸却眉头蹙了蹙，拦住盛乐郝："大哥，祖父提早回了内院，在元阳阁呢。方才我和二弟去请安的时候，香蕣没让我们进去……"

就是说，盛昌侯和盛夫人有私密话说，旁人不能去打扰。

盛乐钰又黏得紧，盛乐郝没法子，只得带了他去。

盛乐芸一向对年幼的盛乐钰多有照顾，便也跟着去了。

于是盛乐芸和盛乐钰两人的乳娘、丫鬟全部跟着，一行人一起去了盛乐郝的院子。

孩子们走后，东瑗努力平复的心情又涌动起来。

是不是盛修颐出了事？

碧秋回来说的那个陌生男子，是不是盛修颐派回来的人？

想着，心就火烧火燎起来，恨不能立马去盛夫人的元阳阁问问情况。

可是刚刚盛乐钰说，盛昌侯在元阳阁，而且在发火。况且康妈妈跟盛夫人禀告情况的时候，给盛夫人使眼色把东瑗支开。

不想让她知道的意思。

盛昌侯还在火头上，东瑗不想去触霉头。

她斜倚着弹墨重锦大引枕，阖眼假寐。蔷薇以为她累了，就给她搭了件薄袄，怕她着凉。东瑗也懒得睁眼，独自想着心事。

自鸣钟响起，蔷薇喊她起身，去给盛夫人请安。

换了件月白色折枝海棠纹褶子，东瑗扶着蔷薇的手，有一个小丫鬟跟着她们，去了盛夫人的元阳阁。

她进屋，看到满屋子的人。

盛昌侯脸紧绷着,神色很不好看;盛夫人努力赔着笑;三爷盛修沐坐在沿炕一排的太师椅上。

他的上首,坐在一个穿青石色茧绸直裰的男子。

东瑗心里一动,是碧秋回来说的那人吗?

难道真是盛修颐派回来的人……

她脚步突然虚了一下。

她给盛夫人和盛昌侯行礼,然后给三爷行礼。

三爷还礼,就指着那青衣男子对东瑗道:"大嫂,这是老家的大堂兄,今天才从徽州来。"

是徽州老家来的人?

东瑗心里提着的那口气就缓缓落下去,不是盛修颐的坏消息就好。

她也来不及打量那位大堂兄,就屈膝给他行礼。

这位大堂兄给东瑗还礼。

落座的时候,东瑗看了他一眼。眉宇间和盛昌侯好似有两三分相似,只是面容带苦,看不出探亲的喜悦。

等东瑗落座,屋子里又恢复了宁静,谁都不说话。

盛夫人只好没话找话,说下午东瑗送来的桂花糕很好吃,很合胃口,问她是怎么做的。

东瑗笑道:"院里的桂花开了,就摘了新鲜的。罗妈妈做的,她做得一手好糕点。"

盛夫人笑道:"我年纪大了,也爱些这般好克化的糕点。回头让罗妈妈教教我这边的厨子……"

东瑗道是。

然后,又是一阵沉默。

盛夫人只好又道:"阿瑗,你先回去吧。天黑了路上不好走,你又是双身子的人。"

东瑗感觉到了这个"堂兄"的不同寻常,气氛压抑得她难受。不是盛修颐的坏消息,她的心放了下来,也不愿意多待。

盛夫人开口让她先回去,她巴不得,忙起身给盛昌侯和盛夫人、三爷和大堂兄行礼,退了出去。

盛家在老家的人?

除了康妈妈,家里的佣人全都是上京后买的,想打听也打听不出来。且事不关己,东瑗就脚步微缓,回了静摄院。

盛修颐走了这么久,只有一封书信,从此就音信全无。

次日吃了早饭再去给盛夫人请安,闲聊时东瑗就问起那位大堂兄来做什么。

"辰哥儿上京办些私事,顺便过府来瞧瞧我们。"盛夫人笑着对东瑗道,"大伯走了好些年,徽州离京都又远,他们平常不怎么来。"

东瑗笑了笑。

她听到盛夫人叫那位大堂兄为辰哥儿，推测他的全名应该叫盛修辰。

盛昌侯盛文晖有两个亲弟弟，二叔父叫盛文明，在京都做个小吏；三叔父盛文清，是个斯文的读书人，不曾入仕，都住在京都，离盛昌侯府不远。

没听说盛文晖还有大哥。

"我都没听说过徽州还有个大伯……"东瑷见盛夫人说起大伯家神色就微微黯了黯，不敢深问，只得随便寒暄一句，准备寻个话头把这话岔过去。

盛夫人却说："大伯是侯爷的庶兄，没了十几年。他子嗣单薄，只有个辰哥儿在你大伯母跟前伺候。你大伯母姓程，是徽州当地人，不肯离乡，所以没跟我们上京都来。留在老家看守宅子。"

东瑷"哦"了声。

日子平静里过了两个月，盛京进入了冬月。

冬月初九这日，东瑷在案几的书上画了个圈。

盛修颐西北之行已经整整五个月。倘若事情办妥，他现在开始启程回京，也许能赶上东瑷孩子出世。她已经七个月的身子了。倘若不能，便要错过了。

这日的天气阴霾得骇人，黑云四压，寒风似刀子般割在脸上。

天气转冷后，盛夫人让她每日有空就去元阳阁坐坐，免了早晚请安。怕天黑路滑，她伤了身子。

东瑷也应允了。不管刮风下雨，每日巳初都要去盛夫人那里坐坐。

盛夫人嗔怪她。

她就说闷得慌，想和娘说说话。她很坚持，盛夫人也由着她，只是吩咐多派几个丫鬟婆子陪着。

冬月初九这日去了元阳阁，盛夫人正在叮嘱两个小丫鬟收拾包袱。

"娘，爹爹要出门吗？"东瑷给盛夫人行礼后，看到炕上的包袱里裹着男式的裘袄，就问盛夫人。

盛夫人神色哀婉："不是，沐哥儿要出门。你徽州的大伯母没了。颐哥儿和侯爷都不能回去，让沐哥儿回去送送她。"

三爷盛修沐有差事的。

"二爷也去吗？"东瑷问。

盛夫人微顿，叹了口气才道："海哥儿受了些风寒，不能赶路，才让沐哥儿去的。"

盛夫人带着丫鬟们收拾好包袱，片刻盛修沐便进来了。

外面风很大，他穿着灰鼠缂丝风氅，还是冻得嘴唇紫乌。

他进了门，骤然感觉放了防寒帘布的东次间温暖如春，笑呵呵褪了风氅交给一旁的丫鬟，给盛夫人和东瑷行礼。

东瑷挺着大肚子，微微屈膝还礼。

盛夫人就把搁在炕上的盘螭铜手炉递给他："我的儿，快暖和暖和。"然后感叹，"今年冷得特别早……"

盛修沐直笑，接过铜手炉送回盛夫人手里，将自己宽大结实的手裹着盛夫人的手："娘，我不冷，您捧着暖和暖和……"

盛夫人的笑容就溢满了眼角。

丫鬟端了热茶来，盛修沐不顾东瑗在场，毫无形象一口气全部喝了下去。

胃里暖和了，身子就暖和。

听说他十五岁去了西北大营，在那里历练了三年才回盛京。回京后，一直御前行走。

给天子做伴，将来会有锦绣的前程。

盛夫人对小儿子的事最满意。

只是他的婚事令盛夫人不太高兴。

皇上把萧家七小姐萧舞倾赐婚给盛修沐，是今年正月里的事。

可盛昌侯说，按照徽州老家的规矩，一门一年之内不能娶两房媳妇，今年办了盛修颐的婚事，就把三爷盛修沐的婚期定在明年三月间。

盛修沐都快二十了，还是孤身一人。

尚未娶妻，又不能先纳妾。盛夫人看着他房里没个知冷知热的人，心就疼了起来。

"你爹爹替你告了几日的假？"盛夫人问盛修沐。一边说着，一边拉着儿子的手摩挲，顺势又把铜手炉塞到了他手里。

东瑗坐在他们对面的炕上，含笑听着。

"娘，我自己告假的。"盛修沐觉得盛夫人把他当小孩子，就顺势用撒娇的口吻逗盛夫人开心，"您还当我在朝中凡事倚仗爹爹？孩儿长大了，娘……"

盛夫人直笑，眼睛却有些湿润，喃喃道："沐哥儿也长大了，你们兄弟姐妹都长大了。"

盛修沐见盛夫人善感起来，不敢再说这等煽情的话，笑道："娘，我明日就去徽州。您想要徽州的什么东西？我给您带回来。"

盛夫人用帕子抹了抹眼角的湿濡，笑了笑道："都不拘的，每年徽州那边庄子里都送东西来，娘倒是没什么想得紧的……"顿了顿，又道，"娘和你大伯母二十几年未见，你替娘在她灵前多磕几个头。"

说起那位大嫂，盛夫人语气里有掩饰不住的悲悯。

她一向善良，东瑗不曾多想。

盛修沐道是。

未初刚过，盛昌侯也从衙门里回来。

大家纷纷起身给他行礼。

他坐下后，问盛修沐："明日清早赶路，谁跟着你去？"

盛修沐就把跟着的下人名字说给盛昌侯听。

第十四章 再遇萧郎

盛昌侯听了直颔首,道:"先不说这些。有件喜事,方才内侍传出音儿,贵妃娘娘诞下了一位皇子……"

盛夫人一听,大喜,哎哟一声:"已经诞下了?"

盛贵妃娘娘的产期就在这几日,盛夫人一直知晓,但是没有想到是今日。

盛昌侯眼睛里也噙着笑:"刚刚诞下,内侍就连忙禀了我。我想着你总是记挂此事,就回来告诉你一声。一会儿大约就有喜讯传来。"

盛夫人喜不自禁。

盛修沐也欢喜,又懊恼:"我不该今日告假的。倘若我在宫里,陛下肯定赏我的恩典去瞧瞧贵妃娘娘。"

东瑗也跟着笑。

盛贵妃娘娘又诞下了位皇子。

元昌帝只有二皇子和三皇子,太后总念叨说龙脉单薄,这回盛贵妃诞下皇子,元昌帝和太后都应该很欢喜吧?

东瑗仿佛看到了一丝明朗的局势。

只要朝中局势稳定下来,她也能获得一次喘息的机会。

盛家的富贵又要更上一层楼了。

黄昏酉正左右,宫里有内侍来盛家,把盛贵妃娘娘诞下四皇子、母子平安的话告诉了盛家。

盛家开宗祠,祭祀祖宗。

入了夜,盛昌侯在大门口燃放了二十八响鞭炮。

第二日,京都簪缨望族都知晓盛贵妃娘娘诞下了四皇子。

洗三朝那日,盛夫人换了一品诰命夫人的朝服,进宫去朝贺。

东瑗挺着大肚子,盛夫人怕她车马颠簸动了胎气,就让她待在家里不要出门。东瑗一整日都留在房里看着罗妈妈和橘红、橘香给她未出生的孩子做小衣服。

天气依旧阴沉寒冷,静摄院的东次间垂了厚厚的防寒帘幕,两个铜鼎燃着银炭,将暖流源源不断送出东次间的角落里。

西北墙角一盆文竹青翠欲滴。

蔷薇从外面进来,一身的雪珠。

东瑗和罗妈妈、橘红、橘香都微愣,笑着问她:"外头落雪呢?"

蔷薇失笑:"落了半日,你们居然不知道?"

她们几个人一直在说笑,真的不曾留意到是否落雪了。

蔷薇看了东瑗一眼,好似有话跟她说,低声道:"奶奶……"

东瑗会意,笑着起身带蔷薇进了内室。

橘香在外面吐舌头,悄悄跟橘红和罗妈妈道:"蔷薇又跟奶奶咬耳朵,她们时常偷偷说悄悄话儿。我听听她们说什么……"

说罢，便要蹑手蹑脚跟过去，贴着毡帘要听。

橘红就高声道："奶奶，橘香在帘外呢。"

橘香忙跑了回来，按住橘红要打。

东瑷撩起毡帘，笑道："橘香，你敢偷听我们说话，我就把你的大庄打发回田庄去，不叫他在京都伺候。"

橘香脸刷的红了，气得直跺脚。

橘红和罗妈妈笑得不行，拉了橘香坐下，不准她再去偷听。

"奶奶，是二房和三房孩子的事。"东瑷折回内室，蔷薇低声告诉她。

二房是说盛昌侯的二弟盛文明。

三房是盛昌侯的三弟盛文清。

东瑷进门就听说两位叔叔家有四位兄弟，却都没有子嗣，所以叫蔷薇先去打听到底为何。

她不由心中一动。

东瑷过府大半年了，盛昌侯夫人的两位妯娌只来过几次。

东瑷也只见过几位堂弟媳妇两次，根本就分不清她们。

两位叔叔家的四个堂弟年纪相差都不大。

她两个月前给了蔷薇三百两银子去买通关系打听这些事，蔷薇好似是第一次回来给她准信。

因为蔷薇办事仔细，东瑷知道她是想打听清楚了再说，怕零零碎碎的告诉东瑷，让东瑷担心。

"二房的四爷。"蔷薇从大的开始说起，"他只比咱们府里的三爷小一个月。四奶奶过门两年了，他只在四奶奶屋里歇了几夜。四爷有个很疼爱的姨娘，去年殁了，四爷就时常一个人歇在书房。如今越来越不好，身子都愁虚了，所以四奶奶和另外一个姨娘都没有子嗣。"

东瑷有些瞠目。

二房的四爷居然是这么个人。

任何人都有恋爱的权利，爱谁任凭他们的心。爱人死去了，从此生无可恋，也不算新闻。

十九岁正是迷惘多情的年纪，四爷这样，东瑷也觉得是人之常情。

她没有更多的感叹。

"三房的五爷、六爷是双生子，去年正月里五爷娶亲，二月里六爷娶亲。"蔷薇又道，"三老爷明知一年一门不能娶俩，却非要双喜临门，把两位爷的婚事一前一后办了。五爷从前爱骑马，有次摔下来，左腿到现在都不太利落……他们府里的人说……"

提起五爷，蔷薇脸有些红，嗫嗫嚅嚅半晌，才声如蚊蚋："二房的下人说，五奶奶其实是个活寡妇……"

就是说，五爷从马上摔下来，不仅仅是摔断了腿，还弄伤了他的命根子，他的性能力不行。

所以五爷房里没有孩子。这也太倒霉了。

"那六爷呢？"东瑷问。

"六爷的大姨娘怀了六月的身孕……"蔷薇提起六爷，终于露出几分轻快，"六奶奶肚子没动静，大姨娘不敢说，直到两个月前肚子渐渐凸起来，三夫人才发现，如今好生养着她呢。"

嫡妻没有怀孕之前，自然不会让妾室有身子。

可嫡妻进门快两年还不见动静，下面的姨娘们难免蠢蠢欲动。大姨娘可能就是六奶奶手下的漏网之鱼。

东瑷也松了一口气。

总算有个正常的。

"三房的庶长子，大约会跟我肚子里的孩子差不多的日子出来吧？"东瑷问。

蔷薇点头。

"二房的七爷才十五岁，去年年末娶亲的，七奶奶今年四月里方及笄呢。七奶奶生得很单薄。七爷夫妻感情倒是好，只是七奶奶身子骨弱，小日子不稳，不太好生养，大约还要等几年才有子嗣的。七爷没有姨娘。"蔷薇道。

如此一说，盛家二房和三房没有子嗣的原因就弄清楚了。

并不是某个人在背后操纵啊！

东瑷想起自己对盛昌侯的误会，心里有丝惭愧。她的公公虽然是个政客，同时也是个长辈。也许他也盼望家里多几个孩子吧？

东瑷怀孕这么久，一直也很安稳，没有谁下手害她。除了她和蔷薇防得比较严之外，也许是盛昌侯对孩子喜欢的态度，震慑了其他有想法的人吧？

盛昌侯喜欢东瑷肚子里的孩子，倘若孩子有事，只怕下手的人鸡飞蛋打，落不到好下场吧？她轻轻叹了口气。

"那二爷房里呢？"东瑷问，"四爷、五爷、六爷和七爷都年轻，二爷和二奶奶成亲可是快十年了，还有两位姨娘，怎么这些年只有蕙姐儿一个人？"

蔷薇依旧低着声音，反问东瑷："奶奶，其实您也能猜到二爷房里为何只有蕙姐儿一人吧？"

东瑷微愣。她嫁进门半年多，对二奶奶葛氏的脾气已经有些了解。

东瑷是镇显侯府的嫡女，又是御赐的柔嘉郡主。虽然空有郡主的名号，没有封地与府邸，可总归是圣旨上所说的"同亲王女"。

在盛家，她是世子爷盛修颐的嫡妻，虽是续弦，却也比二爷盛修海的嫡妻葛氏尊贵。

倘若葛氏有点见识，绝对不会给东瑷找茬。可是从东瑷进门第一天开始，葛氏就不停寻事。只不过都是些鸡毛蒜皮的小事，无关痛痒。

后来东瑷打听，方知晓盛夫人从前管家，总是带着二奶奶葛氏，让她帮衬一把。

东瑷进门后，二奶奶似乎是很怕东瑷占了她的位置。她却忘记了，东瑷才是宗族长媳，是盛昌侯府世子爷的嫡妻，未来的盛昌侯夫人。盛昌侯府，管家的大权迟早是东瑷的。二奶奶的担心与挑衅，毫无意义，只会令她在婆婆面前失了贤惠。

而二奶奶担心的事尚未发生，东瑷就怀了身孕。

这样，盛夫人更加不可能让东瑷取代二奶奶帮衬管家了。

二奶奶这才消停些，对东瑷也少了那份刻薄。

她这样害怕失去地位，这样见识浅陋，怎会在她自己生下儿子之前让妾室怀孕呢？

东瑷听到蔷薇的反问，就换了种问法："二奶奶为何只有蕙姐儿一人？"

蔷薇道："二奶奶从前身子不好，生蕙姐儿的时候吃了大亏，只差血崩而亡。如今还偶尔吃药呢。太医说，三五年之内不能有孩子，否则大人孩子都不容易保住。可是快十年了，二奶奶还是不见动静。"

想了想，又道，"二爷的傅姨娘生过一个小姐，八个月夭折了；徐姨娘怀过身子，四个月就小产了……"

东瑷骇然，问蔷薇："侯爷和夫人都不管？"

这样的事，应该可以猜测到是谁下手吧？

"二爷是通房生的，养在夫人名下。二爷自小就不得侯爷喜欢。夫人虽慈善，到底二爷不是她肚子里出来的，喜欢是有的，心里真正的疼爱怕是浅些。将来侯爷百年后，二奶奶和二爷是要分出去单过的。侯爷都不管，夫人岂是那管事的性子？"蔷薇缓缓道。

东瑷沉默不语。

想起成妇礼上第一次见面时，二爷那阴寒的眸子，东瑷对他就更加保留几分。

内宅里生活，自己都是火中取栗，明哲保身才是最关键的。

从蔷薇说的这几件事看，盛家子嗣单薄，至少跟盛昌侯没有明显的关系，她的孩子已经六个多月了，心也该放下来了。

主仆二人在内室说了半晌的话，罗妈妈估摸着她们也说完了，就高声在帘外道："奶奶，午膳的时辰了……"

东瑷笑了笑，跟蔷薇从内室出来。

橘香犹自不甘心，当着东瑷的面笑拉着蔷薇："这半日，你跟奶奶说啥了？也说给我们听听……"

蔷薇想了想，面容带着淡笑："奶奶让我去打听点事，我回奶奶呢。"

东瑷不解看着蔷薇。

罗妈妈和橘红有些惊诧。

橘香也微愣。她不过是调皮性子，随口问着有趣，哪里是真的想知道东瑷的秘密？

"……奶奶让我去打听哪个庙里的求子观音灵验。"蔷薇继续道，"说橘香姐姐嫁出去好几个月了，肚子不见动静，奶奶替橘香姐姐着急……"

第十四章 再遇萧郎

东瑗等人终于听出蔷薇的打趣之意，皆掩唇失笑。

橘香也反应过来，脸先红透了，追着蔷薇要打："作死的小蹄子，拿姐姐消遣！"

蔷薇往罗妈妈身后躲，也笑得喘气："好姐姐，我错了，您饶了我这回……"

橘香哪里肯依？橘红和罗妈妈又是拦又是劝又是笑，几个人闹作一团。

屋里服侍的大丫鬟夭桃、寻芳和碧秋见她们几个笑闹，也禁不住微笑起来。

东瑗脸上的笑意却淡了几分。

橘红和橘香出嫁在她之前，也快半年了啊。

橘香和橘红的男人虽然也在盛府当差，却都是小差事，级别低，只能住在下人们集体住的倒座里。

只有做到管事，才能分到一处小院，夫妻同住。

橘红和橘香的男人都是单独住在下人房里，有时也回东瑗陪嫁的宅子住。而橘红和橘香就住在东瑗这里。

因为她们皆有差事，每个月也就出去两次，和彼此的丈夫团聚。

光阴瞬息，东瑗都来不及留意，橘香和橘红已经出嫁好几个月了。不能总叫他们夫妻分离，这样太不人道。

想着，她就暗暗下了决心。

橘香和蔷薇还在笑闹，罗妈妈已经抽身，盼咐小丫鬟们去端了饭菜进来，伺候东瑗用膳。

吃了午饭，东瑗让她们几个都下去歇会儿，只留罗妈妈和蔷薇在跟前说话。

"不如暂时免了橘红和橘香的差事，让她们只在我跟前走动，陪着说笑。"东瑗询问罗妈妈和蔷薇的意见，"今日蔷薇提醒了我，橘红和橘香出嫁都快半年多，总不能叫他们年轻夫妻聚少离多吧？"

蔷薇抿唇笑了笑："奶奶，咱们院里人够使唤。只是橘香和橘红姐姐不常在跟前，奶奶要清冷些。您舍得吗？"

这是大实话。

院里的丫鬟，没有哪个像橘香那般开朗。少了橘香常在跟前，的确会少很多的欢乐。

除了蔷薇和罗妈妈，就是橘红和橘香让东瑗有种家人的亲密感。

罗妈妈笑道："奶奶说的在理，也该让他们夫妻多聚聚。"然后又笑道，"况且是在奶奶的宅子里住着，无事也能来府里陪您。"

东瑗笑道："不是还有蔷薇和妈妈您吗？"

就算是商量定下了。

东瑗中午略微睡了会儿，下午的雪下得更大了，扯絮般，把小径、虬枝、屋檐染上银装。

东瑗起床后，喊了橘红和橘香进来，把自己的意思说给她们听。

橘红和橘香知晓东瑗的用意后，都红了脸。

"等他做了管事，府里分了院子，自然就能住在一处。"橘红也羞赧，低声道，"我服侍奶奶吧。世子爷不在家，奶奶又怀着小少爷。蔷薇是尽心的，可她也只有一双手、一双目，做不到看不见的事，我也能帮衬着些。让橘香先去吧……"

橘香也忙道："我也等小少爷落地，世子爷回来了再出去。"

东瑷就笑："又不是以后不进来了。况且宅子里住着，每日也能进府走动……"

橘香有些犹豫。

橘红很坚持。

"橘香去年便嫁了，橘红今年三月才嫁的。"罗妈妈见橘红一副不放心东瑷的模样，最后道，"奶奶，橘香先出去，橘红再等半年吧。"

"是啊奶奶，我再等半年。"橘红忙接口，"况且在府里，又不是终年不见。奶奶一个月还准我们出去两日的……"

说着，她的脸又红了起来。

最后，只得先让橘香去跟她公公婆婆一起住在宅子里，橘红依旧留在东瑷身边。

雪越下越大，院里已经落了厚厚的一层。

姨娘们和孩子们冒雪来给东瑷请安。

略微坐了坐，东瑷就打发他们回去了。

东瑷打听盛夫人回了府，穿着银灰色鼠皮斗篷，由蔷薇和寻芳两人搀扶着，去给盛夫人请安。

盛夫人也回府不久，正在东次间捧着暖炉和康妈妈说话。

听到小丫鬟禀告说大奶奶来了，康妈妈忙迎了出来。

"落这么大的雪，地上滑得站不住脚。"盛夫人脸落下来，嗔怪道，"你倘若失了足，叫娘如何是好？以后有雪的日子就不要过来，不是早免了你的晨昏定省吗？"

然后喊了寻芳和蔷薇进来："下次你们也记着，雨天、雪天就拦着你们奶奶。要是有了闪失，你们有几个脑袋？"

蔷薇和寻芳忙跪下了磕头道是。

东瑷就笑着拉盛夫人的手："娘，您别气。媳妇是想着，您今日进宫见了贵妃娘娘和四皇子，想过来问问您娘娘和四皇子好不好。"

盛夫人转气为笑，还是念叨几句她不该冒失前来，让蔷薇和寻芳起身，才道："好着呢，好着呢。四皇子重七斤三两……"

说着，脸上满是笑。

"娘娘也好。"盛夫人继续道，"一点亏都没吃，一个半时辰就顺利诞下四皇子，比三皇子的时候容易多了。我进去瞧她，气色很好。"

东瑷也高兴含笑。

"阿瑷，薛淑妃娘娘也有了身子呢。"盛夫人又笑道，"淑妃娘娘如今是皇上跟前的红人，四皇子洗三朝她也来了。还问了很多你的事呢。"

薛东姝的封号是三品淑妃。

她也有了孩子啊。

"真的？"东瑷笑，"她还好吗？"

盛夫人呵呵笑道："好着呢。淑妃娘娘人好，太后和皇上都喜欢着她呢。"

盛贵妃娘娘刚刚诞下四皇子，薛东姝也怀了龙种，东瑷笑笑没有再多的评价。

盛夫人对这件事到底是什么态度，东瑷看不明白。她不想胡乱说话，踩中盛夫人的不悦之处。

这一夜，盛昌侯彻夜未归。

次日早起，地上厚厚一层雪，还上了冻，东瑷就没有去给盛夫人请安。

还是让蔷薇代她去说了声。

"奶奶，皇后娘娘薨了。"蔷薇回来的时候，对东瑷道。

皇后娘娘薨了？

东瑷微愣，问蔷薇："听谁说的？"

"夫人告诉我的。"蔷薇道，"宫里已经降旨报丧，皇后娘娘今日辰正一刻小殓，停灵在掖庭北门的携芳宫，内外命妇明日开始辰初入宫，哭丧七日。夫人说，让我们给奶奶多备几件防寒的衣裳……"

就是真事了。

盛贵妃娘娘刚刚诞下四皇子，尚未足月，皇后娘娘就崩了。

东瑷静静坐在炕上，声音没有惋惜与哀痛，反而带了几分欣慰："世子爷快要回来了……"

他成功了吧？西北大事未定的话，皇家是不敢动皇后娘娘的。如今大约是西北兵权旁落，皇上要打萧家一个措手不及。

可能西北也有消息传回来，只是盛昌侯不准内眷干涉朝政，割断了盛修颐的消息，不让东瑷和盛夫人知晓，怕她们胡乱担心。

如今终于大功告成，东瑷的心也落地了。

东瑷犹记去年腊月进宫见过的那名女子，她穿着皇后的朝服，表情肃穆坐在太后娘娘身边，端着母仪天下的架子。如今已是一缕芳魂泊天涯。

东瑷起身，让蔷薇服侍她换了件素净的月白色交领长袄。

元昌五年冬月十三日，皇后萧氏崩，辍朝五日，服缟素，日七奠，内外会集服布素，朝夕哭灵七日。百日内缟素。百日释服后，二十七月内素服。诣几筵，冠摘缨。葬皇陵，谥曰和瑞皇后。

东瑷吃了午饭，休息片刻，让丫鬟去告诉姨娘们，免了今日的请安。

"你去跟外院的管事说，我要一顶软轿。"东瑷对大丫鬟寻芳道，"抬轿的粗使婆子要两个，回头我会亲自禀告夫人的。"

寻芳知道东瑗这是要去给盛夫人请安。

落雪天路滑，盛夫人不准东瑗走过去，怕她动了胎气，如今坐轿过去，倒是无妨。

寻芳忙道是，出门穿了木屐子，就带着一个小丫鬟，急匆匆去了。

外院的管事听说是大奶奶要软轿和抬轿的粗使婆子，二话没说，寻了顶轻软的软轿，又打发两个身体高大强壮的婆子过来。

东瑗就由蔷薇和寻芳陪同，坐轿去了盛夫人的元阳阁。

盛夫人见她来，忙吩咐丫鬟替她褪了斗篷，又叫上滚烫的茶来。

婆媳坐下，盛夫人又怪她不听话，挺着大肚子冒雪而来。

一旁伺候的蔷薇就忙把软轿的事说给盛夫人听。

盛夫人这才笑："原是的。我也想着给你弄抬轿子进来，只是怕你多心，以为我做婆婆的刻薄，想着法儿非逼得媳妇晨昏定省立规矩……"

东瑗忙笑道："我要是如此不知好歹，娘也白疼我的。"

盛夫人眼角的笑犹盛。

东瑗见盛夫人没有怪罪，就道："娘，我原不比旁人金贵些，弄抬轿子进内宅，也是想着不让您担心我走雪路。还能时常来陪陪您。可各房没有这个定例，等我过了这段日子，依旧送回去。两个粗使的婆子，就从我房里出月例吧。等天气好些了，依旧叫她们回各自的差事。她们如今的差事，从我院里选两个婆子顶了……"

东瑗一边说，盛夫人和康妈妈都笑出来。

等她说完，盛夫人拉了她的手："你这孩子，难道家里用不起你这抬轿子？借着你这风头，娘也做做好人，给你二弟妹和奕姐儿也送一抬。下雪天过来确实不便宜。"

然后对康妈妈道："回头叫小丫鬟去告诉林久福，咱们府里以后就定下这规矩吧。雨雪天就派婆子们进来抬轿。"

东瑗忙给盛夫人道谢，又很不好意思道："我擅自做主，让府里又多了项开销……"

"不值什么。"盛夫人笑容慈祥，"你也是想着来给娘请安，又怕娘担心你走路不慎。冲着这份孝心，这点开销算什么呢？"东瑗又道了谢。

婆媳俩说着话儿，话题就自然转到了明日哭丧上。

"你瞧瞧这雪，明日是停不了的。"盛夫人眉心有了几分愁苦，"你也快七个月的身子，娘真怕你……"

怕东瑗受凉动了胎气，却又觉得说这等不吉利的话，好似诅咒般，到了嘴边的话又咽了下去。

"我多穿些。娘，我的身子一直很好，您不用担心。"东瑗安慰着盛夫人，又问她，"爹爹明日也要哭丧去吧？"

盛夫人道是："可不是……"

两人说着话，都是围绕雪天打转，盛夫人只字不提萧皇后的死，只说明日的哭丧。

皇后娘娘崩了，生了两个儿子的盛贵妃娘娘就有机会母仪天下，盛夫人心里未尝不喜欢。可不能说出来，甚至不能表露一点，否则就会连累盛贵妃娘娘和盛家。

东瑷自然不会去引她说。

正说着，外院的小丫鬟跑来说，镇显侯府的世子爷夫人来给盛夫人请安了。

盛夫人"哎哟"一声，回眸笑着对东瑷道："下这么大的雪，你大伯母怎么来了？"然后吩咐康妈妈："快带了人去接。"

康妈妈道是，带着香橼和一个小丫鬟去接东瑷的大伯母世子夫人。

两盏茶的工夫，院子里有笑声。

丫鬟们就忙扶东瑷和盛夫人下炕，去外间迎了镇显侯世子爷夫人。

康妈妈亲手撩起毡帘，世子夫人满面是笑走了进来，看到迎出来的盛夫人和东瑷，斗篷都来不及脱，屈膝给盛夫人行礼："亲家夫人，给您请安了。"

盛夫人跟世子夫人年纪相仿，虽品级比她高，却是儿女亲家，丝毫不敢拿大，平礼还了世子夫人："这天寒地冻的，您怎么来了？"

东瑷也屈膝给世子夫人行礼。

元阳阁的丫鬟们忙服侍世子夫人褪了斗篷，脱了木屐，盛夫人携了她进了东次间，吩咐丫鬟上滚滚的热茶来。

盛夫人迎着世子夫人炕上坐，东瑷陪坐在下首，世子夫人淡笑道："明日不是要给和瑞皇后哭丧？地上积了这么厚的雪，我们家老祖宗怕您冻了膝盖，叫我给您送东西来了……"

说着，喊了她一起来的丫鬟花忍把东西拿上来。

穿着葱绿色绫袄的丫鬟花忍就把一个墨绿色的包袱交到世子夫人的手里。

世子夫人摊开包袱，是两对灰褐色的皮草护膝。世子夫人嘴里只说给盛夫人送东西，可是送了两副，明眼人都明白是薛老祖宗怕东瑷冻着，特意叫世子夫人送来的。

又不能绕开盛夫人，索性拿了两套。

瞧着这皮毛莹莹闪光，一看就知道东西很贵重。

盛夫人很感激："老祖宗太客气了，我们怎么受得起？平日里我都没好东西孝敬老祖宗，还收老祖宗的东西。再说，大雪天劳您跑这一趟，我心里就更加不落忍了。"

世子夫人呵呵笑道："亲家夫人客气了。您别怪我们府里多事才好。"然后拿了护膝给盛夫人瞧，"倘若是普通的东西，也不会巴巴跑这一趟。这是海貂皮做的，滴水不透，比山里的皮毛都好。"

盛夫人这才目露惊诧，用手摸了摸，的确跟山里的皮毛不同，很滑溜。

世子夫人又解释道："我们家三老爷在南宛国游学，不知什么造化，居然做了那国主的师傅，教那国主些咱们中原的诗词。知晓盛京冬日寒冷，三爷从南宛国宫里拿了这个，前几日才送到盛京。"

盛夫人这回不敢收了，推辞道："老祖宗年纪大些，这个应给老祖宗的，我怎能收下？"

想着又觉得不妥，人家送这个来，分明不是为了给盛夫人的，而是给东瑗的。

盛夫人正想怎么改改这话，留下一副给东瑗，世子夫人已经笑道："您瞧，这大雪天我来一趟，您叫我又带回去？老祖宗还不骂我办事不力？您放心吧，总共送了三副来，老祖宗留着呢。"

三副，大约是镇显侯和老夫人一人一副，另外一副或许是给薛家什么要人的。

倘若是平日里，盛夫人也就顺势收下了。东西虽然很珍贵，盛家也是还得起的。

可恰逢国丧，这东西大有用处。薛东瑗头胎怀子，薛家是怕东瑗冻着了落下病根，又怕只给东瑗送，不给盛夫人送，盛夫人对媳妇和薛家有意见。这点情理，盛夫人怎会不明白？

她接了下来，对世子夫人道："您回去替我给老祖宗磕头。"然后拿出一副，另一副依旧用世子夫人带来的包袱裹着，推到世子夫人面前，笑道，"我是用不着的，阿瑗身怀六甲，我替她留了一副。这一副，您替我带回去给老侯爷。我和侯爷是晚辈，老侯爷是长辈，自然先孝敬老侯爷。"

世子夫人推了再推，盛夫人很坚持，世子夫人只得收下。

盛夫人又把留下的那副当着世子夫人的面给东瑗："你收着，明日就戴它。娘正愁明日你冻着，这下放心了。"

东瑗推辞："媳妇不敢受。怎能媳妇戴着这东西，叫爹娘受冻？"

盛夫人笑："家里有山里的皮草护膝，虽不及这个滴水不浸，却也是暖和的。你安心收下，来日诞下个大胖孙子，就是对爹娘极大的孝顺了。"

再推辞下去，显得很虚伪，东瑗脸微红，赶紧接了，让蔷薇收着。

世子夫人在一旁瞧着，微微颔首。

世子夫人给东瑗送了护膝，在盛家吃了午饭，又冒雪回镇显侯府。

盛夫人和东瑗也踩着厚厚积雪，一直送到垂花门前。

世子夫人回了薛府，刚到大门口时，见一队车马停顿，几个穿着蓑衣的婆子撑着伞，扶一位穿孔雀蓝缂丝斗篷的四旬妇人下车。

身后跟着两个石青色缂丝风氅的年轻男子。

世子夫人定睛瞧了瞧，见他们高马敞车，随行的都是强壮的脚力，像是从外地赶路而来。

瞧了再瞧，依旧不太记得是谁。

停了马车，婆子和花忍搀扶世子夫人下了马车。

门房上的人忙迎上来，给世子夫人撑伞。

停在世子夫人前面马车里下来的人就都回眸看。

门房的小厮见他们车马华丽，也上前恭敬问："哪里来的贵客？"

来客里的一个二十岁左右的男子正要答话，那四旬妇人却看着世子夫人出神，此刻"哎哟"一声："您是世子夫人吧？"

世子夫人微愣，越看这妇人越觉得眼熟，可现成的人就是想不起到底是谁，只得由丫

鬟搀扶着走近些。

那妇人迎了几步，笑道："多年不见，您还是这样的好气色。"

笑起来，右边脸颊有个小小梨涡，一脸的慈祥和蔼。

电光石火间，世子夫人猛然想起，惊愕道："您……您是韩家大太太？"

那妇人颔首："正是妾身。给您请安了。"

说着，冲世子夫人福了福身子。

世子夫人忙上前，搀扶了她："大舅母什么时候进京的？"

确定了对方的身份，世子夫人就换了称呼。

这妇人是当年韩尚书的大儿媳妇，东瑷生母韩氏的大嫂。他们家早年就搬回来韩尚书的桑梓安庆府。时过境迁，音容暗换，世子夫人一时间真没有想到是韩家的人来了。

"快里头请，快里头请！"世子夫人笑，也顾不上多问，"里头说话，怎么站在雪地里？"

韩大太太笑着道是，又喊了两个年轻的公子上前给世子夫人请安。

"这是老大乃宏，这是老三乃华……"韩大太太把两个年轻的公子介绍给世子夫人认识。

世子夫人笑着应了。见他们的车马随从，就知道他们是从安庆府刚刚进京的，世子夫人一手挽着韩大太太，一边吩咐管事把韩家的车马从侧门牵进去，好生款待韩家的随从。

自己则领着韩大太太和两位少爷去了老夫人的荣德阁。

老夫人年纪大些，应说记性不如世子夫人，却一眼认出了韩大太太。

韩大太太感激得眼里有泪，忙要跪下给老夫人磕头。

薛老夫人让丫鬟们扶住，不让她跪下。

韩大太太就让她的两个儿子给老夫人磕头。

两个年轻的少爷磕了头。

薛老夫人很欢喜，让他们在沿炕一排的太师椅上坐了。

韩大太太就笑着跟老夫人说起进京的缘由来："……瑷姐儿出阁时，老太太不太好，大老爷和二老爷都怕老太太撑不过，家里的人寸步不敢离，所以只派了仆妇给瑷姐儿送礼。

"后老太太竟大好了，又念叨着此事，说瑷姐儿是三娘留下唯一的骨血，韩家再落魄，也不能这样轻怠了瑷姐儿，让我们妯娌亲自走一趟盛京，给瑷姐儿送妆奁来。

"挨着就是秋闱，老太太又说，不如等乃宏、乃华兄弟过了试再说。倘若中举，进京参加春闱，我就陪着同来，打理着他们的吃食。

"祖宗保佑，他们兄弟皆过了乡试。我们都来不及宴请亲邻，就急急上京了，赶着给瑷姐儿送妆奁。哪里想到，今年这样早雪，在衮州就遇上了，冒雪拖延到今日才到……"

听说是给东瑷送嫁妆来的，薛老夫人也想起了死去的韩氏，一阵心酸。

又听说韩家两位少爷皆中举，又是高兴。

"两位哥儿都是少年进学，将来前途不可限量。"薛老夫人笑着，让丫鬟去取状元及第的彩头来赏两位少爷。

韩乃宏今年二十三，而三少爷韩乃华才十五岁。

这样年轻的举人，薛老夫人稀罕不已，让韩乃宏和韩乃华兄弟上前，坐到她身边的炕上。

"娶亲了不曾？"薛老夫人问韩家三少爷韩乃华。

韩大太太就忙代答："老太太说学业要紧，还不曾定人家呢。"然后想了想，又道，"老夫人有好人家，替我们乃华说说，就是他极大的福气了。"

韩家原本退出朝廷，直到新帝五年才送孩子进学，大约也是想重返京都世家，争取些官爵。

韩乃华未定亲，一来是为了不让他分心念书；其二，恐怕也有些瞧不上安庆府小地方出身的女儿，想着聘门盛京的望族千金吧？

倘若韩乃华春闱过了，就是十五岁的少年进士，又是韩老尚书的嫡亲孙子。单单这两样，娶门诗礼望族的小姐不成问题。

薛老夫人想着，就痛快答应了，拉着韩乃华的手道："过了春闱，我就替咱们的少年进士定门好亲事。"

韩乃华脸微红，一时间不知道该说什么。

韩大太太听出了薛老夫人的弦外之音。是替少年韩进士定门好姻亲，而不是韩少爷或者落第举人。

韩家离京十几年，早已人走茶凉，除非韩乃华少年进学，否则也难再入高门的。韩大太太心里明白，还是忍不住酸了酸。

说着说着，话题就绕到了国丧上。

韩大太太"哎哟"一声："我们进城的时候，满城素缟，我正满心疑惑，又怕问了不吉利。原是皇后娘娘薨了……"

语气里焦急起来。

皇后崩了，那明年春季的春闱还举行不举行啊？

薛老夫人看出韩大太太的担忧，就道："新帝首开恩科，自不会中断为国取才……"

后面的话，也不好再说了。

韩大太太是通透人，一点就通，当即明白过来，表情微微松弛。

"那我过了国丧再去盛昌侯府瞧瞧瑷姐儿。"韩大太太把话题绕过来，"她也是要进宫哭丧的吧？"

世子夫人接口笑道："再过几日，大舅母不仅要备好瑷姐儿的妆奁，还要备好小外孙的三朝礼呢。"

韩大太太眼眸亮了亮："瑷姐儿有喜了？"

提起这事，最高兴的是薛老夫人："过门就有喜，已六个多月呢。"

"都是老祖宗给她的福气。"韩大太太唏嘘。

世子夫人问他们在哪里落脚。

韩大太太道："从前老太爷在世，置了几处宅子。只是我们新来，那些看门的下人恐怕样样都不齐全。本不敢打搅，又怕老祖宗觉得我们硬气，就先打扰一日。明日打扫了宅子就搬过去。"

老夫人道："这大雪天，就算置办齐全了也不便宜。咱们府里旁的不说，暖和的空房是有几间的，丫鬟婆子、用度一应整齐，何必再去费事？我倚老卖老，留大舅太太和两位表少爷住了。"

世子夫人也道："是这话！大舅母安心住在我们这里，平日陪着老祖宗说笑，老祖宗跟前也热闹一时。两位表少爷就在我们家外院住着。我们家不算书香门庭，却又有几个念书的孩子，一处念书做文章，也好过兄弟俩孤灯念书。"

韩大太太道："状元郎府里说不算书香门庭？那旁人家都不敢说念过书的。"

说得满屋子都笑。

世子夫人见韩大太太答应了，就吩咐丫鬟们去准备好客房，让韩大太太住下。

韩大太太进京，也带了丫鬟婆子，薛老夫人还是把身边的绿浮拨给她用。

下午家里的各房都听说韩家两位表少爷和韩大太太进京了，纷纷到老夫人的荣德阁来看。

韩大太太看到五夫人杨氏，虽客气着见礼，脸上的笑就轻了几分。

五夫人见到韩大太太，也不自在。

五夫人曾经如何对东瑗，韩家也是听闻过的。只是那时韩尚书已经致仕，韩家无能力替东瑗讨回公道。

对东瑗的继母，韩家都是恨的。

晚些众人散去，韩大太太也由丫鬟带着去了客房歇息。

世子夫人却留了下来。

她有些忧心对老夫人道："娘，这大舅母不会把当年的事说给瑗姐儿听吧？"

老夫人不以为意，道："韩三娘是怎样的人，咱们心里都有数的，只是小五那混子，听人挑拨就胡乱疑她。不妨事的。小五那样对瑗姐儿，你打量瑗姐儿猜不着几分？三娘磊落，瑗姐儿倘若听了闲话就疑自己的生母，也是个不值得人疼的。"

东瑗的母亲是韩家女儿中的老大。韩家却是把女儿的排行跟兄弟算在一起。

韩氏有两个哥哥，她虽是大女儿，却有个小名叫三娘。

世子夫人笑笑："我也是怕瑗姐儿多心。倘若她多心，疑惑是咱们府里害死了三娘，只怕……"

老夫人顿了顿，沉默半晌才叹气："三娘的确是死在薛家的。瑗姐儿倘若要怨，也没有怨错。"

我不杀伯仁，伯仁却因我而死，老夫人心里是有些愧疚的吧？

世子夫人见老夫人感伤，忙打住不提了。

国丧七日，到了第三日终于放晴，内外命妇进宫哭丧也不用那般辛苦。

国丧第八日那天，薛老侯爷素服进了内院。遣了屋里服侍的，对老夫人道："西北大营有了消息，萧宣孝失踪了，巡察使拿了西北大军的兵符，不日返京。天和立大功了！"

说罢，脸上有了喜色。

老夫人笑道："侯爷，您亲手为盛家世子爷扬名，不怕将来他会成为盛家刺向咱们家的利器吗？"

薛老侯爷微顿，片刻后才道："举贤不避亲仇，俯仰无愧天地，对得起江山社稷，百姓黎民，足矣！"

薛老夫人听着老侯爷说得大义凛然，就哈哈大笑："您真的没有私心？"

薛老侯爷抿唇不答，眼里却闪烁着光芒。

老夫人忍不住笑："您真是越老越狡诈了。"

薛老侯爷却道："愁人之所忧，达人之所欲，成人之所求，夫人怎么说我狡诈？是盛文晖想让他的儿子出仕，亦想让其子扬名。我不过是助力而已，又不是害他……"

老夫人忍不住笑，却又想起身在盛家的薛东瑗，心里的开心就减了五分。

"盛文晖算计失利，会不会为难我的瑗姐儿？"老夫人担忧，"咱们世代声誉，族无犯罪之男，家无再嫁之女，瑗姐儿定是一辈子要在盛家的。"

想着，薛老夫人不由又恨起太后和皇上来。

都是他们那对母子，把瑗姐儿赐婚盛修颐，让老夫人陷入两难境地。

可抱怨皇上和太后，会遭天谴的，薛老夫人也是在心里恨几句，不敢说出口来。

提起在盛家的东瑗，老侯爷也叹了口气："倘若我们家落败，瑗姐儿断了依靠，才真正随盛家拿捏。只是咱们家赢了，盛文晖就算恨瑗姐儿，亦要敬重我们几分，表面上不敢为难她。"

战国策里说，同仇者相亲，同欲者相憎。盛文晖和薛家现在有共同的仇敌，自然是相亲的。

可他们也有共同的欲望，将来必然相争。

嫁入盛家门的薛氏女，便要学会在夹缝里求生。

这便是政治。

老侯爷和老夫人在内室说了半晌的话，盛家那边也知晓盛修颐即将回京的事。

盛昌侯告诉了盛夫人。

盛夫人转头就叫人去告诉了东瑗。

东瑗听到这个消息，心里也是高兴的，忙来了元阳阁，问盛夫人："世子爷能赶上回京过年吗？"

盛夫人笑道："快马加鞭，或许赶得上元宵节。"

就是说，过年是赶不上了。

"世子爷此次归来，是要加官晋爵的吧？"东瑗知道盛夫人心里喜欢，笑着问她。

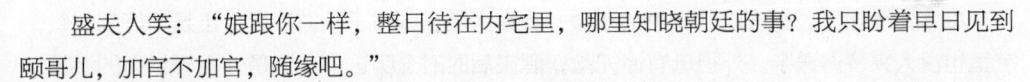

盛夫人笑："娘跟你一样，整日待在内宅里，哪里知晓朝廷的事？我只盼着早日见到颐哥儿，加官不加官，随缘吧。"

东瑷笑了笑。

婆媳俩欢喜说笑了一阵，外院的小厮进来说大奶奶的舅母来瞧大奶奶了。

盛夫人有些吃惊，看着东瑷。

东瑷以为是五夫人杨氏的娘家人，心里疑惑建衡伯府的人要见自己做什么，盛夫人已道："快请进来。"

东瑷和盛夫人站在元阳阁门口迎接，是个穿着绛紫色遍地金通袖绫袄的四旬妇人，白皙肌肤，圆脸杏目，笑起来脸颊有个小小梨涡，让她看上去很慈善。

盛夫人对这个舅母的第一印象很好，觉得她是个心地善良的人。

东瑷却蹙了蹙眉。建衡伯府的两位夫人她是见过的，这妇人并不是建衡伯府的人。难道是韩家的？

想着，她又细看那妇人，那妇人就由迎接她的康妈妈和香橼等众丫鬟搀扶到了跟前。

老夫人身边的绿浮跟着伺候。

"夫人。"韩大太太给盛夫人屈膝行礼。

盛夫人看了眼东瑷，见她比自己还要疑惑，就不管了，也给这位韩大太太行礼。

东瑷听闻是舅母，虽不知身份，照样先行了礼。

绿浮尚未上前开口，韩大太太待东瑷行礼后，眼泪就簌簌落下来："这是瑷姐儿？你和三娘长得一模一样。三娘去了这些年，我竟又见着了……"

说罢，真的动情哽咽起来。

东瑷便确定了她是生母韩氏的大嫂，眼里有些涩，又给她行礼，喊了舅母。

一旁的大丫鬟们忙劝，递帕子给韩大太太。

盛夫人也劝。

一行人进了暖和的内室，丫鬟们上了茶，韩大太太依旧在打量着东瑷，又是喜欢又是叹气："咱们家离京的时候，你还那么小，也像三娘。如今就是活脱脱三娘当年的样子了。"

说着，又忍不住落泪。

盛夫人也陪着湿了眼眶。

韩大太太止了泪，讪笑道："夫人您瞧瞧我，一见到瑷姐儿就失了态，惹得您也跟着伤心。"

盛夫人也知道韩家的事，明白她们娘们是多年未见的，东瑷又长得像她的母亲，韩大太太动情是情理之中，就道："哪里话？舅母来瞧阿瑷，我心里喜欢着呢。"

韩大太太半晌拭泪，又把上京的目的跟东瑷和盛夫人说了一遍，还叫身后的丫鬟端了一只檀木锦盒进来。

那锦盒比平常的首饰匣子大好几倍，丫鬟抱着很沉手，应该是不少的首饰。

韩大太太接了，搁在炕几上推给东瑷："你大婚那些日子，你外祖母正是不好的时候，家里也没人来替你送亲。外祖母有惊无险，醒来后时时念叨这事。这是外祖母给你的添箱，切莫嫌东西轻。"

东瑷起身，又给韩大太太行礼："多谢外祖母挂念，辛苦舅母携来。舅母替外祖母受瑷姐儿三个头。"

说着就要跪下去。

韩大太太忙拉住："你怀着身子呢，快起来，快起来！"然后又哽咽道，"看到你都好，我回去告诉你外祖母，她老人家也宽心。"

不知道为何，东瑷听着这些话，眼角就湿了。

她出阁的时候，韩家不曾来人，她也没有抱怨过。毕竟她只是个外甥女。

如今看着这首饰匣子，心里的暖意就止不住涌上来。

彼此默默抹泪了半晌，才把初次见面的这点感动揭过去。

盛夫人听说韩家两位少爷皆中举，现在住在镇显侯府等着春闱，就道："舅母带着两个表少爷，也到我们府里住住。"

韩大太太道："薛家老祖宗留得诚，那里住得也便宜，多谢夫人的美意了。"又道，"我们安庆府的规矩，不能在外人家过年，所以近几日在收拾宅子，趁年前搬进去。倘若夫人和瑷姐儿不嫌弃寒舍简陋，他日去坐坐。"

看这架势，是要在盛京重新落足吗？

东瑷想着，就忙道好。

盛夫人也说好。

韩大太太在盛家吃了午饭，陪盛夫人说了半下午的话，才回了镇显侯府。

她前脚进门，东瑷和盛夫人给韩家两位少爷的贺礼就送到了。

韩大太太见盛夫人也是一派的和气，跟薛家一样不拿乔，心里也很欣慰。

回去说给老太太听，知道三娘的女儿嫁到不错的人家，还有个和气的婆婆，老太太也是高兴的。

冬月二十九那日，宜搬家，韩大太太就带着两位少爷，搬回了韩尚书曾经置办的宅子。

薛家和盛家都送了厚礼。

元昌五年腊月初八，又是一年的腊八节。早上刚刚吃过腊八粥，就听说萧太傅请求致仕，他的党羽纷纷请求罢官。以抗议巡察使搅乱西北大营。

不曾想，一向对萧太傅敬畏有加的元昌帝欣然同意了。

朝中的文武将，一下子就免了将近一半的人，朝廷瞬间就瘫痪了。

萧太傅犹自得意时，没过几日，就听闻他的长子萧宣孝的死讯。

这个消息一公布，很多投靠萧太傅的大臣便起了悔恨之心。

元昌帝知道人心动摇，再降圣旨，将请辞的官员全部官升一级，加俸两成，承诺绝不秋后算账。

这件事就一直闹到元昌六年的正月里。

正以为局势要稳，却突然发生宫变，萧太傅埋在宫里的侍卫和太监冲进了各个宫殿，砍杀妃子皇子。

薛老侯爷和盛昌侯带着一干家奴护驾。

盛昌侯的三子盛修沐有万夫不当之勇，护住了元昌帝，生擒了萧太傅。

宫里太监、宫女损伤不少，可妃子皇子公主都安全无虞。

如何处置萧太傅，便成了元昌帝再次为难之事。

而在这次动乱中，太后娘娘惊吓过度，还被砍伤了腿，从此昏昏沉沉的，有些神志不清。

而后，她的情况越来越糟糕，甚至说皇上不是她亲生的，而是陈淑妃生的，还说陈淑妃找她索命。

皇上日夜不解衣在太后床前侍疾。

最后，太医纷纷觐言，送太后去皇家山庄静养，宫里不适合太后居住。

六宫短短几个月内，既没了皇后，又没了太后，各宫里的娘娘纷纷行动，有巴结薛贵妃的，有巴结盛贵妃的，还有巴结薛淑妃的，一时间人心不稳。

而元昌帝好似不明白，只是偶尔去盛贵妃的宫里去得勤快些。

风向改变了，众人猜测将来母仪天下的，定是盛贵妃娘娘。

而朝廷ţ，萧太傅全族交押大理寺，等待审判。萧太傅的党羽太多，倘若随便就杀了他，这些党羽可能人人自危，朝中又是一番动荡。

怎么处置萧太傅和萧家，还需从长计议。

一场浩劫过后，便是花开春暖之日，三月的骄阳异样明媚。

盛修颐再次踏回盛京时，朝中文武数官在西武门迎接他。

穿着素服、面容缓和的盛昌侯立在众人之首。

出京都时，众人皆以为他是去送死；等他再回来时，已经满朝传诵。

这期间，整整九个月，只有盛修颐知晓自己经历了些什么。

东瑷和盛夫人也准备好迎接盛修颐。

跟盛夫人立在垂花门前翘首以盼的东瑷，突然觉得下腹坠痛难忍。

她扶着蔷薇的手，忍不住呻吟着弯下了身子。

"奶奶要生了。"

午后的春阳明妍温暖，静静洒在静摄院中一株吐蕊盛放的桃树上，引得彩蝶翩跹，媚花争艳。

院里的丫鬟婆子们身影密集匆忙，却个个放缓了脚步，似怕惊醒了暖暖午后思睡的雪猫。

那只猫是表小姐秦奕的，不知何时偷跑来了静摄院，居然安逸躺在藤架下眯着眼睛打盹。

一声声的惨叫从东南耳房里传来，终于打破了院落的静谧。

雪猫也猛然一惊，越墙而去。

东瑗的羊水破到现在，已经两个时辰，阵阵的宫缩令她痛得几欲昏厥。

她在稳婆的指导下，吸气、呼气，仍然觉得剧痛难忍。

盛夫人没有进产房，只是在西次间摆了白玉观音，点了香，跪在蒲团上念经替东瑗祈祷。一阵阵的惨叫令她心里不稳，几次念经被打断。

康妈妈和静摄院的罗妈妈、橘红、蔷薇、寻芳、碧秋、夭桃全部在产房里伺候着。

初次诞子是很辛苦的，东瑗的情况已经是很好了。

稳婆一直在说大奶奶用力、吸气。

东瑗满头大汗，紧紧攥住罗妈妈的手，不停地用力。

"瑗姐儿，别怕，别怕。"罗妈妈比东瑗还要紧张，生怕她初次生产时慌了手脚，不停替她拭汗，"快下来了……"

"妈妈，妈妈。"东瑗大口大口地喘气，声音沙哑，神志不似以往那么清晰了，"妈妈，倘若是女孩子，怎么办？"

罗妈妈安慰她："定是个公子，瑗姐儿你放心。"

东瑗自从怀孕后，一直不曾求佛烧香，也从不避讳说起倘若是生个千金如何如何。

她是继室，盛家世子爷已经有了嫡子、庶子，不需东瑗急着为盛家添香火。哪怕她这胎是个女儿，盛夫人和盛家世子爷亦不会对她轻待。

所以罗妈妈和蔷薇、橘红等人也没有过多地担心生下个女儿的，都很随缘。

此刻听东瑗这样问，几个亲近的才懊恼不已。

原来她一直在担心，只是从来不说。

康妈妈在一旁帮衬着，也微微叹了口气。

谁不盼着头胎是个公子？

"……倘若是个女儿，长得像我……又是一生受苦的命……"东瑗一边用力，一边嘶哑着嗓子对罗妈妈道，她需要说话来保持自己的清醒，"家里人总在我背后说我是狐媚子，我知道……妈妈，您求菩萨，保佑我别生个女儿，别让女孩儿投胎到我身上，吃尽了一辈子的苦……"

罗妈妈就想起东瑗十几岁的年纪，正是女子青春美丽的好年华，她从来不敢穿颜色鲜艳的衣裳，谨慎小心过日子，到头来还惹了皇帝，莫名被赐婚，罗妈妈的眼泪就簌簌落下来。

"瑗姐儿，妈妈替你求菩萨，妈妈替你求，定是个公子……"罗妈妈哽咽着说道。

蔷薇和橘红也红了眼眶。

康妈妈听着，眼睛微涩。真是各人有各人的辛苦。旁人都说这大奶奶长得好，殊不知她没有嫁进来之前，连盛夫人那么善良的人都担心她性格轻佻。

长得太艳了，也是苦。

这还是旁人能看到的苦，也许她心里的苦更多。

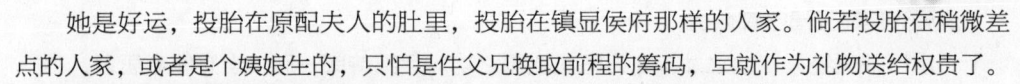

她是好运，投胎在原配夫人的肚里，投胎在镇显侯府那样的人家。倘若投胎在稍微差点的人家，或者是个姨娘生的，只怕是件父兄换取前程的筹码，早就作为礼物送给权贵了。

　　这样的事太常见了。静摄院的范姨娘，不就是兴平王送给世子爷的？

　　康妈妈想着，就听到稳婆欣喜的声音："出来了，头出来了……大奶奶，大奶奶，您再使劲……"

　　小丫鬟忙去禀告了盛夫人。

　　半个时辰后，耳房里传来清脆的婴儿啼哭声。

　　禁宫的金銮殿内，文武百官站满了殿堂，将金碧辉煌的宫殿渲染了几分热闹，不再那般清冷。

　　"……御前四品带刀侍卫盛修沐，因掖庭叛乱中勤王首功，御赐正四品奉恩将军，着觐沐恩伯，世袭三代。"主管太监娄友德阴柔的嗓音在金銮殿内缓缓响起，念着给盛家第三子盛修沐加官晋爵的圣旨。

　　佩刀环伺帝王的盛修沐缓步上前，恭敬磕头谢恩。

　　世袭三代的沐恩伯，这算是很高的赏赐了。

　　盛昌侯听着，就微微颔首。

　　他觉得这个奖赏是他儿子应得的，所以很欣慰。

　　然后娄友德又念了盛昌侯的赏赐。他现在是兵部尚书，因萧太傅作乱被擒，现如今三公中权利最大的太傅之位空闲。

　　于是盛尚书擢升为盛太傅。

　　大殿内有人的目光带着艳羡，有人带着嫉妒，有人带着巴结讨好，而刚刚从西北归来的盛修颐垂头不语，他的目光变得有几分晦涩。

　　而列为百官之首的太师薛镇显却眼睛越发明亮。

　　他的心里对另外一件事终于有了谱儿，所以忍不住高兴。

　　接着，就是这次清除萧太傅极其党羽中立功最大的盛修颐了。

　　盛文晖擢升了太傅，兵部尚书一位空闲，皇帝早就想好了让现任的兵部侍郎、薛老侯爷的门生秦伯平出任。

　　秦侍郎成为秦尚书后，兵部侍郎之职空闲，正好可以给盛修颐。

　　于是盛修颐的赏赐就是正三品的兵部侍郎。

　　盛昌侯对这个赏赐也很满意。

　　薛老侯爷就更加满意了。

　　皇帝对盛家父子的赏赐越多，越会相应地补偿这次清除萧太傅党羽中同样出力的薛家。

　　而薛家在朝廷里没有儿郎可以加官，自然会把补偿转移到内宫的娘娘和皇子身上。

　　当圣旨赐下的时候，盛修颐上前几步，却没有接过圣旨，只是跪着给元昌帝磕头："陛下，小臣才疏学浅，不足以堪大任，求陛下收回成命。"

满殿大臣和元昌帝都微愣。

"小臣并无经天纬地之才,亦无匡扶社稷之功。兵部侍郎一职,当有能者居之,小臣自愧不能担重任,求陛下重罚。"盛修颐的头贴着金銮殿内的大理石地板,字字清晰。

盛昌侯的脸色瞬间变得很难看。

他很想上前呵斥盛修颐。

这是他绝好的机会,可以在朝中平步青云,也可以成为盛昌侯的帮手,他却推辞了。

下次再想一下子从刑部的五品郎中升任到兵部三品侍郎,就没有这么好的名正言顺的机遇了。

盛昌侯气得很想踹儿子一脚。

无奈这是大殿,他什么都不敢说。

大臣中有人低声交头接耳,满殿顿时嘈嘈窃窃起来。

薛老侯爷看着盛修颐的背影,表情多了几分深邃与慎重,还有些许的满意。

好半晌,元昌帝才重重咳嗽。

满殿顿时静谧无声。

"既这样,赏赐盛郎中黄金八百两,良田三千亩吧。"元昌帝好似很为难的样子,语气里却有几分轻快。

用八百两黄金和三千亩良田,就换了盛修颐的三品兵部侍郎,盛昌侯气得想吐血。

盛修颐谢恩,退了下去。

盛昌侯的脸色已经铁青。

接着就议如何处置萧太傅。

主张灭族的人占了大部分。

满朝的大臣不曾投靠萧太傅的,都被萧太傅整治过,对他恨之入骨;投靠萧太傅、又被元昌帝恩泽既往不咎的,恨不能跟萧太傅划清界限。

所以都主张灭萧氏九族。

盛昌侯亦觉得应该灭了萧氏满门,这样他就可以不用娶一个萧氏的儿媳妇进门了。

最后,元昌帝还是问一直沉默的薛太师薛镇显。

薛老侯爷步履沉稳,上前一步道:"陛下,萧氏盘桓朝野十几年,不管是自愿依附还是被迫投靠,总牵扯着朝中各方势力。一念之差祸乱掖庭,亦是他个人的冤孽。且他在朝有功有过,自当功过互抵。不如凌迟处死萧衍飞,夺其爵,没收其家产,萧氏子嗣五代不得入朝为官、不得进学,逐出京师。既恩典了萧衍飞,亦恩典其依附者,既往不咎吧。"

倘若灭了萧太傅九族,他曾经的党羽自然亦要重罚,才能服众。

就像薛老侯爷所言,他盘桓朝野十几年,不管是自愿还是慑其淫威者,举不胜数。倘若真的要处罚,不说皇帝失言,亦会朝野动荡。

薛老侯爷的话,中了很多大臣的心思。

只是他们不敢言，怕陛下以为是替萧氏说情，牵连自身。

元昌帝对这个处置方法虽不甘心，可想着满朝文武的确像薛老侯爷所言，跟萧氏皆有瓜葛。他总不能处置了满朝的人。这样，会政局不稳的。

最后，就定了薛老侯爷的处置法子。

萧衍飞被凌迟处死，没其家产，其嫡妻、嫡子、嫡女流放千里，庶子庶女逐出京师，五代不得入朝为官、不得进学。

众人皆松了口气。这场浩劫终于过去了吧？

下朝后，盛昌侯怒视了一眼盛修颐，快步走了出去。

盛修颐和盛修沐只得跟上去。

盛修沐有些担忧看了眼盛修颐。

"天和……"薛老侯爷在身后喊盛修颐。

盛修颐停住脚步，回头就见薛老侯爷和薛家世子爷薛子侑笑盈盈走了过来。

他忙上前行礼，尚未说话，就见娄友德跑得气喘吁吁，喊了薛老侯爷和薛子侑、盛昌侯、盛修沐和盛修颐等人，笑道："陛下请您几位御书房说话。"

第十五章　沧海遗珠

几个人都停住脚步，彼此对视一眼，心里猜测元昌帝让他们留下是什么缘故。

"有劳公公。"盛昌侯和镇显侯都纷纷道谢。

在娄友德的带领下，众人进了御书房。

元昌帝褪了龙袍，换了平常的绣双龙锦袍，正在伏案批阅奏折。见薛老侯爷和薛子侑、盛昌侯父子三人进来，元昌帝微微颔首，让太监给他们赐座。

几个人坐下，元昌帝指了指御书案上厚厚一摞奏折，让太监拿给盛昌侯和镇显侯看。

两位侯爷翻开来瞧，皆是皇后头七过后，众大臣参议立后和立储之事。

元昌帝站起身，对薛家和盛家的几个人笑道："这只是很少的一部分，还有大批的奏折，皆是上书早日立储立后，早固国本。薛太师和盛太傅皆是朕的股肱大臣，朕想听听你们对立储、立后的看法。"

盛家三爷盛修沐忍不住心里想，真够为难人的，薛家肯定想立二皇子为储，薛贵妃娘娘为后；盛家自然是想立三皇子为皇储，盛贵妃娘娘为后。皇上明知两家的心思，还故意如此问。

这怎么回答？

两位侯爷也半晌不语，都在猜测元昌帝的用意，生怕说错了惹恼了皇帝。

"薛太师，您说呢？"元昌帝突然开口问。

薛老侯爷笑了笑，道："陛下，老臣不过是太师闲职，倘若圣恩眷顾，早已致仕归隐，朝中大事，老臣岂敢胡乱圈点？盛太傅年富力强，是国之栋梁，老臣想听听盛太傅的看法。"

倚老卖老，把问题踢到盛昌侯这里。

盛昌侯心里恨薛老侯爷的狡猾，也道："薛太师过谦。您是三朝元勋，比我等有见识。我等皆洗耳听薛太师的高见。"

相互推诿。

薛老侯爷哈哈笑起来："什么三朝元勋，老骨头一把。不过是圣恩盛隆，才积年赖居朝堂。未来咱们圣朝，要靠盛太傅中流砥柱。您但说无妨。"

元昌帝看出了这两位老狐狸在相互推卸，便知道问不出所以然，呵呵笑起来，打断了两位侯爷的对弈："今日留下几位，亦并不是为了此事。天和得胜回朝，朕备了家宴款待，想请薛太师陪同。"

说罢，转脸问盛修颐："天和还没有见过四皇子吧？"

盛修颐去西北，是盛昌侯和镇显侯共同保举的。如今宫里设宴为他接风，请镇显侯和镇显侯世子爷作陪，也是情理之中的。

况且两家都是皇亲。

盛修颐连忙起身，恭敬道："臣恭喜陛下喜得龙子，臣尚未见过四皇子。"

元昌帝笑起来，起身带着他们去熙宁宫入宴。

又吩咐娄友德："去把四皇子抱来，给国舅爷瞧瞧。"

娄友德道是。

几个人跟着元昌帝，去了御书房西南角的熙宁宫用膳。

那里早已备了珍馐肴馔，琼浆美醪。

元昌帝居首席，依次是镇显侯、盛昌侯、沐恩伯盛修沐、薛子侑、盛修颐。坐定后，便有内侍进来服侍用膳。

四周垂着湘竹帘幕，一阵窸窸窣窣的脚步声，乐工轻坐在帘幕后。片刻便有悠扬丝竹声入耳。

酒过几巡，元昌帝似有醉意。

内侍抱了四皇子来。

盛修颐上前给襁褓里的四皇子行礼，夸他面相富贵。

元昌帝见盛修颐丝毫没有年轻人的傲气，言行谨慎小心，甚至有些胆小。他真的难以置信盛修颐可以收服西北大营的那群大老粗。

可当着盛昌侯和镇显侯的面，元昌帝又不好质疑功臣。

内侍抱着四皇子，镇显侯和盛昌侯亦纷纷上前行礼。

一圈下来，内侍又把四皇子抱了下去。

元昌帝看了眼坐在下首的盛文晖和盛修颐，将酒樽搁在案几上，笑着问道："朕听闻柔嘉身怀六甲,小公子尚未出世吗?"

东瑗是御赐的柔嘉郡主,视同元昌帝的姐妹。所以他问起柔嘉,语气很随意,好似兄长对妹妹的关心。

盛修颐走的时候,东瑗只是猜测有了身孕,并未确诊。

看来是怀了身子。

他拿着银饰象牙箸的手微微紧了紧,瞬间又松开。

而在场的其他人都心里一咯噔,怎么好好问起东瑗?元昌帝对东瑗的心思,甚至被东瑗刺伤一次,旁人可能不知道,盛昌侯和镇显侯、薛子侑、盛修颐、盛修沐心里却是一清二楚的。

盛昌侯心里起了些许戒备,却不敢不答:"回陛下,太医说郡主是这几日临盆的日子。不过孩子尚未出世。"

元昌帝的表情就微微顿了顿。

众人皆看得清楚。

薛老侯爷心头涌起些许的不安来。

薛老夫人说过,元昌帝一生没有吃过太多的亏。太后进宫八年才得了太子,先皇百般宠爱。倘若说让他不得如愿的,就是太后和萧太傅。

萧太傅尚未除去,太后就疯了。

而今萧太傅亦定罪。

那么近来让他求而不得的,只有薛氏东瑗了。

"朕……"元昌帝倏然站起身,身子有些晃,好似醉了般,娄友德忙搀扶着他。

元昌帝推开他的手,道:"朕没醉。"然后他摇摇晃晃般站立着,高声道,"朕践祚六年,如今江山方才安定,窃国恶贼才除。这些年,朕的江山大权旁落,以致黎民百姓受苦。此乃为君不义。"

然后他缓步下了高阶,背着手,身子依旧微晃。

御前侍卫小心跟在他身后。

他继续道:"太后十月怀胎,一朝分娩才有了朕。如今内乱始除,太后却重病,神志不清,而朕束手无策。此乃为子不孝。"

"皇后崩,尚未出服,萧家就家破人亡。虽是国法难容萧家,终归是朕愧对结发爱妻。此乃为夫不仁。"

元昌帝一边走,一边慢慢道来。

他好似在叙述自己的几大罪状。

最后,他站在盛修颐面前,顿了半晌,才道:"……明珠遗海,此乃为父不慈。"

这句话出口,在场众人听得一清二楚。

饶是再老练沉稳,喜怒不显于色,镇显侯爷也变了脸。

明珠遗海……

为父不慈……

怪不得刚刚说东瑷。

盛昌侯手里的金樽就哐当一声落地，他的嘴唇都哆嗦起来。元昌帝的意思，是薛氏东瑷肚子里的孩子，是龙种，是沧海明珠。

盛昌侯的手不由自主抖动。

盛修沐心里的震惊，不比盛昌侯少。

镇显侯世子爷薛子侑手里的象牙箸亦紧紧攥住。

在场众人，只是盛修颐缓慢垂首，没有人看见他的表情。

元昌帝微微扫视众人，就知道效果已经达到，他的身子又微微摇晃，高声问娄友德："刚刚说了朕的几罪？"

娄友德上前搀扶他："陛下，您醉了……"

元昌帝哈哈笑："……朕醉了？不曾醉。如今这禁宫和天下都是朕做主，是极大的喜事，朕高兴，不曾醉。古今帝王，谁曾无过？朕亦有过。"

说着，身子就微微倾斜，几个侍卫忙搀扶了他。

他就顺势闭了闭眼睛。

娄友德吩咐侍卫把元昌帝架回寝宫，对镇显侯和盛昌侯道："两位侯爷请便。陛下醉了，奴才伺候陛下去了。"

镇显侯和盛昌侯都愣愣坐着，半晌没有答话。

娄友德只觉得大殿内气氛凝滞得骇人，也不等他们说什么，忙退了出去。

乐工和服侍的太监们也跟着退了出去。

熙宁宫只剩下薛家和盛家的几人。

好半晌，盛昌侯才猛然站起身子，赤红的眸子盯着镇显侯："老侯爷，您家的门风真是清廉！"

薛子侑脸色更加难看。

盛昌侯这话，分明就是怪镇显侯爷没有教导好东瑷。

"盛昌侯，郡主四月嫁到您府上，如今是三月初一。您想想清楚，再来说话。"薛子侑沉声怒道。

薛老侯爷站起身，淡然笑了笑，拦住薛子侑，道："好了，咱们出宫吧。"

说着，他看了眼盛修颐。

此刻的盛修颐，依旧低垂着脑袋，看不清表情。

老侯爷只觉得心里堵得慌，就快步走了出去。

等镇显侯和薛子侑走了片刻，盛昌侯才厉声对两个儿子道："回家！"

说罢，自己先走了出去。

盛修沐看着爹爹，又看一直垂首的盛修颐，低声道："大哥……"

盛修颐这才抬脸，依旧是一副清冷表情，看不出他有任何的异样。他站起身，理了理衣襟道："回去吧。"

刚刚走出宫门，就有盛家的管事带着小厮，驾了马车来迎接。

"侯爷，世子爷，大奶奶生了，是位少爷。"管事高兴地上前给盛昌侯和盛修颐等人行礼，还没有恭喜三爷得了爵位，也来不及恭贺盛修颐得胜归来，就先说了大奶奶诞下位少爷的事。

抬眸间，这位管事没有见到盛昌侯父子脸上有他预料的喜悦，而是发现侯爷原本就严峻的眉目越发冷冽。

而世子爷，眉头轻轻蹙了蹙，笑容里带着清冷，道："是吗？"

盛昌侯就狠狠瞪了他一眼。

盛修颐便敛了笑意。

"回府！"盛昌侯上了马车，吩咐马夫的时候，声音里带着浓浓的火气。

管事和小厮们都一头雾水。

却也知道侯爷和世子爷、三爷都不高兴。

不敢再说什么，一行人回了盛昌侯府。

回了盛昌侯府，盛昌侯父子下了马车。

盛夫人派了丫鬟香橼在门口等盛修颐。

她原本是要亲自迎接盛修颐的，被东瑷倏然生产打断了，去了静摄院。

香橼见他们进府，跟在众管事、小厮身后给他们行礼。

盛昌侯铁青着脸，想做出和善些的表情，仍见凛冽神态。

他在人群里瞥见了盛夫人身边的香橼，就喊了她上前，问道："怎么不在夫人身边伺候。可有何事？"

香橼忙又给他行礼，道："大奶奶诞下了位公子，夫人陪着大奶奶呢。今日世子爷回京，三爷晋爵，夫人让奴婢到门口迎迎侯爷、伯爷和世子爷。"

盛昌侯冷脸道："知道了。你回了夫人，我和世子爷有话说，晚些再回内院。"

香橼屈膝应是。她真的很怕在侯爷面前说话，一副冷冰模样叫人不由透出几分胆惧，大气都不敢喘。

盛昌侯转身就去了外书房。

盛家的外书房有三间，一明两暗。

两间暗书房，一间是盛修颐的，一间是盛昌侯的。

盛昌侯的暗书房是他接见清客幕僚的地方，商议机敏大事；而盛修颐的暗室，多半是他宿歇之处。

进了书房，盛昌侯就把盛修颐和盛修沐喊进了他的暗室。

推开最西北角摆着古董瓷器的槅扇子，就缓缓移动出一扇与墙壁颜色毫无差别的门。

父子三人进了暗室，门又缓缓合上。

跟着盛昌侯的小厮在门口守住。

暗室后面就是盛府的一处水中亭阁，窗前种满了荷叶。临窗一张大炕，立着两对弹墨大引枕，玄墨色炕几，摆了整套的茶具。

对面一架一人高的书橱，整整齐齐码着盛昌侯的书。

书案上笔架树立。

推了窗，能看见远处的凉亭，闻到初春桃蕊的幽香。

盛昌侯早已顾不得骂盛修颐推辞三品侍郎官职之事，开门见山就说对东瑗和那孩子的处理法子："……孩子留下来，将来总有机会送进去；那个女人，坐完月子先送到天龙寺，宫里自然会有人接她。"

盛修沐听着父亲的话，本想颔首，却见盛修颐表情清冷平常，他的赞同就保留了几分。

"大哥，你说呢？"他问盛修颐。

盛修颐沉默了良久，对盛昌侯道："爹爹，方才我和三弟在马车上说话，三弟说皇上这些日子时常去咱们家贵妃娘娘的宫里，可是真的？"

盛昌侯正等着他说话，等了半晌却听到风马牛不相及的话，火就冒了上来："管好你房里的事，再说旁人！贵妃娘娘那里有我和沐哥儿。"

盛修颐心里已经有数，道："送走她和孩子，我无异议。爹爹和薛老侯爷商议着办吧。"

说着，起身要出暗室。

盛昌侯对他这般很是不满，却听到了他同意之语，也顾不上追究，只是喊住他："这件事，切不可让你娘知道了。"

他说的是东瑗与元昌帝珠胎暗结之事。

盛夫人很喜欢东瑗，若她知道了，定是一番伤心失望。盛昌侯不想让盛夫人太难过。

过几日送走薛氏的时候，再把实情告诉她不迟。

盛修颐道是，转身出了暗室。

盛修沐看了眼盛昌侯，干笑道："爹爹，您再找人商议如何处置，我先出去了。"

盛昌侯心思都在如何送走东瑗上，心不在焉含混点头。

盛修沐忙跟着盛修颐的步子出去了。

他出了书房，见盛修颐正往内院去，以为盛修颐要回静摄院去看薛氏，忙上前几步拉住了他："大哥，你要去哪？你别再惹爹爹了。"

倘若父亲听说大哥回了静摄院，怕又是一番责骂，气急攻心了。

盛修颐顿了顿，淡淡笑道："我一走九个月，回来也该去给娘请安了。"

盛修沐就松了口气，笑道："我陪你去。"

盛修颐点点头。

兄弟二人并肩回内院，盛修沐越想越觉得他的大哥真是奇怪。倘若是盛修沐的妻子弄出这般丑事，他定是止不住自己的怒焰。而大哥风轻云淡，只当什么都没有发生般。

他真是隐忍过人。

兄弟二人进了内院，径直去了盛夫人的元阳阁。

康妈妈和香橼都在静摄院，只留下香蕣在院里看守。

见盛修颐兄弟二人前来，她忙上前行礼，笑道："世子爷和三爷怎么来这儿了？夫人在大奶奶那里。"

然后又给盛修颐福了福身子："奴婢恭喜世子爷喜添贵子。"

盛修颐微微笑了笑，进了盛夫人起居宴息处的东次间。

盛修沐担忧看了眼他的背影，也跟了进来。

香蕣发觉两位爷不太对劲，顿时不敢再多言。她不知道盛修颐和盛修沐怎么了，索性不说话，免得多说多错，只是吩咐丫鬟给他们上茶，就垂首立在一旁伺候。

"你去和夫人禀一声，说我和世子爷在此，看看夫人何时回来。"盛修沐呷了两口热茶，对香蕣道。

香蕣又狐疑看了眼盛修颐和盛修沐，屈膝应是，出了东次间。

她去静摄院的路上，忍不住好奇：从前见世子爷和大奶奶如胶似漆般，现如今大奶奶替世子爷生了个大胖小子，世子爷初回盛京，知道盛夫人在静摄院，应该是正好有借口急匆匆赶回去看大奶奶才对。

怎么明知盛夫人在大奶奶那里，世子爷却坐在元阳阁悠闲喝茶？

她想着，就进了静摄院。

院里安静极了，丫鬟婆子们都敛声屏息。

盛夫人正在东次间替新出生的三少爷挑选奶娘。

几个奶娘在跟前，盛夫人看了又看，总觉得不太满意。

香蕣伸了头进来，见盛夫人忙，又把头缩了回去。

却被屋里的香橼看个正着。她静悄悄撩起毡帘走了出来。

"怎么了？"香橼问道，"你不守着院子，跑来做什么？满院子的丫鬟婆子，你也不在，怕是要翻了天的。"

香蕣就把盛修颐和盛修沐在元阳阁，请盛夫人回去的话，说给香橼听，又道："应说世子爷应该回静摄院见夫人的，却……"

香橼猛然瞪了她一眼。香蕣立马不敢多言。

香橼轻戳了下她的额头，压低声音道："还是这脾气，什么胡话都敢说！你等着，我进去禀了夫人。"说罢，转身进了东次间。

盛夫人正在跟康妈妈说三少爷乳娘人选的事："……似锦从前是咱们院里的，为人最是体贴小心。她既愿意进来服侍三少爷，乳汁又多，就她吧。"

康妈妈笑着道是。

似锦姓乔，从前是元阳阁的丫鬟，而后嫁给了康妈妈的内侄儿。她前不久又生了个闺女，现如今正是乳汁好的时候，康妈妈就推荐她到三少爷屋里做乳娘。

家里是夫人当家，三少爷的乳娘人选自是夫人定下。

选乔似锦给三少爷做乳娘，除了看好似锦，亦是给康妈妈体面。

盛夫人吩咐完乳娘的事，才抬眸问静静立在一旁的香橼："谁找你？"刚刚香橼出去，她也是看见了的。

香橼就笑道："是香蕣来了。世子爷和三爷在元阳阁等您呢……"

盛夫人一听盛修颐回来了，脸上就布满了笑，想了想又觉得不对，问香橼："你去外院请安的时候，没说我在这里？"

香橼笑道："奴婢说了。"

盛夫人就疑惑起来，喊了香蕣进来，问她盛修颐和盛修沐在元阳阁做什么，又问她有没有告诉他们兄弟东瑷产子之事。

香蕣道："夫人，奴婢还给世子爷行礼道喜呢。他们喝了茶，也不见移步。而后三爷让奴婢请夫人呢。"

盛夫人听出些端倪。似乎是有话对她说，不好来静摄院。

她起身下炕，香橼和香蕣忙蹲下去服侍她穿鞋。

"你还守在这里照拂一时，倘若有什么，叫人快快禀了我。"盛夫人起身，对康妈妈叮嘱道。

罗妈妈和蔷薇正好进门，听到了盛夫人的话。

其实罗妈妈和蔷薇刚刚就在外间。香蕣禀告盛夫人的话，她们也一并听在耳里。直到盛夫人要走，才进来。

"夫人，大奶奶已经无碍，三少爷被乔妈妈抱去喂奶，吃了两回，您放心吧。"罗妈妈笑着对盛夫人道。

盛夫人就笑了笑，叮嘱她们仔细服侍，只留下康妈妈，带着香橼和香蕣回了元阳阁。

盛夫人一走，康妈妈就去西次间看三少爷。

蔷薇和罗妈妈进了内室看东瑷。

孩子落地后，东瑷知晓盛夫人在场，不会让孩子有事，就放心睡去。她累得脱了力，一直睡到此刻才醒。

"什么时辰了？"她问蔷薇。

"酉初二刻了，奶奶。"蔷薇回道。

就是说，快黄昏了。

她问蔷薇："世子爷还没有到府吗？"

蔷薇和罗妈妈一时间面面相觑，不知怎么回答。

东瑷虽有些虚弱，却瞧得分明，追问着蔷薇："出事了吗？"

"没有。"蔷薇躲闪着东瑷的眼神,不知怎么启齿。

罗妈妈不落忍,低声道:"瑷姐儿,世子爷回来了,却去了夫人的元阳阁。香橼和香薷都告诉世子爷您生了小少爷,也告诉了夫人在静摄院……世子爷还是和三爷去了元阳阁。"

就是说,不想回静摄院。东瑷愣了愣。

东瑷心里闪过些许不安,她垂眸深思了须臾,问蔷薇:"你见着世子爷了不曾?"

蔷薇不明,摇头道:"我一直在院里,奶奶……"

"你去打听打听,看看世子爷……"东瑷想了想,半晌才寻出一个贴切的词,"看看世子爷气色如何。"

她害怕是盛修颐受了重伤,才不回来,只是不让她担心。

蔷薇忙道是。

罗妈妈就坐在东瑷床边,问她要不要吃些东西,又道:"煨了鸡汤。喝点吧,瑷姐儿,要不然身子空得厉害。"

东瑷笑笑说好。

罗妈妈喊了小丫鬟去端鸡汤来。

外边服侍的夭桃忙应了,亲自去小厨房给东瑷端。

端进了内室,罗妈妈接在手里,夭桃就轻轻扶了东瑷,在她背后塞了个大引枕,微微踮起些身子。罗妈妈慢慢吹得不烫嘴,一勺勺喂着东瑷。

东瑷问:"孩子呢?"

"乔妈妈抱了去,在暖阁里先住了。好着呢,小少爷吃了两回奶,睡得足足的。"罗妈妈眉眼的笑意变得浓郁又轻快,"瑷姐儿,孩子重七斤二两,胖嘟嘟的,瞧着就是福相。"

东瑷也笑,心底的郁结松了几分,问罗妈妈:"乳娘定了?她姓乔?"

罗妈妈道是,又把乔妈妈的身份来历跟东瑷说了一遍:"……瞧着那眉眼,是个敦厚的,不言不语。从前她在夫人院里服侍,后嫁给了康妈妈的内侄儿。夫人也说她做事细致妥帖。奶奶,您就放心吧。"

怎么会放心?乳娘再好,做母亲的都不会放心。

东瑷笑了笑:"橘红也在暖阁里陪着孩子?"

她醒来不见橘红在跟前,想着大约是在陪着三少爷。

罗妈妈道是。

两人一边说着话儿,东瑷就喝了半碗的鸡汤。

夭桃在一旁服侍,问:"奶奶,您还要喝点吗?"

罗妈妈扶东瑷躺下,笑道:"别多喝了。喝多了汤水,起身如厕也难受……"

东瑷笑起来。

顿了顿,她对夭桃道:"你去暖阁,让乔妈妈把三少爷抱来我瞧瞧。"

夭桃道是。

过了片刻,就见一个穿着暗红色芙蓉春暖褙子的妇人,抱着一个襁褓走了进来。屋子里光线有些暗淡,依旧能看见那妇人二十四五的年纪,白皙肌肤,中等身量,有些丰腴,圆圆的脸显出忠厚老实。

橘红和寻芳跟在身后,也进了内室。

罗妈妈起身,把孩子接过来。

乔似锦给东瑷磕头请安。

东瑷忙笑道,轻声道:"橘红,寻芳,快扶起来。"然后对乔似锦道,"以后三少爷就劳你费心照顾。"

乔妈妈随着橘红和寻芳的手起身,亦轻声道:"奴婢定会竭尽心力照顾好三少爷。"

大家都怕高声惊了孩子。

东瑷微微颔首。

罗妈妈把裹着银红色锦缎襁褓的婴儿搁在东瑷的枕边。

东瑷微微侧身看他,正熟睡得安详,肌肤微红,小小的脸颊看不出像谁,天庭饱满,一头浓密的乌发。

罗妈妈就柔声笑着指给东瑷瞧:"瑷姐儿,你看他,是不是大富大贵的模样?将来封王拜相,给瑷姐儿挣个诰命回来。"

这么小的孩子,哪里看得出以后的品性与作为?

不过这样的吉利话,任何母亲听了心里都喜欢。东瑷也不例外,她听着罗妈妈的话,再瞧襁褓里熟睡的孩子,心里似灌了蜜一般的甜。

她伸手轻轻摸了摸孩子的肌肤,笑容就从眼角丝丝流转。

"他长得像我,是不是?"东瑷不敢肯定,问罗妈妈。

想起她生产神志不清时说的那些话,罗妈妈眼睛黯了黯,心里涌出很多的不舍,面上却不敢表露,笑道:"像世子爷多些。夫人和康妈妈都说跟世子爷小时候像一个模子里铸出来的。"

东瑷撇撇嘴,道:"嘴巴不像我?"

罗妈妈扑哧一声笑出来,又急忙打住,怕吵了孩子,道:"像,像!儿像娘,有饭吃。"

是男孩子,长得像东瑷也不妨事。

东瑷看了又看,似看不够般。

直到她自己有些疲惫了,孩子都没有醒,睡得很安稳。

妈妈叫乳娘把孩子抱下去。

乳娘把孩子抱去了暖阁,屋里的丫鬟们也退了出去,只留下橘红和罗妈妈。

罗妈妈又叮嘱橘红:"你还去暖阁那里服侍三少爷。"

橘红笑了笑:"康妈妈陪着呢,让我先下来吃饭。等吃好了再换她去。"

东瑷闭着眼睛,把橘红的话都听在耳里,就道:"你带着外头服侍的都去吃饭,妈妈

在这里陪着我呢。"

橘红看了眼罗妈妈,问:"要不,妈妈先去吃,我陪着奶奶。"

罗妈妈正要推辞,蔷薇从外头进来。

东瑗缓缓睁了眼,笑道:"妈妈和橘红都先去吃饭,蔷薇陪我说说话儿。给蔷薇留两碗爱吃的菜。"

罗妈妈这才起身,带着橘红出了内室。

蔷薇坐在方才罗妈妈坐的锦杌上,把她打听到的消息,一五一十说给东瑗听:"……世子爷气色很好,只是黑了,瞧着还结实了些。只是……"

"只是什么?"东瑗问。

"回府的时候,侯爷脸色很难看……"蔷薇道,"而后侯爷和世子爷、伯爷去了书房。从书房出来,世子爷和伯爷就去了元阳阁……"

"伯爷?"东瑗疑惑。

蔷薇忙解释:"咱们家三爷御封了奉恩将军,三代世袭的沐恩伯。听着陛下还赏了一座宅子,在棋儿胡同那边。"

东瑗明白过来,微微颔首,问蔷薇还有什么。

蔷薇道:"没有了。"

东瑗方才放下的心又有些紧。

"奶奶,晚些世子爷定是要回来的。"蔷薇言不由衷安慰着东瑗。

东瑗笑笑不答话。

盛夫人带着香薷和香橼,坐轿回了元阳阁。

看到大半年未见的儿子,盛夫人眼里不禁有泪,颤声喊着:"颐哥儿,你可回来了?"

盛修颐上前一步,给盛夫人跪下:"娘,孩儿回来了!"

盛夫人忙弯腰去扶他:"快起来,快起来,好孩子!"眼泪毫无预兆落了下来,声音哽咽着,"瘦了,也黑了。颐哥儿,吃了不少苦吧?"

盛修颐搀扶起盛夫人,母子坐到炕上,他才笑道:"娘,您别哭,孩儿不是平安回来了吗?"

盛夫人用帕子拭泪,笑起来:"娘高兴呢。"然后顾不上说别的,拉盛修颐的手,"走,快去瞧瞧阿瑗。她替你生了个大胖小子,长得像极了你小时候……"

盛修颐没有动,笑容就减了几分:"娘,回头再去瞧。您今日在那里累了一整日吧?您也是上了年纪的,倘若累坏了,我们心里怎么过得去?"

说着,盛夫人才惊觉自己的腿有些酸,的确是累了一整天。

她就笑起来:"你回来了,娘也就安心了。"

然后问盛修颐在西北的事。

盛修颐尚未回答,丫鬟进来问是否摆饭。

盛夫人喊了香橼进来："你去瞧瞧大奶奶醒了没有？让服侍的人喂她吃点汤水……"

香橼道是。

盛夫人又问他们兄弟："在我这里吃晚饭？"

中午就没怎么吃饱，盛修颐和盛修沐都道好。

盛夫人这才让那丫鬟去摆饭。

一边吃饭，盛修颐一边跟盛夫人说在西北的事。

一顿饭吃了半个多时辰，快到戌初了。盛夫人自己觉得疲惫得厉害，怕再奔着去静摄院，明日累病了，反而不好。

她就斜倚着临窗大炕休憩。

香橼回来禀盛夫人说大奶奶喝了碗鸡汤，看了三少爷一回，又睡了，盛夫人颔首，催盛修颐："娘知晓你孝顺。今日是你回京第一日，也是你孩子出世的日子，你快些回静摄院。"

盛修颐看了眼盛修沐，对盛夫人道："那让三弟给娘捶捶腿吧？"

盛修沐微愣。

盛夫人笑："捶腿让个小丫鬟来就好了。"

盛修颐不答应："您今日为了阿瑗和孩子累了一日，原是我应该亲自替您捶腿的。既这样，我替您捏捏背再回去。"

盛夫人呵呵笑："好了好了，让沐哥儿替娘捶腿，你先去吧。"

盛修沐一脸的迷惘，终于露出顿悟的表情。丫鬟拿了美人榻来，他只得接在手里，口中笑道："娘，孩儿也好久不曾孝顺您。"

盛夫人脸上的笑更甚。

盛修沐替盛夫人捶腿，盛修颐就快步出了元阳阁。

盛修沐一边陪着盛夫人，一边感叹他哥哥真是用心良苦。他哥哥一开始便知道他定会拦住劝他，不让他再回静摄院，惹爹爹伤心。

所以他兜了这么大的圈子，把盛修沐留在静摄院。

盛修沐敢保证，盛修颐这会子正健步如飞回静摄院呢。

想着，他就微微叹气。

真不明白哥哥的心思。那个女人都做出那么不堪的事，他还是为了她这样费心费力，自己的兄弟都要算计算计。简直是魔怔了。

他又想起了薛氏那绝艳的脸庞，当初薛老侯爷是想把薛氏嫁给他的，而后被盛家推了。

最后阴差阳错，薛氏成了他大哥的妻子。结果害得大哥就不太正常了。长得美丽的女人，果然是祸害。

盛修沐想着，手里用力就重了些。

盛夫人哎哟一声，盛修沐忙住了手。

盛夫人无奈笑："沐哥儿，你可是有心事的？"

盛修沐听着盛夫人的话，微微一愣，转而笑道："没有啊。娘怎么这样问？"

盛夫人半坐起身子，用手指轻轻弹他的额头："没事？那你走了半日的神，这样狠捶你娘的腿，是想弑母不成？"

盛修沐就哈哈笑起来，咳了咳："什么都瞒不过娘。"

盛夫人追问他到底何事。

盛修沐隐去元昌帝醉酒后说"明珠遗海"那话，只说盛修颐辞去兵部三品侍郎官职，惹得盛昌侯大怒那件事。

盛夫人听着，沉吟半晌，才叹了口气："……不怪你爹爹生气！你大哥多年荒废，满京城都说你爹爹的长子是个庸人，你当你爹爹脸上光彩？他心里憋着一口气呢。可早些年是先帝晚年，你爹爹担心先帝多疑；而后又是萧太傅闹了这些年。现今总算太平了，你大哥仍这样，你爹爹岂有不恼的？"

盛修沐听着连连颔首，笑道："还是娘有见识。"

这话，盛夫人听得出是打趣之味，又轻轻打盛修沐，自己也笑起来："如今都是有了爵位的人，还拿你娘取笑。"

盛修沐也笑。

盛夫人又问他："萧家的事，今日朝上定了吗？"

盛修沐才想起这个关键的没有告诉娘亲，连忙说了，又道："……削了爵，嫡妻、嫡子、嫡女流放千里，庶子女赶出京都，五代不得入朝，不得进学。"

顿了顿，又道："娘，舞倾县主被削了爵，他们家的七小姐也被流放千里，我和萧家的婚约就此作罢。"

盛夫人叹了口气："作孽呢！原是好好的人家，倘若收敛几分，哪里会是这等下场？"

心里却盘算着哪里再去给盛修沐说门亲事。

他如今不再是小小四品御前行走，而是奉恩将军，是三代世袭的沐恩伯。想要一门好亲事，应该很容易的。

盛修沐道："是薛老侯爷替他们家求情，才没有灭满族。当年陈家比萧家的罪轻多了，还不是被满门抄斩？您不用可怜他们，那是自作自受。自作孽不可活，娘。"

盛夫人颔首，又道："……庶子女赶出京师？哎哟，薛家那个五小姐，就是你大嫂的堂姐，当初不是哭着上吊要嫁萧五郎？萧五郎是庶子哎……听说那五小姐没有爹爹，只有个寡母。如今这下场，她怕是几十年都不能回京，她那个寡母啊……"

说着，就唏嘘不已。

以己度人，倘若自己的女儿遇到此事，盛夫人怕是眼睛都要哭瞎了。由此可知，薛家二夫人定是极难过的。

盛修沐见盛夫人自己家里的事还不够欢喜，却先替旁人家担忧起来，就笑着起身替她捏肩膀："娘，您想啊，萧家多大的罪？捡回一条命，不是流放，只是赶出京都，好多着呢。"

盛夫人想想也对，笑道："也是这个理儿。人啊，要前头、后头都瞧瞧，方能看得透彻些。"

母子俩说了半晌的话，康妈妈从静摄院回到了元阳阁。

她看到盛修沐，上前给他行礼："奴婢给伯爷请安了！"

盛夫人就笑："你不用这么着。他就是封了王爷，不还是咱们家的三爷？"

盛修沐也忙道是，让康妈妈以后仍叫她三爷，不用喊什么伯爷的。

康妈妈笑着应了。

"世子爷回去了，屋里服侍的都遣了出来。大奶奶院里的罗妈妈和几个大丫鬟都妥帖，又都劝我回来，我就先回了。"康妈妈解释给盛夫人听。

盛夫人笑起来，问康妈妈："三少爷醒了吗？"

康妈妈说没有："没有，睡得踏实着呢。"

盛夫人微微颔首，又问东瑗如何。

康妈妈说都很好。

几个人正说着话儿，盛昌侯从外院回来，一脸的肃穆。

盛夫人微愣，今日是他自己擢升、三子封爵、长子得胜回朝，又添孙子的大喜日子，他怎么一脸的不高兴？

想起，起身给他行礼。

盛昌侯让他们都免礼，自己坐在炕上，阴沉着脸。

康妈妈吩咐小丫鬟上茶，领了满屋子服侍的退了下去。

"在外院吃过晚饭么？"盛夫人能闻到他身上些许的酒香，就赔着笑脸问他。

盛昌侯虽含着怒，却不好对夫人发作，声音柔了几分："雍宁伯来给我道喜，在外院置了酒菜，吃过了。"

盛夫人颔首，又笑着把东瑗生子的事说给盛昌侯听。

盛昌侯表情依旧不见丝毫好转，语气僵硬道："你一直陪着？累了一整日吧？"

"哪有抱孙子还叫累的？"盛夫人笑道。

盛昌侯已经起身，喊了丫鬟们进来，对盛夫人道："你歇下吧。我和沐哥儿有话说。"

盛夫人颔首，又问他："今夜去林姨娘那里吧。这两日是她的日子。"

自从林大姨娘死后，家里只剩下一个林二姨娘，盛夫人原先对这两个姨娘都不太喜欢，现在却多了份怜悯。想着林二姨娘孤苦在盛家，倘若侯爷总是冷待她，迟迟早早要生变故。

所以每个月林姨娘那两日，倘若盛昌侯忘了，盛夫人会提醒他。若不愿意去，也会劝着。

盛昌侯为人跋扈，对盛夫人的话却总是能听一两句。

从年轻的时候起，盛昌侯总是念着盛夫人性子和软，心地善纯，不愿意惹了她伤心，凡事到了她跟前，总耐着性子和软些。

说也奇怪，就这样事事对她体贴几分，真的不曾留意间，就体贴了三十九年。

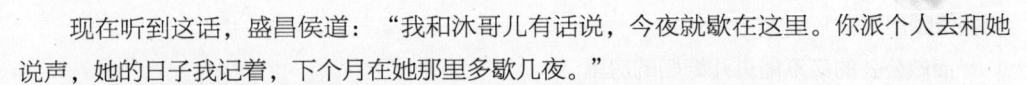

现在听到这话，盛昌侯道："我和沐哥儿有话说，今夜就歇在这里。你派个人去和她说声，她的日子我记着，下个月在她那里多歇几夜。"

盛夫人只得道是。

盛昌侯就带着盛修沐去了元阳阁的小书房。

盛夫人派了香橼去亲自告诉林二姨娘，今日盛昌侯不过去，让她早早歇了。她的日子挪到了下个月。自己则由香蕅服侍着，去了净房盥沐。

等她换了件家常的葛云绸褙子，靠在东次间临窗大炕上跟康妈妈说话时，听到小书房盛昌侯的吼声。

盛夫人一惊，要起身去瞧。

康妈妈忙劝住她："夫人，侯爷对孩子们是严厉些，却也是有轻重的。您去了，三爷和侯爷都抹不开。"

盛夫人还是担心，低声问康妈妈："侯爷不是要打沐哥儿吧？"

康妈妈就笑："侯爷几时动过孩子一根手指头？"话音刚落，就想起前段日子被盛昌侯打得卧床三个月的二爷盛修海，话头就顿住了。

而盛夫人满心担心盛修沐，也没有深想。

片刻，小书房就安静了下来，盛夫人才松了口气。

而在小书房里，盛修沐恭敬笔直立在父亲的书案前，大气都不敢喘。

盛昌侯坐在椅子上，胸腔起伏着，雷霆暴怒却减了一半。他责问盛修沐："你怎么不拦住那个逆子？"

盛修沐满心委屈。

他也想拦住盛修颐的。只是他哥哥比他想得远，算计比他深。

父亲告诉他们不能让娘亲知晓薛氏的事，所以盛修颐不动声色跟着盛修沐来了元阳阁，直等到盛夫人回来。而后他就让盛修沐给盛夫人捶腿。

盛修沐能说什么？能在娘亲不停催哥哥回静摄院的时候，放下不给娘亲捶腿，去拦哥哥？那娘亲定是要怀疑的。

娘亲有了怀疑，自然会追问。到时候父亲知道是他走漏了风声，又要骂他的。

家里的人，大哥是清冷却算计多，父亲是暴怒又跋扈，他既要护着哥哥不被父亲骂，又要谨记不能让娘亲知晓哥哥房里的丑事。

最后，父亲还是要骂他怎么不拦住哥哥。

倒霉的事，全落在他盛修沐身上了。

盛昌侯最恨孩子做错了事还狡辩。不管是有什么理由，错了就是错了，就要承认，推诿只会引来父亲更多的责骂。盛修沐道："爹爹，是我错了！"

盛昌侯依旧存着一口怒气。

儿子回了媳妇房里，媳妇又是在坐月子，既要瞒着家里众人，他就不能公然派小厮去叫盛修颐出来。

而做公公的又不能进儿媳妇的房里。

想着盛修颐那不声不响的模样,盛昌侯就气得打战。

自己一生恩怨分明,敢作敢为,偏偏生了盛修颐,像个闷葫芦,不知道他心里到底在想些什么。该争取的官职,他不要;薛氏给了他那么大的羞辱,他该生气暴怒,可他一语不发,好似事不关己。

不仅仅如此,他明知父亲不让他回去看薛氏,他还使计把盛修沐这个阻劝的人拦住。

他的聪明,就用在这些小事上?

盛昌侯暴怒中,早已忘了盛修颐是如何收复西北大营,带回西北兵权,杀了盘踞西北近十年的萧宣孝的。

他只恨儿子此刻的隐忍。

在盛昌侯看来,此刻的盛修颐很尿很无能。

就算是小门小户人家,女人做了这等事,男人也会羞惭至死的吧?

薛氏和那个孩子,此刻就是哽在盛昌侯喉咙里的刺,令他坐立不安,怎么都难以忍受。他满脑子都是在盘算着怎么出这口恶气。

他明早就要去把自己的决定告诉薛老侯爷。

他们家的孙女不规矩,就怨不得盛家狠心了。

孩子是要送走的,薛氏也不可能留在盛家。

盛修颐回静摄院,在外间的丫鬟秋纹忙欢喜进去禀了罗妈妈。

迷迷糊糊中,东瑗感觉有人轻轻推她,而后就是罗妈妈兴奋的声音:"奶奶,快醒醒,世子爷回来了……"

东瑗还以为是在梦中,所以犹豫着没有睁眼。

罗妈妈却起身,和屋里服侍的寻芳、碧秋给盛修颐行礼,都低声呼世子爷万福。

听到脚步刻意放缓,却依旧透出几分男子的持重,慢慢走近了拔步床,东瑗才彻底醒了。

屋子里只在临窗炕几上搁了一盏明角灯,怕光线太重影响东瑗的睡眠。

拔步床也没有放下幔帐。东瑗说屋子里有些闷,让开半扇窗户,可罗妈妈说今日有些风,她坐月子不能吹半点风儿,就替她用黄澄澄的金钩悬了罗帐。

所以她睁开眼,借着幽暗的光线,正好看到盛修颐朝自己走来。

看不清是否黑了些,只觉得瘦了,下巴曲线越发坚毅。

东瑗心里是欢喜的,所以不顾满屋子的丫鬟婆子,喊他天和,挣扎着要起身。

罗妈妈正要上前扶她,盛修颐却快步,轻轻按了按她的身子,笑道:"别动,快躺着……"

东瑗就依言躺了回去。

罗妈妈见他们夫妻这样,脸上带着浓浓的笑,带着寻芳和碧秋出了内室,轻轻替他们放下毡帘，然后对寻芳笑道："你守在这里，别叫人去打搅了奶奶和世子爷，我瞧瞧三少爷去。"

寻芳道是，就和碧秋守在这里。

而东瑗屋里的蔷薇、橘红和夭桃，都在暖阁里陪着乳娘看孩子。

盛修颐见人都出去了，坐在东瑗的床沿上，伸手抚摸着她因怀孕而微微丰腴的脸颊，唇边噙着笑，柔声问她："怕不怕？"

都说女人产子是走了一遭鬼门关。她头次生子，自然会怕吧？

东瑗却笑道："不怕，娘一整日都在这里呢。"

盛修颐笑了笑，微微撩起她额前的碎发，似乎要把她看得真切。

东瑗觉得心里暖和起来，方才的那些揪心都缓缓放下了。

她也伸出手，想要摸盛修颐的脸。

盛修颐就微微俯身，让她够得着。

东瑗仔细描绘着他脸颊的曲线，低声道："瘦了……"

盛修颐失笑："没有瘦。屋里不够亮，你瞧着是瘦了。我都好，阿瑗……"

东瑗就顺势搂住了他的脖子。

盛修颐心头一跳，俯身下来，吻了她的唇。

等他松开她的时候，两人都微微喘气。盛修颐索性脱了鞋，上了她的床，轻轻将她搂在怀里。

她就依偎在他怀里。

"苦了你。"盛修颐低声凑在她的面颊旁，不时亲吻她一下，"我在西北的时候，时常想着要赶在你生孩子之前回来。还是晚了……"

东瑗笑："不要紧！娘对我极好，照顾得细致，又有满屋子服侍的人，你不必担心。"

盛修颐就笑笑。

两人沉默下来。虽不说话，心里却是甜的。

半晌，盛修颐突然道："……阿瑗，我这次没能为你挣回诰命。皇上封了我的官，我推辞了。"

然后把兵部侍郎一事说给东瑗听。

又把盛昌侯擢升太傅，三爷盛修沐封了奉恩将军的事，说了一遍。

东瑗就轻轻握住他的手，低声道："你又一次把机会让给家族了。天和，你委屈吗？"

盛修颐眼睛里微热。

世间熙熙攘攘这么些人，好似真的只有她懂得他啊！

"我又有个儿子了，什么委屈！"他搂着东瑗的手紧了三分。

东瑗就笑。

慢慢地，她仍觉得精力不济，躺在他怀里又安心，就慢慢睡了。

盛修颐也不敢起身。

等东瑷再醒的时候，已经是亥正了。

盛修颐没有睡，所以她睁开眼睛，就看到他眼眸亮晶晶地盯着她瞧，好似看不够似的。

东瑷微赧，道："你起身吧，还没有洗漱呢。"

盛修颐又是一个轻吻落在她的面颊，才起身。

东瑷喊了外面的丫鬟进来服侍。

盛修颐没有去净房，他道："我看看儿子去。"

说着，就转身去了暖阁。

罗妈妈等人正陪着孩子。

孩子一直在熟睡。刚刚落地虽然皱巴巴的，可在罗妈妈等人眼里，是看不够的可爱，怎么瞧都觉得是世间最好的。

盛修颐进来，几个人忙起身给他行礼。

他让她们免礼，就走到床前，见着熟睡的儿子，他眼里的笑很温和、柔情。

罗妈妈和蔷薇等人平日里见到盛修颐，他总是一副清冷模样，此刻的温柔，她们是头一次见，都抿唇笑着。哪有男人不爱自己的儿子呢？

正想着，盛修颐伸出手指，轻轻触碰了孩子的面颊，非常小心地抚摸着孩子的小脸。

他的笑就溢满了整张俊逸的脸庞。

回眸时，他问罗妈妈："三少爷是不是长得像我？"语气里很期盼。

罗妈妈忍不住想笑，东瑷醒来第一句也是这么问的，孩子是不是像她。这么小的孩子，眉眼都没有长开，哪里看得出像谁？真够为难服侍的人，要睁眼说瞎话。

"像世子爷！"罗妈妈很肯定地说道。

反正盛夫人和康妈妈都说跟盛修颐像一个模子里铸出来的，罗妈妈就学着说了。

盛修颐听着，越发喜欢，静静在孩子床前看了半晌。

次日早起，盛夫人、二奶奶葛氏、表小姐秦奕、大少爷、二少爷和大小姐、二小姐都纷纷来看东瑷。

见东瑷半坐在床上，快六岁的盛乐钰就趴在床边，担忧地问她："母亲，您生病了吗？"

盛夫人和屋里的众人都忍不住笑。

盛乐钰被她们笑得莫名其妙。

东瑷伸手摸了摸他的头，笑道："母亲没有生病。"

"那你怎么不起来？"盛乐钰不解。

盛夫人就上前抱了他，笑道："你母亲生了个小弟弟呢。"

盛乐钰疑惑看了看四周，问："小弟弟在哪里？"

他疑惑的表情很懵懂无辜，惹得众人都笑。

盛修颐的嫡子盛乐郝原本对东瑷比对盛夫人要亲热些，只是此刻，他静静站在后面，表情又恢复了从前的拘谨。

东瑗看着，忍不住猜测：她生了儿子，是不是有人在盛乐郝面前说了什么？

瞧着盛乐郝的拘谨与戒备，东瑗心里有些异样。

这个敏感的孩子，他是不是担心什么？

想着，盛夫人就呵呵笑着，叫罗妈妈去抱了孩子过来，给二奶奶葛氏和表小姐瞧瞧。

罗妈妈笑着应是，忙去暖阁抱了来。

盛夫人亲自抱在怀里，二奶奶和表小姐、盛乐芸、盛乐蕙、盛乐钰都凑上来瞧。

孩子醒了，睁着一双湿漉漉的乌黑眸子，却并不是瞧人，只是转了转，又打着哈欠，眯着眼睛又睡。

盛夫人轻声问一旁的罗妈妈："三少爷早上吃过了吗？"

罗妈妈笑着禀道："昨日夜里寅正的时候，起来吃了一回，早上还没有吃。"

二奶奶葛氏言不由心夸奖道："长得很好看。"

她心里很不是滋味。

薛氏进门就样样把她比了下去，而且在子嗣上，进门就怀了身子不说，还一举得男。

二奶奶嫉妒得有些抓狂。老天爷的眼睛也是瞎的，什么好事都让一个人碰着了。薛氏的命简直太好了。

想着，她心里的苦水与酸水快要满出来了，笑容变得很淡很勉强。

她进门快十年了，什么法子都想过了，还是没有儿子呢。

表小姐秦奕一如既往的小心温柔，看着孩子，也笑着对盛夫人道："姨母，长得像大表哥。"

盛夫人把二奶奶和表小姐的表情看在眼里，只是她心中高兴，懒得和二奶奶计较，就和表小姐看着孩子，笑道："我瞧着这眼睛、鼻子、嘴巴，还有这脸模子，跟你大表哥出生时一模一样。"

盛修颐出生都快三十年了，哪里记得那么清楚？二奶奶在心里嘀咕，越发觉得不痛快，难受得厉害。

表小姐就忙附和着盛夫人。

盛乐芸和盛乐蕙也上前瞧孩子。

两个不满十岁的小丫头根本不懂大人的夸赞，只是觉得这孩子红红的，皱巴巴的，哪里好看？可又不敢贸然说出这话。

盛乐钰和盛乐郝也看了一回。大约跟盛乐芸姐妹的感觉差不多，对着这个初生的婴儿，实在夸不下去。

盛乐郝不说话。

盛乐钰想说什么，他的乳娘苏妈妈看在眼里，忙上前一步拉了他，把他要说的话打断。

苏妈妈吓得不轻，生怕盛乐钰说出"孩子真丑"这类的话。刚刚出生的孩子，在盛乐钰这六岁孩童眼里，自然是不好看的。

盛乐钰被苏妈妈拉住，很不情愿，忸怩着身子，不满道："弟弟好小。我要抱抱他。妈妈，您拉我做什么？"

屋子里的人都笑着看过来。

苏妈妈有些尴尬。

盛夫人听着，笑道："钰哥儿也是小孩子。小孩子不能抱小孩子的，等你长大了再带着弟弟玩儿。"

盛乐钰忙道："是，祖母，孙儿知晓了。"

大家都被盛乐钰童真的声音逗笑。

东瑗折身半依着引枕好一会儿了，罗妈妈看在眼里，就要扶她躺下。

盛夫人把已经睡着的孩子交给乳娘抱下去，对东瑗道："阿瑗躺着，你们都去吧，别扰了她。"

二奶奶葛氏正不自在，听到这话巴不得呢。

表小姐就上前问候东瑗几句，承诺改日再来看她，跟着二奶奶葛氏，带着几个孩子们，出了内室。

盛夫人留了下来，坐在东瑗床畔的锦杌上，笑盈盈道："孩子洗三朝，我想着大办一场，请了亲戚四邻都来热闹热闹。"

又道："不单是为了这孩子，你爹爹擢升，沐哥儿封了爵，都是大喜事。咱们也不分开请客，就摆了三日的流水席，好好热闹几天。"

东瑗笑道："自然是好。只是我躺着，家里家外就劳累娘和二弟妹操劳。"

盛夫人笑道："不妨事，不妨事！娘心里喜欢，身上就有劲儿。再说了，不过是指派着丫鬟婆子们跑腿，还能有多少事儿？"

东瑗说好。

正说着，盛修颐从外院回来了。

他给盛夫人请安，道："去元阳阁，说娘来了这里。娘，您别累坏了身子，想看孩子抱过去瞧瞧不好吗？"

丫鬟端了锦杌给盛修颐，盛夫人拉他坐在自己身边，笑道："这么小的孩子，哪里能抱出去？吃了风可怎么得了？再说，你娘又不是七老八十的。走动走动，我吃饭也香些。就你们兄弟多心，只当我是那老得不中用的。"

东瑗听了直笑。

盛修颐也笑。

盛夫人问他："你爹爹还没有下朝吧？"

盛修颐说没有。

盛夫人道："孩子还没有取名字呢。等你爹爹回来了，让他赶紧给孩子取个名字吧。"

盛修颐微顿，继而笑着说好。

盛夫人又想起一桩事，对东瑗道："明日我递帖子进宫，禀娘娘一声，把娘娘从前住的桢园给孩子住吧。那园子精致不说，离你这里又近。他年纪小，丫鬟婆子们再尽心，我料想你也是不放心的。住得近，凡事也离不了你的眼睛，可好？"

东瑗只差起身给盛夫人磕头，忙感激道："如此最好了！娘，多谢您替我想得周全！"说着，眼里有些水光。

盛夫人哎哟一声："这点小事，瞧你！快别这样，月子里不好落泪的。"

东瑗扑哧笑了起来。

盛修颐的目光就变得很柔和。

"那我吩咐人收拾，等孩子满月就搬过去。"盛夫人笑着，又问东瑗，"孩子管事的妈妈，你想着定谁没有？"

"娘，我这里只有罗妈妈是个老人，其他陪房我不太清楚秉性，不放心给孩子使。您那里倘若有可靠的、知根知底的，赏我一个吧。"东瑗说着，就有些撒娇般。

盛夫人很喜欢她这样不客套，显得亲昵些，笑起来："我那里的确有几个可靠的。不急不急，还有一个月，慢慢挑。你有了好的，也告诉娘一声。"

东瑗道是。

盛夫人又叮嘱几句，就出去让康妈妈叫了家里管事的婆子们到元阳阁的花厅议事，商议如何大办酒宴，为盛家几个喜事庆贺。

盛夫人甚至亲自给通家之好的夫人、太太奶奶们写请帖，欢喜之情溢于言表。

盛修颐则一直在静摄院，夫妻俩在内室里说着话儿。

孩子醒了，就叫乳娘抱过来逗弄一回。

盛修颐抱在手里，放在东瑗的枕边，夫妻俩争论孩子到底像谁。

东瑗觉得孩子像自己，盛修颐则说孩子像他。

"明明这样小，看不出像谁，怎么像你？"东瑗很不平，她觉得孩子的嘴巴和她长得一模一样，盛修颐却非说像他。

"既看不出像谁，为何又像你？"盛修颐反问。

东瑗就无语了。

不管谁争赢了，气氛是极好的，两人都很开心。

盛修颐留在静摄院吃了午饭，下午东瑗和孩子都睡了，他就在一旁看书。

直到罗妈妈进来，低声道："世子爷，来安说有事禀您。"

盛修颐道知道了，放下书走了出来，在东次间见了来安。

"殷先生看了您送的砚台，喜欢极了，说了晚些请您去琼玉楼吃酒呢。"来安告诉盛修颐。

盛修颐眼睛就亮了起来。

他喊了红莲进来服侍他更衣，又对跟前的蔷薇道："奶奶醒了告诉一声，我和友人吃酒，怕是早回来不成，歇在外书房。你们照顾好奶奶。"

蔷薇道是。

重新换了天蓝色茧绸直裰的盛修颐，虽脸容黑了些，更添阳刚英气，带着小厮来安就出了静摄院。

琼玉楼是西大街比较繁华的酒楼，而盛修颐也算常客。他刚刚进门，跑堂伙计就迎了他："盛世子爷，您回京了？如今满京城都在说您的事，说您英勇过人，小的给爷道喜了！"

盛修颐微微颔首，让来安赏了这伙计，问他："殷先生来了吗？"

"来了来了，等世子爷半日了呢。"伙计接了来安给的赏银，眼睛就笑眯起来，热情请盛修颐上楼。

一座雅间门口也站了服侍的伙计，见盛修颐过来，也忙行礼。

进了雅座，只见一个穿着青灰色直裰的三旬男子，正独自饮酒，听着清倌唱小曲。

盛修颐进了，他忙放下酒盏，起身作揖："天和。"

"言之兄。"盛修颐还礼。

两人坐下，伙计们就上了酒菜。

盛修颐亲手给殷言之斟酒，两人说着有关盛修颐西北之行的话。

吃了一半，盛修颐让那唱曲的清倌出去，又叫来安守在门口，不要让人进来。

殷言之一见这架势，就暗暗留心。

"言之兄，上回你说的那个歌姬，可是真事？"盛修颐低声问殷言之。

殷言之一愣，立马就想起盛修颐说的是哪个歌姬了。

殷言之是个自负华采过人的书生，却久经科举，次次名落孙山，而后他也索性不再参加科考，进了兴平王府，做了清客。

他和盛修颐相识，是缘于五年前元宵节兴平王府的诗会。

殷言之用词刁钻又深邃，在场的公子王孙、清客数十人，真正学问深厚的没有几人，大家看不懂，就纷纷笑殷言之才疏学浅，诗词不通，要罚他的酒。

而后轮到盛修颐作诗，同样用了些刁钻的词句，也被取笑，评为庸作。

而殷言之知道盛修颐诗句中的讽刺，盛修颐也懂殷言之词曲中的挖苦，两人渐渐有些来往。

"怎么问起这事？"殷言之笑道，"好几年前的老话了，猛然我还真的想不起。"

倒也坦诚，没有推辞不肯言。

盛修颐亲手给他斟酒，笑道："昨日朝上，已议了萧家事。萧衍飞算是永世不得翻身，皇后去年崩，太后重病，如今朝廷里再无人敢为陛下掣肘。我想着，兴平王养了那女子和孩子这些年，如今终于可以派上用场了吧？"

殷言之笑："是你说这话！倘或是旁人，我定以为眼红呢。"

盛修颐的笑容就敛了些许："不瞒你，我的确是眼红。言之兄，那歌姬和孩子，尚在

兴平王府吗？"

殷言之吃惊片刻。盛修颐的表情让他看不真切。只觉得眼前这个人，不太像布衣与自己相交了数年的那个盛修颐，而像个精明的富贵子弟。

殷言之饮酒，须臾才道："天和，你我坦诚相交这些年，我不瞒你。既然这话是我开头说起的，如今也告诉你：那孩子一日大似一日，眉眼越发像他的生父。兴平王府亦是不敢留的，前年就送出了府。"

盛修颐眼睛里就蹦出几缕明亮，问："送到哪里去了？"

殷言之的酒樽重重搁在桌上，语气沉闷道："不能说了。"

盛修颐眼里的那些明亮就缓缓敛去。

两人坐着，都半晌不言语。

殷言之又想起这些年承蒙盛修颐处处照拂，不管是求他办事抑或者钱财救济，盛修颐向来不会推辞，亦不会小气，比财大气粗的兴平王大方多了。况且那歌姬的话，也是他殷言之自己酒后口无遮拦时提起。当时他记得自己说过那话，可等酒彻底醒了，就后悔起来，生怕盛修颐拿着做文章，给兴平王下绊子。

若兴平王知晓是他走漏了风声，怕是容不得他活着。

可是盛修颐什么都不提。

殷言之提心吊胆了好几个月，见盛修颐的确不拿此事寻话，就丢开了。哪里知道，过了好几年，他却重提此事了。

"天和，你是皇亲贵胄，盛昌侯府的世子爷，我乃一介布衣。你与我相交，不以势压人；我与你来往，亦不自惭形秽，我们君子之交淡如水。"殷言之打破沉默，道，"你不是那刁钻经营之人，你问这话，自有难言之隐。我在兴平王府度日，总不能卖主以报私恩。我只能说一句话给你听……"

盛修颐听着，心里就松了几分，问："言之兄请讲。"

"兴平王府每月都会给他们母子送去衣食，府里得势的管事亲自相送。"殷言之声音低了又低。

不说每月哪一日，亦不说是哪位管事送，也不说从哪个门送出去。

可知晓了每个月都送衣食，已经是极大的突破。倘若殷言之真的肯全盘告知，倒让盛修颐瞧不起。

他忙起身，给殷言之作揖："弟弟多谢哥哥坦言！"

殷言之觉得自己言之无物，倒惹得盛修颐这般，也起身相扶："不必如此，不必如此！"

两人又坐定，盛修颐不以贵胄身份相待，只当是至交好友。殷言之长他几岁，他亲手执壶倒酒，尽兄弟情义。

"言之兄放心，我虽有心寻找这对母子，却不会抢了兴平王府的功劳！"盛修颐见殷言之还是有些闷闷，就把话说开，"红口白牙允诺，若当面一套背后一套，且叫我天打雷劈！"

殷言之忙道:"莫要毒誓,不吉利!天和从来一言九鼎,哥哥我岂有不信之理?喝酒,喝酒!"

说着,他亲自给盛修颐倒酒。盛修颐这番毒誓,他听在心里,那些忐忑就压了下去。倘若盛修颐真是那等轻薄之人,早些年就说了出去的。

一顿饭吃到城里快要宵禁,才各自回了。

盛修颐回到府里,并没有立刻睡下,叫了自己的小厮来安、来福到跟前,拿了一沓银票给来安:"这三千两银子,兑了现银,拿去给尘风堂的陈大头。就说我有事吩咐他,叫他连夜替我寻十个机灵、做事稳妥的人,我明日要用。"

尘风堂是京城里有名的恶霸势力。他们是当地的地头蛇,盘踞已久,就算是公卿王孙之家、高门大户之流,亦忌惮三分,不肯跟他们交恶。

盛修颐庸才名声在外已久。高门大户的公子哥儿们爱的烟花风流,他都不喜欢,所以不与他们结交;而他们亦不喜盛修颐的平庸羸弱,不屑与之来往。

可京都里哪里有黑市,有哪些黑势力,盛修颐一清二楚。

他出手豪阔,行事又稳妥,且出身权臣人家,不管是贪恋他的钱财还是攀着他的身份,或者敬佩他武艺超群,那些三教九流,跟他都有相熟。

这些事,盛昌侯不知晓。

盛修颐每次出去,都是来安或者来福跟着。

来安接过银票,当即塞在衣襟里,道是。

两人正要出去,盛修颐又喊他:"……倘若是没有家室的人,最好了!"

这话是说,可能事成之后要灭口。

来福道是。

盛修颐歇在外院,满心都是这件事,辗转反侧,半夜都难以入睡。

次日是三月初三,盛修颐的第三子洗三朝的日子。他早早起了床,外院服侍的丫鬟伺候穿衣洗漱,又捧了早饭。

来安、来福进来禀告昨晚盛修颐吩咐的事:"……陈爷接下了银子,一块不剩。让我们回来告诉世子爷,请放二百个心,今日落日之前,人定会帮世子爷寻好。"

盛修颐满意地点头。

在尘风堂有这样的规矩:倘若来托办事的,堂主觉得事情很麻烦难做,就会在对方送来的银子里丢下一块,或者几块。倘若是丢下一两,需再送一百两去,事情才能办成;丢下二两,就是再送二百两的意思。

这不仅仅是再多讨钱,还是一种暗示:事情难办,办得成、办不成看机遇。倘若愿意继续托付,拿钱来;倘若不愿意,银子退回去,以后亦不要登门。就算再拿钱去,尘风堂亦不承诺一定可以办妥此事。

他们才不会给托事人满口承诺。因为不管什么事,都会有变故的。

倘若一口气把银子全收下，既是给了托事人极大的敬重，又是承诺此事定会成。

能享受这等待遇的，满京都没有几人，盛修颐就算一个。

他微微颔首，说知道了，又问："侯爷下朝了吗？"

今日是孩子洗三朝，东瑗让他讨了孩子的名儿进去。倘若没有讨到名字，盛修颐不知道怎么跟东瑗说。

东瑗很精明，不好糊弄。

"还没有。"来福道。

"去大门口等着，侯爷下朝了来报我。"盛修颐道。

不过片刻，盛昌侯就回了府。

一见在书房门口等着的盛修颐，怒气就上来了，冷哼一声，带着几个清客进了暗书房。

几个清客给盛修颐拱手，恭敬喊世子爷。

世子爷也同他们行礼，跟着父亲进了暗书房。

"做什么？"盛昌侯坐在太师椅上，神色冷峻，言语含怒。

盛修颐倒没有异常，清冷低声道："爹爹，今日是孩子洗三朝，您给赐个名吧！"

盛昌侯心里怒焰四迸，却又不好在幕僚前面说出什么，顿了顿，才道："既要取名，就叫'诚'吧。诚者天之道，诚者人之道。立言修身，先守诚信。"

这是在骂东瑗，说她不诚实。

盛修颐听着，忙作揖："多谢爹爹赐名。"

他好似听不懂。

盛昌侯又是一阵气。

几个清客就起身，给盛修颐道喜，恭喜三少爷得名。

盛修颐笑着，就跟盛昌侯行礼，退了出去。

他回了内室，屋子里的丫鬟婆子们正在准备孩子洗三朝的东西，熬好了槐条艾叶水，在外间厅堂里供奉碧霞元君、琼霄娘娘、云霄娘娘、催生娘娘、送子娘娘、豆疹娘娘、眼光娘娘等十三位神像，东次间临窗的炕上放了挑脐簪子、围盆布、金银锞子、斗儿、秤砣、牙刷子、青布尖儿、青茶叶、新梳子、胭脂粉、猪胰皂团、香烛、生熟鸡蛋、棒槌等等东西，堆了满炕。

丫鬟婆子们见他进来，忙屈膝给他行礼。

盛修颐让她们起身，听到内室里有女人说话声和笑声。

他举步进来，看到内室炕头上供着"炕公、炕母"的神像，摆了几碗桂花糕和油糕作为供品。

东瑗半靠在拔步床上，盛夫人、二奶奶葛氏、表小姐秦奕都在跟前，还有乳娘、罗妈妈、康妈妈、二奶奶葛氏身边的葛妈妈，各人的大丫鬟，站了满满一屋子人。

看到盛修颐进来，大家都给他行礼。

盛修颐让众人免礼，也给盛夫人行礼。

盛夫人正抱着孩子。

孩子睡醒了，睁大了圆溜溜的眼睛。肌肤比刚刚生下来时白了一点，瞧着更加有趣。

盛夫人头一件就是问他："你爹给孩子取名了吗？"

盛修颐道："取了！爹说，叫盛乐诚。君子养心，莫善于诚。诚乃君子修身、齐家、治国、立功、立德之本。"

盛夫人听他念那么多，也记不住，只觉得诚字很好，就笑逗孩子："诚哥儿，咱们诚哥儿有名字了！"

东瑗听着，微微笑起来。

外面丫鬟进来禀道："夫人，奶奶，镇显侯府的老夫人和各位夫人、奶奶、小姐们都来了……"

盛夫人忙把孩子给了乳娘，哎哟道："瞧我，瞧我！居然抱孙子抱得忘了时辰。"

说着，带了康妈妈等人迎接出去。

三月初三，盛府宴请三日的第一天。

今日是盛乐诚洗三礼，按照习俗，只邀请了近亲。

盛家原本亦是京都人士，只是从盛昌侯曾祖父那辈开始，都迁出了京都，去了徽州落足。家里的亲近除了盛昌侯两个亲兄弟，都在徽州。

京都也有些族兄弟，都是出了三服的。因盛昌侯为人傲气，不喜这些族兄亲因他富贵就攀附。

一开始还有人攀亲，都被盛昌侯冷冷拒之门外，而后就渐渐不敢再来了。

剩下的亲近，就是东瑗的娘家镇显侯府。

盛夫人出去了半炷香的工夫，就有小丫鬟进门禀告说夫人搀扶着薛家老夫人快到静摄院门口了。

二奶奶葛氏就忙带了表小姐秦奕、罗妈妈和蔷薇、橘红出去迎接。

乳娘抱着盛乐诚，坐在一旁的炕上，东瑗就微微伸长了脖子。

片刻，东次间听到了大伯母世子夫人呵呵的笑声："……这一路走来，我们都过了五个池子。您说说，这府里多富贵啊。我们家府里盖得紧巴巴，您这里又宽敞又漂亮，我都不想回去了！"

众人就附和着笑。

盛夫人笑道："您多住些日子。"

世子夫人道："哪里成？我们那一大家子呢，我若是偷了懒，谁来管事？老祖宗还饶得了我？"

说得众人哄笑。

老夫人就趁势对盛夫人笑道："我是个恶婆婆！"

又惹得一阵笑。

东瑷在内室听到了，也忍不住笑起来。

盛修颐望着东瑷，也微微笑了笑。

毡帘撩起，众人进了内室。

穿着孔雀蓝五福捧寿缂丝褙子的薛老夫人，头上戴着翠羽蓝宝珠凤钿，折枝海棠嵌米珠遮眉勒，笑容慈祥由盛夫人和薛家的世子夫人左右搀扶着走了进来。

东瑷忙喊了祖母。

屋里的丫鬟们给众人行礼。

盛修颐也给薛家众人行礼。礼后，他就退了出去。孩子洗三朝，不需要父亲在场，况且他要去外院招待客人。

盛修颐走后，薛老夫人上前，拉了东瑷的手，笑盈盈道："胖了些！可见亲家夫人对瑷姐儿真心好！瑷姐儿嫁到盛家，我这个老太婆才放心呢！"

盛夫人就笑："瑷姐儿值得人疼，都是老祖宗教养得好！"

东瑷就不好意思笑起来。

老夫人拉着她的手，这才回眸问她："月子里要听话，好好躺着……"然后交代了很多坐月子应该注意的事。

东瑷一一点头应承着。

薛家世子夫人就故意对盛夫人道："亲家夫人看看老祖宗，生怕孙女受委屈呢！亲家夫人快做个保证，保证不委屈了她的孙女儿，老祖宗这唠叨才能停呢！"

众人又是笑。

老夫人也笑得不行，对盛夫人道："我这媳妇，整日里说嘴，婆婆都要编派几句！亲家夫人，我这个老太婆可不容易呢！"

盛夫人笑："都是老祖宗慈爱，大伯母才会这般！"

"可不是，都是您宠的！"世子夫人也笑得花枝乱颤。

屋里的人都跟着笑。

东瑷看到了人群里的三夫人蒋氏、四夫人沈氏、五夫人杨氏、大奶奶杭氏和十二姑娘薛东琳。

唯独不见二夫人冯氏。

东瑷又想着萧家的事，指不定二夫人这会子怎么难过呢。

彼此说笑着，盛乐诚已经醒了，可能是被笑声惊了，哇的一声啼哭，把众人都吓了一跳。

屋子里立马安静下来。

乳娘抱着他，忙给他喂奶，他立马就不哭了。

老夫人和盛夫人才松了口气。

屋子里的人都不敢再说话了。

等孩子吃了奶停下来，盛夫人让把孩子抱给老夫人看看。

薛老夫人接过来，抱在怀里，孩子正睁着湿漉漉的眸子望着她，那乌黑的眼眸似乎能看到人的心里去，薛老夫人只觉满心怜爱，喜欢得不行。

她看着这孩子，轻声对盛夫人道："这孩子像天和！"

东瑗就撇撇嘴。

盛夫人越发高兴，道："老祖宗好眼力！我们都说像他爹爹。"然后又把孩子的名字告诉老夫人，"侯爷取的，叫盛乐诚！"

于是大家诚哥儿、诚哥儿这样叫开了。

世子夫人怕老夫人累着，上前抱了过来，笑道："老祖宗赏我瞧一回。"

老夫人就把孩子顺势给了她。

世子夫人抱着，薛家众人都上来瞧，东瑗的继母杨氏和薛东琳也瞧了一回，纷纷说些吉利的话，夸孩子长得好，面相好。

约莫又过了半炷香的工夫，盛家二房、三房的两位婶婶带着媳妇也来了。

到了吉时，替东瑗接生的稳婆开始给孩子行洗三礼。

先上香，稳婆拜了供奉的元宵娘娘等众位娘娘，丫鬟们就把盛着蒲艾水的铜盆放在东次间的炕上，稳婆就从乳娘手里抱了孩子。

铜盆里除了盛着蒲艾水，还放了一块金砖。这是等会儿给孩子洗三时孩子坐的，叫做"坐砖"。

这并不是京都的规矩，所以世子夫人问盛夫人这是何意。

"我们徽州，砖和官是一样的念法。"盛夫人笑着说，"坐砖不过是取个吉利，将来孩子好做官！"

众人恍然，原来在徽州话里，坐砖和做官是一个音儿。

除了这一样，其他的规矩都和盛京的规矩差不多。

稳婆抱着孩子，一旁伺候的小丫鬟就端着铜盆，捧到众位近亲面前，让大家添盆。

先是捧到薛老夫人面前，老夫人就添了一对小孩子用的金手镯，赤金黄灿灿的，至少有八分，稳婆脸上不由露出笑意。

这些东西，回头都是给稳婆的。

老夫人先添了，盛夫人才添。

她搁了一个八分金珠子，一个八分银珠子，又是两个八分的银锞子。只为了不越过薛老夫人的礼。

薛家的人就微微一愣。在京都的规矩里，不管是送什么东西，都不会添四样。四这个数不吉利的。

盛夫人看到众人的目光，就笑道："诚哥儿是咱们徽州的子孙，我还是想着照老家的规矩。我们老家逢喜事都添四，取意四季平安如意。"

众人都笑，说应该照老家的规矩。

世子夫人挑了挑眉，搁了一块金锁，同样的黄灿灿，至少有一两重。

稳婆脸上的笑越发浓了。

然后是东瑷的继母杨氏，她亦添了金锁，虽比世子夫人的小些，也有七八分重。

后面的人就不好越过姥姥的礼，都一一添了。

稳婆拿着棒槌搅了铜盆的水，说了吉利话，就把孩子放在水里，让他坐在金砖上。

孩子碰到凉水，应该哭一哭，谓之响盆。

盛乐诚却很无辜地睁着眼睛，任由稳婆替他洗着。

薛东琳低笑，跟五夫人杨氏耳语："这孩子是个傻的，都不晓得哭！"

盛乐诚出生三天来，只有饿了才会哭几声，喂了奶立马就不哭了。

五夫人也扑哧一声低笑。

世子夫人正好在她们母女前面，就猛然回头看了她们一眼，表情虽不说严厉，却也没有笑。

薛东琳撇过脸去，五夫人也只当没有看见，世子夫人心里很无奈，回了头。

稳婆一边替盛乐诚洗着，一边念着吉利词。当她念叨"洗洗沟，做知州"的时候，盛乐诚倏然咧嘴，露出一个无声的笑。

他刚刚出生，这还是他第一次见。笑容很短暂，很快就过去了。他的手却无力地挥了挥，想拍水玩儿。

他好像很喜欢水。

盛夫人欢喜得不行，哎哟低声念佛。

薛老夫人却没有盛夫人那么乐观。她觉得这孩子不爱哭，可能不够聪慧，并不是好事。从小爱哭的孩子，长大了会聪明机灵；小时不爱哭的，长得忠厚有余，聪颖不足。

最后在稳婆说着各自的吉利话中，孩子的洗三朝完成了。

把他从水里抱出来，他撇撇嘴，哇的一声哭了。

却把众人逗笑了。

稳婆一边帮他更衣，他哭得满面是泪，盛夫人心疼不已。穿好了，盛夫人抱了过来，忙叫乳娘喂奶，盛乐诚这才不哭。

盛夫人笑着对薛家众人道："我们徽州是水乡，这孩子天生就是徽州的子孙啊！我们家侯爷从前在家乡，是凫水的好手呢！"

众人就赔着笑。

东瑷在里间听到孩子最后哭出了声，心就提了上来。

乳娘喂了奶，孩子又不哭了，她才安心些许。

前头丫鬟来禀，说搭了戏台，请诸位夫人奶奶听戏。

盛夫人就请了薛家众人和二房三房的妯娌、侄儿媳妇去听戏。

屋子里的喧闹顿时静了下来。

罗妈妈和蔷薇进了内室，把刚刚洗三礼时发生的事都说给东瑷听。说到盛乐诚离开水就大哭时，东瑷也哭笑不得："这么小的孩子，喜欢水？"

罗妈妈也笑："可不是！夫人可高兴了，说老家是徽州的，那是水乡，三少爷天生就是徽州的子孙呢！还说，侯爷也喜欢水，三少爷像祖父呢！"

东瑷忍不住笑，她的婆婆真会胡乱联系。

说着话儿，东瑷就有些困了。

她睡了一会儿醒来，罗妈妈依旧陪着她。

蔷薇却进来说："奶奶，您醒了？老夫人身边的宝巾姐姐来了，让您醒了告诉一声，她去回了老夫人。老夫人想和您说说话儿。"

东瑷道好。

蔷薇就出去告诉了宝巾，说东瑷醒了。

过了须臾，盛夫人亲自送薛老夫人过来。

薛老夫人就笑着对东瑷道："年纪大了，身子骨不经用，来你这里歇歇。"然后又转眸对盛夫人道，"亲家夫人忙去吧，我陪瑷姐儿说说话儿。"

盛夫人是主人，事情样样是她经手，家里有客，的确不好在这里，笑道："老祖宗，我就过去了？您这里坐，我回头来伺候您。"

薛老夫人说不用。

盛夫人盼咐东瑷的丫鬟蔷薇、寻芳等人好好照顾薛老夫人，又让小丫鬟去端几样老夫人爱吃的，摆在东次间，服侍老夫人再用一回。

盼咐妥当，才出去了。

蔷薇等人就扶老夫人在临窗大炕上坐了，给她沏了茶，又上了柔软好克化的点心。罗妈妈扶着东瑷半坐，给她后背塞了个大引枕，才引着满屋子服侍的退了出去。

等屋里只剩下祖孙二人，老夫人起身，坐到东瑷的床畔。

自从正月里回去拜年，东瑷就再没有见老夫人。

老夫人拉着她的手，问她："天和回来了，对你还跟从前一样的好么？"

东瑷微愣，怎么好好问这话？

可想着盛修颐，又觉得有些赧，低声道："他一直待我好，祖母……"

老夫人就呵呵笑起来，又叹气："年纪大了，总是啰嗦的。祖母不过是白担心。既一样好，我就放心了。"

说着，脸上就有了释怀的笑。

东瑷心里的那点狐疑就打消了。

薛老夫人又问她盛夫人对她如何。

东瑷道："娘为人心善，就是路边的乞丐，亦会悲悯三分，况且我是她儿媳妇呢，自是好！

自从怀孕,她事事替我想得齐全,亲生母亲也不过如此的。"

她在娘家那些年,没有生母照拂,只有老夫人的疼爱。如今盛夫人样样替她打算,她是很感动的。

说了半晌的话,东瑷总感觉老夫人言之未尽,好似有什么没有说出来。

她却是不好再问的。

前头散了席,盛夫人又来请老夫人去元阳阁坐坐。

不过是怕东瑷陪着老夫人,劳累了。

盛夫人这样替东瑷想得仔细,老夫人岂有不喜的?嘱咐东瑷好好歇着,又叮嘱了乳娘几句,跟着盛夫人去了元阳阁。

吃了午饭,听了一会儿戏,半下午就回镇显侯府。

马车里,薛老夫人和世子夫人坐在一处,婆媳俩低声说话。

世子夫人道:"亲家夫人那模样,对瑷姐儿还是那么真,不像是装出来的!我瞧着瑷姐儿气色也好,也不像心里有愁苦的。娘,您说,瑷姐儿和亲家夫人是不是根本不知晓此事?"

此事,就是元昌帝说的那事。

当时镇显侯爷和世子爷都在场,世子夫人自然就知道了。

薛老夫人道:"她们婆媳不知道!"语气很肯定,表情亦松缓不少,"盛文晖此人,朝廷上少一分为相肚量,对媳妇还是真的不错。"

世子夫人就笑,好似不太赞同。

薛老夫人道:"你不信?他对康氏倘若不好,康氏这些年能活得这样自在?咱们家来往的公卿之家的夫人还少?哪一个有康氏这般善念的?盛文晖处处护她,她不用去算计,那些阴鸷小人盛文晖也替她挡了,她才觉得世间都是美好,对人也存了这份善念。这是最难得的。"

盛夫人娘家姓康。

世子夫人仔细一想,觉得薛老夫人字字珠玑,道:"娘有见识,我倒是没有想到这层。如此说来,盛文晖此人亦不是那么坏的。"

"什么是坏?"薛老夫人笑,"不过是同欲者相憎。"

两个人想要同一样东西,自然会争夺,视对方为仇敌,将其一切都否定,认为对方是个污秽不堪之人。可抛开这些,每个人皆有可取之处,否则他怎能在朝中立足?

薛家觉得盛昌侯此人不善,盛家也肯定觉得薛老侯爷奸诈。

世子夫人微讶,此刻方才觉得自己看事看人太浅薄,不及婆婆一成,心里惶惶起来。

"……天和也不曾在瑷姐儿面前表露半点。"薛老夫人继续刚刚的话题,"瑷姐儿在娘家时就事事小心,又生得玲珑心,若天和有不快,她自是能体会到。我故意问她天和对她如何,她回答时,一副小女儿的娇羞,脸上的喜悦不像是装出来的。"

世子夫人点头,对老夫人的话很信服:"天和对咱们瑷姐儿真心!"

"真心不真心，有什么用！"薛老夫人又想起了元昌帝的诬陷，道，"我只忧心他能不能保住我的瑗姐儿！你看诚哥儿，那么小就有一两分天和的模子，定是他的孩子无疑的。我的瑗姐儿不是那轻薄的！"

她是相信东瑗没有跟元昌帝发生什么。

世子夫人也是相信的。倘若东瑗想和元昌帝有什么，当年在涌莲寺早就成了事，哪里会挨到出嫁之后？

况且薛贵妃娘娘跟世子夫人说过，元昌帝此人，一直都是那等脾气：他若是看中什么，定要弄到手为止，否则绝不善罢甘休。

皇帝如今还有几分喜欢瑗姐儿？

不过是想着自己曾经对她用心过。得不到，怎么咽得下这口气？

为了得到，为了平复心里的那口气，他定是要用尽手段的。只是他此招太狠了，居然如此诬陷东瑗。

倘若盛修颐不是那沉稳过人的品性，只怕把东瑗从月子里拖下来打骂一顿也是有的。

哪个男人受得了这般侮辱？

盛昌侯昨日就跑去薛家说，要把东瑗送走。薛老侯爷跟他大吵一架。

其实也不怪盛昌侯，就连东瑗的大伯，不也是很难相信东瑗的清白？遇到这种事，除非定力过人，或者对东瑗的脾气很了解，否则都不会相信的。

薛老侯爷、薛老夫人和世子夫人相信，只是因为他们和东瑗一起生活了十几年，对那孩子了解深透。

盛修颐相信她，大约是他自身本就沉稳，且对东瑗喜欢得紧。

盛昌侯却不太信任东瑗的。

"……我原是想，若天和有半分对我的瑗姐儿不好，我就按照先前想好的法子，把瑗姐儿接回镇显侯府，等孩子养大了，看看到底像谁，到底是谁的儿子，到时盛家还有什么话可说！

"如今瞧来，天和那孩子没有让我失望。我现在把瑗姐儿接走，只怕伤了他的心。他既瞒着瑗姐儿，自是相信她的，他真心想留下她。他若是没有法子，又知我疼爱瑗姐儿，自会去求我和老侯爷。

"毕竟将来是他们夫妻过日子，同甘共苦过，感情牢固些，咱们先不插手了！"

薛老夫人慢慢道来。

世子夫人一惊，道："娘，话是不错的。可天和到底是盛文晖的儿子，哪有儿子忤逆父亲的？"

薛老夫人拍了拍她的手，笑道："天和是儿子，也是父亲和丈夫。他若是不能两头做好，我的瑗姐儿以后还要吃苦！既这样，让他试试，咱们不是还有后招？等他实在留不住，我自有法子！"

一副运筹帷幄的模样。

世子夫人笑，想着也只得如此。

到底还是觉得东瑷这孩子命途多舛。

那边，盛修颐一整日都陪着家里的客人，直到黄昏时分，来福说有事请他，他才出来，径直往城西的观音庵里去了。

庵里的老尼见他来，忙叫了恩公，请他去了后面的厢房，就关了庵门。

盛修颐见了尘风堂给他找的十个人，个个面容普通，一看就是城里的小商小贩，不管走到哪里都不会引人注目。

他很满意。

然后顿了顿，把他要办的事说给几个人听："……兴平王府一共大小五座门，你们两人守一处，日夜看着，倘若有小厮或管事模样的拉着马车出去，就跟着，千万莫惊了人。"

众人很干脆道是。

盛修颐又各自赏了他们银子，让他们去办。

回程的时候，来福对盛修颐道："世子爷，咱们在衮州的例钱早上送到了，我存在了老地方。"

盛修颐问："一共多少钱？"

"二万两！"来福道，"前段日子有个屠户借了五百两，到了日子该还一千两的，他给不出，那几个浑不愣的就把他打死了。衮州的太爷刚刚到任，就拿此事作法。后花了二千两银子，才将这事平了。一来一回，就短了三千两在里头。"

盛修颐脸色一瞬间不好看："我多次说过，不准沾了人命官司！"

然后顿了顿，又道："过几日我寻个事头，派你出城一趟，你就去趟衮州。这事是谁负责的，要小惩大诫！"

来福道是。

盛修颐叹了口气，道："这些年咱们也存了将近百万两，以后不管做什么，都够打点的。这样损阴德的钱，也该丢手了！"

来福错愕，道："世子爷，现在正是好时候，就算顺着藤儿摸瓜，扯了瓜藤也寻不到您头上，怎么丢手啊？"

盛修颐表情里有了几分温情："替孩子积点阴德。"然后又笑，"哪怕我丢手了，也不会一下子就全部丢了。咱们经营了快八年的，每年总有些进益，少不得你的好处！"

来福就笑起来。

盛修颐盼咐完办事的人，又急匆匆回了盛昌侯府。

府里恭贺盛昌侯和三爷盛修沐封爵的宴请，盛修颐只是略微陪陪，其余时间回静摄院，逗弄孩子。偶尔也会去看看他的长子盛乐郝，听孩子滔滔不绝跟他说师傅新教的词赋，父子俩其乐融融。

有次盛昌侯瞧见，就训斥盛修颐："自古严父出孝子，你这般对郝哥儿，将来他不长进，都是你做父亲的不是！"

盛修颐当面恭敬道是，背地里照样对孩子们很慈祥，丝毫拿不出严父的架子来。

他的两个儿子亦亲近他，不像盛修颐兄弟那样从小在父亲面前毕恭毕敬的。盛修颐的两个儿子，特别是二子盛乐钰，甚至会在他怀里撒娇。

盛昌侯气得不轻，恨不能亲自替盛修颐管教儿子。

只是孙儿们见到他，又是另一副惧怕模样，他想教训不知从何下口。

盛昌侯原本想好了把东瑷和盛乐诚送走，以为镇显侯府的薛老侯爷亦会同意。不曾想镇显侯不认账，甚至厉声训斥他，让他不要对皇帝的话断章取义。

于是盛昌侯就不顾薛老侯爷是三朝元老，在薛家的外书房同薛老侯爷吵了一架，气哄哄回了盛府。

他每每问盛修颐对东瑷和孩子的意思，盛修颐总是淡淡："爹爹拿主意就好，孩儿无异议！"

"那你不要回静摄院，免得在薛氏面前走漏了风声。"盛昌侯对盛修颐道。他预定盛修颐在薛氏面前就软了，禁不住薛氏花言巧语的哄诱，什么话都藏不住。

盛修颐道："倘若不回，娘也该担心了！"

这才踩到盛昌侯的痛脚。这件事亦不好再提。

三月初九，终于有人来回话。

盛修颐依旧去了上次的那个观音庵，见了尘风堂的人。

那人禀道："小的跟着兴平王的夏管事，一路出了京师，两天的路程。有个清原县，县城东北角一个僻静的胡同，有处精致的宅子。夏管事马车里载了米粮、肉蔬，都是些日常嚼用。

"开门的是个大汉，模样挺凶的。

"等夏管事走后，小的就借着到那一处租赁屋子，叫到那门上，敲了半日的门，都不见有人来开。四邻说这宅子早卖出去。近三年才有人来住，却不知道是些什么人，他们都不见这屋子里有人进入，只是偶然听到男童的说话声。倘若声音高些，就立马低下去。

"有个服侍的老妈子，长着张虔婆脸，十天半月出门买东西，撞上了人也只当瞧不见。人问她话，全然装笑，只不答。

"小的凑巧在清原县有个拜把子的哥哥，许了他些银两，叫他照看几日，就回来禀了爷。"

盛修颐听着，忍不住颔首，又叫来福赏他十两银子。

那人欢喜接了。

盛修颐道："你明日带我去。事成后，我有重赏的。这十两银子，不过是茶水钱。你替我跑了这些日子，车马、脚力、住食、人情，哪一项不出银子？虽你们堂里有例钱，我这里还单有银两的。"

那人原本就是拿着堂里的钱办事，堂里拿了盛修颐的钱，也不会亏待他们下面跑腿的。而十两银子是额外赚得的，够他几日吃酒的，原是高兴的。一听盛修颐念了这么一大圈，就知道重重的赏钱在后头，不禁喜从心底来，恭敬道："小的一准替爷把这事办妥帖。"

　　盛修颐微微笑起来。

　　当日他回了家，心情是不错的。只是面上依旧淡淡，瞧不出所以然。半下午回了静摄院，见东瑗抱着孩子，乳娘和屋里服侍的都在一旁凑趣，屋里的四位姨娘坐在锦杌上，陪着东瑗说话。

　　盛修颐回来，众人起身给他行礼。

　　几个姨娘的目光都在他身上转了转，似乎想瞧瞧他身子如何，伤了不曾。

　　他去西北一走九个多月，这些妾室亦是想念他的。

　　回来又碰上洗三朝、盛家宴请，而后又是寻人的事，没顾得上见这些姨娘们。

　　今日还是头一次相见。

　　盛修颐让她们都坐，上前要接东瑗手里的孩子。

　　东瑗正抱得手有些酸，就趁势给了盛修颐。

　　陶姨娘目露错愕。不过瞬间，她又恢复了先前的温顺恭敬，笑盈盈坐着。

　　盛乐诚没有睡，睁眼瞧着父亲。小小的孩子没什么表情，瞧着累了又阖眼睡了。

　　盛修颐这才把孩子交给了一旁的乳娘。

　　东瑗让乳娘抱孩子下去，又让屋里服侍的都退了出去。

　　橘红亲自给盛修颐端了茶来，然后退出去，站在内室门口的毡帘外，不准丫鬟们往门口靠近。

　　东瑗就笑着轻声对盛修颐道："方才陶姨娘让我问问世子爷，钰哥儿今年可启蒙？"

　　簪缨望族的子嗣，都是六岁启蒙。

　　盛乐钰已经满了六岁，盛昌侯一直忙着朝中大事，盛修颐又不在家，家里没人说替盛乐钰请先生启蒙这话。陶姨娘虽焦急，却也不敢提。

　　如今盛修颐回来了，东瑗又不像个做主母的样子，自己坐月子还把丈夫留在屋里，不往姨娘们那里派。

　　陶姨娘原本想等盛修颐去她那里，再跟盛修颐提。

　　只是盛修颐一直没有去的意思，她再也忍不住，就趁着今日东瑗气色和心情都还好，告诉了她，让她告诉盛修颐。

　　东瑗也没有不悦，就当一件正经事，说给盛修颐听。

　　盛修颐想了想，对陶姨娘道："钰哥儿自是今年启蒙的。只是今年有春闱，侯爷想着等春闱过后，倘或有贤名在外却名落孙山的才子，聘一个往府里来。"

　　才子多而众，可每科取的进士就那么些，僧多粥少，总有才华横溢，在家乡富有盛名的才子落第。

这些才子上京一趟不易，自是不会回乡。

他们启程离乡、进京赶考的时候，都是立下"金榜无名誓不归"的宏愿。既然不会回乡，又担心钱财枯竭，就有人愿意进府授课，谋求立足。

陶姨娘一听盛昌侯和盛修颐打的是这个主意，心里的担忧一扫而空，忍不住透出喜悦来。

她真是整日关在内宅，短了见识的。

她跪下给盛修颐磕头："贱妾多虑，才有这般愚问，谢世子爷。"

盛修颐道："起身吧！"

众多妾室里，终究对陶氏不太一样。

陶氏玲珑剔透，又乖巧懂事，盛修颐对她是有几分情谊的，所以告诫道："以后不需多操心。大奶奶是钰哥儿的母亲，她自会替钰哥儿的前程打算。家里的事，哪怕大奶奶在月子里，还有夫人，你安心服侍好大奶奶才是正经。"

陶姨娘道是，脸刷地通红。

东瑷听着，心里顿了顿，盛修颐说得东瑷好似多么贤良慈爱般。他就不会觉得，盛乐钰等人对于东瑷而言，是别的女人的孩子？

想着，她又觉得好笑。

这大约就是观念的冲突。这个年代的男人，大约不会想到妻子把妾室看作"别的女人"。

在嫡妻眼里，妾室就是奴婢，孩子才是她需要照拂的，是她的责任。

男人眼里，妻子就是他孩子的母亲，自然会替孩子们打算。而妾室只是生了孩子的奴婢，问盛乐钰前程的事，就是僭越了。

对陶姨娘，他的确是很客气，只是点到为止。

与对范姨娘的冷漠、邵紫檀的不经心相比，盛修颐对陶氏却是有些男女情谊的。

当年陶氏进府的时候，俏丽婀娜，也给他带来过欢乐的。

陶氏尚未起身，又跪下磕头："贱妾愚昧，谢世子爷教诲。"

盛修颐又道："起来吧！"

邵紫檀就上前扶了陶氏一把。

陶氏就着邵紫檀的手，起身立在一旁。

盛修颐对范姨娘和邵紫檀道："你们且去吧。"

把陶氏留了下来。

等几个姨娘走了，内室里只剩下东瑷、陶氏和盛修颐的时候，盛修颐就对陶氏道："我近日回来，大奶奶在月子里，也顾不上让你们过来请安。我上次走的时候，记得你说你哥哥的铺子短了本钱，我叫人送去了一百两银子，如今铺子如何？"

陶氏大骇，不安地看了眼东瑷。

东瑷脸上带着淡然的笑。

陶氏这才道："……过年的时候贱妾的嫂子过来，送了些胭脂水粉，都是铺子里的，贱妾孝敬了大奶奶。铺子里还好，因是林大管家送过去的，街坊四邻总知道他们有盛昌侯的关系，对他们还好。小本买卖，够他们在京的嚼用。"

林大管家，是盛昌侯府的大总管林久福。

陶氏是二奶奶葛氏的表妹，是个小吏人家出身的庶女。她的家乡并不在京都，来京落足的是她的胞兄，也是个庶子，在家里跟奴才一般被嫡子指使，就拿了家里几个本钱，想着投靠盛昌侯府做些小买卖。

盛修颐念着陶氏诞下钰哥儿，再说朝廷还有三门子穷亲戚，就帮了陶氏此忙。